JOSÉ FRÈCHES

Né en 1950, José Frèches, ancien élève de l'ENA, est également diplômé d'histoire, d'histoire de l'art et de chinois. Conservateur des Musées nationaux au Louvre, au musée des Beaux-Arts de Grenoble et au musée Guimet, il crée en 1985 la Vidéothèque de Paris. Il devient président-directeur général du *Midi libre* et membre du conseil artistique de la Réunion des Musées nationaux. Il anime aujourd'hui une agence de communication et dirige une galerie d'art. Il a publié plusieurs essais, notamment sur Toulouse-Lautrec et sur le Caravage chez Gallimard.

La trilogie du *Disque de jade* constitue sa première expérience de l'écriture romanesque.

Pour en savoir plus : www.josefreches.com

LE DISQUE DE JADE

Le disque de Jade

JOSÉ FRÈCHES

LE DISQUE DE JADE

***

LES ÎLES IMMORTELLES

XO ÉDITIONS

Quand la maison régnante est faible,
on a peur des paroles sincères...

Hanfeizi.

Liste des principaux personnages en fin de volume.

CINQUIÈME PARTIE

La nuit avait été si fraîche et reposante que les yeux des voyageurs s'étaient ouverts sans mal, à peine l'eunuque malgré lui Feu Brûlant, qui achevait son quart de surveillance, leur avait-il tapoté l'épaule pour les réveiller.

Ils avaient dormi les uns contre les autres, pour se tenir chaud mais surtout pour se protéger mutuellement contre l'attaque éventuelle d'un léopard des neiges, ou bien, plus probable et dangereuse encore, d'une colonie de singes. On ne comptait plus les récits faisant état, sur les pentes boisées des monts Emei, d'assauts de ces primates déchaînés lorsque la faim les tenaillait.

La traversée du massif avait été moins difficile que prévu pour Poisson d'Or et sa petite troupe. Cette nuit serait la dernière passée dans cette montagne dont ils avaient fini de descendre les éboulis chaotiques, où les genévriers étaient les seules plantes capables de s'accrocher aux pentes, pour se retrouver, presque sans transition, au milieu de prairies herbeuses qui dévalaient vers une immense plaine où, au loin, on pouvait voir pacager des bêtes. Vu leur taille et leur aspect duveteux, ce devait être des moutons et des chèvres à long poil.

Poisson d'Or achevait le deuil de Fleur de Sel, la

jeune fille dévorée, presque sous ses yeux, par un tigre. Il avait failli l'aimer – et, en conséquence, oublier sa quête de Rosée Printanière en se fixant dans la ferme aux mûriers où ils avaient fait connaissance. Cette fin atroce l'avait poussé, encore une fois, à repartir de l'avant. Il avait vu dans ce terrible accident un signe de plus envoyé par le destin qui semblait lui intimer l'ordre de tenir bon et d'achever les tâches qui lui incombaient...

Tâches ô combien immenses !

Il s'était, en effet, donné rien de moins que deux objectifs apparemment inaccessibles tant ils étaient ambitieux : le premier était de retrouver Rosée Printanière, la fille du Premier ministre Lisi, dont il était amoureux depuis son enfance ; la jeune femme l'aimait aussi, mais il y avait si longtemps qu'il ne lui avait pas donné – et pour cause – de ses nouvelles... Le second prévoyait de rendre au peuple de l'Empire, écrasé par la folie dictatoriale de son souverain, sa dignité perdue ; dans le système totalitaire et policier verrouillé à double tour par les dirigeants du régime impérial, ce serait tout sauf une mince affaire !

Mais l'intrépide Poisson d'Or demeurait persuadé, même s'il ne savait pas trop par quel biais, que les deux tâches étaient liées...

En attendant, le premier rendez-vous fixé était de rejoindre ce « Grand Dragon » découvert par Anwei, le vieux prince déchu, sur les hauts plateaux qui jouxtaient les premiers contreforts de l'inaccessible Toit du Monde.

Et Poisson d'Or se préparait du mieux qu'il pouvait à cette redoutable rencontre.

*

Dans la pénombre de la fumerie qu'éclairaient seulement quelques torchères de bambou imprégnées de résine, les trois mangues délicatement disposées sur un petit plateau de laque carmin brillaient de leurs mille feux. Il aurait volontiers pelé la plus appétissante, tant il était certain que la pulpe de ces fruits, dont il ne savait pas encore qu'ils étaient de pierre, devait être délicieuse.

Il ne put s'empêcher d'en effleurer un. C'est alors qu'il constata qu'il s'agissait d'une trompeuse réplique en jade.

— C'est incroyable ce qu'ils sont bien imités ! s'exclama-t-il.

Mollement allongé sur un divan au pied duquel se trouvait le plateau de laque, l'homme semblait ne rien avoir entendu. Le regard inaccessible, il tira avec application sur sa pipe à fourneau. Puis, sur un ton détaché, il indiqua à celui qui venait d'en caresser une la provenance des mangues.

— Ainsi, tu m'assures que ces fruits proviennent des Îles Immortelles ?

— Où trouve-t-on à ton avis, si ce n'est là, d'aussi beaux fruits de jade qui poussent à même les arbres ? rétorqua le fumeur, les yeux vitreux et la voix morne, à la jeune ordonnance de Zhaogao.

Le jeune amant du chef d'état-major des armées de l'Empire du Centre avait pris goût à la fumerie de la Lune Verte et y passait désormais, au grand désespoir de ce dernier, la plupart de ses soirées.

— Tu n'as pas peur qu'on te les vole ?

— Non. Je ne les quitte pas de l'œil. Je les ai disposés à mes pieds à bon escient. Quand je les regarde, j'ai l'impression d'être une mouette qui survole les îles Penglai..., répondit l'autre en crachotant.

La vue de ces fruits extraordinaires excitait tellement l'esprit d'Ivoire Immaculé qu'il décida d'attendre que l'homme ait achevé de fumer sa pipe pour lui demander d'où il les tenait.

— Peux-tu me dire qui te les a donnés ? le supplia-t-il après que le fumeur, une fois levé et s'apprêtant à partir, les eut rangés dans un sac de soie noire.

Les yeux vitreux du fumeur le considérèrent avec une certaine bienveillance. Il ne devait pas être insensible aux charmes d'un garçon aussi bien fait.

— Il faut aller au sommet du mont Taishan. C'est la montagne la plus sacrée de notre pays. Là-haut, il y a un homme qui possède encore quelques exemplaires de ces fruits. Il ne les vend pas. Il prétend les avoir rapportés des îles Penglai pour aider certains de ses congénères à atteindre le stade de l'Immortalité, celui où l'on peut vivre dix mille ans de plus. Du coup, il ne les offre qu'à celles et à ceux dont la tête lui revient ! J'ai eu, à cet égard, beaucoup de chance... Il m'a suffi de les lui demander avec un sourire et il me les a donnés !

La jeune ordonnance était tout excitée par les propos du fumeur d'opium.

— Comment accède-t-on à cette montagne ? demanda-t-elle d'une voix frémissante.

— Il faut s'avancer vers l'intérieur des terres et marcher pendant deux ou trois jours vers l'ouest. Le mont Taishan est indiqué, il suffit alors de suivre les pancartes. De nombreux pèlerins s'y rendent. C'est facile à trouver !

Ivoire Immaculé considérait, bouche bée et ravi, le bienveillant propriétaire de ces mangues divines qui semblaient si faciles à obtenir. Celui-ci paraissait plutôt intéressé par le physique particulièrement avenant de son interlocuteur, lequel, comme il se doit dans ces cas-là, était à mille lieues de s'en rendre compte.

— C'est du haut de cette montagne que le vénérable Confucius prononça ces paroles inoubliables : « Le monde est petit », après l'avoir gravie avec peine en raison de son grand âge, tant le Taishan paraît culminer au-dessus du plafond des nuages. On dit que c'est là aussi que loge Bixia, la divine et secourable Princesse des Nuages Azurés... Les nuages et la brume enveloppent très souvent notre montagne sacrée. En revanche, lors de mes ascensions, je n'ai malheureusement jamais eu l'occasion de la croiser ! ajouta le fumeur aux mangues de jade en se rengorgeant comme un coq.

— Et si je décidais de gravir moi-même le mont Taishan, comment trouverais-je l'homme qui possède de tels trésors ? Faudrait-il que je fasse une offrande particulière à Bixia ?

— Si tu le souhaites ! La Princesse des Nuages Azurés a pour réputation d'être si gentille qu'elle traite sur un même pied ceux qui lui font des offrandes et les autres... Quant à l'ermite aux fruits de jade, rien de plus facile que de le rencontrer. Il habite dans un temple de bois situé juste au sommet. L'édifice est planté sur une sorte de banquette rocheuse, et on ne peut pas aller plus haut. Il est le seul de son espèce. C'est un jeu d'enfant que de le repérer...

— Merci pour tous ces renseignements ! dit le jeune homme dont le sourire faisait à présent littéralement fondre le fumeur.

— Il n'y a pas de quoi. Mon nom est Guangwen, tu peux lui dire que tu viens de ma part. Et si tu le souhaites, je suis même prêt à t'accompagner ! s'écriat-il avec empressement.

— C'est vraiment très gentil de ta part, répondit le jeune homme en quittant précipitamment la fumerie.

Sitôt rentré au palais qui servait de caserne au régiment de Zhaogao, Ivoire Immaculé n'avait qu'une idée en tête : convaincre le général d'organiser une expédition sur cette montagne sacrée. S'emparer des fruits de jade de l'ermite du mont Taishan était apparemment à portée de main, et c'était bien plus commode que d'essayer de partir sur la mer de Chine à la recherche de ces îles, comme tant d'expéditions que l'on ne voyait jamais revenir...

Il savait déjà de quels arguments décisifs il devrait user pour convaincre Zhaogao :

— Je comprends que notre Empereur mette autant de soin à préparer cette expédition aux Îles Immortelles ! Te rends-tu compte, ces fruits de jade ont des formes et des couleurs si parfaites qu'ils paraissent comestibles... Dans ces Îles, il paraît qu'ils poussent sur les arbres. Là-bas, le temps n'a plus d'emprise sur les créatures. Plutôt que de rêver à ces Îles, il nous suffirait d'aller au Taishan et de convaincre cet ermite de nous donner un de ces fruits ! Nous pourrions à notre tour devenir Immortels, nos étreintes, dès lors, pourraient se prolonger pendant dix mille ans !

Ses propos n'étaient pas exempts de rouerie. Ivoire Immaculé savait qu'il touchait là une corde particulièrement sensible de son amant.

Zhaogao s'était toujours montré plutôt perplexe devant les croyances taoïstes relatives aux potions censées conférer l'Immortalité à ceux qui en faisaient usage. Pour lui, l'entreprise de l'Empereur ne pouvait qu'être vouée à l'échec. Il n'y voyait rien d'autre qu'un fantasme. Mais en bon soldat, il obéissait sans discuter aux ordres, surtout lorsqu'ils venaient de si haut.

De surcroît, il s'était complètement entiché de sa jeune ordonnance et redoutait le moment où elle le tromperait au profit d'un autre. Il savait fort bien que les sentiments qu'il éprouvait pour ce jeune homme n'étaient pas réciproques et qu'à la première occasion, tout général en chef qu'il fût, il le perdrait. Favoriser les démarches de ce jeune insouciant contribuerait sans nul doute à se l'attacher un peu plus. Et la perspective de continuer à disposer d'un amant qui le comblait à ce point n'était pas pour lui déplaire. Après tout, qu'avait-il à perdre à le suivre dans ses démarches un peu folles, si c'était une bonne façon de le satisfaire ? Cela lui permettrait en plus de se familiariser avec ces Îles prétendument Immortelles dont l'Empereur du Centre l'avait chargé de préparer la découverte par bateau. Tout cela, en fin de compte, s'articulait plutôt bien.

Aussi Zhaogao ne mit-il pas longtemps à répondre favorablement au souhait de son amant. À la grande joie de l'ordonnance, il lui promit même de l'accompagner au sommet de la montagne sacrée, à la tête d'un détachement d'une dizaine d'hommes, dès la semaine suivante.

— Je ne sais comment te remercier, fit le jeune homme en se déhanchant de façon provocante devant le général.

— Moi je sais ! répondit l'autre en gloussant.

Il le fit venir vers lui et, après l'avoir forcé à s'asseoir sur ses genoux, l'embrassa goulûment, mêlant sa langue à la sienne.

Les jours qui précédèrent l'expédition, Ivoire Immaculé était si exalté qu'il lui était quasiment impossible de trouver le sommeil. Il se voyait déjà disposer de ce qui faisait rêver tant de jeunes gens et de jeunes filles, tant d'hommes et de femmes d'âge mûr, tant de vieillards des deux sexes dont bon nombre ne parlaient que de cela, à voix basse, malgré l'interdiction qui en était officiellement faite par la doctrine légiste, assortie de coups de fouet pour ceux et celles qui avaient osé s'exprimer en public sur un sujet aussi tabou : le remède qui empêche définitivement le corps de vieillir. Tout l'Empire du Centre était concerné, aussi bien les milieux disposant d'une certaine instruction que les classes laborieuses où chacun souhaitait s'extraire de sa condition en partant pour ces Îles d'où, disait-on, on ne revenait jamais...

Ainsi, une joie intense emplissait le cœur du jeune amant du général lorsque le petit convoi s'ébranla sur la route escarpée et sinueuse qui menait de Dongyin à la montagne sacrée. Des pitons rocheux et des précipices bordaient le chemin qu'ils avaient emprunté, à l'ombre des pins dont les troncs noueux comme de vieux doigts s'accrochaient à la moindre faille rocheuse dès lors qu'elle était remplie de terre et d'humus. Les pluies quotidiennes alimentaient les cascades qui jaillissaient, tour à tour bouillonnantes ou vaporeuses, avant de tomber avec fracas dans des vasques naturelles où elles faisaient pétiller une eau verte parfaitement transparente au-dessus de laquelle tournoyaient des nuées de libellules et de papillons.

Les cavaliers de l'expédition avaient fière allure, malgré leurs multiples cicatrices et balafres reçues lors de divers combats, sur leurs destriers alezans aux harnais de cuir fauve cloutés de cuivre, brandissant bien haut les oriflammes de l'Empire. Les pèlerins qui, en file indienne, marchaient vers la montagne sacrée pour y apporter des offrandes à la Princesse des Nuages Azurés et aux dieux tutélaires de ces lieux, dans l'espoir de devenir riche, d'accoucher d'un garçon ou, plus prosaïquement, de faire disparaître une belle-mère nuisible, s'écartaient respectueusement lorsqu'ils les voyaient approcher.

— Il suffit d'aller le plus haut possible et là, de dire à l'homme que nous venons de la part de Guangwen. Celui-ci m'a assuré que cela suffirait, à condition que je lui plaise. À ce qu'il paraît, il ne donne ses fruits de jade qu'à ceux dont la tête lui revient, s'exclama la jeune ordonnance au moment où, après deux jours de voyage, ils commencèrent à aborder les premières pentes de la montagne.

— Ne t'inquiète pas, si cet homme ne veut pas te donner ses fruits, nous avons tous les moyens de l'en convaincre, répondit Zhaogao en souriant.

Il désigna la petite escouade de guerriers armés jusqu'aux dents dont les longues épées arquées pendaient, accrochées à leurs selles cloutées.

— Sais-tu que le Grand Empereur du Centre est aussi soucieux que toi de trouver les remèdes qui empêchent le temps d'exercer ses effets sur le corps ? C'est bien pour ça qu'il m'a chargé de préparer la grande expédition maritime ! déclara Zhaogao, soudain plus sérieux, à son jeune amant.

Celui-ci l'écoutait à peine. Il regardait, fasciné, le haut du mont Taishan.

La route s'arrêtait à cet endroit, faisant place à un escalier taillé dans le roc dont les milliers de marches semblaient monter à l'assaut du ciel.

Le sommet de la montagne sacrée était constitué d'énormes masses rocheuses imbriquées les unes dans les autres, tels les corps d'amants enlacés. La végétation dense s'arrêtait juste en dessous, comme si, à cet endroit précis, les arbres avaient décidé de laisser la pierre s'échapper pour escalader les nuages.

L'ascension terminale de l'escalier qui n'en finissait pas leur avait coupé le souffle lorsqu'ils touchèrent au but.

Sur la cime de la montagne sacrée, le toit du petit temple de bois venait d'apparaître. La collerette de nuages derrière laquelle il se cachait s'était, comme par miracle, effilochée, tel un carré de soie dont la trame se serait défaite dans les mains de sa fileuse.

C'était là, pensait le jeune homme dont le cœur battait à tout rompre, qu'il trouverait enfin ces fruits de jade qui lui permettraient de vivre pendant dix mille ans.

Zhaogao n'avait même pas osé demander le moindre remerciement à Ivoire Immaculé pour avoir accepté de l'accompagner à bon port. Implorant, il se contentait de guetter dans son regard un petit signe de reconnaissance, qui ne vint pas. Il l'observait, imperturbable, se dirigeant vers le temple à la recherche des fameux fruits... Comme il était beau, ce jeune amant frivole qui croyait dur comme fer – l'heureux enfant ! – à l'Immortalité ! Comme il aurait aimé le garder auprès de lui dix mille ans de plus, ce garçon qui suscitait l'amour comme personne, cet éphèbe qui avait tellement l'habitude d'être aimé qu'il était extraordinairement difficile de lui refuser quoi que ce soit.

Zhaogao le sceptique, le manipulateur, n'avait plus qu'une hantise : décevoir cet amant si séduisant.

Au passage, le chef d'état-major des armées de l'Empire, habitué des amours passagères puisées dans la soldatesque qui ne pouvait rien lui refuser, comprenait désormais ce que « tomber amoureux » signifiait...

*

— Je hais les intellectuels et tous leurs séides ! Un tel coup bas ne peut venir que des lettrés ! s'écria, hors de lui, l'Empereur du Centre en regardant le morceau de bambou pas plus long que le manche d'un pinceau de calligraphe.

Malgré une nuit passée avec une jeune concubine au corps de liane qui lui avait prodigué toutes les caresses nécessaires à l'apaisement de ses sens assoiffés par des semaines d'abstinence, Qinshihuangdi était de fort méchante humeur. Depuis que Huayang l'avait déniaisé, il convoquait de temps à autre dans son lit une jeune créature hébergée par le Gynécée Impérial, auprès de laquelle il s'efforçait de mettre en pratique les enseignements de l'ancienne reine.

Il regarda durement son Premier ministre, comme si

la présence de ce libelle, déchiffré la veille en un instant malgré son écriture cursive presque illisible et qu'il venait de casser avec rage devant lui en trois morceaux de ses augustes mains, était imputable à son premier collaborateur ; comme si ce qui lui arrivait était de la faute de Lisi ; comme si cette prise de conscience de l'existence d'une opposition intellectuelle à sa tyrannie, qui lui était proprement insupportable, avait été le fait de son subordonné.

L'Empereur du Centre venait de découvrir ce qu'être nu voulait dire, tandis que Lisi s'apprêtait de son côté à jouer les boucs émissaires.

Aussi la voix du souverain, qui, soucieux de ne pas perdre contenance, essayait néanmoins de faire bonne figure, sonnait-elle particulièrement faux lorsqu'elle s'éleva :

— Remarque bien, je préfère avoir connaissance de ce type d'écrits plutôt qu'on me les cache. Si tel était le cas, je n'aurais jamais su que des lettrés en si grand nombre complotaient contre moi !

Il avait toutefois grand-peine à cacher sa colère et tripotait rageusement son petit tripode de bronze dont les pieds rayaient de vilaines striures la laque carmin du plateau sur lequel il était posé.

Ses yeux, encore plus que sa bouche, fulminaient.

— Majesté, si je puis me permettre, faut-il tirer de telles conclusions à partir d'un cas isolé ? Je ne le crois pas. L'auteur de ce minuscule et dérisoire libelle est sûrement un marginal. Il n'y a pas, me semble-t-il, péril en la demeure...

Lisi, après un examen rapide de la situation, avait jugé qu'il n'avait d'autre choix que de minimiser l'incident, même si ce libelle lui semblait témoigner de l'existence d'une fronde inquiétante qu'il s'agissait de mater avant qu'elle ne s'étendît, comme ces minuscules feux de paille qui, de proche en proche, parce

21

qu'on les avait laissés se répandre, finissaient par ravager des villages puis des villes entières. C'était pour lui la seule façon d'essayer de ne pas donner prise aux virulentes critiques de son prince, lequel n'aurait pas manqué de lui imputer le laxisme qui avait permis ce débordement inadmissible.

— Les révolutions commencent toujours ainsi. Il suffit de lire les histoires de nos ancêtres dans les livres classiques ! Ne survivent que les princes capables de tuer dans l'œuf, sans le moindre état d'âme, le serpent qui s'apprête à les piquer. Hanfeizi a écrit des colonnes et des colonnes sur ce thème dans ses *Charades* ! Je dois considérer ce misérable petit texte avec le plus grand sérieux. L'insolent qui l'a écrit et a réussi à me le faire parvenir ne doit pas être le seul à comploter contre le régime.

— Je vais me renseigner, Majesté. Je suis sûr que nous ne tarderons pas à retrouver le fanfaron et que nous le punirons !

— Il te faut agir sans délai ! Rien ne dit que derrière ton fanfaron ne se cache pas une armée de persifleurs s'apprêtant à m'abattre dès que j'aurai le dos tourné ! Je dois me méfier de tout le monde ! Tu as compris ? hurla le souverain qui venait de perdre tout contrôle de lui-même.

Lisi piqua du nez. La référence que l'Empereur venait de faire à Hanfeizi lui déplaisait au plus haut point. C'était la première fois qu'il l'entendait citer ainsi le nom de son ancien maître, sachant pertinemment la détestation que son Premier ministre éprouvait à son égard. Il ne put s'empêcher de prendre cela pour une fort mauvaise manière à son encontre mais s'abstint, bien entendu, d'en laisser paraître le moindre signe.

— Majesté, je ferai ce que vous souhaitez, se contenta-t-il de souffler d'un ton plutôt las.

— Tu as l'air moins allant que d'habitude... Peut-être en sais-tu plus que tu ne veux bien en dire ! releva le souverain.

Lisi crut déceler dans le propos une certaine ironie teintée de soupçon, et cela contribua à le contrarier un peu plus.

— Une fatigue passagère, Majesté. Il se trouve que j'ai mal dormi. Cela ira mieux demain ! répondit le Premier ministre en rajustant sa ceinture pour se donner une contenance.

Il s'efforçait de se montrer plus allant qu'il ne l'était. Donner le change était absolument nécessaire s'il ne voulait pas finir déchiqueté moralement par l'Empereur dont l'instinct de fauve cruel savait, mieux que personne, humer la moindre faiblesse chez son interlocuteur.

Fébrilement, et en prenant garde de ne pas trop le montrer, Lisi cherchait une parade, un argument qui lui permettrait de rebondir. Il ne voulait pas rester sur cette impression défavorable qu'il avait ressentie de la part de l'Empereur du Centre, où la condescendance se mêlait à la méfiance, signe qu'il se trouvait du mauvais côté du rapport de force. Il avait trop peur d'être remplacé, au pied levé et sans le moindre préavis. Il savait mieux que personne qu'il fallait peu de chose pour passer de la lumière à l'ombre, et il imaginait déjà la légion de candidats qui attendaient impatiemment qu'il trébuchât... Tous, bien entendu, lui témoignaient amitié et respect. Mais derrière ces sourires éclatants et enjôleurs se cachaient la haine et l'envie de ceux qui rêvaient d'occuper son poste.

L'affaire du libelle tombait par conséquent fort mal !

C'était au demeurant moins le contenu de ce message que la façon dont il l'avait reçu qui avait contrarié l'Empereur du Centre au point de déclencher sa colère.

Le petit poème pamphlétaire tenait en deux colonnes d'à peine quatre idéogrammes :

Souverain du Vide, Vide du Souverain ;
Souverain de l'Absence, Absence du Souverain !

Il lui eût été possible de prendre ce poème pour un simple jeu de mots, certes d'un goût douteux, mais sans conséquence. En revanche, le mode de transmission relevait du symbole : on cherchait, c'était une évidence, à le défier.

La lamelle sur laquelle figuraient les quatre idéogrammes avait été glissée au milieu d'un décret présenté à l'apposition de son sceau et destiné à changer les noms d'une centaine de titres de fonctionnaires... Le procédé lui avait paru relever de l'affront délibéré : le venin avait été glissé dans un texte de l'État !

La pensée que quelqu'un avait ainsi décidé d'oser le narguer le rendait fou de rage. Les décrets de changement de noms étaient lus et relus par une centaine de personnes avant d'être présentés à sa signature. C'était toute la chaîne administrative, de la rédaction des actes à leur correction et à leur relecture, en passant par leur collation et leur contreseing, qui était prise en défaut.

Il avait eu beau questionner la matinée entière son Grand Chambellan, le pauvre Ainsi Parfois, que cette affaire avait plongé dans le plus grand désespoir, il n'avait pu déceler la moindre anomalie dans le circuit de transmission du décret fautif. Les fonctionnaires concernés avaient tous été soumis à la question, en vain. L'un d'eux, coureur de jolies filles et dont l'emploi du temps paraissait un peu plus flou ce jour-là que celui de ses collègues, avait eu tout de même, pour l'exemple, le pied coupé.

Sur le coup de midi, après cette enquête avortée, l'Empereur, dans son cabinet de travail, s'était senti démuni et impuissant. Lui qui croyait avoir trouvé la panacée en régnant de façon invisible, tapi comme l'ours au fond de sa tanière, d'autant plus craint par ses sujets que ces derniers ne savaient jamais où il était, voilà qu'il mesurait à présent les limites de son système de pouvoir. À force de ne jamais se montrer, n'avait-il pas fini par se faire oublier ? Que restait-il de l'intimidation et de la terreur que devait inspirer le Grand Empereur du Centre à ses sujets, dès lors que le système sur lequel s'appuyait son autorité montrait de tels signes de faiblesse ?

Lisi comprit qu'il lui fallait proposer une solution immédiate de nature à atténuer l'angoisse et le désarroi qu'il sentait naître dans le regard du souverain.

— Majesté, il existe un moyen sûr et efficace de faire taire les lettrés de façon définitive ! lança-t-il en retrouvant ses forces.

— Lequel ?

— Brûler tous les livres en mains publiques et privées...

L'Empereur, ébahi, écouta avec la plus grande attention les propos de son Premier ministre.

— Oui, éradiquer l'écrit de l'Empire du Centre, pour ne garder que vos lois et décrets ! D'abord, cela contribuera à intimider les lettrés ; ensuite, cela empêchera toute transmission de leurs idées permissives et néfastes... Vous réduirez à néant les entreprises misérables du type de celle qui a conduit des gens qui se croient malins à vous adresser ce genre de libelle ! ajouta Lisi avec emphase.

— Mettre tous les livres dans un brasier ?

— La moquerie contre Votre Auguste Personne n'aura plus droit de cité ! Les livres véhiculent la critique ! Les livres instillent le doute dans l'esprit de ceux qui les lisent ! Les livres sont le ferment de la révolte du peuple et de la chute de l'État !

— Il est sûr que toutes ces lamelles de bambou qui

s'entassent jusqu'au plafond dans nos bibliothèques feraient un bon combustible...

Le souverain pensait encore à un ancien projet.

— À votre place, je ne viserais pas que les livres des collections publiques, il y a de nombreux lettrés qui en possèdent chez eux. J'ai ouï dire que certains d'entre eux se réunissent en secret et se livrent à des exégèses de textes anciens !

— D'où tiens-tu cela ?

— Du Bureau des Rumeurs, Majesté ! La situation a atteint les limites de la gravité...

— Pourquoi ne m'en parles-tu que maintenant ? fit l'Empereur, agacé.

Son regard presque souriant témoignait toutefois qu'il était intéressé au plus haut point par le discours de son Premier ministre.

— Je comptais vous en parler demain, mais la présence de ce libelle m'incite à le faire dès aujourd'hui, affirma hypocritement Lisi qui pouvait constater avec soulagement qu'il tenait là, enfin, un bon filon pour détourner de lui la colère impériale. Vous pourriez prendre de surcroît un édit qui obligerait tous les individus possédant des livres par-devers eux à venir les jeter dans le grand brasier sous peine d'amputation. La classe des lettrés comprendrait vite quel est son intérêt. Je prends les paris : les livres vous seront apportés par carrioles entières !

Lisi, tout ragaillardi, constatait avec satisfaction le succès de son intervention.

— Quant aux anciens nobles déchus, confucéens de cœur et nostalgiques du laxisme d'hier, dont l'adhésion à l'État impérial reste de pure façade, ils y verraient, pour ce qui les concerne, un avertissement sans frais de ma part.

— Ce serait un Auguste Signal du Grand Empereur du Centre !

— Ton raisonnement est intéressant. Mais je dois y réfléchir. Il revient à faire table rase du passé... Pour ne rien te cacher, j'y ai souvent songé !

Signe que l'Empereur était satisfait, son petit tripode de bronze avait cessé de rayer la surface brillante du plateau de laque carmin.

— Majesté, vous deviendriez ainsi la référence ultime de tout ce que vous accomplissez ! Vous représenteriez, aux yeux de votre peuple, la réincarnation de l'Empereur Jaune Originel, celui qui vécut il y a dix mille ans !

— La perspective est séduisante, je le répète. Elle mérite toutefois une mise en application minutieuse et sans la moindre faille. Là comme ailleurs, il faudra se montrer implacable.

Lisi soupira d'aise.

C'était toujours ce que disait l'Empereur lorsqu'il lui glissait une idée pertinente : il demandait d'abord à réfléchir, puis il la faisait sienne et, quelque temps plus tard, il en parlait déjà comme si elle venait de lui.

Le Premier ministre n'était pas mécontent du coup qu'il venait de réussir !

Cela faisait des mois que le père de Rosée Printanière cherchait l'occasion de mettre au pas certains lettrés de Xianyang qui n'adhéraient pas au légisme et affichaient un scepticisme notoire sur le fonctionnement des institutions impériales. Ils étaient toujours les premiers, n'osant s'en prendre directement à la personne de l'Empereur, à critiquer l'action de son Premier ministre. Les milieux intellectuels étaient aussi les plus rebelles, ils restaient le plus souvent imperméables à la nouvelle façon d'agir et de penser que supposait l'avènement de l'Empire. Ils incarnaient le mauvais exemple à ne pas suivre, celui de l'insoumission au système, celui du refus du primat du collectif, celui de l'appel à la critique et à la vigilance, celui de cet insupportable « quant-à-soi » qui finissait par saper les bases de l'État.

Lisi était trop averti pour ne pas être persuadé que le légisme, cette doctrine de fer pour laquelle la fin justifiait tous les moyens, y compris les plus coercitifs, était aussi un système philosophique qui ne résisterait pas à la moindre démarche critique de nature à persuader le peuple qu'il en était l'injuste victime. Les lettrés, avec leurs plumes, leurs poèmes satiriques et leurs libelles, pourraient réussir ce que les armées des royaumes conquis n'avaient jamais obtenu : abattre l'État légiste en montrant au peuple qu'on se servait de lui au lieu de le servir.

Voilà longtemps qu'il guettait l'occasion d'éliminer les penseurs, les écrivains, les poètes et les peintres, bref, tous ceux dont l'esprit, plus soucieux de critiquer et de détruire que de construire et de soutenir, n'obéissait qu'à leurs propres foucades. Tous ces créateurs doutaient de tout en permanence et finissaient par ne plus rien respecter !

La pensée était devenue l'irréductible ennemie de l'État. La réflexion et la critique du système pouvaient, si l'on n'y prenait garde, miner celui-ci avec une facilité déconcertante. La pensée était pour Lisi le mal absolu qu'il devenait nécessaire de combattre par tous les moyens.

Et ce petit libelle, glissé par des comploteurs insolents au milieu des décrets impériaux, lui fournissait une opportunité unique d'éradiquer de façon définitive, avant qu'il ne se répandît, ce mal encore latent qui sapait les bases de l'autorité de Qinshihuangdi.

Le Premier ministre avait ainsi fait coup double : tout en rétablissant *in extremis* la situation à son avantage, il venait de souffler à l'Empereur du Centre le génial projet consistant à détruire par le feu les livres des bibliothèques et des particuliers.

— Organiser l'expédition aux Îles Immortelles et brûler tous les livres, voilà deux tâches décisives pour l'avenir de l'Empire du Centre qu'il nous faut à présent mener à bien ! lâcha le souverain au moment où Lisi jugeait bon, ayant suffisamment enfoncé le clou, de prendre congé.

L'Auguste Souverain du Centre paraissait plutôt content et calme lorsque son Premier ministre, conscient de l'avoir échappé belle, sortit, cassé en deux et à reculons, conformément à l'étiquette, de son cabinet de travail.

*

Ils venaient d'arriver sur un promontoire d'où la vue sur la plaine caillouteuse était imprenable.

Jamais ils n'oublieraient leur arrivée, à la nuit tombante, devant cette étendue immense parsemée de langues de feu qui s'échappaient du sol par des trous semblables à des gueules de four.

— Voici la plaine des feux telluriques sous laquelle sommeille le Grand Dragon ! s'exclama fièrement le vieux prince Anwei.

Il désignait d'un geste emphatique cette forêt de brasiers qui jaillissaient, telles des colonnes torsadées, de la planéité de cette terre désertique pour monter dans l'atmosphère où ils se dissolvaient, laissant voleter de minuscules particules incandescentes.

— C'est un véritable dortoir à dragons qu'il doit y avoir en dessous ! s'exclama Feu Brûlant, médusé par l'indescriptible spectacle qui s'offrait à leurs regards.

— Je comprends mieux à présent pourquoi Fleur de Sel désirait tant voir ces puits enflammés... Ils sont pour le moins extraordinaires ! Elle était sûrement douée de prémonition, murmura Poisson d'Or.

Ils s'approchèrent avec précaution des brasiers. Il

s'en échappait, au milieu du crépitement des gerbes de feu, une odeur nauséabonde.

Plus ils s'en approchaient et plus ils percevaient le bruit de souffle, comme celui d'une forge, qui sortait de ces puits. De temps à autre, l'intensité du grondement faiblissait, de même que la hauteur des langues de feu dont les flammes bleutées devenaient orange, striées de jaune, avant de virer au rouge puis de reblanchir au point d'éblouir les yeux à s'en faire mal lorsqu'on les regardait trop longtemps.

— Ce doit être de cette façon que le Grand Dragon respire, chuchota la voix angoissée de Feu Brûlant.

Poisson d'Or remarqua alors que de longs tuyaux de bambou partaient de la base des trois plus gros puits et rampaient sur les cailloux vers la gauche, en direction d'un petit village dont il pouvait apercevoir les toits de tuiles ornés d'animaux de faîtage. Une fois son regard accoutumé à l'obscurité de la plaine, il constata que les tuyaux, en fait, couraient sur le sol jusqu'à un premier groupe de maisonnettes adossées à une falaise dans laquelle devaient être creusées des habitations troglodytes.

Cette installation, qui ressemblait avec ses branchements et ses dérivations à un système de tuyaux d'irrigation, ne fit qu'accroître sa perplexité.

— On dirait des canalisations d'eau..., hasarda, guère convaincu, l'ancien chef du Bureau des Rumeurs, Maillon Essentiel, à l'intention de Poisson d'Or.

— D'eau, cela m'étonnerait beaucoup ! Ce sont certes des troncs de bambous centenaires, comme ceux que les paysans utilisent pour irriguer leurs cultures. Mais on voit mal comment le feu des puits pourrait se transformer en élément liquide ! rétorqua Poisson d'Or.

Voulant en avoir le cœur net, il fit quelques pas, s'agenouilla, puis colla son nez contre le gros tuyau de bois qui rampait sur le sol. Il se releva brusquement en grimaçant.

— La puanteur du souffle transporté par ces canalisations est proprement insupportable ! C'est ce souffle putride et brûlant qui s'enflamme au contact de l'air pour donner toutes ces langues de feu ! s'écria-t-il.

— C'est tout simplement la digestion du Grand Dragon qui doit être aujourd'hui particulièrement difficile, indiqua doctement le prince Anwei.

Autour des puits, on ne voyait âme qui vive. Le village vers lequel convergeaient les tuyaux était trop éloigné pour qu'ils puissent y détecter une présence.

— Allons voir de plus près à quoi ressemble ce village troglodyte. Il nous suffit de suivre les tuyaux de bambou. Peut-être trouverons-nous là-bas la clé de cette énigme ! suggéra Poisson d'Or à ses amis. Mais un caillou est rentré dans ma chaussure. Autant l'enlever tout de suite...

Il venait de s'asseoir sur le sol, non loin d'un des gros puits enflammés, pour délacer plus facilement les bandages de cuir qui entouraient, au niveau des mollets, ses lourdes bottes de marche.

— Tiens, je me suis mouillé, on dirait de l'huile, c'est bizarre ! constata-t-il une fois relevé, sentant que ses fesses étaient imprégnées d'un liquide noirâtre à l'odeur suffocante.

— Les flammes prennent de l'ampleur, faites attention à ne pas vous brûler ! prévint Maillon Essentiel en reculant vivement.

L'activité des puits de flammes paraissait soudain plus importante. Ils grondaient à présent de façon inquiétante.

— Les dragons qui sommeillent là-dessous doivent faire un immense vacarme lorsqu'ils se réveillent ! lança Feu Brûlant, qui n'en menait pas large, à la cantonade.

— Évite de t'approcher trop près des naseaux du Grand Dragon, tu pourrais rôtir comme un quartier de viande, conseilla Anwei, effrayé lui aussi par le vacarme étourdissant.

Le puits non loin duquel Poisson d'Or relaçait sa botte était l'un des plus impressionnants. Il avait le diamètre du col de ces gros tripodes Ding utilisés pour les libations à l'usage des princes, soit trois ou quatre pieds de large. Sa chaleur étouffante était palpable, de même que l'insupportable odeur d'œuf pourri qui s'en échappait. Au centre de la cavité, la flamme était à présent d'un bleu intense, preuve que l'activité tellurique avait atteint le maximum de son cycle.

Poisson d'Or ne croyait toujours qu'à moitié à cette histoire de Grand Dragon dont Anwei se repaissait, allant jusqu'à s'engager, en compagnie de Feu Brûlant qui buvait ses paroles, dans une inspection de la croûte du sol destinée à identifier la position exacte du monstre.

— Regarde, si sa bouche est là, sa queue doit aller jusqu'à ce monticule !

— Crois-tu que si nous restons là, il finira par sortir complètement de terre ? s'inquiéta le jeune eunuque, complètement terrorisé, auprès du prince déchu.

— Que penses-tu à propos de l'existence de ce Grand Dragon ? demanda alors Poisson d'Or à Maillon Essentiel, comme s'il avait voulu éprouver son degré de crédulité.

— Et toi ? rétorqua celui-ci.

— Je vois des souffles brûlants et puants qui doivent provenir des entrailles de la terre. Au contact de l'air, ces souffles prennent feu comme l'étoupe quand on approche une flamme, dit Poisson d'Or qui s'apprêtait à se redresser.

C'est alors qu'il poussa un cri strident. Il venait de se rendre compte que l'arrière de son pantalon, imprégné du liquide noirâtre, venait de s'enflammer. Tout s'était passé très vite, les flammes commençaient déjà à lui labourer le dos et il sentait leur souffle brûlant lécher sa nuque.

— Ne bouge pas, je vais éteindre ces flammes ! cria Maillon Essentiel.

Le vieil eunuque, paniqué, s'était mis à donner au malheureux Poisson d'Or de grands coups de besace sur le dos pour essayer d'éteindre le feu qui n'allait pas manquer, si rien n'était fait, de le transformer en torchère.

Malgré ses efforts désespérés, le liquide noirâtre continuait à brûler imperturbablement, l'air déplacé par la besace contribuant même à renforcer l'intensité des flammes. La chaleur devenait insupportable, Poisson d'Or hurlait de douleur, tandis que son ami continuait à lutter, impuissant, contre ce coussin de feu qui ne tarderait pas, faute d'être réduit à temps, à le brûler vif.

Toute cette agitation autour des puits et les cris de détresse du jeune homme avaient fini par alerter des habitants du village.

— Portez-le là-bas, vous n'arriverez jamais à éteindre ce bitume brûlant ! Suivez-moi vite, sinon il n'en réchappera pas ! tonna un homme qui venait de surgir au milieu d'eux.

La chaleur des flammes qui recouvraient non seulement son postérieur mais aussi tout son dos, jointe à l'âcre fumée qui s'en dégageait, avait déjà fait perdre connaissance à Poisson d'Or qui gisait sur le ventre, face contre terre, tel un brandon allumé. Maillon Essentiel et Feu Brûlant le transportèrent à la hâte à l'endroit indiqué par l'homme qui les précédait en sautillant au-dessus des canalisations qui striaient le sol de la plaine.

Les tuyaux les guidèrent au milieu du village, devant

un vaste édifice de forme ronde recouvert d'un toit de chaume qui devait servir de maison commune à ses habitants. On pouvait deviner la porte de l'édifice, perdue au milieu de deux colonnes de pierre massives comme des éléphants, dont les chapiteaux étaient délicatement sculptés d'oiseaux et de fruits. L'homme fit signe aux deux eunuques d'entrer et de déposer le corps de leur compagnon sur le sol. Quelques instants plus tard, soufflant comme ces puits, le prince Anwei, hors d'haleine, les avait rejoints.

L'intérieur de l'édifice rond ressemblait à un temple, ou à un lieu de culte.

Au centre se tenait, debout, un homme, qui aurait pu en être l'officiant. Il avait fière allure et affichait une noble prestance. Maillon Essentiel, dès qu'il le vit, jugea que le visage avenant de cet inconnu lui rappelait une de ses connaissances. C'était plutôt rassurant. Il avait beau chercher, il n'aurait pas su dire laquelle... trop occupé qu'il était à déposer par terre le corps inanimé de son jeune ami.

L'inconnu, sans dire un mot, leur indiqua des yeux qu'ils devaient retourner celui-ci sur le ventre.

Alors qu'il gisait à même le sol du temple rond, les fesses de Poisson d'Or étaient toujours la proie des flammes. Sans attendre, l'homme plaqua dessus une couverture de laine sous laquelle il n'hésita pas à passer ses mains. Avec des gestes qui devaient être précis mais qu'il accomplissait sans les voir, ses mains étant toujours sous la couverture, il avait dû commencer à dégrafer la ceinture et à défaire le pantalon du blessé, puisqu'il réussit à l'extirper de dessous la couverture avant de le lancer, tout en flammes, dans un coin de la pièce où il acheva de se consumer.

Ses mains expertes, qui paraissaient insensibles au feu, venaient de sauver Poisson d'Or de l'atroce mort par brûlure à laquelle il eût succombé sans l'intervention providentielle de cet inconnu au visage avenant.

Ce dernier fit signe à une femme, qui se tenait dans l'ombre, de s'approcher. D'après son regard respectueux, ce devait être une servante.

— Va me chercher, s'il te plaît, la pommade que j'utilise pour soigner les brûlures. Il y en a un pot dans le coffret à onguents...

La femme qu'il venait de héler lui apporta une coupelle remplie d'une crème jaunâtre. L'homme souleva délicatement la couverture.

À peine l'eut-il fait glisser qu'il vit apparaître la marque en forme de disque sur la peau légèrement rougie de Poisson d'Or. Les flammes n'avaient, heureusement, pas été méchantes, le tissu de ses braies avait protégé les fesses du blessé. Le Bi dermique était bien là, intact, parfaitement lisible, un peu plus rose que d'habitude, sous l'effet de la chaleur.

D'émotion et de surprise, l'homme au visage avenant manqua renverser son pot d'onguent.

Bouche bée, il essayait de contenir le tremblement qui s'était emparé de lui tout en massant doucement la peau fragilisée de Poisson d'Or. La joie qu'il ressentait était palpable, elle se voyait sur son visage et semblait submerger son cœur comme l'onde d'un fleuve en crue qui allait en recouvrir les rives desséchées.

C'était inimaginable !

Jamais, même dans ses rêves les plus fous, l'homme au visage avenant n'avait osé espérer qu'il vivrait un jour ce moment-là. Et pourtant, cette marque sur la peau de la fesse était bien réelle. Elle était là, sous ses yeux, évidente. Il pouvait la toucher. C'était la marque ! La marque qu'il aurait reconnue entre mille...

Pour l'unique raison qu'il portait exactement la même.

Maillon Essentiel, observant la scène, avait enfin

trouvé à qui ressemblait l'homme au visage avenant : c'était le portrait craché, en plus vieux, de Poisson d'Or !

Ainsi, l'inconnu au visage avenant venait de retrouver ce fils unique qu'un géant leur avait enlevé, quelque trente années plus tôt, à sa femme et à lui, peu de jours après sa naissance.

Tous les jours, depuis trente ans, cet homme revivait ces instants terribles qu'il garderait à jamais gravés dans sa mémoire, comme s'ils dataient d'hier.

C'était le soir, et le père de Poisson d'Or revenait de la chasse au faucon, qui avait été féconde. Il songeait aux ripailles qu'il allait organiser, au dîner avec ses amis chasseurs. Arrivé devant le seuil de leur demeure, il avait retrouvé son épouse éplorée. Elle sanglotait devant le couffin vide de leur enfant.

Il avait mis du temps à comprendre que leur unique bébé, un garçon, leur avait été enlevé.

Elle lui en avait tant de fois fait le récit qu'il lui semblait l'avoir vécu lui-même...

Au début de l'après-midi, alors qu'elle était tranquillement assise au soleil sur un banc de pierre, à côté du lavoir public, elle avait été abordée par un homme immense qui s'était présenté à elle comme envoyé par le souverain d'un pays lointain. Le géant, dont la taille suffisait à le rendre inquiétant, l'avait questionnée sur l'âge et le sexe du bébé. Elle venait de lui donner sa tétée et l'avait encore au sein. Interloquée, elle avait regardé l'homme immense. Ses yeux lui avaient paru étrangement dépourvus de méchanceté, ils rayonnaient de bonté. Aussi ne s'était-elle nullement méfiée lorsqu'il lui avait demandé de lui confier l'enfant. À peine lui avait-elle confié le petit garçon, qui n'avait pas encore dix jours, que le géant, sans un seul mot d'explication, l'avait gentiment repoussée de côté et s'était levé, le tenant avec mille précautions comme un talisman. Le nouveau-né, repu après sa tétée, dormait profondément. Avant qu'elle ait pu appeler à l'aide, le géant l'avait promptement emmailloté dans une couverture qu'il avait prise dans le couffin posé à ses pieds, puis, après être remonté sur un immense destrier posté à quelques pas de là, il était reparti au galop sans même se retourner.

Le ravisseur avait agi avec rapidité mais aussi une grande douceur : l'enfant ne s'était même pas réveillé. Elle l'avait vu, tel un petit paquet, continuer de dormir à poings fermés, serré dans l'un des bras du géant tandis que l'autre fouettait la croupe du cheval.

Fous de douleur, les parents avaient passé des semaines à errer autour du village à la recherche de leur fils. Personne, dans la région, n'avait été capable de les renseigner. Le voleur s'était volatilisé. Plus jamais ils n'avaient entendu parler de leur bébé et encore moins de son ravisseur, cet envoyé du roi d'un pays lointain.

Le choc émotionnel avait été terrible : son épouse adorée ne l'avait pas supporté. Elle n'avait pas tardé à tomber dans la neurasthénie et, de chagrin, était morte quelques mois plus tard, après avoir perdu le sommeil et cessé de s'alimenter.

Anéanti par la perte, coup sur coup, des deux êtres qui lui étaient les plus chers au monde, le père de Poisson d'Or avait dû s'armer de courage pour continuer à survivre.

Seule une intuition bizarre qu'il n'avait cessé de ressentir depuis l'enlèvement de son fils, une intuition qui lui faisait croire que le bébé n'était pas mort et qu'il se trouvait en sécurité quelque part, auprès du commanditaire de son enlèvement, l'avait aidé à surmonter le désespoir qui avait failli l'emporter.

La description que sa femme lui avait faite du ravisseur n'était pas celle de ces vulgaires trafiquants de bébés mâles qui écumaient les campagnes à la recherche de leurs proies et mettaient leur butin en vente sur les marchés aux esclaves. Elle avait insisté sur la grande douceur des gestes du géant à l'égard de l'enfant et sur la bienveillance qu'elle avait semblé lire dans ses yeux. Le ravisseur n'avait-il pas pris, en outre, la précaution de demander son âge avant de l'enlever ? N'était-ce pas une preuve supplémentaire que ce rapt avait des mobiles particuliers ? Tout cela ne s'inscrivait-il pas dans un processus énigmatique dont un jour – qui sait ? – il finirait par trouver la clé ?

Aussi avait-il pris le parti de s'accrocher aux intuitions positives de sa femme, persuadée que le voleur n'était pas une crapule, même si la perte de cet enfant unique l'avait conduite à sombrer dans une folie suicidaire.

L'homme au visage avenant avait survécu dans l'espoir de revoir, un jour, le fils qu'on lui avait pris.

Cet espoir et cette ténacité n'avaient pas été vains puisque ce rêve, enfin, venait de se réaliser.

Comme il avait eu raison d'attendre ce moment !

67

— Ils sont devenus fous ! Ils veulent brûler tous les livres anciens ! D'après ce qui se dit, ils ne conserveraient que les textes des lois et des décrets qui gouvernent l'Empire du Centre... Quant à tout le reste, le *Yijing*, le *Shujing*, le *Livre des Odes*, les *Analectes* de Confucius, le *Zhouli*, les romans épiques, les poèmes licencieux, ceux qui circulent sous le manteau, et j'en passe, ils seraient prêts à les faire partir en fumée ! C'est vraiment épouvantable, murmura Zhaoji, absolument consternée par la terrible nouvelle.

— J'ai entendu comme toi cette rumeur insensée. Au début, je n'y ai pas cru tant ce projet me paraissait irréel. Et voilà que tu me le confirmes ! Faire table rase de toutes nos traditions écrites et de la mémoire de nos ancêtres paraît invraisemblable ! C'est là un véritable crime contre l'esprit ! Jusqu'où, et vers quelles extrémités cet Empereur n'ira-t-il pas ! gémit Huayang que la colère et l'indignation faisaient trembler.

Zhaoji baissa la tête. Sa pudeur l'empêchait d'ajouter sa réprobation aux propos de Huayang. L'Empereur était son fils. Jusque-là, elle s'était toujours abstenue de proférer des reproches à son égard et encore plus de montrer une quelconque hostilité à ses décisions et à ses actions, même si elle était loin d'adhérer à toutes.

39

Mais là, c'en était trop ! Malgré toute son indulgence de mère, elle ne pouvait comprendre et encore moins expliquer ce projet d'incendie des livres qui la révoltait au plus haut point. Vouloir faire table rase de l'écrit était un acte qui s'apparentait à de la pure folie meurtrière. Cela n'était rien de moins qu'un crime contre l'esprit. Elle avait donc décidé de s'y opposer de toutes ses forces.

Il lui vint une idée, dont elle fit part à sa confidente :

— Et si nous prévenions sans délai Accomplissement Naturel ? Averti à l'avance, il pourrait peut-être, s'il en a encore la force, mettre à l'abri en un lieu sûr les livres les plus précieux dont il a la charge... La Bibliothèque Impériale est riche de milliers de livres. Ce serait là autant d'idées, de maximes, de poèmes, de vers et d'histoires, œuvres de ceux qui nous ont précédés, qui seraient ainsi sauvés des flammes...

— Tu as raison. Mais il faut faire très vite ! Dans quelques jours, si mes renseignements sont exacts, le décret ordonnant d'allumer les brasiers aux livres sera placardé dans tout l'Empire..., souffla la vieille reine.

— Allons-y dès maintenant ! proposa Zhaoji.

Lorsqu'elles déboulèrent dans la salle de consultation de la bibliothèque de la Tour de la Mémoire, le vieux lettré était plongé dans la lecture d'un poème du *Livre des Odes*.

— Es-tu au courant de ce projet de brûler tous les livres et tous les écrits d'hier ? demanda Huayang au vieillard.

— Non pas. Je sais que l'Empereur veut continuer à changer les noms de nombreuses choses et de certaines personnes. Mais c'est la première fois que j'entends parler d'une entreprise aussi néfaste. En êtes-vous sûre ? répondit ce dernier, quelque peu étonné.

— Il est aussi question de forcer les lettrés qui possèdent chez eux des documents écrits à les porter le même jour au pied des bûchers qui seront allumés aux quatre coins de la ville. L'Empereur du Centre veut empêcher toute pensée autonome qui ne soit pas légiste de se répandre dans l'Empire. Il veut aussi effacer le passé pour éviter toute comparaison défavorable avec les anciennes dynasties impériales, celles de l'Empereur Jaune, puis des deux Saints Rois Yao et Shun !

— Il n'y réussira pas ! Il poursuit là une chimère. Les forces de l'esprit sont insaisissables. Elles sont invincibles dès lors que chacun les garde pour soi... On ne peut domestiquer l'intelligence, répliqua Accomplissement Naturel dont le regard s'était brusquement assombri.

— Rien n'est plus facile que de mettre le feu à des livres... Le bambou sec brûle comme de l'étoupe. Sans livres, l'intelligence est comme une plante assoiffée ; elle s'étiole et finit par mourir ! Je vous le dis, il y a vraiment péril en la demeure...

— Je vois le Premier ministre demain. Il souhaite procéder à un inventaire des bronzes rituels de la Tour de la Mémoire. Je l'interrogerai sur ce qu'il en est exactement. Mais je vous crois bien volontiers, dit le vieil homme en rangeant dans un sac de soie les précieuses lamelles du livre qu'il venait de consulter.

— Il faudrait au moins placer en lieu sûr les ouvrages les plus précieux de la Tour de la Mémoire. Ainsi, les générations futures ne seraient pas définitivement privées des trésors de la connaissance, de la poésie, de l'histoire et de la pensée transmis par nos glorieux ancêtres, suggéra Zhaoji.

Le très vieux lettré regarda avec lassitude les milliers de rouleaux qui s'entassaient sur les étagères jusqu'au plafond de la salle de consultation. Mettre tout cela à l'abri demanderait des jours et des jours, il ne s'en sentait plus la force. Et où pourrait-il les entreposer ? En quel lieu suffisamment sûr ? Jamais un tel déménagement ne pourrait se faire sans éveiller l'attention des agents du Bureau des Rumeurs qui ne tarderaient pas à avertir l'entourage de l'Empereur du Centre. Ce déménagement était des plus risqués.

— C'est impossible, soupira-t-il. Regardez tous ces rouleaux ! Comment voudriez-vous qu'un pauvre vieillard de mon espèce réussisse à les cacher en lieu sûr quelque part ? Je comprends votre souci, mais je crains fort de ne pas être à même de vous aider. C'est là une tâche surhumaine...

— C'est pourtant la seule solution envisageable ! Il faudra être plusieurs pour la mener à bien. Tu devras au préalable trier les livres dignes d'intérêt. Seul le lettré d'exception que tu es sera capable de faire la sélection. Il s'agira en effet de choisir les plus importants d'entre eux, ceux qui, par l'excellence de leur propos, seront indispensables aux générations futures, insista Zhaoji.

— Mais j'ai besoin au moins de quelqu'un pour m'aider à manipuler ces milliers de rouleaux !

Le vieux lettré désignait la muraille de livres.

— Pourquoi ne solliciterais-tu pas l'aide de la petite Rosée Printanière, elle a l'air de connaître sur le bout des doigts tous les ouvrages de la Bibliothèque Impériale. N'est-elle pas souvent auprès de toi ? ajouta Huayang.

— Il est vrai qu'elle m'a aidé à effectuer la compilation des *Chroniques des Printemps et des Automnes de Lubuwei*. Elle connaît bien la bibliothèque.

— Je n'y avais même pas pensé ! La sélection est déjà faite ! lança joyeusement Zhaoji.

— Cette jeune fille est vaillante et n'a pas froid aux yeux. Je craindrais pour elle, en revanche, si son père venait à s'apercevoir qu'elle a travaillé contre lui !

— Pourquoi ne pas lui en parler très vite ? Où est-elle ? interrogea la vieille reine.

— Elle est ici, juste à l'étage au-dessus. Elle répare les cordelettes usées d'un ouvrage qui en a bien besoin. Jamais je n'oserai la solliciter ! chuchota, angoissé, le vieux lettré.

Il redoutait d'embarquer la jeune femme dans une aventure aussi risquée mais n'osait pas l'avouer à ses visiteuses.

— Il faut pourtant faire quelque chose, faute de quoi tout cela partira bientôt en fumée ! assura Huayang en pointant le doigt vers les colonnes de livres qui les encerclaient.

Rosée Printanière, qui, à travers le plancher de bois, avait entendu l'essentiel de la conversation, était venue d'elle-même rejoindre les deux femmes.

Elles n'eurent pas besoin de lui expliquer longuement l'objet de leur visite à Accomplissement Naturel.

— Mais c'est un crime contre l'esprit ! Nous devons nous y opposer de toutes nos forces ! Je suis disposée à vous apporter ma contribution ! s'exclama Rosée Printanière avec fougue lorsqu'elles eurent terminé.

— S'y opposer, mais comment ? demanda avec douceur le vieux lettré à celle qui était devenue son indéfectible disciple.

— Réunir d'abord tous les lettrés de Xianyang, mettre ensuite au point un plan d'action pour mobiliser tous ceux qui, dans l'Empire, croient à l'intérêt des livres et à l'irremplaçable vertu de l'écrit. Je suis prête à me lancer dans la bataille !

— Hélas, tu risques d'être déçue. Les lettrés ne sont pas les guerriers que tu crois. Ils ont plus l'habitude de manier le stylet à écrire que le glaive... Le courage n'est malheureusement pas le propre des intellectuels, reconnut tristement Accomplissement Naturel.

— Nous pensions plutôt qu'il serait préférable de mettre à l'abri le plus de livres possible pour qu'ils échappent aux bûchers. Mais il faut s'en tenir aux seuls importants, sinon l'opération de sauvetage s'éventerait et finirait par échouer, intervint Zhaoji.

— Quels seraient les livres qu'il conviendrait à tout prix de sauver de ce désastre ? s'enquit Huayang en se tournant vers le vieux lettré.

— Plus de cent livres datant de la période des Cent Écoles. Sans compter les trois tomes du dictionnaire *Erya,* à ne pas oublier, j'opterais également pour le *Shangshu,* le *Zhouli* et les *Annales du pays de Lu,* où vécut le très vénérable Confucius. Et je n'oublie pas non plus les *Quatre Livres*, auxquels on peut joindre le *Livre des Rites* et celui de la *Musique.*

— Ne faudrait-il pas y ajouter la *Chronique du Fils du Ciel Mu* et le *Classique des Montagnes et des Mers* ? Ce sont deux textes incomparables, l'un qui relate le grand voyage vers l'Ouest du roi Mu des Zhou et l'autre qui raconte les vies des dieux qui gardent les Cinq Directions..., s'écria d'une voix frémissante Rosée Printanière.

— Je pense aussi aux *Élégies de Chu*, écrites par le talentueux Quyuan, qui sont le vrai poème de notre langue, bien plus personnelles et délicates que les strophes un peu empruntées du *Livre des Odes*..., déclara Accomplissement Naturel dont le visage s'animait au fur et à mesure qu'il procédait à l'énumération des trésors littéraires qui méritaient d'être sauvés.

— Le plus efficace serait encore de conserver au moins un exemplaire des *Printemps et Automnes de Lubuwei*. Cette compilation est à elle seule un résumé exhaustif de tout ce qui a été écrit en Chine depuis qu'il existe des livres. Souviens-toi, Accomplissement Naturel, ce pauvre Lubuwei voulait précisément transmettre ce témoignage aux générations futures, comme s'il avait très exactement deviné ce qui allait se passer ! rappela Rosée Printanière en battant des mains.

— C'était en effet la volonté de Lubuwei. Je me souviens qu'il m'avait dit craindre qu'un jour un despote n'eût envie d'abolir toute trace du passé en supprimant les vieux livres ! Le pauvre ne croyait pas si bien dire ! bredouilla, fort ému, le vieux lettré.

— Puisque nous en sommes à parler de Lubuwei, il me vient une idée. N'y aurait-il pas, dans le palais qu'il habitait sur la colline aux chevaux, une cache où nous pourrions entreposer les livres à sauver ? Ce palais est inhabité depuis que l'État a réquisitionné les troupeaux, les écuries et les prairies qui appartenaient à l'ancien Premier ministre. L'endroit est calme et désert. Presque maudit. Si nous agissions nuitamment, et avec quelques précautions, nul ne viendrait à se douter de notre stratagème, affirma la jeune femme.

— C'est une excellente idée ! Personne n'ose s'aventurer, par crainte des fantômes, dans l'ancien palais de Lubuwei. Tout ce qui relève de la mémoire du marchand de chevaux est fort mal vu ! dit Zhaoji.

— Il suffirait d'ouvrir une cache dans un mur ou de trouver un réduit dans la cave. Nous sommes quatre. En deux voyages, nous pourrions déjà mettre à l'abri les ouvrages les plus précieux de la Bibliothèque Impériale, ceux-là mêmes que vous venez de citer... Il faut faire vite, préconisa Huayang.

— Au travail ! conclut impérieusement la voix de Rosée Printanière.

La jeune femme n'avait pas donné le choix au vieil homme.

Sans plus attendre, elle était montée sur une échelle et tendait des rouleaux de lamelles de bambou aux deux reines qui avaient entrepris de les disposer les uns contre les autres, tandis qu'Accomplissement Naturel s'occupait de les mettre en ordre sur la table de lecture.

Au bout d'un moment, à force de monter et de descendre l'échelle, de trier et de classer les rouleaux de lamelles, la table de consultation fut entièrement recouverte de livres.

— Vous êtes efficaces comme des bibliothécaires expérimentées et parfaitement aguerries ! Dans un petit moment, tout sera fini. Il ne manque plus que le *Classique des Montagnes et des Mers,* sur lequel je ne suis pas encore arrivée à mettre la main, leur dit Rosée Printanière.

— Il se trouve à la réserve, dans la pièce au-dessus. Je l'y ai encore vu hier, répondit Accomplissement Naturel.

Elle se précipita pour monter le chercher.

— Il tombe en morceaux, reprit-elle, mais sans lui, nous ne connaîtrions même plus l'histoire de nos origines, celle du couple créateur du monde humain Fuxi, l'homme à l'équerre, et Nüwa, la femme au compas ! Ni celle de la première fille de Shennong, le descendant de Yandi, l'Empereur du Sud, qui se lia au Maître du Pin Rouge, le fonctionnaire chargé de la Pluie et de la Rosée, avant de devenir Immortelle, à force de raffiner son corps ! Ni celle de sa troisième fille qui revint d'une tempête où elle était morte sous la forme de l'oiseau Jingwei avec des cailloux et des branches dans le bec en prétendant, pour se venger, combler les océans ! Et encore moins celle de leur père Shennong qui passa de vie à trépas non sans avoir absorbé soixante-dix plantes médicinales différentes dont il avait souhaité tester les effets mais qu'il réussit à transmettre *in extremis* au scribe qui rédigea la très vénérable *Pharmacopée de Shennong* !

Elle montrait aux deux reines qui venaient de l'écouter, émerveillées et médusées devant tant de science, un rouleau noirci et brillant à force d'avoir été compulsé.

— En deux séances supplémentaires, nous aurons

achevé notre tri. Après, nous les transporterons en cachette !

Accomplissement Naturel la regardait avec tendresse, complètement séduit par son culot et sa volonté. Il ne doutait plus que Rosée Printanière sauverait les livres rares de ces incendies ravageurs. Grâce à ce petit bout de jeune fille, la littérature, la poésie et la calligraphie du Qin échapperaient à l'anéantissement et à l'oubli.

— Quand je pense aux trésors que renferment tous ces ouvrages et auxquels d'aucuns voudraient empêcher les générations futures d'accéder, je suis proprement scandalisée ! Lisi et l'Empereur sont devenus fous ! fit Huayang.

À peine sa phrase achevée, elle regrettait d'avoir ainsi pris à partie le père de Rosée Printanière. Mais celle-ci ne parut nullement choquée, bien au contraire, puisqu'elle décréta :

— C'est pourquoi je compte bien en dire deux mots tout d'abord à mon père et, s'il le faut, à l'Empereur lui-même. J'aimerais tant ne pas avoir à cacher ces rouleaux en lieu sûr !

Il suffisait de l'entendre pour comprendre, au ton qu'elle employait, que la jeune Rosée Printanière, en l'occurrence, ne plaisantait pas.

*

Rosée Printanière, enfin, faisait face à son père.

Cela faisait trois jours qu'elle cherchait à avoir cette explication avec lui. Dans le regard noir de la jeune femme, la colère grondait.

Ils s'apprêtaient à dîner de part et d'autre d'une table oblongue en bois noir, polie comme un miroir, sur laquelle des domestiques avaient posé un plat de carpe rôtie farcie au gingembre, dont le fumet embaumait la pièce.

— Je m'opposerai de toutes mes forces à ta folle entreprise de destruction des livres ! Il faut que tu le saches !

— Ce n'est pas comme tu viens de le dire « mon » entreprise, mais bien celle de l'Empereur du Centre. Je ne fais qu'appliquer ses ordres, répliqua sèchement son père, l'air pincé.

— Archifaux ! Tu t'es vanté auprès d'Accomplissement Naturel d'en avoir suggéré l'idée à Zheng. Il me l'a dit hier ! hurla-t-elle en frappant la poitrine de son père de ses poings.

C'était la première fois qu'elle s'en prenait ainsi à lui.

— Il est interdit à une fille de porter la main sur son père ! C'est contraire à toutes les règles de bienséance... Que fais-tu du respect des aînés ? fulmina-t-il, outré par tant d'insolence.

— Je croyais que tu méprisais les théories confucéennes ! Et voilà, en plus, que tu me parles de l'interdit qui figure dans le *Zhouli*, ce livre que tu vas bientôt brûler ! Zheng n'a-t-il pas l'intention, en décidant de mettre le feu aux livres, d'abolir toute trace du passé ? Dans ces conditions, je ne vois pas comment tu pourrais t'arroger le droit de m'opposer des interdits ancestraux !

— Tu n'es qu'une pauvre insolente et une petite raisonneuse...

— Je préfère te prévenir : je compte aller voir l'Empereur du Centre en personne pour lui dire ce que je pense de cette mesure !

— Tu n'as aucun titre pour le solliciter sur ce chapitre. D'ailleurs, l'Empereur est inaccessible et c'est tant mieux ! assena son père, de plus en plus ulcéré par la tournure que prenait la conversation avec sa fille.

Il craignait surtout qu'en effectuant cette démarche, elle le mît dans l'embarras vis-à-vis du souverain.

— Je n'ai qu'à bouger le petit doigt et il me recevra ! J'ai mes raisons d'en être persuadée...

— Si tu avais daigné avoir un comportement intelligent, tu serais déjà l'Impératrice du Centre et disposerais d'arguments efficaces pour le convaincre de renoncer à un tel projet, lâcha Lisi, de plus en plus ivre de rage.

Cette dernière phrase eut le don de provoquer chez Rosée Printanière un immense cri de désespoir. Tant de cruauté de la part de son père la révoltait. Elle regardait le rictus qui affectait son visage et le rendait méconnaissable lorsqu'il était en colère, elle y vit toute la méchanceté du monde et une incommensurable montagne d'aigreur. Cet homme, décidément, était un monstre dépourvu de tout sentiment humain, hormis cet immense orgueil qui l'avait déjà aveuglé pour ce qui concernait sa conduite. Elle ne se sentait plus aucune connivence avec lui. Était-elle, même, encore sa fille ? Qu'avait-elle de commun avec lui ? Se souciait-il de son bonheur ? À l'évidence, la réponse à cette dernière question était « non ».

Alors, pour la première fois, elle se mit à le haïr.

Son père ne voyait en elle qu'un instrument supplémentaire de conquête du pouvoir suprême. Il avait essayé de la programmer pour qu'elle devînt l'épouse de l'Empereur du Centre. Tout ce qu'il avait entrepris pour elle, tout ce qu'il avait donné à sa fille, il l'avait fait dans cet unique but. Elle avait subodoré cette manigance paternelle depuis longtemps, mais voilà que celle-ci, à ce moment précis, éclatait au grand jour : son père ne l'aimait pas pour elle-même ; son père ne l'aimait que pour ses propres entreprises.

Rosée Printanière se sentait avilie. En elle, la souffrance était devenue telle qu'elle l'aurait volontiers tué sur-le-champ.

— Je te hais. D'ailleurs, tu ne m'as jamais aimée. À aucun moment tu ne m'as accordé la moindre affection, lança-t-elle d'une voix blanche.

— Il suffit ! Tes propos sont insensés. Tu vas aller calmer ta colère ailleurs. Je n'ai que faire de tes outrances verbales ! rétorqua Lisi avant de détacher de la carpe au gingembre, à l'aide de ses baguettes, une bouchée qu'il s'apprêtait à avaler.

Mais la fureur de la jeune femme était telle qu'après avoir sorti son stylet de son étui, elle avait commencé à écrire une phrase sur le bois précieux de la table de bois noir. Sa main allait très vite et le stylet paraissait danser. Rosée Printanière avait adopté l'écriture cursive Caoshu, celle des poètes et des calligraphes quand ils suivaient leur inspiration : une écriture instantanée, surgie d'un seul jet, sans le moindre remords ni le moindre repentir. Sitôt achevés les quatre idéogrammes, elle fit signe à son père, qui n'avait même pas eu le temps d'avaler sa bouchée de carpe, de se lever pour venir les déchiffrer.

« *L'Empire du Centre, l'Empire du Mal !* » pouvait-on lire sur la planche de la table, polie comme un miroir, à laquelle les idéogrammes cursifs avaient infligé les griffures de l'élégante calligraphie de Rosée Printanière.

— Petite malheureuse, sais-tu qu'il y a là de quoi provoquer notre perte à tous les deux ? s'emporta Lisi en essayant tant bien que mal de recouvrir de ses mains les traces des idéogrammes sacrilèges.

Nul doute que la découverte d'une inscription aussi blasphématoire contre le régime impérial, gravée sur un meuble appartenant à son propre Premier ministre, les eût conduits tous deux à l'échafaud.

— La tienne ! Pas la mienne ! Tu m'as déjà per-due ! s'exclama-t-elle.

— Puisque tu agis ainsi, tu vas voir de quel bois je me chauffe ! cria ce dernier en saisissant sa fille par le poignet.

Malgré les cris de Rosée Printanière, qui essayait de se débattre, il l'entraîna vers le jardin situé à l'arrière de leur demeure, là où donnait son bureau. Il en ouvrit la porte avec violence et la poussa de toutes ses forces à l'intérieur, où son front alla heurter un paravent qu'elle fit tomber. Puis il referma la porte à double tour après l'avoir claquée violemment.

— Tu resteras là le temps qu'il faut pour revenir à des pensées plus judicieuses ! aboya-t-il avant de reve-nir dans la salle à manger.

Il fallait à tout prix effacer les traces du stylet de sa fille sur le bois poli avant que les domestiques viennent desservir le dîner... Les mots étaient gravés dans le bois. Alors, ayant constaté avec soulagement qu'elle avait laissé suffisamment d'espace entre chaque idéo-gramme, il intercala « vainqueur » au milieu de la phrase. « *L'Empire du Centre, vainqueur de l'Empire du Mal* » était déjà plus anodin si d'aventure quelqu'un était amené à lire l'inscription.

Enfermée dans ce bureau au milieu des débris du paravent, Rosée Printanière ressentait un tel emporte-ment qu'il lui prit l'envie de tout détruire de cette pièce en y mettant le feu après avoir saccagé les meubles, les bibelots et les objets précieux qui s'y entassaient.

En larmes, elle regarda avec dégoût ces guéridons aux pieds délicatement arqués, ces coupons de soie si lourdement brodés qu'aucune femme élégante n'eût osé s'y couper une robe et ces récipients de bronze aux contours ostentatoires, trop précieux, à son goût, pour servir de vases rituels. Tous ces trésors symbolisaient le rôle de son père dans l'entrelacs des pouvoirs du régime impérial dont il représentait, juste après l'Empereur, la pièce maîtresse. Ils en étaient l'étrange butin mais ne provenaient pas de prises de guerre. C'étaient des cadeaux d'obligés, destinés à obtenir sa protection et son appui. La richesse allait au pouvoir, de même que celui-ci finissait toujours par aller vers celle-là. Chaque jour, le Premier ministre recevait des dizaines de témoignages d'allégeance ou de contreparties à des faveurs, dont il ne gardait par-devers lui que les plus précieux. Pas un seul ne trouvait grâce aux yeux de sa fille, comme si leur provenance suffisait à les lui rendre aussi insupportables que laids. Et encore n'étaient-ils tous pas là, puisque Lisi rangeait ceux auxquels il tenait le plus dans la lourde armoire en teck qui lui servait de coffre-fort et occupait un mur entier de son cabinet de travail.

Brûler tout cela serait apaisant !

Mais comment faire ? Elle n'avait ni briquet ni pierre à feu. Elle était seule, enfermée dans une chambre forte, entourée de trésors inutiles.

Elle pleurait tant qu'elle n'avait même plus le courage de s'en emparer et de les détruire. Alors elle s'abattit sur le sol froid qu'elle frappa longuement. Elle appelait sa mère, telle une petite fille perdue, elle se sentait abandonnée. Elle se rendit compte qu'elle avait laissé son stylet sur la table de la salle à manger. Elle n'était pas loin de se mettre à chercher, dans le capharnaüm alentour, un objet coupant et pointu qu'elle se serait enfoncé dans le ventre, pour en finir. Elle s'entendait même murmurer à la pierre du sol des mots qu'elle ne comprenait plus.

Elle allait atteindre le tréfonds du désespoir, celui où l'être était capable de passer à l'acte de sa propre suppression, lorsque, soudain, son cœur ressentit une sensation apaisante. Elle s'était mise à penser à Poisson d'Or.

Ces mots qu'elle avait murmurés à la pierre sans les comprendre n'étaient rien d'autre que le souvenir de ce nom-là...

Poisson d'Or !

Elle commença à énoncer distinctement le nom de son amant aux dalles de pierre contre lesquelles elle était toujours allongée.

Poisson d'Or !

Qu'aurait-il fait à sa place, celui qu'elle continuait à aimer de toute son âme, celui qui l'accompagnait dans les épreuves, celui auquel elle avait juré fidélité et passion éternelles ? Elle l'avait suffisamment connu pour le savoir lutteur courageux et combattant valeureux. Assurément, son Poisson d'Or, en de pareilles circonstances, ne resterait pas les bras croisés à se lamenter, le visage collé contre des dalles de pierre.

Poisson d'Or bougerait ; Poisson d'Or agirait ; Poisson d'Or relèverait, à n'en pas douter, le défi !

L'Empire du Centre, pour se prémunir contre toute entreprise de déstabilisation, n'avait rien décidé d'autre que la mise en œuvre de l'abrutissement de tous ses citoyens. Laisser s'accomplir une telle ignominie était inconcevable. Rosée Printanière, sortant peu à peu de sa léthargie, se disait qu'elle aussi, dans la mesure de ses moyens, avait agi, comme Poisson d'Or, assurément.

Deux soirs plus tôt, elle avait aidé Accomplissement Naturel à mettre les livres les plus précieux de la Tour de la Mémoire en lieu sûr, dans un recoin de la cave du palais de Lubuwei dont ils avaient soigneusement masqué l'entrée en l'obstruant avec une armoire. Grâce à l'aide des deux reines dont les silhouettes drapées de noir les avaient accompagnés toute la nuit, le vieux conservateur lettré et la jeune fille du Premier ministre avaient ainsi transporté, en seulement deux voyages, environ deux cents rouleaux de lamelles de bambou. Cela correspondait très exactement aux dix-neuf livres les plus précieux, selon eux, de la bibliothèque du Pavillon de la Forêt des Arbousiers.

Ce sauvetage n'excluait en rien la démarche qu'elle comptait effectuer auprès de l'Empereur pour l'informer de tout le mal qu'elle pensait de ses entreprises, et qui avait provoqué l'ire de son père.

Elle s'était relevée et se remémorait les titres de ces ouvrages immémoriaux qui, heureusement, échapperaient grâce à eux aux brasiers quand son regard s'arrêta sur l'armoire en teck. Sur la lourde porte à double battant recouverte de plaques de bronze s'inscrivaient en carmin les beaux idéogrammes du bonheur et de la prospérité.

Bonheur ? Prospérité ? Alors que ce régime faisait le malheur des petites gens et que la prospérité d'une poignée d'individus se construisait sur le dénuement des masses ?

Elle voyait une véritable insulte dans ces deux caractères sculptés dans le bois, qui paraissaient la narguer. Oui, cette armoire forte de son père était insultante !

Elle s'apprêtait à se ruer vers ce maudit meuble pour lui lancer mille coups de pied et essayer de le réduire en miettes mais, subitement, elle jugea qu'il serait plus pertinent de l'ouvrir. C'était un autre défi, en effet, à travers cette armoire, qu'elle souhaitait lancer à son père.

Car Lisi, depuis qu'elle était petite, lui avait toujours expressément interdit de l'ouvrir. Il obligeait même sa fille à sortir de son bureau lorsque ce meuble, où il rangeait aussi ses papiers les plus secrets, était ouvert. Docile, elle n'avait pas cherché à savoir ce que cachait un tel excès de précautions.

En décidant, ce soir-là, d'ouvrir l'armoire secrète,

elle bravait l'interdit. Elle défiait son père. Et ce dernier, lorsqu'il constaterait qu'elle en avait forcé la serrure, comprendrait mieux le sens de sa phrase lorsqu'elle lui avait annoncé qu'il avait définitivement perdu sa fille.

Puisqu'elle était enfermée dans son bureau, elle avait tout son temps pour en inspecter le contenu.

Rosée Printanière, satisfaite de sa trouvaille et rassérénée, sentait aussi qu'elle se dépouillait peu à peu de ses habits de petite fille soumise et bien éduquée, incapable de la moindre révolte ; elle ne serait plus cette enfant docile qui avait trouvé refuge dans l'étude des textes et la calligraphie. N'était-ce pas là le moyen infaillible de faire comprendre à son père qu'avec sa fille, désormais, tout était fini ?

Elle ôta une de ses épingles à cheveux et l'introduisit délicatement dans le cadenas à combinaison. Un peu fébrile, elle dut s'y reprendre à plusieurs fois avant que la serrure, d'un petit crissement, consente à céder.

Elle écarta lentement les portes cloutées de bronze, d'abord celle du Bonheur, puis celle de la Prospérité. Elles étaient épaisses comme le plateau d'une grande table à manger mais leurs gonds étaient si bien huilés qu'elles lui parurent légères comme des plumes. À sa grande surprise, Rosée Printanière s'aperçut que l'armoire était vide.

C'est alors que son regard fut attiré par une porte plus petite, située juste derrière la première, qui devait être celle, par conséquent, d'une armoire intérieure. À l'instar d'une porte de coffre à ouverture secrète, elle ne comportait ni serrure ni cadenas. La jeune femme plusieurs fois passa sa main dessus. Elle était bordée par des rivets de bronze. Elle décida de toucher chacun d'eux avec son doigt pour voir s'ils ne correspondaient pas à un loquet ou à un bouton-poussoir imperceptible à l'œil nu et qui aurait permis de déclencher son mécanisme d'ouverture. Elle constata avec déception qu'aucun rivet, malheureusement, ne bougeait. À l'instant où elle allait abandonner, elle avisa un petit téton de bronze à peine plus saillant que les autres, mais légèrement à l'écart, au bas de la bordure extérieure de la porte. Au moment précis où elle le saisissait délicatement entre le pouce et l'index, comme pour soulever un couvercle, d'un seul coup, la porte s'escamota.

Le coffre intérieur venait de s'ouvrir.

À son grand étonnement, il n'y avait aucun papier sur les étagères, seulement, posés côte à côte sur la planche du milieu, un coffret de cèdre et un sac de soie.

Intriguée, elle s'empara du sac de soie puis l'ouvrit d'une main tremblante.

Elle fermait les yeux. Son cœur à présent battait à tout rompre. Avant même d'en détacher les cordons, elle avait deviné à tâtons ce qu'il contenait, et avait percé le terrible secret de son père. Elle comprenait parfaitement, désormais, anéantie et soulagée à la fois, pourquoi Lisi lui avait intimé l'ordre de ne jamais ouvrir l'armoire de son bureau.

Car ce que renfermait ce meuble était à proprement parler inavouable à Rosée Printanière. Il contenait la preuve que son père était un menteur et qu'il avait volé le fameux disque de jade pour faire accuser Poisson d'Or.

Elle ne s'était pas trompée... Le Bi noir étoilé était bien là, dans son sac de soie damassée, juste à côté du coffret de cèdre portant le nom d'Inébranlable Étoile de l'Est.

Rosée Printanière se rua alors sur le coffret et souleva son couvercle. Il contenait des vêtements chiffonnés, encore souillés de sang séché, ainsi que des bijoux et une ceinture de soie noire, brodée au fil d'or et incrustée de turquoises, dont il manquait la boucle. Elle ressemblait étrangement à la ceinture que portait sa mère, elle s'en souvenait comme si c'était hier. Quant aux vêtements chiffonnés, ce ne pouvait être que ceux qu'elle portait le jour de son assassinat ; le petit juge enquêteur Wei les avait d'ailleurs remis à son père après que le cadavre, une fois identifié, avait été déposé à la morgue.

Son père était un voleur ! Son père était un voleur et un menteur !

Et cette évidence, loin de la meurtrir, finit par l'apaiser. Elle comprenait enfin beaucoup de choses qui s'étaient passées entre elle et lui. Elle comprenait cet étrange malaise qu'elle n'avait cessé d'éprouver à son égard depuis le moment où elle avait commencé à aimer Poisson d'Or. Elle comprenait surtout pourquoi elle le haïssait depuis si longtemps, même si cette haine était restée enfouie en elle.

Son père, évidemment, avait tout fait pour l'empêcher de rejoindre Poisson d'Or et la pousser dans les bras de Zheng ! Et cette haine ancienne venait de resurgir et décuplait ses forces.

Regardant ses mains, elle se rendit compte qu'elles tenaient le Bi noir étoilé. L'objet rituel était tout à elle.

Vu de près, le disque de jade était d'une beauté stupéfiante. Elle l'embrassa. Sur sa surface sombre, les minuscules étoiles micacées provoquaient un étrange rayonnement qui parvenait déjà à l'éblouir. Elle le colla contre sa joue. Le contact de son visage avec la pierre polie qui irradiait une douce chaleur lui apaisa le cœur. Puis, l'âme de plus en plus sereine malgré la tragique révélation qui avait été la sienne, elle plaça l'objet rituel contre sa poitrine et s'en fut contempler le jardin intérieur, fleuri par des pivoines arborescentes, sur lequel donnait le bureau de son père.

L'aurore pointait son nez. Dans une atmosphère bleutée, d'élégants papillons voletaient entre les grosses fleurs boursouflées dont la blancheur immaculée offrait, en leur centre, cette minuscule blessure rose pâle qui s'achevait en point rouge comme le sang.

Elle ressentait un profond sentiment de calme.

En allant reposer le sac de soie damassée sur son étagère pour éviter de le froisser, elle sentit qu'il y avait autre chose à l'intérieur. Elle le retourna comme un gant. C'est alors qu'une autre pièce de jade roula sur le sol. Cela ressemblait à une monnaie, de par sa forme ronde. Elle se baissa pour la ramasser. Elle était beaucoup plus petite que le disque rituel. C'était une simple boucle de ceinture.

Rosée Printanière poussa un cri perçant et dut s'appuyer contre le mur pour ne pas tomber.

Elle venait de reconnaître la boucle de jade en forme de phénix affrontés qui servait à fermer la ceinture que portait Inébranlable Étoile de l'Est pour retenir ses longues robes de soie. Elle se souvenait parfaitement que son père lui avait toujours assuré que cette boucle manquait lorsqu'on avait retrouvé le corps mutilé de sa mère, ajoutant que son assassin avait dû l'emporter avec lui.

Elle prit la ceinture dans le coffret et constata que la boucle correspondait parfaitement à la largeur des deux tétons sur lesquels elle devait être fixée.

Alors, de désespoir, elle faillit s'effondrer.

Non seulement son père était un voleur, un menteur, celui par qui le malheur s'était abattu sur Poisson d'Or, mais c'était surtout un assassin, et pas n'importe lequel ! Elle en tenait en main la preuve irréfutable...

Rosée Printanière referma avec le plus grand soin le coffre-fort afin que nul ne pût s'apercevoir, de l'extérieur, qu'il avait été ouvert. Elle ne replaça pas le disque rituel dans la pochette de soie, ni la boucle de ceinture de sa mère. Elle avait décidé de garder avec elle les deux objets de jade.

Puis, après les avoir enfouis au plus profond de son corsage, elle s'endormit, complètement épuisée, sur le banc de pierre du jardin intérieur.

Le matin venu, elle entendit son père ouvrir la porte de son bureau.

— Alors, es-tu calmée ? se contenta-t-il de dire.

Elle fit comme si de rien n'était et répondit par une moue à peine boudeuse.

Maintenant qu'elle avait connaissance de ses terribles secrets, elle se sentait totalement étrangère à cet homme. Elle ne lui devait plus rien.

Elle ne lui ferait l'aumône d'aucune confidence tant sur les sentiments qu'elle éprouvait désormais à son égard que sur les actions qu'elle avait bien l'intention de mener contre lui.

Lisi, pour sa part, n'en revenait pas. Il avait craint que sa fille lui fasse une scène et voilà qu'elle était sage et docile, douce comme un agneau !

Il était loin de se douter que Rosée Printanière avait décidé d'attendre le moment propice, celui où elle pourrait enfin se venger de toutes ses turpitudes. Mais elle était confiante, et presque méconnaissable pour qui l'eût vue la veille, au moment où son père l'avait traînée de force dans son bureau sans se douter de ce qu'elle allait découvrir.

Maintenant qu'elle savait à quoi s'en tenir, retrouver Poisson d'Or devenait encore plus crucial.

Elle était sûre, à présent, que ce moment ne tarderait pas à venir.

*

Assis sous l'auvent de son petit temple, l'homme semblait les attendre.

— Nous venons te voir de la part de Guangwen, lui annonça l'ordonnance de Zhaogao.

L'homme le regarda avec surprise. Il portait autour du cou un pendentif orné d'un large médaillon d'or serti de jade. La pierre était ornée de l'idéogramme du Dao. Ce devait être un prêtre adepte de la Grande Voie, initié à l'un de ses grades les plus élevés. À ses pieds, des fumerolles s'échappaient encore d'un petit brûle-parfum de type Boshanlu qu'il avait dû allumer au moment où il avait commencé sa méditation devant les nuages qui, à cette heure du jour, achevaient de s'évaporer.

— Guangwen le Grand ou Guangwen le Petit ?

Cela commençait bien ! pensa le jeune homme qui, loin de se démonter, expliqua à l'homme qu'il venait de la part d'un individu qui se prévalait d'avoir reçu des mains de l'ermite qui occupait le sommet du mont Taishan des mangues de jade cueillies sur les arbres des îles Penglai.

— Je ne vois vraiment pas de qui tu veux parler, murmura tranquillement l'homme assis.

Et d'un geste maniéré, il jeta dans le brûle-parfum une pincée d'encens qui ne tarda pas à se transformer en fumée.

— Faudra-t-il employer une manière plus convaincante pour te persuader de montrer tes fruits de jade au Général aux Biceps de Bronze ? tonna alors Zhaogao d'une voix de stentor.

À la vue de l'uniforme, des pattes d'ours en guise d'épaulettes, et même de la longue épée qui battait les flancs du général, l'ermite ne se démonta pas le moins du monde.

— L'Immortalité se mérite. Il ne suffit pas de la désirer. Es-tu prêt à en payer le prix ? demanda-t-il à son jeune et sémillant interlocuteur.

Il faisait comme s'il ne s'était pas aperçu de la présence dc ce militaire de très haut rang, aux épaulettes ridicules, qui venait pourtant d'essayer de l'intimider en le menaçant grossièrement d'employer la force.

— Bien sûr ! Je serais prêt à tout lâcher si c'était nécessaire ! s'exclama la jeune ordonnance.

— Dans ce cas, suis-moi par ici, dit l'homme en se levant.

— Dois-je vous accompagner ? s'enquit Zhaogao, légèrement inquiet.

— Il vaut mieux que tu nous attendes. Nous n'en avons pas pour longtemps, répliqua l'autre fermement.

Le Général aux Biceps de Bronze, l'air penaud, n'osa même pas protester. La bizarrerie de la situation lui faisait visiblement perdre tous ses moyens.

— Je n'aime pas la grossièreté, souffla l'ermite à l'ordonnance en guise d'explication, tout en le prenant par le bras.

Puis il le conduisit vers le petit temple qui se dressait à quelques pas de là, au bout de la plate-forme rocheuse sous laquelle ils l'avaient trouvé en méditation. L'intérieur était entièrement tendu de soie carmin. Dans cette bonbonnière, on pouvait tenir à trois ou quatre, pas plus. Sur le mur du fond, une ouverture rectangulaire trouait le tissu. Au pied dudit mur, des figurines en bois peintes de couleurs criardes débordaient d'une caisse remplie à ras bord.

— Ce sont des marionnettes à fil, il y en a a trente-six. Elles peuvent porter deux têtes différentes, soit soixante-douze visages. Trente-six plus soixante-douze font cent huit, et c'est le nombre exact des constellations du ciel, expliqua l'homme à son jeune invité, tout étonné devant ces curieuses poupées articulées aux visages si réalistes qu'on eût dit des enfants endormis.

— Vous êtes marionnettiste ?

— Accessoirement. Je suis surtout prêtre taoïste. Je me sers de ce petit théâtre chaque année lors de la grande fête de la Lune d'Automne. Les familles amènent ici leurs enfants, payent leur écot, et je leur apprends l'histoire de notre monde...

— Ce doit être intéressant !

— Avec ces subsides, je vis plusieurs mois. Tu as l'air gentil et dépourvu de malignité. Que cherches-tu exactement ?

L'intérieur rouge de ce petit temple où flottait une entêtante odeur d'encens, ces marionnettes astrales que le prêtre disait savoir manipuler, tout cela, curieusement, contribuait à mettre en confiance le jeune homme qui n'hésita pas à répondre à son interlocuteur avec la plus grande franchise.

— J'aimerais m'envoler et atteindre l'archipel des Penglai. Là-bas, je cueillerais les fruits de jade qui sont aussi nourrissants, à ce qu'on dit, que les pêches d'Immortalité des vergers situés sur le mont Kunlun... Je voudrais continuer à vivre dix mille ans de plus, lâcha-t-il d'un trait.

— Quel est ton nom ?

Le prêtre paraissait être déjà tombé sous le charme de ce garçon un peu naïf.

— Ivoire Immaculé. Depuis quelques mois, je sers d'ordonnance à ce général aux épaulettes en pattes d'ours qui a essayé de t'intimider. Malgré ses airs de matamore, il est gentil et bien plus doux qu'il n'y paraît. Et toi, quel est ton nom ?

— Zhaogongming.

— Depuis quand habites-tu au sommet du Taishan ?

— Cela fera bientôt deux ans...

— Tu vis donc ici en ermite ?

— Pas tout à fait. Nous sommes deux. L'autre, Saut du Tigre, s'occupe du ravitaillement. Il faut tout monter jusqu'ici : la nourriture, l'huile, l'encens. Et les marches de l'escalier sont pénibles quand on est chargé comme un baudet ! Heureusement, Saut du Tigre est vaillant ! Accessoirement, c'est lui aussi qui me prépare et me passe les marionnettes quand nous offrons un spectacle aux enfants et à leurs parents, expliqua Zhaogongming en désignant un homme au visage aimable qui venait de pénétrer à son tour à l'intérieur du petit temple.

— Salut, Saut du Tigre ! lança jovialement Ivoire Immaculé.

Ce dernier lui répondit par un petit signe de la main.

— Saut du Tigre est un spécialiste de la divination par les souffles, reprit Zhaogongming.

— Je ne connais que la divination par les carapaces de tortue et les os de cerf ou de mouton dont les craquelures, une fois qu'on les place sur les flammes, provoquent l'apparition de Jiaguwen !

— La divination par les souffles consiste à scruter et à écouter les vents, à en examiner les couleurs cachées. Ainsi détectera-t-on, par exemple, si un navire parviendra au port avec sa cargaison bien avant qu'il n'apparaisse à l'horizon, ou si l'armée d'en face est portée par le souffle de la victoire ou celui de la défaite, précisa Saut du Tigre.

— Tu serais bien utile à mon patron ! C'est le nouveau chef d'état-major des armées de l'Empire du Centre, et le Grand Empereur l'a envoyé en mission dans la région pour préparer une expédition maritime.

Ivoire Immaculé, comme à son habitude, se montrait franc et direct.

— Pourquoi une telle bizarrerie ? Comme s'il n'y avait pas assez de territoires à administrer dans l'Empire du Centre..., lâcha, légèrement ironique, Zhaogongming.

— Il recherche les Îles Immortelles... Il semble que ce soit son but ultime, maintenant qu'il règne sur les Cinq Directions ! Remarque bien, j'ai tort de paraître m'en offusquer alors que je viens moi-même vous rendre visite pour essayer de me procurer ces fameux fruits de jade qui y poussent sur les arbres...

Le prêtre esquissa un sourire. Au moins ce jeune garçon sympathique en diable était-il moins naïf qu'il n'en avait l'air.

— Il ne me reste plus, malheureusement, de ces fruits de jade. La seule solution consiste à aller en chercher d'autres, et l'expédition de l'Empereur du Centre aux Îles Immortelles tombe à point nommé !

Il paraissait attristé. Comme il eût aimé, pourtant, ne pas décevoir ce jeune Ivoire Immaculé ! Mais ces fruits que fabriquait un artisan d'un village situé au pied du mont Taishan et qu'il vendait de temps à autre à des pèlerins crédules, il y avait belle lurette qu'il n'en avait plus un seul.

— Tout ce trajet pour si peu ! gronda alors la grosse voix de Zhaogao dont la silhouette se découpait en contre-jour dans l'embrasure de la porte.

Il avait entendu une bonne partie de la conversation et commençait à s'agacer de cette connivence qu'il percevait entre son jeune amant et cet ermite taoïste.

— Ils n'y sont pour rien, je ne suis pas le seul amateur de fruits de jade ! Notre voyage n'aura toutefois pas été inutile : cet homme pratique la divination par les souffles. Il peut détecter la force d'une armée à distance, ainsi que ses chances de victoire ou de défaite ! s'exclama Ivoire Immaculé en désignant Saut du Tigre.

Il savait qu'il touchait là une corde sensible du général. Quand on pouvait détecter à l'avance qu'on allait être défait, il suffisait de ne pas livrer bataille...

— Peux-tu préciser en quoi consiste cette divination ? maugréa, méfiant mais néanmoins intéressé, Zhaogao.

Au fur et à mesure de l'explication circonstanciée, assortie de force détails imagés, dans laquelle Saut du

Tigre s'était lancé, le regard du Général aux Biceps de Bronze s'éclairait. Il comprenait peu à peu le parti qu'il pourrait tirer d'une telle divination par les vents, que ce soit sur la mer, pour trouver ces Îles Immortelles si chères à l'Empereur du Centre, ou sur un champ de bataille, pour réduire l'armée adverse.

Quel stratège n'eût pas rêvé de disposer d'informations précises sur ce qui l'attendait avant une expédition ou une guerre ?

— Dis-moi, jeune homme, sais-tu lire les couleurs des vents qui balayent la surface de l'océan ?

— Les vents sont les mêmes quel que soit l'endroit où ils soufflent ! J'ai aussi quelques connaissances en géomancie...

Saut du Tigre ne se doutait pas que ses talents serviraient un jour à une autre besogne, et combien plus utile encore, que celles envisagées pour lui par ce général dont les épaulettes en pattes d'ours tapotaient à présent la cuirasse, signe du mélange d'excitation et d'agacement provoqué à la fois par les propos de Saut du Tigre et par l'attitude de ce Zhaogongming à l'égard d'Ivoire Immaculé.

68

Elle avait demandé à être reçue la veille et l'Empereur lui avait accordé cette audience sans tarder, tant il brûlait de la revoir après de si longs mois de silence de sa part.

Zheng avait pris le geste de Rosée Printanière pour un signal positif et s'était empressé d'y répondre favorablement, alors qu'il fallait en général plus d'un mois à un ministre pour obtenir la moindre audience. Mais il n'allait pas tarder à comprendre qu'il n'en était rien et qu'il restait égaré par ses sentiments envers cette jeune fille qu'il n'avait jamais cessé d'aimer.

À présent, elle lui faisait face.

— Je viens te voir au sujet de tous ces livres que tu t'apprêtes à brûler pour te dire que cette entreprise démente me choque au plus haut point ! lança-t-elle.

— Et moi, je suis simplement heureux de te revoir enfin après tant de semaines de silence ! répondit-il, souriant, feignant de ne pas avoir entendu ses reproches.

L'Empereur du Centre paraissait sincère.

Elle le regarda dans les yeux, rassembla son énergie et revint à la charge.

— Je veux une réponse à ma question, une fois pour toutes : pourquoi t'en prendre ainsi à l'écrit et au passé ? N'as-tu pas conscience de ce que tu leur dois ? Sans l'exemple des Zhou, que serais-tu aujourd'hui ? Sans ce que tu as lu sur l'Empereur Jaune, t'appellerais-tu Qinshihuangdi ? Sans les écrits de Hanfeizi, aurais-tu organisé l'État comme tu l'as fait ?

Le visage de l'Empereur s'était refermé. Il ne s'attendait pas à une attaque aussi frontale.

— Je ne te dois aucune explication. Mais pour te faire plaisir, je répondrai volontiers à ton impertinente question : tout simplement parce que les lettrés sont devenus un obstacle à la bonne marche de notre État. Dépourvus de livres, ils finiront par perdre de leur morgue. Ainsi s'apaisera le vent de leur esprit de contestation qui commence à m'échauffer les oreilles ! Le peuple n'a que faire de gens lettrés ; le peuple souhaite manger à sa faim ; le peuple veut des rues sans voleurs. Seuls comptent les soldats et les paysans. Le peuple aime l'Empire du Centre !

— Mais que fais-tu de notre mémoire collective, et de ce legs de nos ancêtres sans lequel toi-même ne serais rien ! s'écria Rosée Printanière, hors d'elle.

— L'Empire du Centre, tel que je l'ai voulu, est entièrement tourné vers l'avenir. Du passé, il a déjà hérité ce qui lui était nécessaire pour s'établir. Désormais, les livres anciens lui sont devenus inutiles, répliqua-t-il le plus naturellement du monde.

Elle frissonna. Il était parfaitement inconscient de l'énormité de ses propos.

— Et si je décidais de m'y opposer ?

Il l'observa avec une pointe d'amusement.

— As-tu une méthode pour cela, si ce n'est d'essayer de me convaincre d'y renoncer ?

Cette ironie mal placée eut le don d'ulcérer la jeune femme.

— S'il le faut, je me jetterai dans les bûchers pour en extirper les livres rares avant leur combustion. D'ici là, il faudra de surcroît me passer sur le corps pour accéder à la Tour de la Mémoire...

Ses jolis yeux en forme de mandorle lançaient des éclairs de colère.

— Tu es décidément toujours aussi adorable et frondeuse ! constata-t-il en essayant de faire bonne figure.

— Dans les circonstances où nous nous trouvons, l'humour n'est pas approprié. Je ne plaisante pas. Je ferai tout ce qui est en mon pouvoir pour empêcher ton ignominie. Tout ! Me comprends-tu ? tempêta-t-elle.

— L'Empereur décide de ce qu'il croit bon pour son peuple. Les lettrés complotent à leurs heures perdues, qui sont nombreuses ; l'oisiveté est mauvaise conseillère. Ils se croient forts alors qu'ils ne représentent qu'eux-mêmes. En fait, ils ne croient à rien et doutent de tout. Ils fomentent des troubles. Ils en arriveraient presque à faire douter le peuple du bien-fondé des actions que je conduis. Ils mènent une entreprise séditieuse contre l'État et l'intérêt général. Crois-moi, il est de mon devoir de les faire taire, il y va de l'intérêt des peuples de l'Empire ! Mes décisions sont toujours mûrement réfléchies.

Voyant ses poings serrés dont les phalanges blanchissaient comme l'ivoire, elle comprit qu'elle ne le ferait pas bouger d'un pouce.

Il fallait essayer autre chose.

— Cela ne te gêne-t-il pas que, plus tard, ton nom soit associé à une entreprise aussi néfaste ? Tu resteras dans l'histoire comme l'Empereur qui osa faire brûler tout le savoir de son époque !

— Et si c'était, précisément, ce que je recherchais ? Du moins mon nom ne tombera-t-il pas dans l'oubli. Le peuple de l'Empire du Centre me dressera un jour

d'immenses statues en témoignage de reconnaissance..., fit-il, sarcastique.

— Je pensais que tu voulais vivre dix mille ans de
plus et voilà que tu me parles de statues destinées à
conserver ton souvenir ? rétorqua-t-elle avec vivacité,
croyant avoir trouvé une faille dans son raisonnement.

Surpris par la repartie de la jeune femme, il mani-
festa une légère irritation avant de trouver la réponse
adéquate.

— Je ne sais pas si j'aurai la chance de découvrir
à mon tour les Îles Immortelles. En attendant, je dois
faire comme si je ne les avais pas trouvées. Un Empereur se doit aussi, en toutes choses, de se comporter
prudemment.

— Et cette expédition que tu projettes, à l'organisation de laquelle tes services œuvrent depuis des mois,
tu serais ainsi le dernier à y croire ?

— Tu es décidément au courant de tout ! Nous pro-
cédons actuellement au tri et au rassemblement de ceux
qui doivent y participer. C'est une tâche ardue que de
mettre la main sur mille jeunes gens et jeunes filles
répondant aux critères imposés. Les filles doivent être
nubiles et les garçons pubères, tous vierges de rapports
sexuels. Telle est la condition pour que leurs souffles
interncs soient parfaitement inaltérés... L'expédition
sera forte de toute cette énergie intacte. Elle aura, dans
ces conditions, toutes chances de réussir, expliqua-t-il,
soudain calmé.

Il s'était rapproché d'elle et lui avait pris l'avant-
bras.

— Pourquoi es-tu si dure avec moi ? chuchota-t-il
dans le creux de son oreille.

— Je veux au moins que tu m'envoies avec ceux
qui doivent s'embarquer, au péril de leur vie, sur le
navire pour aborder l'archipel des Penglai ! Je crois
répondre aux critères requis ! Là-bas, peut-être trouve-

rai-je le réconfort que je n'ai plus ici, souffla-t-elle à bout de nerfs.

L'évocation de la virginité de Rosée Printanière le fit grimacer. C'était une douloureuse épine toujours enfoncée dans son cœur d'Empereur.

— Tu as mieux à faire que de rejoindre cette foule. Ta place n'est pas avec elle, sur un navire dont nul ne sait s'il arrivera à bon port. Tu serais mieux ici, auprès de moi. Tu le sais..., insista-t-il timidement.

Elle sentait son souffle sur ses joues.

— Où veux-tu en venir ?

— Peut-être accepterais-tu enfin de me regarder autrement si je te disais en face : « Je t'aime ! » Voilà ! Au moins l'aurai-je fait ! s'exclama-t-il tout de go, en tombant à ses pieds.

Le terrible souverain qui allait incendier tous les livres de l'Empire venait de brûler ses derniers vaisseaux en déclarant ainsi, comme un vulgaire amoureux transi, sa flamme à Rosée Printanière, ce qu'il n'avait jamais osé faire auparavant.

Il paraissait satisfait d'avoir réussi à prononcer les mots qui demeuraient enfouis en lui depuis tant d'années et qu'il n'avait jamais pu lui dire aussi distinctement.

Sans témoins, pensait-il, il pouvait bien se le permettre...

Le souverain avait pris soin, quand elle était entrée, de renvoyer les serviteurs et le Grand Chambellan Ainsi Parfois. Ils étaient seuls dans l'immense salle où la lumière du jour ne rentrait que de façon indirecte par un savant jeu d'ouvertures du plafond à caissons que supportaient des colonnes monumentales.

Une fois la surprise passée, elle considéra, non sans inquiétude, la situation nouvelle que cette déclaration d'amour venait de créer entre eux. Elle hésitait. Devait-elle profiter de l'accès de sincérité de Zheng pour lui révéler les crimes et les forfaitures de son propre père ?

Elle se trouvait dans la position idéale pour le faire. Le regard implorant de l'Empereur du Centre en disait long sur sa soumission à son égard.

Mais un je ne sais quoi retenait la fille de Lisi. Elle ne se sentait pas suffisamment en confiance pour l'informer de ses horribles découvertes. Les sentiments que Zheng éprouvait pour elle ne l'avaient pas empêché de lui tenir tête au sujet de son projet de brûler les livres. Le personnage, compliqué à souhait, était toujours aussi insaisissable. Elle était sûre qu'il était sincère en lui déclarant sa flamme, mais, pour autant, était-il prêt à tenir compte du moindre de ses avis ?

Elle en doutait. Les dictateurs n'étaient jamais capables de tout entendre.

De fait, elle n'arrivait pas à imaginer quelle aurait été sa réaction si elle lui avait appris que Lisi avait tué sa mère, et dérobé le disque de jade dans l'unique but de faire accuser Poisson d'Or. Elle ne connaissait que trop l'hostilité et la jalousie que l'Empereur du Centre avait toujours éprouvées à l'égard de ce dernier. Débouchant sur la réhabilitation de son rival, la révélation de la forfaiture de son père tomberait, en l'occurrence, plutôt mal.

Mieux valait donc continuer à se taire.

Elle se contenta de se payer le luxe de quitter l'Empereur sans un mot, le visage impavide, et sans le moindre regard. En passant ostensiblement, comme si elle ne les avait pas vus, devant les yeux légèrement mouillés du souverain.

Lorsqu'elle referma la porte derrière elle, Rosée Printanière n'avait qu'une hâte, c'était de quitter ce lieu maudit, ce lieu où, bientôt, des brasiers allaient apparaître à tous les carrefours des rues !

Elle quitterait la capitale de l'Empire, la ville où son père exerçait le pouvoir.

Elle partirait au plus vite de Xianyang, la capitale d'un pays dont le Premier ministre était un assassin.

*

L'homme au visage avenant caressait doucement le front de Poisson d'Or en murmurant :

— Je n'en reviens pas ! Je n'en reviens pas ! Mon fils ici ! Mais quelle immense joie ! Je n'en reviens pas...

Ému aux larmes, il passait doucement sur le visage du blessé un tampon qu'il avait humecté d'un peu d'eau parfumée.

— Mais comment pouvez-vous assurer aussi péremptoirement que vous êtes mon père ? fit ce dernier sans comprendre encore.

Poisson d'Or sortait peu à peu de son inconscience et, la douleur se calmant, il commençait à mesurer le caractère inouï de la rencontre qu'il venait de faire.

— Il est sûr que vous vous ressemblez comme deux gouttes d'eau ! s'écria Maillon Essentiel.

Feu Brûlant et Anwei assistaient à la scène, tout aussi médusés que lui. Ils faisaient cercle autour de Poisson d'Or et de l'homme qui s'en prétendait le père. La similitude de leurs visages était telle qu'il ne pouvait guère y avoir de doute !

— Il y a surtout le sceau de la fabrique familiale : comme moi, tu portes sur la fesse une marque de la peau en forme de disque rituel. Ton grand-père l'avait déjà, au même endroit, peut-être un peu plus bas que toi ; il me l'a également transmise, confia doucement l'homme qui, après avoir défait sa ceinture, venait de découvrir à son tour le haut de ses fesses.

On pouvait y voir une marque identique à celle que portait Poisson d'Or.

— Ce signe dermique nous a toujours porté chance. Mon père m'a assuré que nos aïeux avaient été considérés comme des êtres surnaturels grâce à cette empreinte de disque rituel inscrite sur cette partie de leur corps. Aujourd'hui, elle me vaut la chance insigne de retrouver ce fils que je croyais perdu à jamais ! poursuivit l'homme qui continuait à caresser affectueusement la nuque de Poisson d'Or.

— Quel est votre nom, gentilhomme ? demanda Maillon Essentiel.

— Je suis le marquis Tigre de Bronze. Notre famille, jadis, régnait sur cette contrée avant qu'elle ne soit annexée au pays de Ba. Aujourd'hui, nous sommes censés appartenir à l'Empire du Centre mais personne n'est jamais venu nous le dire et encore moins nous le démontrer !

— Pas même les contrôleurs fiscaux ? hasarda Poisson d'Or.

— Êtes-vous chasseurs, cultivateurs, ou bien soldats ? s'enquit naïvement Feu Brûlant.

— Nous sommes fondeurs de bronze, spécialisés dans les épées. Mon grand-père m'initia à la fonte du fer. Il était lui-même le dernier rejeton d'une dynastie de producteurs et de marchands de sel, affirma le marquis.

— Je comprends mieux la raison de ces immenses tuyaux de bambou qui partent des puits vers le village : ils raccordent les puits de feu à plusieurs fours métallurgiques ! s'exclama Maillon Essentiel.

— C'est tout à fait exact. Ce village dispose de plusieurs fours qui permettent de fondre le bronze mais surtout le minerai de fer. Nous captons le souffle nauséabond qui sort de la terre et l'enflammons quand il arrive à la base de l'un des trois fours qui sont situés juste derrière le bâtiment où nous nous trouvons...

Poisson d'Or regardait son père avec admiration. Tigre de Bronze s'exprimait calmement et en des termes parfaitement choisis. Tout, dans sa noble prestance mais aussi dans ses manières élégantes, dénotait une éducation raffinée et un solide apprentissage des codes de bonne tenue.

— J'étais sûr que le Grand Dragon possédait d'incroyables vertus. Parvenir à fondre le minerai de fer ! Je pensais que c'était rigoureusement impossible, s'écria le prince Anwei qui s'exprimait pour la première fois devant leur hôte.

— Mais comment avez-vous eu l'idée de capter ces souffles venus du sol qui s'enflamment au contact de l'air ? s'enquit Poisson d'Or.

Il avait fait signe à Anwei, qui s'apprêtait à reprendre la parole, de se taire, pour laisser s'exprimer Tigre de Bronze.

— Ce fut une trouvaille de mon aïeul. Elle l'amena à abandonner le commerce du sel pour l'activité plus lucrative de la fonte du bronze et du fer. Au départ, il cherchait de la saumure... Avant de se lancer dans la forge du métal, ma famille extrayait le sel de la terre. Une activité fort noble qui, en raison de la rareté, et même de la préciosité, de son objet, était réservée aux gens issus d'un haut lignage. Aujourd'hui, c'est l'État qui en a le monopole !

— Le Grand Dragon a toujours beaucoup salivé, fit Anwei, imperturbable, que rien ne semblait pouvoir écarter de sa lancée.

— Vous voulez dire que vous exploitiez des mines de sel ? demanda Maillon Essentiel.

— Nous n'eûmes pas à chercher très loin ni à creuser d'immenses galeries à flanc de montagne. La terre, ici, dès que l'on creuse au bon endroit, regorge d'eau mélangée à du sel qui jaillit comme une source. L'exploitation donna si bien qu'à force de forer plus profond, un beau jour, mon aïeul tomba sur un jet qui n'était plus de saumure mais bien de vapeur nauséabonde.

— Le Grand Dragon s'était enfin réveillé ! Ou alors, il avait cessé de saliver ! intervint Anwei.

— À sa grande surprise, ce souffle tellurique s'enflamma au contact d'une étincelle provoquée par le heurt d'une pierre contre l'embout de la pioche de bronze de mon grand-père. J'étais encore un enfant et assistai, médusé, à ce phénomène extraordinaire.

— Le Grand Dragon s'était mis à cracher des flammes ! intervint, toujours aussi imperturbable, le prince déchu.

— Mon grand-père déploya alors tous ses efforts pour éteindre ces flammes. Mais le feu ne cédait pas et, au contraire, se développait au fur et à mesure que les ouvriers enfonçaient dans le forage les tiges de bambou.

— J'ai toujours dit que le Grand Dragon n'était pas si facile à dompter que ça !

— Quelques jours plus tard, de guerre lasse, voyant qu'il ne viendrait jamais à bout de ces feux, mon aïeul eut l'idée de se servir de ce souffle nauséabond comme d'un combustible pour effectuer des travaux de métallurgie. Le calcul fut rapidement fait. Il était beaucoup plus rentable d'être forgeron que mineur de sel. Ce fut ainsi que, d'exploitants de saumure, nous devînmes fondeurs et métallurgistes.

— Et cette chaleur issue du plus profond des entrailles du dragon qui sommeille sous terre vous permet de travailler le fer ! s'émerveilla Maillon Essentiel.

Poisson d'Or constata avec amusement que l'eunuque semblait partager la même croyance que le prince Anwei.

— Sans aucune difficulté... Ce souffle nauséabond est porteur d'une énergie immense : il n'est pas rare qu'il s'enflamme au premier contact de l'air, précisa Tigre de Bronze.

— Vous paraissez libre d'agir à votre guise. Comment avez-vous échappé à l'annexion pure et simple de votre territoire par les armées de Qinshihuangdi, puisque vous nous dites que vous faites désormais partie de l'Empire du Centre ? s'inquiéta alors l'ancien chef du Bureau des Rumeurs.

— Depuis que nos fours sont en activité, aucune armée ne s'est jamais risquée à venir nous chercher noise ici. Tous ces feux qui surgissent du sol, l'odeur fétide et l'incroyable énergie du souffle interne sont notre meilleure protection contre les intrus : dès que des yeux les voient et que des narines les sentent, cela fait peur. Les voyageurs passent leur chemin au loin sans s'arrêter. Quant aux expéditions militaires, censées nous réduire, ou aux expéditions fiscales, plus sournoises mais tout aussi offensives, elles s'arrêtent en général fort prudemment à deux ou trois li[1] des puits enflammés avant de rebrousser chemin...

— Si je comprends bien, nous sommes les premiers à nous être aventurés ici ! constata l'eunuque.

— Mais vous avez si bien fait !

En prononçant ces derniers mots, Tigre de Bronze, fou de bonheur, comme pour s'assurer qu'il ne rêvait pas, serra furieusement son fils dans ses bras en souriant d'un air béat.

Maillon Essentiel et Anwei, par délicatesse, de peur de troubler ces retrouvailles inespérées, les avaient laissés en tête-à-tête. Seul Feu Brûlant, au comble de la joie, était resté en compagnie des deux hommes et

1. Un li = 500 mètres.

continuait de boire leurs paroles comme s'il se fût agi d'un délicieux nectar.

— En somme, vous êtes le dernier bastion où l'Empire du Centre n'ait pas encore osé pénétrer ! dit Poisson d'Or.

— Un fils doit tutoyer son père, souffla Tigre de Bronze à l'oreille de ce dernier.

— Pourquoi n'es-tu jamais sorti d'ici ? Avec tout ce feu et toute cette énergie venus du sol, nul doute que tu aurais pu contrer toutes les infamies qui ont cours dans l'Empire du Centre !

— Maintenant que tu es là auprès de moi, je peux te répondre : j'attendais mon fils pour accomplir avec lui d'aussi grands desseins...

— Je savais bien qu'il me fallait venir ici. Si j'avais imaginé qu'au lieu et place du Grand Dragon c'était mon père que je trouverais, j'aurais moins tardé ! déclara Poisson d'Or avec enthousiasme.

— J'ai appris que les regrets sont inutiles. Seul compte ce qui est arrivé !

— J'ai été élevé en même temps que l'Empereur du Centre, à Xianyang. Je le connais aussi bien que si c'était mon frère.

— Le roi d'un pays lointain dont ton ravisseur avait parlé à ta mère pour désigner le commanditaire de ton enlèvement était donc le souverain du Qin ?

— Pas tout à fait. En fait, c'était le marchand Lubuwei, qui devint son Premier ministre. Cet homme fut mon père spirituel.

— C'est la première fois que j'entends parler de ce Lubuwei !

— Les peuples de l'Empire sont opprimés. Sur cet immense territoire qui s'étend de la mer jusqu'au Toit du Monde règnent la méfiance et la délation. J'en parle en connaissance de cause pour en avoir moi-même fait les frais ! Dénoncé et injustement accusé d'un forfait que je n'avais pas commis, je n'eus d'autre issue que de m'enfuir.

— Tu ne m'étonnes pas. Tes qualités et ta prestance sont telles que, là-haut, tu devais en gêner plus d'un !

— Le régime impérial est une hache de bronze qui coupe le moindre petit branchage des arbres dès lors qu'ils ne poussent pas dans la direction prescrite !

— Il est vrai que la personne humaine et individuelle ne constitue pas le centre de ses préoccupations...

— Sans compter l'impôt que chacun verse à l'État légiste qui accapare la moindre richesse produite par les individus ! Et tout ça pour la gloire d'un Empire et au nom de son peuple dont il ose prétendre faire le bonheur !

Poisson d'Or se mit alors à relater par le menu sa jeunesse auprès de Lubuwei, son éducation, son amour pour la fille de Lisi et son exil brutal, sa fuite et les années de travaux forcés sur le chantier du Grand Mur ; il termina son récit en parlant de Fleur de Sel et de sa mort tragique, sans jamais se plaindre ni élever la voix. Tout juste avait-il les yeux embués lorsqu'il acheva de raconter son histoire.

Ce récit d'événements terribles était à la fois si poignant et si simple qu'il acheva de mettre Tigre de Bronze dans tous ses émois. Devant ce fils qui avait déjà tant lutté, le père avait furieusement envie de prouver qu'il était encore capable de l'aider en partageant son combat pour la justice et la liberté.

— Quant à Fleur de Sel, dit-il tendrement, si le tigre te l'a prise, c'est qu'elle n'était pas pour toi ! Il ne faut pas avoir de regrets, tu n'y pouvais rien. Il te faut accepter cette ultime épreuve en gardant dans ton cœur toutes les bonnes choses que vous avez partagées ensemble !

— Mais j'éprouvais pour elle des sentiments si

forts ! Dans les étreintes, nous ne faisions plus qu'un ! Nos souffles Qi arrivaient à se mêler sans s'opposer ! Quand je dors, je sens encore les formes et la chaleur de son corps sous mes doigts !

— Il n'empêche. Ne t'apprêtais-tu pas, si je t'ai bien entendu, à lui faire comprendre que ton cœur était pris ailleurs ?

— Je ne voulais surtout pas lui mentir. Mais sa mort m'empêcha de le lui dire. Et, je te le concède, ce fut mieux ainsi.

— Il faut donc l'accepter !

Poisson d'Or éprouvait une irrésistible envie de pleurer mais, soucieux de faire bonne figure, il se retenait vaillamment. Il ne voulait pas ajouter de la peine à l'immense émotion qu'éprouvait Tigre de Bronze.

— Je comprends mieux à présent cette soif de revanche et de justice qui anime tes actions et qu'éclairent tes propos. Je suis sûr qu'un jour tu auras ta revanche. Tu mérites, de surcroît, de retrouver cette jeune femme que tu as toujours aimée, Rosée Printanière.

— Elle le mérite aussi autant que moi ! Es-tu prêt à m'aider ?

— La question ne se pose même pas. Tu es désormais, mon cher Poisson d'Or, mon unique raison de vivre. J'irai avec toi aussi loin que tu voudras bien m'emmener. Sache que je ne souhaite qu'une chose : pouvoir te prouver de quoi je suis encore capable !

Dans les yeux de son père, Poisson d'Or vit une telle force d'amour qu'il se jeta sans réticence dans ses bras grands ouverts.

Et là, sans plus aucune retenue et sans la moindre gêne, le nez collé contre sa poitrine, pour la première fois de sa vie, tel un petit enfant, lui, d'habitude si gai et si fort, se mit à pleurer toutes les larmes de son corps.

Le soleil venait de se lever, irisant les bordures tortueuses des nuages bleutés qui couronnaient majestueusement le sommet du mont Taishan.

Sous l'auvent du petit temple, les deux disciples du grand prêtre Wudong devisaient tranquillement en riant aux éclats. De fait, la visite de la jeune ordonnance et de son général, grâce aux perspectives qu'elle leur laissait entrevoir, les avait rendus passablement guillerets.

— Te rends-tu compte de la chance qui est la nôtre ? Avec un peu d'habileté, nous pourrions convaincre ce jeune garçon de nous aider. Son général a l'air si entiché qu'il ne lui refusera rien. Alors peut-être trouverons-nous enfin les moyens de lever à notre tour cette expédition qui nous permettrait d'obtenir ce que nous cherchons depuis si longtemps ! lança Zhaogongming à Saut du Tigre.

— À moins que nous ne nous joignions à l'expédition impériale ! Ce serait encore plus simple, nous n'aurions qu'à nous glisser sur un de ses bateaux et le tour serait joué !

— Dire que ce jeune homme s'est déplacé jusqu'ici pour se procurer ces vulgaires copies de fruits de jade que cet artisan fabrique à la chaîne et que nous distribuons aux pauvres hères contre quelques piécettes de bronze ! Heureusement que j'ai eu la présence d'esprit de lui dire que la réserve était épuisée. Regarde un peu à quoi ressemblent ces pauvres fruits qui nous restent !

Il montrait des cailloux de jade informes vaguement semblables à de grosses arbouses.

— Et moi qui croyais ce que tu as dit ! Tu es un sacré petit menteur !

— J'ai hâte que nous puissions cueillir les vrais sur les arbres des Îles Immortelles ! Je suis sûr que ce général disposera de tous les moyens nécessaires pour affréter les meilleurs navires de haute mer... Si l'Empereur souhaite découvrir cet archipel, autant dire qu'il ne doit pas lésiner. Il ne nous reste plus qu'à nous joindre à ses efforts.

— Comme ce pauvre Wudong, s'il nous regarde de là-haut, va être heureux ! Il avait tant insisté pour que nous venions nous installer ici, sur le territoire de la Princesse des Nuages Azurés, au plus près du port d'où l'on s'embarque vers ces Îles divines ! Ce serait un peu son rêve, alors, que nous accomplirions !

Les deux hommes se souvenaient des derniers instants du grand prêtre qu'ils avaient servi l'un et l'autre, chacun à sa façon.

Wudong était mort trois ans plus tôt, emporté par de furieuses douleurs d'estomac suite à une ingestion trop assidue de cachets à l'oxyde de mercure. Conscient que l'abus de pilules d'Immortalité pouvait ainsi conduire à la mort, le grand prêtre taoïste avait fait jurer à ses deux disciples d'orienter désormais leurs recherches vers la découverte des îles Penglai qui étaient sûrement un moyen plus efficace et plus inoffensif d'atteindre les dix mille ans. Aussi, avant de fermer les yeux pour la dernière fois, adossé au mur du fond de la grotte de Vallée Profonde, au bord de la mer miniature d'où émergeaient les trois pierres qui figuraient ces Îles sur lesquelles personne, encore, n'avait eu la chance d'aborder, les avait-il vivement exhortés à se rendre au mont Taishan. C'était la montagne sacrée de l'Est, ultime étape avant d'atteindre la grande mer de l'Orient sur laquelle surnageaient les Îles Immortelles.

Alors, à coup sûr, cet archipel magique serait enfin à leur portée.

Puis, serrant son estomac, apaisé d'avoir réussi à leur murmurer cette directive, Wudong, le corps agité par un immense spasme, avait rendu l'esprit.

Ses deux disciples n'avaient pas hésité à suivre les dernières volontés du grand prêtre, tant elles leur paraissaient frappées au coin du bon sens. L'abus de remèdes alchimiques conduisait à la mort. Pour devenir Immortel, ne valait-il pas mieux, ainsi que leur maître le leur avait instamment conseillé, essayer autre chose ?

Arrivés sur la montagne sacrée, après un périple qui avait duré un mois lunaire environ, ils avaient entrepris d'y édifier ce temple de bois, avec les troncs de trois mélèzes qu'ils avaient fait couper par des forestiers. C'était dans cet édicule qu'ils avaient installé leur théâtre de marionnettes.

Petit à petit, leur présence avait commencé à être connue aux abords du mont Taishan puis dans la région environnante. Le bouche à oreille avait fait le reste. Des pèlerins venus de plus en plus loin n'hésitaient pas à gravir la montagne sacrée pour aller à la rencontre de ces deux ermites qui détenaient les fruits de jade cueillis sur les arbres des îles Penglai. C'était Saut du Tigre qui avait trouvé l'astuce. Il allait se fournir chez un tailleur de pierre qui habitait un village situé vers l'intérieur des terres, à une journée de marche de là. Ce modeste atelier où travaillait une famille de tailleurs de pierre, sous les ordres du père, connaissait suffisamment l'art de la taille pour sortir des fruits de pierre qui ressemblaient à s'y méprendre à de vrais fruits. Le plan était payant. Depuis des mois, le nombre des pèlerins ne cessait d'augmenter. Malheureusement, l'artisan était mort des fièvres et son fils lui avait succédé. Mais il était bien moins bon tailleur de pierre que son père, au point que les fruits de jade provenant de l'atelier étaient si mal sculptés que les deux ermites ne pouvaient plus, hélas, les faire passer pour des fruits cueillis sur les trois Îles.

Aussi Zhaogongming et Saut du Tigre avaient-ils décidé, la mort dans l'âme, de ne plus en vendre.

Pour survivre, ils avaient dû se résoudre à augmenter les tarifs de leur petit spectacle. Mais leurs saynètes de théâtre de marionnettes réjouissaient tellement les enfants qu'ils étaient sans cesse plus nombreux à venir sur la montagne sacrée, en famille, pour y assister. Certains jours de fête, une foule compacte se pressait sur la plate-forme des « deux ermites du mont Taishan » pour assister à la prestation de leurs marionnettes cosmiques ou pour tenter de recevoir un petit conseil afin de vivre plus vieux.

Le temps passait de plus en plus vite.

Cela faisait maintenant presque deux ans qu'ils officiaient ainsi, du haut de la montagne sacrée, cernés par des fidèles qui ne les laissaient jamais en paix, et ils ne savaient toujours pas comment ils arriveraient à monter sur un navire de haute mer qui leur permettrait d'atteindre le but ultime que le grand prêtre Wudong leur avait fixé.

— Je dois t'avouer qu'il y eut des moments où je commençais à douter du bien-fondé de l'exigence de feu notre maître. Pour tout dire, je ne me voyais vraiment pas continuer pendant des années à distraire des enfants de pèlerins avec des marionnettes et à distribuer à leurs parents des copies de fruits ! s'écria Zhaogongming.

— Je suis, en fait, plus patient que toi !

— Deux ans ! Deux longues années ! Te rends-tu compte ?

— Wudong ne s'est jamais trompé. S'il nous a demandé de venir ici, il avait ses raisons. De là où il est, son esprit nous protège. La visite que nous venons de recevoir, c'est à lui seul que nous la devons ! Quand elle apprendra que, bientôt, nous foulerons le sol des Îles Immortelles, Vallée Profonde sera complètement

83

bouleversée ! Comme j'aimerais voir alors son regard étonné !

— Te souviens-tu combien elle s'est montrée réservée lorsque nous lui annonçâmes que nous avions décidé d'accomplir ce que Wudong nous avait engagés à faire lorsqu'il ne serait plus de ce monde ? Elle prétendit que le pic de Huashan valait le mont Taishan et qu'il était inutile de se rendre sur cette montagne sacrée si lointaine...

— Je crois qu'elle redoutait surtout de se retrouver esseulée, vu son grand âge. Elle avait fini par prendre goût à notre compagnie. D'ailleurs, je garderai toujours un souvenir ému de nos pratiques communes de l'extase.

Saut du Tigre aimait évoquer le souvenir des exercices d'alchimie intérieure Neidan dont Vallée Profonde, mieux que tout autre, détenait le secret. Pendant le Neidan, les corps de ses adeptes, dûment préparés par l'ingestion de mixtures de plantes dont la prêtresse médium seule connaissait la composition et le dosage précis, se mêlaient comme les queues d'un dragon protéiforme. Pendant le Neidan, chacun caressait l'autre, et les caresses se faisaient de plus en plus précises, finissant par la pénétration des uns par les autres et des autres par les uns. L'exercice d'alchimie interne se terminait toujours en apothéose, dans une longue extase. Chacun des pratiquants devait se garder de répandre le moindre suc vital afin de ne pas disperser inutilement l'énergie des souffles internes provoquée par l'exercice. Le tout consistait à aller jusqu'au bord de la jouissance, sans jamais y tomber. On suscitait le désir, on gardait pour soi le plaisir.

Saut du Tigre avait appris, sur les conseils de Vallée Profonde, à savourer l'instant où pouvait enfin s'opérer la fusion du Yin, l'élément descendant, qu'on associait à l'image de l'eau, de la fille, du tigre, de la terre, de la pluie, de la tortue, de la lune, du navire, du pétale, de la boue, et du Yang, l'élément montant, lequel s'incarnait dans le garçon, le dragon, le feu, le soleil, le nuage, la fumée, l'aurore, le char attelé et la fleur.

— À dire vrai, Vallée Profonde n'est jamais venue sur le mont Taishan. Si elle était auprès de nous, à regarder l'horizon de ces montagnes, vers l'ouest, là où le soleil commence sa course diurne, elle comprendrait encore mieux la raison qui poussa Wudong à nous inciter à gravir cette montagne sacrée !

Autour d'eux, la couronne des brumes matinales qui nimbaient les sommets environnants venait de se disperser. Il n'en restait plus que quelques traces. Les vapeurs se dissolvaient au fur ct à mesure qu'elles montaient dans l'azur. Les pentes de la montagne sacrée dévalaient vers les cimes feuillues des arbres qui, d'en bas, semblaient monter à l'assaut du sommet. Leurs formes rebondies rappelaient curieusement celles des nuées vaporeuses qui s'effilochaient autour. À perte de vue, les sommets abrupts succédaient à des cols qui se chevauchaient les uns les autres. Plus à l'est, derrière les crêtes acérées que leur boisement rendait encore plus sombres, c'était le Grand Océan qu'ils ne pouvaient pas voir mais dont on devinait la présence sous la couche nuageuse parfaitement plate qui le recouvrait toujours au petit matin.

Et plus loin encore, au-delà de l'horizon de la mer, surgissaient des flots les fameuses Îles Immortelles, fièrement dressées, dont les deux ermites imaginaient béatement qu'ils fouleraient bientôt le sol.

— Le spectacle de l'univers est vraiment extraordinaire depuis le sommet du mont Taishan, s'émerveilla Zhaogongming.

— Il le sera encore plus lorsque nous serons sur le pont du navire de haute mer qui abordera les Îles. Ce jour-là, je te le jure, on ne me reconnaîtra pas tant je serai devenu joyeux et insouciant ! murmura Saut du Tigre, le regard perdu vers l'horizon de brumes.

Assis en tailleur, le visage tourné vers le ciel, la bouche largement ouverte pour aspirer les premiers souffles de la journée, les deux ermites taoïstes étaient loin de se douter de ce qui les attendait quand ils auraient quitté les cimes de cette montagne sacrée où ils avaient trouvé refuge.

69

Huayang, d'un geste précis, alluma son brûle-parfum de bronze en forme de canard puis, après avoir cassé en morceaux minuscules la planchette du « corps écrit » de celui qui était devenu le Grand Empereur du Centre, elle l'émietta soigneusement dans le Boshanlu placé devant elle.

Au contact des braises, les morceaux du « corps écrit » grésillèrent et s'envolèrent pour former un petit nuage de fumée qui ne tarda pas à jaillir du bec de l'animal avant de se disperser dans l'atmosphère de la chambre.

Alors, Huayang fit un vœu et appela de toutes ses forces les souffles néfastes de la mort sur le corps dispersé de l'Empereur. Elle demeura longtemps à contempler les fumerolles qui continuaient à flotter dans l'espace, sous ses yeux. Lorsqu'elles se furent entièrement dispersées, elle ressentit la satisfaction d'un devoir accompli.

Puis elle s'enferma dans sa chambre à l'abri des volets clos et s'allongea sur sa couche. Elle ne voulait pas assister au spectacle de l'écrit partant en fumée dans le ciel de l'Empire du Centre.

Il flottait dans l'air de Xianyang une âcre odeur de

bois brûlé. Dans les rues de la ville, on entendait aussi, bizarrement, fuser des rires d'enfants.

Cela faisait deux jours que le Grand Incendie des Livres avait commencé ses ravages. Dans le centre-ville, des dizaines de bûchers avaient été installés, autour desquels les enfants des quartiers populaires, inconscients du drame que cela représentait, faisaient la ronde, ravis de l'aubaine, en dansant et en chantant.

Les brasiers avaient été allumés aux quatre coins de la capitale, sur ses avenues principales et en plein milieu de celle-là, au carrefour central où les voies se croisaient. L'immense tripode de bronze du Mingtang avait également été réquisitionné pour servir de bûcher principal à la funeste opération dont Lisi avait soufflé l'idée à l'Empereur du Centre. On destinait au vase géant les livres les plus rares, ceux de la bibliothèque de la Tour de la Mémoire du Pavillon de la Forêt des Arbousiers, qu'une lugubre noria de bibliothécaires adjoints amenaient par brouettes entières avant de les y jeter en s'esclaffant.

Le Très Sage Conservateur avait tenté, en vain, de s'opposer à l'irruption dans la Tour de la Mémoire de la garde impériale venue surveiller la bonne marche des opérations. Il avait été bousculé sans ménagement par un sous-officier grossier qui lui avait craché à la figure. Le nouveau nom dont il avait été officiellement affublé avait été copieusement conspué par les soldats.

Le matin même, en effet, pour bien lui faire comprendre que les temps avaient changé et qu'il avait tout intérêt à se soumettre, il avait reçu ampliation d'un édit impérial du changement de son nom.

Désormais, il ne s'appellerait plus Accomplissement Naturel mais devrait prendre le nom de Crochet-Faucille !

Les idéogrammes du crochet et de la faucille étaient parmi les plus simples à calligraphier puisqu'ils étaient

la représentation stylisée des instruments qu'ils dénom-
maient. Ce changement de nom, qui affectait tous les
lettrés de haut rang de l'Empire, visait à montrer à
chacun qu'on entrait dans une ère nouvelle, où les lettrés, les penseurs et les calligraphes devenaient inutiles, puisque leurs noms mêmes pouvaient être désormais écrits et prononcés par des analphabètes. En tant
que lettré le plus gradé, Accomplissement Naturel avait
donc logiquement hérité du nom le plus rustique et le
plus bête de tous.

Le vieillard avait, au demeurant, accueilli sans émoi
particulier l'infamie de son nouveau qualificatif – Crochet-Faucille ! – tant il avait la tête ailleurs, anéanti
qu'il était par le spectacle de tous ces livres dont les
soldats s'emparaient sans ménagement, les jetant à
terre, les piétinant et les rompant avant d'en remplir
les charrois qui serviraient à les déposer devant le
gigantesque tripode de bronze.

Bientôt, il ne resta plus au malheureux Crochet-
Faucille, naguère Accomplissement Naturel, qu'à
contempler, désespéré et hagard, les rayonnages vides
qui abritaient quelques instants plus tôt tous ces trésors
qui allaient bientôt partir en fumée.

Dans les rues, des soldats en armes traînaient des
charrettes où s'entassaient par centaines les rouleaux
de lamelles de bambou. Des hommes, portant souvent
un seul grimoire, venaient, les uns tête basse, les autres
indifférents, certains même guillerets et ostensiblement, jeter les écrits dans les flammes.

Ceux-là étaient des lettrés qui tenaient à ce qu'on
les vît. C'était ainsi qu'ils espéraient donner la preuve
de leur adhésion à la funeste directive impériale. Après
quoi, il ne leur resterait plus qu'à aller trouver l'officier
préposé à cette tâche, qui apposerait le sceau impérial
sur le certificat de destruction où étaient portés leur
ancien nom et leur nouveau nom, ainsi que les titres

des ouvrages en leur possession qui venaient d'être jetés au bûcher. Ce honteux certificat de bonne conduite leur servirait de sauf-conduit. Il était l'alibi et la preuve qu'ils avaient bien vidé leur cervelle de toute idée personnelle.

Une semaine auparavant, l'édit intimant l'ordre à tous les lettrés de l'Empire, des plus humbles aux plus savants, sous peine d'amputation des jambes ou des bras, d'apporter leurs ouvrages sur les bûchers avait en effet été placardé à tous les carrefours. Nul, de ce fait, dès lors qu'il savait lire, ne pouvait l'ignorer.

Cette infamie n'était pas inattendue. On la sentait venir depuis un certain temps. Elle n'avait donc surpris personne parmi ceux qu'elle concernait. Et la terreur ambiante dans l'Empire du Centre était telle qu'aucune protestation n'était venue des milieux intellectuels. Rosée Printanière était la seule à avoir osé – et de quelle façon ! – dire tout le mal qu'elle en pensait à qui de droit.

Mais la courageuse jeune femme n'était plus là pour assister à ce spectacle consternant.

Chacun, de fait, qu'il fût lettré ou non, gardait sa tristesse et sa révolte pour lui, à l'exception des courtisans habituels. Transformés en laudateurs de la mesure scélérate, ils n'hésitaient pas, toute honte bue, à venir la saluer comme un bienfait aussi éclatant que nécessaire, né dans la cervelle géniale du Grand Timonier du pays, le Grand Empereur Qinshihuangdi.

Quant au peuple, à ces petites gens qui se comptaient déjà, en ce temps-là, par dizaines de millions, tout cela leur passait largement au-dessus de la tête, le privilège de la lecture et de l'écriture étant essentiellement réservé à la classe des lettrés et des fonctionnaires. Leurs conditions de survie étaient si difficiles qu'elles les conduisaient à subir sans jamais protester, car il valait mieux, quand on voulait échapper aux multiples tracasseries de l'État, adopter en toutes circonstances le profil le plus bas possible. L'abolition de la mémoire, de la pensée critique et des livres était, à leurs yeux, une affaire entre nantis qui les dépassait.

C'était dans la capitale, et plus particulièrement devant le Mingtang, ce temple vénérable où l'Empereur avait reçu son mandat du Ciel, que les conséquences de cette destruction étaient les plus voyantes. L'énorme chaudron était resté embrasé trois jours d'affilée. La nuit tombée, il éclairait l'austère façade du Palais de Lumière, faisant danser les ombres des soldats qui gardaient son entrée.

— De ma vie, jamais je n'oublierai un tel spectacle de désolation, souffla Huayang à Zhaoji.

Les deux femmes s'étaient rendues incognito, encapuchonnées et revêtues de longues houppelandes, au pied du tertre sur lequel avait été construit le palais sacré. De là, elles avaient une vue sur le dessous de l'énorme panse ventrue et rougeoyante du Ding géant où brûlaient les livres. Des gerbes d'escarbilles enflammées s'échappaient en crépitant par son énorme ouverture.

La culture du Qin partait en fumée. La Chine était en passe de perdre sa mémoire.

— Ces ouvrages écrits qui se consument ressemblent à mes illusions... Dire que c'est mon fils qui a osé mettre en œuvre cette monstruosité ! Je ne suis pas sûre qu'il sache exactement ce qu'il fait, fit Zhaoji, éplorée.

Elle était bouleversée et malheureuse. Depuis le premier instant de l'incendie des livres, elle semblait avoir vieilli de dix ans. Après que le Grand Incendie des Livres avait commencé, tout son passé avait resurgi brutalement.

Elle ne cessait de penser à Lubuwei et à Poisson d'Or, ressassant ce qui aurait pu advenir, ou encore être évité, si l'incroyable marque sur la peau de ce dernier n'avait pas empêché sa substitution avec leur propre enfant. Ce disque de peau était, en définitive, la cause des terribles maux qui s'abattaient sur l'Empire. Et peut-être que son fils, s'il n'était pas monté sur le trône, eût été, dans une autre vie, un être bienfaisant et aimé de tous. Le pouvoir, c'était évident, corrompait l'esprit. Le pouvoir coupait de la réalité et conduisait à la tyrannie et même à la folie. Zhaoji regrettait amèrement de lui avoir sacrifié tant de choses. Quitter l'homme qu'elle aimait pour épouser un roi benêt en laissant croire qu'il lui avait fait un enfant, tout cela n'avait servi, finalement, outre la fin tragique de Lubuwei, qu'à provoquer cet abominable autodafé !

Toute à son désarroi, elle en était même arrivée à imaginer que Poisson d'Or, en Empereur du Centre, aurait été à coup sûr, ne serait-ce qu'en raison de son caractère, un souverain bien plus sage, moins despotique et à tout le moins plus attentif au bien-être de son peuple que ne l'était Zheng...

Brisée par le chagrin, elle se perdait en conjectures. Car ne pouvait-on pas se dire, tout aussi bien, que ce disque de peau était le reflet – ou bien l'empreinte – du Bi noir étoilé, ce disque qui, selon les propres termes de Lubuwei, portait bonheur et chance ?

Tout s'embrouillait dans sa tête, elle ne savait plus où elle en était...

Face à elle, Huayang se taisait. Elle ne pouvait évidemment pas lui avouer qu'elle venait de brûler le « corps écrit » de son fils en invoquant les souffles néfastes pour les implorer de lui ôter toute vie. Elle s'était décidée à le faire parce qu'elle ne croyait plus que Qinshihuangdi soit capable, désormais, d'agir pour le bien de son peuple.

— Heureusement que nous avons pu mettre les

écrits les plus fondamentaux en lieu sûr, rappela-t-elle à sa protégée.

— Nous avons bien agi. J'espère qu'un jour ces livres serviront de nouveau la plus noble des causes : celle de l'esprit et de l'intelligence ! Ils seront alors les uniques témoins d'un passé qui aura réussi à échapper à l'oubli...

— Depuis aujourd'hui, ces lamelles de bambou sont devenues des trésors d'une valeur inestimable. Grâce au petit groupe que nous avons formé avec Rosée Printanière et Accomplissement Naturel, elles dorment à l'abri. Si Lubuwei était parmi nous, cela le rendrait heureux, murmura Huayang.

Devant les deux reines attristées, le grand chaudron bourré de braises continuait à lancer des flammes. La cohorte des charrettes de livres achevait son travail. Bientôt, la dernière lamelle de la Tour de la Mémoire finirait de se consumer dans le grand tripode.

Le vase géant débordait de cendres.

Quelques jours plus tard, des gendarmes en patrouille découvrirent le corps disloqué d'un vieil homme dans le ravin situé au pied de la Falaise de la Tranquillité, non loin de l'endroit où, des années plus tôt, la princesse otage Xia, rivale de Huayang et mère du roi Yiren, avait, elle aussi, trouvé la mort après avoir été poussée dans le vide par sa dame de compagnie Renarde Rusée.

Autour de son cou, le cadavre du vieillard portait une minuscule pancarte de bronze attachée par une chaînette de fer, sur laquelle étaient gravés les deux idéogrammes du crochet et de la faucille.

*

Poisson d'Or se régalait de cette viande de cerf rôtie, goûteuse et tendre à souhait.

Les flammes crépitaient dans la grande cheminée, où le marquis Tigre de Bronze se chauffait les mains. Un grand chien fauve au long poil, de la taille d'un petit veau et capable de défendre un troupeau de l'attaque d'un ours, s'était pelotonné, telles ces couvertures de fourrure que l'on mettait sur ses pieds pour avoir chaud pendant les nuits d'hiver, contre les jambes de son maître.

Suspendue à une crémaillère, une théière de bronze chauffait, répandant une délicieuse odeur de thé à la menthe.

— Cette marque que nous portons sur la peau, quelle en est, selon toi, la signification ? demanda Poisson d'Or à son père.

— Dans la famille, on a toujours expliqué que c'était la rencontre du Soleil et de la Lune. Mon grand-père parlait de la forme d'un Bi. Je serais, pour ma part, plutôt enclin à y voir le centre d'une cible. Et selon toi, que signifie-t-elle ?

— Lubuwei, mon père adoptif, y voyait comme ton grand-père la forme d'un Bi rituel. Quant à moi, je me garderai bien d'interpréter quoi que ce soit, si ce n'est que cette marque nous a permis de nous retrouver !

— En effet. Et cela suffit amplement à mon bonheur, assura Tigre de Bronze avant de reprendre une lampée de thé.

Père et fils avaient passé de longues heures ensemble, à tout se dire pour mieux se découvrir. Ils avaient déjà l'impression de se connaître depuis toujours. Dans ces retrouvailles inespérées, chacun puisait la force et l'apaisement nécessaires pour mener à bien ce grand dessein consistant à réparer l'injustice qui régnait dans l'Empire, sans oublier l'idée de retrouver Rosée Printanière.

Le grand chien jaune s'était dressé et, après avoir délaissé Tigre de Bronze, avait gentiment placé son museau contre le genou de Poisson d'Or.

— De combien d'hommes disposerons-nous le jour où nous déciderons de lever notre propre armée ? reprit celui-ci en caressant le poil épais de l'animal.

— Je peux rassembler dans le pays de Ba une centaine de cavaliers formés aux arts martiaux du glaive et de l'archerie. Ce sont tous des hommes issus de familles honnêtes et dévouées à mon marquisat. Nous pourrions en emmener la moitié avec nous. Le reste devra rester ici pour prêter main-forte aux femmes, aux enfants et aux vieillards en cas de force majeure, répondit Tigre de Bronze.

— Ce sera déjà une jolie petite armée ! Nous partirons une cinquantaine mais nous serons, j'en suis sûr, plus de dix mille lorsque nous toucherons au but ! déclara avec passion Maillon Essentiel qui était assis un peu à l'écart.

L'ancien chef du Bureau des Rumeurs, tout comme Poisson d'Or, ne rêvait que d'une chose : en découdre avec les autorités centrales afin de restaurer la paix civile dans l'Empire du Centre et, surtout, d'en finir avec cet insupportable et omniprésent système de délation et d'espionnage qui gangrenait les rapports entre les citoyens au point de faire de chacun l'ennemi intime de l'autre.

Le vieux prince Anwei venait de les rejoindre, après avoir pris un peu de repos. Il paraissait fatigué et sa mine était sombre.

— Vous avez l'air souffrant, s'inquiéta Tigre de Bronze.

— Je suis devenu un vieil homme perclus de douleurs articulaires. Il n'y a guère que ce remède qui calme un peu le feu qui me ronge les membres, dit-il en versant dans un gobelet de l'alcool de sorgo.

— Il faut te reposer, reprendre des forces, sinon tu ne pourras pas aller loin ! dit gentiment Poisson d'Or à celui qui avait manqué d'un cheveu, quelque trente ans plus tôt, de monter sur le trône du Qin.

Anwei ne répondit pas, il se contenta d'esquisser un timide sourire. Le prince déchu savait fort bien que ses forces ne lui permettraient pas d'aller plus loin. Il se sentait arrivé à la fin de son parcours.

Tous, à présent, la fatigue aidant, faisaient silence. Ce fut le père de Poisson d'Or qui, le premier, rompit la trêve de la parole.

— Que dirais-tu si je forgeais, pour la circonstance, des épées en acier et en fer ? Elles sont beaucoup plus solides que celles dont les lames sont en bronze. C'est une technique difficile car la fonte ne se transforme en acier qu'à de très hautes températures. Les souffles nauséabonds nous permettent toutefois de les atteindre, proposa-t-il à Poisson d'Or.

— J'ai hâte de disposer d'une épée en acier forgée par mon père ! Ainsi armés, comment pourrions-nous être vaincus ?

— Je compte m'y atteler dès demain...

— Je viendrai assister au spectacle ! dit Poisson d'Or d'un ton jovial avant de saluer l'assistance et de se retirer pour aller dormir.

Dès le lendemain matin, ils se retrouvèrent tous, Poisson d'Or et son père, les eunuques Feu Brûlant et Maillon Essentiel, ainsi que le prince déchu, devant la gueule du four le plus puissant de la fonderie.

Malgré tous les efforts des ouvriers de Tigre de Bronze, qui actionnaient sans relâche les soufflets à piston, la fonte jaunissait mais n'arrivait pas à passer au stade du fer.

— Le feu n'est pas assez puissant. Nous allons utiliser le plus gros des puits de feu. Je pratique toujours ainsi lorsque la chaleur des fours de la fonderie est insuffisante, dit Tigre de Bronze en les entraînant vers la plaine d'où les flammes jaillissaient du sol.

Ils arrivèrent au bord du trou le plus large, celui-là même où Poisson d'Or avait failli s'enflammer comme une torche. La chaleur dégagée par les flammes bleues était insoutenable. Le fondeur fit signe à un assistant de plonger dans les flammes le godet de terre réfractaire rempli de ce minerai de fer coagulé qui refusait de fondre.

— Les souffles sont beaucoup plus puissants quand on est au bord du naseau du Grand Dragon ! annonça doctement Anwei en frissonnant.

Lorsqu'il le fit retirer, après le temps nécessaire à la fonte, Saut du Tigre ne put que constater que le minerai n'avait pas plus bougé que dans le four de la fonderie. C'était encore raté... Le forgeron paraissait particulièrement contrarié.

— Il manque du catalyseur, annonça-t-il, fort ennuyé.

— Que veux-tu dire ? demanda son fils.

— Au point où nous en sommes, il n'y a guère que la présence d'un corps étranger lancé dans le brasier qui permettrait de déclencher la fusion du minerai afin de le faire passer de l'état de fonte à celui d'acier. Ce corps étranger sert de catalyseur.

— À quel type de corps étranger penses-tu ?

— Il n'existe pas de catalyseur type. Connais-tu l'histoire de Moxie, l'épouse du fondeur Ganjiang ?

— Je ne la connais pas, fit Poisson d'Or.

— Au temps jadis, cette femme, Moxie, accepta de se jeter dans le brasier du four de son époux pour provoquer la fusion du métal destiné aux lames des épées du prince de Wu... Sans ce sacrifice, Ganjiang le fondeur n'aurait jamais réussi à élever suffisamment la température de son four et son commanditaire aurait été déçu ! ajouta Tigre de Bronze en plaisantant.

Personne n'avait remarqué qu'Anwei écoutait, fasciné, le récit du marquis. Poisson d'Or alla prêter main-forte aux ouvriers qui essayaient tant bien que mal de faire descendre le plus profond possible dans le puits le godet de minerai réfractaire à la fusion. Malgré leurs incessants efforts au bord des flammes qui léchaient leurs visages, le métal persistait à refuser de changer de stade.

Puis tout alla si vite que personne n'eut le temps de réagir.

— Eh bien, je vais t'aider, moi, à forger l'instrument de la vengeance ! Je suis à la fin du chemin de mon existence ! Voilà le seul geste qui me reste à faire si je veux me montrer utile, hurla tout à coup Anwei à l'adresse de Poisson d'Or.

La voix forte du prince déchu résonnait comme un tambour de bronze à travers la plaine des puits de feu.

En prononçant ces mots, Anwei s'était remémoré une fois de plus cet instant où son épée avait plongé dans la gorge du roi Yiren lors de la chasse au tigre où il l'avait suivi en cachette. Le sang du roi avait giclé, comme si un calligraphe avait tracé sur la neige un idéogramme inconnu. Il n'avait même pas éprouvé la satisfaction de s'être rendu justice à lui-même. Il était reparti sans se retourner, laissant le cadavre du roi à la merci des charognards.

Après l'avoir accompli, son acte lui avait paru singulièrement inutile. Il avait cru que cette vengeance, qu'il avait fomentée depuis des mois, le libérerait et l'aiderait à tourner les lamelles les plus noires du livre de son existence. Il n'en avait rien été. L'assassinat de son roi n'avait pas ébranlé le moins du monde le royaume de Qin, le prince héritier Zheng était simplement monté plus tôt que prévu sur le trône. C'était la

preuve que les institutions l'emportaient irrésistible-
ment sur les hommes et que la vengeance laissait toujours dans la bouche un goût d'inachevé et une
immense frustration. Car l'histoire ne se refaisait
jamais...

Anwei souhaitait terminer sa vie sur une note posi-
tive ; sur un geste qui serait utile à Poisson d'Or en
l'aidant à accomplir son grand et noble dessein. Ce
serait sa façon de participer à la chute finale de l'Empire du Centre, dont il ne doutait pas que ce brillant
jeune homme était parfaitement capable de la mener à
bien.

Il rejoindrait le Grand Dragon et, dans les flammes
de son gosier, ne ferait plus qu'un avec lui.

N'était-ce pas là la plus belle des morts ?

À peine sa dernière phrase prononcée, le vieux
prince imagina qu'il se trouvait sur le Pont-Crocodile,
cette forteresse imprenable jetée sur la rivière Han et
dont il avait su, avec tant de témérité et de courage,
s'emparer. Il se voyait sur le parapet du pont, les yeux
tournés vers les eaux tourbillonnantes de la rivière. Les
eaux de la Han paraissaient si limpides... Il avait décidé
d'y plonger, pour que son corps soit emporté par les
tourbillons qui se formaient au pied des piles.

Brusquement, sous le regard médusé des autres et
avec un cri de rage, Anwei sauta dans les flammes par
la gueule ouverte du puits qui s'ouvrait dans la terre.
Au contact du brasier qui s'échappait de la narine du
Grand Dragon, son corps se mit à grésiller avant de se
transformer en une langue de feu montante, encore plus
bleue que les flammes venues du sous-sol.

Le lingot de fonte, soudain, commença à trembloter
au-dessus de son petit creuset de terre réfractaire. Il y
eut une sorte de frissonnement du métal qui commença
à briller pour devenir cette pâte visqueuse que l'assistant n'eut plus qu'à déverser, sous les yeux horrifiés

de l'assistance, dans le creuset adéquat où elle alla former un petit lac argenté qui se répandit par saccades dans les trois rigoles creusées dans le sable, à la forme exacte des lames à forger.

Ce qu'on appelait alors « fer brut », ce matériau lourd mais cassable comme du bois, débuta son lent et progressif processus de maturation qui allait l'amener, grâce à la perte de ses sucs, au « grand fer », à l'acier, celui qui pliait sans rompre, celui sur lequel les lames de bronze se brisaient net, celui, en somme, qui rendait invincible.

— Quel homme étrange que ce prince ! Grâce à son sacrifice, vous aurez vos épées à lame d'acier, finit par reconnaître Tigre de Bronze que cette vision d'horreur laissait stupéfait.

— Je crois avoir cerné ses motivations. Il était arrivé au bout de son histoire et souhaitait, par cet acte ultime, finir en beauté et se rendre utile..., murmura avec émotion Maillon Essentiel qui n'avait pas l'air si étonné que cela du sacrifice que le vieux prince venait d'accomplir sous les yeux de ses amis.

Poisson d'Or, choqué, détournait la tête tandis que Feu Brûlant s'était précipité, au risque de se brûler, pour s'assurer qu'il ne pouvait plus rien pour le corps de ce malheureux.

La catalyse avait parfaitement fonctionné. Les lames d'acier des épées n'auraient plus qu'à être forgées et polies. Il suffirait ensuite de les fixer sur leurs manches de jade pour qu'elles eussent fière allure. Elles réduiraient en miettes toutes les épées de bronze qui auraient le malheur de se frotter à elles.

Au moins, le sacrifice du prince Anwei n'avait pas été inutile.

— Il ne fera désormais plus qu'un avec ce Grand Dragon qu'il paraissait si bien connaître, chuchota Poisson d'Or.

*

Malgré la douce chaleur du corps aux muscles fuselés et parfaitement huilés d'Ivoire Immaculé contre lequel il était allongé, Zhaogao, qui avait reçu ce jour-là une missive comminatoire de Lisi, ne parvenait pas à trouver le sommeil.

Le Général aux Biceps de Bronze se leva avec d'infinies précautions pour ne pas réveiller son compagnon et s'assit tout au bord du lit. Il était en nage et son cœur battait la chamade.

La principale information de la lettre du Premier ministre était plus qu'inquiétante : l'Empereur du Centre commençait à attendre ! Or les impatiences du souverain étaient le plus souvent annonciatrices d'un courroux aveugle qui pouvait s'abattre sur tel ou tel sans véritable raison, le plus souvent pour l'exemple. À juste titre, Zhaogao ne se considérait pas à l'abri de l'arbitraire impérial.

Dans son mémorandum, Lisi précisait que le souverain, dont la nervosité ne cessait de grandir, projetait de faire partir de Xianyang le convoi des mille jeunes gens et jeunes filles vierges dans moins de trois semaines. D'ici là, il lui fallait – et sans tarder – pourvoir à l'affrètement des navires nécessaires tout en faisant procéder à l'achèvement des travaux d'aplanissement de la terrasse de Langya, aménagée au flanc de la montagne qui dévalait abruptement vers l'océan, d'où l'Empereur comptait bien venir assister au retour de l'Expédition des Mille.

Compte tenu du délai d'acheminement de la lettre, le convoi des mille jeunes gens s'ébranlerait de Xianyang dans une semaine environ. Zhaogao avait fait un rapide calcul et en avait conclu qu'il n'y avait pas un instant à perdre s'il ne voulait pas déchaîner les foudres impériales.

Aussi avait-il décidé de faire venir sans délai les deux ermites du mont Taishan à Dongyin. C'était surtout le plus jeune qui l'intéressait, celui qui pratiquait la divination par les vents. Grâce à ses conseils et à son expertise, il pourrait préparer l'expédition maritime aux Penglai dans les meilleures conditions possible. En cas de découverte de ces Îles Immortelles par l'Expédition des Mille, il lui serait alors loisible d'en revendiquer la paternité aux yeux de l'Empereur.

Il aurait alors gagné sans nul doute son bâton de maréchal qui lui ouvrirait toutes grandes les portes du ministère de la Guerre. La partie s'annonçait risquée en raison des délais impartis, mais également pleine de promesses.

Le général regarda Ivoire Immaculé. Son amant ne devait pas être loin du réveil. La jeune ordonnance s'étirait comme un chat, laissant apparaître ce torse contre lequel il se sentait si bien...

N'y tenant plus, Zhaogao secoua le jeune homme en lui murmurant le plus doucement possible dans le creux de l'oreille :

— Réveille-toi, cher Ivoire Immaculé. Le temps nous est compté ! Il faudrait aller au mont Taishan et ramener ici les deux ermites. Je n'ai pas le temps de t'y accompagner mais tu es assez grand pour y aller seul. Tu sauras, j'en suis sûr, trouver les arguments qui les décideront à te suivre.

— J'aurai peut-être besoin de moyens de persuasion plus efficaces..., répondit Ivoire Immaculé en bâillant.

— L'officier d'intendance te donnera une forte somme d'argent qui te servira éventuellement à les convaincre. Mais je ne crois pas que ce sera nécessaire... Quant à moi, j'ai à surveiller les travaux de construction de la terrasse de Langya. Si je ne me rends pas sur place, les contremaîtres ne se montreront pas assez énergiques avec les manœuvres et les terrassiers, de sorte que le chantier s'en trouvera retardé. D'ici un mois, l'Empereur doit venir ici en tournée d'inspection. Malheur à nous si tout n'était pas prêt à temps !

— Aucun problème. Je partirai tout à l'heure.

La perspective d'une excursion au mont Taishan, rendant tout guilleret Ivoire Immaculé, avait accéléré son réveil. Ses yeux rieurs, encore un peu embrumés par le sommeil, faisaient littéralement fondre le général qui dut se faire violence pour ne pas retenir son jeune amant.

Ivoire Immaculé passa avec entrain ses braies de cuir et son pourpoint de laine. Il avait hâte de faire route vers le petit ermitage de la montagne sacrée.

Le deuxième voyage de l'ordonnance au mont Taishan se déroula encore plus rapidement que le premier. Zhaogao lui avait adjoint la compagnie d'un autre cavalier, au cas où ils tomberaient sur des rançonneurs. Ivoire Immaculé et son collègue montaient des chevaux rapides et entraînés à gravir les sentiers escarpés des montagnes.

Lorsqu'ils arrivèrent devant le petit temple, le lendemain à la tombée de la nuit, ils avaient fait si vite qu'ils ne s'étaient même pas rendu compte de la distance qu'ils avaient parcourue.

Saut du Tigre et Zhaogongming dînaient d'un plat de sauté de chou en lanières accompagné de liserons d'eau aux pois gourmands.

— C'est de la cuisine végétarienne taoïste, j'espère que vous aimez ça ? dit Saut du Tigre à Ivoire Immaculé et au soldat qui l'accompagnait.

— Il n'est jamais trop tard pour goûter aux choses

nouvelles ! lança d'un ton enjoué le jeune homme qui n'avait jamais encore goûté la nourriture végétarienne.

Une fois restauré, Ivoire Immaculé décida d'aller directement au fait.

— Le général Zhaogao m'a demandé de vous convaincre de lui rendre visite à Dongyin où il vous attend avec toute l'hospitalité et les honneurs nécessaires...

Il regarda attentivement le visage de ses deux interlocuteurs pour essayer de mesurer l'écho de son propos. Il constata avec satisfaction qu'ils exprimaient plutôt un grand contentement que de la réticence ou une quelconque méfiance.

Il lui serait encore plus facile de ramener les deux ermites qu'il ne l'avait imaginé.

— Nous acceptons avec la plus grande déférence une si noble invitation. Quand comptes-tu nous emmener là-bas ? répondit Zhaogongming, aux anges.

— Nous partirons demain matin et tâcherons d'être à Dongyin dès demain soir. Le général a l'air tout à fait pressé de vous voir !

— Mais nous n'avons pas de chevaux ! s'inquiéta Saut du Tigre.

— Nous en louerons à l'auberge cavalière du premier village. Leurs bêtes ont l'air d'être convenablement nourries, fit Ivoire Immaculé. J'ai tout l'argent nécessaire..., crut-il bon d'ajouter d'un air entendu.

Il ne voulait pas que la moindre objection de leur part risquât de remettre en cause ce qu'ils venaient de convenir.

— Il faut simplement nous laisser le temps de préparer nos bagages. Je ne voyage jamais sans mes objets rituels et mes tripodes d'alchimiste, expliqua l'ancien acolyte du grand prêtre Wudong.

— Alchimiste ? C'est la première fois que j'entends

104

ce terme ! s'écria la jeune ordonnance, l'air sincèrement étonné.

— L'alchimie est l'application aux minerais de la théorie du Bianhua, c'est-à-dire des transformations et des transmutations qui permettent aux dix mille êtres de surgir, de croître et de se transformer avant de s'épanouir puis de périr. Ainsi peut-on, en partant d'une poignée de terre vile, aller jusqu'à l'or pur. Il s'agit de soumettre la matière au cycle des Cinq Éléments et des Cinq Planètes. Avec les manipulations appropriées, elle va d'un état à un autre, du plus pauvre au plus précieux et vice versa !

L'explication de Zhaogongming ouvrait à Ivoire Immaculé des horizons insoupçonnés. Ses yeux s'étaient arrondis comme des cols de vases à libations. Il se voyait déjà riche ! Non seulement ses compagnons pratiquaient la divination par les souffles, mais voilà qu'ils étaient capables de transformer le plomb en or !

— Comment apprend-on à devenir alchimiste ? demanda-t-il tout excité.

Sa question n'était pas des plus désintéressées. Les friandises, les colifichets et les habits qu'il pourrait s'offrir en effectuant les manipulations appropriées s'amoncelaient déjà dans son esprit.

— Cette science ne s'apprend pas dans les livres. Elle s'acquiert par la pratique et par l'exemple. Les alchimistes se transmettent entre eux leurs secrets et leurs méthodes, assura doctement Zhaogongming, ravi de l'effet de ses propos sur Ivoire Immaculé.

— Dans ce cas, comment fait-on pour être digne, aux yeux d'un alchimiste, de le devenir à son tour ?

Le prêtre taoïste resta un instant silencieux.

Il regarda attentivement la jeune ordonnance, son joli minois mis en valeur par une courte frange de cheveux noirs, ses anneaux d'or torsadés aux oreilles et la peau cuivrée de ses bras musclés que son pourpoint de laine laissait dénudés. Ses mains étaient carrées, ses ongles parfaitement limés. Elles devaient être douces, lorsqu'elles caressaient. Ce jeune homme, visiblement, s'aimait et prenait soin de lui. Comme il avait fière allure dans son uniforme militaire aux épaulettes estampillées à la marque dorée de l'Empire du Centre !

Zhaogongming fondait. Il constatait avec satisfaction qu'Ivoire Immaculé, de son côté, ne semblait pas indifférent à l'intérêt qu'il lui portait, et pensa qu'il pouvait lui dévoiler ses penchants sans crainte de l'effaroucher.

— Il te suffira d'être très gentil avec moi et je t'apprendrai toute l'alchimie que tu désireras, murmura-t-il d'une voix tendre, en lui effleurant l'épaule après avoir approché son visage tout près du sien.

Il souriait, attentif à la réponse de ce garçon charmant.

— Tu me diras ce que je dois faire ! Je n'ai ni ma langue ni mes mains dans la poche ! répondit l'autre, tout à trac.

Zhaogongming, ravi, éclata de rire. Ce jeune Ivoire Immaculé semblait avoir parfaitement compris où il voulait en venir.

L'avenir s'annonçait prometteur.

70

Lorsqu'elle vit se profiler la silhouette menue sur le tapis de mousse qui menait à l'entrée de la grotte, Vallée Profonde reconnut immédiatement sa petite-fille...

— Je savais que tu allais venir ici ! dit-elle en serrant Rosée Printanière dans ses bras après l'avoir tendrement embrassée.

— Le peu d'informations sur ma grand-mère que j'ai pu arracher à mon père quand je le questionnais sur mes origines suffisait à me donner envie de la connaître, répondit celle-ci.

La jeune femme était si épuisée qu'elle semblait indifférente à la magie des lieux, à la douce mélodie de la haute cascade, à ces jeux d'ombre et de lumière que provoquaient les rayons du soleil dans l'inextricable enchevêtrement des troncs et des frondaisons, et à ce doux concert musical de la multitude d'oiseaux qui nichaient dans ces arbres hauts comme des colonnes.

Elle tremblait de froid et de fatigue. La prêtresse médiumnique la fit entrer dans la grotte et lui posa une couverture de laine sur les épaules.

— J'ai marché trois jours et trois nuits comme une somnambule, sans m'arrêter, guidée par une étrange force intérieure que mon instinct me demandait de suivre aveuglément. Je suis exténuée mais heureuse d'être ici auprès de toi !

— J'ai moi aussi laissé mes dernières énergies dans les exercices de concentration qui ont guidé tes pas jusqu'ici. Il y a bien longtemps, j'ai mis au monde une fillette qui s'appelait Inébranlable Étoile de l'Est..., fit doucement la vieille femme.

Rosée Printanière, enveloppée dans les plis du tissu qui commençait à la réchauffer, demeurait coite.

C'était la première fois qu'elle voyait sa grand-mère. L'immense chevelure de la prêtresse, blanche comme l'eau de la cascade, retombait impeccablement jusqu'au milieu de son dos pour la recouvrir d'une impressionnante cape. Sur son épaule, un perroquet vert émeraude aux ailes bordées d'un trait turquoise dodelinait de la tête.

— Je comprends mieux, à présent, pourquoi ces forces invisibles ont guidé mes pas jusqu'à toi ! s'écria Rosée Printanière en se jetant soudain dans ses bras.

— Si tu savais depuis combien d'années j'attends ce moment ! chuchota la vieille prêtresse en l'étreignant doucement.

— C'est un lieu extraordinaire ! s'exclama la jeune femme.

Vallée Profonde entreprit alors de lui faire visiter la caverne. Après quoi, elle lui montra l'eau fraîche de la source qui s'épanchait au pied du rocher du fond avant de se répandre en un filet brillant dans le petit bassin que la prêtresse avait aménagé en mer miniature.

— On est bien ici. Les souffles sont calmés. On se sent à l'abri du monde..., constata Rosée Printanière.

— Tu as raison, nous sommes un peu dans le ventre de la terre.

Elle la fit asseoir sur la banquette de pierre qui bordait le petit lac et lui tendit un gobelet d'eau qu'elle venait de remplir à l'endroit où elle jaillissait, claire et luisante, telle une cascade minuscule.

Rosée Printanière but longuement, en fermant les yeux. Lorsqu'elle les rouvrit, son regard tomba sur les trois cailloux qui émergeaient du bassin. Elle regarda sa grand-mère. Elle n'eut même pas besoin d'ouvrir la bouche que la vieille femme, déjà, acquiesçait.

— Toi aussi, grand-mère, tu fais partie de ceux qui croient aux Îles Immortelles ? s'étonna Rosée Printanière.

— Qui n'aurait pas envie de vivre dix mille ans de plus ?

— À condition de vivre heureux...

— Je n'ai pas d'inquiétude à cet égard pour ce qui te concerne, ma chérie.

— Ma vie pourtant, jusqu'ici, n'a pas été très attrayante !

— Sois encore un peu patiente et tu verras...

Rosée Printanière était venue se blottir dans les bras de sa grand-mère qui la berçait comme un enfant.

— En tout cas, je suis heureuse d'avoir pu échapper au spectacle consternant de tous ces livres brûlés aux quatre coins de Xianyang à la suite de cet incroyable édit impérial... L'Empereur du Centre veut se passer des lettrés. La vie n'était déjà pas drôle, voilà qu'elle va devenir un enfer. Ils veulent extirper toute pensée pour éviter toute critique ! N'est-ce pas une désolation ?

— Ce geste me paraît surtout bien présomptueux ! Du passé, on ne peut jamais tout supprimer. Quant à l'excès de tyrannie, un jour ou l'autre, on finit toujours par en payer le prix, soupira Vallée Profonde.

La vieille femme voyait avec tristesse que des larmes couvraient le beau visage de Rosée Printanière.

— Pourquoi pleures-tu ? s'inquiéta-t-elle en lui caressant la joue.

— Je porte seule des secrets aussi horribles que lourds. Cela fait des jours que je retiens mes larmes...

— Eh bien, ma chérie, il faut pleurer et parler ! Une grand-mère, c'est fait pour tout entendre.

En sanglotant, la jeune femme raconta sa découverte de la boucle de ceinture de sa mère dans le tiroir à secret du coffre-fort de son père, ainsi que celle du Bi noir étoilé.

— Mon père a assassiné ta fille, parvint-elle à bredouiller, la gorge si nouée que la phrase avait le plus grand mal à sortir.

Elle serrait les bras de sa grand-mère comme les branches d'un arbre sur lequel elle serait montée.

— Je ne suis pas surprise. La seule fois où j'ai vu ton père, tu n'étais encore qu'un petit bébé, j'ai senti qu'il ferait le mal autour de lui. J'ai prévenu ta maman. Mais elle ne pouvait pas agir autrement. Séduite par son intelligence, elle avait sous-estimé le cynisme et la cruauté que le goût du pouvoir et la pratique du légisme allaient engendrer chez son époux.

— Pourquoi ne l'as-tu pas exhortée à le quitter ?

— Je ne m'en suis pas senti le droit. Le sort m'avait enlevé ma fille juste après sa naissance. J'étais allée me présenter à elle pour qu'au moins une fois elle vît le visage de sa mère. Et puis tu étais encore toute petite... Si Inébranlable Étoile de l'Est, alors, avait quitté Lisi, elle serait devenue une paria. Les épouses n'ont aucun droit en face de leurs époux.

— Il est vrai que les lois de l'Empire ne favorisent pas la gent féminine. Il y a des jours où je me dis que nous constituons la vraie classe opprimée de notre société ! constata tristement Rosée Printanière.

— Lorsque, dans mes visions, j'ai deviné le meurtre de ta mère, je décidai d'user de tous mes dons pour que tu fusses protégée. Tu étais devenue la seule chose qui me restait au monde ! C'est pourquoi, tous les jours depuis ce moment-là, je fais en sorte que les souffles positifs convergent vers toi. J'y consacre l'essentiel de mon énergie...

— Je ne pourrai jamais assez te remercier.

— Je n'ai fait là que mon devoir de grand-mère !

Quand elles en eurent terminé avec leurs tristes confidences, Vallée Profonde attira de nouveau Rosée Printanière contre son cœur et la serra avec force, sans dire un mot. Elle contemplait la nuque fine de sa petite-fille dont la beauté était plus émouvante encore, maintenant qu'elle l'avait devant elle en chair et en os. Dans ses songes et ses méditations, Rosée Printanière lui apparaissait toujours sous les traits d'Inébranlable Étoile de l'Est en plus jeune. Elle la découvrait à présent, légèrement différente. Un petit nez retroussé mettait en valeur des lèvres encore plus sensuelles que celles de sa mère ; quant à ses yeux en amande, ils possédaient un éclair de défi témoignant d'un caractère au moins aussi entier.

Rosée Printanière était vraiment adorable.

— Comment s'appelle le garçon à qui tu as donné ton cœur ? reprit alors Vallée Profonde, qui souhaitait aborder un sujet plus joyeux.

— Je suis étonnée que tu connaisses son existence !

— J'en ai eu conscience très tôt dans mes visions. Tu étais encore une enfant mais tes sentiments à son égard paraissaient déjà si forts ! Assurément, ton amour n'est pas nouveau, il est déjà le résultat d'une très longue histoire ! Vous vous êtes connus tout jeunes..., dit la grand-mère avec affection.

— J'aime en effet un certain Poisson d'Or depuis ma tendre enfance. Nous fûmes presque élevés ensemble.

— Les premières amours, lorsqu'elles sont vraies, sont les plus fortes. Quand j'ai aimé le père de ta mère, qui devint un peu plus tard roi du Qin sous le nom de

Zhong, j'étais moi-même très jeune. Ce fut le seul élu de mon cœur.

— Je crains qu'il ne soit arrivé malheur à Poisson d'Or. Mon père l'a fait accuser du vol de ce disque de jade que j'ai retrouvé caché dans le coffre-fort de son bureau.

— L'assassin de ta mère aurait également réussi à éloigner de toi celui que tu aimais ?

— C'est hélas la triste réalité ! Il y a longtemps que l'Empereur du Centre, avec lequel nous fûmes élevés, Poisson d'Or et moi, cherche à me séduire. Mon père a toujours rêvé que j'accepte de l'épouser. Premier ministre d'un souverain qui deviendrait aussi son gendre... la boucle du pouvoir serait totalement bouclée. Mais cela supposait notamment d'éliminer Poisson d'Or.

Rosée Printanière éclata à nouveau en sanglots.

— Les années se sont succédé depuis son exil et je n'ai jamais eu de ses nouvelles. Il y a des jours où je le crois vivant, et d'autres moments où je me dis qu'il a dû mourir ! parvint-elle à articuler.

— Je comprends mieux pourquoi, dans mes visions, ce garçon est toujours associé, depuis, à l'image d'un Bi rituel...

— C'est vrai ? Mais c'est extraordinaire !

— Ce disque de jade a toujours la même forme. Dans ma vision médiumnique, il est un invariant. Aussi puis-je t'affirmer qu'il n'est rien arrivé de néfaste à ton Poisson d'Or, je l'aurais vu dans mes songes. Or aucune de mes visions ne l'atteste !

— Tu ne peux savoir à quel point tu me rassures et ravis mon cœur en disant cela !

— Je t'assure que vous aurez l'occasion de vous retrouver. Les lignes de vos destins respectifs, dans mes songes, convergent toujours vers le même point de rencontre...

Rosée Printanière considérait, stupéfaite, Vallée Profonde. Ses yeux brillaient de joie.

— Tes paroles m'apaisent l'esprit. Si tu savais comme je brûle de le revoir ! J'ai toujours présent à la bouche le goût du dernier baiser qu'il me donna ! Le peu que nous connaissons de nos corps respectifs a suffi à nous prouver que nous étions faits l'un pour l'autre, à l'instar des étoiles de la Tisserande et du Bouvier...

— Ton image est la bonne. Comme les deux étoiles amoureuses, vous avez droit, tous les deux, au bonheur.

— Regarde ce que j'ai emporté avec moi, poursuivit alors fiévreusement la jeune femme.

Elle venait de renverser sur le sol le contenu de son sac de soie. Deux cercles de jade roulèrent sur la pierre. Le plus petit était la boucle de ceinture d'Inébranlable Étoile de l'Est, tandis que l'autre, un peu plus grand, était le disque de jade.

La prêtresse médiumnique sursauta. Sa petite-fille lui avait tendu le Bi noir étoilé. La vieille femme le regarda longuement après l'avoir posé sur ses genoux.

— Il n'y a pas de doute, c'est le disque de jade noir... Sais-tu qu'il me fut déjà présenté deux fois ?

— Quelle extraordinaire coïncidence ! s'écria, très émue, Rosée Printanière.

— D'abord par un énergumène qui devait l'avoir dérobé dans une tombe et voulait en connaître le sens pour mieux le monnayer. Puis par Lubuwei en personne, qui le lui acheta et voulut entendre de ma bouche ce que j'avais dit à son sujet.

— Et quels avaient été tes propos ?

Vallée Profonde montra à Rosée Printanière un endroit précis de la surface du disque.

— Regarde là, à cet endroit ! La pierre porte sur

ses deux faces la représentation du Chaos originel de Hongmeng.

— C'est vrai, vu sous cet angle, je vois parfaitement cette zone où la pierre ressemble à un soleil !

— Ce Bi rend Immortel celui qui le possède : telle est la phrase que j'ai prononcée à propos de ce Bi, d'abord devant l'escogriffe, puis devant ce marchand de chevaux à la si noble prestance !

— Le Chaos originel de Hongmeng, voilà un terme que j'entends pour la première fois. De quoi s'agit-il exactement ?

— Au cours de nos exercices spirituels et de nos méditations, nous autres, médiums taoïstes, avons souvent des visions de ces Chaos qui sont au début et à la fin de l'Univers.

— Au début et à la fin en même temps ?

— Plutôt successivement. La réalité, telle que nous la percevons normalement, n'est qu'un état intermédiaire : elle correspond au moment où les choses viennent de naître et sont sur le point de disparaître.

— Veux-tu dire par là que la réalité serait provisoire ?

— C'est exact. Dans l'« avant », la matière est comme une boule de souffle et d'énergie ; dans l'« après », au contraire, elle est comme l'ombre du vide et du néant. Selon nos croyances, il existe plusieurs sortes de Chaos : Hundun, le Chaos des Origines, que nous appelons aussi la Grande Blancheur ; Tong, celui de la Grande Paix, le Taiping ; Hongmeng, celui que j'ai évoqué, est un Chaos Jaune et Embryonnaire, semblable au jaune de l'œuf qui va produire l'embryon du poussin. De ce Chaos Jaune, selon la tradition, est apparu l'Empereur Jaune...

— Comment fais-tu pour posséder autant de connaissances sur tous ces Chaos ? demanda, fascinée, la jeune femme.

— Les unes me sont innées, on pourrait dire que je les tiens de la pluie et du vent. Les autres, comme celle des Chaos originels, m'ont été transmises par un grand prêtre taoïste qui a longtemps vécu ici avant de mourir, il y a bientôt trois ans. Il s'appelait Wudong. Avant de s'enfuir de Xianyang, persécuté par le régime, c'est lui qui initia secrètement le roi Zhong à la pratique du taoïsme. À la fin de ses jours, le père d'Inébranlable Étoile de l'Est était obsédé par l'Immortalité.

— J'ai en mémoire la phrase du philosophe Zhuangzi que me fit apprendre un vieux savant lettré du nom d'Accomplissement Naturel, qui fut mon précepteur : « *Au commencement, le foisonnement n'a pas encore jailli, tout n'est que bourgeons, ébauches, germes, absence et fourmillements...* » N'est-elle pas la description de ces Chaos, tels que tu viens de les évoquer ?

— C'est exact. Je constate avec satisfaction que tes connaissances philosophiques sont au moins aussi étendues que les miennes, dans le domaine chaotique !

— J'ai eu beaucoup de chance, j'ai été nourrie aux livres dès mon plus jeune âge. La bibliothèque de la Tour de la Mémoire de Xianyang fut pour moi une seconde maison. Accomplissement Naturel en était le Très Sage Conservateur.

— Tu dois être la seule jeune femme lettrée de l'Empire du Centre ! Comme je t'envie, moi qui n'ai jamais eu la chance d'apprendre à lire.

— Tout n'est pas dans les livres... Tu en connais sûrement beaucoup plus que moi sur la vérité du Monde...

Le visage de la vieille prêtresse s'éclaira.

— Si tu veux bien, je te transmettrai tout le savoir qui est le mien, proposa-t-elle.

— Ta conviction est donc que ce Bi rituel serait une sorte d'amulette porte-bonheur ?

— Ce disque de jade est beaucoup plus que ça. Il est source de puissance et d'Immortalité. Comme tu as eu raison de le prendre avec toi ! Il t'aidera à aller jusqu'au bout de tes rêves... Il est la roue du char qui te mènera à ton bonheur.

— Tu penses donc qu'il favorisera nos retrouvailles, à Poisson d'Or et à moi ? demanda-t-elle, anxieuse.

Vallée Profonde s'approcha de sa petite-fille et prit sa tête dans ses mains. Elle voyait dans ses beaux yeux en amande tout l'amour qu'elle portait à son Poisson d'Or.

La puissance et l'énergie de cet amour étaient telles que la vieille prêtresse médiumnique en ressentait le souffle remonter depuis le Champ de Cinabre de son bas-ventre jusqu'à son cœur. Ce souffle que venait de lui transmettre sa petite-fille était pour elle une véritable cure de jouvence.

La vieille femme, régénérée, s'en trouvait ragaillardie.

— Je te l'ai déjà dit : vous finirez par vivre heureux ! Comme le Bouvier et la Tisserande, vous parviendrez à vous rejoindre, c'est une certitude. Alors, tels le Yin et le Yang, la Grande Voie vous unira ! À votre tour, vous serez unis dans la Grande Paix ! Crois-moi, la vieille Vallée Profonde ne se trompe pas...

La prêtresse avait posé le Bi noir étoilé sur la margelle de la mer miniature.

De l'endroit où elle était assise, Rosée Printanière pouvait voir les trois cailloux d'Immortalité se dresser juste au-dessus de la surface parfaitement lisse de l'objet rituel, dans lequel ils paraissaient se refléter.

Elle en était sûre, plus que jamais : le disque de jade lui porterait chance !

*

Cela faisait à présent une petite semaine que la cinquantaine d'hommes composant l'« Armée des Révoltés » chevauchaient derrière Poisson d'Or et Tigre de Bronze, tandis que Feu Brûlant et Maillon Essentiel fermaient la marche du convoi.

Trois épées aux lames d'acier avaient pu être forgées par le marquis grâce à la catalyse opérée par le sacrifice du prince Anwei, la première pour Poisson d'Or, la deuxième pour Maillon Essentiel et la troisième pour Feu Brûlant.

Tigre de Bronze en personne s'était chargé de les façonner au marteau, de les aiguiser et de les polir. Les glaives étaient parfaitement plats, et luisants comme des miroirs. Ensuite, après les avoir fixés à des poignées de bronze incrusté de jade, il en avait essayé leur tranchant en lançant dans les airs une écharpe de soie vaporeuse que le fil des épées, d'un coup sec, avait réussi à couper en deux.

— Ces lames d'acier trempé sont capables de trancher d'un seul coup la tête d'un homme gras comme un buffle, avait-il annoncé, plutôt satisfait du travail, à son fils et aux deux eunuques.

Parmi les trois épées, l'une était un peu plus longue et pointue que les autres. Tigre de Bronze avait souhaité l'offrir à son fils.

— Les trois épées invulnérables forgées grâce au sacrifice de ce prince déchu nous aideront sûrement à rétablir l'équité dans l'Empire du Centre. Elles seront aussi le symbole de la revanche de ce pauvre Anwei, avait expliqué le marquis à son fils au moment où elles furent achevées.

— Je l'espère bien ! Le combat sera des plus rudes. Si tu savais combien est grande ma soif de justice ! avait soupiré ce dernier.

Puis il s'était emparé du glaive et avait fendu l'air. Le sifflement émis par la lame brillante se passait de commentaires. Rien ne pourrait, assurément, résister à un tel fil.

Cependant, depuis qu'ils étaient partis, Poisson d'Or s'était abstenu de parler à son père, bien qu'ils chevauchassent côte à côte.

— Tu as l'air bien triste..., finit par dire le marquis.

— Ma mémoire garde le souvenir de Fleur de Sel, et mon cœur se serre de savoir si loin de moi Rosée Printanière.

— Fleur de Sel fut pour toi comme l'une des pages du Grand Livre du Destin. Ce n'est pas toi qui peux l'écrire. L'être humain doit savoir passer à la page suivante. Il ne peut rien contre le cours des choses. Il faut avoir l'humilité de s'y soumettre.

— Mais les regrets surgissent, ajoutant autant d'obstacles sous mes pas !

— Tu ne dois garder que les bons moments passés en sa compagnie. Tu lui as donné le bonheur qu'en tout état de cause elle n'aurait jamais rencontré si vos destins ne s'étaient pas croisés. Tu n'as donc aucune espèce de reproche à te faire.

— Dois-je en déduire que je ne suis pas fait pour aimer ? demanda Poisson d'Or, la voix chargée d'angoisse.

— Pour Rosée Printanière, c'est différent. Tu es son Yang, elle est ton Yin, et vous finirez nécessairement par vous retrouver, car rien ne peut s'opposer à la réunion des deux principes complémentaires : leur fusion est à la source de l'Univers, comme l'amandier précoce dont l'arbre est Yang tandis que son amande est Yin...

Tigre de Bronze avait le don de prononcer les paroles réconfortantes qu'un fils pouvait attendre de son père.

— Tu me rends espoir ! Je t'en remercie..., soupira ce dernier, quelque peu rasséréné.

Autour d'eux, le paysage avait progressivement changé à mesure qu'ils avançaient vers l'orient.

Le champ des puits de gaz était déjà loin derrière eux. S'ils s'étaient retournés, ils n'auraient distingué que de minuscules points lumineux incrustés, tel un collier de gemmes sur la ligne d'horizon. Leur chevauchée les avait fait quitter les landes rases, où seuls des cailloux acérés affleuraient à la surface du sol, pour des vallonnements plus herbeux où des arbres rabougris étaient peu à peu remplacés par une végétation de plus en plus dense et verdoyante, puis des bosquets de bambous commencèrent à alterner avec des buissons d'azalées et de rhododendrons. Ici et là, rappelant le désert minéral d'où ils venaient, surgissaient encore d'énormes rochers, ronds et tachetés de jaune en raison du lichen qui s'y accrochait, semblables à des œufs déposés là par un oiseau géant.

Vers le haut des collines, ils pouvaient apercevoir au milieu des bambouseraies quelques couples de pandas géants, ces « ours aux yeux noirs », s'adonner avec délicatesse et lenteur à la dégustation des tendres pousses dont ils raffolaient. Tigre de Bronze avait intimé l'ordre à ses hommes de ne leur faire aucun mal, pas plus que de chercher à les effrayer. Contrairement à celle des ours bruns, bien plus agressifs que leurs cousins bicolores, la bile des pandas géants n'était pas appréciée pour ses vertus curatives et aphrodisiaques, ce qui valait à ces animaux très câlins, à la fois pacifiques et drôles, de ne pas être inquiétés par les braconniers.

Le soir, en revanche, il fallait faire attention à ne pas laisser traîner de la nourriture autour du campement, à défaut de quoi les macaques dorés eussent tôt fait de l'envahir. Une attaque de singes était bien plus dangereuse que celle d'un tigre ou d'un ours, lesquels

119

ne se montraient agressifs que lorsqu'ils étaient dérangés.

Ce soir-là, de part et d'autre d'un feu qu'ils avaient allumé afin d'être tranquilles, un peu à l'écart du campement, le père et le fils se tenaient l'un près de l'autre. Le reste de la troupe, tant les hommes que leurs chevaux, épuisés par le trajet de la journée, s'était endormi. La lune venait de se lever. Ses rayons blafards éclairaient la cime des bosquets autour de la clairière où ils avaient décidé de passer la nuit.

— À présent, il nous faut élaborer une stratégie. Nous nous attaquons à une très forte partie ! Il s'agit aussi d'économiser nos forces et de ne pas se lancer dans des combats perdus d'avance. De tout cela, je souhaiterais que nous parlions tous les deux tranquillement, si tu en es d'accord, proposa Tigre de Bronze.

— Je hais cette oppression par laquelle règne l'implacable Empire sur le peuple dont il prétend qu'il est le sien. Si je ne bouge pas, qui, selon toi, osera le faire ?

— Tu possèdes du courage à revendre, mais tu as aussi l'inconscience de la jeunesse. J'ai pour moi l'expérience et saurai tempérer ta fougue légitime. À deux, nous devrions faire une paire complémentaire et efficace...

— Et si j'allais voir l'Empereur pour lui demander de cesser l'oppression ? Après tout, nous avons été élevés ensemble, je suis sûr qu'il n'écarterait pas mes arguments d'un revers de la main ! Il suffirait de lui faire prendre conscience de la condition réelle de ses sujets. Je n'ai pas le souvenir qu'il était un monstre ! s'écria Poisson d'Or.

— L'âge et les fonctions exercées transforment parfois profondément le caractère des hommes de pouvoir.

— Mais n'ai-je pas les capacités de le convaincre, les yeux dans les yeux ?

— Encore faudrait-il que tu puisses accéder à sa personne... On le dit solitaire, méfiant, à la fois coupé de tout mais au courant de la moindre peccadille ou anicroche. La cruauté de ce souverain vétilleux n'a pas de limites, personne ne lui a jamais résisté. Le portrait qu'on en fait dans l'Empire devrait t'inciter à une grande prudence. N'oublie pas que tu restes à ses yeux le voleur du disque de jade !

Poisson d'Or ne put qu'obtempérer.

— Et si nous levions une armée immense, l'armée de tous les opprimés, de ceux qui souffrent et souhaitent que ça change ? Ne serions-nous pas rapidement plus nombreux que les troupes régulières dont les effectifs ne cessent de baisser depuis que les soldats pris à l'ennemi sont déportés sur les grands chantiers impériaux ?

— Il y a fort à parier que l'État légiste ne nous laisserait pas mener à bien un tel projet. Sache que, derrière chaque citoyen, se cache un espion et un délateur. Chacun se méfie de l'autre. L'ordre policier est partout. C'est là que réside l'efficacité de l'effroyable système social mis en place par l'administration des légistes.

— Ta vision est pessimiste. À t'écouter, nous n'aurions pas d'issue, constata tristement Poisson d'Or.

Par-delà la cime des arbres, le lancinant ululement d'un chat-huant venait de troubler le silence de la nuit.

— Écoute cet oiseau, Poisson d'Or. Il pousse un cri aussi doux que la voix d'une femme. Ne dois-tu pas aussi penser à tout faire pour retrouver Rosée Printanière ? N'est-ce pas pour toi un objectif au moins aussi important que celui consistant à abattre le régime légiste ?

— Tu dis vrai. D'ailleurs, l'amour est irremplaçable... Mais, bizarrement, j'ai toujours pensé que ces deux desseins ne s'excluaient pas !

— Je ne doute pas que tu feras de ton mieux. J'ai confiance en toi, mon cher enfant.

— L'avenir est imprévisible. Les bonnes surprises succèdent toujours aux mauvaises. Regarde comme c'est étrange ! Nos destins se sont croisés alors qu'il y avait tellement peu de chances que cela advînt ! murmura Poisson d'Or en appuyant sa tête contre l'épaule de son père.

— Les fleuves finissent toujours par trouver la mer... Et puis, comme l'a écrit le poète, « *j'en rêvais tant que cela m'arriva un beau jour !* ». La vie est ainsi faite. Quand l'espoir est là, tout devient possible...

— Je suis comme toi. Même aux pires moments de ma captivité, pauvre esclave terrassier sur le chantier du Grand Mur, lorsque le soleil m'assommait la nuque dès le petit matin et que les coups de fouet pleuvaient sur mes bras fourbus, je n'ai jamais perdu espoir. Cela m'a permis de tenir et d'être devant toi aujourd'hui alors que tant d'autres, qui avaient baissé la nuque, furent emportés comme la poussière par le vent du désert.

Tigre de Bronze caressait les cheveux de son fils. Devant eux, les braises du foyer allait bientôt s'éteindre. Le chat-huant s'était tu. Il fallait dormir, car le lendemain la route de nouveau serait longue.

— Ta force mentale est grande. Comme tous ceux qui ont le privilège de porter notre marque de fabrique. Mon père était déjà comme toi, et il m'a toujours dit la même chose au sujet de son père.

— Moi aussi, père, je sens la puissance de ton souffle intérieur. Et c'est très bien ainsi. J'en suis sûr, tout ira pour le mieux, assura, réconforté, Poisson d'Or.

— Tout ira pour le mieux pour toi, répondit en écho Tigre de Bronze.

— Et pour toi ?

— Ma vie est derrière moi... Seul compte ton bonheur. Si je devais faire pour toi ce que fit Anwei pour me permettre de forger les épées d'acier, ce serait sans hésiter !

— Ne dis pas de bêtises...

— Je parle le plus sérieusement du monde.

*

Ce matin-là, Baya, la princesse sogdienne, toujours retenue prisonnière dans le Palais du Nord par l'Empereur du Centre, comprit qu'un événement important allait rompre la monotonie de son existence de recluse.

Le gardien qui lui avait porté son bol de soupe et ses galettes de riz grillées lui avait intimé l'ordre de s'habiller au plus vite.

— L'Empereur vous veut devant lui séance tenante, avait dit l'homme dont la tête ceinte d'un bandeau rouge témoignait de son droit de pénétrer dans les parties les plus privées des palais impériaux.

Elle n'avait pas eu d'autre choix que d'enfiler une robe à la hâte et, après avoir planté une longue aiguille dans le chignon qu'elle venait d'enrouler, de suivre le garde qui, craignant de faire attendre le souverain, commençait déjà à s'impatienter.

Pour se rendre auprès de l'Empereur, ils empruntèrent un de ces longs souterrains obscurs, tout juste éclairés par quelques torchères, qui reliaient entre eux les palais impériaux et permettaient à ce souverain invisible de passer de l'un à l'autre sans que quiconque, jamais, le sût. Les gardes postés, presque à chaque pas, tout le long du parcours, à la vue du bandeau rouge les laissaient passer en claquant les talons.

Il faisait presque aussi sombre dans la salle d'audience quand on y introduisit Baya la Sogdienne. La pièce était immense, aussi vaste qu'un champ et haute comme un cèdre centenaire.

123

Tout au fond, sur une estrade, elle pouvait distinguer la minuscule silhouette du souverain du Centre.

Il paraissait esseulé, telle la plante unique du désert que l'on rencontre après une heure de marche, au bout de cet espace sans fin.

En approchant, elle vit qu'il était assis sur un fauteuil de bois précieux dont le bout des accoudoirs de bronze épousait la forme de la tête de l'oiseau phénix.

Elle entendit à ce moment une sorte de brouhaha qui venait du côté gauche de l'immense estrade où se tenait l'Empereur du Centre. C'est alors qu'elle vit au pied de celle-ci, après avoir dépassé une gigantesque colonne qui la cachait, des jeunes filles et des jeunes gens, tous vêtus de blanc, disposés sur plusieurs rangées. Lorsque tous ces regards juvéniles se tournèrent en même temps vers elle, elle se sentit intimidée.

Un gong de bronze résonna, faisant trembler la colonne contre laquelle elle venait de s'appuyer.

— Voilà la princesse Baya du royaume de Sogdiane, c'est la millième d'entre vous ! s'exclama la voix de stentor de l'Empereur Qinshihuangdi.

Elle sentit qu'on lui prenait le bras. C'était la main d'un majordome qui la guidait vers le premier rang, où l'attendait une place vide. Puis l'homme lui fit enfiler une tunique blanche de même forme que celle portée par les autres jeunes gens.

La pauvre Baya ne savait pas encore qu'elle venait d'être incorporée de force à l'Expédition des mille jeunes gens et jeunes filles que l'Empereur avait décidé de faire partir dès le lendemain vers Dongyin, d'où ils embarqueraient pour les Îles Immortelles.

Surgi de derrière un rideau, au fond de l'estrade impériale, un homme au visage austère s'apprêtait à prendre la parole. Elle entendit son voisin chuchoter qu'il s'agissait du Premier ministre Lisi.

— Soycz tous fiers ! Le Grand Empereur du Centre

vous a choisis pour vos vertus. Vous êtes dans la fleur de l'âge et vous êtes vierges de tout rapport sexuel. Vos souffles internes et votre énergie sont par conséquent intacts. Plus tard, après avoir vogué sur la mer orientale, vous foulerez le sol de ces Îles et pourrez en cueillir les fruits de jade qui rendent Immortel. De retour dans l'Empire du Centre, vous serez tous dotés de ce fabuleux trésor qui a pour nom Immortalité... Alors, chacune et chacun d'entre vous pourra vivre dix mille ans de plus ! J'espère que vous mesurez votre chance ! déclara le Premier ministre d'une voix sonore, lisant avec application la lamelle de bambou sur laquelle avait été inscrit son discours.

Malgré la surprise qu'elle éprouvait et le peu de familiarité qui était la sienne pour la langue de l'Empire du Centre, Baya trouvait que les propos du Premier ministre manquaient singulièrement de conviction. Ce Lisi n'avait pas l'air franchement à l'aise et il semblait déclamer d'un ton mécanique les propos écrits par un autre sans vraiment les reprendre à son compte.

Si elle avait pu en comprendre les détails, Baya n'aurait pu croire un seul instant à un concept aussi abstrait et dénué de sens pour un Sogdien que celui d'Immortalité. Dans le royaume de Sogdiane, vivre dix mille années était une idée totalement étrangère à la conception que l'on avait de la vie. Repousser d'autant d'années l'entrée dans l'au-delà paradisiaque qui attendait ceux qui avaient mené une existence pieuse ne présentait pas le moindre intérêt.

— Mais je n'ai pas compris la moitié de ce que ce ministre a raconté, chuchota la princesse au jeune homme qui se tenait à côté d'elle.

Celui-ci, épouvanté par l'audace de sa voisine, roula des yeux terrorisés.

— Moi pas comprendre ce que dit ce Lisi ! s'écria

la Sogdienne dans un mauvais chinois en levant brutalement la main.

Son insolente réflexion, prononcée suffisamment fort pour avoir été entendue, jeta un froid dans la salle des audiences impériales. Des murmures de désapprobation commencèrent à fuser ici et là. On vit des gardes, jusque-là tapis dans l'ombre, faire mine de s'avancer vers la jeune femme pour la contraindre au silence. Lisi la regarda d'un air pincé. Il s'apprêtait à la remettre vertement à sa place lorsque l'Empereur, d'un ample geste, l'arrêta net.

Un musicien heurta alors deux fois chacune des huit pierres phonolithes Qing. Incurvées comme un soc de charrue, taillées dans le jade et marquées du sceau du Qin, elles pendaient du grand carillon impérial Bianqing placé juste derrière le souverain. Chacune d'elles correspondait à l'une des huit catégories de « *sons de la rose des vents* », soit du frappement de la terre, du métal, de la pierre, de la peau, de la soie, du bois, de la calebasse et enfin du bambou, tels qu'ils étaient décrits précisément dans le *Zhouli*. Le principal souci de l'auteur du livre rituel des Zhou avait été, en l'occurrence, d'accorder les œuvres et les gestes des empereurs de cette dynastie aux sons et aux souffles présents dans l'Univers.

Les huit sonneries doubles annonçaient que le Souverain du Centre allait bientôt prendre la parole.

Dans la salle d'audience, on aurait entendu une mouche voler lorsque Qinshihuangdi commença, d'une voix lente, à s'exprimer.

— Laissez dire cette jeune femme... Elle comprend mal notre langue. Son pays n'appartient pas à l'Empire du Centre. Elle n'a pas été élevée selon nos traditions et, par conséquent, ne sait pas de quoi, au juste, il est question. Cela ne l'empêchera pas de participer, et au premier rang, à notre expédition ! Ce serait bien la première créature humaine à refuser de vivre dix mille ans de plus !

Il cherchait à l'humilier publiquement. Il s'était juré de lui faire payer au prix le plus fort l'indifférence qu'elle lui avait témoignée.

La princesse sogdienne, qui avait à peu près compris le sens des propos de l'Empereur, sortit du rang et osa se placer juste devant lui. À présent, elle lui faisait face. Ses yeux courroucés lançaient des braises. L'orgueilleuse et fière Baya n'admettait pas d'être traitée ainsi, fût-ce par l'Empereur de Chine. Elle aurait voulu lui dire son fait en chinois et s'apprêtait, faute de mieux, à le maudire en sogdien. Mais avant qu'elle ait pu ouvrir la bouche, des gardes s'étaient précipités pour la molester avant de la reconduire sans ménagement à sa place au premier rang des Mille.

Elle se mit à hurler. Elle voulait crier sa haine et sa révolte quand un sbire lui plaqua une main sur le visage pour la faire taire.

Une fois l'incident réglé, Qinshihuangdi fit signe à son Premier ministre de reprendre le fil de son discours.

— Si cela doit rester un honneur pour vous tous que d'avoir été élus par le Grand Empereur du Centre, vous aurez toutefois des consignes fort strictes à respecter tout au long de votre périple. D'abord, il vous sera interdit de vous toucher entre sexes opposés et encore moins de bénéficier entre vous du moindre rapport charnel ; cela provoquerait irrémédiablement l'échec de l'Expédition. Ensuite, vous ne devrez jamais quitter la paire que vous formez, fille et garçon ; cela détruirait l'équilibre du Yin et du Yang qui a été savamment composé entre vous tous. Les paires que vous formez n'ont pas été choisies au hasard, les astrologues ont tenu compte de la carte du ciel à la date et à l'heure de votre naissance. Enfin, lorsque le premier navire abordera la première Île Immortelle, n'oubliez pas que ce devra être un garçon qui, le premier, foulera sa grève.

— Il est essentiel, en effet, que le premier contact avec le sol de cette île soit de nature Yang, faute de quoi les fruits de jade de ses arbres risquent de pourrir et de perdre leurs vertus. Malheur, par conséquent, à la jeune fille qui transgresserait cette obligation ! ajouta une voix stridente venue de la pénombre environnante et qui s'avéra être celle d'Embrasse la Simplicité, lequel avait revêtu les habits de cérémonie réservés aux astrologues et aux géomanciens.

L'assistance écoutait religieusement les préceptes de Lisi et la précision apportée par l'éminent praticien du Fengshui.

Les mille jeunes filles et jeunes gens qui étaient là venaient, à part strictement égales, des Cinq Directions de l'Empire.

Pour tous, c'était une chance unique d'avoir été choisis pour participer à l'expédition impériale aux Îles Immortelles. Ils n'avaient pas été moins de trente mille à concourir pour y être appelés, à l'issue d'une sélection organisée dans toutes les provinces de l'Empire du Centre par son administration impériale. L'annonce et le règlement de ce concours avaient été placardés dans les écoles et aux principaux carrefours, y compris dans les territoires nouvellement annexés. C'était moins la possibilité de vivre dix mille ans de plus, durée qui demeurait complètement abstraite, que le fait de pouvoir, grâce à cette expédition, sortir de la banalité et de l'anonymat de leur condition qui avait incité les participants à s'inscrire aux épreuves de sélection.

Au milieu de cette petite foule tout habillée de blanc, fervente, obéissante et attentive, persuadée qu'elle était de bénéficier d'un privilège insigne, la belle princesse sogdienne, rebelle et insolente, était ainsi l'unique exception.

Le tambour de bronze portatif en forme de tonneau sur lequel un musicien s'apprêtait à frapper était biface. Il était orné d'un côté du hibou, emblème de l'Empereur Jaune Huangdi dont on disait aussi qu'il avait été à la fois le dieu du Tonnerre et un valeureux forgeron, et de l'autre de la grue, en souvenir de Hong, cet être divin dont le corps était jaune, sans visage ni yeux, mais qui était doté de six pattes et de quatre ailes. Trois coups secs frappèrent l'instrument à percussion, suivis du feulement d'un orgue à bouche Sheng, attribut de la déesse de la création Nüwa.

C'était l'annonce que l'Empereur du Centre allait prendre la parole pour la dernière fois.

— Je vous donne rendez-vous sur la plage d'où j'assisterai à votre retour ! D'ici là, je souhaite plein succès à cette expédition, déclara-t-il.

— Gloire à l'Empereur du Centre qui vivra dix mille ans ! s'écrièrent tous en chœur les jeunes gens et les jeunes filles sur le ton exact de la dernière note sortie de l'orgue à bouche Sheng qui leur avait, en l'occurrence, servi de diapason.

Ils avaient passé plusieurs heures à répéter cette formule ainsi qu'à respecter scrupuleusement la tonalité exacte de leur mélopée, censée reproduire le son issu du frappement de la Cloche Jaune Immémoriale Huangzhong dont le volume devait contenir très exactement soixante-quatre boisseaux de grains de millet.

Au son de la flûte syrinx Paixiao, constituée de treize bambous laqués de taille décroissante assemblés en radeau sur une seule rangée par des ligatures de rotin, l'Empereur quitta la salle d'audience devant les Mille qui avaient posé un genou à terre.

De cette multitude de nuques, courbées par la crainte et la déférence, des jeunes gens et jeunes filles ravis à l'idée de participer à une si grande fête, seule émergeait la silhouette gracile de la jolie Sogdienne.

Restée debout, elle foudroyait du regard ce Grand Empereur du Centre qu'elle méprisait de toutes ses forces.

71

Tout l'Empire du Centre bruissait à présent du départ de ces mille jeunes gens et jeunes filles vierges que son Empereur envoyait découvrir les Îles Immortelles.

Dans le moindre village, sur le moindre marché et sous le moindre portique, le peuple parlait à voix basse de cette expédition maritime.

Le plus souvent, c'était avec crainte et respect, quelquefois, pour les plus rebelles et les plus lucides, mais ils se faisaient de plus en plus rares, avec consternation. Il n'avait donc pas fallu plus de quelques jours à Poisson d'Or et à ses amis, qui dans leur périple avaient déjà traversé plusieurs villages et hameaux, pour être informés de l'existence de cette entreprise impériale.

Lisi, en organisant la dissémination de la nouvelle, espérait intimider un peu plus la population et empêcher en son sein tout esprit de sédition. Après le Grand Incendie des Livres qui avait mis tous les lettrés au pas, puisque près de la moitié d'entre eux avaient été obligés de changer de nom, l'Expédition des Mille était elle aussi censée frapper l'imagination en représentant à la fois un solennel avertissement et une promesse de récompense pour les citoyens les plus méritants.

De fait, dès lors que l'Empereur du Centre aurait

touché aux fruits de ces Îles sans même avoir besoin d'y séjourner lui-même, il régnerait dix mille ans de plus sur les Cinq Directions ! Qui oserait se dresser, même par la pensée, contre une tyrannie qui s'apprêtait ainsi à échapper à l'emprise du temps ? Ne valait-il pas mieux se soumettre au système légiste, collaborer pleinement avec ses séides, accepter de dénoncer autrui, payer l'impôt sans barguigner, se faire le plus petit possible, en un mot, accepter le broyage des hommes et des femmes par la machine impériale ? En retour, et pour paiement de cette collaboration, il était permis d'espérer disposer d'un petit fragment de ces fruits rapportés par les Mille des Îles Immortelles.

Le marché était facile à comprendre !

L'Expédition des Mille était l'occasion unique d'inviter ceux qui pensaient qu'une étincelle finirait bien un jour, tôt ou tard, par embraser cette société aussi opprimante que déprimante à y réfléchir à deux fois avant de se lancer dans une révolution ou dans quelque autre entreprise séditieuse contre l'État légiste dont le chef était appelé à durer si longtemps.

Dans les villages qu'ils traversaient, les conversations sur le sujet allaient bon train ; Poisson d'Or et ses amis n'ignoraient plus grand-chose de cette Grande Expédition. Ils en connaissaient le but, la composition et, surtout, le point de départ, ce port de la mer de Chine qui s'appelait Dongyin.

— Que penses-tu du plan de l'Empereur consistant à envoyer tous ces jeunes à la recherche des Îles Immortelles ? demanda Feu Brûlant à Maillon Essentiel qui chevauchait avec lui à l'arrière du convoi.

Les deux eunuques appréciaient particulièrement de deviser ensemble, libres de tout se dire, refaisant le monde, sans être dérangés par quiconque.

— Cela devrait nous faire réfléchir, répondit Maillon Essentiel.

— Réfléchir dans quel sens ?

— Nous devrions nous rendre nous-mêmes au Liandong. C'est là que nous avons le plus de chances de trouver l'Empereur du Centre. Il finira bien par se rendre lui-même sur cette grève, au moins pour être là lors du retour de cette Expédition !

— On dit que nul ne sait jamais dans quel palais il se trouve. Pourquoi veux-tu qu'il aille un beau jour respirer ainsi l'air marin ?

— L'Empereur du Centre, depuis son plus jeune âge, est obsédé par la question de l'Immortalité. L'Expédition des Mille n'a pas pour unique but l'édification du peuple. Si les navires sur lesquels vogueront ces jeunes gens parvenaient à trouver l'archipel, alors l'Empereur accomplirait son rêve le plus cher !

— On prétend que ces Îles sont peuplées d'Immortels capables de vivre dix mille années...

— Lorsque j'étais encore à la tête du Bureau des Rumeurs, le roi Zheng, à l'instar de son grand-père, le vieux roi Zhong, était capable de passer des heures à se faire expliquer les vertus comparées des pilules de cinabre qu'on trouvait à la vente sur les étals des marchés de Xianyang. Maintenant qu'il règne sur les Cinq Directions, il souhaite aller plus loin, dans cet endroit où le temps suspend son office. Il attend si impatiemment ce moment qu'il voudra assister personnellement au retour des navires, j'en suis certain. Pour lui, c'est désormais la seule cause qui mérite son intérêt.

— Le mieux ne serait-il pas de parler de cette éventualité à Poisson d'Or et à Tigre de Bronze, ce soir au bivouac ? La pertinence de tes arguments a toute chance de les convaincre...

Le soir même autour du feu de camp, l'eunuque fit part à Poisson d'Or de ses réflexions sur la probabilité d'une présence de l'Empereur sur le rivage de la presqu'île du Liandong.

— Je pense qu'il nous serait plus facile de nous en prendre à lui sur cette plage, et au besoin de le capturer, plutôt que d'essayer de l'atteindre dans sa capitale où il se comporte en empereur invisible, tapi au cœur de l'un de ses innombrables palais gardés par des milliers d'hommes en armes, ajouta-t-il en guise de conclusion.

— Mais je n'ai nullement dit que j'avais l'intention d'attenter à sa vie ! se récria Poisson d'Or.

— Crois-tu vraiment qu'il te sera possible de rétablir la justice dans l'Empire du Centre sans passer sur le corps de son chef ? lui lança Tigre de Bronze.

Poisson d'Or s'abstint de répondre. La remarque de son père avait le mérite de le pousser dans ses derniers retranchements. Il découvrait jusqu'où, probablement, il lui faudrait aller pour atteindre le but qu'il s'était assigné.

— Dans ce cas, je suis d'accord pour que nous allions à Dongyin, puisque c'est de cette ville située au bord du Grand Océan qui mouille la côte orientale de l'Empire que doit partir, selon la rumeur publique, l'Expédition des Mille, dit-il enfin. D'ailleurs, je rêve depuis toujours de voir la mer. On m'a dit que c'était un spectacle magnifique !

— Que voilà une décision judicieuse..., répliqua Maillon Essentiel, heureux d'en avoir été le premier inspirateur. Je suis sûr, effectivement, que l'Empereur du Centre ira assister au retour des navires qu'il a fait affréter.

— Je souhaiterais simplement que nous fassions d'abord une halte à Xianyang. Rosée Printanière doit se languir à force de m'y attendre, reprit Poisson d'Or.

— La capitale est pratiquement sur notre route. Il

nous suffira de faire un petit crochet par le nord et le tour sera joué, admit Tigre de Bronze.

— Comme j'ai hâte que nous soyons tous devant l'Empereur du Centre, face à l'océan ! Alors, nous pourrons le sommer de renoncer à la tyrannie dans l'Empire. Vivement que l'Armée des Révoltés soit nombreuse comme une nuée de moineaux capable de détruire un verger en un rien de temps ! s'exclama Feu Brûlant avec exaltation.

— Il faudrait assurément que nous soyons plus nombreux pour accomplir notre noble dessein. Aujourd'hui, nous sommes à peine cinquante. Que pesons-nous face aux armées impériales ? Pas grand-chose, soupira Tigre de Bronze.

— Mais nous sommes tous animés d'une force intérieure prête à déplacer des montagnes ! protesta le jeune eunuque.

— Mon père a raison. Nous gagnerions sûrement à être plus nombreux. Pourquoi n'irions-nous pas au-devant du peuple lui expliquer notre projet et l'encourager à rejoindre notre juste cause ? Dès demain, nous pourrions commencer notre campagne de recrutement ! proposa Poisson d'Or.

Tout le monde acquiesça bruyamment et chacun se promit, dès le jour suivant, de commencer à procéder aux recrutements nécessaires.

La déception de Poisson d'Or et de ses amis devait, hélas, être à la hauteur de leurs espoirs. Leur entreprise de prosélytisme tourna court dès le premier village.

Vers la mi-journée du lendemain, ils décidèrent de faire halte dans cette petite bourgade dont ils avaient remarqué que le nom avait été changé sur la pancarte de la porte du mur d'enceinte. Un des deux noms qui y figuraient avait en effet été barré. La rectification des noms allait déjà bon train dans l'Empire du Centre...

Sur une placette au-dessus de laquelle planait une insupportable odeur de bouse de buffle, des habitants en haillons préparaient les outils des semailles. Poisson d'Or et ses amis allèrent à leur rencontre, confiants, pensant que la révolte grondait et qu'ils n'auraient aucun mal à les convaincre du bien-fondé de leur combat. Lorsqu'ils tentèrent d'expliquer leur démarche, ils n'obtinrent en guise de réponse que des visages fermés exprimant la méfiance et le rejet.

Les rares interlocuteurs qui acceptèrent de leur parler s'enfuirent avant même qu'ils aient pu leur expliquer où ils voulaient en venir. Quand Poisson d'Or demanda à un homme mieux habillé que les autres, dont la poitrine était barrée par une petite pancarte, ce qu'il ressentait après le changement de nom qui lui avait été imposé par l'administration légiste, l'individu n'osa même pas répondre. Il se contenta de baisser la tête et passa promptement son chemin.

Très vite, la placette se vida de tous ses habitants. Il ne restait que quelques enfants morveux et apeurés qui jouaient aux billes, accroupis au milieu des bouses desséchées, tout en les regardant en coin.

— Le mieux est encore de ne compter que sur nos propres forces... À trop nous dévoiler, nous risquons d'attirer l'attention des gendarmes et des espions ! lança Poisson d'Or à Tigre de Bronze au moment où leur convoi quittait ce village dont les habitants effrayés avaient dû les prendre pour de grossiers provocateurs.

La méfiance et la terreur avaient déjà fait d'énormes ravages parmi la population de l'Empire. Poisson d'Or venait de comprendre qu'il ne rameuterait pas à sa noble cause, sur sa simple bonne mine et avec de beaux discours, ce peuple qui souffrait pourtant atrocement et sur le dos duquel la dictature légiste était solidement arrimée.

Rallier des adeptes serait forcément long et difficile, voire impossible...

Mais cela n'enlevait rien à sa détermination.

Sa décision était prise : ils iraient vers la mer, là où ils avaient une chance d'approcher celui qui était à l'origine de tant de malheurs et de misères. Ils n'avaient pas besoin d'être mille, comme les Mille de la Grande Expédition.

Il leur suffirait de s'armer de courage.

Malgré les lugubres pensées que ce petit village terrorisé avait fait surgir en lui, Poisson d'Or se consola en pensant à sa prochaine halte à Xianyang.

Il était sûr, au moins, d'y retrouver Rosée Printanière. Il allait toucher à l'un des deux buts de son épopée.

Il chevaucha à l'avant, confiant et heureux de cette perspective, pressé qu'il était de serrer contre son cœur l'amour de sa vie.

*

— Ô Bixia, divine Princesse des Nuages Azurés dont cette montagne sacrée est la demeure éternelle, veille, je t'en prie, sur notre voyage vers la mer afin que nous y arrivions sans encombre ! clama Zhaogongming d'une voix forte.

Puis il referma soigneusement la porte à double battant du petit temple de bois qui allait rester vide maintenant qu'ils s'en allaient.

— Quand reviendrons-nous ici ? s'inquiéta Saut du Tigre.

Même s'il était heureux de partir vers les rivages de la grande mer, il avait le cœur un peu serré de devoir quitter ces lieux tranquilles où il avait fini par s'habituer à la compagnie des nuages et aux splendides couchers de soleil qui s'enflammaient à l'horizon.

Ivoire Immaculé avait décidé d'accompagner sans tarder les deux ermites à Dongyin et ceux-ci, profitant de l'aubaine, ne s'étaient pas fait prier pour le suivre.

À l'auberge cavalière, ils s'étaient procuré sans difficulté particulière les chevaux nécessaires au prêtre et à son acolyte.

Pendant leur chevauchée, Zhaogongming n'avait cessé de dévorer des yeux le jeune Ivoire Immaculé. Celui-ci avait parfaitement perçu ce manège qui l'amusait et le flattait à la fois. Depuis leur départ du sommet du mont Taishan, il ne cessait de subir les assauts du prêtre taoïste, qui, cherchant désormais sans vergogne à le séduire, s'obstinait à lui adresser des œillades appuyées et force compliments lourds de sous-entendus.

Ivoire Immaculé trouvait plutôt amusantes les mimiques du prêtre et ses frôlements incessants dès qu'ils descendaient de cheval pour permettre à leurs montures assoiffées par l'effort et la chaleur de boire l'eau des cascades et des torrents qui dévalaient les pentes abruptes du massif que dominait la Montagne Sacrée.

— Quand nous serons à Dongyin, je ne manquerai pas de t'initier à la pratique du Neidan, l'exercice d'alchimie interne où l'on mélange les souffles et les corps, souffla d'un air gourmand Zhaogongming à l'ordonnance.

— Combien d'années de plus le Neidan permet-il de vivre ? demanda le jeune homme.

— Mon maître Wudong disait : une année de plus par exercice accompli. Si tu le pratiques tous les mois, au bout d'une année, cela représente tout de même douze ans de vie !

— Génial ! Je suis ton partenaire de Neidan quand tu veux ! s'exclama Ivoire Immaculé aux anges.

Saut du Tigre, qui trouvait déplacée l'attitude de Zhaogongming, se tenait un peu à l'écart, l'air renfrogné. C'était la première fois qu'il voyait l'acolyte de Wudong dans un tel état d'excitation face à un garçon, totalement ensorcelé qu'il était par les minauderies de la jeune ordonnance. Ce bel Ivoirc Immaculé semblait avoir séduit son compagnon au-delà du raisonnable. Jusqu'où, diable, cela irait-il ?

Le soir même, ils arrivèrent à Dongyin où Ivoire Immaculé les conduisit jusqu'au palais réquisitionné par Zhaogao.

Le général se trouvait sur le balcon de sa chambre et s'adonnait à son activité favorite, sculpter les muscles de son corps en soulevant quantité de poids de fonte que lui passait cérémonieusement un sous-officier presque aussi musclé que lui.

Ivoire Immaculé ne tarda pas à se rendre compte que Zhaogao était d'humeur maussade.

— Les travaux dc la terrasse de Langya, sur le mont Erya, seront hélas plus longs que prévu. La pente de la montagne est friable comme du sable ! De surcroît, un peu partout de gros rochers affleurent, empêchant les terrassiers d'aplanir correctement le terre-plein. Le chef de chantier m'a avoué qu'il n'avait pas consulté au préalable de géomancien. Si l'Empereur devait constater que sa terrasse n'est pas achevée comme je m'y suis engagé, malheur à moi ! maugréa-t-il.

— Général, emmenez-moi donc sur ce chantier. Il me reste encore quelques connaissances de géomancie et je saurai vous dire si cette construction a des chances de tenir et dans quels délais elle pourra être achevée, proposa aussitôt Zhaogongming.

Le Général aux Biceps de Bronze observa le prêtre taoïste d'un air étonné et dubitatif. Ces ermites à la langue bien pendue prétendaient toujours avoir réponse à tout ! Cela dit, compte tenu de l'urgence, ne valait-il pas mieux accepter sa proposition ?

— Voilà qui tombe à pic. Nous irons donc dès demain ! annonça le général.

Il ne se faisait guère d'illusions sur l'aide que Zhaogongming pourrait lui apporter concernant ce chantier immense où le retard était tel que ses ingénieurs chiffraient à trois bons mois son délai d'achèvement. Donc, il n'avait rien à perdre en laissant faire cet ermite expert en géomancie.

Ensuite, il se tourna vers Ivoire Immaculé et, immédiatement, l'expression de son visage changea. Ce n'était plus celui d'un général inquiet et angoissé, c'était celui d'un amoureux qui s'adressait à son amant.

— Veux-tu bien montrer leur chambre à nos deux amis ? Je leur ai fait préparer celle qui est un peu plus vaste, juste au bout du couloir, lui demanda-t-il gentiment.

L'ordonnance les conduisit à leur chambre.

De la terrasse, un peu plus étroite que celle du général Zhaogao, la vue était imprenable sur le port et sur la mer de Chine. Les deux ermites, qui découvraient pour la première fois ce qu'était un horizon parfaitement plat, avaient le souffle coupé devant le spectacle de la réunion de l'immensité et du vide dans cet arc de cercle parfait.

— Je ne pensais pas que le Grand Océan s'étendait aussi loin et qu'il était aussi rond ! s'écria, médusé, Saut du Tigre.

— Nous n'en voyons qu'une infime partie. Pour vérifier la présence des Îles Immortelles, il faudrait aller beaucoup plus loin encore, là où la mer s'arrête et se déverse dans un gigantesque précipice dans lequel tout s'anéantit, expliqua Zhaogongming.

— Mais n'est-il pas risqué, dans ces conditions, de s'en approcher par bateau ? demanda Saut du Tigre.

— Il faut sans doute surveiller de près les courants et les vents, se méfier d'eux s'ils deviennent mauvais.

À cet égard, grâce à ta connaissance de la pratique de la divination par les vents, nul doute que tu seras d'un secours appréciable, répondit le prêtre.

Ivoire Immaculé n'avait pas perdu une miette de leurs propos.

— J'ignorais cette histoire de précipice ! avoua-t-il.

— Il suffit de ne pas s'en approcher trop près, mon petit ! Pour autant, cher Ivoire Immaculé, crois-tu vraiment qu'il soit possible d'atteindre l'Immortalité sans prendre le moindre risque ?

Le jeune soldat avait l'air de plus en plus inquiet. Il découvrait qu'on lui avait certainement caché bien des choses au sujet de ces fameuses Îles Immortelles.

— Je t'assure ! Personne ne m'a jamais parlé de précipice où se déverserait le Grand Océan juste derrière ces Îles ! C'est bizarre, je me sens déjà moins l'envie de monter sur l'un des navires qui mettront le cap sur elles..., maugréa-t-il, soudain circonspect.

Il comptait bien faire part au général Zhaogao de cette information capitale et s'arrangerait pour qu'il ne l'obligeât pas à monter sur l'un des navires affrétés par l'Empereur du Centre pour surveiller la bonne marche de l'expédition.

— Il ne faut pas t'inquiéter outre mesure. Les îles Penglai sont solidement arrimées au fond de la mer Elles ne dérivent pas vers le précipice. Jadis, lorsqu'elles flottaient sur le dos des tortues géantes, elles étaient assurément dans une position bien plus instable, indiqua Zhaogongming.

— Des tortues géantes ? interrogea, accablé, Ivoire Immaculé.

— Parfaitement ! Il y a dix mille ans, c'étaient cinq îles et non pas trois qui menaçaient de dériver vers le gouffre du néant. L'Empereur Céleste ordonna au dieu de la mer du Nord de faire quelque chose pour les sauver. Ce dernier plaça quinze tortues noires géantes sous les cinq îles, à charge pour ces animaux de les maintenir hors de portée du courant néfaste. Un groupe de dragons idiots, un jour pourtant, se rebella et s'en alla pêcher les belles tortues, si bien que deux des îles furent happées par le précipice. Courroucé, l'Empereur Céleste punit les dragons idiots en réduisant leur taille à celle d'une salamandre. Du coup, ces imbéciles cessèrent leurs méfaits. Voilà pourquoi il ne reste plus que trois Îles Immortelles. Mais rassure-toi, ce sont les plus belles !

— Je comprends mieux, à présent, le souci de notre Auguste Empereur de mettre toutes les chances de son côté en nous faisant préparer minutieusement l'expédition maritime ! déclara Ivoire Immaculé que l'assurance de Zhaogongming avait quelque peu contribué à rassurer.

— L'Empereur du Centre ne peut être qu'un homme avisé ! reconnut ce dernier.

Le jeune homme demeurait silencieux. Il regardait la mer et n'était en fait qu'à moitié convaincu par les propos du taoïste.

— Mais pourquoi n'a-t-on jamais vu personne revenir de ces Îles alors que des centaines de barques partent vers elles tous les jours ? finit-il par dire.

La réponse fusa, imparable :

— Ceux qui ont eu la chance de poser le pied sur ces Îles ont toujours préféré y rester tant il y fait bon vivre : les animaux et les oiseaux sont d'une blancheur immaculée et les balustres des maisons d'or pur ; sur les arbres poussent des perles et des fruits de jade à profusion ! répliqua Saut du Tigre qui avait parfaitement appris la leçon de maître Wudong.

— Je sais tout ça. Mais pour ce qui me concerne, je me contenterais volontiers d'une petite provision de perles et de fruits de jade. Maintenant, je vous laisse installer vos affaires. Le général Zhaogao m'attend à côté et doit s'impatienter, avoua en souriant la jeune ordonnance avant de les saluer en s'inclinant.

Les deux autres éclatèrent de rire à leur tour.

— Comme il est mignon ! ne put s'empêcher d'ajouter Zhaogongming auquel Saut du Tigre, choqué, fit les gros yeux. Ce lit est vaste ! Il sera parfait pour notre prochain exercice d'alchimie intérieure Neidan. J'attends que tu me fixes le moment..., glissa le prêtre dans le creux de l'oreille du jeune homme au moment où il passait devant lui pour sortir de la chambre.

*

Les premières lueurs de l'aurore éclairaient les quatre pentes de tuiles vernissées du toit pyramidal du Palais de Lumière.

Les deux reines, qui n'étaient plus rien dans l'Empire du Centre, avaient tenu à assister, du haut du tertre du Mingtang, non loin du tripode géant encore tiède du brasier des livres, au départ du convoi de l'Expédition des Mille.

Les cinq cents jeunes gens et les cinq cents jeunes filles, vêtus de leur tunique blanche, ceinture de soie jaune pour les garçons et rouge pour les filles, avaient été rassemblés sur l'aire carrée d'où partait l'escalier monumental qui menait au bâtiment où le Fils du Ciel avait reçu son mandat céleste. Des officiers leur avaient distribué à chacun deux paires de bottes et un paquetage, car il avait été prévu qu'ils feraient le chemin à pied. On leur avait aussi confié deux immenses oriflammes, jaune et rouge, qu'il s'agirait de déployer pour signaler leur passage sur les routes et dans les villes afin que chacun sût, du nord au sud, de l'est à l'ouest ainsi qu'au centre, que passait là l'Expédition des Mille voulue par l'Empereur Qinshihuangdi.

Après un dernier salut au Grand Géomancien

Embrasse la Simplicité venu, à la demande du souverain, inspecter les ultimes préparatifs de leur départ et s'assurer que les Mille seraient en harmonie, tout au long de leur parcours, avec le sol qu'ils allaient fouler, les collines et les montagnes qu'ils graviraient pour atteindre la grande mer des Îles Immortelles, leur procession s'ébranla lentement vers la route de l'Est.

Les Mille marchaient en rangs deux par deux.

Les deux reines attendirent que la fin du cortège, qui s'était allongé pendant un bon moment en un long ruban sinueux, eût disparu derrière un tournant de la route pour quitter à leur tour le tertre du Mingtang.

La princesse Baya marchait à l'avant de la procession, en compagnie d'un jeune garçon dont elle ne connaissait même pas le nom et qui parlait un dialecte étrange dont elle ne comprenait pas une bribe. Tous les types physiques des sujets de l'Empire du Centre étaient représentés, depuis les montagnards aux yeux bridés comme des fentes et à la peau luisante comme de la soie jusqu'à ceux, venus des forêts du Sud, dont la carnation était beaucoup plus sombre, allant des couleurs feu du bois de teck à celles, plus noirâtres, du vieil ébène ou du palissandre, et dont la taille ne dépassait pas celle d'un adolescent né au Nord.

Quoique profondément dissemblables, les cinq cents jeunes filles qui marchaient en compagnie des cinq cents garçons étaient plus belles et attirantes les unes que les autres. Les critères de leur sélection, visiblement, ne s'étaient pas résumés à la seule inspection de leur virginité...

Chez tous ceux qui croisaient le convoi ou se pressaient au bord de la route pour assister au passage de ces jeunes filles, l'une d'elles, pourtant, suscitait les plus grands murmures d'admiration pour son charme et son port altier : c'était Baya, la princesse de Sogdiane.

Quant aux garçons, il émanait de leurs rangs une impression de force sauvage et de vitalité à toute épreuve, comme s'ils se sentaient fiers d'avoir été choisis par le Grand Empereur du Centre pour participer à l'Expédition vers l'Immortalité. De ce pays qui venait d'abolir sa mémoire en procédant à l'incendie de ses livres anciens, on leur avait inculqué qu'ils seraient le fer de lance de l'avenir, puisque, grâce à eux, l'Auguste Empereur continuerait à régner sur la Chine dix mille années de plus.

Trois cavaliers précédaient la princesse sogdienne. Deux d'entre eux portaient les lances au bout desquelles avaient été attachés les oriflammes jaune et rouge qui claquaient fièrement au vent. Ils encadraient celui qui frappait sur un tambour et donnait la cadence de marche à ce millier de jeunes gens qui s'apprêtaient à parcourir les deux gros milliers de li qui séparaient Xianyang de la mer orientale. Toutes les dix rangées s'interposaient trois nouveaux cavaliers et ainsi de suite jusqu'au dernier rang, où ceux qui fermaient le ban étaient armés d'arbalètes destinées à dissuader les importuns attirés par tant de jeunesse et de beauté réunies, mais aussi ceux du convoi qui auraient été tentés de fausser subrepticement compagnie à leurs camarades.

La procession des Mille avançait à une cadence soutenue et régulière, scandée par les coups de tambour.

Non seulement la route allait être fort longue jusqu'à la mer, mais le terrain devait se révéler de plus en plus accidenté. Il leur faudrait en effet aborder l'une des régions les plus montagneuses de l'Empire du Centre, franchir ses sommets, longer ses torrents, parcourir ses hautes vallées, passer, enfin, ses nombreux cols, avant de redescendre vers les plaines traversées par des rivières, de plus en plus larges au fur et à mesure qu'on s'approcherait de la mer, pour remonter ensuite des pentes raides, car les montagnes se succédaient pratiquement jusqu'au bord de la mer de Chine, engendrant la lassitude et le découragement.

Il leur faudrait également, à un moment donné, traverser l'immense Fleuve Jaune, dont le courant charriait une telle quantité de lœss qu'elle lui donnait sa couleur moutarde. Son franchissement s'opérait sur des navires guidés par des cordages jetés d'une rive à l'autre. Une fois de l'autre côté, ils entameraient l'ascension des pentes qui leur permettraient d'arriver sur cette sorte de plateau où s'étendait la grande ville de Taiyuan, un important centre commercial dont les marchés et les lieux de plaisir attiraient des foules venues du nord et du sud de l'Empire. Un peu plus loin, en progressant vers le nord-est, ils apercevraient les cimes neigeuses du majestueux pic Feng, dressé, telle une sentinelle, au milieu de quatre autres sommets acérés qu'il dominait de toute sa hauteur.

Moins de trente li après avoir quitté Xianyang, la pente du chemin était déjà très raide.

Il ne faudrait pas longtemps pour que, au sein de la procession des mille jeunes gens et jeunes filles, on commençât à déchanter.

De fait, au bout de quelques jours, la marche était devenue vraiment harassante. Pour tenir les délais, les cavaliers de surveillance et les guides avaient fait prendre aux Mille des chemins de traverse de plus en plus escarpés. Le rythme des tambours ne faiblissait jamais. Le soir, au bivouac, leurs pieds étaient gonflés et les semelles de leurs bottes chaque jour un peu plus usées par les cailloux et les rochers. Personne, évidemment, n'osait se plaindre, de crainte d'attirer l'attention...

L'attrait des Îles restait plus fort que la fatigue et le découragement.

Seule Baya rongeait son frein et rêvait de s'échapper.

La princesse sogdienne s'était juré qu'elle n'irait pas jusqu'à la mer et qu'à la première occasion elle fausserait compagnie à ce convoi d'esclaves envoûté par les boniments de son commanditaire.

Baya ne se sentait pas de leur monde. Pour elle, ces Îles Immortelles n'étaient qu'un songe factice qui avait été inculqué à ces garçons et à ces filles, un subterfuge destiné à les faire courir au bout du monde pour assouvir le rêve d'un despote au cœur de pierre.

Pas plus qu'elle ne supportait le regard concupiscent des gardes à cheval qui surveillaient ses moindres faits et gestes. Quand elle se réveillait, après une nuit d'un sommeil lourd dans lequel elle sombrait à peine avait-elle fermé les yeux, tant grande était sa fatigue après l'épuisante journée de marche, elle en surprenait toujours, comme par hasard, deux ou trois penchés contre sa poitrine, prétextant, lorsqu'elle les repoussait, de vouloir seulement vérifier que tout allait bien pour elle.

Au fur et à mesure que la procession se rapprochait de la mer, elle constatait que son irritation ne faisait qu'augmenter, tout comme, d'ailleurs, la passivité des neuf cent quatre-vingt-dix-neuf autres marcheurs... Pas un soupir de lassitude ni la moindre protestation ne sortait jamais des rangs de l'Expédition. Jusqu'où iraient-ils ainsi, les uns et les autres, pieds en sang et vêtements en loques, sans se poser la moindre question ?

Un soir, elle décida que le moment était venu. Le convoi des Mille bivouaquait au sommet d'une colline qui dominait une ville immense dont la forêt des toits s'apercevait au loin, au milieu d'une plaine bordée par des montagnes dont elle ne voyait même pas les sommets.

— Peux-tu me dire le nom de cette ville ? demanda-t-elle tant bien que mal à un garde à cheval.

— Baodang, répondit aussitôt l'homme auquel elle venait enfin de s'adresser pour la première fois.

Il avait la face ravagée par la petite vérole et paraissait ravi et empressé.

Elle prétexta alors une très grande fatigue pour aller s'allonger à l'écart sous un arbre.

Il faisait nuit noire. Elle pouvait entendre les ronflements des gardes et la douce respiration de ses compagnons qui dormaient serrés les uns contre les autres pour se tenir chaud.

Elle se glissa hors de sa couverture et fit quelques pas, prenant soin de ne pas faire bouger la moindre brindille. L'homme au visage grêlé, qui n'avait cessé de lui jeter des œillades depuis qu'elle l'avait questionné, s'était également endormi.

Les feux et les lanternes faisaient doucement scintiller Baodang comme une toile d'araignée au milieu de laquelle se seraient prises des lucioles. Baya ignorait qu'après Xianyang, c'était une des villes les plus peuplées de l'Empire, un centre commerçant où les bronzes, la soie et le jade s'échangeaient contre les épices et les bois précieux. Plusieurs routes fréquentées par des marchands venus de partout convergeaient vers cette vaste agglomération où tous les types humains se mélangeaient dans les rues grouillantes. Sur ses marchés où les transactions se déroulaient jusqu'à une heure avancée de la nuit, tout se vendait et s'achetait.

Cette lumière palpitante, qui lui rappelait celle des marchés de nuit de la Sogdiane, contribuait à rassurer Baya. Elle était un heureux présage, après tant de nuits obscures passées à la belle étoile au milieu de paysages magnifiques mais dépourvus de toute présence humaine. Elle y voyait volontiers une invitation à se rendre dans cette ville pour s'y mettre à l'abri, après avoir faussé compagnie au reste du convoi.

Autour d'elle, tout semblait calme. Elle s'assura

qu'elle entendait toujours les ronflements des gardes-chiourme qui campaient un peu à l'écart, au pied des arbres où ils avaient attaché leurs chevaux. D'ordinaire, il y en avait toujours un ou deux qui ne dormaient que d'un œil, attentifs au moindre mouvement. Elle lança une minuscule pomme de pin vers eux, pour voir si une réaction allait se produire.

Personne ne bougea. La voie était libre.

Alors, avec d'infinies précautions, chaussures enlevées pour faire le moins de bruit possible, elle s'avança vers les lumières. Sous la plante de ses pieds, elle sentait la douce fraîcheur de la mousse humidifiée par la rosée nocturne.

Un peu plus loin, elle constata qu'elle entrait dans une haie de fougères. Elle s'y enfonça pour y disparaître complètement, happée par les plantes. Soudain, les fougères disparurent pour laisser place à une terrasse naturelle, au bord de laquelle la falaise s'arrêtait.

De là, les mille feux clignotants de Baodang la commerçante s'offraient à son regard.

Légèrement sur la gauche, un petit chemin serpentait vers le bas de la montagne. Elle se rechaussa à la hâte, s'accrocha aux genévriers et commença à descendre vers le vide.

Elle n'eut pas le temps d'avoir peur qu'elle avait déjà atteint un replat.

Il lui suffisait de suivre cette longue pente herbeuse qui dévalait devant elle jusqu'à la plaine où scintillaient les lumières de la ville...

Le cœur battant, elle se mit à courir. Elle avait hâte d'y trouver refuge.

72

La capitale de l'Empire du Centre avait tellement changé que Poisson d'Or ne reconnaissait plus la ville où il avait passé son enfance.

Il l'avait quittée chatoyante et bigarrée, aux accents séduisants, faits de ce mélange de luxe et de misère qui se tempéraient mutuellement ; humaine, pour tout dire. Et voilà qu'elle était devenue gigantesque et somptueuse, avec ses palais uniformes et tirés au cordeau, glaciale et à tout le moins impersonnelle.

Les temps avaient vraiment changé. Xianyang avait ce côté implacable du régime dont elle était le centre.

La ville basse, par laquelle il était entré au lever du jour, s'étendait désormais à perte de vue des deux côtés de la rivière Wei.

Poisson d'Or avait souhaité s'y rendre seul en compagnie de Feu Brûlant. Il avait laissé l'Armée des Révoltés bivouaquer dans les collines environnantes afin de prendre un ou deux jours de repos, le temps qu'ils retrouvent à Xianyang sa chère Rosée Printanière. Convaincu que la capitale était infestée d'espions et d'indicateurs, et conscient du danger que cette situation présentait, il n'avait pas souhaité que Tigre de Bronze ou Maillon Essentiel soient du voyage. S'il devait lui arriver malheur, il valait mieux en effet que son père demeurât à la tête de leur petite troupe.

Il ne retrouvait plus les prairies herbeuses qui s'étendaient au bord de la majestueuse Wei jusqu'au pied des collines du sud : elles étaient recouvertes de bâtiments de marbre dont les façades alignaient leur agencement monotone sur des distances qui n'en finissaient pas. Plus à l'est, au sommet d'un tertre, se dressait une bâtisse au toit pyramidal devant laquelle il remarqua un grand tripode de bronze haut comme un immeuble de trois étages. De plus en plus étonné, il s'avança sur ce qui devait être, à en juger par la hauteur de ses parapets, un pont majestueux enjambant la rivière qui séparait la ville nord de la ville sud.

Un peu plus loin, avisant un vieil homme impeccablement mis qui venait à sa rencontre, il lui demanda poliment qui habitait ces demeures immenses, aux portiques et aux cours parfaitement semblables, nichées au fond de parcs où des paons allaient et venaient majestueusement sur des pelouses soigneusement entretenues, dépourvues de murs d'enceinte mais dont l'étendue de l'espace laissé vide interdisait à quiconque d'y pénétrer sans être vu par les gardes armés postés à leurs quatre coins. Le vieil homme le regarda d'un air où la surprise se mêlait à l'inquiétude, et passa promptement son chemin. Feu Brûlant lança un regard éloquent à son ami. Il n'était pas bien vu, décidément, à Xianyang, de faire preuve de curiosité.

Comment Poisson d'Or aurait-il pu savoir que se dressaient là, devant ses yeux, quelques-uns de ces imposants palais séparés par des avenues aussi larges que longues, encore vides à cette heure matinale, que l'Empereur du Centre continuait à faire construire à un rythme incessant, pour son unique usage ?

De l'autre côté de la Wei, les maisonnettes crasseuses du vieux quartier de la ville haute avaient été remplacées par de vastes immeubles de forme cubique à l'alignement parfait. Leurs habitants avaient été priés de se déplacer dans la périphérie, pour laisser la place aux services de l'administration d'État qui occupaient ces bâtiments standardisés. Sur la Tour de la Mémoire de l'ancien Palais Royal, l'étendard de l'Empereur ne flottait plus. S'il avait pu s'en approcher, Poisson d'Or aurait constaté que ses murs étaient peu à peu colonisés par du lierre qui montait déjà à mi-étage. Il en aurait conclu, à juste titre, que le Pavillon de la Forêt des Arbousiers avait été, lui aussi, laissé à l'abandon au profit des constructions neuves, standardisées et impersonnelles, voulues par le Souverain du Centre.

En revanche, comme un éminent signe du triomphe de la bureaucratie légiste, l'orgueilleuse Tour de l'Affichage avait été rehaussée de plusieurs niveaux. On avait élargi ses balcons où étaient toujours accrochés avec soin, tel du linge aux fenêtres, les milliers d'édits impériaux quotidiennement pris par les autorités légistes. Cet édifice à la gloire de la Loi et de la Règle continuait à dominer fièrement les toits de la capitale impériale.

Peu à peu, la matinée avançant, les avenues et les rues de Xianyang s'étaient remplies.

Poisson d'Or constata avec effarement qu'il y avait presque autant d'hommes en uniforme que de civils habillés normalement.

— Bientôt il y aura autant de gendarmes que d'habitants dans cette ville ! Et je ne compte ni les espions ni les indicateurs parmi ceux qui portent des habits civils ! murmura Feu Brûlant.

— Marchons sans parler le long des murs. Il ne faut pas se faire remarquer, sinon, les contrôles risquent d'être nombreux ! conseilla Poisson d'Or à voix basse.

— Où devons-nous aller ? demanda Feu Brûlant.

— Le plus simple, à présent, serait de se rendre à

la demeure de Lisi et là, de trouver un moyen de prévenir Rosée Printanière.

Il se souvenait que la demeure du Premier ministre se dressait à l'angle d'une rue qui menait à la porte principale de l'ancien Palais Royal.

Avançant dans la direction de la Tour de la Mémoire qui leur servait de point de repère, ils étaient arrivés, sans trop s'en rendre compte, au pied de la Tour de l'Affichage.

Ils aperçurent alors avec un certain effarement les décrets de changement de noms. Alignés les uns à côté des autres, ils comportaient des centaines de noms de choses et de personnes destinés à être remplacés par d'autres. Les idéogrammes pullulaient. À droite étaient marqués les anciens, à proscrire, et à gauche les nouveaux, à adopter. Chaque fois était indiquée la peine prévue pour les contrevenants qui ne respecteraient pas les nouvelles dénominations. Cela allait d'un tael de bronze à huit coups de fouet, obligatoirement donnés en public, en cas de récidive. Pour les lettrés, la peine maximale pouvait atteindre jusqu'à l'amputation de la main, ce qui les empêcherait définitivement d'écrire.

C'étaient à la fois des patronymes et toutes sortes de noms communs dont le sens, brutalement, avait ainsi été changé. Des familles entières, par exemple, qui s'appelaient « Nuage » étaient devenues « Pivoine », ou encore « Cheval ». Pour les noms désignant des choses, sans doute afin de faciliter la compréhension des analphabètes, bien plus nombreux que ceux qui savaient lire les idéogrammes, on avait pris soin d'en garder la prononciation phonétique mais on en avait changé la représentation graphique, si bien que, par exemple, « famille » se disait toujours « shi » mais s'écrivait comme « pierre », tandis que « lance » se prononçait « mao » mais s'écrivait désormais comme « poil ».

Poisson d'Or imagina sans peine le trouble et la gêne que la politique de Rectification des Noms devait engendrer au sein de l'Empire. Elle n'avait d'autre but que de brouiller les cartes et d'effacer les repères, pour obliger chacun à penser différemment. Que l'on fût ou non capable de lire et d'écrire, l'État avait décidé de pétrir les cerveaux ! Chacun devait être obsédé par la nouvelle dénomination des choses et des êtres, et chacun, de la sorte et en toute circonstance, devait être persuadé de la puissance de l'État légiste sur les esprits. La monstrueuse Rectification des Noms était le stade ultime de la tyrannie imposée par Qinshihuangdi à son peuple, dont elle visait à asservir rien de moins que la façon de penser.

L'Empereur Invisible avait ainsi voulu dominer l'intelligence de ses sujets. Mais cette nouvelle façon de nommer dont témoignaient ces litanies d'idéogrammes affichés à la vue de tous avait-elle la moindre chance d'être appliquée ?

On pouvait en douter. Un langage ne se laissait pas bouleverser aussi facilement. Tout au plus cela incitait-il au silence lorsqu'on était hors de chez soi, d'où le mutisme des passants que Poisson d'Or avait croisés, tandis que, dans l'intimité de sa demeure, chacun continuait à parler normalement.

Au bout d'une avenue, il reconnut enfin l'austère façade de la demeure du Premier ministre. Lisi habitait-il toujours là ?

Il regarda alentour et ne vit que des gardes en armes. Qui pourrait le renseigner ? Aller frapper à la porte du palais de Lisi, dont il apercevait à présent les soldats qui gardaient sévèrement le porche d'entrée, était exclu. Le cœur serré, il imaginait ce que devait endurer, prisonnière de ces murs dont il pouvait palper l'hostilité, sa chère Rosée Printanière.

Ils s'assirent, perplexes, sur un des bancs de pierre

situés au pied de la Tour de l'Affichage. Autour d'eux, la foule des badauds venue écouter les scribes lire à voix haute les édits de la veille qui venaient d'être affichés commençait à les observer d'un air soupçonneux. Sous ces regards hostiles, Poisson d'Or se mit à réfléchir à la meilleure façon de reprendre contact avec celle qu'il aimait toujours sans pour autant éveiller l'attention et encore moins placer la jeune femme dans un quelconque embarras.

— Nous devons partir d'ici ! Ils nous regardent méchamment. Que comptes-tu faire à présent ? souffla Feu Brûlant à son compagnon.

Celui-ci venait d'avoir une idée.

— Et si nous allions voir Yaomei, mon ancienne gouvernante, elle pourrait nous renseigner sur l'endroit où habite Rosée Printanière ? Au besoin, elle lui ferait passer un message de ma part.

— Génial ! Après quoi, il te suffira de lui donner rendez-vous dans un lieu discret et nous l'emmènerons avec nous.

— Lorsque j'étais enfant, j'adorais Yaomei et c'était réciproque. C'est une femme généreuse et discrète. Elle n'ira jamais dire à quiconque que nous sommes allés la voir !

Ils se mirent en route vers le quartier où Yaomei habitait à l'époque où elle s'occupait de lui. Il reconnut sans peine la ruelle blottie contre la muraille de l'ancien Palais Royal au bout de laquelle s'élevait jadis ce petit immeuble vétuste et étroit de façade. Arrivé à son emplacement, il constata avec soulagement que le bâtiment était toujours debout. Contrairement aux autres, beaucoup plus récents, il ne semblait pas avoir été affecté à l'administration. Ils pouvaient même entendre des bruit de vaisselle et des cris d'enfants provenant du premier étage.

C'était l'heure à Xianyang où, après le lever, chacun achevait de prendre son petit-déjeuner.

Il se souvint que sa gouvernante habitait au dernier étage, et entreprit d'y monter avant de frapper à la porte. Lorsqu'elle s'ouvrit, Poisson d'Or reconnut sans peine la face toute ronde, quoique plus ridée, au milieu de laquelle brillait l'éclat chaleureux du regard de Yaomei. Malgré l'âge, elle n'avait que peu changé. Ses cheveux avaient blanchi mais sa jovialité paraissait intacte. Elle ne mit pas longtemps à reconnaître, derrière la silhouette du noble individu qui venait de frapper, son cher petit Poisson d'Or.

— Poisson d'Or ! Mais c'est extraordinaire ! Que fais-tu donc ici ? Entre vite, mon chéri !

Elle referma derrière eux à double tour la porte vermoulue. Il flottait dans la pièce une agréable odeur de thé vert.

— Je suis autant recherché que ça, dans cette ville que je ne reconnais plus, pour que tu fermes ainsi ta porte ? lui demanda, souriant, Poisson d'Or.

Elle leur tendit à chacun un bol brûlant et les fit asseoir.

— Hélas, tu dois savoir que ta tête est mise à prix depuis que tu as quitté Xianyang... Et je dois me méfier de mon voisin du dessous. Dans l'immeuble, tout le monde s'accorde à penser qu'il est payé par le Bureau des Rumeurs ! chuchota-t-elle à voix si basse qu'il leur fallut vraiment tendre l'oreille pour comprendre ce qu'elle venait de leur dire. On doit parler à mots couverts. Les planchers de bois sont tellement pourris qu'ils laissent passer le moindre bruit ! ajouta-t-elle.

— Comment va le cher Accomplissement Naturel ? Il ne doit plus être tout jeune..., hasarda Poisson d'Or en se raclant la gorge, en guise d'entrée en matière.

Si près du but, il commençait à paniquer. Conscient du danger représenté par ce voisinage peu fiable, il

156

avait décidé, pour brouiller toutes les pistes, de s'enquérir d'abord du sort du vieux lettré. Il redoutait aussi que la vieille femme lui annonçât que Rosée Printanière avait rejoint le Gynécée Impérial, ou, pis encore, qu'elle avait été emportée par de mauvaises fièvres.

Il vit, au douloureux rictus qui d'un seul coup défigurait la bouche de Yaomei, que sa question ne pouvait pas tomber plus mal.

— N'es-tu pas au courant ? Le vieux lettré s'est jeté du haut de la Falaise de la Tranquillité. Il n'a pas supporté le Grand Incendie des Livres, ni le changement de nom auquel on l'obligea, dit-elle en étouffant un sanglot.

Devant l'étonnement de Poisson d'Or, la vieille femme raconta la folie destructrice qui s'était emparée de l'Empereur, condamnant tous les livres à être jetés dans les bûchers, qu'ils fussent aux mains des lettrés ou dans les bibliothèques publiques, voire chez les riches particuliers amateurs de vieux grimoires.

— Faut-il que l'Empereur du Centre soit devenu fou pour ordonner une telle ignominie ! s'indigna-t-il d'une voix étouffée.

— Ici ne règne que la terreur. Pas un lettré n'a osé rendre hommage au plus vénérable d'entre eux lorsqu'on retrouva son corps disloqué au pied de la falaise... Te rends-tu compte, ils avaient poussé la cruauté et l'ignominie jusqu'à l'obliger à s'appeler Crochet-Faucille ! poursuivit-elle en se jetant dans les bras de celui qu'elle avait tant choyé quand il était enfant.

La réaction de désespoir de la pauvre Yaomei suffisait à lui redonner confiance. À l'évidence, elle n'avait pas changé de camp.

L'oreille de la vieille femme étant à portée de sa bouche, le moment était venu de lui faire part du motif réel de sa visite.

— De passage à Xianyang, je suis venu chercher Rosée Printanière pour l'arracher à ce contexte de terreur. Peux-tu me dire où elle se trouve ? chuchota-t-il.

La nouvelle de la mort d'Accomplissement Naturel l'avait délivré des réticences qu'il avait éprouvées à demander des nouvelles de sa bien-aimée.

— Je sais que vous vous aimez depuis toujours. Je l'avais déjà remarqué quand vous jouiez aux billes, tout petits. Depuis ton départ, elle s'était enfermée dans l'étude et la calligraphie. Elle faisait peine à voir. L'Empereur n'eut de cesse de la séduire mais elle sut toujours résister à ses avances. Elle voulait te rester fidèle.

— Mais tu en parles au passé ? questionna-t-il, follement angoissé.

Il avait haussé le ton, faisant fi de toute précaution.

— Elle a dû quitter Xianyang au moment du Grand Incendie des Livres. C'est du moins la rumeur qui court... Je ne la vois plus, en tout cas, depuis quelques semaines dans les endroits où elle allait habituellement. Son père, de surcroît, affiche une mine défaite. On dit qu'il adore sa fille. Voilà pourquoi je n'ai pu m'empêcher d'en parler au passé. Mais, bien sûr, cela ne veut rien dire ! expliqua-t-elle tant bien que mal.

— Rosée Printanière, partie sans m'attendre ! Et moi qui suis là, après un si long périple ! Mais c'est affreux ! se lamenta Poisson d'Or, le nez plongé dans le cou de la vieille femme.

Sans ce voisinage soupçonneux, il aurait volontiers laissé éclater sa rage ! Les propos de Yaomei l'accablaient comme jamais. L'incendie des livres, la propreté inquiétante de cette ville, ces milliers de noms déjà changés, la disparition, hélas, de Rosée Printanière, c'en était trop ! Tous ces éléments néfastes se mélangeaient dans sa tête en un chaos de révolte et de désespoir.

Cet incendie des livres datait de quelques semaines. L'odeur de bois brûlé planait encore au-dessus de certains carrefours. À quelques jours près, la réunion de Poisson d'Or et de Rosée Printanière aurait pu se produire et il aurait su arracher la jeune femme à sa funeste condition. Mais les circonstances en avaient décidé autrement...

C'était à la fois consternant et trop injuste ! Il sentait son cœur se serrer et une lourde angoisse monter en lui. Il se prenait à regretter son détour par la plaine des puits de feu, qui lui avait fait perdre quelques jours si précieux.

Partie de Xianyang, où pouvait-elle se trouver à présent ? Jusqu'où ne lui faudrait-il pas aller pour retrouver la femme qu'il aimait et dont l'absence venait de le décevoir si cruellement ? N'était-ce pas une chimère qu'il poursuivait à présent ? Le souvenir de Fleur de Sel dévorée par un tigre à nouveau le hantait. N'avait-il pas tout raté ?

Désespéré, mais conscient de l'émoi qu'il suscitait chez sa vieille gouvernante, il tenta de reprendre ses esprits.

— Tu as l'air si malheureux ! Mon intuition me dit qu'elle vit ailleurs, il ne faut surtout pas te décourager..., fit Yaomei, soucieuse de le rassurer.

— Si je savais où elle était partie, j'y courrais !

— Tu m'as dit que tu étais de passage à Xianyang. Cela signifie que ton voyage n'est pas terminé. Poursuis ta route. Je suis sûre qu'elle finira par croiser celle de Rosée Printanière...

— Je poursuis un périple vers le Grand Océan. Je compte me rendre à Dongyin.

— N'est-ce pas de ce port de pêche que doit partir l'Expédition Impériale des jeunes gens et des jeunes filles qui embarqueront pour les Îles Immortelles ?

— C'est exact ! Là, je compte venger le peuple de

Chine de toutes les ignominies de son Empereur, confia-t-il dans un souffle.

— Rejoins ton but. Ceux qui vont jusqu'au bout de leurs rêves finissent toujours par les transformer en réalité ! murmura-t-elle d'une voix douce en lui caressant le visage.

Elle lui souriait et avait l'air sûre de ce qu'elle disait.

Des bruits provenant de la cage d'escalier empêchèrent Poisson d'Or de continuer à dialoguer avec elle. Peut-être les espionnait-on ? Il leur fallait repartir vite, sans éveiller les soupçons du voisin d'en dessous avant qu'il ne fût trop tard.

— Puissent les dieux exaucer tes vœux et favoriser tes projets, mon enfant ! chuchota la vieille femme au moment où Poisson d'Or la prenait dans ses bras pour lui dire au revoir.

— Surtout, Yaomei, je t'en supplie, ne dis jamais à personne que je suis venu ni que je pars pour Dongyin. Si les autorités savaient que nous nous sommes parlé, cela pourrait te coûter, hélas, très cher !

— Tu n'as rien à craindre, mon enfant. La vieille Yaomei te veut trop de bien ! Mes pensées t'accompagneront toujours dans tes nobles entreprises, s'exclama-t-elle en l'embrassant avec fougue.

Lorsqu'ils dévalèrent l'escalier quatre à quatre, tout à leur émotion et à leur tracas, pas plus Feu Brûlant que Poisson d'Or ne prêtèrent attention à la porte entrouverte de l'appartement de l'étage inférieur, et encore moins au regard de fouine de l'homme qui les observait dans la pénombre à travers son minuscule entrebâillement.

*

Ce qui devrait s'appeler la Majestueuse Terrasse de Langya n'était encore qu'une gigantesque blessure infligée à la terre rouge de cette pente rocailleuse qui descendait vers les rochers où le va-et-vient du ressac laissait, après chaque passage, une trace d'écume blanche qui ne s'effaçait jamais complètement. De cet endroit perché sur le vide, l'immensité de l'océan se découvrait mieux que d'aucun autre emplacement. C'était là que l'Empereur avait choisi d'assister au retour de l'Expédition des Mille, lorsque leurs navires reviendraient à bon port.

— Jamais ils n'auront terminé à temps ! J'aimerais avoir l'opinion de l'expert, maugréa le général Zhaogao en s'adressant à Saut du Tigre.

— Pour vous la livrer, j'ai besoin de ma boussole divinatoire Shi composée de deux parties de bois pivotantes, l'une carrée représentant la terre, et l'autre ronde symbolisant le ciel, répliqua celui-ci en extirpant avec fierté de sa besace l'instrument qu'il venait de décrire.

Autour de lui, le général, son ordonnance et quelques ingénieurs préposés à ce chantier interminable formaient un cercle.

— Il faut d'abord détecter si la montagne est de type « shun » à suivre les courants, ou si au contraire elle a tendance à s'y opposer. Dans ce cas, elle serait de type « ni ».

— De quels courants parles-tu ? questionna ingénument Ivoire Immaculé.

— Des deux courants telluriques qui gouvernent le sous-sol : celui du Tigre Blanc Qinlong et celui du Dragon d'Azur Baihu. Normalement, le premier doit toujours se situer à main droite et le second à main gauche. Si votre terrasse ne ménage pas l'un et l'autre, c'est-à-dire si elle ne se trouve pas à leur croisement exact, à l'endroit précis où doivent culminer leurs souffles vitaux respectifs Shenqi, elle ne tiendra pas et s'effondrera à la première pluie ! déclara doctement Zhao-gongming.

Le prêtre taoïste, qui n'avait cessé de l'observer, constata avec satisfaction que ses propos fascinaient la jeune ordonnance. Il tenait à lui prouver qu'il était un savant, mais doublé d'un sorcier aux pouvoirs surnaturels. Ivoire Immaculé n'avait d'ailleurs d'yeux que pour ce prêtre alchimiste doué d'un aussi grand nombre de vertus. Il buvait ses paroles comme un nectar. Entre-temps, Saut du Tigre avait commencé à se livrer à ses mesures et à ses calculs à l'aide de la boussole. Et après avoir arpenté de long en large le chantier de terrassement, puis l'avoir examiné dans tous les sens, il venait d'aviser l'énorme tas de rochers qui émergeait en plein milieu de l'aire.

— Un géant a dû déposer là par inadvertance, il y a dix mille ans de cela, ce tas de rochers... Il faut absolument les pousser dehors ! Ils interdisent au Tigre Blanc et au Dragon d'Azur de se rejoindre. Tant qu'ils seront là, votre terrasse risquera à tout moment de s'écrouler au moindre orage. De surcroît, ils empêchent tout aplanissement de l'aire, affirma-t-il, sûr de son fait comme jamais.

Au sein de cet amas de cailloux, un bloc bien plus gros que les autres dépassait la taille d'une maison, empêchant d'aplanir sa surface.

— Je suis bien conscient de ce problème, mais quelle solution proposes-tu pour rendre parfaitement plate la terrasse de Langya afin que le Grand Empereur du Centre puisse la fouler aux pieds sans perdre l'équilibre ? interrogea Zhaogao dont l'agacement était perceptible.

— L'énorme bloc de pierre est indestructible. Il fait corps avec le sous-sol dont il est une excroissance ! Trente hommes s'y attaquent au marteau et au ciseau, mais il faudra des mois et des mois pour le réduire !

expliqua d'un air gêné le chef de chantier auquel Zhaogao avait fait signe d'avancer.

Saut du Tigre et Zhaogongming échangèrent un regard entendu. Visiblement, dans leur souci de satisfaire par tous les moyens le Général aux Biceps de Bronze, la même idée leur était venue. Le prêtre taoïste prit la parole, ménageant ses effets, certain qu'il allait provoquer la réaction recherchée.

— J'ai sur moi un peu d'une certaine poudre noire explosive dont j'ai inventé par hasard la recette à Xianyang, il y a de cela bien des années... Elle est tout à fait capable de réduire en poussière ce gros tas de rochers.

Zhaogongming ne mentait pas. Lorsqu'il avait quitté le pic de Huashan, il avait emporté avec lui, à tout hasard, dans un pot de bronze hermétiquement fermé, une petite quantité de sa poudre explosive dont il avait laissé le reste dans un tonneau soigneusement dissimulé derrière un rocher de la grotte où habitait Vallée Profonde.

— Une poudre noire capable de pulvériser une roche aussi énorme ? s'écria le général Zhaogao.

— C'est bien ce que Zhaogongming vient de dire, répondit doctement Saut du Tigre.

Triomphalement, le prêtre taoïste avait sorti de sa poche un petit pot qu'il agitait sous le nez ébahi du chef d'état-major des armées impériales.

— Combien de jours te faudra-t-il pour venir à bout de ce roc ? s'enquit fébrilement Zhaogao. L'Empereur sera ici dans quelques semaines...

— La poudre noire est de nature spéciale. Quand on y met le feu, elle explose comme le tonnerre. Il ne lui faudra pas plus d'un instant pour détruire cet obstacle déposé par le géant il y a dix mille ans, assura-t-il très simplement.

Zhaogongming, en observant les mimiques du chef

d'état-major des armées de l'Empire qui semblait sur le point d'éclater de rire, avait compris que ce dernier ne prenait pas le moins du monde au sérieux les propos qu'il venait de tenir.

— Ici, nous ne sommes pas au cirque pour assister à un tour de passe-passe de magicien ! Trente terrassiers travaillent sans relâche depuis un mois sur cet amas rocailleux ! Regarde un peu : il est presque aussi épais qu'au premier jour ! lança au prêtre le général, une fois passée l'hilarité de la surprise.

— Je vous propose d'essayer dès demain. Ce ne sont pas des propos de magicien de cirque ! lança l'autre, vexé.

Zhaogao, incrédule, n'était pas loin de vouloir mettre un terme à un projet qui lui paraissait de plus en plus irréaliste. Il continuait à ne pas croire un mot des propos du taoïste et s'apprêtait à entrer dans une colère noire.

— Oui ! Laissons-lui cette chance ! Moi, j'ai totalement confiance dans ce prêtre. Je suis sûr que cette poudre noire fera de l'effet ! pouffa alors Ivoire Immaculé.

Zhaogao considéra son ordonnance avec gourmandise. Le jeune homme le suppliait du regard. Il semblait sincère. Une fois de plus, il se sentit fondre. Puis il regarda Zhaogongming. Le prêtre avait toujours l'air aussi sûr de lui.

Après tout, que perdait-il à lui laisser essayer cette poudre noire ? En cas d'échec de sa part, il serait toujours temps de le lui faire payer très cher, ce qui aurait de surcroît l'avantage d'éloigner définitivement ce rival potentiel de son Ivoire Immaculé.

— Va pour demain ! lâcha le Général aux Biceps de Bronze.

Le jour suivant, les mêmes se retrouvèrent sur l'immense chantier de terrassement où les hommes, par centaines, creusaient le sol avant d'en vider la terre dans des couffins de jonc tressé que d'autres transportaient en contrebas pour étayer le soubassement de l'aire qui, tel un balcon géant, surplombait la mer de Chine.

Zhaogongming leur ordonna de reculer et de s'écarter de l'amas de cailloux qui encombrait le centre de l'aire.

Tous les ouvriers descendirent docilement vers la grève et s'y postèrent, les yeux fixés sur ce spectacle étrange d'un prêtre taoïste, reconnaissable à sa calotte noire, qui tournait autour de ce monticule rocheux sur lequel ils s'échinaient en vain depuis des semaines.

Le prêtre venait de placer son pot de bronze rempli de poudre noire contre le premier rocher de la base de l'imposant monticule déposé dix mille ans auparavant par le facétieux géant. Puis il prononça les paroles sacramentelles adéquates, censées donner à la poudre explosive un maximum de puissance. Bouche bée, les terrassiers, totalement ignares en astrologie taoïste, l'entendaient prononcer d'une voix forte des formules auxquelles ils ne comprenaient rien.

— Tu es le Tou, Boisseau de la Grande Ourse, la constellation qui sert de Régisseur au Destin ! Tu es rempli de la poudre qui désagrège l'univers en corpuscules infinitésimaux... Tu vas transformer la terrasse de Langya en Daochang, l'aire sacrée de la Grande Voie ! Elle deviendra parfaitement plane et dépourvue de tout obstacle !

Tout occupé qu'il était à invoquer le Régisseur du Destin, Zhaogongming ne pouvait voir qu'Ivoire Immaculé, toujours plus subjugué, le regardait avec des yeux qui laissaient entendre qu'il le considérait comme ce Grand Régisseur en personne.

Lorsque le prêtre alluma la mèche, l'explosion fut si forte qu'Ivoire Immaculé ne put s'empêcher de pousser un cri de frayeur. Il croyait venue la dernière heure de cet homme qu'il admirait tant. Une salve de cailloux, mêlée de flammes et de fumée noire, avait jailli vers le ciel comme une énorme gerbe d'eau. Les projectiles pleuvaient de toutes parts, tels des grêlons. Ils durent protéger leurs crânes et leurs visages avec leurs mains. Passé l'effet de souffle, qui avait fait souffrir comme jamais leurs oreilles, un opaque nuage de poussière empêcha de voir précisément les innombrables éclats de pierres de toutes tailles qui jonchaient le sol à la place de l'amas de rochers que l'explosion venait de pulvériser.

Lorsqu'il se dissipa, des murmures d'admiration fusèrent des rangs des terrassiers. En un instant, Zhaogongming avait accompli ce qui aurait nécessité plusieurs mois de travail acharné à des centaines de terrassiers et de casseurs de pierres...

Il restait toutefois, au milieu du terre-plein à présent désencombré, une sorte de pyramide rocheuse d'une hauteur appréciable que l'explosion avait malheureusement laissée intacte. C'était le fameux rocher de la taille d'une maisonnette que l'opération avait dégagé, mais sans réussir à le détruire.

— Quel dommage ! Il manquait un rien de poudre ! Normalement, ce mamelon aurait dû être pulvérisé à son tour, regretta Zhaogongming.

Devant lui, le général Zhaogao, médusé par l'efficacité de cette mixture, ne disait mot. Il s'en voulait d'avoir à ce point douté du prêtre. Quelques pincées de poudre avaient déjà fait gagner aux ouvriers plusieurs semaines de travail.

— Bravo ! Tu viens d'accomplir un exploit extraordinaire ! murmura de son côté la jeune ordonnance, suffisamment fort pour que Zhaogongming l'entendît.

Ivoire Immaculé était en extase. Après un tel succès, ce Zhaogongming accédait à ses yeux au statut d'incomparable armoire aux trésors. Si ce prêtre était capable de fabriquer une telle poudre, il devait aussi détenir les ingrédients nécessaires pour confectionner toutes sortes de pilules : celles qui conféraient le bonheur ; celles qui rendaient séduisant ; celles qui faisaient vivre plus vieux ; celles qui redonnaient du souffle aux Tiges de Jade fatiguées d'avoir servi plusieurs fois de suite, et bien d'autres, plus merveilleuses les unes que les autres ! Il y avait là de quoi satisfaire tous ses penchants et répondre à toutes ses aspirations. Cet ermite doublé d'un sorcier pourrait faire de lui un Immortel aux incomparables talents de séducteur, à qui plus rien, dans ces conditions, ne résisterait. Pour accéder à cette incroyable réserve de raretés, il lui suffisait de répondre favorablement aux avances de ce prêtre taoïste.

Le soir même, Ivoire Immaculé avait donc décidé de délaisser le général, qui dormait à poings fermés, pour rejoindre Zhaogongming, et s'était glissé à pas feutrés dans sa chambre.

Une fois dans le lit du prêtre, la jeune ordonnance lui avait plaisamment prodigué toutes sortes de soins qui avaient laissé ce dernier dans un état second, au point que Saut du Tigre, qui dormait à côté, avait été réveillé par les râles de plaisir que Zhaogongming exhalait sans la moindre retenue.

— Si tu veux me revoir, il faudra me donner toutes tes recettes de poudres de joie et d'Immortalité ! avait soufflé en minaudant Ivoire Immaculé au prêtre lorsque celui-ci lui avait clairement fait comprendre qu'à tout le moins une autre dose de soins amoureux, après une entrée en matière aussi réussie, s'imposait d'elle-même.

*

La voix fine, légèrement tremblante d'émotion, de Rosée Printanière était couverte par le bruit de la chute d'eau.

Vallée Profonde s'approcha d'elle pour lui faire répéter sa phrase.

— Est-ce que le Dao peut être assimilé à la justice ? redemanda, toujours aussi soucieuse, Rosée Printanière.

Les deux femmes se tenaient assises sur un rocher mousseux devant l'immense colonne d'eau parfaitement verticale qui tombait avec fracas dans la vasque naturelle où elle disparaissait en cercles concentriques, dans un bouillonnement d'écume. La contemplation de la cascade du pic de Huashan, dont la linéarité scintillante réussissait à apaiser son esprit, était un spectacle dont Rosée Printanière ne parvenait plus à se passer.

— Le Dao se situe bien au-delà de la justice ! Et d'ailleurs, celle-ci est toujours relative..., répondit Vallée Profonde, pensive, avant d'ajouter : Mais au fait, pourquoi me poses-tu cette question dans ces termes ?

Elle avait remarqué l'angoisse qui étreignait le cœur de sa petite-fille, et dont témoignait la pâleur de son visage.

— Parce que je voudrais savoir si, un jour, tous les crimes abominables commis par mon père, qui me priva à la fois d'Inébranlable Étoile de l'Est et de Poisson d'Or, seront enfin punis. Ou alors, ne dois-je compter que sur moi pour me faire justice ? lâcha-t-elle tristement.

— Tu dois d'abord penser à toi et à ta réussite. Ne vaut-il pas mieux mettre tes forces au service de l'amour plutôt que de la vengeance ? La Grande Voie est un long chemin qui te mènera, de même qu'elle a guidé tes pas jusqu'ici, à la rencontre de celui que tu aimes.

— Comme j'aimerais en être sûre ! J'attends ce moment depuis si longtemps ! De temps à autre, je finis par douter que ce moment arrive ; alors, je me sens envahie par la tristesse, avoua Rosée Printanière en éclatant en sanglots.

— La constellation du Bouvier et celle de la Tisserande, même si elles sont séparées par l'immense Voie Lactée, finissent bien, chaque année, par se retrouver...

La jeune femme vint se blottir comme une enfant dans les bras de sa grand-mère.

— Donne-moi ton Bi noir étoilé, demanda doucement celle-ci.

Rosée Printanière s'en fut dans la grotte et lui rapporta le disque de jade. Vallée Profonde s'en saisit puis, après l'avoir posé à plat sur ses genoux, le fit examiner attentivement par sa petite-fille.

— Regarde ces étoiles, elles te concernent... Voici celle de la Tisserande, et ici c'est celle du Bouvier. Au milieu, ce long amas d'étoiles n'est rien d'autre que la Voie Lactée au-dessus de laquelle, chaque année, un pont permet aux deux amants séparés de s'unir, expliqua la prêtresse médium.

— Veux-tu dire par là que ce disque serait le miroir de nos destins ?

— Cet objet rituel n'est pas venu à toi par hasard ! Pas plus que dans les mains de Lubuwei ! C'est aussi parce que ton père le vola au musée impérial de Xianyang qu'il est désormais à toi. Nous sommes tous les instruments du destin ! Souvent, nous sommes guidés par des forces qui nous échappent totalement. Il faut l'accepter. C'est la voie de la sagesse, dit Vallée Profonde qui s'était mise à lisser les longs cheveux de Rosée Printanière.

Celle-ci sembla rassurée. Elle écoutait le tonitruant

169

concert des oiseaux nichés dans tous ces arbres qui les entouraient comme des sentinelles vigilantes.

— Je vais essayer de m'approcher de ce rossignol dont la musique m'enchante, décréta-t-elle joyeusement.

Elle s'était levée, pour aller voir du côté de la forêt où l'oiseau chantait.

Demeurée seule avec le disque de jade, Vallée Profonde décida de profiter de la présence de l'objet rituel pour se livrer à un ultime exercice de concentration afin de s'assurer que sa petite-fille et l'homme qu'elle aimait étaient toujours en phase l'un avec l'autre.

Elle voulait pour la première fois les faire jouer, d'abord à Rosée Printanière puis à son Poisson d'Or, le rôle des deux constellations amoureuses qui correspondaient si bien à l'histoire de leurs rapports mutuels. Grâce à la présence du Bi dans sa main, elle disposerait du support le plus efficace pour mener à bien cet ultime et délicat exercice de vérification cosmique.

Elle ne croyait pas si bien dire. À peine s'était-elle concentrée, le disque de jade plaqué contre ses yeux, que l'image parfaitement nette des constellations de la voûte céleste, apparue sans difficulté dans son champ de vision intérieur, la fit sursauter. Ne souhaitant pas alerter inutilement Rosée Printanière, toujours postée sous un arbre quelques pas plus loin, elle maîtrisa le cri de détresse et d'étonnement qu'elle s'apprêtait à pousser.

Comment aurait-elle osé avouer, en effet, à Rosée Printanière qu'elle venait d'apercevoir, entre la constellation du Bouvier et celle de la Tisserande, un objet céleste non identifié ?

Ledit objet céleste ressemblait à une belle comète scintillante venue s'interposer entre les deux amas d'étoiles qui s'unissaient une fois l'an. La comète était située du bon côté de la Voie Lactée, si bien qu'elle pouvait toucher la constellation du Bouvier sans que, contrairement à celle de la Tisserande, située du côté opposé, elle eût besoin d'emprunter ce fameux pont qui, chaque année, permettait aux deux constellations amoureuses de se rejoindre.

C'était la première fois qu'elle apercevait cet astre magnifique, dont la queue immense semblait d'ailleurs embrasser, en l'emprisonnant, la totalité de la constellation du Bouvier.

Elle frémit. Une sourde inquiétude la tenaillait. Il était temps de se mettre en situation de vérifier que ce n'était pas une fausse impression et, pour cela, elle accentua son effort de concentration afin de faire apparaître une vision plus nette encore de la voûte céleste. Elle sentait la sueur couler sur son front. Le disque de jade en devint tout humide. Sa vision, petit à petit, devenait plus nette.

Les étoiles se détachaient à présent les unes des autres.

Mais la comète singulière et enveloppante était toujours là, comme si elle défiait la Tisserande.

C'était indubitable. Il y avait bien une autre femme entre Poisson d'Or et Rosée Printanière. Elle avait dû arriver là inopinément. À en juger par la beauté de l'intruse stellaire, cette créature devait disposer de nombreux atouts. Elle embellissait singulièrement la constellation du Bouvier, grâce au poudroiement argenté de ces arabesques savantes que dessinait son appendice. Et le Bouvier n'était pas loin de succomber aux charmes de l'étoile intruse ! N'avaient-ils pas l'avantage d'être immédiats et bien plus accessibles que ceux de la Tisserande, qu'il ne pouvait rejoindre qu'au moyen de ce fameux pont, lequel ne s'ouvrait qu'une fois dans l'année au-dessus de la Voie Lactée ?

La partie s'annonçait donc particulièrement inégale entre Rosée Printanière et sa nouvelle rivale.

Sa petite-fille était revenue auprès d'elle au moment où la prêtresse médium rouvrait les yeux. Vallée Profonde résolut néanmoins de garder pour elle l'arrivée de cette inconnue dans le paysage de Poisson d'Or.

Elle ne voulait ni la décevoir ni éveiller inutilement ses craintes. Elle l'avait sentie déjà si fragile, au bord du découragement. L'annonce de la venue de cette curieuse étoile intruse l'eût à coup sûr conduite au plus profond des désespoirs.

Inquiète, Vallée Profonde hésitait sur l'attitude à adopter.

Lui fallait-il essayer de jeter un sort à la nouvelle étoile ?

Elle ne pouvait, hélas, que constater qu'elle n'en avait pas les moyens. La prêtresse médium ne disposait en effet d'aucun élément matériel appartenant à cette belle inconnue dont elle ignorait tout, jusqu'à son nom. Elle ne possédait pas le moindre indice qui aurait pu servir de support à des exercices susceptibles de l'éloigner de Poisson d'Or ou de lui ôter l'envie de l'approcher, voire, plus radicalement encore, de l'éliminer.

Elle n'était pas prête, au demeurant, à utiliser n'importe quel moyen. Elle savait trop, pour avoir approfondi la théorie subtile du Yin et du Yang, que le positif ne pouvait jamais sortir du négatif, pas plus que le bien du mal.

Ne valait-il pas mieux, dans ces conditions, œuvrer pour faire en sorte que ce fût Poisson d'Or qui résistât, par amour pour Rosée Printanière, aux charmes de la jolie intruse ? Celle-ci, du coup, finirait bien par s'éloigner d'elle-même du jeune homme, en desserrant de la constellation du Bouvier sa magnifique étreinte lumineuse...

Mais pour obtenir un tel résultat, encore fallait-il que le Bouvier ne doutât pas que la Tisserande continuait à l'attendre, de l'autre côté de la Voie Lactée, et que ce fameux pont sur lequel ils espéraient tant se rejoindre ne tarderait pas, enfin, à les réunir.

Il lui fallait envoyer à Poisson d'Or ce signal d'amour, de la part de Rosée Printanière, qui lui prouverait qu'il devait l'attendre. Ce message devrait être aussi pur que l'eau de la source de sa grotte. Il devrait inonder le cœur de l'amant de sa petite-fille comme une onde de paix.

La vieille femme, dont la longue chevelure blanche couvrait les épaules comme une cape divine, se jura de tout faire pour que le destin des jeunes gens rejoignît celui des deux étoiles. Elle s'emploierait de toutes ses forces à préserver Poisson d'Or des assauts de cette femme qui ne tarderait pas à faire irruption dans la vie de celui qu'aimait tant sa petite enfant.

Y réussirait-elle ?

73

— Il ne faut surtout pas te décourager ! Regarde derrière toi, tu en as vu d'autres ! Rien n'est encore perdu, répétait tendrement Tigre de Bronze à son fils.

Cela faisait à présent huit jours qu'ils chevauchaient à nouveau vers le nord-est, en direction de la grande mer de Chine.

Leur progression eût été bien plus rapide s'ils avaient pu enfourcher des chevaux célestes ; mais ceux-ci étaient réservés à l'usage exclusif des armées impériales. Leurs destriers robustes, élevés dans les plaines du marquisat de Tigre de Bronze, peu habitués aux escarpements, peinaient à avancer au rythme des étalons des steppes.

Poisson d'Or, lorsqu'il était revenu bredouille, et passablement accablé par les nouvelles apprises de la bouche de Yaomei lors de son périple à Xianyang, affichait cette triste mine qui, depuis, ne l'avait pas quitté. L'absence d'informations concernant Rosée Printanière était ce qui le désespérait le plus. Il ne savait pas où il lui faudrait aller pour la retrouver. Outre cette cruelle déception, il s'en était fallu de peu, juste après avoir quitté l'immeuble de Yaomei, qu'on ne les arrêtât, Feu Brûlant et lui, pour vérifier leur identité. Ils s'en étaient tirés à bon compte, grâce à la présence opportune d'un attroupement qui encombrait la rue. Ils avaient pu se faufiler dans la foule pour disparaître au nez et à la barbe des deux gendarmes qui leur avaient pourtant fait signe d'approcher.

L'alerte avait été chaude !

Poisson d'Or prenait peu à peu conscience qu'il évoluait dans un milieu hostile.

— L'Empereur est en train de réussir à effacer tous les repères qui pourraient gêner son action. Il a même contraint au suicide le vieux lettré qui m'a appris à lire et à écrire ! Il règne à Xianyang une atmosphère insupportable. J'avais presque l'impression de respirer l'odeur de la cendre de tous ces livres qu'il a ordonné de brûler, avait-il expliqué à son père au moment où, de retour au campement, il était descendu de son cheval.

— Il est vrai que nous n'avons croisé, dans la ville, que des visages fermés et pour ainsi dire hostiles, avait ajouté Feu Brûlant qui se trouvait juste derrière lui.

L'eunuque n'était pas le moins désemparé par l'immense déception qu'il pouvait lire, depuis leur retour de la capitale, sur le visage de son ami.

— Sur trois personnes, il y a un citoyen surveillé par un espion et un policier ! avait lâché ce dernier, la mine sombre et les mâchoires serrées.

Le souvenir exécrable de cette équipée ratée à Xianyang continuait de le hanter. Il l'empêchait de profiter de la somptuosité des paysages qu'ils traversaient. Les rochers qui s'amoncelaient sur les pentes exaltaient les couleurs des massifs de rhododendrons en fleurs dont les touches empourprées rehaussaient la palette plus sourde des gris que les pierres sculptées par la pluie et le vent offraient au regard des voyageurs. Ici et là, l'eau écumante des cascades tirait d'immenses traits entre ces nuages de pierre et ces flocons de fleurs inextricablement emmêlés les uns dans les autres.

Trois jours plus tard, après avoir franchi une ultime montagne verdoyante dont les hautes frondaisons retentissaient des cris des singes, ils atteignirent enfin le premier véritable obstacle qui se dressait sur leur route.

C'était une masse aquatique, un énorme fleuve aux eaux tumultueuses qu'il s'agissait à présent de traverser ; une Grande Muraille, mais liquide.

Poisson d'Or et Tigre de Bronze, comme d'habitude, avaient précédé le reste de la troupe à laquelle ils servaient d'éclaireurs, tandis que les deux eunuques fermaient la marche.

— Je comprends pourquoi on l'appelle le Fleuve Jaune ! constata Poisson d'Or.

Le Fleuve Jaune était infiniment plus large que les cours d'eau qu'ils avaient traversés jusqu'alors. Même la majestueuse rivière Wei, qui traversait Xianyang de part en part, n'était rien face à l'immensité de ces flots dorés et tumultueux illuminés par le soleil, qui s'étendaient devant leurs yeux à perte de vue. La rive opposée était si lointaine que l'on ne pouvait apercevoir qu'avec difficulté, noyée dans la brume générée par l'évaporation de ses eaux chargées de limon, la cime des arbres qui la bordaient.

De l'endroit où ils étaient, les pontons situés de l'autre côté du fleuve-roi, sur lesquels s'agitaient les minuscules silhouettes de matelots, étaient à peine visibles. On ne distinguait pas moins de trois barges en cours de chargement ou de déchargement, destinées à faire l'aller et retour entre les deux rives, chargées de marchandises, de bêtes et de villageois.

La vitesse et la force du courant du fleuve étaient impressionnantes. Troncs d'arbres, détritus divers, cadavres d'animaux surpris par une brusque montée des eaux, aux ventres gonflés comme des outres, corps humains jetés là par des familles qui n'avaient pas d'argent pour les enterrer : tout ce que les eaux puissantes charriaient passait devant leurs yeux à la vitesse d'un trait de flèche.

Traverser à cet endroit le Fleuve Jaune à la nage était totalement exclu. Les chevaux n'auraient même pas la faculté d'y poser un pied. Il n'y avait pas d'autre choix que d'utiliser l'une de ces barges sur lesquelles Poisson d'Or et son père observaient l'acharnement des rameurs à manier leurs pagaies et leurs gaffes, afin d'éviter aux bateaux d'être pris dans les tourbillons ou de dévier de leur trajectoire pour finir par dériver vers une zone où la force du courant les aurait fracassés contre la rive. La force du Fleuve Jaune rendait, à n'en pas douter, toutes ces manœuvres extrêmement périlleuses.

L'ensemble du convoi était à présent rassemblé au milieu d'une prairie située à quelques pas d'une aire de terre battue où patientaient des voyageurs. Ces hommes et ces femmes, chargés comme des mules de ballots divers, attendaient de passer de l'autre côté. L'embarcadère était des plus sommaires, fait de troncs tout juste noués entre eux, accrochés au bord de l'eau et censés amortir le choc de l'accostage de la barge. Sur le côté, dans une petite cabane de bambou devant laquelle les voyageurs faisaient la queue, se tenait un homme. Ce devait être le percepteur du prix du passage.

— Va demander à cet individu quel serait le tarif pour faire traverser ce large Fleuve Jaune à l'Armée des Révoltés. Il me reste des plaquettes de jade provenant de la tombe du gentilhomme. Leur quantité devrait être largement suffisante ! lança Poisson d'Or à Maillon Essentiel.

L'eunuque descendit de cheval et, après avoir attaché sa monture au tronc d'un saule, s'en fut trouver l'individu qui paraissait tenir la caisse.

— Combien prendrais-tu pour faire traverser le fleuve à l'ensemble de ma troupe ?

L'homme regarda Maillon Essentiel d'un air intéressé. Le groupe à faire traverser, qu'il venait de compter rapidement, était nombreux. Une barge entière, à vue de nez, serait probablement nécessaire. La recette s'annonçait importante. Pour une fois, les passeurs du Fleuve Jaune n'auraient pas perdu leur journée.

— Combien êtes-vous ? demanda-t-il après avoir craché par terre.

— Une cinquantaine, et autant de chevaux !

— Dans ce cas, il me faut cent taels de bronze. Le tarif est d'un tael par personne et par cheval. Je vous ai comptés, vous êtes exactement cinquante-trois individus. Et encore, je vous fais un prix ! annonça le batelier à l'eunuque.

Il cracha à nouveau sur le sol. Puis, tout sourires, il dévoila à Maillon Essentiel une bouche noirâtre et édentée de chiqueur de bétel.

— Je n'ai pas de taels de bronze. Pourrai-je te payer en monnaie de jade ? Je t'en donnerai une quantité équivalente, bredouilla l'eunuque.

Le visage du batelier se referma.

— C'est impossible ! Ici, seules les pièces de métal ont cours. D'ailleurs, je ne vois pas à quoi tu peux faire allusion en parlant de « monnaie de jade »...

— Mais c'est du pareil au même. Le jade, chez tous les bons changeurs, dispose d'un cours officiel qui représente une quantité précise d'argent, d'or ou de bronze.

— Je ne suis pas changeur ! Je t'ai dit qu'ici on n'accepte que la monnaie métallique : or, argent ou bronze. Un point c'est tout !

Maillon Essentiel avait compris, au ton et au visage de l'homme édenté, que celui-ci resterait inflexible.

— Les passeurs réclament de la monnaie de bronze.

Ils n'acceptent pas d'être payés en plaquettes de jade, indiqua l'eunuque, passablement déçu, à Poisson d'Or, après être revenu vers lui.

Ce dernier vida alors sur l'herbe le contenu du petit sac de cuir qu'il portait contre sa poitrine. Il y avait encore une centaine de plaquettes, provenant de ce linceul de jade du noble personnage dont ils avaient pillé autrefois le tombeau avec Feu Brûlant. Elles avaient été taillées dans de la pierre d'excellente qualité. Bien négociées à trois taels la plaquette, cela ferait l'équivalent de trois cents taels de bronze. Le compte y serait largement. Restait à trouver un changeur.

— Qu'allons-nous faire à présent ? questionna son père.

— Je ne vois guère d'office de changeur dans les rochers et les forêts alentour ! reconnut plaisamment Poisson d'Or pour détendre une atmosphère où la déconvenue était maintenant perceptible.

Il venait de s'approcher du tapis liquide que le fleuve semblait dérouler à une vitesse hallucinante. D'un coup de poignet oblique, il lança un, puis deux galets, qui ricochèrent plusieurs fois sur cette surface comme si elle avait été aussi dure qu'une pierre.

— Il faut aller à Baodang, c'est la ville la plus proche. Là-bas, sans doute trouvera-t-on le moyen de changer nos plaquettes. Deux journées de marche suffisent pour s'y rendre, de l'autre côté du fleuve. Je propose d'y envoyer Feu Brûlant. Malgré son jeune âge, c'est un grand débrouillard doublé d'un âpre négociateur, proposa-t-il en souriant après être revenu sur ses pas.

— Ce sera avec plaisir ! Je tâcherai de faire de mon mieux..., répondit, flatté, le jeune eunuque.

— Encore quelques jours à patienter et nous aurons vaincu ce dernier obstacle sur la route du Grand Océan ! murmura Tigre de Bronze à son fils.

Celui-ci regarda son père. Il retrouvait dans ses yeux cette bienveillance et cette complicité que seul Lubuwei lui avait jusqu'alors fait percevoir.

Le soir, tandis que ses yeux grands ouverts erraient, à force de se perdre, dans le ciel étoilé au-dessus de sa tête, l'inquiétant grondement du fleuve-roi aurait dû l'alerter sur cet événement inattendu qui allait, une fois de plus, bouleverser le cours de son existence.

*

Dans les rues grouillantes de Baodang, la robe blanche de Baya rehaussait l'éclat de sa beauté singulière.

De fait, son type sogdien – ses yeux bleu turquoise, sa peau diaphane et son abondante chevelure bouclée – était ici bien plus qu'une rareté. Personne, à Baodang, n'avait jamais admiré ce genre de beauté. Baya ne manquait pas de susciter d'abord l'étonnement, puis l'admiration, dans cette contrée orientale de l'Empire où l'on ne croisait que des Chinoises aux yeux sombres et bridés, aux cheveux noirs parfaitement lisses. Et chacun de se demander ce qui pouvait amener une femme aussi belle et étrange à déambuler ainsi, seule, dans les rues de la ville sous des habits de deuil aussi fripés et sales.

Elle était à peine entrée dans Baodang que, déjà, la plupart des hommes qu'elle croisait se retournaient sur son passage. Certains même n'hésitaient pas à la suivre pour lui proposer de l'emmener boire à l'auberge ou lui susurrer des propos plus scabreux. De petites troupes d'enfants crasseux et en haillons s'accrochaient à ses basques, riant à gorge déployée.

— La déesse blanche ! La déesse blanche ! criaient-ils.

Elle prit conscience qu'à continuer de marcher ainsi, toute revêtue de blanc comme une veuve, dans ces rues noires de monde, elle allait attirer dangereusement l'attention. Il lui fallait trouver d'urgence des vêtements moins voyants, recouvrir sa tête d'un voile, faute de quoi elle se retrouverait rapidement arrêtée par les gendarmes. Les gardes du convoi des Mille, qui ne tarderait pas à arriver à Baodang, donneraient sûrement l'alerte et son signalement aux services du gouverneur de la province. Il lui fallait se comporter avec une extrême prudence si elle ne voulait pas se faire prendre.

Elle réfléchissait à la bonne façon de passer inaperçue lorsqu'elle sentit soudain que deux individus, qui n'étaient pas des flatteurs, la suivaient en silence sans l'aborder depuis un petit moment. Elle sentait presque leur souffle rauque sur sa nuque. Elle hâta le pas. Pour en avoir le cœur net, elle se retourna brusquement et vit, juste derrière elle, deux hommes habillés de noir qui détournèrent aussitôt le regard. Le cœur battant, elle rentra dans l'encoignure du premier portail qui se présenta. Elle attendit, tapie contre une colonne. Se penchant en avant, elle aperçut les deux hommes qui sifflotaient un peu plus loin, comme si de rien n'était, mais qui s'étaient bien gardés de dépasser le coin de la rue où donnait l'immeuble.

Elle était suivie, et il lui fallait absolument semer ces deux sbires.

Devant elle s'ouvrait ce qui devait être le quartier des commerces, à en juger par le nombre d'échoppes qui en bordaient les ruelles. Elle profita du passage d'une charrette chargée de centaines de petites cages à cailles de combat pour se faufiler juste devant et échapper ainsi à la surveillance des deux hommes, le temps d'atteindre les rues marchandes. Lorsque, après avoir hâté le pas malgré la densité de la foule, elle se retourna de nouveau, elle eut la désagréable surprise d'apercevoir leurs têtes qui scrutaient l'horizon à droite et à gauche.

Elle se glissa *in extremis* pour les semer, au moins provisoirement, devant une charrette brinquebalante chargée de paille de riz.

La charrette s'arrêta bientôt devant l'entrée d'une petite cour poussiéreuse. Au-dessus d'une arcature, un large écriteau de bois portait une inscription chamarrée qu'elle ne savait pas lire.

Des hommes commencèrent à décharger la charrette. Elle les suivit, longeant un mur de brique pour se faire remarquer le moins possible. Autour d'une aire centrale ronde, d'autres hommes assis sur des bancs échangeaient de l'argent en riant bruyamment. Elle comprit, en observant les cages à oiseaux disposées autour de la piste, que l'aire ronde devait servir aux combats de volatiles tandis que les hommes assis devaient être des parieurs qui échangeaient des pronostics. Les combats avaient sans doute lieu à toute heure de la journée, car un individu juché sur un tabouret gesticulait en criant à la foule, qui avait tout à coup envahi le petit amphithéâtre en plein air, d'aller s'installer. La reprise imminente du prochain concours incitait les parieurs à déposer leurs mises, assorties du numéro de l'oiseau, dans un panier posé au milieu de l'aire.

Elle s'avança timidement et s'apprêtait à s'asseoir au milieu du public lorsqu'elle se fit héler par l'homme qui était descendu de son escabeau.

— Si tu le veux, belle inconnue, tu pourrais m'aider en leur faisant passer le panier. Cela leur évitera de se déplacer. Mon acolyte habituel vient de me faire faux bond. Je te donnerai pour ta peine un tael de bronze à la fin de la séance.

La pauvre Baya n'avait pas compris un traître mot de ce que l'homme venait de lui proposer, mais comme il lui tendait le panier qu'il avait ramassé en lui montrant les rangs des spectateurs, elle s'exécuta de bonne grâce.

Mais à peine avait-elle commencé qu'elle rapporta le panier à l'organisateur des combats d'oiseaux en lui faisant comprendre d'un geste qu'elle avait froid et qu'elle avait besoin d'un châle pour se couvrir les épaules. L'homme acquiesça aussitôt et appela la matrone qui assurait en marmonnant le nettoyage des déjections avicoles dont l'aire de combat était jonchée.

— Va me chercher un châle, et vite ! cria-t-il.

La matrone revint avec une large étoffe bariolée et crasseuse. Baya l'enroula sur sa tête, en prenant soin de s'en recouvrir jusqu'à la taille. On ne voyait plus ses longs cheveux bouclés ni sa robe blanche qui dépassait à peine. Elle avait réussi à changer d'apparence. Elle respira, soulagée, et recommença à passer dans les rangs des parieurs avec le panier où s'entassaient leurs mises.

Le public, essentiellement composé d'hommes, était ravi de voir une aussi belle créature lui tendre la sébile. Les sommes en jeu, aussitôt, augmentèrent sous l'œil ravi de l'organisateur, à nouveau juché sur son tabouret, d'où il procédait à la présentation des deux premiers oiseaux qui s'apprêtaient à combattre. Leurs propriétaires, deux paysans patauds au visage buriné par le soleil, se tenaient fièrement face aux spectateurs, leur cage à la main.

Autour de l'aire de combat, la tension était montée d'un cran. Les injures, les jurons fusaient. Chacun avait son champion et espérait doubler ou tripler sa mise.

La cruauté des cailles, lorsqu'elles avaient été dressées au combat, était légendaire. Ces volatiles ronds et doux se muaient en combattants redoutables !

Les bordures de leur bec avaient été passées à la pierre de lave par leurs propriétaires pour les rendre coupantes comme des couteaux. De minuscules griffes de bronze étaient attachées aux ongles de leurs pattes, afin de rendre mortelles les blessures qu'elles s'infligeraient lorsque, une fois la cage ouverte, les deux boules de plumes se rueraient l'une sur l'autre dans un nuage de poussière. Alors on verrait voleter, au-dessus de cette mêlée d'où montaient des piaillements aigus, le duvet de ces oiseaux engagés dans une lutte à mort où l'un des deux, inévitablement, périrait sous les griffes et les redoutables coups de bec de l'autre. Lorsque les plumes auraient achevé de retomber sur l'aire de combat, la caille vaincue gisant à terre serait déjà saignée. Et ses yeux pendraient de ses orbites, car les oiseaux vainqueurs prenaient en général un malin plaisir à énucléer leur victime de deux ou trois coups de bec, avant de se lisser fièrement les plumes tandis que le public, comblé par tant de férocité, applaudirait à tout rompre le petit oiseau qui semblait pourtant un concentré de douceur.

À la fin de la séance de quatre combats, l'organisateur, ravi, remit à Baya, fort surprise, la somme promise pour sa prestation.

— Bravo ! Grâce à toi, ils ont misé deux fois plus que d'ordinaire ! Veux-tu revenir demain ? Je t'offre trois fois cette somme si tu acceptes !

Ne comprenant toujours pas un mot de la proposition de l'individu qui essayait de se faire comprendre avec des gestes appuyés, elle avait décidé de repartir.

Peu à peu, d'ailleurs, les gradins s'étaient vidés. Le public sortait en commentant gaiement les combats les plus haletants. Ceux qui avaient gagné, affichant de larges sourires, s'apprêtaient à aller boire leurs gains dans un tripot, tandis que les autres, qui venaient de perdre la paye d'une semaine ou d'un mois, montraient une triste mine et se préparaient à affronter les sarcasmes et les réprimandes de leurs épouses une fois qu'ils seraient rentrés à la maison.

Baya allait donc s'esquiver lorsqu'elle remarqua, au bout de la rangée où ils étaient les seuls encore assis, les deux hommes qui l'avaient suivie dans la rue avant qu'elle ne trouvât refuge au « Théâtre des Cailles ». Elle eut l'impression qu'ils la regardaient d'un drôle d'œil. Elle prit conscience alors, en baissant les yeux, que tout le bas de sa robe blanche dépassait du châle bariolé.

En s'assurant que le châle tenait bien sur ses épaules, elle sortit précipitamment pour échapper à leur curiosité tandis que l'organisateur lui criait qu'il était disposé à la payer davantage si elle voulait rester pour une prochaine séance de combats.

Dehors, c'était la bousculade avant la fermeture des magasins qui aurait lieu fort tard dans la nuit, au moment où le couvre-feu viderait les rues de la ville. Elle entendit que l'on courait derrière elle, et quelqu'un criait :

— Arrête-toi, nous t'avons reconnue ! Tu es la femme en blanc ! Arrête-toi, traînée ! Tu es prise !...

Se doutant bien de quoi il s'agissait, Baya courut à perdre haleine, fendant la cohue, manquant de renverser les marchandises empilées sans ordre sur les étals, provoquant autour de son passage mouvementé une pagaille indescriptible. La densité humaine la protégeait de ses poursuivants qui avaient le plus grand mal à se frayer un chemin derrière l'agitation accrue par le turbulent passage de la belle Sogdienne.

Elle constata avec angoisse que plus elle progressait et moins il y avait de badauds et de promeneurs. Bientôt, elle se retrouverait au bout du quartier marchand, dans des rues devenues désertes où ses poursuivants n'auraient plus qu'à la cueillir ! Il lui fallait absolument trouver un refuge. Son cœur battait la chamade. Elle sentait la sueur baigner ses tempes.

Le soulagement prit la forme d'un petit immeuble situé à l'angle d'une ruelle qui partait vers la droite et dont la porte éclairée était encore ouverte. Cet endroit, elle ne savait pas comment l'expliquer, lui inspirait confiance. Était-ce son aspect propret et sans ostentation ? Ou encore cette bonne et délicate odeur de soupe au chou vert que l'on pouvait y respirer, venant de l'intérieur ? Ou tout simplement étaient-ce les cris des deux hommes, certes assourdis, mais qui témoignaient qu'ils n'étaient pas loin d'elle ? Toujours est-il qu'elle s'y précipita sans réfléchir.

Une fois la porte franchie, elle avait tellement chaud qu'elle dénoua machinalement son châle, libérant sa longue chevelure. Puis, hors d'haleine, elle s'affala contre le mur de pierre le plus proche.

— Quelle joie de voir apparaître une vision aussi réconfortante ! Bienvenue chez moi. Je m'appelle Zhong le Changeur.

Un homme se tenait juste à côté d'elle. Elle n'avait même pas fait attention à sa présence lorsqu'elle s'était ruée à l'intérieur du petit immeuble. Il venait de fermer à double tour le portail qui donnait sur la rue. Elle remarqua son nez déformé par un mal qui le faisait ressembler à une grosse racine de ginseng.

Zhong le Changeur lui souriait. Son sourire avait un je-ne-sais-quoi d'inquiétant.

Mais la princesse Baya était à la fois bien trop anxieuse et bien trop fatiguée pour en être troublée.

*

Lisi s'appliquait en tirant la langue pour empêcher le stylet de glisser et de dévier de la trajectoire que son index lui imprimait.

Non sans peine, il achevait de dessiner la carte marine des Îles Immortelles que le Grand Empereur du Centre lui réclamait depuis des semaines.

Le Premier ministre légiste s'était en quelque sorte piégé lui-même en ordonnant de brûler tous les documents écrits. Il n'avait pu mettre la main sur la moindre carte de ces Îles !

Depuis le Grand Incendie des Livres, la mise à sac de la Tour de la Mémoire, secrètement organisée par le Bureau des Rumeurs pour achever d'intimider les lettrés auxquels les brasiers n'auraient pas suffi, avait quelque peu compliqué sa tâche... Tous les objets précieux des collections impériales avaient également été dispersés. La plupart des vases de bronze et des objets rituels en jade avaient été emportés par des pillards, trop heureux de l'aubaine. De nombreux agents qui avaient autrefois servi sous les ordres de Maillon Essentiel possédaient désormais des trésors archéologiques entreposés dans des cachettes. Accomplissement Naturel n'ayant pas été remplacé, personne ne s'était inquiété d'inventorier les pièces restantes, et l'État était le premier à ignorer qu'il avait été l'objet d'un tel pillage.

Le peu qui restait des collections entassées par les prédécesseurs de Zheng depuis des siècles avait par ailleurs été mis de côté par les services de la Chancellerie impériale pour être placé dans l'immense tombeau dont l'Empereur du Centre avait lancé la construction au moment où il était devenu le Fils du Ciel.

Nervures particulièrement complexes d'une pierre de jade évoquant des territoires maritimes, Jiaguwen suffisamment indéchiffrables pour que l'on pût leur faire raconter cette histoire, bijoux d'or aux formes inusitées qui eussent pu passer pour des feuilles d'arbre cueillies sur ces Îles Immortelles : il ne restait malheureusement plus rien de ce qui aurait pu servir de base à la crédibilité d'un document cartographique indiquant la position des Îles Immortelles au milieu du Grand Océan de l'Ouest.

Faute de mieux, et devant l'impatience grandissante de l'Empereur, Lisi avait été contraint de prendre le risque de tracer lui-même cette carte qu'il s'était imprudemment engagé à fournir à Qinshihuangdi...

N'étant ni cartographe ni particulièrement doué pour la calligraphie, il avait demandé au géomancien Embrasse la Simplicité de lui dessiner trois territoires imaginaires au large d'une ligne sinueuse censée représenter une côte terrestre. Puis il avait essayé tant bien que mal de reproduire le tout au stylet sur une vieille planche de merisier afin de donner l'illusion d'un vieux document géographique miraculeusement exhumé de la réserve du musée de la Tour de la Mémoire.

Quoique dessinateur malhabile, le Premier ministre avait néanmoins réussi à réaliser, du moins le pensait-il, un document plausible. Il avait soigneusement omis d'en préciser l'échelle des distances, ce qui garantissait qu'il ne saurait être contredit, même en cas de vérification sur le terrain. Persuadé de surcroît que ces Îles n'existaient que dans l'imagination de l'Empereur du Centre, il pensait ne pas prendre de grands risques en effectuant ce travail de faussaire...

Lisi regarda son œuvre, qu'il venait d'achever.

Il n'était pas mécontent du résultat. Au centre de la planche, on pouvait distinguer les contours des côtes des trois îles, disposées comme les feuilles d'un trèfle : Penglai avait la forme d'un cœur, Yingzhou celle d'une étoile et Fanzhang, plus bizarre, ressemblait à une cithare Se. Tout en bas de la planchette, on apercevait une ligne sinueuse dotée d'une excroissance sur laquelle on pouvait distinguer la présence d'une petite croix. Il s'agissait des côtes maritimes, dont la presqu'île du Shandong avançait dans l'océan ; quant à la petite croix, elle représentait le port de Dongyin d'où il était prévu que partiraient les navires de l'Expédition des Mille.

Plutôt satisfait de son travail, le Premier ministre n'éprouvait pourtant nul contentement.

En temps normal, il eût été satisfait et fier, pour ne pas dire amusé, d'avoir réussi à accomplir cet exploit de faussaire. L'impatience de l'Empereur ayant atteint son comble, nul doute que s'il n'avait pas décidé de s'y astreindre lui-même, il n'aurait pas été capable de lui fournir la carte réclamée et les ennuis auraient commencé à pleuvoir sur sa tête ! Mais depuis la disparition de Rosée Printanière, c'était la tête, précisément, qu'il avait ailleurs. L'absence de sa fille lui pesait chaque jour un peu plus. Il se rendait compte qu'il y tenait énormément. Il avait vainement essayé de savoir où elle avait pu s'enfuir, mais personne ne l'avait vue partir de Xianyang. Par crainte d'un scandale, il avait choisi la discrétion et n'avait pas lancé d'avis de recherche ni envoyé le moindre agent à ses trousses.

Il regrettait amèrement leur dispute et les mots qui les avaient violemment opposés l'un à l'autre avant qu'elle ne prît la fuite. Il s'en voulait de l'avoir blessée...

Au début, il avait espéré qu'elle reviendrait d'elle-même.

Puis, quelques jours plus tard, il s'était aperçu que son armoire coffre-fort avait été fouillée et que le disque de jade noir ainsi que la boucle de ceinture de sa femme avaient disparu. Il se souvenait parfaitement d'avoir enfermé Rosée Printanière dans son bureau après leur mémorable dispute. Sa fille, donc, savait. Elle avait dû s'emparer des deux objets cette nuit-là.

Le lendemain matin, elle avait joué l'indifférence, alors qu'elle connaissait déjà la vérité sur ses deux crimes !

Souvent, quand elle était petite, Rosée Printanière l'interrogeait sur les circonstances de la mort prétendument non élucidée de sa mère. Invariablement, il lui répondait que le corps de la pauvre Inébranlable Étoile de l'Est avait été retrouvé par des enfants, sur cette décharge où les détritus étaient abandonnés aux chiens par les habitants du quartier, et qu'elle avait dû être assassinée par des malandrins qui, au passage, lui avaient dérobé la précieuse boucle qu'elle portait toujours à sa ceinture. Il finissait toujours son récit par un hypocrite : « Je ne m'en remettrai jamais ! »

Il était sûr maintenant que sa fille avait découvert qu'il était un assassin doublé d'un menteur ; car elle avait dû comprendre, aussi, qu'il avait fait injustement accuser Poisson d'Or du vol du disque de jade. Il avait causé le malheur de Rosée Printanière. Et il se doutait bien, dans ces conditions, qu'il n'était pas près de la revoir, parce qu'elle ne reviendrait jamais chez l'assassin de sa mère ni chez celui qui avait fait condamner et bannir l'homme qu'elle aimait.

Jusque-là, Lisi avait enfoui si loin dans le passé l'assassinat de sa femme, qu'il avait presque réussi à l'occulter de sa mémoire. Mais depuis que Rosée Printanière s'était enfuie, ce crime odieux, inqualifiable, hantait ses nuits et ses jours. Il ne cessait de revivre le dramatique enchaînement.

Ce soir-là, leur dispute avait été particulièrement violente. La maison était silencieuse. La petite Rosée Printanière dormait dans son couffin, veillée par la gouvernante, dans sa chambre située de l'autre côté de la cour intérieure.

Ils étaient seuls, face à face, exténués par la violence des propos qu'ils s'étaient jetés à la figure. Pour la première fois depuis qu'ils étaient mariés, n'y tenant plus, lasse de se taire, Inébranlable Étoile de l'Est lui avait vertement reproché sa conduite, l'accusant d'avoir un cœur de pierre, de ne penser qu'au pouvoir, de persécuter les innocents taoïstes et de s'adonner sans retenue à la philosophie légiste. Elle le voyait sous un autre jour et ne le supportait pas. Elle n'était pas cynique, elle s'était juste trompée à son sujet. Elle ne l'aimait ni ne le respectait plus. Elle partirait avec le bébé.

Lisi, fou de rage, lui avait répondu en l'injuriant, puis, de plus en plus hors de lui, l'avait menacée de la répudier.

Inébranlable Étoile de l'Est l'avait pris au mot.

— Puisque c'est ainsi, je te quitte demain avec Rosée Printanière ! Ma vie avec toi n'a plus de sens !

— Et où irais-tu, ma pauvre fille ? N'as-tu pas ce qu'il te faut ici ?

— J'irai me réfugier chez ma mère. Je hais ce que tu es en train de devenir, le pouvoir t'a changé. Comme il est loin ce temps où tu découvris la réalité de ce que j'étais sur l'esplanade du Collège des Fonctionnaires Supérieurs d'Autorité... Alors, tu étais différent ! Aujourd'hui, je n'ai plus le même homme en face de moi, nous n'avons plus les mêmes valeurs. Nous ne partageons plus rien !

La colère de sa femme l'avait rendue méconnaissable. Elle, d'habitude si jolie, était défigurée par la rancune. Il pouvait sentir la distance qui s'était désormais installée entre eux.

— Eh bien, puisque tu le veux, va-t'en !

Et elle avait saisi l'occasion.

— Ce sera fait sans délai, le temps de langer Rosée Printanière. Puissent dix mille li, désormais, nous séparer à jamais !

Il avait compris qu'elle ne plaisantait pas et que ce

191

n'était plus une menace mais bien une décision irrévocable de sa part, elle naguère si docile.

Alors il avait perdu tout contrôle. Il ne supportait pas la rébellion de sa femme, pas plus qu'il n'admettait qu'elle entendît le priver de sa fille. Ce bébé était ce à quoi il tenait le plus. Rosée Printanière était son bien le plus précieux, le fruit de son propre souffle. Il voyait pour elle un grand destin à ses côtés. Un destin royal, même si, à l'époque, il ne pouvait se douter que l'enfant serait un jour courtisée par le Très Grand Empereur de Chine.

C'est alors qu'il s'était mis à éprouver de la haine pour cette femme qui le défiait.

— Si tu dois partir, ce sera sans Rosée Printanière ! avait-il vociféré en se jetant sur elle.

Il se souvenait qu'il lui avait serré les poignets et que ceux-ci étaient devenus blancs sous la pression de ses phalanges. Puis ils avaient lutté l'un contre l'autre, se portant nombre de coups et de griffures. Soudain, Inébranlable Étoile de l'Est s'était mise à crier.

Et les hurlements de terreur de sa femme résonnaient encore dans sa tête. C'étaient eux qui avaient tout déclenché !

Hostiles, stridents, ces cris de panique étaient ceux d'une étrangère terrorisée.

Elle hurlait tellement qu'elle allait finir, de surcroît, par alerter les domestiques ! Et ce serait pour Lisi une insupportable humiliation, il fallait absolument la faire taire. Alors il avait plaqué ses mains sur sa bouche, puis, les yeux fermés, dans un état second, il s'était mis à serrer son cou, furieusement, désespérément, jusqu'à ce que le visage bleu de son épouse cessât de respirer.

Lorsqu'il avait cessé sa pression, hors d'haleine et hagard, il n'avait pu que constater la mort de sa femme dont le corps avait glissé à ses pieds. Dans leur lutte, elle avait perdu sa boucle de ceinture qui avait roulé un peu plus loin sur les dalles de pierre. Il l'avait ramassée et avait longuement embrassé le bijou de jade.

Il lui fallait à tout prix faire disparaître ce corps inerte aux yeux révulsés. Déjà, on entendait bouger dans la maison, c'était peut-être la gouvernante de Rosée Printanière que tout ce bruit avait dû réveiller...

Profitant de l'obscurité, il avait traîné sans délai le cadavre vers la décharge à ordures où, le lendemain matin, on l'avait retrouvé.

Il se souvenait maintenant de ce corps, lorsqu'il l'avait hissé sur ses épaules avant de parcourir la ville désertée. Il était tiède et léger. Le visage griffé, les yeux mi-ouverts qui avaient semblé le fixer d'un air de reproche, et cette bouche sensuelle qu'il avait tant aimée et qui ne lui rendrait jamais plus ses baisers.

Voilà que tout ce drame remontait à la surface, parce qu'il savait que sa fille avait tout découvert, lui rappelant le caractère atroce de cet assassinat.

Lisi contemplait d'un œil morne la carte maritime qu'il s'apprêtait à apporter à l'Empereur du Centre.

Il se sentait soudain pris de vertige. À quoi bon tout cela, après toutes ces ignominies, pouvait-il bien servir ? L'exercice du pouvoir suprême valait-il qu'on y sacrifiât ce que l'on possédait de plus cher au monde, outre la considération que l'on avait de soi-même ?

Quel était le bilan de sa lugubre vie ?

Il en était arrivé au point où il devait inventer lui-même un document géographique factice sur d'improbables Îles, au prétexte que les désirs du despote qu'il servait devaient être satisfaits quel qu'en fût le prix !

Qu'était-il devenu ? Le Premier ministre légiste d'un immense Empire, le principal collaborateur de son dirigeant suprême ? Le chef redouté d'une administration tentaculaire ? Le metteur en scène des grands travaux publics, mais surtout des rêves impériaux les plus fous comme cette Expédition des Mille à laquelle il croyait si peu mais qui avait déjà mobilisé tant d'énergie et suscité tant de commentaires ? Ou tout simplement un courtisan dont le statut ne tenait qu'au fil du bon vouloir d'un prince et qui disposait de pouvoirs qui risquaient de lui être retirés à tout instant, d'un simple haussement de sourcils du souverain invisible ?

Une marionnette que Qinshihuangdi manipulait à sa guise, quand ce n'était pas Lisi qui le manipulait...

Mais n'était-il pas aussi, et surtout, un homme seul, abandonné par sa fille, le seul être au monde qu'il ait choyé et qui lui restait ; un homme à qui manquaient la paix intérieure, l'harmonie, le bonheur et, bien sûr, l'amour... Un homme sur le point de rater complètement sa vie... Un être qui mourrait solitaire, et sûrement abandonné de tous car le légisme jetait aux orties tous ceux qui ne servaient plus à rien...

Il était bien le jouet de cet Empereur auquel il faisait face, en s'apprêtant à lui mentir.

— Majesté, j'ai trouvé une carte des Îles Immortelles ! La voici..., dit-il d'une voix lasse malgré ses efforts pour paraître jovial.

L'Empereur l'avait à peine regardé. Il s'était toutefois promptement emparé de la carte marine et l'avait glissée dans son tiroir.

— Il faudra à présent veiller à ce que la terrasse de Langya soit prête lorsque je m'y rendrai, assena le souverain.

Qinshihuangdi ne cesserait jamais de demander, de surveiller, d'exiger et de punir s'il n'était pas satisfait !

Jamais il ne dirait merci à l'un de ses sujets, fût-ce au premier d'entre eux.

C'était toujours ainsi, lorsque tout était dû.

— Ce sera fait, Majesté ! assura son Premier ministre, la gorge nouée.

Il n'avait pas cessé de penser à Inébranlable Étoile de l'Est et à Rosée Printanière.

74

Poisson d'Or, qui guettait l'arrivée de Feu Brûlant, vit tout de suite que le jeune eunuque n'était pas revenu seul de Baodang.

La silhouette qui marchait à ses côtés lui était étrangère, mais il avait remarqué, déjà au loin, alors qu'ils se tenaient encore de l'autre côté du Fleuve Jaune, sa longue chevelure. Puis il avait admiré le port altier de cette jeune fille qui accompagnait l'eunuque lorsqu'ils avaient fait la queue pour monter sur la barge qui allait les ramener sur la rive au bord de laquelle il était assis.

Cela faisait quelques jours que l'Armée des Révoltés y avait établi son campement, à l'abri des saules, non loin de l'embarcadère.

Le vent soufflait dans le bon sens, si bien que les rameurs du navire sur lequel étaient montés Feu Brûlant et la belle inconnue n'eurent pas à fournir un gros effort pour atteindre l'endroit où Poisson d'Or les attendait.

La jeune fille, qui marchait juste derrière Feu Brûlant, était d'une stupéfiante beauté. Il n'avait encore jamais vu une telle carnation, aussi blanche que du sel, des yeux bleu turquoise aussi débridés, et surtout cette chevelure bouclée, longue comme une cape jetée sur ses épaules graciles. Poisson d'Or avait le plus grand mal à cacher le trouble que faisait naître en lui la vision de cette splendide apparition...

— Puis-je te présenter Baya ? Elle parle mal notre langue mais elle m'a fait comprendre qu'elle était la princesse d'un royaume lointain, la Sogdiane. Ce pays se trouve au milieu du désert, très à l'ouest de l'Empire du Centre, expliqua Feu Brûlant à son ami en faisant avancer la jeune femme.

— Très heureux de faire votre connaissance, Baya !

Poisson d'Or eut le temps de remarquer les pupilles mordorées de cette beauté sogdienne nommée Baya qui le regardait avec attention et presque effronterie, comme si elle voulait percer le secret de ses pensées intimes. Gêné, soucieux d'éviter de soutenir un regard aussi appuyé, il détourna le sien.

Après l'avoir conduite vers une petite cabane où elle pourrait prendre quelque repos, Feu Brûlant demanda brusquement à Poisson d'Or ce qu'il pensait de la jeune fille.

— Elle est fort belle ! Je n'ai jamais vu pareille chevelure. Comment l'as-tu rencontrée ?

— Chez le changeur où j'étais allé convertir les plaquettes de jade. Elle m'a laissé entendre qu'elle était issue de la famille du roi de Sogdiane, un petit royaume spécialisé dans le commerce entre les grands pays de l'Ouest et l'Empire du Centre. Elle connaît peu de mots de notre langue. Nous nous parlons aussi avec des gestes...

— Je comprends mieux pourquoi elle ne ressemble pas aux femmes de l'Empire du Centre, fit remarquer, songeur, Poisson d'Or.

Les yeux de Feu Brûlant brillaient d'excitation.

— Cette Baya a ému mon cœur. Je ne pense pas, au demeurant, lui être indifférent. Dès que je l'ai vue, elle m'a touché tel l'éclair de l'orage lorsqu'il foudroie un arbre ! s'écria-t-il avec passion.

— Serait-ce que tu l'aimes déjà ?

— Elle n'aura pas eu de mal à s'en apercevoir ! Je crois même qu'elle me le rend bien !

— Mais pourquoi, dans ce cas, trembles-tu ainsi ?

L'eunuque hésita un instant avant de répondre. Il avait l'air accablé.

— Je ne sais pas comment aborder avec elle la question de mon état de castrat. Si je tarde trop à le lui avouer, le jour où elle l'apprendra, elle m'en voudra terriblement de le lui avoir caché, chuchota Feu Brûlant en se tordant les mains.

— Tu en parles comme d'une tare !

— C'est que je crois vraiment aimer cette jeune fille ! Je voudrais tant, le moment venu, pouvoir l'honorer...

Tristement, il désigna, au bas de son ventre, l'endroit où se logeait son petit sexe atrophié, dépouillé de ses « trésors » par cet infâme chirurgien, Couteau Rapide, qui s'était arrangé, en plus, pour les lui voler.

— Il ne faut pas t'inquiéter. Si elle éprouve réellement de l'amour pour toi, elle comprendra parfaitement la situation. D'ailleurs, ce n'est pas toi qui as choisi de te faire castrer, puisque tu y fus obligé.

— Oui, mais l'acceptera-t-elle ? murmura Feu Brûlant, éploré.

L'eunuque, tel un amoureux transi, paraissait vivre fort mal la situation dans laquelle l'avait mis son coup de foudre pour Baya. Jamais il ne s'était cru capable de tomber amoureux d'une femme. À présent que cela lui arrivait, cette idylle serait-elle possible ?

— Pourquoi l'amour te serait-il interdit ? Lorsque deux êtres s'aiment réellement, ils finissent toujours par se comprendre. Tu dois simplement dire la vérité à la princesse. Je suis sûr que tu trouveras les mots...

— Mais comment pourrai-je m'unir à elle après

toutes les mutilations que cet horrible Couteau Rapide m'a fait subir ?

Feu Brûlant, recru d'angoisse, ne savait plus que penser. Il connaissait ces histoires grivoises qui se racontaient dans les auberges, parlant d'hommes qui étaient allés jusqu'à se faire greffer un sexe de chien pour accomplir d'incroyables exploits amoureux. Il ne se voyait pas aller trouver un chirurgien pour lui demander de subir une opération du même type, il aurait éprouvé trop de honte. Et cela ne correspondait pas à l'idée de pureté qu'il se faisait de son amour envers Baya.

— Le désir que tu éprouveras pour elle fera, ne serait-ce qu'un peu, durcir ta Tige de Jade. À son tour, elle te désirera et cela décuplera ta flamme. Peu à peu, tu l'apprivoiseras. Vos souffles s'uniront et se renforceront mutuellement. Si tu veux, je te montrerai les gestes infaillibles pour éveiller les sens d'une femme, fût-elle au départ la plus réservée. Je suis persuadé que tu seras le meilleur des élèves !

Feu Brûlant contemplait à son tour le flot boueux et puissant du Fleuve Jaune. La vitesse du courant ourlait de vaguelettes la surface des eaux où, çà et là, des tourbillons se formaient. N'était-ce pas l'image de l'amour que cette force incroyable contre laquelle personne ne pouvait lutter, pas même le nageur le plus aguerri ?

Le jeune eunuque, pour la première fois, comprenait de quoi était faite l'attirance amoureuse entre deux êtres, cette alchimie mystérieuse qui s'installait entre eux comme elle avait pu s'établir entre Rosée Printanière et Poisson d'Or, et finissait par tout emporter sur son passage. Même dans ses rêves les plus fous, il n'avait jamais imaginé pouvoir un jour en être là à son tour, après la mutilation de son corps qu'il avait fini par considérer, également, comme celle de ses sentiments.

Partagé entre joie et crainte, il ne cessait, depuis qu'il avait rencontré Baya, de remercier Fushen, le dieu du bonheur, d'avoir guidé ses pas vers l'office de ce changeur de Baodang où il avait rencontré la jeune Sogdienne.

Pourquoi s'était-il dirigé vers ce petit bureau crasseux qui ne payait pas de mine lorsqu'on le comparait aux orgueilleuses banques situées dans le même quartier ? Ce ne pouvait être l'œuvre, en effet, que de cette bienveillante divinité bénéfique qui appartenait à la constellation des Trois Étoiles Sanxing. C'était sûr, le généreux Fushen avait décidé de faire, pour une fois, le bonheur d'un garçon qui s'appelait Feu Brûlant.

Dans le bureau de change assez minable où il s'était rendu, officiait, assis derrière un petit comptoir de bois sculpté, un homme dont l'énorme nez avait la forme d'un rocher de jardin miniature. Juste derrière lui se tenait une jeune femme d'une grande beauté. Feu Brûlant ne savait pas encore de qui il s'agissait mais ce dont il avait été sûr, en revanche, c'est qu'elle ne pouvait en aucun cas être la fille de ce changeur à la face hideuse. Doté de son épée à lame d'acier, il se sentait invincible lorsqu'il fit son entrée dans la pièce et ce n'était sûrement pas cet affreux personnage qui allait l'intimider.

— Changerais-tu des plaquettes de jade ?

— Ça dépend de leur qualité. Montre toujours ! avait répondu, l'air curieux, celui dont le nez avait la forme d'un rocher tourmenté.

Feu Brûlant avait vidé sa sacoche sur le comptoir.

— Il y en a un peu plus de cent. Combien m'en donnerais-tu si j'en changeais soixante-quinze ?

— Si tu changeais les cent, je t'en donnerais trois

cents taels de bronze ! avait lancé le changeur sans la moindre hésitation.

Il s'était penché sur le tas de jade et examinait de près, les unes après les autres, les plaquettes que son gros nez paraissait renifler.

Feu Brûlant avait compris que le changeur était intéressé par la qualité de ses plaquettes puisqu'il avait proposé de les lui acheter toutes.

— Je t'en donne soixante contre deux cent vingt taels, avait-il proposé au changeur, plutôt sûr de son fait.

— Allez, fais un petit effort : deux cents taels contre soixante-dix de tes plaquettes. J'accepte d'en rabattre même si tu ne me les vends pas toutes !

C'était à ce moment précis que le regard de Feu Brûlant avait croisé celui de la jeune fille. L'éclair turquoise qui avait jailli de ses yeux l'avait bouleversé. Elle lui avait adressé un pâle sourire, où il avait pu lire toute la détresse du monde. Il lui avait paru évident que la belle inconnue devait être prisonnière de ce monstre qui continuait à humer avec délectation, comme s'il s'était agi de fleurs ou de gâteaux, les plaquettes de jade que Feu Brûlant avait éparpillées devant lui sur le comptoir.

Sans réfléchir davantage, le jeune eunuque avait alors décidé de tenter le tout pour le tout. Un changeur ne devait être, en bonne logique, intéressé que par l'argent !

— Si je t'offre vingt plaquettes de jade de plus, soit quatre-vingts plaquettes pour deux cents taels de bronze, accepteras-tu de me livrer en prime cette jeune fille ? avait-il demandé, le cœur battant, au changeur dont le nez difforme, sur le coup, s'était relevé.

Cela avait réussi au-delà de toute attente. L'affreux changeur avait à peine hésité avant d'acquiescer sans même discuter le prix, trop heureux de se débarrasser de la Sogdienne. C'était une aubaine ! Baya ne lui avait rien coûté, mais elle refusait obstinément les avances qu'il ne cessait de lui faire depuis trois jours entiers.

Voilà comment, après cette transaction inespérée, Feu Brûlant était reparti de Baodang avec ses taels de bronze et la princesse Baya en prime.

À la sortie de la ville, ils avaient fait halte dans une clairière où il avait proposé à la belle inconnue de se désaltérer et lui avait offert des friandises. Il s'était senti gauche et inexpérimenté, mais il était simplement désireux de se montrer gentil avec elle.

Baya, avec force gestes, lui avait ensuite raconté des bribes de son histoire, tandis qu'ils cheminaient à travers les cascades et les forêts en direction du Fleuve Jaune. Ce qu'il comprenait de son récit l'avait ému aux larmes. La difficulté qu'il éprouvait à la comprendre avait été largement surmontée par ce qu'il pouvait lire dans son regard. Très vite, il était tombé amoureux de ces petits lacs turquoise dans lesquels il imaginait aisément son enfance en Sogdiane, son périple jusqu'à l'Empire du Centre, sans oublier les avanies qu'elle y avait subies, jusqu'à cet enrôlement forcé dans l'Expédition des Mille d'où elle s'était échappée.

Il avait reconstitué l'essentiel de ce qu'elle avait déjà vécu.

Puis, pour la réconforter, l'eunuque s'était emparé de la main de la princesse pour la caresser et celle-ci, devant tant de gentillesse et de prévenance, s'était laissé faire docilement.

Très vite, entre les mots et les gestes, sous les frondaisons d'une clairière où quelques singes sautaient d'un arbre à l'autre, Feu Brûlant avait appris à maîtriser les éléments de leur langage mutuel. Elle lui avait déjà appris quelques mots sogdiens, qu'il aimait répéter en éclatant de rire.

Elle n'avait pas arrêté de se confondre en remerciements pour la générosité dont il avait fait preuve à son égard, tout en lui assurant que, de retour dans son royaume, elle lui ferait porter, en témoignage de reconnaissance, un de ces magnifiques diptyques en ivoire ornés de figures somptueusement parées comme on en trouvait de temps en temps sur les marchés sogdiens. Ces pièces uniques provenaient d'un autre empire, bien plus lointain encore que celui du Centre, dont la capitale était une ville située au bord d'un petit fleuve qu'on appelait le Tibre.

Le pauvre Feu Brûlant, aveuglé par l'amour qu'il éprouvait pour Baya, était loin de se rendre compte que son attirance pour la belle Sogdienne n'était nullement réciproque.

Ce qu'il prenait pour de tendres sentiments à son égard n'était que l'éperdu sourire de reconnaissance d'une jeune fille qui ne remercierait jamais assez ce jeune ami un peu efféminé de l'avoir arrachée aux griffes de ce changeur repoussant et lubrique.

Le maleureux eunuque n'allait pas tarder à comprendre que l'amour supposait que l'on fût deux.

*

Le général Zhaogao commençait à se montrer de plus en plus jaloux de Zhaogongming.

C'était peu dire qu'il n'appréciait guère l'idylle qu'il voyait se nouer chaque jour un peu plus étroitement entre le prêtre taoïste et sa jeune ordonnance. Ivoire Immaculé en effet délaissait le Général aux Biceps de Bronze et passait désormais le plus clair de son temps en compagnie de ce prêtre, capable, il est vrai, de faire sauter les montagnes rocheuses...

Ivoire Immaculé continuait à rejoindre Zhaogao dans son lit lorsque ce dernier allait se coucher, mais c'était par pur devoir et cela se ressentait dans son comportement qui n'était plus le même. Il ne lui rendait plus que des hommages superficiels et répondait du bout des lèvres aux baisers langoureux que l'autre lui offrait.

La jalousie de Zhaogao l'empêchait de prendre sans états d'âme ce qu'Ivoire Immaculé consentait, pourtant, par pur réalisme, à lui donner. Si bien qu'à peine le général s'était-il endormi, tourné vers le mur à l'extrême bout du lit, l'ordonnance se hâtait de rejoindre l'élu de son cœur dans la chambre voisine, où leurs étreintes lascives pouvaient durer la nuit entière.

Cette liaison entre le taoïste et l'ordonnance, qui n'hésitaient ni l'un ni l'autre à s'afficher ensemble dans les rues de Dongyin sous l'œil goguenard de la troupe, commençait à faire jaser. De surcroît, elle humiliait le chef d'état-major des armées de l'Empire qui redoutait d'y perdre la face.

Le général, conscient du ridicule de la situation, s'était donc juré de trouver un moyen efficace pour faire cesser ce scandale. Il lui fallait à tout prix séparer les deux hommes, ce qui mettrait un terme à cette idylle grotesque qui lui était de plus en plus insupportable.

Après y avoir longuement réfléchi, il pensait avoir trouvé la solution.

Quelques jours plus tard, il avait convoqué le prêtre taoïste au mont Erya, sur le chantier de la terrasse de Langya. Là, il l'avait accueilli chaleureusement. Zhaogongming n'avait pas manqué d'être surpris, l'irritation que Zhaogao manifestait à son égard depuis qu'Ivoire Immaculé était devenu son amant ne lui ayant pas échappé... Puis le général lui avait montré l'excroissance rocheuse qui sortait du sol, comme une sorte de monstrueuse dent de pierre, que sa poudre noire n'avait pas réussi à pulvériser.

— Pourrais-tu faire sauter ce mamelon central que mes ouvriers risquent de mettre des mois à raboter, tant la pierre en est dure et compacte ? Cette dent rocheuse est l'ultime obstacle qui empêche d'aplanir la terrasse.

Le ton de la demande était courtois mais ferme ; du genre de celles auxquelles il eût été mal vu de ne pas accéder.

— Et que me donneras-tu en échange ? s'était enquis l'autre, tout à trac, pour faire le faraud.

Zhaogongming, l'air dégagé, ne voulant surtout pas laisser apparaître la moindre anxiété, affichait une mine souriante.

Le Général aux Biceps de Bronze, pour bien ménager ses effets, avait pris soin d'attendre quelques instants avant de répondre à cet haïssable concurrent.

— Un bien que tu sembles convoiter au plus haut point : l'ordonnance Ivoire Immaculé, lâcha-t-il lentement.

Les yeux de Zhaogongming s'étaient révulsés d'aise, accentuant sa mimique grotesque.

— Dans ce cas, il me faudra aller chercher ce qui reste de poudre noire au pic de Huashan. C'est là que je l'ai cachée, dans un petit baril de bois, au fond d'une grotte habitée par une prêtresse médiumnique...

— Je sais. Tu me l'as déjà dit l'autre jour quand tu fis exploser le monticule !

— Quand je reviendrai, ce gros rocher fera un grand « boum » et il n'en restera rien. La corne de ce dragon enfoui à cet endroit dans le sol aura été pulvérisée !

— Et moi qui pensais que c'était une dent ! plaisanta le général.

— Dent ou corne, j'en fais mon affaire...

— Un détail, simplement. Suffit-il d'allumer la poudre pour la faire exploser ou utilises-tu quelque artifice que je n'aurais pas découvert ? questionna, faussement naïf, le général.

— Il suffit qu'une flamme lèche la poudre et le tonnerre se déclenche, sous forme d'explosion ! s'exclama Zhaogongming.

Ils convinrent donc que ce dernier partirait pour le pic de Huashan dès le lendemain, en compagnie de son inséparable Saut du Tigre.

Lorsque Zhaogao fut revenu dans son palais, il fit venir Inestimable Lance, qui était son officier de renseignements, et le conduisit, pour lui parler sans témoins, sur la terrasse de sa chambre.

— Inestimable Lance, je vais te confier une mission de la plus haute importance et qui devra rester secrète. Tu l'accompliras seul. Tu n'en parleras à personne. Ce que je vais te dire devra rester entre nous !

— Mon général, je suis toujours à vos ordres ! répondit l'officier de renseignements en claquant les talons.

— Vois-tu cet homme ?

Il désignait Zhaogongming qui conversait avec Ivoire Immaculé dans le petit jardin sur lequel donnait le balcon de sa chambre.

— C'est ce prêtre qui a le pouvoir de pulvériser les montagnes de pierre. Toute la troupe parle de lui ! murmura, admiratif, Inestimable Lance.

— C'est cela. Eh bien, tu suivras cet homme, sans qu'il s'en aperçoive, jusqu'au pic de Huashan. Ce sera un long voyage... Là-bas, tu le laisseras s'emparer d'un petit baril de bois contenant de la poudre noire qu'il a caché tout au fond d'une grotte. Quand il sera sur le chemin du retour, tu t'arrangeras pour l'éliminer et me rapporter cette substance.

— Mais les prêtres comme lui, surtout s'ils sont dotés de pouvoirs tels que les siens, n'ont-ils pas des yeux derrière la tête qui leur permettent de voir ce qui se passe dans leur dos ? s'enquit, d'une voix nouée par la peur, le pauvre officier de renseignements qui tremblait déjà devant l'ampleur de la tâche qui allait lui incomber.

L'explosion de cet amas de rochers de la terrasse de Langya, qui semblait indestructible, avait fortement impressionné Inestimable Lance. La mission que venait de lui confier le général lui paraissait extraordinairement dangereuse, compte tenu des capacités maléfiques dont ce prêtre devait à coup sûr disposer.

— Tu as l'air sceptique ? Ne sais-tu pas qu'un militaire n'a d'autre choix que d'obéir aux ordres de son supérieur ?

— Bien sûr, mon général ! J'irai au pic de Huashan et j'accomplirai la mission dont vous m'avez chargé ! souffla Inestimable Lance dont le visage était devenu blanc comme du sel.

Le Général aux Biceps de Bronze se dit alors qu'il fallait trouver un subterfuge pour redonner du courage à ce malheureux officier s'il ne voulait pas que sa panique fasse échouer cette mission qu'il venait de lui confier.

— Pour t'éviter tout souci, tu te muniras de cette amulette ! Elle te protégera, crois-moi, de tous les tours que ce prêtre pourrait te jouer ! ajouta doctement Zhaogao.

Il sortit de sa poche une petite épingle en fer comme on en utilisait pour les enfoncer sous la peau, aux endroits des nœuds énergétiques, pour calmer les fièvres, atténuer des souffrances, insensibiliser les plaies ouvertes ou, tout simplement, décontracter les muscles. C'était un cadeau qu'Ivoire Immaculé lui avait fait quelques mois plus tôt. Il portait toujours cette petite épingle au fond de sa poche, qui lui piquait souvent la cuisse au travers de l'épais tissu de ses braies. Ces piqûres lui rappelant le cadeau de son giton, il ne lui déplaisait pas de les ressentir.

Mais à présent que celui-ci semblait vouloir courir

ailleurs, le général avait décidé de se débarrasser de l'épingle, dont les piqûres inopinées lui rappelaient désormais moins le cadeau d'Ivoire Immaculé que ses insupportables infidélités.

*

Le Grand Empereur du Centre Qinshihuangdi avait calculé, à force d'examiner et de mesurer dans tous les sens la carte marine que Lisi lui avait fournie, qu'il faudrait environ trois mois aux navires affrétés pour se rendre jusqu'aux Îles Immortelles et revenir à Dongyin.

Désireux d'assister au retour de l'Expédition des Mille depuis la terrasse de Langya, il avait souhaité profiter de son équipée dans le petit port maritime pour effectuer une tournée d'inspection dans les territoires de l'Empire que l'on traversait pour se rendre de Xianyang à Shandong. Compte tenu du délai nécessaire, il disposerait du même temps que les navires, puisque ceux-ci n'allaient pas tarder à prendre la mer.

Il partirait comme d'habitude incognito, voyageant comme un quidam, accompagné des seuls Parfait en Tous Points, son Grand Architecte Impérial, et Ainsi Parfois, son Grand Chambellan. Quant au Premier ministre, il le précéderait pour organiser les visites des villes et des constructions qu'il souhaitait inspecter.

C'était la première fois que l'Empereur partait aussi longtemps vérifier sur le terrain la réalité de ses œuvres et l'accomplissement de ses vœux. Il voulait s'assurer par là que ses désirs avaient bien été transformés en ordres accomplis et que ses rêves étaient devenus des réalités tangibles.

Innombrables étaient les changements qu'il n'avait cessé d'imposer à ses sujets.

Tous allaient dans le sens de l'unification, de la

208

concentration et, tout compte fait, dans celui de l'oppression. L'Empereur avait été plus soucieux de la grandeur de la Chine que du bonheur de son peuple, qui n'avait pas été spécialement gâté. Il avait tout chamboulé des anciens systèmes des poids et des mesures, qu'il avait standardisés, jusqu'au système décimal dont il avait exigé la généralisation dans tout l'Empire du Centre, comme celle de la Monnaie Unique, ronde à trou central. La plupart de ces réformes, même s'il avait pris soin de ne jamais le claironner, avaient été édictées en raison de leur efficacité fiscale. Rien ou presque, dorénavant, ne pouvait échapper aux agents du fisc, puisque tout se mesurait et se payait de la même façon. Ce souci de mise au pas – ou cn coupe réglée – de tout le système économique s'était également traduit par l'unification des écartements des essieux des moyens de transport, qui permettait de passer d'une région à une autre sans changer de char ou de charrette.

La Chine était devenue un empire fiscal. D'où l'étroite surveillance de son peuple. Le quadrillage de tout le pays en gouvernorats, préfectures, sous-préfectures et commanderies, que chaque ancien État conquis devait adopter, sur le modèle de l'ancien Qin, répondait également à ce souci dc contrôle des richesses. Les routes impériales dont les péages amélioraient efficacement la cagnotte des finances publiques formaient un réseau de plus en plus dense reliant commodément entre elles des régions qui n'avaient jusqu'alors guère de relations.

L'Empereur avait compris que l'État ne pouvait exister sans des fonctionnaires et des soldats dûment payés pour leur tâche. La redistribution de la richesse était le seul enjeu central du système légiste.

Régnant sous le signe de l'Eau, l'Empereur Qinshihuangdi avait également exigé que les canaux d'irrigation – payants comme les routes – rivalisassent, tant en longueur qu'en splendeur, avec les liaisons terrestres.

Pour toutes ces raisons, l'Empire du Centre n'était qu'un immense chantier où les constructions succédaient aux creusements et aux terrassements, et où chacun s'efforçait de convertir les anciennes mesures aux nouvelles. Les vieilles monnaies, par exemple, devaient être rendues à l'État sous peine de terribles amendes et, en cas de récidive, les récalcitrants risquaient rien de moins que la peine de mort.

Persuadé d'agir dans l'intérêt de chacun, l'Empereur brûlait de vérifier si son gouvernement avait bien fait passer dans les actes toutes les réformes qu'il avait inventées...

Lorsqu'il lui avait appris la nouvelle, Lisi avait compris avec soulagement que le souverain ne l'excluait pas de cette démarche puisqu'il le chargeait d'assurer la préparation de sa tournée !

Le matin de son départ, Parfait en Tous Points demanda timidement à l'Empereur par quelle visite il souhaitait inaugurer son périple secret.

— Nous commencerons par mon mausolée. Depuis le temps que sa construction est lancée, il doit être presque achevé ?

Le Grand Architecte Impérial, blêmissant comme un spectre, faillit tomber à la renverse.

Avec Lisi, Parfait en Tous Points s'était dit que jamais l'Empereur, si obsédé par l'Immortalité, n'irait visiter une construction qui évoquait sa mort... Les deux hommes avaient fini par faire l'impasse sur la surveillance des travaux d'aménagement de l'immense mausolée impérial dont la construction avait commencé le jour même où Qinshihuangdi avait reçu son mandat céleste. Cela faisait des mois qu'ils n'avaient pas mis les pieds sur ce chantier extraordinairement complexe, à cause de son caractère souterrain et de ses dimensions, où s'affairaient des milliers de terrassiers. Le Grand Architecte redoutait particulièrement les mauvaises surprises qu'ils risquaient de rencontrer sur place. Il lui faudrait avouer la vérité, et nul doute que la découverte de ce manquement impardonnable risquait d'avoir de terribles conséquences pour lui-même mais également pour Lisi auquel l'architecte était censé rendre compte de son travail.

— Mais, Majesté, si vous devez vivre dix mille ans de plus, est-ce là une visite bien nécessaire ? bafouilla Parfait en Tous Points dont la voix tremblotait.

— C'est un chantier qui me tient à cœur. Là comme ailleurs, je souhaite vérifier qu'on y a bien suivi mes directives ! répliqua sèchement le souverain.

L'Empereur avait en effet exigé que l'intérieur de ce mausolée, qui deviendrait sa dernière demeure, figurât l'Univers tout entier dans ses moindres détails, avec le ciel, la terre, les fleuves et les océans.

Après avoir longuement réfléchi, Parfait en Tous Points avait fini par trouver la façon de respecter cette exigence, dont la traduction architecturale s'avérait pratiquement impossible à réaliser à la lettre, surtout pour l'élément liquide des fleuves et des mers. Pour représenter celles-ci et incarner ceux-là, il avait utilisé du mercure qu'il avait fait verser dans des rigoles et des fosses creusées dans le sous-sol du mausolée. Quant au ciel, il s'en était habilement tiré en faisant orner d'étoiles sculptées et peintes le plafond de stuc de l'immense tombeau. À chaque étoile sculptée, il avait prévu d'accrocher des lampes à huile qu'il suffirait d'allumer pour que l'ensemble ressemblât à s'y méprendre à un ciel nocturne étoilé. Le relief de l'Univers, avec ses plaines et ses montagnes, avait été fidèlement reconstitué au moyen de maquettes qui reproduisaient les principales montagnes sacrées de l'Empire du Centre : les monts Taishan et Kunlun, et le pic de Huashan.

Mais le délaissement du chantier par l'Architecte Impérial s'était traduit par d'énormes retards...

Dans cette immense cave éclairée par des torchères où luisaient, telles des langues sinueuses de serpents, les flaques étales argentées des mers et des fleuves de mercure, des hommes par milliers s'affairaient depuis des années au milieu de la boue, sans directive précise, pressés par des gardes-chiourme qui n'y comprenaient goutte.

Lorsqu'ils descendirent en compagnie de l'Empereur l'escalier glissant encombré par l'incessant va-et-vient des porteurs de terre déblayée, pas plus Lisi que l'architecte n'en menaient large.

Une odeur suffocante de moisi et de sueur, mais aussi d'insupportables vapeurs de mercure prirent le petit cortège impérial à la gorge.

— C'est pire, ici, qu'une mine de sel ! constata le souverain qui se pinçait le nez.

L'architecte avait entrepris de décrire, quelque peu gêné, au Souverain du Centre la configuration générale de ce lieu souterrain qui était destiné à son dernier sommeil ainsi que les artifices destinés à satisfaire à son souhait de représentation de l'Univers. Qinshi-huangdi parut approuver les subterfuges et les astuces auxquels Parfait en Tous Points avait dû se livrer pour accéder à ses vœux.

Il paraissait prendre un malin plaisir à déambuler dans les vastes allées qui menaient jusqu'au vide central où, le moment venu, son cercueil serait installé sur son catafalque.

— Qu'est-ce que ces caisses bizarres ? demanda-t-il à l'architecte en avisant, aux quatre coins de cet espace vide, de grands caissons de bois en haut desquels s'ouvrait une sorte de meurtrière.

— Majesté, je compte y placer des arbalètes armées qui se déclencheront si des intrus s'aventuraient ici, répondit à voix basse le Grand Architecte, un peu troublé de devoir dévoiler sa trouvaille.

Un petit attroupement d'ouvriers s'était rassemblé autour des trois visiteurs.

— Ici, l'été, on meurt d'étouffement et de soif ! s'écria un pauvre homme maigre comme un échalas.

Furieux, Parfait en Tous Points fit signe à un contremaître d'éloigner l'importun. Il craignait la réaction de l'Empereur et s'en voulut une nouvelle fois d'avoir retiré le mausolée de la liste des sites susceptibles d'être inspectés par celui-ci.

— Il faudra veiller à ce que ces ouvriers boivent suffisamment. Les hommes sont comme les chevaux : faute de soins, ils sont moins efficaces, dit à voix basse le souverain à l'architecte. Combien ce chantier en emploie-t-il ? ajouta-t-il.

— J'ai fait le compte, Majesté : plus de sept cent mille hommes et enfants se sont succédé ici depuis le premier coup de pioche, le lendemain du jour où vous fûtes couronné ! Pour moitié des prisonniers de guerre et pour moitié des « droit commun » ! indiqua fièrement Parfait en Tous Points qui connaissait par cœur les effectifs de tous les grands chantiers de l'Empire.

L'Empereur le regarda avec un petit sourire en coin. Visiblement, il était rassuré de savoir que tant d'hommes réduits en esclavage travaillaient à la gloire de l'État légiste. Qinshihuangdi était toujours favorablement impressionné lorsque ses ministres comptaient les humains, qu'ils fussent des soldats, des esclaves, des prisonniers de guerre ou encore des terrassiers, par centaines de milliers. C'était pour lui le signe tangible de sa puissance.

— J'ai aussi prévu des fosses adjacentes dans lesquelles nous placerons l'armée de vos dix mille soldats, bien entendu, avec leurs chevaux. Les hommes et les bêtes seront enterrés vivants – sauf votre respect – en Votre Très Auguste Compagnie, précisa le Grand Architecte.

Devant l'intérêt et l'apparente satisfaction manifestés par l'Empereur au cours de la visite, Parfait en Tous Points avait décidé d'abandonner toute pudeur et, en bon courtisan, cherchait à se mettre en valeur devant Qinshihuangdi, sans se rendre compte qu'il venait d'évoquer ouvertement devant l'Empereur du Centre l'hypothèse de sa propre mort.

— Il est hors de question de priver les armées de l'Empire d'autant de soldats, et encore moins de leurs chevaux ! J'exige qu'on les remplace, le moment venu, par des figurines de terre cuite ! tonna soudainement le visiteur impérial.

L'architecte piqua du nez. Il avait peur d'avoir gaffé en parlant de sa mort devant le souverain. Mais ce dernier ne semblait pas lui en tenir rigueur puisqu'il parlait de remplacer les enterrés vivants par des statues de terre.

— Je l'exige, personne ne devra être enterré vivant avec moi ! Et surtout pas les chevaux célestes ! Note-le immédiatement et fais-le consigner dans un décret impérial que je scellerai derrière un mur avec ordre de le faire ouvrir lorsque je partirai, pas avant dix mille ans, de l'autre côté de la Montagne Sacrée ! poursuivit le Grand Empereur du Centre après s'être tourné vers son Premier ministre.

Non loin de là, des ouvriers, penchés sur la boue qu'ils raclaient à la cuiller, surpris par ces éclats de voix, levèrent timidement la tête pour voir ce qui se passait. Aussitôt, la lanière du fouet du surveillant s'abattit sur leurs épaules en sueur.

— Majesté, comme tout ce que Votre Seigneurie

exige, ce sera fait ! souffla à voix basse le Grand Chambellan Ainsi Parfois.

— Dois-je préciser qu'il ne devra pas s'agir de vulgaires Mingqi de petite taille, ainsi qu'ils pullulent dans les tombeaux de la moindre famille de haut lignage. Ces guerriers devront être sculptés à l'échelle humaine. Ils devront être si ressemblants qu'un intrus, en les voyant, ne pourra que prendre ses jambes à son cou ! Je veux que mon mausolée soit entièrement rempli d'hommes et d'animaux factices, de même que cet architecte a su donner l'illusion des montagnes, du ciel étoilé, des fleuves et des mers !

Sans le savoir, l'Empereur du Centre venait de mettre fin à la pratique ancestrale de l'ensevelissement des êtres vivants.

Dès lors cessa, dans l'Empire du Centre, cette tradition coûteuse et inutile qui avait conduit à la mort par la faim et l'étouffement, en les obligeant à suivre leurs maîtres, tant d'épouses et de concubines, mais aussi tant de soldats valeureux et de serviteurs dévoués.

Quand la visite fut terminée, le Grand Architecte Impérial Parfait en Tous Points était plutôt soulagé. Cette première inspection de l'Empereur, malgré son caractère imprévu qui lui avait fait craindre le pire, s'était déroulée au mieux.

Quant au Premier ministre, à peine sorti du caveau géant où des dizaines de milliers d'hommes avaient déjà péri, il ne faisait que penser à celle qu'il avait perdue.

75

La traversée du Fleuve Jaune avait été plus éprouvante encore que Poisson d'Or ne l'avait imaginée.

Il n'avait pas fallu moins de trois allers et retours
en barge pour assurer le transbordement des hommes
et des chevaux. Les conditions atmosphériques, devenues défavorables, annonçaient la saison des orages et
des ouragans. Le Grand Fleuve s'était hérissé d'écume
et de vagues lorsqu'ils le franchirent sous une pluie
battante. Les rameurs avaient dû souquer ferme pour
empêcher le courant de faire dévier les navires vers les
endroits où de violents tourbillons pouvaient les faire
couler à pic. À peine le navire avait-il quitté la rive
droite du fleuve que tous les hommes étaient déjà tran-
sis de froid et trempés jusqu'aux os.

Poisson d'Or et son père avaient pris place à l'avant
de la première barge. Ils avaient proposé à Baya, qui
n'en menait pas large et supportait avec difficulté le
tangage de la coque à fond plat, de les accompagner.
La jeune femme, prise d'un malaise, avait très vite
échoué dans les bras de Poisson d'Or où elle s'était
blottie, avant de se cramponner à son buste au fur et
à mesure que les mouvements du navire s'amplifiaient.

Poisson d'Or, le nez plongé dans la chevelure de la
Sogdienne, pouvait sentir l'odeur de fleur d'oranger

avec l'eau de laquelle Baya avait l'habitude de se parfumer.

Malgré les circonstances, il ressentait un certain trouble pour ce corps souple, délié comme une liane, et si proche. La tiédeur de la peau de Baya était perceptible, malgré ses vêtements trempés qui ne cachaient plus rien de son anatomie, pas plus que la pointe de ses seins dressés. Devant cette magnifique crinière bouclée qu'il ne se lassait pas de humer pendant que la proue du navire plongeait dans les flots boueux avant de se redresser brusquement pour replonger encore, Poisson d'Or était de moins en moins indifférent. Cette intimité de la jeune femme, dans laquelle il était entré involontairement, commençait à le perturber. Était-ce un savant calcul de la part de Baya ou bien, au contraire, le signe de sa grande ingénuité et de la totale confiance qu'elle lui témoignait ?

La barge hoquetante finit par heurter avec fracas la rive du fleuve-roi. Pour aider Baya à descendre du bateau, Poisson d'Or lui prit la main. Au moment où il lui faisait enjamber l'espace qui séparait le bord du navire du ponton de bois, leurs regards se croisèrent. Poisson d'Or éprouva alors un léger pincement au cœur devant la douceur de cet iris turquoise dont il avait aperçu, sur la barge, quand il était près d'elle, les minuscules rayons dorés qui partaient de la pupille.

La beauté et le charme de Baya, c'était évident, ne lui étaient pas indifférents. Ne se mettait-il pas, comme ce pauvre Feu Brûlant, à éprouver de l'attirance pour cette princesse au corps superbe ?

Afin de cacher l'étrange fièvre qui s'emparait de lui, il lui lâcha la main et la confia à celle de Feu Brûlant qui, à bord de la deuxième barge, venait d'accoster à son tour.

Il avait pris la résolution de la tenir à distance, ne voulant pas être tenté d'être infidèle à Rosée Printanière ni de priver le jeune eunuque de cet amour naissant.

Il s'attacha, pendant le reste du voyage, à chevaucher très à l'avant, prétextant que l'Armée des Révoltés avait besoin d'un éclaireur pour lui ouvrir la route. Il ne souhaitait pas entrer en concurrence avec Feu Brûlant qu'il voyait tourner autour de la jeune fille avec assiduité et plein de prévenances, l'aidant à monter et à descendre de cheval, attentif à ses moindres souhaits, lui portant dès qu'il faisait un peu chaud un gobelet d'eau fraîche qu'il allait remplir à une cascade, cueillant sur les buissons des fleurs odorantes qu'il lui offrait par brassées, le soir au bivouac, afin qu'elle s'en tressât des couronnes.

Leur voyage s'était poursuivi à travers des territoires de plus en plus montagneux et boisés, par un sentier étroit sur lequel les chevaux ne pouvaient progresser qu'à la file, tant il était escarpé et ondoyant. Au passage, il réservait la surprise de vertigineuses trouées qui laissaient apparaître, sur fond de ciel clair, la découpe dentelée de sommets enneigés, ou au contraire d'immenses lacs translucides dont la platitude étonnamment verte contrastait avec le paysage passablement tourmenté, aux rochers troués par l'érosion et aux plantes tordues à force de chercher le soleil, dans lequel ils évoluaient depuis qu'ils avaient franchi le Fleuve Jaune.

Les soldats de l'Armée des Révoltés avaient à présent hâte d'arriver au bord de la Grande Mer de Chine. La plupart avaient la peau des fesses et des cuisses en lambeaux à force de frotter sur les selles rugueuses. Leurs montures n'étaient pas moins fourbues. Certains chevaux, plus fragiles que les autres, peinaient à avancer au même rythme. Il était temps que leur long périple s'achevât.

Au soir d'une marche pénible en raison de l'escar-

218

pement du chemin, Poisson d'Or avisa un vieux pêcheur au bord d'un petit lac, qui s'échinait sans succès à tirer un lourd filet dont les mailles plongeaient dans l'eau. Le vieil homme paraissait tellement chétif et essoufflé qu'il descendit de son cheval et lui proposa de l'aider. À deux, ils tirèrent le filet de l'eau sans difficultés particulières. Mais il n'y avait rien à l'intérieur en dehors des branchages auxquels le filet avait dû s'accrocher, aucun poisson.

— Pourquoi t'obstines-tu à pêcher dans ce lac ? Ne vaudrait-il pas mieux cultiver ce champ ? questionna Poisson d'Or en désignant un vaste pré en jachère qui s'étendait devant eux jusqu'à une maisonnette qui devait être l'habitation du vieil homme.

L'homme s'abstint de répondre. Son regard était devenu infiniment triste.

Poisson d'Or lui demanda quelle était la cause de ses tourments.

— Le Fleuve Jaune coule juste derrière cette colline. Il charrie tellement d'alluvions que, tous les dix ans, le lit du fleuve devient trop haut et l'eau ruisselle en dehors. Elle se fraye un passage dans les champs alentour et ne revient jamais dans le lit d'où elle s'est échappée. Comme on le dit chez nous, c'est que le Fleuve Jaune est en train de changer de trajet. Ce fleuve est capricieux comme un dragon hésitant ! Selon le géomancien du village, tout mon champ sera inondé à compter des prochaines crues du fleuve, dans moins de deux mois lunaires. Alors il me sera inutile de faire brûler de l'encens devant l'autel de mes pauvres ancêtres, à qui la même mésaventure arriva il y a bien longtemps de l'autre côté de la colline, ce qui fut la cause de notre installation ici ! gémit le vieil homme.

— Mais ne peux-tu pas construire une digue qui te protégerait de cette crue dévastatrice ?

— Le Fleuve Jaune est un dragon capricieux et

retors, il aime se jouer des hommes ! Ce serait présomptueux de ma part de vouloir m'y opposer, expliqua le vieil homme qui regardait son interlocuteur avec gratitude.

— Je n'ai jamais entendu parler de ce genre de dragon ! s'étonna ce dernier.

Poisson d'Or, malgré ses nombreuses lectures et les connaissances que lui avait inculquées Accomplissement Naturel, ignorait que dans cette région, les habitants considéraient que ce grand fleuve était aussi un dragon que son caractère imprévisible, à l'approche de l'embouchure, conduisait à changer de position, ce qui, périodiquement, se traduisait par un changement de lit.

C'était le signe, au demeurant, que l'océan ne devait plus être très loin. Cela faisait près de trois mois lunaires que le convoi de Poisson d'Or avait quitté la petite ville de Ba et cet immense plateau caillouteux où brûlaient des puits de gaz naturel.

De fait, cinq jours plus tard, l'Armée des Révoltés touchait enfin au but. Les voyageurs qui venaient en sens inverse sur le chemin dont l'empierrement, soudain, s'était amélioré signalaient que le port de Dongyin n'était qu'à quelques heures de marche. La petite cinquantaine de cavaliers fit une halte. Les hommes en profitèrent pour s'embrasser les uns les autres, laissant leur joie éclater. Plusieurs d'entre eux se ruèrent sur Poisson d'Or et, avant qu'il ait pu protester, le portèrent en triomphe sur un pavois improvisé constitué de deux boucliers de cuir attachés l'un à l'autre.

Un peu plus loin sur le chemin, Poisson d'Or avisa, légèrement située en contrebas, vers la gauche, une prairie suffisamment vaste pour y installer le bivouac.

— Qu'en penses-tu, dit-il en se tournant vers Maillon Essentiel, ne devrions-nous pas y aménager le campement de l'Armée des Révoltés ? Les hommes pourraient rester là quelques jours avant d'entrer dans

Dongyin, une fois que nous aurions procédé à la reconnaissance de la ville.

— Tu n'es pas plus pressé que ça ? fit, étonné, l'ancien chef du Bureau des Rumeurs.

— Je suis prudent. Il me faut d'abord savoir de quoi il retourne exactement. Nous n'avons pas parcouru ces milliers de li pour nous faire prendre comme des amateurs !

Poisson d'Or jugeait préférable d'effectuer au préalable une visite approfondie de la ville côtière afin de décider du procédé qu'il conviendrait d'adopter pour y pénétrer, soit en grande pompe, à la tête de sa petite troupe, avec le risque d'éveiller les soupçons, soit, au contraire, plus discrètement, par petits groupes noyés au milieu de la foule qui se rendait tous les jours au marché ou sur le port.

Les hommes avaient déjà dessellé leurs chevaux et s'étaient lancés, sans même qu'il fût besoin de le leur demander, dans la corvée de bois, selon un règlement militaire qui remontait à la nuit des temps et imposait aux soldats de couper des arbres ou des branches avant de se mettre à monter leurs tentes.

Au fond de la prairie s'élevait une colline de sable derrière laquelle on pouvait entendre une sorte de grondement ininterrompu.

— Ce bruit me fait peur ! Je n'ai jamais rien entendu de tel... Si c'est un animal, ce doit être assurément un gros dragon, peut-être en cours de digestion ? hasarda Feu Brûlant.

— Il ne faut pas t'inquiéter. Ce sont sûrement les vagues de la mer. J'ai eu l'occasion d'apprendre, en lisant des traités de géomancie, que leur souffle possède une sonorité incomparable. À l'horizon de la Grande Mer, on dit que les vagues forment des tours d'écume où s'abritent les monstres marins, indiqua calmement Poisson d'Or.

— De quels monstres marins veux-tu parler ? s'enquit, peu rassuré, son ami.

— Quand le Zhi s'enfonce dans les flots, d'après les textes anciens, il devient Serpent de Mer.

— Mais c'est terrifiant !

— Ne crains rien. Tu as ton épée d'acier ? Monte avec moi là-haut et si tu aperçois un Serpent de Mer, il te suffira d'un coup de glaive pour l'occire..., plaisanta Poisson d'Or.

La princesse sogdienne les avait rejoints, toute souriante. Elle était toujours dans leurs pas lorsque, après avoir grimpé l'interminable pente, Poisson d'Or et Feu Brûlant arrivèrent au sommet de la colline de sable qui se terminait, de l'autre côté, par une falaise abrupte dominant la mer d'une hauteur vertigineuse, comme un mur immense prêt à défendre la terre des attaques des éléments liquides.

La puissance des souffles venus du Grand Océan Rond était telle qu'ils avaient l'impression de se heurter à une muraille de vent. Au loin, les vagues formaient des crêtes ondoyantes, Feu Brûlant se dit que ce devait être là les demeures de ces fameux Serpents de Mer. À en juger par leur taille alors qu'elles étaient si lointaines, ces sortes de tours d'écume ne pouvaient qu'abriter des monstres gigantesques !

Inquiet, il redescendit vers le bivouac, laissant seuls Poisson d'Or et la princesse sogdienne dont les cheveux noirs flottaient au vent comme un glorieux étendard.

De fait, cet Océan Oriental, le Grand Océan Rond, ou mer de Chine, était encore plus vaste que Poisson d'Or ne l'avait imaginé lorsqu'il étudiait, en compagnie de Rosée Printanière et sous la houlette d'Accomplissement Naturel, les traités de géomancie de la Tour de la Mémoire. Il découvrait surtout d'où venait ce nom de « Grand Océan Rond » dont la mer avait été affublée : l'horizon maritime formait un cercle, il ne s'étirait pas en une ligne droite comme celui des plaines. En cela, la mer était un monde différent et à part, où aucun obstacle ne venait jamais interrompre les mutations des vagues et des souffles.

Il était à ce point subjugué par le spectacle de la puissance de l'élément liquide qu'il ne s'était pas rendu compte que Baya, profitant du départ de Feu Brûlant, était venue se blottir contre lui. Ce fut quand elle plaça sa main brûlante dans la sienne qu'il comprit. Alors, ils se regardèrent. Ému et surpris à la fois, Poisson d'Or pouvait voir dans les yeux de la princesse les mêmes reflets turquoise qu'il venait d'admirer au milieu de ces vastes murs aquatiques formés par les houles lorsqu'elles se rabattaient sur les rochers dans leur majestueux enroulement.

Malgré la hauteur de la falaise, ils avaient l'un et l'autre la peau mouillée par les embruns.

Plus à l'ouest, dans le prolongement de la falaise depuis laquelle ils contemplaient la mer, on pouvait voir des terrassiers s'activer à niveler un immense terre-plein situé à mi-hauteur d'une montagne dont la pente modérément inclinée descendait vers des rochers qui s'en étaient détachés. Au milieu de cette terrasse naturelle sortait du sol une grosse dent rocheuse sur laquelle des ouvriers, à l'aide de marteaux et de ciseaux, semblaient s'acharner comme s'ils avaient décidé de la sculpter.

C'est à ce moment qu'il sentit la main tremblante de Baya passer timidement sur sa nuque. Abasourdi par l'incroyable audace du geste de la jeune fille, il s'écarta doucement. Il pensait être quitte et, pour se donner une contenance, observa à nouveau les tours d'écume qui surgissaient et disparaissaient sur le cercle de l'horizon.

Alors elle avança ses deux mains vers lui, puis approcha lentement, yeux mi-clos, son visage du sien.

Les souffles des Serpents de Mer entrèrent dans son cœur... Poisson d'Or ne voulait plus résister ; adossée au mur des vents, la force de Baya l'avait submergé.

La langue chaude de la jeune fille tournoyait dans sa bouche tandis qu'il ne put s'empêcher de coller ses lèvres aux siennes. Il sentait sa Tige de Jade se durcir. Baya avait pris conscience du désir qu'elle suscitait chez lui, et les doigts effilés de la Sogdienne se faufilèrent lentement entre la ceinture de ses braies et la peau de son ventre. Le corps souple et brûlant de cette femme, collé au sien, était déjà entré en vibration, comme s'il avait été accordé aux vents et aux vagues qui allaient et venaient, mimant le mouvement de l'amour.

Poisson d'Or était si bouleversé qu'il commença à perdre la notion du temps, il n'avait même plus conscience de l'endroit où ils se trouvaient. Les embruns, les souffles, le soleil, le vacarme des eaux, tout ce qui les entourait était moins impérieux que la langue et les doigts de la belle Baya.

Pourquoi se jetait-elle ainsi à son cou devant le Grand Océan Rond, alors qu'ils se connaissaient à peine ? Qu'avait-il dit ou fait pour qu'elle fût à ce point séduite, au pied de cette muraille des souffles et des embruns, alors qu'il avait soigneusement évité de gêner les manœuvres de séduction de son camarade eunuque ? Pourquoi avait-elle pris ainsi les devants, telle une lame déferlant sur un rocher ?

Malgré son scepticisme naturel, devant tant d'audace et d'habileté, voilà qu'il se prenait à croire qu'elle était l'incarnation d'un Serpent marin !

Tout se mélangeait dans l'instant, son corps se réveillant comme une plante assoiffée qu'un jardinier compatissant venait arroser : le sel de la langue de

Baya la Sogdienne et celui de l'écume du Grand Océan Rond, le bleu de ses yeux et celui des vagues, la caresse de ses doigts et celle des souffles marins qui le balayaient en mugissant.

Il se laissa délicieusement emporter au large, comme un bois flottant sous l'effet du ressac, par cette femme dont les longs cheveux trempés ressemblaient à présent à des algues.

Comme il était doux d'être séduit, de résister puis de céder, de se laisser surprendre puis entraîner vers le milieu du Grand Océan, vers cet endroit où trois Îles Immortelles se dressaient fièrement au-dessus des flots...

La seule résolution qu'il venait de prendre, dans cet état extatique où Baya l'avait mis, était de ne jamais parler à Feu Brûlant, de peur de le blesser, de ce que Baya lui avait fait là.

*

Lorsqu'il arriva, après de longs jours de voyage, accompagné par Saut du Tigre, devant l'entrée de la grotte où habitait Vallée Profonde, Zhaogongming éprouva soudain un serrement de cœur et une profonde nostalgie.

Rien, pourtant, au pic de Huashan, n'avait changé. Pas plus les rochers que les arbres, témoins immuables de cette nature immobile qui semblait les avoir attendus. C'était à peine si le feuillage de certains bosquets lui paraissait un peu plus dense. La cascade était toujours là, élancée et vaporeuse comme le trait du pinceau d'un calligraphe au geste dépourvu de toute hésitation. L'ombre de Wudong planait partout, au-dessus de ces rochers mousseux aux formes féminines, de ces vasques naturelles où coassaient les grenouilles, et des buissons de fougères qui cachaient les picto-grammes mordorés des lichens incrustés dans la pierre.

Zhaogongming en avait les larmes aux yeux.

Comme il semblait loin, le temps où, avec le grand prêtre – si souvent consulté par le vieux roi Zhong ! –, ils pratiquaient, en compagnie de Vallée Profonde, les exercices d'alchimie intérieure Neidan au cours desquels leurs corps, leurs souffles se mélangeaient pour ne former plus qu'un ! N'était-ce pas dans le Neidan qu'il avait puisé l'énergie qui lui permettait désormais de se comporter comme le digne élève de son maître ?

Depuis son départ pour le mont Taishan, après la mort de Wudong, il n'avait pas été capable, malgré tous ses efforts, de renouveler une expérience aussi unique et marquante. Et ce n'était pas faute d'avoir essayé, avec Saut du Tigre. Même si le grand prêtre, avant de partir de l'autre côté de la Montagne Sacrée, lui avait généreusement transmis tout son savoir, Zhao-gongming n'ignorait pas qu'il lui faudrait encore des années d'exercices spirituels et de tâtonnements, sans compter de longues périodes de méditation transcen-dantale effectuées au cours de retraites solitaires qui devraient durer des mois lunaires, pour prétendre un jour, éventuellement, à force d'abnégation et de modes-tie, ce qui n'était pas dans sa nature, rivaliser avec la science et la maîtrise de l'Alchimie Interne telle que la pratiquait Wudong.

Il mesurait mieux, au moment où il revenait sur ces lieux où le grand prêtre avait cessé de vivre, tout ce qui lui manquait encore pour devenir son égal...

Comme si elle avait deviné leur venue, la prêtresse médiumnique attendait les deux hommes à l'entrée de son antre, sur son tapis de mousse verte, toujours aussi hiératique et souriante. À ses côtés se tenait une jeune femme admirablement belle, qui lui ressemblait étrange-ment.

Les deux taoïstes descendirent de cheval et attachèrent leurs montures à un catalpa centenaire dont le tronc était recouvert d'un ocre nuage de lichen.

Vallée Profonde fit les présentations.

— Elle s'appelle Rosée Printanière. Sa mère, Inébranlable Étoile de l'Est, était ma propre fille. C'est mon unique petite-fille !

— Cela se perçoit aisément ! acquiesça Saut du Tigre.

— Est-ce que le mont sacré Taishan est plus haut que ce pic ? Racontez-moi ! supplia la vieille prêtresse.

Elle désirait savoir comment leur séjour se déroulait là-bas et paraissait avoir hâte de les entendre en parler.

— La Montagne Sacrée est tout un monde minéral et végétal où les nuages jouent à cache-cache avec les éperons rocheux sur lesquels s'accrochent des genévriers millénaires... Le matin, l'astre solaire s'y promène avec délectation, contournant les sommets montagneux, puis, le soir, la lune le remplace et danse entre les brumes et les arbres ! s'exclama Saut du Tigre que l'exaltation dans certains cas transformait en poète.

— Comme ce doit être beau ! Je comprends mieux à présent le renom de cette montagne, murmura Rosée Printanière.

— Certes ! Mais le spectacle du Grand Océan Rond, que nous avons désormais la chance de contempler, est encore plus magnifique ! ajouta Zhaogongming.

— Et moi qui croyais que du mont sacré Taishan, on ne pouvait pas voir la mer..., dit Vallée Profonde, tout étonnée.

— C'est que nous n'y sommes plus ! Entre-temps, nous avons été priés de nous rendre à Dongyin ! indiqua Zhaogongming.

Et le prêtre d'expliquer aux deux femmes comment ils avaient rencontré ce général du nom de Zhaogao qui était venu les voir en compagnie d'une jeune ordonnance de fort belle allure. Dongyin était ce petit port grouillant de matelots et de marchands d'où partiraient les navires impériaux pour les Îles Immortelles.

— Pourquoi une telle invitation ? Depuis quand les armées impériales ont-elles besoin des prêtres taoïstes ? demanda la prêtresse avec amusement.

Gêné, il se garda bien de lui avouer qu'il était tombé sous le charme de la jeune ordonnance du général.

— Le général Zhaogao avait besoin de nos talents ; ceux de géomancie de Saut du Tigre et ceux d'artificier que je possède, grâce à la poudre noire que j'ai inventée par le plus grand des hasards à Xianyang !

— Que veulent-ils donc faire exploser avec cette poudre ?

C'était la voix flûtée de Rosée Printanière.

— Des rochers sur un terrassement destiné à l'Empereur du Centre. J'ai procédé avec succès au nettoyage des rochers qui l'encombraient. Il reste toutefois une dent rocheuse qui a résisté à ma première dose de poudre, dressée tel un reproche au milieu du terreplein ! expliqua le prêtre.

Zhaogongming informa alors les deux femmes du motif de leur venue. Il souhaitait récupérer ce qui lui restait de poudre noire dans le tonnelet caché sous une anfractuosité rocheuse, tout au fond de la grotte. Ensuite, usant de mots choisis, il pria les deux femmes de l'excuser de ne pas rester plus longtemps avec elles, en raison de l'urgence qu'il y avait à pulvériser le mamelon qui constituait l'ultime obstacle à l'aplanissement de la terrasse impériale Langya.

— Mais nous ne sommes tout de même pas à deux ou trois jours près ! lâcha Saut du Tigre à voix basse.

— Le général est impatient, rétorqua le prêtre tout en demandant, d'un geste de la tête, s'il pouvait prendre ce qu'il était venu chercher.

En réalité, il brûlait surtout de revenir à Dongyin pour disposer enfin à sa guise de son cher Ivoire Immaculé et l'avoir pour lui tout seul des nuits entières.

Vallée Profonde lui fit signe qu'il pouvait pénétrer dans la grotte afin d'y prendre dans sa cache le tonnelet de bois.

Zhaogongming, fébrile, s'y précipita, éprouvant une soudaine crainte que la poudre ne s'y trouvât plus. Arrivé au fond, il déplaça les deux lourdes pierres derrière lesquelles il l'avait laissée.

Lorsqu'il revint quelques instants plus tard devant les deux femmes, qui l'attendaient en bavardant avec Saut du Tigre, il portait, triomphant, tel un combattant victorieux son trophée, le petit baril de bois cerclé de bronze dans lequel se trouvait sa précieuse marchandise.

— Je te demanderai une petite faveur. Pourrais-tu m'en laisser une pincée ? s'écria Vallée Profonde. Je suis sûre qu'elle porte bonheur !

Elle désignait, d'un air mystérieux, la poudre contenue dans le petit baril.

— Ce sera avec plaisir ! D'ailleurs, je ne vois pas comment je pourrais te le refuser ! lança Zhaogongming en laissant la prêtresse médiumnique plonger la main dans la poudre sombre.

Celle-ci déposa sa pincée de poudre dans une feuille de catalpa qu'elle replia soigneusement avant de la glisser dans son corsage.

— Il nous reste à vous saluer ! enchaîna Saut du Tigre qui regrettait de devoir partir si vite.

— Comme j'aimerais contempler à mon tour le Grand Océan Rond, confia Rosée Printanière à sa grand-mère au moment où les deux voyageurs remontaient sur leurs chevaux après avoir fait leurs salutations d'adieu aux deux femmes.

— Une intuition me dit qu'un jour, qui n'est pas

loin, tu le verras à ton tour ! la rassura doucement Vallée Profonde en passant sa main dans la luisante cascade noire de sa chevelure.

Au premier tournant du chemin, Zhaogongming et Saut du Tigre se retournèrent pour leur adresser un dernier signe d'au revoir. Les deux femmes se tenaient si serrées l'une contre l'autre que, de loin, elles semblaient ne faire qu'une. Puis, d'un seul coup, elles disparurent derrière le gros rocher moussu qu'ils étaient en train de dépasser.

Le bruit de la cascade venait d'être remplacé par celui du cri des singes dont la forêt retentissait.

C'était l'heure de la journée où les macaques s'ébattaient dans les hauteurs des arbres en poussant des hurlements stridents. À cet endroit, le chemin étant trop étroit pour demeurer côte à côte, ils passèrent l'un derrière l'autre.

— Les singes hurleurs portent bien leur nom ! Leur vacarme est proprement assourdissant, déclara Saut du Tigre qui chevauchait derrière le prêtre.

— Ils ne faisaient pas autant de bruit lorsque nous montions...

— C'est exact. Ce doit être leur heure !

— Comme j'aimerais décoder leur langage. Peut-être ont-ils des choses importantes à nous dire ! s'écria, plaisantant, Zhaogongming.

Le jacassement des primates était tel qu'ils pouvaient à peine se comprendre l'un l'autre.

Les animaux, bizarrement, ne se contentaient pas selon leur habitude de sauter d'une cime à l'autre en piaillant. À présent, ils occupaient le centre du chemin et semblaient avoir perdu toute méfiance, n'hésitant pas à se poursuivre, à s'épouiller, à sauter et à s'adonner à toutes sortes de pitreries, presque sous les sabots des chevaux des deux voyageurs.

— Je n'ai jamais vu des primates aussi familiers. C'est bizarre..., s'étonna Saut du Tigre. Les singes d'habitude sont beaucoup plus méfiants !

— C'est un fait. Ils vont finir par affoler nos montures, constata, de plus en plus perplexe, Zhaogongming.

Saut du Tigre arrêta son cheval et en descendit. Puis, après avoir longuement inspiré et expiré par la bouche tout en se pinçant le nez, il s'agenouilla et colla son oreille contre la terre. Les singes, que cette manœuvre avait fait s'écarter de chaque côté du chemin, regardaient avec curiosité cet être humain qui adoptait des postures simiesques.

— Tu auscultes les vents et les souffles ?

— En effet. Je trouve anormal que tous ces singes s'assemblent ainsi autour de nous. On dirait qu'ils veulent nous prévenir de quelque chose, peut-être d'un danger...

Le taoïste, qui avait immobilisé son cheval, attendait que son compagnon en eût fini avec sa divination.

Mais celle-ci, curieusement, paraissait longue à se déclencher. Saut du Tigre avait le plus grand mal à percevoir ce que disaient les ondes venues des entrailles du sol. Il dut s'y prendre à plusieurs reprises, changer d'endroit, coller son nez aux troncs des arbres qu'il serrait dans ses bras, balayer les feuilles mortes et les mousses qui tapissaient le sol pour trouver enfin un peu de sable pur où il replaça son oreille.

— Voilà enfin le sol. Je devrais mieux m'en tirer ! chuchota-t-il en rampant.

Rien ne venait... Il ne parvenait pas à capter le moindre écho de ce rythme des artères profondes de la Terre, qui était le pouls du Grand Dragon qui sommeillait en elle.

Il avança un peu sur le chemin. Devant ses pieds, il avisa un monticule de branchages. Ce tas de branches

231

coupées n'appelait aucune attention particulière de sa part.

Il se proposait donc de l'enjamber lorsque Zhao-gongming le héla :

— Tu devrais faire attention, on dirait un piège utilisé par certains braconniers pour attraper les singes !

— Le fait est que je sens quelque chose d'étrange frôler ma cheville droite. Je crains que ce soit un souffle négatif venu de la terre ! cria Saut du Tigre à l'adresse de son compagnon.

C'est au moment où il faisait part de son inquiétude qu'il sentit la force d'un nœud coulant serrer brusquement sa cheville. Lorsqu'il essaya de se baisser et de l'ôter avec sa main pour se délivrer, il était trop tard. Une corde, à présent, tirait sa jambe vers le haut.

Saut du Tigre, qui n'avait pu s'empêcher de hurler, venait d'être violemment projeté, tête en bas, vers la cime des arbres.

*

Poisson d'Or et Tigre de Bronze ne comprenaient pas ce que faisaient là tous ces gens, disposés en haie d'honneur sur plusieurs rangs, au bord de la route qui menait au centre-ville. Qu'attendaient-ils en plein soleil ?

Renseignements pris, la procession des mille jeunes gens et jeunes filles se préparait à faire une entrée triomphale dans Dongyin, sous une pluie de fleurs jetées par une foule dont l'enthousiasme ne semblait pas feint et qui, déjà, applaudissait à tout rompre.

Le peuple, étroitement surveillé par des gardes-chiourme armés postés ici et là pour donner le signal des vivats, affectait en fait d'être joyeux alors qu'il ne se trouvait là que parce que les autorités de la ville l'y avaient expressément obligé.

Chacun, comme d'habitude, craignant la délation et les châtiments, s'efforçait de bien jouer le rôle qui lui était assigné.

Depuis des mois, les fonctionnaires du district de Dongyin avaient rebattu les oreilles à tous ses habitants au sujet de l'honneur insigne que le Grand Empereur du Centre avait fait à ce petit port de pêche et de commerce en le choisissant comme lieu de départ de l'expédition aux Îles Immortelles. Il leur avait été, en conséquence, fortement suggéré de se tenir le long de la route lors de l'entrée en ville de celles et de ceux qui, quelques jours plus tard, embarqueraient sur les trois superbes barques laquées de rouge affrétées par l'Empereur. Les navires au mouillage, contre le quai qui leur avait été spécialement réservé, étaient devenus depuis quelques mois le principal objet de curiosité des promeneurs.

Il ne s'était pas passé de jour où Zhaogao ne fût venu surveiller la délicate opération du laquage de leurs coques ventrues, telle que l'avaient préconisée les ingénieurs maritimes pour en garantir le parfait calfeutrage. On avait dû appeler exprès des maîtres laqueurs de Xianyang. Ils avaient pris soin, avant d'arriver à Dongyin, de constituer une ample provision de la sève issue de l'incision du tronc des arbres à laque qu'ils avaient transportée dans de lourdes jarres de terre tirées par des buffles. Cette gomme résistait aussi bien au sel qu'aux acides. Pour en accroître l'efficacité, avant d'en passer et repasser les centaines de couches nécessaires qui lui donnaient sa brillance, ils avaient enduit l'extérieur des coques, dont les planches avaient été au préalable peintes en rouge vermillon, avec de l'huile de lin mélangée à de la cendre de laque. Ces coques, luisantes comme des thons, fendraient mieux la houle et permettraient aux bateaux d'aller plus vite dans la course vers l'Immortalité.

Les applaudissements du petit peuple de Dongyin, quoique déclenchés sur commande, provoquaient toutefois leur petit effet. Les Mille, émus aux larmes, étaient persuadés d'être accueillis en triomphateurs. Cela contribuait à redonner un peu de courage aux plus fatigués d'entre eux, après cette longue marche vers l'océan qui les avait laissés complètement épuisés.

Poisson d'Or et son père qui s'étaient glissés au milieu de la foule, soucieux de ne pas se faire remarquer, applaudissaient eux aussi à tout rompre.

— Je suis nouveau ici. Peux-tu me rappeler qui sont tous ces jeunes vêtus de blanc ? demanda discrètement Poisson d'Or à une matrone qui tenait par la main deux bambins joufflus.

La femme le dévisagea d'un œil torve.

— L'annonce de l'arrivée de l'Expédition des Mille est placardée sur le port depuis huit bons jours ! répliqua-t-elle, l'air pincé.

— Ce sont les mille jeunes gens que notre Très Auguste Empereur du Centre compte expédier aux Îles Immortelles, expliqua alors un homme qui se trouvait à côté d'eux.

— L'Empereur doit embarquer avec eux ? interrogea Poisson d'Or avec une feinte naïveté.

Il cherchait surtout à savoir si la date de la visite à Dongyin de l'Empereur du Centre était déjà annoncée.

L'homme paraissait liant. Peut-être se hasarderait-il à parler un peu avec lui.

— Non pas. Il est juste prévu, si je ne m'abuse, que l'Auguste Souverain assistera au retour des bateaux depuis la terrasse de Langya. C'est la raison pour laquelle cet endroit fait l'objet d'aménagements spéciaux qui durent depuis des mois. Un prêtre taoïste a pulvérisé les rochers qui l'encombraient, il ne reste plus qu'une dent de pierre contre laquelle s'activent les casseurs de cailloux. D'ici peu de temps, notre

Empereur pourra sans problème fouler aux pieds cette terrasse..., répondit l'homme, spécialement bavard.

— À quel moment tout cela se passera-t-il ? intervint Tigre de Bronze.

— On annonce ici le Grand Empereur du Centre pour le début de l'été ! souffla l'homme avant de s'arrêter brusquement de parler.

Il venait d'apercevoir le regard menaçant d'un garde soupçonneux qui lui intimait l'ordre de se taire.

Poisson d'Or effectua un rapide calcul. Le printemps venait à peine de commencer. L'été serait là dans un peu moins de trois mois.

Sous des applaudissements et des vivats toujours aussi nourris, les dernières rangées du cortège des Mille venaient de passer devant eux. Ils décidèrent, après s'être concertés, de les suivre pour voir le lieu où les jeunes gens seraient installés.

Quand ils arrivèrent sur la place principale de Dongyin, au centre de laquelle les Mille avaient été disposés en vingt rangs de cinquante individus, Poisson d'Or ne put réprimer un geste d'émotion en avisant Zhaogao, chamarré en général, debout sur l'estrade qui avait été dressée devant la procession. Le Général aux Biceps de Bronze se préparait à haranguer cette foule impeccablement vêtue de blanc, car des vêtements propres avaient été fournis aux jeunes gens juste avant leur entrée dans la ville.

Son ancien compagnon de jeux avait à peine vieilli. Les muscles saillants de son torse, que Poisson d'Or pouvait deviner sous son plastron de cuir ajusté à ses formes, témoignaient de l'assiduité avec laquelle Zhaogao devait continuer à pratiquer ses exercices de musculation.

— Ce général et moi-même avons fait nos premiers pas ensemble ! Son père était l'un des proches collaborateurs de Lubuwei à l'époque où il était encore marchand à Handan, au Zhao, confia discrètement Poisson d'Or à son père.

— Dans ce cas, ne faudrait-il pas aller te présenter à lui ?

— Surtout pas ! Ce garçon a toujours été on ne peut plus jaloux de moi. Petit, il se rangeait invariablement dans le camp de Zheng. S'il pouvait être celui qui apporterait ma tête à l'Empereur du Centre, plantée au bout d'une pique, nul doute qu'il n'hésiterait pas une seconde. Tant qu'il me croira mort, nous serons tranquilles !

Ils se turent car la voix de Zhaogao s'était mise à déclamer un discours qu'il lisait avec emphase. Les Mille écoutaient religieusement ces propos où il était question de l'honneur insigne que le Grand Empereur du Centre leur avait fait à tous en les choisissant parmi tant d'autres pour participer à l'expédition extraordinaire qui consistait à embarquer sur des navires en direction des îles Penglai, Yingzhou et Fanzhang. Le Général aux Biceps de Bronze, qui n'avait jamais trop cru à leur existence mais emporté par son élan, n'avait pas hésité à adopter le ton d'un bonimenteur de foire faisant l'article sur une aubaine.

— Dès que les navires seront achevés – et nous n'en sommes pas loin –, vous monterez sur ces somptueuses embarcations. Il faudra compter un petit mois de navigation pour atteindre les Îles Immortelles. Vous y resterez un ou deux jours, le temps de cueillir le maximum de fruits de jade, à l'exception d'un couple tiré au sort qui s'y installera pour plus longtemps. À votre retour, l'Empereur vous attendra du haut de la terrasse de Langya. Ce sera pour vous tous un honneur insigne que d'être ainsi reçus personnellement par le Très Grand Souverain du Centre !

Tels furent les mots par lesquels Zhaogao acheva sa harangue.

— Pourquoi ne serions-nous pas plus nombreux à rester sur ces Îles ? interrogea alors une jeune fille moins timide ou plus naïve que les autres.

— C'est l'Empereur qui l'a voulu ainsi. Dois-je vous rappeler qu'il a l'intention de faire lui aussi, un jour, le même voyage ? déclara le général du haut de sa tribune.

— L'accompagnerons-nous, dans ce cas ? fit la même voix.

— S'il le décide ! Je ne peux rien vous dire d'autre, assena Zhaogao, agacé.

Tant d'impertinence l'estomaquait. Ses camarades firent taire la jeune fille à coups de coude. On percevait toutefois un certain malaise au sein des Mille.

Poisson d'Or, que la situation commençait à amuser, chuchota à l'oreille de Tigre de Bronze :

— Bientôt les Mille mériteront plus que nous le qualificatif d'Armée des Révoltés...

Un officier venait de monter sur l'estrade à côté de Zhaogao, pour indiquer leur lieu d'hébergement aux participants à l'expédition impériale :

— Nous avons réquisitionné un immeuble qui servait jusqu'à hier de halle aux poissons. L'endroit est confortable, en dépit des odeurs qui témoignent encore de l'usage du bâtiment ! Les garçons occuperont le rez-de-chaussée et les filles le premier étage. Vous y trouverez de quoi vous changer. Le réfectoire sert de la nourriture destinée aux soldats.

Un roulement de tambour annonçait la fin de la cérémonie. Les Mille s'ébranlèrent sagement en rangs, comme des soldats. On pouvait voir à leurs nuques baissées qu'à l'euphorie des premiers jours de leur voyage avait succédé une résignation proche de l'accablement.

Poisson d'Or et Tigre de Bronze, qui avaient suivi de loin leur cortège jusqu'à l'entrée de l'immeuble de la halle aux poissons, décidèrent d'aller faire un tour sur les quais où le spectacle du chargement et du déchargement des marchandises attirait les badauds à toute heure du jour.

— Et si nous allions voir les navires de l'Expédition des Mille ? proposa Poisson d'Or. D'après les informations dont je dispose, ils sont à quai non loin d'ici.

Au bout d'une jetée adjacente, en effet, ils pouvaient apercevoir les trois majestueuses coques ventrues recouvertes de peinture vermillon, sur lesquelles s'affairaient encore des dizaines de charpentiers et de laqueurs.

— As-tu remarqué que Baya n'a d'yeux que pour toi ? dit, l'air de rien, le marquis à son fils tandis qu'ils se dirigeaient vers les navires.

— Elle m'en a donné des preuves, si j'ose dire, tangibles. Cela me gêne, Feu Brûlant en est entiché... D'un autre côté, elle est terriblement désirable, reconnut Poisson d'Or.

Il n'avait pas encore osé parler à son père de ses embrassades avec la Sogdienne sur la falaise qui dominait l'océan. Mais celui-ci lui en fournissait l'occasion. Il raconta donc à Tigre de Bronze avec quelle fougue la jeune femme s'était jetée sur lui, deux jours plus tôt, pour l'embrasser profondément.

— Mais qu'éprouves-tu pour elle ? fit doucement son père.

— Du trouble. Comment pourrait-il en être autrement ? Elle est fort belle, très sensuelle. Quand elle m'a offert sa bouche, j'ai senti les vibrations qui parcouraient tout son corps ! avoua Poisson d'Or.

Devant eux, les navires laqués, écarlates comme des crêtes de coq, brillants comme des miroirs parfaitement polis, se balançaient lentement au gré du clapotis.

Il ne restait plus qu'à y dresser les mâts, et les vaisseaux seraient fin prêts.

Mais Poisson d'Or n'avait cure de ces barques somptueuses. Il avait l'esprit encombré par la beauté de Baya.

— Selon toi, que dois-je faire ? Succomber aux charmes de Baya qui s'offre à moi, me réserver pour Rosée Printanière dont j'ai bien peur d'avoir perdu la trace ? questionna, encore perturbé au plus haut point, Poisson d'Or.

— Et Feu Brûlant ?

— Il en est amoureux fou ! Le malheureux n'a pas encore osé lui avouer son état d'eunuque...

— L'amour permet tout !

— C'est vrai ! Mais à ma place, comment agirais-tu ?

— J'ai suffisamment confiance en toi pour savoir que tu te comporteras en gentilhomme. Quelle que soit ta décision, je la soutiendrai.

Poisson d'Or, devant tant de compréhension, ne put s'empêcher de sourire à son père.

Pour rien au monde il ne lui eût avoué qu'à cet instant précis, c'était la petite musique sournoise du découragement qu'il sentait monter en lui.

Et cette musique l'incitait plutôt à aller danser avec la belle Baya dont sa Tige de Jade gardait le souvenir de ses doigts experts et effilés.

76

Terrorisé, Zhaogongming, qui avait assisté sans rien pouvoir faire à la subite projection dans les airs de Saut du Tigre, avait à peine eu le temps de sauter de son cheval pour aller se jeter dans les massifs de fougères.

Un peu plus loin sur le chemin, son compagnon pendait par la jambe droite à une hauteur appréciable du sol, prisonnier de la perche du piège dans lequel il venait de tomber.

Aussitôt avait surgi un homme de derrière un bosquet. L'inconnu, sans doute un chasseur, devait être le poseur de pièges, car il avait entrepris de couper au moyen d'un grand coutelas l'entrave qui retenait Saut du Tigre en suspension au-dessus de la route.

Zhaogongming n'allait pas tarder à assister à un spectacle surprenant, d'abord drôle puis effrayant, qu'il n'était pas près d'oublier !

Une nuée de macaques hurleurs entreprit d'empêcher le braconnier de détacher le pauvre Saut du Tigre. Il y en avait déjà trois sur la tête du poseur de pièges et quatre sur ses épaules, qui l'empêchaient d'agir. Ensuite, le taoïste en aperçut deux autres, plus gros encore que les premiers, qui, lui sautant brusquement sur le dos, l'avaient violemment projeté à terre. Les primates, dont le pelage était hérissé comme les poils d'un castor, rendus furieux pour une raison que le prêtre ignorait, menaçaient à présent le chasseur avec leurs canines effilées comme des pointes de flèches. L'homme essayait tant bien que mal de se défendre en les repoussant à coups de botte, mais cela ne faisait qu'accroître leur colère et ils redoublaient d'acharnement contre lui. Quelques instants plus tard, le corps du braconnier gisait à terre dans une mare de sang, lardé de myriades de coups, de griffes et de morsures.

L'homme ne se débattait plus mais gémissait de douleur comme une bête blessée. De l'endroit où il était, Zhaogongming, tapi sous les fougères, pouvait voir le sang qui, rougissant sa chevelure hirsute, avait complètement inondé son visage. C'était ce sang qui rendait à présent complètement fous tous ces singes. Après avoir lacéré les vêtements de l'inconnu, ils commencèrent à lui dévorer le visage et les épaules. Leurs dents acérées plongeaient dans les chairs du chasseur, y arrachant un petit morceau de viande avant de s'enfuir pour le déguster. Chaque fois, un macaque en remplaçait un autre, qui s'emparait alors d'un bout de chair un peu plus gros que le premier.

Les singes hurleurs rendus anthropophages par l'odeur du sang humain étaient tout bonnement en train de dépecer ce chasseur.

Le prêtre réprima une moue de dégoût lorsqu'il vit un primate s'enfuir avec, sur le rebord de sa gueule, deux petites boules claires et sanguinolentes qui devaient être les globes oculaires énucléés du malheureux.

Lorsque les singes hurleurs, repus et calmés, s'éloignèrent enfin du corps supplicié dont il ne restait que des lambeaux de peau et de tendons sur le squelette pour regagner les branches supérieures des arbres, Zhaogongming s'en approcha à pas lents pour constater sans surprise qu'il gisait sans vie.

Le cadavre tenait encore dans sa main droite, miraculeusement intacte, entre le pouce et l'index, une épingle de fer avec laquelle il avait dû essayer de se défendre...

— La position tête en bas n'est pas des plus commodes pour assister à ce genre de carnage !

La peur et l'angoisse ressenties devant cet horrible spectacle avaient presque fait oublier au prêtre taoïste la présence de son compagnon, lequel, toujours suspendu par une jambe au-dessus du chemin, le visage aussi boursouflé qu'empourpré, agitait désespérément les bras pour essayer de se libérer.

Il se précipita pour couper la corde à la hâte, en retenant Saut du Tigre par le torse pour lui éviter de tomber brutalement sur le sol.

— On ne dérange pas impunément une tribu de singes hurleurs au beau milieu de leur aire de cueillette ! En installant son piège, ce braconnier ne savait pas qu'il signait son arrêt de mort, indiqua placidement Saut du Tigre tout en massant sa cheville, sur laquelle le nœud coulant avait imprimé une marque de brûlure.

Après s'être désaltérés à l'eau vive d'une source qui jaillissait du sol sous un toit de fougères, ils remontèrent sur leurs destriers. Saut du Tigre, pas plus troublé que cela par sa mésaventure, était de fort bonne humeur tandis que Zhaogongming, que la voracité sauvage de ces primates avait davantage déconcerté, affichait une mine plus sombre et inquiète. Il redoutait en effet la récidive de ces affreux animaux. Mais au bout de quelque temps, il constata avec soulagement que la forêt était redevenue silencieuse.

Les singes hurleurs et anthropophages devaient être partis ailleurs.

Le voyage de retour, à l'exception de cet épisode simiesque qui, en fait, avait vu la mort de l'officier de renseignements Inestimable Lance, se déroula sans encombre. C'était tout juste si leurs chevaux donnaient quelques signes de fatigue et de nervosité quand ils arrivèrent enfin en vue de Dongyin.

Lorsque Zhaogongming, tout satisfait d'être rentré, se présenta à Zhaogao en portant fièrement dans ses bras la réserve de poudre noire, il était si excité et fier qu'il ne se rendit pas compte de l'effarement et du dépit qui s'affichaient sur le visage du général.

Zhaogao était loin de se douter que des singes hurleurs avaient eu raison du sbire qu'il avait lancé aux trousses des deux hommes.

— Avec ce qui reste, demain, la terrasse de Langya sera fin prête ! s'écria le prêtre avec emphase en montrant, triomphant, le petit baril de bois au général.

— Le voyage s'est bien passé ? demanda celui-ci en riant jaune.

— Le mieux du monde ! affirma Saut du Tigre. Nous avons juste assisté au massacre d'un pauvre braconnier par des singes hurleurs.

— Eh bien, rendez-vous demain sur le chantier ! finit par lâcher le Général aux Biceps de Bronze, pincé et furieux.

— Mon général, j'espère bien que vous n'oublierez pas de me donner ce que vous m'avez promis ! ne put s'empêcher de s'exclamer le taoïste.

Il regardait Ivoire Immaculé. L'ordonnance, tout heureuse, minaudait en lui renvoyant ses œillades.

— Dès que le mamelon rocheux aura disparu, tu pourras disposer de l'ordonnance à ta guise ! répliqua alors le général en s'efforçant tant bien que mal de cacher son courroux.

Le lendemain, vers le milieu de la matinée, le taoïste et le général se rendirent sur la terrasse de Langya où il avait été demandé aux ouvriers de déblayer le plus de terre possible autour de la dent rocheuse qui continuait à les narguer.

Les terrassiers s'étaient rassemblés en cercle autour de Zhaogongming lorsqu'il commença à disposer sa poudre noire dans une petite rigole qu'il avait spécialement creusée dans le sol à proximité du mamelon récalcitrant.

Au même moment, sur la falaise située de l'autre côté du terre-plein impérial, un homme regardait attentivement les préparatifs auxquels le taoïste se livrait.

C'était Poisson d'Or.

Il aimait venir, à cette heure-là de la journée où le soleil ne tarderait pas à culminer à son zénith, contempler l'immensité de la mer, le visage inondé par les souffles venus de l'Océan Oriental, tout en surveillant par ailleurs l'avancement du chantier d'aplanissement de ce terrain qui serait bientôt foulé par l'Empereur du Centre.

Ce matin-là, la curiosité du fils spirituel de Lubuwei avait été éveillée par la présence de cet inconnu habillé en prêtre taoïste qui faisait plusieurs fois le tour de l'éperon rocheux, comme s'il le bénissait. Il paraissait répandre autour de l'énorme dent de pierre, en prononçant, vu la distance, des formules inaudibles, une substance qui ressemblait à de la poudre de couleur sombre. Poisson d'Or observait à présent le prêtre faire de grands gestes pour signifier à tous ceux qui étaient là autour, parmi lesquels il avait reconnu Zhaogao, de s'éloigner de l'endroit où il se tenait.

Le taoïste, maintenant, semblait vouloir allumer du feu, en frottant deux pierres à briquet l'une contre l'autre. Lorsqu'il eut en main un brandon allumé, il le lança précipitamment dans la rigole et sauta en arrière pour s'éloigner le plus vite possible du cercle de poudre.

Un souffle violent précéda de peu le jaillissement de flammes bleues et jaunes qui se propagèrent dans la rigole avant que le mamelon n'explose en milliers de morceaux comme une vulgaire pastèque sur laquelle aurait été lancée une grosse pierre. Les oreilles de Poisson d'Or n'avaient jamais été soumises à la violence d'un tel choc sonore, comme si dix mille tambours géants, dans les nuées du ciel, eussent soudain été frappés ensemble.

Le champignon de poussière grise qui avait jailli du sol à la place de la dent rocheuse recouvrait à présent une large partie de l'aire de la terrasse. Quand il se dissipa, chassé par le vent du large, l'appendice minéral avait totalement disparu.

Grâce à la poudre noire de Zhaogongming, la terrasse impériale de Langya était désormais parfaitement plane et dénuée de toute excroissance.

Poisson d'Or, abasourdi par le spectacle, vit alors le prêtre taoïste faire de grands gestes de joie devant Zhaogao puis, comme ce dernier paraissait réticent, tirer le général par le bras pour le faire s'approcher de l'endroit où l'explosion avait eu lieu. Quant aux ouvriers du chantier, amassés en contrebas du terre-plein et que la frayeur avait serrés les uns contre les autres, ils étaient figés comme des statues. À leur simple posture, le jeune homme pouvait sans peine imaginer la terreur qu'ils avaient dû éprouver devant la force dévastatrice de cette poudre que le taoïste avait répandue avant de jeter son brandon enflammé dessus pour obtenir cette explosion.

Le calme était revenu, à peine dérangé par les cris apeurés des mouettes que l'effet de souffle avait fait s'envoler loin du lieu de la déflagration, au-dessus de la mer, où elles s'étaient mises à tournoyer à vive allure.

Le vent du large balayait le nuage de poussière lorsque Poisson d'Or, peu à peu, reprit ses esprits.

Il ressentait une impression bizarre.

Après que l'écho de l'explosion eut cessé de retentir

dans ses oreilles, un grand apaisement l'avait envahi soudain.

Il s'aperçut alors que son esprit, en proie jusque-là au doute, était rassuré. L'explosion lui avait apporté le signal qu'il attendait.

Quand il avait entendu le choc sourd consécutif à la pulvérisation de la dent rocheuse, il avait éprouvé, à l'endroit de son cœur, un autre choc, beaucoup plus intime, dont il mesurait à présent l'évidente portée.

La certitude était là, éclatante, aussi limpide et évidente que l'immense océan au-dessus duquel volait cette nuée d'oiseaux blancs : Rosée Printanière était vivante et, quelque part, elle continuait à l'attendre.

Il eût été bien incapable de comprendre comment avait pu naître une telle association entre deux éléments aussi éloignés en apparence que l'explosion qui venait de se produire et le puissant signal, porteur de cet évident message qu'il avait si facilement décodé.

Tel était, en tout cas, le réconfort que venait de lui adresser cette poudre sombre capable de transformer la pierre en nuage.

Très loin de là, quelques instants auparavant, sur les flancs du pic de Huashan, Vallée Profonde avait emprunté à sa petite-fille son Bi noir étoilé qui ne la quittait jamais. Rosée Printanière n'avait pu refuser de le prêter à sa grand-mère, même si celle-ci n'avait pas voulu lui révéler l'usage qu'elle comptait en faire.

La prêtresse médiumnique l'avait alors posé à même le sol, non loin du petit lac miniature, puis elle avait déposé dans le vide du trou central une pincée de poudre noire que Zhaogongming leur avait laissée. Là, un long moment prostrée devant l'objet rituel, elle avait pensé fort à Poisson d'Or, puis accompli quelques passes au-dessus de ce dispositif pour faire converger dans le vide central son énergie interne à l'endroit précis où elle avait versé la poudre noire.

Au prix d'une dépense d'énergie qui l'avait laissée complètement épuisée, la pincée de poudre s'était enflammée et son cœur avait fini par ressentir une légère secousse qui l'avait fait sursauter de joie. Le disque de jade, l'espace d'un instant, avait été percé en son centre par un étroit trou de feu.

Tout allait bien !

La poudre noire, explosant en même temps ici et là-bas, lui avait permis de redonner espoir et confiance au grand amour de Rosée Printanière.

— Que se passe-t-il ? avait demandé cette dernière qui venait de la rejoindre. Tu me fais peur ! Tu as l'air totalement épuisée...

Inquiète de ne pas voir revenir sa grand-mère, elle avait assisté aux efforts que Vallée Profonde venait de déployer tout au long de sa méditation transcendantale, se terminant par l'embrasement, grâce à la seule force de sa volonté, de la pincée de poudre au milieu de l'orifice central du Bi noir étoilé.

— Ce n'est rien ! Tout va bien, ma chérie. La concentration est un exercice qui prend de plus en plus d'énergie lorsqu'on avance en âge..., lui avait répondu, souriante, sa grand-mère dont le beau visage, pâle comme la lune, était noyé de sueur.

Alors, avec un soin infini, Rosée Printanière, à l'aide d'une plume d'oiseau, avait ramassé le peu de poudre qui restait et l'avait replacée dans sa feuille de catalpa avant de glisser celle-ci contre la peau de sa poitrine, là où son cœur battait au rythme de celui de l'homme qu'elle attendait.

*

Les hommes de l'Armée des Révoltés piaffaient d'impatience depuis qu'ils étaient cantonnés sur la prairie qui leur servait de campement. Ils n'avaient rien à faire de précis, et passaient leurs journées à traquer le lièvre et à accomplir la corvée de bois pour le feu du soir. L'oisiveté leur pesait. Les plus impulsifs, déjà, grondaient dans les rangs. Beaucoup ne comprenaient pas pourquoi on leur avait fait effectuer un aussi long trajet pour stationner si près du but. Voilà déjà dix jours qu'ils bivouaquaient à l'extérieur de Dongyin, sur cet espace herbeux qui finissait au pied de la pente de la colline de sable derrière laquelle ils pouvaient entendre les vagues.

Le matin de ce jour-là, conscients de l'état d'impatience et de frustration de leurs hommes, Poisson d'Or et Tigre de Bronze s'étaient décidés à faire entrer l'Armée dans Dongyin. Il était temps de se décider à agir, et à voir comment ils pouvaient investir la ville sans trop se faire remarquer.

Le petit port côtier était situé fort loin de la capitale de l'Empire. Et comme le despotisme de l'État s'affadissait, tout comme l'efficacité de ses forces coercitives au fur et à mesure que l'on s'éloignait de son centre de gravité, Poisson d'Or avait constaté qu'il y avait dans les ruelles et sur les quais de Dongyin beaucoup moins de gendarmes qu'à Xianyang, où ils n'auraient jamais pu mettre un pied en ville sans que leur présence fût immédiatement signalée.

L'ambiance, ici, était déjà beaucoup plus laxiste, et somme toute moins policière que dans la capitale.

Ne fallait-il pas en profiter ?

Leur troupe rentrerait donc subrepticement et par petites poignées dans la ville portuaire pour en reconnaître les lieux. C'était encore l'unique façon de préserver son intégrité.

Poisson d'Or les avait répartis par groupes de dix.

Aucun de ces hommes n'était pourvu d'un uniforme quelconque. Chaque escouade était dotée d'un chef, qui viendrait périodiquement aux nouvelles auprès de lui pour recevoir ses directives et les répercuter sur ses hommes. Le soir, chacun retournerait de son côté, comme si de rien n'était, au campement. Ainsi les hommes de l'Armée des Révoltés auraient-ils eu le temps de s'habituer à l'incessant va-et-vient des détachements des soldats de Zhaogao dont on pouvait entendre à toute heure de la journée les semelles cloutées de bronze marteler en cadence le sol pour aller de leur casernement à la terrasse de Langya.

Poisson d'Or, qui connaissait déjà parfaitement le port, s'était attaché à récolter le plus d'informations possible sur les habitudes du général Zhaogao. Il n'avait pas tardé à lier connaissance avec la population de marins plutôt méfiante et hostile à cette armée impériale qui avait réquisitionné le plus beau des palais de la ville et faisait prélever tous les matins, à l'arrivée des bateaux de pêche, les plus belles prises pour en nourrir ses hommes. Sur les quais, où une foule dense et bruyante assistait au débarquement des cargaisons des navires, les langues se déliaient, et chacun de maudire à voix basse ces intrus que les Mille, de surcroît, venaient de rejoindre et qu'il faudrait bien nourrir avant qu'ils n'embarquent à leur tour pour leur croisière vers les Îles Immortelles.

Bientôt, tout le poisson pêché à Dongyin n'y suffirait pas !

Plus ils circulaient en ville – et plus ils y réfléchissaient – et moins Poisson d'Or, tout comme, d'ailleurs, Tigre de Bronze, savaient comment ils pourraient parvenir à leurs fins sans courir à l'échec. Capturer l'Empereur du Centre après son arrivée à Dongyin était extraordinairement risqué. Comment feraient-ils, à cinquante, pour venir à bout des milliers de soldats armés jusqu'aux dents dont disposait le général ? À peine arrivé sur place, Qinshihuangdi serait à coup sûr inapprochable, protégé des autres par une forêt de lances prêtes à le défendre.

Après en avoir discuté tous les deux pendant des nuits entières, Poisson d'Or avait convaincu son père du bien-fondé du plan qui avait fini par germer dans son esprit.

Tout bien pesé, il avait délaissé l'idée de capturer pour le tuer l'Empereur du Centre.

Malgré tout le mal que Zheng lui avait fait indirectement, il ne tenait pas absolument à occire celui avec lequel il avait passé son enfance. Son but n'était pas de se faire justice à lui-même en punissant l'Empereur, mais plutôt de rendre au peuple de l'Empire sa dignité et sa liberté perdues.

C'est pourquoi il considérait que la meilleure façon d'obliger le régime impérial à cesser d'opprimer les populations était d'amener Zheng dans un endroit où il pourrait s'adresser à lui en tête-à-tête, et là, d'user de toute son éloquence et de sa force de conviction pour le persuader qu'il faisait fausse route.

Il avait déjà en tête les arguments du discours qu'il lui tiendrait alors, sur l'inanité du système légiste fondé sur la terreur et dont l'issue ne pouvait être, un jour, que la révolution du peuple contre le pouvoir central. Le peuple était à la fois privé de liberté et exsangue : l'État ponctionnait tout. Poisson d'Or, à cet égard, espérait faire réfléchir Qinshihuangdi sur les avantages qu'il y aurait à desserrer l'étreinte insupportable d'un système dont ses responsables avaient l'illusion qu'ils contrôlaient la situation alors que celle-ci, en réalité, leur échappait chaque jour un peu plus.

Il comptait lui parler également d'une série de mesures immédiates à prendre, dans le propre intérêt de l'Empire : distribution de rations de riz et de céréales prélevées dans les entrepôts d'État tellement gardés que personne, jamais, n'y entrait, à l'exception des rats qui y faisaient bombance par colonies entières ; restitution aux familles de leur nom d'origine, pour celles qui avaient été obligées de changer de patronyme ; ouverture aux mendiants et aux veuves ayant des enfants à charge des palais gigantesques et vides que l'Empereur faisait désormais construire au rythme effarant d'un par mois...

Il comptait surtout lui parler de la haine que son Auguste Personne suscitait dans la population où les impôts de son administration étaient aussi honnis que lui. Il lui dirait enfin les avantages qu'il aurait à laisser, en regard de son nom, les commentaires flatteurs des Annalistes des futures Chroniques Impériales sur l'œuvre d'un Empereur qui aurait amélioré le niveau de vie de son peuple, plutôt que ceux, beaucoup moins flatteurs, sur l'unique responsable de l'éradication de l'écrit ainsi que de la mise en place du plus obscur des totalitarismes.

Le fils spirituel de Lubuwei pariait sur l'intelligence de son ami d'enfance, et sur ce qui lui restait sûrement de lucidité pour comprendre qu'avec de telles mesures, l'Empire du Centre retrouverait, à n'en pas douter, sa légitimité et son lustre.

Poisson d'Or comptait bien, en revanche, demander à Zheng, et tout tenter pour l'obtenir, la tête de Lisi !

Il attendait beaucoup de cette discussion, sans témoins et d'homme à homme, qu'il aurait avec l'Empereur.

D'ailleurs, c'était simple, il ne le quitterait que lorsque le souverain aurait acquiescé à son plan de mesures.

Il avait d'ailleurs sa botte secrète pour lui arracher son accord...

Il pensait révéler à l'Empereur du Centre que son

père n'était pas Yiren mais bien le marchand Lubuwei. Il espérait que cette révélation provoquerait en Zheng un choc salutaire et qu'elle lui prouverait aussi au passage que lui-même ne s'était jamais posé comme un rival. Si tel avait été le cas, pourquoi aurait-il gardé pour lui ce lourd secret alors que sa divulgation eût porté à Zheng, au moment où il s'apprêtait à monter sur le trône, un tort considérable ?

Restait à trouver le lieu où cet entretien de la dernière chance pourrait se dérouler, puis s'arranger pour que l'Empereur s'y rendît.

Et c'était là que le bât blessait.

Poisson d'Or regrettait particulièrement son absence de connaissances en méditation taoïste.

Il eût fallu en effet amener Zheng dans un endroit inaccessible, comme celui de la Grande Méditation taoïste ; un de ces lieux, comme on disait alors, protégé par un dragon débonnaire mais terrifiant d'allure, où personne n'oserait entrer de peur de provoquer les foudres du monstre ; ou bien encore une de ces forêts si profondes qu'aucun chasseur, jamais, ne s'y aventurait de crainte de se perdre définitivement dans les entrailles de la nature...

Poisson d'Or imaginait tout aussi bien le sommet d'une montagne sacrée vertigineuse, située au milieu d'un massif difficile d'accès, où ils pourraient bavarder tranquillement comme s'ils flottaient au-dessus de la couche nuageuse qui la nimbait.

Mais il fallait d'abord convaincre l'Empereur du Centre de se rendre au rendez-vous qu'il comptait lui fixer, tâche dont il savait d'évidence qu'elle ne serait pas aisée.

Comment lui ferait-il parvenir le message selon lequel il détenait des informations capitales qu'il souhaitait lui donner ? Comment arriverait-il à ce qu'on le lui portât et à ce qu'il le lût, derrière la myriade de gardes, de cuisiniers, de médecins, de chambellans, d'huissiers, de scribes et de courtisans qui l'entouraient dans ses moindres déplacements et le protégeaient de toute influence extérieure en formant autour de lui une muraille plus infranchissable encore que le Grand Mur de Chine ?

Ce soir-là, après un dîner composé de poisson grillé, Poisson d'Or s'était ouvert du problème à Tigre de Bronze, Maillon Essentiel et Feu Brûlant.

Fallait-il essayer de lancer une lamelle de bambou sur la route qu'il allait emprunter, par exemple au moment du passage d'un étroit défilé, en faisant en sorte qu'elle tombât à ses pieds ou sur sa tête ? Ou bien encore, opérer sur la terrasse même de Langya, en espérant que l'idée viendrait au Souverain du Centre de venir y méditer seul, ou à tout le moins en petit comité, le regard perdu vers l'horizon des Îles Immortelles ?

C'était encore l'hypothèse la plus séduisante !

Alors Poisson d'Or comptait bien se débrouiller pour se hisser sur le terre-plein et surgir devant l'Empereur avant même que ce dernier l'ait vu approcher !

L'effet de surprise était encore ce qu'il y avait de plus efficace...

Le fils spirituel de Lubuwci était désormais convaincu qu'il ne pourrait livrer de bataille que sur le terrain des idées. Il ferait tout pour convaincre Qinshihuangdi du bien-fondé de ses propositions.

Pour le reste, il n'avait guère la possibilité de se demander combien il lui faudrait exterminer de civils et de militaires avant d'atteindre son but : à ce jeu-là, Qinshihuangdi aurait toujours le dernier mot ! Il ne disposait pas, comme lui, d'une armée innombrable et dotée des armements les plus redoutables, capables de tuer un homme au loin sans mettre en danger la vie de ceux qui le servaient. Quant à employer la ruse pour pallier la faiblesse quantitative de ses moyens humains et matériels, ainsi que le suggérait jadis le grand philosophe Hanfeizi, mieux valait encore, pensait-il, utiliser son intelligence et la hauteur de ses vues qui étaient plus nobles que la rouerie.

— Je propose que nous commencions par repérer les lieux propices à ta discussion d'homme à homme avec lui. Ensuite, quand nous les aurons trouvés, nous conviendrons du meilleur moment pour faire passer à l'Empereur le message de ton invitation, proposa Tigre de Bronze.

— Avec mon épée de fer, je suis prêt à trancher des milliers de têtes ! Rien n'arrêtera mon bras ! s'exclama Feu Brûlant, lequel rêvait toujours d'en découdre avec un système qui l'avait fait mutiler de force.

— Si nous pouvions disposer de la poudre explosive de ce prêtre taoïste, plaisanta Poisson d'Or, nous leur infligerions la peur de leur vie ! Peut-être cela rendrait-il Qinshihuangdi plus sensible à mes arguments...

Les trois comparses, assis avec lui autour d'un feu de camp, éclatèrent de rire.

77

L'inconnu parlait si fort que Feu Brûlant ne pouvait perdre une miette de ses paroles.

Affalé sur sa banquette, l'homme tirait sur sa pipe devant un fumeur de pavot au visage émacié et aux cheveux graisseux dont les yeux vitreux indiquaient les effets de la substance qu'il inhalait voluptueusement.

— Tu te rends compte ! L'Empereur du Centre en personne, habillé comme toi et moi, dépourvu de tout insigne et seulement accompagné d'un architecte et d'un serviteur ! Et il se murmure déjà qu'il viendrait ici dans le même appareil !

L'homme s'était installé en face du fumeur et accompagnait scs propos de gestes appuyés.

— Je n'en crois rien, ce sont des balivernes ! L'Empereur du Centre ne se déplace qu'au milieu de dix mille soldats en armes ! lâcha l'autre.

Allongé sur la banquette opposée, il semblait avoir le plus grand mal à sortir de sa douce léthargie.

— Je tiens l'information d'un lointain parent qui est contre-maître sur le chantier du mausolée de l'Empereur, dans la périphérie de Xianyang. Cet homme originaire de Dongyin vient de perdre son père, qui était mon voisin. Il était là hier pour assister aux funérailles familiales et rendre le culte aux ancêtres, avant de repartir sur cet incroyable chantier où l'Empereur du Centre fait reproduire la copie conforme de l'Univers avec ses montagnes, ses fleuves, ses mers et, bien sûr, son ciel criblé d'étoiles !

Le fumeur écarquillait ses yeux vitreux.

— À quoi rime cette reconstitution de l'Univers ? demanda-t-il incrédule.

— C'est tout simple : lorsque l'Empereur reposera dans sa dernière demeure, il se croira toujours en vie, expliqua l'inconnu.

Il parlait au fumeur comme un petit garçon émerveillé par un récit féerique.

— La tête recouverte par un simple capuchon, l'Empereur a inspecté le chantier de son immense tombeau. Au début, personne ne savait qui était cet inconnu qui allait et venait au milieu des terrassiers. Vers la fin, il laissa exploser sa colère au sujet d'un détail qui ne lui convenait pas. Alors son capuchon tomba. L'architecte Parfait en Tous Points qui l'accompagnait tremblait de peur. Ce fut ainsi que notre Empereur se dévoila ! ajouta-t-il en faisant mine d'ôter un chapeau qu'il ne portait pas.

— Mais c'était peut-être une doublure ? L'Empereur ne se montre jamais ! C'est à peine si on connaît son visage...

— Je t'assure que non !

— Mais pourquoi irait-il ainsi, incognito, sur le terrain ?

— Le Souverain du Centre a décidé d'inspecter l'Empire sans avertir quiconque, comme si c'était le tiroir de la commode à côté de son lit ! C'est aussi sa façon de s'assurer que les ordres qu'il donne sont exécutés comme il faut. Il agit telle la fouine. Il entre dans les terriers sans que personne y prenne garde et débusque sa proie avant de la saigner...

La conversation entre le fumeur d'opium et l'inconnu n'était pas tombée dans l'oreille d'un sourd.

Le hasard, pour une fois, était heureux pour ce pauvre Feu Brûlant qui n'arrivait pas à se remettre du chagrin amoureux causé par le détachement dont Baya faisait preuve à son égard.

Le jeune eunuque n'était pas au mieux de sa forme. Il affichait une triste mine. Cela faisait deux jours qu'il avait révélé, bredouillant et tremblant, son état d'eunuque à la princesse sogdienne. Avant de s'y hasarder, il n'avait pas dormi pendant trois nuits. Il lui avait fallu plus que du courage pour avouer à cette femme, qu'il aimait déjà de toutes ses fibres, son absence de parties viriles. Conscient que plus les jours passaient et plus cette tragique réalité deviendrait difficile à exprimer, il avait décidé qu'il était temps de crever l'abcès.

Sa voix tremblait et son visage était blanc comme du sel lorsqu'il lui avait avoué qu'il n'était pas fait comme les autres hommes.

— Je dois t'apprendre un douloureux secret : il manque une partie essentielle à mon corps..., avait-il réussi à articuler, toute honte bue et au prix de dix mille efforts.

Il désignait maladroitement son entrecuisse.

Devant le regard étonné de la princesse, il avait été obligé de s'appesantir sur le sens de ses propos en lui expliquant, la gorge nouée et les yeux remplis de larmes, comment il avait été castré de force à Xianyang par Couteau Rapide.

À sa stupéfaction, pas émue le moins du monde, elle lui avait gentiment répondu que cela n'ôtait rien à l'admiration qu'elle lui portait et à la reconnaissance qu'elle lui vouerait, en tout état de cause, éternellement.

Baya, de fait, s'était montrée parfaitement indifférente à son malheur.

Devant une telle absence de réaction, Feu Brûlant n'avait même pas osé poursuivre l'entreprise de séduction qu'il avait échafaudée et qui consistait, dans la foulée, à se jeter à ses pieds en lui déclarant sa flamme.

La belle Sogdienne paraissait tellement lisse, polie et souriante, que le malheureux Feu Brûlant prit soudain conscience qu'entre eux deux, il ne pourrait jamais être question d'amour. Il était inutile de rêver de la séduire, ce serait peine perdue...

S'il avait su les sentiments qu'elle nourrissait à l'égard de Poisson d'Or, nul doute que l'eunuque eût supporté beaucoup plus mal encore cet implacable et innocent aveu que Baya venait de lui faire.

Il s'en était discrètement ouvert à Maillon Essentiel, lequel, ce soir-là, avait tenu à changer les idées de son camarade en lui proposant d'aller faire un tour dans le vieux quartier du petit port de pêche.

— Entrez ! Entrez ! Il y a encore des places dans la fumerie de la Lune Verte ! criait un gamin maigre et hirsute au milieu de la rue bondée.

— Veux-tu essayer de fumer de la graine de pavot mélangée à des feuilles séchées ? Certains prétendent que cela fait passer d'agréables moments ! avait-il proposé.

Il désignait l'entrée de la fumerie, signalée par deux lanternes en forme d'oie, dont la porte s'ouvrait à quelques pas de là sur cette voie commerçante qui était aussi l'artère principale de la petite ville portuaire.

Ils en avaient franchi le seuil sans trop savoir ce qui les attendait à l'intérieur et c'était là que Feu Brûlant avait surpris l'échange entre les deux fumeurs.

Ce hasard heureux, dans ce moment d'abattement, lui avait permis d'être le témoin de cette intéressante conversation qu'il s'était promis de rapporter à Poisson d'Or dès le lendemain.

La nouvelle d'une arrivée de l'Empereur à Dongyin, sans aucune escorte, avait rempli de joie celui-ci.

Une entrevue en tête-à-tête avec le Grand Empereur du Centre devenait un simple jeu d'enfant ! Il suffisait de le suivre et de le surprendre, avant de s'adresser directement à lui.

Avec un peu de chance, il pourrait même le rencontrer au moment du coucher du soleil, sur la terrasse de Langya, quand le souverain viendrait y scruter la mer. Là, devant les tourelles d'écume des Serpents de Mer, Poisson d'Or comptait bien lui faire la leçon et convertir son cœur à plus de justice et de tolérance.

Il était si excité par cette perspective qu'il prit la décision, pour en avoir le cœur net, de se rendre le soir même à la fumerie de la Lune Verte en espérant qu'il pourrait à son tour mettre la main sur l'homme qui avait tenu des propos si intéressants devant Feu Brûlant. Peut-être obtiendrait-il quelques renseignements supplémentaires qui le conforteraient définitivement dans l'action qu'il s'apprêtait à mener.

Il n'eut aucun mal à trouver l'entrée de la fumerie et à se faufiler discrètement parmi les clients qui attendaient leur tour pour se faire attribuer un jeton sur lequel était inscrit un numéro de place. Il avisa un jeune serveur à qui il fit miroiter deux taels de bronze. Quelques instants plus tard, il avait en main un petit jeton de bronze portant le numéro huit.

La huitième banquette était située dans l'angle droit de la dernière des quatre petites salles plongées dans la pénombre, au plafond noirci par la fumée, où les consommateurs, regard vitreux et concentrés sur leur pipe, rêvassaient en tirant dessus.

— Tu veux une pipe à grand ou à petit fourneau ? lui demanda le jeune serveur.

— Un petit suffira. Merci, répondit-il avant de s'installer.

— Dans ce cas, il faut attendre, car aucune des petites n'est libre !

Poisson d'Or lui indiqua, d'un geste, que cela n'avait pas d'importance. Il comptait profiter de ce délai pour s'habituer à la pénombre et essayer de repérer le fumeur que Feu Brûlant lui avait brièvement décrit. En attendant, il s'allongea confortablement sur les coussins, croisa les mains sur son ventre et se mit à regarder le plafond, rêvant déjà à cette rencontre avec Zheng sur la terrasse maritime, imaginant non sans délectation la surprise de l'Empereur lorsqu'il découvrirait à ses côtés son ancien compagnon de jeu, qu'il croyait mort. Peut-être même le prendrait-il pour un fantôme, voire un Immortel venu directement des Îles !

Sa rêverie fut vite interrompue par la teneur de la conversation qu'il entendait entre ses deux voisins dont il n'apercevait que les crâne rasés de près et les nattes impeccablement tressées. Ils occupaient la place, séparée de la sienne par une simple cloison basse, qui portait le numéro neuf. Il se remit en position assise et regarda par-dessus la cloison en tendant l'oreille.

L'une des deux tresses appartenait à un jeune homme dont le nom était Ivoire Immaculé, puisque c'était ainsi que l'appelait son interlocuteur. Ce dernier, outrageusement maquillé, avait tout l'air de ces petits malfrats efféminés qui vivaient dans les ports du commerce de leurs charmes auprès de marins étrangers peu perspicaces qui les prenaient pour des femmes.

Ivoire Immaculé montrait à son ami un bracelet précieux qu'un certain Zhaogongming lui avait donné en guise de cadeau. Poisson d'Or, qui écoutait avec de plus en plus d'attention leur conversation, s'était à présent carrément tourné vers les deux jeunes gens dont les mimiques et les attitudes bouffonnes l'amusaient au point qu'il dut se retenir pour ne pas éclater de rire.

— Regarde comme il est beau ! Les yeux du serpent sont en rubis ! On dit que cette pierre provient de la blessure au cou d'un dragon qui vit sous terre...

Ivoire Immaculé montrait au jeune malfrat la torque de bronze terminée par deux têtes de serpents affrontés séparées par un interstice qui permettait de glisser le poignet.

— Ton amant doit être riche et puissant pour t'offrir un bijou aussi extraordinaire ! Si je pouvais en avoir un moi aussi... Comme je t'envie !

— Tu parles du bracelet, ou de l'amant ?

— Des deux, bien sûr !

— Ce Zhaogongming est surtout riche de ses dons multiples ! Sais-tu qu'il possède de la poudre noire capable de faire sauter les montagnes ?

— Je n'en crois pas un mot !

— N'as-tu pas remarqué que la dent rocheuse de la terrasse de Langya a disparu ?

— Comment ne le saurais-je pas ? Tout Dongyin ne parle que de ça, mon chou !

— C'est mon ami qui l'a pulvérisée, avec sa poudre noire !

— Et où se la procure-t-il ? Tu sais que ça m'intéresse...

Le malfrat efféminé paraissait de plus en plus excité par les propos d'Ivoire Immaculé.

— Loin d'ici, hélas ! Il revient du pic de Huashan où sa réserve de poudre était cachée dans la grotte d'une prêtresse médium qui vit là avec sa petite-fille !

À ces mots, Poisson d'Or faillit glisser de sa banquette.

L'afflux de joie qu'il avait ressenti au plus profond de son être avait libéré l'angoisse qui y était enfouie. Au-dessus de lui, le plafond sombre lui parut constellé d'étoiles. Il y voyait parfaitement la constellation du Bouvier et celle de la Tisserande. Entre les deux amas d'étoiles, la Voie Lactée s'écartait pour former une élégante arcade lumineuse.

C'était bien de Vallée Profonde qu'il s'agissait, la prêtresse médium dont Lubuwei lui avait parlé tant de fois lorsqu'il était petit. Et sa petite-fille n'était autre que sa chère Rosée Printanière...

Grâce à cet Ivoire Immaculé et à son petit ami malfrat, il connaissait enfin l'endroit où se cachait la femme qu'il aimait !

Elle était toujours vivante, réfugiée au pic de Huashan auprès de sa grand-mère. C'était tout l'horizon qui, pour lui, venait de s'éclairer. Son cœur apaisé débordait d'un bonheur immense.

Comme il avait eu raison de ne jamais désespérer !

Cette information capitale, qu'il venait ainsi de recueillir miraculeusement, donnait son plein sens à tout ce qu'il avait entrepris depuis qu'il avait décidé de prendre son destin en main après s'être enfui du chantier de la Porte de Jade du Grand Mur. Son périple, toutes ces souffrances endurées, les ombres de Lubuwei et de Fleur de Sel, celles du prince déchu Anwei et d'Accomplissement Naturel mais aussi toutes les autres, à qui la vie avait été ôtée injustement, tout cela n'avait pas été inutile et relevait d'une cohérence dont il commençait à percevoir la force et dont le dénouement, finalement, risquait d'être heureux.

Comme il se félicitait de s'être rendu à son tour dans cette fumerie pour se faire confirmer que l'Empereur voyageait incognito et presque seul !

Pour effacer un ultime doute, il n'avait pas résisté à questionner ce curieux jeune garçon qui répondait au nom d'Ivoire Immaculé.

— Je m'excuse par avance de paraître indiscret mais je cherche depuis des années une parente dispârue... Peux-tu me dire le nom de la jeune fille dont tu viens de parler à l'instant ? avait-il demandé, tout sourires, au beau jeune homme qui se pavanait devant la petite frappe avec son bracelet de bronze qu'il venait de glisser à son poignet.

Poisson d'Or, dont l'émotion était parvenue à son comble, connaissait par avance la réponse mais il souhaitait l'entendre de sa bouche.

Lorsque celui-ci répondit en minaudant : « Elle s'appelle quelque chose comme "Giboulée Printanière", je crois ! », et que le petit malfrat efféminé pouffa de rire, Poisson d'Or crut qu'il allait défaillir d'allégresse.

Il comprenait mieux, à présent, la certitude qui l'avait envahi quand la poudre noire avait explosé l'autre matin, sur la terrasse de Langya. Cette poudre provenait de l'endroit où l'amour de sa vie avait trouvé refuge.

Voilà pourquoi, lors de la détonation, il avait reçu ce signal évident que Rosée Printanière continuait à l'attendre. Il ne remercierait jamais assez la prêtresse médium d'avoir utilisé une pincée de cette poudre noire pour lui adresser ce message d'espoir !

Quand il ressortit de la fumerie de la Lune Verte, l'éclat joyeux de son regard rendait Poisson d'Or encore plus beau.

*

Rosée Printanière était, ce matin-là, d'humeur particulièrement légère.

Appliquant le précepte du texte taoïste du *Liezi* selon lequel c'était dans l'accomplissement des tâches les plus humbles que l'on dépouillait peu à peu les oripeaux qui empêchaient d'atteindre la « *Suprême Simplicité* », elle passait ses journées à jardiner, à nettoyer la vasque naturelle où plongeaient les eaux de la cascade ou encore à disposer des graines ici et là pour nourrir les oiseaux de la forêt.

C'était ainsi, en vaquant à des corvées simples et, en apparence, dénuées d'intérêt, qu'elle sentait progressivement monter en elle cette simplicité qui faisait toucher à cet « *Innommé* » où tout, finalement, se finissait en paix des sens et en absence de désir.

Ce grand état d'équilibre, quand on réussissait à l'atteindre, permettait de « *contrôler dix mille êtres comme un seul* ».

L'abolition de ses désirs et cette mise en sourdine des espoirs, ce n'était pas de gaieté de cœur qu'elle s'y était risquée. Mais c'était à titre de précaution, au cas où elle ne retrouverait jamais son Poisson d'Or dont elle n'avait aucune nouvelle. Depuis son arrivée au pic de Huashan, malgré la présence réconfortante de sa grand-mère, elle se sentait gagnée par une irrépressible mélancolie, au point qu'elle craignait d'en mourir de chagrin. Aussi pensait-elle que la recherche de cette « *Suprême Simplicité* » était sans doute le meilleur remède pour ne pas sombrer dans le néant du désespoir.

Et ce matin-là, alors qu'elle s'apprêtait à gratter la mousse des rochers du pourtour de la grotte où habitait la prêtresse, Rosée Printanière était particulièrement heureuse du résultat de la divination à laquelle elle venait juste de procéder.

Elle avait compté les brins de l'achillée millefeuille éparpillés sur le sol. Il y en avait soixante-dix-sept, soit deux fois le chiffre sept. C'était aussi le septième jour du septième mois que, chaque année, le pont formé par les pies au-dessus de la Voie Lactée permettait au Bouvier et à la Tisserande de se rejoindre. Elle y avait vu le plus heureux des présages.

— L'achillée millefeuille m'a livré ce matin le

nombre soixante-dix-sept. Dois-je y voir l'annonce de cet événement heureux que j'attends depuis si long-temps ? avait-elle demandé, radieuse, à Vallée Profonde.

— Assurément. J'y veille d'ailleurs jour et nuit !

En répondant ainsi, Vallée Profonde se laissait aller à un pieux mensonge. Depuis qu'elle avait détecté la superbe comète intruse qui cernait la constellation du Bouvier, l'inquiétude l'empêchait de dormir. La lumi-nosité de la poudreuse queue de l'étoile en disait long sur les charmes et les capacités de persuasion de cette nouvelle venue qui avait jeté son dévolu sur Poisson d'Or. La vieille prêtresse avait toutefois mis un point d'honneur à ne pas montrer son angoisse à sa petite-fille, laquelle ne se doutait donc de rien.

Il ne se passait pas de jour sans que la prêtresse médium s'acharnât à envoyer sur l'image de Poisson d'Or, qu'elle appelait à se former dans le champ de son regard intérieur, les souffles positifs de Rosée Prin-tanière qu'elle s'efforçait de recueillir pendant le som-meil de celle-ci en plaçant sa bouche tout contre ses narines. C'était l'unique façon qu'elle avait trouvée de protéger des assauts de sa rivale celui dont la jeune femme était toujours follement amoureuse et, récipro-quement, d'entretenir la flamme de ce garçon envers elle.

Mais la comète intruse, lorsqu'elle y jetait un œil, était malheureusement toujours présente, étincelante, plus séduisante que jamais...

Vallée Profonde s'apprêtait à vérifier une fois de plus l'état du firmament des sentiments amoureux entre ses jeunes protégés lorsqu'elle aperçut un étranger qui arrivait au bout du chemin menant à la cascade.

Pour une fois, elle n'avait pas pressenti cette arrivée inopinée. Elle était si fatiguée qu'elle appela sa petite-fille pour la charger d'aller à la rencontre de l'inconnu et de voir qui il était. À toutes fins utiles, elle rentra dans la grotte pour se munir d'un récipient rempli de poudre de plantes médicinales de sa composition, qui avait pour vertu de faire éternuer sans discontinuer quiconque la respirait. Au cas où l'inconnu manifesterait des intentions hostiles, il suffirait de lui en souffler une petite quantité sur le nez pour le neutraliser.

Conformément au souhait de sa grand-mère, Rosée Printanière s'avança à la rencontre du voyageur. Il venait de descendre de cheval.

Avant même d'y être invité, l'homme se présenta.

— Mon nom est Maillon Essentiel. C'est Poisson d'Or qui m'a demandé de venir vous trouver ici...

À ces mots, la jeune femme poussa un cri strident et manqua défaillir. Elle ne dut qu'à la présence d'esprit de sa grand-mère, heureusement accourue et qui l'avait retenue, de ne pas tomber à la renverse tant le choc avait été violent. Vallée Profonde, pensant que sa petite-fille était importunée, s'était précipitée munie de sa poudre pour lui porter secours.

Poisson d'Or était vivant ! Poisson d'Or l'aimait ! Poisson d'Or l'attendait ! Rosée Printanière, à genoux sur le sol, aussi immobile qu'une statue, avait fermé les yeux, étrangère à ce qui l'entourait.

Maillon Essentiel, un peu surpris, exposa tout de même brièvement aux deux femmes le motif de sa visite.

— Est-elle malade ? s'inquiéta-t-il après avoir terminé son discours.

— Ce n'est rien... Elle va reprendre ses esprits. L'émotion l'a submergée ! Elle attend ce moment depuis si longtemps..., murmura Vallée Profonde.

— Je sais !

Maillon Essentiel n'était au fond pas tellement étonné par la tournure que prenaient les événements. Il connaissait parfaitement le but de son voyage.

Quelques jours plus tôt, Poisson d'Or lui avait en effet demandé de se rendre au pic de Huashan pour annoncer à la jeune femme qu'il se trouvait à Dongyin, où il attendait la venue de l'Empereur du Centre, et qu'il l'invitait, si elle le souhaitait, à l'y rejoindre. Le fils spirituel de Lubuwei était si tourmenté qu'il avait préféré envoyer l'eunuque. Il n'aurait pas supporté un refus de la part de Rosée Printanière, mais ne souhaitait nullement par ailleurs exercer le moindre chantage.

Cette ultime crainte que le cœur de la femme qu'il aimait ne fût, entre-temps, pris ailleurs, ou que toutes ces années sans se voir eussent affadi les sentiments qu'elle lui portait jadis, avait bridé l'envie furieuse qui avait été la sienne de se rendre au pic de Huashan dès qu'il avait appris sa présence. Bien sûr, s'il l'avait pu, il aurait aimé l'enlever puis galoper avec elle, à bride abattue, sur le même cheval vers la ligne d'horizon du bonheur. Les bras de sa belle lui auraient serré le torse... Et, peu à peu, ils n'auraient plus fait qu'un...

Mais il avait tant attendu, lui aussi, ce moment-là que, si près du but, les forces lui avaient soudain manqué pour s'y rendre lui-même.

Il avait longuement expliqué à Maillon Essentiel la bonne façon d'aborder Rosée Printanière. Il ne fallait rien annoncer qui laissât entendre à la jeune femme que Poisson d'Or faisait pression sur elle. L'eunuque devrait se borner à lui apprendre qu'il l'attendait, si elle le souhaitait, dans le port de Dongyin. Puis il devrait lui tendre une plaquette de jade, choisie parmi les dernières qui lui restaient encore entre les mains, sur laquelle Poisson d'Or avait fait graver les beaux idéogrammes du verbe « aimer » sur une face, et de « Poisson d'Or » sur l'autre.

— Il t'attend à Dongyin, si tu le veux bien. C'est un port situé au bord du Grand Océan. De là partent les navires qui tentent d'aborder les Îles Immortelles...

Il m'a également demandé de te remettre ceci ! ajouta lentement Maillon Essentiel avant de tendre la plaquette soigneusement enveloppée dans une feuille de mûrier.

D'une main tremblante, Rosée Printanière défit la feuille puis regarda les deux faces de la plaquette de jade avant de la poser contre sa poitrine en fermant les paupières.

— Il a insisté : tu es la bienvenue, mais seulement si telle est, de ton côté aussi, ta volonté. En aucun cas il ne souhaite te forcer ! répéta Maillon Essentiel.

— Comment ne voudrais-je pas, moi aussi, voir la mer ? « *Ici, c'est la montagne, là-bas, c'est la mer...* », murmura la jeune femme dont le visage était à présent baigné de larmes.

Elle venait de réciter les deux premières strophes d'un court poème ancien qu'elle avait appris, comme tant d'autres, dans la Tour de la Mémoire du Pavillon de la Forêt des Arbousiers. Le texte de cette ode entendait célébrer la façon dont la Mer et la Montagne pouvaient mutuellement s'approprier leurs caractères et leurs rythmes, et surtout les pouls des dragons et des tortues géantes qui sommeillaient dans leurs entrailles respectives, avec « *leurs rivages, leurs mirages et leurs rires sauvages* ». Ce même poème voyait dans les îles Penglai, ces montagnes qui émergeaient des flots, l'image exacte de la réunion de ces deux éléments naturels opposés qu'étaient le Yin et le Yang.

Poisson d'Or était la montagne et Rosée Printanière était la mer...

*

Une brume montée de l'océan se mêlait aux souffles venus cette fois de la terre ferme.

Poisson d'Or avait demandé à Baya de l'accompagner tout en haut de la falaise.

À leur point de rencontre, né du choc des vagues qui heurtaient les rochers à la cadence des pulsations du cœur du dragon terrestre et de la tortue marine, surgissait un élégant nuage de vapeur blanchâtre qui les enveloppait tous deux comme une houppelande. Ils se trouvaient, en fait, à l'endroit précis du nœud de la convergence des forces telluriques et maritimes dont Poisson d'Or, sans être pour autant géomancien, percevait clairement, tout au fond de lui, la manifestation du grand battement.

— Tu es pour moi comme cette brume. J'aimerais saisir ta pensée mais tu m'échappes sans cesse, dit-il doucement à la jeune fille, en guise d'entrée en matière.

Il avait décidé de lui avouer qu'il en aimait une autre. Mais il souhaitait opérer de manière élégante, sans le lui dire trop explicitement et encore moins la blesser ou lui faire de la peine par trop de brusquerie. Il voulait lui faire comprendre qu'elle avait emprunté un chemin qui ne la mènerait nulle part.

— C'est pourtant très simple et, contrairement à ce que tu penses, je ne cesse de t'ouvrir mon cœur. Mon attitude à ton égard est des plus limpides, une force que je ne contrôle pas me pousse dans tes bras. J'éprouve pour toi une attirance irrépressible. Mes sentiments, contrairement aux tiens, ne sont que trop saisissables !

Poisson d'Or s'en voulut d'avoir essayé de jouer avec cette jeune princesse si entière, dont les beaux yeux turquoise avaient subitement perdu un peu de leur éclat.

— Peux-tu me dire, à ton tour, la vérité ? Et surtout pourquoi j'éprouve soudain cette impression que je te fais peur ? poursuivit-elle d'une voix vibrante.

Depuis qu'ils se parlaient, le vent du large avait chassé la nuée blanche qui les enveloppait. Les rayons du soleil, à présent, inondaient les rochers, blanchissaient l'écume des vagues et recouvraient la mer de cette chape imperceptible qui rendrait, au moment où l'astre atteindrait son zénith, les couleurs, les formes et l'horizon tremblants sous l'effet de la chaleur intense.

Poisson d'Or, au point où ils en étaient, décida la mort dans l'âme que le moment était venu de lui avouer plus directement les choses.

— Je regrette que nous ne nous soyons pas rencontrés plus tôt..., murmura-t-il sobrement.

— Serait-ce que, toi aussi, tu éprouverais de l'amour pour ma personne ? s'écria-t-elle, remplie d'espoir.

Avant qu'il ait pu bouger d'un pouce, la Sogdienne venait de défaire son corsage. Par son échancrure, il pouvait voir les tétons bruns de ses seins gonflés par le désir. Elle était déjà collée à lui, haletante, son ventre plat vibrant contre le sien. Ses lèvres charnues étaient entrouvertes, elles cherchaient les siennes. Il voyait s'agiter sa jolie petite langue rose, dont il avait déjà goûté la pointe lorsqu'elle l'avait goulûment embrassé au même endroit, quelques jours plus tôt.

Poisson d'Or savait fort bien que s'il laissait son désir l'envahir, il remonterait du Champ de Cinabre inférieur de son nombril jusqu'à sa tête, et il ne pourrait plus se retenir. Alors la sublime Baya aurait une fois de plus gagné la partie...

Les mains de la jeune fille parcouraient déjà son bas-ventre et cherchaient à s'emparer de sa Tige de Jade qui ne demandait qu'à durcir.

— Je suis encore vierge, lui glissa-t-elle de sa voix rauque de tigresse, et tu seras le premier et l'unique à goûter à ce que j'ai de plus précieux, mon *Ineffable* !

Cet aveu le troubla. Il ne s'y attendait pas. Il la

croyait experte et délurée, elle avait des gestes aussi précis et efficaces que la plus savante des courtisanes. Désarçonné par cette confidence, Poisson d'Or ne savait trop que répondre. C'est alors qu'il sentit que les doigts de Baya avaient atteint leur but.

— Je te crois. Tu es pure comme la flamme d'un feu ! Mais ça n'est pas un endroit pour s'unir, bredouilla-t-il en essayant de reculer.

— Il n'y a personne autour de nous. La mer en a vu d'autres ! plaisanta-t-elle.

Elle le tenait fermement par les cuisses et, son visage enfoui entre celles-ci, elle lui prodiguait des caresses linguales qui commençaient à produire leur effet. Incapable de résister davantage, il se sentait emporté vers elle, comme ces troncs d'arbres échoués sur la grève qu'un ressac plus fort que les autres finissait toujours par remettre à l'eau.

Il allait laisser sa sève se répandre lorsqu'il sentit qu'elle remontait lentement le long de son torse, en le léchant de bas en haut. Sa Tige de Jade était si dure et gonflée qu'il en avait mal. La main de Baya passait et repassait, s'en emparait comme d'un manche d'épée avant de la caresser encore, comme elle aurait flatté l'encolure d'un cheval. Sans plus de conviction, il essaya de marmonner quelques protestations pour lui signifier qu'elle allait trop loin. Mais la langue de la Sogdienne, dont le visage était à présent juste au niveau du sien, après avoir forcé ses lèvres, était entrée dans sa bouche et en explorait l'intérieur, s'arrêtant sur les gencives, frôlant son palais, s'enroulant autour de la sienne avant de l'aspirer, comme si elle avait voulu lui prendre sa quintessence. Avec cette douce méthode, elle avait réussi à le contraindre au silence.

— Si tu veux, nous pourrions aller dans la forêt, juste derrière la colline. Nous y serions plus tranquilles. J'aimerais tant te montrer de quoi je suis capable, tout mon corps est épris de toi ! supplia-t-elle tandis qu'il s'efforçait tant bien que mal de contenir le gonflement de son sexe dont il appréhendait déjà les frissonnements annonciateurs du jaillissement de sa liqueur.

Pour Poisson d'Or, l'attitude de Baya restait la plus singulière des énigmes. C'était la première fois qu'une femme jetait ainsi son dévolu sur lui. Au-delà d'une certaine flatterie, il éprouvait comme une sorte de malaise devant cette jeune Sogdienne au corps somptueux et frémissant qui avait pris l'initiative de le séduire. Avant qu'elle ne lui avouât sa virginité, il s'était demandé si Baya n'était pas une dévoreuse d'amants, une de ces femmes insatiables et manipulatrices dont on parlait dans certains livres, capables de se jouer des hommes et, en fin de compte, de les jeter après les avoir usés, en causant leur perte. Puis il avait envisagé que, peut-être, c'étaient les femmes qui dans la société sogdienne menaient la danse en prenant l'initiative de séduire le sexe opposé.

Mais à présent que Baya était en train de se donner fougueusement à lui, comment aurait-il pu croire que de tels élans étaient feints ? Ne venait-elle pas, d'ailleurs, de lui faire une déclaration d'amour en bonne et due forme ? Quant à l'aveu de sa virginité, n'était-il pas le signe irréfutable que la belle princesse était tout simplement tombée follement amoureuse de lui ?

Son tourment était tel qu'il voulut en avoir le cœur net.

— Qu'éprouves-tu pour moi ? Il me faut savoir... Pourquoi cherches-tu ainsi à me séduire ? parvint-il à articuler après avoir écarté légèrement son visage du sien.

Elle demeura muette de stupeur. Il était si près d'elle qu'il voyait les pores nacrés de sa peau rosir sous l'effet des embruns qui avaient imbibé son visage de gouttelettes. Elle avait à présent cessé de coller son ventre contre le sien et interrompu les petits gémissements de plaisir dont elle entrecoupait jusque-là ses propos.

— Je ne comprends pas ta question ! Je ne connais rien à l'amour et ne me suis jamais auparavant intéressée à personne ! Je vais simplement vers toi sans réfléchir, guidée par la seule impulsion de mon cœur ! lui lança-t-elle, le regard chargé de reproches.

Cette déclaration le bouleversa. N'était-ce pas une éclatante preuve d'amour qu'elle venait à cet instant de lui donner ? Il eut tout à coup l'envie irrépressible de la prendre dans ses bras et de lui rendre son baiser. Il imagina le corps splendide qui devait être le sien lorsqu'il l'aurait déshabillée, sous un arbre de la forêt, et qu'il aurait porté sa bouche sur sa Sublime Porte toute chaude et humide, éperdue de désir et dont les lèvres roses, déjà, devaient être entrouvertes à en juger par les frémissements qui faisaient onduler son ventre quelques instants plus tôt.

Promptement, il chassa cette image de son esprit car il savait qu'un pas de plus vers Baya serait pour lui le point de non-retour.

Alors, rassemblant son courage et la gorge nouée par la tristesse, il parvint à balbutier :

— Je te trouve très belle et très désirable. Mais tu es bien trop parfaite pour moi !

— Ta modestie t'honore. C'est une qualité que j'apprécie... Mais je ne suis pas de ton avis, répliqua-t-elle, soudain plus enjouée.

Elle s'était à nouveau jetée contre lui et lui embrassait le cou. Il sentait la délicieuse sensation de son petit bout de nez qui allait et venait, lui effleurant la peau. La belle princesse semblait posséder le sens inné des caresses qui rendaient fous les hommes...

La mort dans l'âme, Poisson d'Or comprit qu'il

n'avait pas d'autre issue que de lui parler crûment. Il se fit violence, retint son souffle et se lança :

— Il vaut mieux arrêter ici de nous voir. Ton destin et le mien ne sont pas faits pour se croiser. J'aime une jeune femme depuis ma tendre enfance et je suis à la veille de la retrouver, finit-il par lâcher avec une certaine brusquerie.

Il était si bouleversé par ce qu'il venait d'affirmer que son pied se prit dans une roche et qu'il faillit tomber.

Au moment où il réussit à se redresser, le hurlement de douleur de Baya qui recouvrait sans peine le bruit de la mer et du vent manqua de le jeter encore une fois à terre.

Il la regarda, ivre de remords. Elle ouvrait la bouche mais, à l'exception de ce premier cri guttural, aucun son ne parvenait plus à sortir. Il pouvait constater, surtout, que le turquoise de ses yeux, à l'instar des longues vagues que des bourrasques de vent soulevaient rageusement, venait subitement de virer au gris.

Il était tellement accablé de devoir lui faire cette confidence qu'il n'avait pu s'empêcher de la lui assener comme un coup de massue. Il aurait souhaité pouvoir la lui confier lentement, en caressant ses cheveux bouclés, mais la force lui en avait manqué. Ce qu'il voulait à tout prix éviter était en train de se produire, il avait été incapable de maîtriser ses émotions pour obtenir cette rupture douce et non traumatisante à laquelle il avait songé.

Il se sentait terriblement coupable. Il avait l'impression d'avoir enfoncé un glaive dans le cœur de Baya et regrettait déjà son manque de subtilité et de tact, cette tragique perte de maîtrise de soi dont il venait de faire preuve à son égard et qui l'avait empêché de trouver les mots et le ton justes.

Atterré, il ne put que la regarder s'enfuir en pleurant, dévalant sans se retourner le sentier escarpé qui descendait vers la mer.

Comme il aurait voulu, alors, qu'un long Serpent de Mer, surgi des tourelles d'écume qui faisaient frémir l'horizon, sortît de sa tanière et vînt le prendre dans sa gueule pour noyer son esprit dans l'océan d'azur !

78

Dans le petit cabinet, aux murs suintants d'humidité, où l'on torturait à la chaîne, Yaomei venait de cesser de hurler et ses yeux s'étaient révulsés, après sa perte de connaissance.

— Relâche ta pression ! Elle risque de ne pas le supporter et, avant de mourir, il s'agirait qu'elle parle ! dit Lisi, agacé, au chirurgien qui officiait.

Le visage blême du Premier ministre exhalait à la fois la haine et l'exaspération.

Il n'avait pas mis trois jours pour revenir à Xianyang, depuis le chantier du Grand Canal du Nord-Est, alors que ses écuyers l'avaient assuré qu'il lui en faudrait au bas mot plus de cinq ! C'était l'ingénieur hydrologue Zheng Guo qui dirigeait son creusement, que l'Empereur du Centre devait prochainement inspecter.

L'arrestation de la vieille Yaomei, dont les services spéciaux de la police d'État l'avaient dûment informé avec leur célérité coutumière, lui avait donné des ailes. Elle faisait suite à la visite qu'elle avait reçue, quelques jours plus tôt, de Poisson d'Or et de Feu Brûlant.

Persuadé qu'il tenait là une mine d'informations insoupçonnées et peu désireux de les partager avec quiconque, le Premier ministre avait donné l'ordre qu'on attendît son retour avant de procéder à tout interrogatoire approfondi de l'ancienne gouvernante de l'enfant à la marque.

La vieille femme avait été dénoncée au Bureau des Rumeurs par la famille qui habitait à l'étage en dessous du sien. Le soir même du jour où Poisson d'Or était allé la trouver, son voisin s'était empressé de délivrer un rapport circonstancié sur tout ce qu'il avait vu et entendu à l'officier de sécurité du Bureau des Rumeurs en charge de la surveillance du pâté de maisons dont faisait partie leur immeuble. Le délateur avait, au préalable, demandé combien de taels lui rapporterait la divulgation des propos qu'il avait entendus.

— Si ce que tu me racontes est plausible, ça pourra aller jusqu'à quinze taels de bronze..., avait assuré l'officier de sécurité, un gros homme affalé dans un fauteuil de rotin qui s'empiffrait de poulet grillé.

Quinze taels de bronze ! De quoi nourrir sa petite famille pendant deux bons mois. Le voisin, sans états d'âme particuliers et trop heureux d'empocher une telle somme, s'était donc mis à table.

— Voilà. Au-dessus de chez moi habite la vieille Yaomei, qui ne reçoit jamais de visites. Hier pourtant, deux hommes se présentèrent à son domicile. L'un d'eux proféra des obscénités contre l'Empereur du Centre...

C'était par ces mots qu'avait commencé le délateur, avant de poursuivre le récit circonstancié de la conversation qu'il avait pu entendre à travers le plafond vermoulu de son appartement.

— Résumons : tu dis que cet homme s'appelait Poisson d'Or, qu'il paraissait rechercher une certaine Rosée Printanière, et qu'il ne se fit pas prier pour critiquer notre Auguste et le Grand Incendie des Livres, avait répété l'officier de sécurité qui avait abandonné

277

son poulet grillé pour un stylet avec lequel il gravait son rapport sur une planchette de bambou.

— Je l'assure !

— Sais-tu qu'en cas de mensonge de ta part, non seulement on te reprendrait ta prime mais que tu y perdrais aussi le pied droit ? avait poursuivi, menaçant, l'officier qui venait d'achever de transcrire ses propos.

— Je le sais. Tout ce que je dis est véridique, je le jure ! avait rétorqué l'autre d'un ton tranquille.

Se souvenant vaguement que ce nom de Poisson d'Or était demeuré inscrit pendant des années sur les panneaux de recherche des principaux criminels de l'Empire, l'officier de sécurité l'avait signalé à son supérieur hiérarchique, qui avait cru bon d'en référer lui-même au chef du Bureau des Rumeurs.

Conscient de l'importance de ce rapport qui faisait état du retour à Xianyang d'un grand criminel dont la police avait perdu toute trace, Nuage Empourpré, le premier chef non castré de ce service à avoir remplacé le successeur de Maillon Essentiel, avait jugé nécessaire de donner la primeur de l'information au Premier ministre en personne.

Nuage Empourpré était un homme avide de pouvoir et d'honneurs. À la tête du Bureau des Rumeurs, il manœuvrait habilement, ne faisant remonter que les bonnes nouvelles, gardant toujours pour lui les mauvaises. Aussi avait-il vu dans cette information capitale une bonne façon d'améliorer sa cote et celle de son service, qui étaient déjà grandes, aux yeux de Lisi.

Dès le lendemain, des gendarmes étaient venus chercher Yaomei pour la mettre au secret. La vieille femme était tellement abasourdie par ce qui lui arrivait qu'elle n'avait même pas osé protester.

Lisi buvait une tasse de thé vert, tranquillement assis en compagnie de l'hydrologue Zheng Guo à la terrasse d'un baraquement qui dominait le chantier où, telles des fourmis, s'affairaient les milliers d'hommes qui achevaient le terrassement de la dernière écluse du Grand Canal, lorsqu'un de ses collaborateurs était venu lui tendre, après s'être respectueusement incliné, la lamelle de bambou sur laquelle était consignée la nouvelle de la réapparition de Poisson d'Or à Xianyang.

— Il me faut revenir à la capitale toutes affaires cessantes, s'était écrié le Premier ministre qui n'avait pas mis longtemps à organiser son retour vers la capitale.

— Que se passe-t-il d'assez grave pour que Votre Excellence soit obligée d'écourter ainsi sa visite ? avait questionné, vaguement inquiet, l'ingénieur hydrologue.

Zheng Guo ne voyait pas, en réalité, le départ du Premier ministre d'un mauvais œil. Les inspections de chantier par Lisi, comme elles étaient généralement le préalable à une visite impériale, se finissaient rarement à l'avantage de leurs responsables.

— C'est une affaire très confidentielle et de la plus haute importance ! s'était contenté de répondre le Premier ministre.

À peine revenu à Xianyang, il s'était précipité, le cœur battant, derrière Nuage Empourpré auprès de cette malheureuse Yaomei, dans le cachot où elle avait été enfermée. La vieille femme, qui n'avait ni bu ni mangé depuis sa capture, se trouvait face au bourreau, attachée à son fauteuil par des cordes qui l'entravaient complètement.

Sans délai, le père de Rosée Printanière avait ordonné qu'on la soumît à la question.

Nuage Empourpré avait fait venir le chirurgien de service, doté de ses pinces et de ses scalpels, qui avait commencé par comprimer son cou décharné afin de la faire avouer. Le médecin s'était assis devant Yaomei tandis que le Premier ministre se tenait derrière, de sorte qu'il ne voyait pas son visage.

C'était mieux ainsi.

Lisi supportait mal la vue du sang.

— Yaomei, il te faut comprendre que tu as intérêt à parler, à dire la vérité ! lança-t-il à la vieille gouvernante.

Celle-ci recommençait à peine à respirer après la syncope par étouffement dont elle venait d'être victime.

— Toi, désormais, tu ne la serreras que lorsque je t'en donnerai l'ordre ! ordonna-t-il au chirurgien.

Puis il demanda à un homme presque nu, à la musculature saillante, qui paraissait fort comme un buffle, d'allonger par terre la vieille femme pour lui laisser reprendre ses esprits.

— Yaomei, il faut me parler ! Dis-moi où Poisson d'Or est parti après t'avoir quittée ! ordonna Lisi à la suppliciée en faisant signe à l'homme à moitié nu de faire rasseoir la vieille femme sur le fauteuil.

Yaomei serrait les dents. Pour rien au monde elle n'aurait trahi cet enfant à la marque qu'elle avait tant chéri lorsqu'il était petit.

Lisi murmura alors à la cantonade :

— Je crains qu'il nous faille passer aux aiguilles !

— Il faut y aller ! Tel est le souhait du Premier ministre ! souffla Nuage Empourpré à l'adresse du chirurgien.

L'homme presque nu et fort comme un buffle poussa alors un petit gloussement et tendit au chirurgien une boîte de bois d'où ce dernier sortit trois longues aiguilles de fer. Il fit poser à plat la main droite de Yaomei sur l'accoudoir de son fauteuil et plaqua la sienne dessus pour l'empêcher de bouger.

Lorsque le chirurgien, concentré comme une couturière brodant un carré de soie, commença à faire glisser une première aiguille sous l'ongle de Yaomei, puis une seconde et une troisième, les glapissements de douleur de la vieille femme furent si aigus que Lisi se trouva contraint de porter ses mains à ses oreilles.

La pauvre femme, épuisée par l'atroce douleur, avait fait signe au chirurgien d'arrêter de lui faire tant de mal.

Aussitôt, le chef du Bureau des Rumeurs Nuage Empourpré, qui s'y connaissait en matière de supplices et de suppliciés, se posta devant elle et se mit à l'interroger sous l'œil intéressé de Lisi auquel il lançait des œillades entendues et complices.

— Comment peux-tu dire que c'était le vrai Poisson d'Or ?

— Je l'aurais reconnu entre mille ! bredouilla la vieille femme en pleurant.

— Et que venait-il faire à Xianyang ? intervint alors Lisi.

— Il voulait retrouver votre fille et l'emmener loin d'ici ! lâcha-t-elle en tournant son visage vers lui.

À ces mots, Lisi ne put réprimer un cri de rage tandis que son poing s'abattait contre le mur humide du cachot.

— T'a-t-il dit où il allait ?

— Il ne m'a rien dit à ce sujet..., gémit Yaomei.

— Tu mens encore une fois. Poisson d'Or avait confiance en toi, je suis sûr qu'il t'a dit où il comptait se rendre.

— Je te dis la vérité, sur ma vieille tête ! parvint-elle à articuler.

La vieille gouvernante, dont les doigts aux ongles mutilés saignaient abondamment, sentait que ses forces, peu à peu, l'abandonnaient.

— Veux-tu à présent que nous nous occupions de ta main gauche ? menaça le Premier ministre.

Elle fit non de la tête. Elle était épuisée par cet odieux interrogatoire, affamée et assoiffée depuis trois jours. Son corps n'était plus qu'une colonne de douleur dont sa main blessée aurait été le chapiteau. Elle aurait voulu mourir sur-le-champ pour protéger son petit Poisson d'Or. Ne rien révéler, ne rien dévoiler du projet dont il lui avait parlé, de se rendre à Dongyin. Mais la mort ne semblait pas vouloir l'aider. Elle la souhaitait pourtant, et de toutes les fibres de son corps ! Elle sentait au demeurant une sorte de voile noir passer et repasser devant ses yeux, au rythme des battements de son cœur, mais sans qu'il daigne s'arrêter de battre...

Lisi fit signe à Nuage Empourpré qu'il fallait, dans ces conditions et compte tenu de son mutisme, passer à l'autre main.

Quand la première aiguille s'enfonça sous l'ongle de l'index de sa main gauche, la vieille Yaomei eut à peine le temps d'entendre le souffle de sa voix brisée par les sanglots qui avouait :

— Il est parti au bord du Grand Océan Rond... À Dongyin... Il m'a dit vouloir assister au départ de l'expédition maritime vers les Îles Immortelles...

Sa bouche aux lèvres exsangues avait cédé devant tant de souffrance et de barbarie.

Puis, exhalant un râle immense qui venait du fond de son ventre, elle sombra dans l'inconscience.

Quelques heures plus tard, lorsque Lisi, ayant décidé de le capturer à Dongyin, fit rédiger le décret d'avis de recherche du criminel Poisson d'Or, la vieille Yaomei ne pouvait plus regretter ni avoir honte de ce qu'elle avait fait : son misérable corps, dont les mains sanguinolentes faisaient pitié à voir, avait déjà rendu l'esprit.

*

C'est lui qui avait souhaité que ce fût là qu'elle le retrouverait, face à la mer, dans les brumes et les nuages mélangés, sur cette haute falaise balayée par les souffles de la mer et de la terre, d'où l'horizon, à perte de vue, s'arrondissait comme la surface d'un immense tambour de pluie.

Poisson d'Or fixait avec intensité les tourelles d'écume des Serpents marins de l'océan des Îles Immortelles lorsqu'il avait senti, sur son épaule, la tiédeur inoubliable de la main de Rosée Printanière qui venait de s'y poser.

Il frissonna. Le moment qu'ils attendaient tant était enfin arrivé.

Il n'avait pas besoin de se retourner, ce ne pouvait être que la peau de la femme aimée.

— Le fleuve finit toujours par retrouver l'océan ! s'écria-t-elle en se jetant dans ses bras.

Ils restèrent un long moment serrés l'un contre l'autre, à la recherche des sensations oubliées qu'ils retrouvaient, comme s'ils s'étaient quittés la veille, le regard perdu vers l'immensité liquide ridée par la brise marine, au-dessus de laquelle des oiseaux blancs tournoyaient.

Leur communion était totale, ils sentaient qu'ils ne faisaient plus qu'un, tel l'archipel des Îles Immortelles où le Yin de la mer se mêle au Yang de la montagne.

— Veux-tu toucher l'eau ? On dit que, la première fois, ça porte bonheur ! Après, le soleil sera moins haut et elle sera plus froide...

Elle acquiesça en souriant.

Il la prit par la main et l'aida à descendre vers la grève à travers les éboulis, en s'accrochant aux branches des pins tordus par les vents. Le sable, en bas de la falaise, était presque noir. Lorsqu'on s'en approchait, on pouvait observer qu'il était, en fait, constellé de minuscules particules dorées qui scintillaient au soleil. Plus à gauche, un peu en retrait et presque adossé à la falaise, un gros rocher rond émergeait du sable, vers lequel ils se dirigèrent.

— On dirait la tête d'une tortue géante ! s'écria Rosée Printanière qui, telle une petite fille heureuse, riait aux éclats.

— Ce doit être une tortue qui empêchait les Îles Immortelles de dériver vers le gouffre de l'Ouest ! Nous pourrions partir sur son dos et devenir à notre tour des Immortels ! plaisanta Poisson d'Or.

Ils couraient comme deux garnements vers le rocher rond, fous de joie, jouant mutuellement à s'attraper.

Ce fut là, debout, hors d'haleine, elle appuyée contre la pierre et lui contre elle, qu'ils firent l'amour une première fois, bercés par le bruit du ressac et les cris des mouettes. Il n'avait pas eu de mal à se frayer un passage dans la tiédeur humide de sa Vallée des Roses, d'abord avec ses doigts, puis avec sa Tige de Jade que le désir avait fait gonfler dès qu'il avait posé la main sur elle.

— C'est bon ! Je le savais mais c'est encore meilleur que ce que j'avais imaginé, gémit-elle langoureusement.

Découvrant la peau soyeuse de son ventre et ouvrant ses cuisses en éventail, elle le forçait à aller encore plus profondément en elle.

Il sentait le cœur de la jeune femme battre à l'unisson des pulsations de son sexe qu'il faisait aller et venir doucement à l'entrée de la Sublime Fente de sa bien-aimée, comme le tronc du catalpa qu'un souffle puissant fait vibrer grâce à la prise que donne au vent son abondant feuillage. La Sublime Porte de Rosée Printanière n'avait jamais été grande ouverte puisque Poisson d'Or était son premier et unique amour. Il souhaitait y pénétrer sans effraction et avec douceur. Il caressait savamment son Bouton de Rose avec la pointe nacrée de sa Tige de Jade. Il éprouvait tellement de désir qu'il avait l'impression que la turgescence de son organe allait le faire exploser. Elle lui répondit alors par une aspiration qui venait du plus profond de sa passe. Elle ferma les yeux en lui chuchotant que c'était bon. Il venait de franchir son hymen sans la moindre résistance tant sa Sublime Porte s'était offerte, telle la corolle d'une fleur de nénuphar.

— Je t'aime ! murmura-t-elle à son oreille.

— Et moi donc !

Les ondes de plaisir de Rosée Printanière, si rares lors des premiers rapports sexuels, lui arrachaient des cris et des soupirs aussi charmants que ceux d'une courtisane aguerrie.

Elle venait de se dépouiller elle-même du dernier carré d'étoffe qui lui cachait encore les seins. Elle était entièrement nue, sur le sable noir scintillant d'or, face à la mer ronde.

C'était la première fois qu'il la voyait ainsi. Ses formes étaient aussi superbes qu'émouvantes : ses seins pointus comme des mangues, ses fesses fermes comme des melons d'eau. Quant à son adorable nombril, il ressemblait à un petit œillet. La peau nacrée de ses jambes ressortait sur la noirceur du sable. Ses cuisses fuselées, chaudes et douces comme de la soie, étaient déjà collées aux siennes. Ses attaches fines et délicates, ceintes, aux poignets et aux chevilles, de petits bracelets d'argent, achevaient de témoigner de ses proportions parfaites.

Il constata soudain qu'elle tenait à la main un curieux objet rond. Elle avait dû le sortir de la poche intérieure de sa robe, qui gisait sur le sol.

— Qu'est-ce que c'est ? parvint à demander Poisson d'Or qui souhaitait de nouveau aller et venir en elle pour reprendre une autre lampée de plaisir.

Quand ils eurent fini de s'aimer et de jouir une dernière fois, et qu'il acheva de lui recouvrir les épaules avec sa chemise, elle répondit à sa question :

— C'est notre porte-bonheur ! Le Bi noir étoilé de

Lubuwei... Il fut la cause de ton exil lorsque tu fus accusé de l'avoir dérobé dans le musée de la Tour de la Mémoire !

— L'extraordinaire disque de jade ! Mais où l'as-tu retrouvé ?

Rosée Printanière entreprit de lui raconter ce qu'il était advenu de l'objet rituel et surtout la façon dont elle l'avait découvert dans le coffre-fort du bureau de son père.

— Mais pourquoi diable ton père a-t-il fait ça ? s'enquit-il, proprement consterné par ce qu'il venait d'apprendre.

— Parce qu'il connaissait l'amour que nous nous portions et qu'il me destinait à l'Empereur ! Tu étais le gêneur, il fallait t'éliminer. Il s'en est fallu de peu qu'il n'y parvienne !

— Je savais bien que ton père était capable d'une telle ignominie !

— Ce n'est pas tout. Il a aussi tué ma mère, Iné-branlable Étoile de l'Est ! Avec le disque, dans la même armoire fermée à double tour, j'ai découvert la boucle de ceinture qu'il lui avait arrachée après l'avoir assassinée, avant de traîner son corps dans cette décharge où des enfants le découvrirent...

Elle s'était mise à pleurer.

À présent, il l'aidait à se rhabiller.

Puis il la regarda tendrement et passa sa main sur sa joue pour la consoler.

— Il faut oublier les mauvais souvenirs et les tra-gédies. L'important, maintenant, c'est toi et moi ! Plus rien ne nous séparera... Il nous faudra dix mille ans pour nous découvrir l'un l'autre !

Elle se jeta contre lui, pleurant cette fois à chaudes larmes.

— Avec l'Empereur du Centre, mon père a aussi

commis ce crime contre l'esprit qui a consisté à brûler tous les livres et à déclasser tous les lettrés de l'Empire.

— Je sais, la vieille Yaomei m'a raconté ce qui s'est passé. Un mal irréparable a ainsi été commis !

Ils avaient commencé à remonter vers le haut de la falaise, en escaladant les éboulis qu'ils avaient descendus un peu plus tôt.

— Heureusement qu'avec Huayang et Zhaoji, nous avons pu mettre en lieu sûr les manuscrits les plus précieux de la Bibliothèque Impériale de la Tour de la Mémoire.

— Vraiment ?

Devant son air incrédule, elle précisa à Poisson d'Or comment les ouvrages les plus importants avaient pu être sauvés avant d'être entassés dans une cache de l'ancien palais de Lubuwei, sur la colline aux chevaux.

— Il faut souhaiter que des personnes courageuses sortent un jour ces ouvrages de leur cachette afin qu'ils puissent encore servir, ajouta-t-elle, pensive.

Ils venaient d'arriver en haut de la falaise et les vents du large avaient réussi à sécher les larmes de Rosée Printanière.

La vue sur la mer était encore plus belle que tout à l'heure. Une houle plus forte la faisait moutonner et les tourelles des Serpents de Mer étaient aussi hautes que des châteaux forts.

— Et si c'était nous qui allions nous emparer de ces livres que tu as su cacher afin de les répandre à nouveau dans l'Empire ? Ne serait-ce pas œuvre utile pour les générations à venir !... s'exclama tout à coup Poisson d'Or dont le regard brillait déjà de l'éclat de la revanche.

— C'est une bonne idée. J'espère que personne ne les aura trouvés d'ici là...

Elle s'était à nouveau blottie contre lui et il pouvait

sentir le battement de son cœur, parfaitement accordé au sien.

— Je vois que tu crois autant que moi aux livres..., ajouta-t-elle en se reprenant à sourire.

— Les livres sont plus précieux que l'or, le jade et le bronze réunis. L'intelligence, la pensée et le savoir sont le plus grand bien des hommes. Les en priver est le plus grand des crimes ! déclara-t-il avec des accents de tribun.

Ils continuèrent à discuter, tendrement enlacés, en redescendant vers le campement, Poisson d'Or racontant à son tour ses années d'exil, les souffrances endurées, les bonnes et les moins bonnes surprises, les fructueuses et les mauvaises rencontres, la mort qu'il avait côtoyée et l'espoir de la retrouver, qui l'avait toujours aidé à remonter la pente dans les moments difficiles.

Le soir, autour d'un feu et à l'écart des autres qui avaient compris qu'il fallait les laisser tranquilles, comme des amoureux ils refirent le monde et se jurèrent de ne plus jamais se séparer.

Le lendemain, leur décision était prise. Ils avaient parfaitement dessiné leur avenir.

Dès la conversation qu'il aurait en tête-à-tête avec l'Empereur du Centre, et après avoir obtenu de lui l'abolition du système légiste, Poisson d'Or, sans perdre un instant de plus, emmènerait Rosée Printanière à Xianyang.

De là, ils se rendraient dans l'ancien palais de Lubuwei, et Rosée Printanière lui montrerait l'armoire qui masquait la cache aux livres. Une fois l'armoire poussée, ils défonceraient la porte du réduit à coups de maillet. Alors apparaîtraient, soigneusement empilés, les rouleaux de lamelles de bambou sauvés du Grand Incendie par Rosée Printanière, le vieux lettré et les deux reines.

Poisson d'Or se faisait fort d'obtenir du souverain, dans la foulée de sa conversion aux idées justes, qu'il prît un décret réquisitionnant tous les scribes de l'Empire du Centre, leur enjoignant, moyennant restitution de leurs droits civiques dont ils avaient été injustement privés, de recopier en plusieurs exemplaires tous les livres qui s'y trouvaient avant de les répandre à nouveau dans tout le pays, à l'usage des jeunes générations.

L'écrit aurait de nouveau droit de cité dans l'Empire du Centre où l'Auguste Fils du Ciel, convaincu du bien-fondé des arguments de Poisson d'Or, commencerait enfin à remettre le pays d'aplomb.

L'intelligence et l'esprit critique renaîtraient des cendres où les avait réduits, dans sa folie totalitaire, Qinshihuangdi !

Et par ces actions de rachat, le grand Empereur du Centre retrouverait la confiance de son peuple.

Les livres d'histoire, demain, parleraient de lui, somme toute, en bien.

*

Dans moins d'une heure, l'obscurité serait tombée sur le Grand Océan Rond.

Les deux amants se délectaient à l'avance de la nouvelle nuit qu'ils passeraient ensemble.

Lorsque Poisson d'Or, tout guilleret, qui finissait de boire en compagnie de Rosée Printanière un bol de soupe autour du feu de camp du bivouac de l'Armée des Révoltés, vit arriver vers lui, en courant, Feu Brûlant, le visage tordu par l'angoisse, il comprit que quelque chose de grave venait de se produire.

— Ta tête est mise à prix à Dongyin ! Il n'y a pas un carrefour où ton nom ne soit placardé, accompagné du libelle suivant, que j'ai appris mot à mot : « Trois taels d'or seront offerts à qui remettra aux autorités le dénommé Poisson d'Or. Signe distinctif : l'homme porte sur la fesse une marque en forme de disque rituel. Précision à l'usage des habitants : ce dangereux malfaiteur rôde dans la région de Dongyin. Un tael d'argent sera donné pour tout renseignement crédible au sujet de ce criminel recherché par la police. »

Rosée Printanière étouffa un sanglot qui troubla le silence dans lequel chacun avait écouté les propos de l'eunuque.

— Crois-tu que cette affiche soit placardée dans les autres villes de l'Empire du Centre ? s'enquit Tigre de Bronze.

— Ce qui est sûr, c'est que nous avons été dénoncés ! Ce diable de pays pullule d'espions. Comme quoi on ne prend jamais assez de précautions ! Maudit soit le traître qui a fait ça ! s'écria Poisson d'Or.

— À moins qu'on ne l'ait fait parler sous la torture..., murmura son père, la mine sombre, comme s'il se parlait à lui-même.

Rosée Printanière, qui était toujours blottie dans ses bras, abasourdie par la nouvelle et déjà terrorisée par les conséquences de ce qu'elle venait d'apprendre, pleurait doucement.

— Il faut partir d'ici avant qu'il ne soit trop tard, je ne vois rien d'autre à faire ! Dongyin est si petit qu'ils ne tarderont pas à te capturer ! lâcha Maillon Essentiel.

— Mais quand ? Et le but que nous nous sommes fixé, que devient-il dans tout ça ? Partir d'ici avant l'arrivée de l'Empereur du Centre remettrait tout en cause..., protesta Poisson d'Or.

— Dès demain, la prairie où nous bivouaquons devra être propre et vide ! Quant à la discussion que tu souhaites avoir avec l'Empereur, elle suppose que nous n'ayons pas été découverts, capturés et faits prisonniers au préalable, rétorqua Maillon Essentiel.

Les propos de l'eunuque, qui étaient de pur bon sens, avaient achevé de semer la consternation parmi les intéressés. Chacun, à présent, regardait les flammes du feu de camp qu'un vent violent rabattait le long du sol comme si elles sortaient de la bouche d'un petit dragon couché non loin de là, et que les propos de Maillon Essentiel auraient rendu furieux.

— Je crains bien que le conseil de Maillon Essentiel ne soit le bon. Il faut quitter les lieux au plus vite ! affirma non sans tristesse Tigre de Bronze.

— Mais n'y a-t-il pas un risque d'éveiller les soupçons si l'Armée des Révoltés s'ébranle ainsi sur les routes de l'Empire ? reprit Feu Brûlant.

— Il faudra progresser dans la formation que nous avions adoptée pour nous infiltrer à Dongyin : par petits groupes de dix très mobiles et totalement distincts les uns des autres, préconisa Poisson d'Or.

— J'y souscris complètement. Et c'est l'ancien responsable du Bureau des Rumeurs qui vous parle ! dit Maillon Essentiel sur un ton qu'il voulait enjoué.

Conscient du bouleversement que la découverte de leur présence à Dongyin entraînait pour leurs projets, il essayait à tout hasard de dérider ses amis.

— Maillon Essentiel et Feu Brûlant seront les premiers à partir et serviront d'éclaireurs, tandis que nous trois nous quitterons le campement les derniers, pour s'assurer qu'aucun espion ne se lancera à notre poursuite, ajouta Poisson d'Or.

Il désignait son père et Rosée Printanière. Il avait déjà parfaitement intégré la nouvelle donne qui s'ouvrait à lui et, en homme d'action efficace, il paraissait s'y être adapté.

— Tu n'es pas trop déçu ? souffla son père.

— J'ai compris depuis longtemps qu'il valait mieux s'adapter aux choses plutôt que d'attendre qu'elles ne s'adaptent à vous.

— En tout cas, sache que je ne partirai pas avec toi..., fit alors Tigre de Bronze en plaçant la main sur l'épaule de son fils.

— Mais tu n'y penses pas ! s'écria celui-ci.

— Je vous rejoindrai plus tard. J'ai une ultime démarche à effectuer ici, au bord de l'océan... Quand je l'aurai accomplie, je serai à nouveau avec toi. Promis !

— Tu ne vas pas t'attaquer seul à l'Empereur du Centre ? s'inquiéta son fils, consterné. Ce serait pure folie ! Même si Zheng vient seul et incognito, les agents de sa police secrète ne laisseront approcher quiconque de sa personne ! Surtout compte tenu de notre ressemblance. Tout le monde risque de te prendre pour moi...

— Ce n'est pas exactement de cela qu'il s'agit !

Poisson d'Or était venu prendre les mains de son père et ses yeux se plongèrent dans les siens.

— L'Immortalité attire-t-elle à ce point ton esprit que tu veuilles à ton tour monter sur l'un des navires de l'expédition impériale ?

— Je ne souhaite pas, pour ce qui me concerne, vivre dix mille ans de plus... À force de connaître les mêmes choses, on doit finir par s'ennuyer. Si je devais formuler une requête au destin, ce serait de me permettre, un jour, de voir ta descendance ! Cela me suffirait amplement, répondit le père en serrant son fils dans ses bras.

— Mais alors, dis-moi ce qui t'amène à refuser de partir avec nous ?

— Un geste nécessaire pour toi et tous les tiens. Mais je ne t'en dirai pas davantage.

— Et si je refusais ?

— Chacun est libre de faire ou non ce qu'il considère comme son devoir. Tes propos me touchent, ils ne m'étonnent pas de toi. Tu es le digne fils de ton père ! Mais, précisément, je suis ton père. As-tu vu un fils s'opposer à la volonté de son géniteur ? Au nom du respect filial, je te demanderai donc de cesser là cette discussion.

Poisson d'Or avait compris que rien ne ferait changer d'avis Tigre de Bronze.

— Chacun doit préparer son départ. Maillon Essentiel, Feu Brûlant, les premiers groupes de soldats de l'Armée des Révoltés partiront au milieu de la nuit, sous vos ordres ! Demain à midi, la prairie devra être vide. J'en prends ici même l'engagement, dit Poisson d'Or.

Au sein du bivouac régnait le plus grand désarroi. Les hommes venaient d'être avertis de leur prochain départ. Ce changement de programme n'était pas fait pour les rassurer. Poisson d'Or dut les réunir pour apaiser leurs craintes.

— Ce n'est pas de gaieté de cœur, mais il faut partir : avec la police à nos trousses, il serait trop risqué de passer un jour de plus ici ! cria-t-il fermement.

— Quand serons-nous utiles ? Nous pensions toucher au but et voilà qu'il nous faut repartir ! interjeta alors la voix d'un soldat plus expansif que les autres.

— Mes amis, vous êtes plus utiles que jamais. L'État policier s'est remis à me pourchasser. Rester ici vous ferait prendre les plus grands risques, c'est pourquoi nous avons décidé de repartir en direction de Xianyang, et là, une mission glorieuse et fort utile à notre peuple vous incombera ! lança Poisson d'Or de sa voix la plus vibrante.

— Peux-tu nous préciser de quoi il s'agit ? demanda le soldat.

— Vous saurez en quoi elle consiste quand nous arriverons. Compte tenu de son importance, il serait dangereux de la divulguer trop tôt. Les espions pullulent dans l'Empire ! précisa d'une voix forte Rosée Printanière, qui n'avait pas hésité à adopter une posture conquérante, juchée sur un rocher pour que tous les soldats puissent la voir et l'entendre.

Les hommes maugréaient déjà moins lorsqu'ils s'enroulèrent dans leurs couvertures pour dormir.

— Je préfère me glisser dans la ville dès ce soir. Si j'attends demain, cela risque d'être plus compliqué pour moi, dit alors son père à Poisson d'Or.

Tigre de Bronze avait l'air énigmatique en lui donnant l'accolade.

Ce projet imprévu de Tigre de Bronze ne manquait pas de chambouler son fils. Alors que leurs retrouvailles dataient de quelques mois à peine, Poisson d'Or avait l'impression de l'avoir toujours connu, comme s'ils avaient vécu ensemble depuis sa tendre enfance. Il pressentait qu'il ne le reverrait pas de sitôt et en avait le cœur serré. Il avait l'impression de perdre une partie de lui-même en laissant s'éloigner cet être qui lui ressemblait tellement, tant sur le plan physique que sur celui du caractère. Et cette profonde connivence les avait rendus indispensables l'un à l'autre, étroitement unis qu'ils étaient dans ce projet commun de redonner au peuple de l'Empire du Centre sa voix au chapitre.

— Faut-il vraiment se dire au revoir si vite ? demanda à regret Poisson d'Or.

C'était à lui, à son tour, de se blottir dans les bras de son père.

— En effet ! C'est le juste moment ! fit ce dernier d'une voix douce où la mélancolie était manifeste.

Poisson d'Or éprouva, en s'écartant de lui, une impression douloureuse. Il dut se forcer pour s'empêcher de verser une larme lorsqu'il le vit s'éloigner sur le chemin qui menait au port.

Chacun, désormais, était allé se reposer. Seuls restaient, autour du feu de camp, les deux amants qui s'étaient retrouvés.

— Que comptes-tu faire à présent ? s'inquiéta Rosée Printanière qui serrait le cou de Poisson d'Or comme un navire attaché au môle d'un quai.

— Continuer à nous battre !

— Mais ta discussion en tête-à-tête avec l'Empereur du Centre, ton projet de le convertir, tout cela tombe à l'eau !

— Nous le remettrons à des jours meilleurs. En attendant, nous irons délivrer les écrits de la cachette où tu les as entreposés... C'est tout aussi important, peut-être même plus, que de faire changer de ligne politique à cet Empereur mégalomane !

Elle l'observa d'un air légèrement incrédule.

— Ce sont les graines de la liberté et de la révolte contre l'oppression de son peuple que nous disperserons ainsi aux quatre points cardinaux de l'Empire du Centre ! Alors, les esprits deviendront moins dociles et la peur collective reculera. Quand les esprits sont forts et lucides, aucun pouvoir ne tient longtemps sur des bases injustes. Les hommes sont faits pour penser et être libres ! Si l'Empereur refuse de se convertir, c'est le peuple qui l'y obligera !

Rosée Printanière considérait, admirative à présent, son Poisson d'Or à qui le courage et l'enthousiasme faisaient si peu défaut.

— Puis-je te demander, avant que nous quittions ces lieux, une dernière faveur ? implora-t-elle.

— Si elle m'est accessible, je te l'offrirai avec plaisir !

— J'aimerais tant aller contempler une dernière fois le Grand Océan...

C'était ainsi qu'ils étaient revenus, la lune étant déjà levée, sur la haute falaise balayée par les vents qui dominait la mer.

L'astre nocturne était un cercle parfait. Sa froide lumière éclairait de jaune pâle l'immense bouclier de cuivre de la mer sur laquelle commençaient à vibrer les niellures de ses éclats argentés.

Les vents et les souffles, ceux venus du large comme ceux venus de la terre, s'étaient tus.

C'était l'heure où les Dragons terrestres, les tortues et les Serpents marins devaient dormir tranquillement.

Et pourtant, des bruits étaient perceptibles, qui ressemblaient à des cris humains et à un brouhaha. Ils regardèrent dans la direction d'où venait cette rumeur.

Vers la gauche, sur la grève où la colline de la terrasse de Langya venait mourir dans l'océan, régnait effectivement une grande agitation, discernable malgré la distance. Une foule d'hommes et de femmes stationnaient sur le sable noir, au bord de l'eau, et parlaient les uns avec les autres. La plupart riaient.

Poisson d'Or et Rosée Printanière, passablement étonnés, écarquillaient les yeux.

La couleur blanche de leurs robes ne laissait place à aucun doute : c'était bien le cortège des Mille qui était là, sur cette plage. Ils avaient été disposés en rangs serrés sur le sable, comme une armée pacifique. Mouillant au large, à quelques encablures, les attendaient les trois navires de l'Expédition aux Îles Immortelles, dont les coques laquées de vermillon luisaient comme des plumes de rouges-gorges sur les reflets cuivrés des vagues.

On pouvait distinguer aussi, juste devant les Mille, cinq chaloupes échouées sur le sable, destinées à leur permettre de rejoindre les bateaux.

Un individu revêtu d'habits de cérémonie semblait tracer sur le sable des cercles et des carrés à l'aide d'un instrument. Ce devait être un géomancien qui vérifiait que les rides Cun du sable avaient bien l'aspect soit du « chanvre éparpillé », soit de la « cavité ronde », soit encore de la « corde détoronnée » et qu'elles préfiguraient ainsi, à l'exacte lettre, les montagnes et les reliefs tortueux des îles Penglai, Yingzhou et Fanzhang.

Poisson d'Or comprit qu'ils assistaient au départ de l'Expédition impériale.

Médusés, ils regardèrent les chaloupes remplies d'ombres blanches dont ils entendaient les rires et les cris joyeux aller et venir de la grève aux navires, jusqu'à ce qu'il n'y ait plus personne à terre.

Ce fut alors que Poisson d'Or remarqua une femme, surgie de nulle part, qui hurlait de douleur. Elle se précipita avec de grands gestes vers la dernière chaloupe, au moment où celle-ci, en route vers le dernier navire, avait déjà parcouru une distance qui l'avait amenée là où un nageur n'avait plus pied. Elle leur cria de l'attendre et semblait pleurer de désespoir.

Sans doute consciente d'être arrivée trop tard pour monter à sec à bord de la barque, la femme s'était jetée à l'eau et tentait de la rejoindre à la nage. Poisson d'Or voyait qu'elle essayait tant bien que mal de flotter et d'avancer à coups de battements désordonnés des jambes et de grands moulinets des bras, au risque de se noyer car elle continuait à crier, ce qui devait lui faire avaler de l'eau. Elle n'avait pas l'air de savoir nager.

La créature semblait très belle. Ses cheveux étaient si longs qu'ils flottaient comme des algues autour de sa tête.

Le pilote de la chaloupe dut avoir pitié d'elle puisqu'il fit signe aux rameurs d'inverser le mouvement. Personne n'aurait laissé une aussi belle femme se noyer à quelques encablures du rivage ! La chaloupe fit machine arrière pour aller à sa rencontre alors que sa tête était en train de disparaître sous l'écume.

Lorsque les hommes de la chaloupe réussirent à la hisser à bord, l'intuition de Poisson d'Or se confirma : ces longs cheveux noirs qui faisaient une cape à cette robe blanche ne pouvaient appartenir qu'à Baya. Les rayons de la lune faisaient d'ailleurs briller les formes de son corps parfait que laissait apparaître sa tunique mouillée et presque transparente.

Muet, tétanisé par le spectacle auquel il venait d'assister, il s'accrochait de toutes ses forces à Rosée Printanière.

— Qu'y a-t-il donc pour que tu me serres si fort ? Tu me fais mal ! protesta-t-elle.

La Sogdienne avait décidé de se livrer à l'Empire en rejoignant les Mille, persuadée que l'expédition n'avait aucune chance d'atteindre ces Îles de légende qui n'existaient pas.

C'était l'unique moyen qu'elle avait trouvé pour échapper à l'insupportable douleur du renoncement à ce jeune homme dont elle était tombée, sans qu'elle sache pourquoi, follement amoureuse, au point de ne pouvoir envisager de continuer à vivre sans lui. En se ruant vers cette chaloupe, elle espérait voguer vers la mort et l'oubli éternel.

Finir ensevelie dans le linceul des flots du Grand Océan, n'était-ce pas une mort digne pour une princesse sogdienne ? Après tout, la mer et le désert devaient sûrement se rejoindre dans l'immensité du néant où elle désirait tant disparaître pour y noyer son chagrin !

Poisson d'Or, qui s'était avancé de quelques pas, avait manqué de trébucher sur une pierre, se retrouvant au bord du vide, comme si un ultime instinct l'avait poussé une dernière fois vers cette femme.

Lorsque Rosée Printanière, consciente du trouble qui s'était emparé de son amant, lui demanda, légèrement angoissée, s'il ne s'était pas blessé, il murmura :

— Ce n'est rien, mon amour. Juste un souvenir, qui finira bien, surtout depuis que tu es là, par s'effacer de ma mémoire...

79

Lorsqu'il sortit de chez le barbier, dont l'échoppe crasseuse était logée dans l'encoignure d'une placette où un bonimenteur racontait ses histoires à la foule, Tigre de Bronze affichait un sourire satisfait.

Avant de quitter cette boutique bruyante au sol jonché de cheveux et de crachats, où ceux qui attendaient de se faire coiffer jouaient aux dames en criant force jurons, il s'était longuement examiné devant un petit miroir de bronze qu'une soubrette, à sa demande, lui avait tendu. En se faisant raser la tête, il avait accentué sa ressemblance avec son fils à un point tel qu'on pouvait désormais les confondre, la seule condition étant, bien sûr, qu'on ne les vît pas ensemble.

Au premier carrefour, il ne tarda pas à apercevoir les pancartes de recherche et d'avis officiels qui pendaient à des mâts. Celles dont la peinture était à peine sèche mettaient à prix la tête de Poisson d'Or. Elles le traitaient de « dangereux criminel » et de « grand conspirateur contre l'État ». La récompense pour tout renseignement qui aurait favorisé sa capture était fixée à un tael d'or ! Nul doute qu'assortie d'un tel appât, la traque du « criminel » ne tarderait pas à devenir l'occupation favorite des délateurs de tous poils qui peuplaient les villes et les campagnes de l'Empire du

Centre, prêts à vendre père et mère pour améliorer l'ordinaire maigrichon dont ils devaient se contenter. Et il valait mieux ne pas parler de Dongyin, dont l'exiguïté aurait rendu la découverte de son fils inéluctable si d'aventure il y était resté.

Poisson d'Or risquait donc de se faire prendre à tout moment. Il avait bien fait de partir au plus tôt. Rester dans les parages eût à coup sûr signifié une arrestation sans gloire. Mais parcourir les routes de l'Empire du Centre, quand on était un appât de cette valeur, avec toutes les polices à ses trousses, était à peine moins risqué.

C'est pourquoi Tigre de Bronze n'avait pas mis longtemps à décider de se livrer aux autorités à sa place, en comptant sur leur ressemblance pour que son subterfuge ne fût jamais découvert.

Ce sacrifice suprême, il comptait l'accomplir seul. Il le faisait pour son fils. C'était d'ailleurs l'unique moyen de permettre à ce dernier d'atteindre son but. Pour rien au monde il ne l'en eût informé ! Il savait que son fils bien-aimé, s'il avait été au courant d'un tel projet, aurait tout mis en œuvre pour l'empêcher de le concrétiser.

Sa décision, il l'avait prise à peine Feu Brûlant était-il venu les informer du mandat d'arrêt. Ils avaient dû être dénoncés. Dans l'Empire du Centre, il se disait que les noms des criminels étaient affichés au moment où la police était déjà sur leurs traces. Leur arrestation survenait toujours très rapidement et chacun, alors, de s'extasier sur l'efficacité des services de sécurité, et d'avoir peur, et de courber, bien sûr, un peu plus l'échine... Tigre de Bronze était persuadé que l'arrestation de Poisson d'Or, à partir de là, irait très vite. Le plus efficace n'était-il pas, alors, de se faire passer pour lui et d'aller se rendre aux autorités ? Ce sacrifice était d'ailleurs l'aboutissement logique de ce qu'il s'était promis de faire depuis qu'il l'avait retrouvé.

Devant les qualités de courage et d'abnégation de son fils, dans lesquelles il se reconnaissait avec ravissement, Tigre de Bronze avait décidé que le reste de son existence serait consacré à une seule chose : aider son enfant à accomplir son destin. C'était pour lui la bonne façon de rattraper leurs années de séparation qui ne lui avaient pas permis de lui apporter tout ce qu'il aurait voulu.

Le retour de Poisson d'Or, qu'il pensait ne jamais revoir, avait bouleversé son existence. Du morose état de survie où il était, Tigre de Bronze était passé à celui où il se levait chaque matin heureux de retrouver ce fils et ses projets d'avenir. L'émerveillement qu'il concevait tous les jours en le regardant vivre avait redonné tout son sens à sa vie de père. Depuis qu'ils avaient quitté les puits de gaz naturel, il ne souhaitait qu'une chose, l'aider à mener contre l'État oppresseur de l'Empereur du Centre une offensive aussi puissante que ces feux telluriques dont la chaleur permettait de forger l'acier.

Comme il aurait aimé pouvoir transporter toute cette énergie dans un tuyau de bambou de plusieurs milliers de li ! Alors, il aurait suffi de le faire déboucher dans le palais où Qinshihuangdi se trouvait et l'énorme bâtisse se serait enflammée comme un vulgaire champignon sec ! Le totalitarisme impérial eût été mis radicalement au pas et un pouvoir plus équitable installé, sous l'égide de lettrés et de sages. Hélas, c'était là un rêve inaccessible. Le Grand Dragon, dont parlait si plaisamment ce pauvre Anwei, préférait rester sommeiller sous sa plaine caillouteuse... Il ne fallait pas compter sur lui pour aider Poisson d'Or !

Mais le courage et la détermination de son fils

n'étaient-ils pas tout aussi importants que les souffles brûlants venus du centre de la terre ?

Tigre de Bronze pouvait constater tous les jours un peu plus que Poisson d'Or n'avait, de fait, nullement besoin de ce Grand Dragon pour mettre au pas l'Empereur Qinshihuangdi. Il possédait à la fois la puissance mentale, le courage physique et les capacités intellectuelles nécessaires.

Depuis qu'il avait, de surcroît, constaté que Poisson d'Or et Rosée Printanière étaient si bien accordés l'un à l'autre, il était persuadé que la présence de la jeune femme auprès de son fils ne ferait que renforcer leurs forces mutuelles. Ils étaient des Biyiniao, ces moitiés d'oiseaux qui, une fois appariées, étaient subitement capables de voler à tire-d'aile. Nul doute que leur envol les mènerait loin. Tigre de Bronze leur faisait confiance, c'était le Ciel, ce territoire de leur haute destinée, que Poisson d'Or et Rosée Printanière avaient, désormais, à leur portée.

Mais cette belle histoire pleine de promesses pouvait être brusquement arrêtée par les gendarmes impériaux... Le marquis avait trouvé normal, dans ces conditions, d'être celui qui empêcherait l'Empire du Centre de s'emparer de Poisson d'Or.

La première étape de son plan, qui consistait à se rendre chez le barbier, s'était déroulée conformément à ses souhaits et à ses prévisions. En se faisant raser le crâne, Tigre de Bronze achevait de créer les conditions d'une ressemblance parfaite avec celui dont il s'apprêtait, pour le sauver, à usurper l'identité.

Il lui restait à faire en sorte de se livrer aux autorités sous un motif plausible.

Après avoir déambulé dans les ruelles du petit port à la recherche du meilleur moyen d'arriver à ses fins, il avisa un restaurant, qui paraissait un peu plus luxueux que les autres, dans lequel il entra. Là, il demanda au serveur de l'installer à la meilleure table et se fit apporter les plats les plus raffinés de la carte, ainsi que trois carafons d'alcool de sorgo. Puis il fit semblant de boire et mima un état d'ébriété avancé avant de commander, pour achever son repas, de la cervelle de singe. Le cuisinier, trop heureux de servir un mets aussi cher, apporta sur la table un primate vivant enfermé dans une petite caisse, dont seule la tête aux lèvres hâtivement cousues dépassait.

D'un coup de machette, l'homme avait fait sauter la calotte crânienne sous laquelle était apparue la masse blanchâtre du cerveau du singe. Après l'avoir remuée et assaisonnée, il tendit à Tigre de Bronze une petite cuiller. Celui-ci, s'empêchant de vomir de dégoût, attaqua vaillamment ce concentré de cellules neuronales qui était de loin le plat le plus dispendieux de la carte. Il voulait être sûr, en effet, que le restaurateur ne lui pardonnerait pas sa grivèlerie.

Alors, au moment de payer, Tigre de Bronze, simulant toujours l'ivresse, se mit à proférer des jurons et à déclencher un scandale, prétextant qu'on avait voulu l'escroquer et que le crâne du singe avait été rempli de simple riz gluant. Juché sur la table, il apostropha grossièrement les clients attablés et refusa tout net au cuisinier de lui payer l'addition dont le montant, soit dit en passant, était effectivement astronomique !

Quelques instants plus tard, deux gendarmes faisaient irruption dans la salle, sous le regard apeuré des autres convives. Un sergent galonné, au moment où il lui plaçait les menottes, somma Tigre de Bronze de décliner son identité.

— Mon nom est Poisson d'Or ! proclama-t-il fièrement entre deux faux hoquets.

— Mais n'est-ce pas le nom du criminel dont la tête est mise à prix aux quatre coins de l'Empire du Centre ? souffla, stupéfait, l'autre gendarme au sergent.

— Sais-tu lire ? demanda brusquement le sergent à Tigre de Bronze.

— Il y a fort longtemps que je ne m'y suis pas exercé ! bredouilla le père de Poisson d'Or en roulant des yeux blancs.

Le sergent jubilait. L'homme recherché par toutes les polices de l'Empire du Centre paraissait à ce point pris de boisson qu'il n'avait même pas l'air de se rendre compte qu'il venait d'être arrêté par les autorités ! Ou bien tout simplement était-il exact qu'il avait oublié les idéogrammes au point de ne pouvoir déchiffrer correctement les milliers de pancartes sur lesquelles figurait son nom ? Pour le sous-officier, aux anges, la capture d'un criminel aussi recherché était l'assurance d'une très forte récompense et d'une promotion professionnelle inespérée.

La veille encore, le général Zhaogao n'avait-il pas harangué tous ses hommes pour les exhorter à retrouver sans délai le fuyard en leur faisant miroiter d'un air entendu que le Premier ministre Lisi lui avait assuré qu'il y aurait moult prébendes pour ceux qui faciliteraient l'arrestation du coupable ?

— L'individu aura été arrêté sans même s'en rendre compte ! chuchota-t-il, ravi, à son collègue.

— Je vais rester ici avec lui pendant que tu iras chercher du renfort. Puis nous l'amènerons sans délai devant Zhaogao... Nous offrirons ainsi le plaisir de sa vie au Général aux Biceps de Bronze ! ajouta le sergent.

Le soi-disant Poisson d'Or, qui feignait toujours l'ébriété, pouvait constater avec satisfaction que son plan fonctionnait au-delà de ses attentes.

Lorsqu'il fut traduit devant le général en personne, immédiatement prévenu par la gendarmerie, celui-ci commença par le dévisager avec méfiance.

— Qui me prouve que tu es le vrai Poisson d'Or ?

lança-t-il d'emblée d'un air plutôt soupçonneux à celui qui aurait dû être son ancien compagnon de jeux.

Tigre de Bronze défit lentement son pantalon. Puis il le baissa et se retourna. La marque en forme de Bi apparut, parfaitement formée, sur la peau de sa fesse gauche. La vision de ce signe distinctif, qu'il avait vu si souvent, enfant, lorsque Yaomei torchait son petit camarade, acheva de convaincre Zhaogao dont le visage s'illumina d'un sourire de contentement.

Le prisonnier que les gendarmes venaient de lui livrer était bien Poisson d'Or, le criminel recherché depuis des lustres par toutes les polices de l'Empire ! Le général n'était pas mécontent, à double titre, de le retrouver.

D'abord, cela lui rappelait de vieux souvenirs, ceux des années d'insouciance où trois petits garçons jouaient ensemble à se mesurer. Le premier était devenu, entre-temps, Empereur, le second – lui-même – général commandant en chef des armées impériales, et l'autre se tenait à présent face à lui, vêtu de loques, le cou chargé de chaînes... Il constatait avec délectation qu'il était loin le temps où, chétif et maladroit, il nourrissait un terrible complexe vis-à-vis de cet enfant à la marque, auquel tout semblait réussir. Depuis ce moment-là, leurs routes avaient divergé. Il était devenu le Général aux Biceps de Bronze dont les victoires militaires légitimaient l'ambition de devenir ministre de la Guerre, tandis que Poisson d'Or n'avait cessé de descendre la pente, pour finir dans l'état où il le voyait. N'était-ce pas là une belle revanche sur ce garçon qui avait pourri son enfance en l'humiliant par sa réussite dans tous les domaines ?

Zhaogao, outre ce suave contentement personnel, ne pouvait s'empêcher de penser aussi aux bienfaits qu'en très haut lieu on ne manquerait pas de lui témoigner, dès lors qu'il serait celui qui avait livré Poisson d'Or à Qinshihuangdi ! L'arrestation du fugitif lui vaudrait à coup sûr d'obtenir ce poste de ministre de la Guerre qu'il convoitait depuis si longtemps...

Et que ce fût grâce à Poisson d'Or ajoutait une ineffable saveur à ce sentiment de ravissement qu'il sentait monter en lui, à présent qu'il lui faisait face.

— Mon pauvre Poisson d'Or ! Mais qu'es-tu venu faire ici ? lui lança-t-il d'un ton doucereux sous lequel on sentait percer une jubilation malsaine.

— Je suis venu défier l'Empereur du Centre, pour lui faire payer tout le mal qu'il m'a fait ! Toute la ville bruit de son arrivée prochaine... Je compte bien ne lui laisser aucune chance ! lâcha Tigre de Bronze, tout de colère feinte.

Zhaogao le regarda d'un air de pitié. Le pauvre garçon ne devait pas se rendre compte de la situation dans laquelle il s'était mis. Jusqu'où l'excès de boisson et la déchéance sociale pouvaient-ils mener !

— Personne n'ose soutenir le regard de l'Empereur Qinshihuangdi et tu prétends t'attaquer à lui ! Tes mains seront coupées par ses gardes du corps avant même qu'elles aient eu le temps de lui porter le moindre coup !

— J'ai ma botte secrète, se contenta de répliquer Tigre de Bronze, soucieux de persuader son interlocuteur de la dangerosité de son projet.

— Tu devrais y réfléchir à deux fois...

— Rien ne m'arrêtera !

— Toutes ces années d'exil, décidément, ne t'auront pas épargné ! Tu parais beaucoup plus vieux que moi alors que nous sommes du même âge..., fit Zhaogao, faussement désolé.

Il trouvait Poisson d'Or vieilli et, tout à la haine qu'il continuait à lui vouer, ne se priva pas de le lui faire remarquer de façon peu amène. Cette constatation semblait le réjouir au plus haut point, à en juger par le sourire extatique qui, à présent, s'affichait sur ses lèvres.

Tigre de Bronze constatait avec autant de plaisir que Zhaogao, tout aveuglé qu'il était par la haine, ne s'était pas rendu compte – et pour cause – qu'il avait en face de lui le père de son ennemi.

— J'ai passé des années épuisantes comme ouvrier-terrassier sur le chantier de ce Grand Mur dont j'ai d'ailleurs toujours douté de l'utilité ! Là-bas, à cause du froid et du chaud, de la maigreur des rations et des cadences infernales imposées aux terrassiers, les années comptent double... On y arrive jeune et beau, et quand on en ressort, quelques années après, si on ne meurt pas entre-temps, on est un vieillard édenté !

— Pauvre insolent ! Traiter d'inutilité ce Grand Mur alors que c'est là l'une des œuvres majeures de l'Empereur Qinshihuangdi ! Mais tu te croiras donc toujours tout permis ! Au moins, de ce point de vue là, je constate que tu n'as pas changé ! s'écria, piqué au vif, le chef d'état-major des armées impériales.

— Ce n'est pas un mur de pierres qui protégera l'Empire du Centre de ceux qui voudront l'abattre ! Les pires ennemis de l'Empire sont de ce côté-ci de la barrière...

— Fadaises ! Tes propos sont guidés par l'aigreur ! s'exclama le général.

— Le système légiste est une statue de terre friable qui a la forme d'un tigre mais pas les muscles, et encore moins la mâchoire. Le peuple de l'Empire subit le légisme et la suprématie absolue de la Loi, tant qu'elle est assortie de châtiments épouvantables pour ses contrevenants. Mais c'est là une pure adhésion de façade, guidée par la peur !

— Tu parles de ce que tu ne connais pas !

— La crainte des châtiments tient lieu de civisme au peuple qui subit cette terrible oppression en silence.

Pour l'instant, chacun serre les dents. Mais un jour viendra où la révolte commencera à gronder ! Alors les appuis sur lesquels vous comptiez vous manqueront les uns après les autres... Le château de l'Empire du Centre est construit sur un banc de sable...

Les deux gendarmes ne rataient rien de ce dialogue aux accents philosophiques entre Zhaogao et son prisonnier.

Le général, emporté par sa flamme, s'était aperçu que les deux sbires étaient toujours présents. Il ne lui aurait pas déplu de continuer à bavarder avec Poisson d'Or, pour mieux sonder son cœur, quitte à le garder à dîner avant de le livrer à la justice. Mais la présence des deux militaires l'obligeait à ordonner l'incarcération immédiate de l'individu qui avait osé tenir des propos aussi irrévérencieux sur l'Empereur du Centre et sur son régime.

— Tu rediras tout cela à qui de droit, lorsque tu seras en présence de l'Empereur. Il sera ici sous peu ! Gardes, emmenez cet homme ! tonna le général Zhaogao.

Il ne pouvait prendre le risque, devant ses hommes, de ne pas réagir fermement devant ces germes de la sédition. À défaut, c'était lui qui risquait, un jour ou l'autre, d'en faire les frais !

Lorsqu'il vit celui qu'il prenait pour Poisson d'Or emmené sans ménagement par les gardes, le Général aux Biceps de Bronze ne put s'empêcher, toutefois, d'éprouver un petit pincement au cœur. Un tel courage l'épatait. Il n'en possédait pas la moitié... Son rival avait gardé au moins cette qualité. Quant à ses propos sur le légisme, ils n'étaient pas si ineptes que ça. Prisonnier du système, Zhaogao sentait bien qu'il avait abdiqué tout libre arbitre, contrairement à celui qui, dans son enfance, l'écrasait au tir à l'arc, aux billes et même aux devinettes et aux charades.

Le général, subitement morose, repensait à présent à leurs années d'autrefois, à la gentillesse non feinte de ce rival doué en tout, alors que lui, en définitive, ne l'était en rien.

En y réfléchissant, d'ailleurs, Poisson d'Or lui avait-il causé le moindre tort ? Le seul reproche qu'il pouvait lui faire, n'était-ce pas d'être plus talentueux et plus doué, en renvoyant les médiocres, dont il faisait partie, à leur propre jalousie et à leur propre aigreur ? Pourquoi n'avait-il jamais supporté le charisme de ce petit compagnon de jeux venu du Grand Sud, que Lubuwei avait recueilli et élevé, et dont le charme faisait se pâmer toutes les courtisanes et toutes les gouvernantes de la cour de Xianyang ? Pourquoi le prince héritier Zheng, avant de monter sur le trône, avait-il à son tour ressenti le même agacement devant la supériorité de ce jeune concurrent ? N'avaient-ils pas été guidés, l'un comme l'autre, chacun à sa façon, par la frustration et l'envie ?

Tout cela n'était pas bien glorieux.

Lorsqu'il se retrouva seul, Zhaogao éprouvait un sentiment bizarre. Loin de ressentir la joie du premier moment, c'était plutôt la honte qui désormais l'habitait.

Il alla s'accouder au balcon de sa chambre. La vue du port et de la mer, pour une fois, lui était parfaitement indifférente.

Alors, il se surprit à serrer sa ceinture cloutée, à lustrer ses épaulettes et à prendre fièrement la pose d'un général de haut rang.

C'était la seule façon qu'il avait, à présent, de se rassurer.

*

310

Zhaogongming le taoïste considérait que Zhaogao le général l'avait bel et bien berné.

Aussi s'était-il décidé à demander audience au chef d'état-major des armées de l'Empire du Centre pour le lui signifier sèchement.

Malgré la réussite de l'opération de destruction de l'excroissance rocheuse sur le terre-plein de la terrasse de Langya, le général n'avait toujours pas consenti à lui donner le cadeau qu'il lui avait pourtant dûment promis.

La jeune ordonnance Ivoire Immaculé était toujours entre ses mains.

Le chef d'état-major était à ce point épris du jeune homme qu'il s'était juré de ne jamais accéder à ses demandes réitérées d'aller vivre avec Zhaogongming.

Ivoire Immaculé, de son côté, avide d'apprendre auprès du prêtre ses pouvoirs magiques, n'avait qu'une hâte, c'était de le rejoindre. Alors, il ne ménagerait pas ses efforts pour obtenir de Zhaogongming toutes ses recettes de Fangshi, ces « hommes à techniques » qui disposaient de pouvoirs surnaturels, capables d'exorciser les démons, de transformer le plomb en or et de confectionner d'efficaces pilules de longévité.

Il passerait en sa compagnie des nuits torrides à l'issue desquelles il obtiendrait non seulement la recette de la poudre noire faite de cinabre et de salpêtre – cette extraordinaire « neige de la pierre » –, capable de liquéfier les minerais, mais aussi celles de ces potions médicinales qui redonnaient la force virile aux vieillards à la veille de la mort et permettaient à ceux qui les prenaient de vivre dix mille ans de plus. Ivoire Immaculé deviendrait aussi ingénieux que les sorciers Wu, qu'on appelait aussi Lingbao et qui étaient les chasseurs les plus efficaces des démons tourmenteurs. Or ces démons étaient si nombreux qu'un Lingbao faisait rapidement fortune. À défaut de pouvoir s'installer sur l'une des Îles Immortelles, l'ordonnance aurait appris à son tour à faire s'envoler dans les airs des petits œufs de poule ou de caille, ainsi qu'il l'avait vu faire à Zhaogongming auquel Vallée Profonde avait elle-même appris ce tour de magie.

Mais les élans et les rêves du jeune homme avaient été stoppés net par Zhaogao qui, prétextant l'urgence des préparatifs de la visite de l'Empereur du Centre, lui avait ordonné, à son grand dam, de rester provisoirement à son service.

C'est pourquoi Zhaogongming, lassé de ne pouvoir disposer de l'ordonnance que le soir à une heure tardive, après que le général s'était endormi, n'était vraiment pas d'humeur à plaisanter lorsqu'il se présenta devant lui.

Le général ne put faire autrement que d'accepter la demande d'audience du prêtre taoïste et le reçut dans sa chambre. Ivoire Immaculé, dont les yeux brillaient de rage contenue, se tenait à ses côtés.

— Je constate que tu ne tiens pas tes promesses ! La dent rocheuse n'est plus là et je ne dispose toujours pas de ton ordonnance !

Zhaogao, en sueur, manipulait consciencieusement des poids en forme de serpents enroulés. Les muscles luisants de ses pectoraux sculptés comme des bronzes rituels se contractaient et se relâchaient au rythme de ses exercices. Il semblait ne pas avoir entendu les propos du taoïste et continuait sa musculation comme s'il était seul, l'air le plus détaché du monde.

Une telle désinvolture acheva de faire sortir Zhaogongming de ses gonds. Au moment où Zhaogao venait de rabaisser ses deux haltères, il en bloqua une pour l'empêcher de la relever.

Le général s'arrêta et posa au sol les poids de bronze.

— Je ne supporte pas l'insolence ! N'oublie pas que

tu es devant le chef d'état-major des armées ! s'écria Zhaogao en faisant signe à Ivoire Immaculé d'approcher. Tu vas raccompagner ce visiteur séance tenante ! ajouta-t-il, furieux, à l'adresse de l'ordonnance.

— C'est que... mon général... votre visiteur n'est pas dans son tort ! Il vient simplement vous réclamer son dû ! osa dire, particulièrement gêné par la tournure de la situation, Ivoire Immaculé.

— Petit gredin, je vois que vous avez partie liée ! Je m'en doutais, mais pas à ce point ! se mit à hurler Zhaogao.

Le général, ivre de jalousie, ne pouvait accepter la préférence pour le taoïste que son jeune amant, dont il était toujours aussi épris, venait de manifester en sa présence, avec cet insupportable cri du cœur.

L'entretien s'acheva là, de façon fort déplaisante pour le prêtre taoïste que Zhaogao fit promptement reconduire vers la sortie.

Une fois dehors, où Ivoire Immaculé l'avait raccompagné, Zhaogongming s'était plaint, à juste titre, d'avoir été berné par ce général sans parole. Son jeune compagnon était au moins aussi outré que lui. Il trouvait particulièrement indigne l'attitude de son amant mais néanmoins supérieur hiérarchique, qui abusait de sa position de force. Ivoire Immaculé était bien décidé à faire payer à ce général sans scrupules sa conduite inqualifiable.

Zhaogao, de son côté, avait été profondément dépité. Depuis qu'Ivoire Immaculé s'était entiché du prêtre, il n'avait cessé de redoubler d'attentions à son égard, lui offrant chaque jour maints petits cadeaux et surtout lui faisant miroiter l'octroi d'une promotion.

— Ce soir, si tu le mérites, je signerai l'arrêté te nommant lieutenant ! soufflait invariablement Zhaogao à son oreille tous les soirs, au moment où ils s'apprêtaient à se coucher.

313

Une promesse qui n'engageait, bien entendu, que celui qui la recevait...

— Ne t'inquiète pas, nous l'obligerons à tenir parole ! D'ailleurs, ce soir, je serai auprès de toi et il ne pourra rien faire ! assena l'ordonnance.

Zhaogongming le dévisagea. Il en était vraiment épris. S'il avait pu, il aurait transformé séance tenante Zhaogao en bille de boue et ils seraient partis, Ivoire Immaculé et lui, filer le parfait amour le plus loin possible, au sommet d'une montagne taoïste inaccessible aux Généraux aux Biceps de Bronze !

Pour bien signifier au général qu'il était allé beaucoup trop loin, la jeune ordonnance avait jugé bon de ne pas partager son lit ce soir-là.

Ivoire Immaculé ne croyait plus aux promesses de Zhaogao. Conscient d'avoir été manipulé, il estimait que la seule chose qu'il lui restait à faire était de s'opposer à lui frontalement.

Le chef d'état-major des armées impériales, ivre de désir et après avoir attendu en vain son jeune amant, s'étrangla de rage lorsqu'il comprit que ce dernier lui avait fait faux bond.

Prétextant que sa jeune ordonnance avait dû être enlevée, il le fit aussitôt rechercher par la gendarmerie de Dongyin dont il avait, malgré l'heure tardive, réquisitionné le capitaine. La maréchaussée n'eut aucun mal à le retrouver dans la chambre de Zhaogongming où, partageant la même couche après une étreinte qui avait dû être particulièrement forte, les deux amants s'étaient tranquillement endormis dans les bras l'un de l'autre.

— Vous êtes en état d'arrestation pour enlèvement d'un homme dont vous n'avez pas le droit de disposer ! s'écria le gendarme d'une voix ferme au moment où il menottait le prêtre taoïste.

— Mais je suis libre de coucher avec qui je veux ! se mit à hurler, hors de lui, Ivoire Immaculé.

Il venait à peine de sortir d'un rêve où, transformé en mouette, il s'apprêtait à se poser sur les Îles Immortelles qu'il achevait de survoler, aussi avait-il besoin d'un peu plus de temps que Zhaogongming pour comprendre ce qui se passait.

— Mon ami a raison. N'a-t-il pas dépassé l'âge à partir duquel on peut disposer librement de son corps ? s'insurgea de son côté l'alchimiste qui avait inventé l'extraordinaire recette de la poudre noire explosive.

— Tu n'es qu'une ordonnance militaire. À ce titre, tu appartiens, jusqu'à preuve du contraire, et tant qu'un texte officiel ne t'a pas déchargé de ces fonctions, au général Zhaogao, précisa le capitaine commandant le petit détachement d'hommes en armes qui avait investi la chambre.

Une courte bagarre s'ensuivit avec les deux amants, peu disposés à se laisser faire, mais les gendarmes venus les arrêter, plus nombreux, eurent tôt fait de les neutraliser et de les ligoter avant de les emmener sous bonne escorte.

Sans attendre, ils furent conduits, dans le plus simple appareil, pieds et mains entravés, devant un Zhaogao tout drapé dans sa dignité de général offensé.

— Tu n'es qu'un misérable ! Tu renies tes promesses et abuses des pouvoirs dont tu disposes ! hurla Zhaogongming dont les yeux brillaient de colère.

Zhaogao joua celui qui n'avait rien entendu des protestations du prêtre taoïste. Puis il jeta un coup d'œil en coin vers Ivoire Immaculé et constata avec satisfaction que la jeune ordonnance s'interdisait de proférer la moindre parole ou d'effectuer le moindre geste.

— Tu vas mettre ces deux hommes au cachot ! Et dans deux cellules séparées ! ordonna-t-il tout de go au capitaine de gendarmerie.

— Ce sera fait immédiatement, mon général ! répondit ce dernier qui se tenait au garde-à-vous.

Pas peu fier de son geste, l'officier de gendarmerie, tordant leurs bras attachés par les poignets derrière leur dos, obligea les deux hommes à se jeter aux pieds du général, tels deux condamnés suppliant le bourreau de ne pas les achever.

Zhaogao constata avec déplaisir que les deux complices, loin d'implorer sa clémence, serraient les dents et le regardaient d'un air de défi. Il n'avait pas d'autre choix que de les jeter dans la prison où croupissait déjà le père de Poisson d'Or, en espérant que ce traitement aurait un effet salutaire sur son cher petit Ivoire Immaculé.

Le Général aux Biceps de Bronze n'avait même pas encore décidé quels seraient les motifs de leur incarcération.

Dans l'Empire du Centre, il était d'usage de les inventer après coup. Dans la plupart des cas, on se contentait d'invoquer comme chef d'inculpation l'atteinte à la sûreté de l'État, ce véritable sauf-conduit de l'oppression totalitaire. Un rien, du coup, suffisait à vous expédier dans les geôles publiques : une œillade à un policier assermenté, considérée comme insolente par ce dernier ; un soupir mal camouflé au moment de payer l'impôt au percepteur, ou encore une absence de courbette devant le carrosse d'un ministre. Les motifs ne manquaient pas pour condamner par avance tous ceux qui avaient été décrétés coupables par le système.

Zhaogao, fort de cette méthode efficace, comptait sur la prison pour amener Ivoire Immaculé à réfléchir pour revenir à de meilleurs sentiments à son égard. Il était persuadé que l'humidité et l'absence de confort de son cachot provoqueraient un réflexe salutaire de la part de ce jeune homme habitué au confort. Il suffirait ensuite de lui faire miroiter un petit cadeau dès qu'il le sentirait flancher, et tout rentrerait dans l'ordre !

Aussitôt que le jeune homme manifesterait le plus petit signe qu'il était prêt à abandonner Zhaogong-ming, il le nommerait lieutenant et se l'attacherait défi-nitivement.

Quant au sort qu'il réservait au taoïste, Zhaogao avait l'intention de laisser agir la justice. Elle se char-gerait, sans même qu'il faille le lui demander, de faire en sorte que le prêtre passât dans une cellule tout le temps nécessaire pour faire oublier jusqu'à son exis-tence à cette jeune ordonnance qui avait succombé si légèrement à ses talents de magicien de pacotille.

*

La confrérie du Cercle du Phénix était devenue une toute petite chose, un lieu de réflexion confidentiel, dépourvu de la moindre capacité de défense et encore moins de proposition, qui n'osait même plus se réunir dans la grange désaffectée où se tenaient précédem-ment ses assemblées tant ses membres avaient peur d'être à leur tour dénoncés.

Ce n'était pas peu de dire que la caste des eunuques, depuis l'avènement de l'Empire de Qinshihuangdi, lut-tait pour sa survie. Elle avait perdu ses pouvoirs les uns après les autres, faute d'avoir su développer une stratégie efficace de maintien de son influence après avoir été privée des éminents services que lui rendait Maillon Essentiel. Ainsi, les postes-clés de l'adminis-tration qui avaient fait sa force, et constitué l'armature de son autorité depuis des siècles, lui avaient peu à peu échappé.

Les ténors de la confrérie avaient vieilli et aucun ne possédait le charisme et l'intelligence de leur ancien dirigeant.

Fort habilement, le Premier ministre Lisi avait fait miroiter sa protection à cette caste inquiète. Et, naïvement, les eunuques y avaient cru. Ils n'avaient pas le choix et avaient remis leur sort entre les mains du père de Rosée Printanière. Mais cela avait été pour mieux se faire phagocyter. Lisi avait fait en sorte de les cantonner à des tâches subalternes dont les titres ronflants n'étaient là que pour cacher leur inanité : Directeur des Barbiers de la Cour, Chef des Plieurs de Draps, Grand Échanson ou Grand Responsable de l'Arrosage des Jardins Impériaux, Éminent Balayeur du Sol foulé par l'Auguste – ce qui consistait à « épousseter les dalles de pierre avant tout passage de l'Invisible Empereur du Centre » – étaient à peu près les seules charges de niveau directorial occupées alors par des membres de la caste.

Qinshihuangdi, dont la méfiance envers les eunuques n'était qu'une des faces de la paranoïa qui l'amenait à voir dans la moindre corporation organisée un nid de comploteurs en puissance, avait même formé le projet d'interdire purement et simplement la castration. Ainsi privée de tout rajeunissement, la cohorte des hommes coupés se fût éteinte d'elle-même, dans l'indifférence générale !

Si sa lubie n'avait été, à ce moment-là, de trouver coûte que coûte le chemin maritime qui menait aux Îles Immortelles, lubie à laquelle il consacrait le plus clair de ses pensées depuis des mois, nul doute qu'il eût déjà mis en œuvre son funeste dessein...

En attendant cette mesure qui signerait la disparition de leur caste, ce qui restait d'eunuques valides et courageux s'était assemblé dans le Palais des Fantômes, l'ancienne demeure abandonnée du grand prêtre Wudong. On disait que celui-ci avait pris soin, avant de la quitter, de la faire peupler de fantômes chargés de la garder. Personne n'osait, par conséquent, s'y aventurer et encore moins l'investir. Les membres de la confrérie du Cercle du Phénix s'y réunissaient la peur au ventre mais sûrs, au moins, que personne, à part ces fantômes dont les plus sages des eunuques avaient d'ailleurs fini par douter de l'existence à force de ne jamais les voir, ne viendrait les y déranger.

— Quand je pense qu'ils ont mis à prix la tête de ce pauvre Poisson d'Or ! Jusqu'où Qinshihuangdi n'ira-t-il pas ? gémit le désormais très vieux Forêt des Pinacles dont le visage outrageusement maquillé, à la peau flasque comme le cou d'un buffle, ressemblait à celui d'une vieille commère.

— C'est encore un coup du Premier ministre ! Il est le signataire de l'édit ordonnant l'arrestation de Poisson d'Or. Il n'est même pas sûr que l'Empereur soit au courant ! lança une autre créature un peu plus ingambe que la précédente.

— Il est vrai que notre souverain est à ce point obnubilé par l'Immortalité qu'il semble se désintéresser de tout le reste... Il laisse à Lisi la bride sur le cou ! Il me fait penser au vieux roi Zhong à la fin de son existence, lorsqu'il passait l'essentiel de ses journées au lit à sucer ces pilules de cinabre qui finirent par lui ravager l'estomac ! reprit Forêt des Pinacles avec des gestes, ridicules pour son âge, de vierge effarouchée.

— Le souverain croit régner, mais en réalité, c'est Lisi qui gouverne et tire toutes les ficelles... Comme tous ceux qui font preuve d'un excès de méfiance, l'Empereur est capable de se faire berner là où quelqu'un de normal y réfléchirait à deux fois avant d'accorder sa confiance ! La prochaine étape sera un coup d'État de ce Premier ministre et l'Empereur du Centre n'aura rien vu venir ! ajouta la voix aigrelette et révoltée d'un autre.

— Cette Expédition des mille jeunes gens et jeunes filles, à qui il prétend faire découvrir les Îles Immortelles, est comme une tocade qui ne cesse d'occuper son esprit. Il se dit qu'elle hante ses nuits ! Voilà bien le signe de sa totale absence de bon sens ! fit un autre.

— Un souverain qui abuserait à ce point de ses pouvoirs ne tarderait pas à être renversé si nous étions dans une situation normale. Mais la terreur est telle, chez les gens encore lucides, qu'il ne faut rien attendre de leur part ; ils se terrent et répugnent à tenter le moindre geste. Quant aux jeunes impétueux capables de prendre des risques, ils n'ont même plus de livres à leur disposition pour éveiller leur conscience ! maugréa Forêt des Pinacles.

— Et le reste du peuple de l'Empire ?

— Il survit à peine. L'État lui laisse juste ce qu'il faut pour joindre les deux bouts. Il n'a ni la force ni le temps pour résister !

— Dans ce cas, pourquoi devrions-nous rester les bras croisés et continuer à subir tout cela ? demanda quelqu'un.

— Il nous manque ce que nos anciens appelaient « *la pointe qui dépasse* » ! répondit le vieil eunuque.

— Explique-toi. L'allusion n'est pas évidente, lui rétorqua-t-on.

Le vieil eunuque fardé comme une mère maquerelle leur raconta alors comment le duc de Pingyuan, partant en ambassade auprès d'un royaume étranger et souhaitant recruter un auxiliaire, avait reçu la candidature d'un certain Maosui. Ayant mis en doute les capacités de ce dernier au motif qu'il n'en avait jamais entendu parler, alors que « *l'homme de talent se remarque* », avait précisé sentencieusement le duc, « *comme un poinçon placé dans un sac : sa pointe perce inévitablement à l'extérieur !* », ledit Maosui avait eu l'astuce de rétorquer ce jour-là à son interlocuteur, qu'il n'avait qu'à le mettre, précisément, dans ce sac en le prenant comme auxiliaire, avant d'ajouter, fort adroitement, que si Pingyuan l'y avait mis plus tôt, il y aurait belle lurette qu'il l'aurait percé, et pas seulement du bout de sa pointe...

À ce récit, l'assemblée, malgré la gravité de la situation, éclata du rire haut perché des eunuques lorsqu'ils étaient ensemble et que leur hilarité avait été suscitée.

Quand ils se mettaient à rire entre eux, les eunuques, qui avaient appris à se maîtriser devant leurs maîtres et commençaient toujours par glousser du fond de leur gorge, se laissaient complètement aller. Alors, le gloussement contenu se transformait en rire franc de plus en plus aigu qui finissait invariablement par une petite toux saccadée.

— Qui pourrait bien être cette « *pointe qui dépasse* » ? Pour l'instant, je ne la vois pas ici ! proclama lucidement un des membres de l'assemblée.

Les raclements de gorge consécutifs à la petite toux qui avait ponctué la fin du rire avaient cessé. La tristesse avait succédé à l'intermède joyeux que l'histoire de Pingyuan avait suscité chez les membres de la confrérie du Cercle du Phénix. Plus personne n'osait prendre la parole.

Un pesant silence s'installa.

Chacun mesurait avec douleur l'impasse dans laquelle se trouvait la corporation des castrats. Ne rien faire, c'était attendre passivement qu'elle s'éteignît.

— Nous devons nous concentrer sur un unique objectif : il faut tout faire pour que le décret d'interdiction de la castration ne paraisse pas. Du jour où notre recrutement sera tari, notre corporation disparaîtra ! osa lancer le même eunuque qui avait déjà fait preuve d'un peu plus de clairvoyance et de courage que ses congénères.

— Citrouille Amère, tu penses toujours aux solutions adéquates ! Mais as-tu les moyens de les mettre en œuvre ? questionna une voix sur un ton ironique.

Citrouille Amère, qui avait moins de trente ans et dont l'embonpoint expliquait le surnom, dirigeait le service des Plieurs de Draps. Diplômé d'histoire ancienne, il avait toujours considéré, à juste titre, que les fonctions qu'il occupait, et qui consistaient à garantir le bon pliage du linge de la maison impériale par les gouvernantes, étaient parfaitement inadaptées à ses qualités intellectuelles et au niveau de ses diplômes.

— Lisi a déjà fait rédiger plusieurs projets de textes destinés à faire de la castration un crime puni de mort pour son auteur. Heureusement pour nous, jusqu'à aujourd'hui, aucun de ces décrets n'a eu l'heur de plaire à l'Empereur Qinshihuangdi..., reconnut Forêt des Pinacles.

— Le jour où l'Expédition des Mille occupera moins son esprit, cela pourrait bien changer ! Si le décret n'est pas sorti, c'est que Qinshihuangdi n'a pas encore daigné se pencher sur le sujet. Mais croyez-moi, lorsque ce sera le cas, l'interdiction ne traînera pas ! affirma doctement le gros Citrouille Amère.

— Mais qu'avons-nous fait pour être l'objet de la vindicte du souverain et du Premier Ministre ? demanda quelqu'un.

Aucune réponse ne vint.

L'assemblée des eunuques, un peu plus chamboulée encore par les perspectives inquiétantes soulignées par les propos de Citrouille Amère, s'était enfermée dans un mutisme désespéré. Chacun se lamentait en secret. Beaucoup étaient consternés : interdire la castration revenait à dénier tout droit d'exister à ceux qui l'avaient subie. C'était une régression de plus que l'Empereur du Centre allait imposer à ses sujets.

Fallait-il que la situation fût grave pour qu'ils en soient réduits à défendre cette mutilation qu'ils avaient subie !

— Quelle tristesse que la perte de notre cher Maillon Essentiel ! Lui seul aurait pu être notre « *pointe qui dépasse* », murmura pour lui-même le vieux Forêt des Pinacles.

Il l'avait dit suffisamment bas pour que personne ne l'entendît.

Il ne prêta pas attention au regard sombre et inquiétant que lui lança Citrouille Amère lorsqu'il passa devant lui, au moment où les eunuques quittaient subrepticement, comme des ombres effarouchées, le Palais des Fantômes du grand prêtre Wudong.

80

Huayang lisait avec déplaisir l'invitation pressante par laquelle l'Empereur la sommait de venir le rejoindre à Taiyuan, où il avait procédé à l'inspection du palais monumental que des milliers d'ouvriers avaient réussi à construire, à sa gloire, en moins de six mois.

Située de l'autre côté du Fleuve Jaune, Taiyuan était déjà un important carrefour commercial où s'échangeaient les pierres et les métaux précieux, la soie et les épices. Objet de conflits incessants avant son annexion par le Qin, cette ville à l'âme combattante ne possédait pas moins de trente temples dédiés au seul dieu de la Guerre. L'érection de ce palais monumental était de la part de Qinshihuangdi un acte politique éminent destiné à affirmer la présence de l'Empire dans cette ville si longtemps convoitée et dont la conquête par les armées du Qin avait été l'une des plus difficiles.

Dans sa missive, l'Empereur du Centre donnait dix jours, et pas un de plus, à Huayang pour déférer à son désir, lui précisant qu'il lui envoyait une escorte de dix hommes afin d'encadrer son palanquin équestre, en réalité une charrette recouverte d'une bâche et capitonnée de soie, qui permettrait à la reine douairière d'effectuer le trajet de Xianyang à Taiyuan sans fatigue.

L'épouse de feu le roi Anguo savait pertinemment ce que signifiait cette invitation subite.

Chaque mois, l'Empereur du Centre la convoquait dans un de ses palais de Xianyang, que seul connaissait l'émissaire qu'il lui avait envoyé. Et là, la même scène, invariablement, se répétait...

À peine avait-elle été introduite dans sa chambre que Qinshihuangdi se jetait à ses pieds en la suppliant de lui accorder ses faveurs et de prendre sa Tige de Jade dans sa bouche. Il prétendait qu'elle était la seule à pouvoir le satisfaire comme il l'entendait. Son discours était invariable et s'achevait toujours par le même cri du cœur : il avait besoin d'elle ; il aimait ses caresses ; il attendait autant de sa science taoïste que de ses pratiques amoureuses ; si elle avait été plus jeune, nul doute qu'il l'eût prise pour épouse !

Il est vrai que Huayang réussissait, malgré son âge, à faire beaucoup mieux que toutes les concubines dont l'Empereur du Centre se fournissait à profusion auprès du Gynécée Impérial et qu'il délaissait à peine les avait-il touchées. Profitant du rapport de force qui s'établissait alors en sa faveur, elle faisait régulièrement subir à l'Empereur du Centre, à cette occasion, un véritable chantage à l'Immortalité qui n'était pas loin d'une petite torture.

— Dis-moi, Huayang, comment pourrais-je vivre dix mille ans de plus ?

Telle était la phrase rituelle prononcée par un Empereur méconnaissable, angoissé et fébrile, par laquelle commençaient toujours ces séances après le premier contact entre les lèvres de la reine et sa Tige de Jade. Alors, il n'était plus qu'un enfant dans les bras d'une femme plus âgée encore que sa propre mère, prêt à tout pour en devenir le jouet.

— Il faut, pour cela, unir tes souffles aux miens et

suivre tous mes préceptes. S'ils sont positifs, tu vivras déjà trois ans de plus ! répondait invariablement Huayang.

En général, elle plaçait alors la tête de Qinshihuangdi entre ses cuisses nues et le laissait humer à sa guise sa Sublime Porte de Jade qu'elle avait au préalable désherbée et parfumée à l'eau de fleur de jasmin. Très vite, le sang montait à la tête de l'Empereur qui n'avait de cesse que de s'engager le plus profondément possible dans la Vallée des Roses de la reine. Au moment où il allait prendre son plaisir, Huayang lui murmurait :

— Si tu retiens l'épanchement de ta liqueur, tu gagneras trois ans de vie...

Qinshihuangdi s'efforçait alors de contrer du mieux qu'il pouvait, pour tenir compte des conseils éclairés de Huayang, le jaillissement de sa Fontaine de Jade. Mais le désir était trop fort ! Sa Tige de Jade s'était aventurée bien trop loin dans le couloir lubrifié de la Sublime Porte de Huayang. Alors, complètement défait, dans un rugissement sauvage, n'arrivant plus à contenir l'inexorable montée du plaisir que les lèvres expertes de Huayang avaient déclenchée, il finissait par répandre un flot de Liqueur de Jade clair comme l'ivoire tout au fond de la Vallée des Roses de la vieille reine.

Celle-ci, satisfaite de son travail, n'avait plus qu'à essuyer, comme si de rien n'était, les lèvres de sa Sublime Porte avec un petit mouchoir de soie.

— Et voilà trois ans de perdus ! gémissait alors l'Empereur du Centre.

Mais ses gémissements étaient à la fois de plaisir et de désarroi.

— Tu les regagneras la prochaine fois ! assurait-elle comme à l'accoutumée.

C'était ainsi qu'elle le tenait serré, comme le cavalier son cheval avec des rênes courtes.

Elle savait en effet, en prononçant ces mots, qu'elle l'obligeait à réitérer son invitation.

Malgré les réticences que lui inspirait ce procédé, elle en était devenue, d'une certaine façon, tout aussi prisonnière que lui. C'était l'unique façon qu'elle avait trouvée de continuer à exercer son influence auprès du souverain. Huayang avait besoin de dominer, de contrôler et de se sentir désirée. Elle n'aimait rien tant que tenir les souverains du Qin par leur Tige de Jade ; elle avait commencé avec le vieux roi Zhong, et voilà qu'elle finissait, malgré leur différence d'âge, malgré la répugnance qu'elle éprouvait à l'égard de son comportement tyrannique, avec l'Empereur du Centre !

Leurs retrouvailles avaient toujours lieu l'avant-dernier jour du mois lunaire, au moment où le nouveau cycle de l'astre nocturne débutait.

Le mois précédant l'envoi de la missive qu'elle venait de recevoir, elle avait pourtant décidé que leur cérémonial mensuel s'achèverait là et qu'il n'y en aurait pas d'autres.

Elle s'était mise à vraiment le haïr.

De fait, Zheng, pour la première fois depuis qu'ils se voyaient secrètement, l'avait malmenée. Il n'avait même pas pris la peine de lui adresser la parole et, après l'avoir fait allonger sur le ventre, l'avait prise sans ménagement, cherchant même à passer par la Porte Serrée et Arrière de sa Vallée des Roses, ce à quoi elle s'était toujours catégoriquement refusée avec lui. Elle n'en avait jamais permis l'accès qu'à Anguo, tout d'abord, puis au seul duc Élévation Paisible de Trois Degrés, ensuite, mais avec moult précautions et usage d'onguents pour l'assouplir. Dans les deux cas, ses amants y avaient mis les formes, non seulement pour le lui demander mais surtout pour le faire, avec la délicatesse qui convenait. Tandis que Qinshihuangdi, en l'espèce, se comportait avec l'insupportable bestialité d'un singe.

— Mais tu es fou ! Qu'est-ce qui te prend ? avait-elle lancé, furieuse et choquée, au fils de Zhaoji après l'avoir violemment repoussé, puis s'être rassise au bord du lit.

C'était alors qu'elle avait constaté que l'Empereur du Centre devait avoir bu. Il puait l'alcool de sorgo et la regardait d'un œil torve. Ce n'était plus un adepte taoïste cherchant à mélanger ses souffles et ses effluves avec une initiée de grade plus élevé et de sexe opposé pour accomplir l'union du Yin et du Yang, c'était un homme à la recherche du plaisir le plus bestial et qui la prenait pour une vulgaire courtisane simplement bonne à jeter après avoir servi !

Alors n'y tenant plus, de rage, elle l'avait souffleté avec violence et l'avait planté là.

De retour dans ses appartements, où elle avait encore mal à la paume du soufflet dont elle l'avait gratifié, elle était si bouleversée qu'elle avait décidé d'aller s'ouvrir de ce fâcheux incident à Zhaoji.

La mère de l'Empereur, de plus en plus minée par l'évolution de l'Empire du Centre sous la conduite de ce fils qu'elle ne reconnaissait plus et avec lequel aucune communication n'était plus possible, dépérissait à vue d'œil. Désormais, elle paraissait presque plus âgée que Huayang et passait le plus clair de ses journées à contempler, inerte et passive, des heures durant, l'eau des douves du Pavillon de la Forêt des Arbousiers dont les carpes étaient mortes depuis que l'ancien Palais Royal avait été déserté par Qinshihuangdi et que personne ne songeait plus à les nourrir.

C'était là que Huayang avait retrouvé son ancienne protégée pour lui raconter l'étrange comportement de son fils.

— Que veux-tu, ce pauvre Zheng n'a pas eu de père ! Nous l'avons voulu ainsi, toi et moi. Et cela est en train de causer le malheur de tout un peuple..., avait murmuré doucement la malheureuse Zhaoji dont les yeux déjà embués n'avaient pas tardé à se mouiller de larmes.

Zhaoji avait l'air si éplorée que ce fut Huayang, venue se plaindre, qui tenta de la consoler en la serrant dans ses bras. Les sanglots de la pauvre Zhaoji étaient si forts que tout son corps était secoué de spasmes.

La mère de l'Empereur, dont les larmes défiguraient le beau visage, avait atteint le tréfonds du désespoir.

— Au point où nous en sommes, le moment est venu que je te fasse une ultime confidence : Lubuwei et moi avons essayé de substituer à Zheng l'enfant à la marque, Poisson d'Or, parvint-elle à articuler au milieu de ses pleurs dont l'intensité avait redoublé.

— Que veux-tu dire exactement ?

La reine douairière était abasourdie.

Zhaoji, en hoquetant, lui fit alors le récit circonstancié de la façon dont les événements s'étaient enchaînés, leur interdisant la substitution des deux enfants ; depuis l'envoi de l'Homme sans Peur qui était allé chercher, à la demande de Lubuwei, un enfant du même âge ; jusqu'au retour du géant hun à Xianyang avec le nouveau-né, en passant par l'effarante découverte de la marque de Bi sur sa fesse qui rendait toute substitution impossible dès lors que la tablette du « corps écrit » du petit Zheng, telle que Huayang l'avait fait établir par le médecin de la Cour, ne la mentionnait pas... C'était ce disque de peau, bien plus que le disque de jade, qui avait en fin de compte mis à bas leur bel échafaudage...

— En somme, c'est moi, en m'activant sans délai à faire établir la description du corps de ce bébé, qui vous ai empêchés de mener votre projet jusqu'à son terme ? s'écria Huayang, encore incrédule.

— Tu croyais sûrement bien faire en agissant ainsi ! Lubuwei et moi-même avions d'ailleurs juré de ne rien te révéler. Nous ne t'en avons jamais voulu ! Mais à présent, qu'importe ! Autant que tu saches la vérité ! ajouta Zhaoji que cet aveu contribuait quelque peu à apaiser.

— Ta confiance me touche ! Comme je regrette d'avoir fait établir cette planchette ! Si j'avais su...

La révélation du secret de Lubuwei et de Zhaoji avait rapproché un peu plus les deux femmes. Plus rien, désormais, ne les séparait.

— L'Empereur me convoque une nouvelle fois. Et c'est à Taiyuan qu'il m'ordonne de le rejoindre, annonça Huayang à la mère de l'Empereur du Centre.

Zhaoji fit la moue.

— Et pourquoi donc à Taiyuan ?

— C'est sur la route de l'océan. Qinshihuangdi va assister au retour des navires de l'expédition aux Îles Immortelles.

— Je t'en supplie, il ne faut pas y aller ! Tu pourrais être sa grand-mère. D'ailleurs, mérite-t-il d'atteindre l'Immortalité ? À quoi bon tant lui donner alors qu'il ne t'écoute pas ? insista celle qui avait perdu toute illusion sur son fils.

Zhaoji n'était pas loin de voir dans les relations que ce dernier entretenait avec Huayang une forme d'inceste, comme si Zheng, en l'occurrence, couchait avec sa propre aïeule.

— De toute façon, je ne comptais pas y aller. Même si je dois en payer le prix ! s'exclama Huayang avant de se jeter éperdument, à son tour, dans les bras de celle qui était un peu sa fille.

Dans la cave du Palais des Pêcheurs, où Zhaogao avait fait aménager une dizaine de cellules destinées à enfermer les criminels de droit commun, Zhaogongming avait été jeté sans ménagement à l'intérieur d'un réduit obscur dont la lourde porte grillagée s'était refermée avec un bruit assourdissant.

Lorsque ses yeux finirent par s'habituer à la pénombre, quelle ne fut pas sa surprise de constater qu'il n'était pas seul dans sa cellule. Un homme, qui paraissait avoir le crâne entièrement rasé, se tenait en face de lui. L'inconnu, à en juger par son sourire, avait l'air plutôt avenant.

— Vous êtes ce prêtre taoïste qui fait exploser les montagnes ! Je vous reconnais à votre tenue..., dit le prisonnier à Zhaogongming en guise de salut.

— À qui ai-je l'honneur ? rétorqua celui-ci, plutôt méfiant.

Il pensait que ce pouvait être un espion à la solde de Zhaogao et que le Général aux Biceps de Bronze essayait peut-être de lui tendre un piège.

— Mon nom est Poisson d'Or, chuchota l'autre.

Le taoïste frissonna. Poisson d'Or était bien le nom qui s'affichait depuis trois jours à tous les carrefours de Dongyin. Le malheureux n'avait pas dû mettre longtemps à être repéré et livré aux autorités ! Zhaogongming le considéra des pieds à la tête. L'homme avait l'air aussi sincère qu'il était avenant. Ce ne pouvait pas être un espion chargé de le surveiller et qui, pour mieux le tromper, aurait usurpé l'identité de Poisson d'Or.

— Poisson d'Or ! Mais que diantre vous reproche-t-on pour que vous soyez l'objet de ce mandat de

331

recherche placardé sur les routes ? s'enquit alors Zhao-gongming, rassuré sur la présence de l'inconnu.

— Bien des choses, du vol d'un disque de jade aux collections impériales jusqu'à l'atteinte à la sûreté de l'État. L'Empire du Centre n'est pas avare, que ce soit dans ses incriminations ou dans ses qualifications pénales !

— Votre avis de recherche signale que vous êtes en fuite depuis des années. Comment ont-ils fait pour arrêter aussi facilement un homme qui leur a échappé si longtemps ?

— Tous les chemins ne doivent-ils pas s'arrêter un jour ? Si je devais employer une image, disons que ma route m'a permis d'aller jusqu'au bord de l'océan et que je ne savais pas nager...

Tigre de Bronze constata que le taoïste le regardait à présent d'un air circonspect.

— Vous n'avez nullement l'air convaincu par les propos que vous venez de tenir. Aussi me permettrez-vous d'en douter ! assena tranquillement Zhaogong-ming.

— Admettons que vous ayez raison. Et si je vous disais que le statut de fuyard me pesait tant que j'ai décidé d'en finir ? Vivre en fuyant sans arrêt, vous savez, ça n'est pas drôle ! Ici, au moins, je dors sous un toit.

— C'est déjà mieux. Mais lorsque vous dites « fuyard », je crois entendre l'inverse dans votre bouche !

Tigre de Bronze était troublé par la perspicacité de ce prêtre taoïste.

— Je vois qu'il me sera difficile de vous dissimuler quoi que ce soit de mes motivations !

— À force de se concentrer sur son esprit et de méditer, on apprend à lire dans le cœur des autres. Je ne sens en vous qu'apaisement et sérénité. Vous êtes ici parce que vous l'avez décidé. N'ai-je pas raison ? insista Zhaogongming.

— Et vous, êtes-vous ici parce que vous l'avez souhaité ? interrogea Tigre de Bronze.

— Hélas non ! Ce sont mes sens qui m'ont égaré jusqu'ici. Malgré toute une vie passée à contrôler mon corps, j'ai été victime de l'amour que je porte à un jeune homme, qui est également aimé par celui qui m'a envoyé dans ce cachot.

— Et si je vous avouais que c'est aussi l'amour qui m'a mené ici ?

— La femme, ou l'homme, en cause doit être extraordinaire pour valoir un tel geste de votre part ! Car si je comprends bien, vous vous êtes constitué prisonnier ?

— C'est exact. Je l'ai fait à la fois pour un jeune homme et pour une jeune femme.

Zhaogongming, médusé, considérait avec émotion et admiration ce curieux Poisson d'Or qui venait, alors qu'ils se connaissaient à peine, de lui avouer un tel secret.

— Mais il ne s'agit pas de l'amour auquel tu as l'air de penser, fit doucement Tigre de Bronze en tutoyant soudain le prêtre. Je ne vais pas tarder à être conduit à l'échafaud... Au point où nous en sommes, je vais te raconter pourquoi j'ai décidé de venir ici.

Dans le cachot qui empestait l'humidité, le père de Poisson d'Or dévoila la vérité à Zhaogongming.

— J'ai rencontré Rosée Printanière chez sa grand-mère, au pic de Huashan, il y a à peine quelques jours, lui confia le prêtre dont le cœur avait été bouleversé par le récit de Tigre de Bronze et son généreux sacrifice.

— Elle me l'a dit...

— Elle est à Dongyin ?

— Elle n'y est plus. Elle est repartie pour Xianyang avec mon fils. Il y a là-bas, dans l'ancien palais du marchand de chevaux célestes Lubuwei, une cache contenant des livres sauvés du Grand Incendie.

— Et que veulent-ils en faire ? demanda le prêtre.

— Ils veulent les sortir de cette réserve et les répandre dans tout l'Empire ! Poisson d'Or croit à la victoire de l'esprit et de l'intelligence sur les forces de l'oppression et de l'obscurantisme.

Zhaogongming, médusé, considérait Tigre de Bronze avec stupéfaction. Ce Poisson d'Or devait être particulièrement courageux et lucide... Peut-être même avait-il l'âme d'un taoïste ? Le prêtre comprenait mieux, à présent, le geste de ce père pour son fils.

— Mais qu'attends-tu de moi au juste ? Tu ne t'ouvrirais pas ainsi si tu ne souhaitais pas un geste de ma part, voulut savoir, très ému, Zhaogongming.

— J'aimerais que tu acceptes de me fournir une de tes pilules afin qu'elle m'emporte derrière la montagne avant que mes chairs ne soient déchirées par les bourreaux de l'Empire. Alors, mon fils pourra accomplir sa tâche au nez et à la barbe des autorités ! souffla Tigre de Bronze d'une voix devenue étrangement rauque.

— Tu me demandes de te donner de quoi te faire mourir ?

— Même si tu devais refuser, je trouverai bien le moyen de ne pas faire cadeau de ma vie à l'infamante justice de ce pays ! Même s'il me fallait serrer moi-même mon cou pour m'étouffer ou me ruer contre ce mur pour me fracasser le crâne ! Quand l'Empire vous jette en prison, personne n'en sort jamais vivant ! s'écria gravement Tigre de Bronze.

Pour Zhaogongming, la tournure dramatique des événements qu'il vivait depuis quelques heures équivalait à un tremblement de terre. Les propos que ce père aimant venait de lui tenir achevaient de déchirer le voile qui l'avait empêché, tout occupé qu'il était à séduire Ivoire Immaculé, de percevoir la triste réalité du système d'oppression totalitaire mis en place par Qinshihuangdi.

Lui qui se voyait, la veille encore, sortir rapidement de sa geôle lorsque Zhaogao serait enfin revenu à une plus juste perception de ses engagements comprenait à présent qu'il n'avait que fort peu de chances de serrer à nouveau dans ses bras sa chère ordonnance. Il avait cru en la parole d'un général, il était allé chercher le bien le plus précieux qui lui restait, cette petite dose de poudre noire cachée sous une pierre de la grotte de Vallée Profonde, il avait réussi à pulvériser cette dent rocheuse indestructible, tout cela pour se retrouver dans un cachot du fait de la mauvaise foi du chef d'état-major des armées impériales ! Il mesurait à quel point un petit prêtre taoïste de son espèce ne pesait rien, face à la puissance de l'organisation collective de l'Empire du Centre.

Si Tigre de Bronze lui avait révélé aussi facilement son secret, n'était-ce pas parce que le père de Poisson d'Or était persuadé qu'il ne pourrait jamais le répéter à quiconque ?

Entre morts vivants, il n'y avait aucune raison de se cacher quoi que ce soit !

Alors Zhaogongming défit sa large ceinture de soie noire et, d'un coup de dent, ouvrit la couture de la doublure molletonnée couleur carmin. Il en fouilla l'intérieur et réussit à en extraire trois petites pilules rondes comme la pleine lune et blanches comme du sel.

Le prêtre taoïste sentait son cœur battre à un rythme fou. Avec une seule de ces minuscules pilules, il tenait dans sa main une dose suffisante de cette substance qui faisait accélérer le rythme du cœur à un tel point que l'organe, d'un seul coup, s'arrêtait d'irriguer les passes qui menaient à la Bille de Boue du cerveau et au Principe du Cinabre, ce Dieu du Cœur, adepte de la Cour Jaune, qui réglait la circulation sanguine de l'organisme humain. Alors, comme le disaient les Saintes Écritures, « *l'eau pure de l'étang de Jade en arroserait la racine magique* » et, quelques instants à peine après l'avoir avalée, le corps de Tigre de Bronze deviendrait un pur esprit.

— Si vous prenez les trois à la fois, vous vous endormirez pour ne jamais vous réveiller ici, lâcha-t-il en tendant les pilules au père de Poisson d'Or.

Lorsque celui-ci les porta à sa bouche, Zhaogongming ferma les yeux et prononça les phrases adéquates, extraites du *Livre Intérieur de la Cour Jaune*, celles-là mêmes, si apaisantes, que Wudong avait pieusement articulées avant de rendre son dernier souffle au pied de la cascade de la grotte de Vallée Profonde :

> *Baignez votre corps dans l'absolue pureté,*
> *Éloignez de vous les onguents et les parfums,*
> *Enfermez-vous dans votre chambre et,*
> *Tourné vers l'Est, récitez le Texte de Jade.*
> *Alors, au terme de dix mille récitations,*
> *Son sens vous deviendra enfin manifeste.*

— De quel sens me parles-tu ? réussit à articuler Tigre de Bronze dont la voie pâteuse et les yeux révulsés manifestaient la perte progressive de conscience.

— Du sens impénétrable de la Grande Voie du Dao. Celle qui mène à la Grande Paix et au Grand Vide..., murmura le prêtre.

Il n'était même pas sûr que le père de Poisson d'Or, dont le visage paisible était désormais immobile, avait eu le temps d'entendre sa réponse.

— Je vois que tu persistes à te taire !

Les petits yeux froids de Lisi regardaient Zhaogong-ming avec un dédain mêlé d'intérêt.

Le prêtre taoïste, bouche totalement close, continuait à refuser de parler. Il s'était installé dans un mutisme dont il était déterminé à ne jamais sortir, et défiait le Premier ministre du regard.

Dans un coin de la pièce, le général regardait ses pieds d'un air morose. Sa manigance consistant à forcer Ivoire Immaculé à revenir à de meilleurs sentiments à son égard avait complètement échoué depuis que Lisi avait pris le dossier personnellement en main.

— Puisque c'est ainsi, qu'on fasse venir immédiatement la petite frappe ! Tu verras ce qu'il arrive à ceux qui s'entêtent à ne pas parler ! ajouta celui-ci d'un air détaché.

Des gardes amenèrent devant eux une créature dont on ne distinguait ni le visage ni les vêtements tant le sang, la sueur, la vermine et la poussière avaient formé une gangue autour de sa personne. Ils la firent asseoir sur une chaise et l'obligèrent à relever la tête en la tirant en arrière par les cheveux.

Zhaogao, les yeux baissés, était tétanisé.

Zhaogongming ne put s'empêcher de pousser un cri d'effroi. C'était bien le jeune Ivoire Immaculé qui avait été traîné là, méconnaissable et à demi conscient.

Lorsqu'il vit l'état dans lequel se trouvait son jeune amant, il fut saisi d'un terrible désespoir. Sous la gangue grisâtre, en y regardant de plus près, l'ancienne ordonnance du général Zhaogao n'était plus qu'un amas de chairs sanguinolentes et de croûtes purulentes. Son corps avait manifestement subi d'horribles actes de torture. Les extrémités de ses mains étaient bandées, on avait dû procéder à l'arrachement de ses ongles. Les yeux d'Ivoire Immaculé, ternis par mille souffrances endurées, avaient perdu tout leur éclat. Le prêtre taoïste aurait voulu le prendre dans ses bras, le laver et panser ses plaies, mais c'était impossible : il avait lui-même les pieds et les mains entravés par des chaînes de bronze.

Le Premier ministre venait de coller son visage contre celui de la jeune ordonnance que les gardes continuaient à maintenir penché vers l'arrière.

— Tu as bien avoué que Zhaogongming avait retrouvé ma fille Rosée Printanière dans un lieu dont tu disais avoir oublié le nom..., susurra-t-il lentement.

Le taoïste retenait son souffle. Il observait attentivement la face du jeune supplicié. Il crut d'abord percevoir, à sa grande stupeur, un signe d'acquiescement dans le gargouillis de bave et de sang qui sortait de sa bouche boursouflée et difforme. Mais le pauvre Ivoire Immaculé, dont toute la dentition avait été arrachée à la pince par ses abjects bourreaux, était bien incapable de proférer la moindre parole puisqu'à présent c'était sa tête qui, clairement, faisait « non ». Zhaogongming, soulagé, comprit que l'ordonnance continuait à refuser de donner le nom du pic de Huashan. Il imaginait sans peine ce qui avait dû se passer entre ce demi-aveu où, sans s'en rendre compte, Ivoire Immaculé avait vendu la mèche, et la façon qu'il avait eu de se rattraper *in extremis*, conscient des conséquences que pouvaient avoir ses précisions, en prétextant avoir oublié le nom de l'endroit où Zhaogongming avait pu rencontrer Rosée Printanière.

Lisi se tourna, exaspéré, vers le prêtre taoïste, en espérant que la vue du supplicié encouragerait Zhaogongming à en dire plus.

— Si tu me donnes le nom du lieu où se trouve ma fille, ton ami aura la vie sauve. Un chirurgien est déjà là, tout prêt à le recoudre et à panser ses blessures... Il ne faudra pas plus d'une semaine pour qu'il soit remis sur pied. Dans le cas contraire, il risque bien de t'arriver la même chose qu'à Poisson d'Or !

— Peut-être faudrait-il leur laisser un peu de temps pour réfléchir ? gémit Zhaogao qui n'osait pas regarder le visage supplicié de son ordonnance.

Le Premier ministre foudroya du regard le Général aux Biceps de Bronze.

Le taoïste et l'ordonnance, pétrifiés, se regardaient, guettant le premier geste que l'un ou l'autre ferait. Zhaogongming, totalement anéanti par l'état du corps de son amant, n'attendait qu'un seul geste de sa part pour informer Lisi du nom de l'endroit où il avait rencontré Rosée Printanière. Il essaya de faire comprendre à Ivoire Immaculé, en plongeant ses yeux dans les siens, qu'il était prêt, dès qu'il aurait dit « oui » de la tête, à accepter la proposition du Premier ministre.

Le jeune homme avait compris que le prêtre lui laissait le choix et qu'il attendait que lui-même s'exprimât en premier.

Il renouvela donc avec sa tête un signe net de dénégation.

Ivoire Immaculé refusait clairement tout aveu de la part de Zhaogongming.

Les yeux de l'ordonnance étaient la seule partie encore intacte de son visage ensanglanté, et Zhaogongming pouvait parfaitement y lire un éclatant message de résistance. Ce n'était plus le regard insouciant et provocant, prompt aux œillades, de celui qui avait été son partenaire amoureux, mais plutôt celui d'un héros et d'un rebelle prêt au sacrifice suprême et qui s'opposait de toutes ses forces à la barbarie et à l'oppression dont ils subissaient désormais tous les deux l'odieuse méthode.

Ivoire Immaculé, complètement à bout de forces et exsangue, qui sentait ses forces l'abandonner et avait envie d'en finir, après les longues séances de torture qu'on lui avait fait subir, en lui enfonçant de longues aiguilles de fer sous les ongles avant de les lui arracher un à un à l'aide d'une pince de bronze, sommait son amant de tenir bon et de ne rien révéler à l'abject Lisi, lequel essayait d'abuser le prêtre taoïste en lui faisant croire qu'il était prêt à lui accorder la vie sauve contre la révélation de l'endroit où se cachait sa fille.

Zhaogongming eut aussi une pensée pour Tigre de Bronze, que l'on avait retrouvé sans vie à ses côtés quelques jours plus tôt, dans leur cellule. Personne ne s'était douté qu'il l'avait aidé à mourir. Et voilà qu'Ivoire Immaculé faisait preuve du même courage, en préférant disparaître plutôt que de trahir ce secret.

Aussi, malgré ce qu'il lui en coûtait, le prêtre taoïste décida-t-il de se conformer à ce qu'il venait de lire dans les pauvres yeux délavés par la douleur de son petit ami.

Il n'avait pas le choix. Eût-il avoué que cela n'aurait rien changé, il en était sûr, pas plus au sort d'Ivoire Immaculé qu'au sien.

— Je ne sais pas de quoi ce garçon veut parler et n'ai rien à dire de plus ! annonça alors le taoïste d'une voix forte.

— Nous allons faire en sorte que la mémoire te revienne... Le chirurgien présent saura y pourvoir ! affirma le Premier ministre en guise de menace.

Puis il s'approcha d'Ivoire Immaculé et le poussa violemment pour le faire tomber sur le sol où ce dernier s'écroula en hurlant.

— Puisque tu l'as voulu, tu assisteras toi aussi au supplice de ton ami, cria encore Lisi, ivre de colère.

Il ne supportait pas de ne pas obtenir de ces deux hommes le précieux renseignement qui lui aurait permis de récupérer Rosée Printanière, qui lui manquait tant. Il se sentait prêt à tuer, s'il le fallait, de ses propres mains, le taoïste et l'ordonnance, il ne voyait aucune limite à son emportement. L'absence de sa fille était si insupportable qu'il aurait fait n'importe quoi pour y remédier !

Après avoir craint de ne jamais plus la revoir, la révélation d'Ivoire Immaculé, dont l'annonce lui était parvenue, selon laquelle ce Zhaogongming avait rencontré sa fille était devenue le fol espoir auquel il voulait se raccrocher...

C'était en fait Zhaogao qui était à l'origine de cette nouvelle inespérée.

Au cours de l'interrogatoire que le Général aux Biceps de Bronze avait fait subir au jeune homme, après avoir fait jeter les deux amants au cachot pour essayer de récupérer sa jeune ordonnance qui s'en était allée rejoindre le prêtre taoïste sans sa permission, il s'était laissé surprendre par son propre zèle. Quand on l'avait interrogé sur les motifs de sa préférence pour Zhaogongming, Ivoire Immaculé s'était enfermé dans le silence dont seul l'avait fait sortir le recours à des méthodes plus directes, préconisées, quoique avec réticence, par le général qui s'était trouvé, en quelque sorte, pris à son propre piège lorsque le bourreau lui avait demandé s'il convenait ou non de passer à un interrogatoire plus musclé.

— Dis-moi au moins ce que tu trouves à ce prêtre ! avait tonné Zhaogao, que je puisse au moins en faire autant !

Tandis que les fers chauffés à blanc s'enfonçaient dans les chairs et que le bourreau lançait l'un après l'autre, sur le mur devant lui, d'un air dégoûté ses ongles arrachés, Zhaogao, pétrifié par le monstrueux spectacle qu'il avait déclenché, avait entendu la jeune ordonnance, toute pantelante, finir par avouer qu'elle espérait obtenir du taoïste les secrets de fabrication de ses recettes magiques. Ivoire Immaculé avait innocemment mentionné cette poudre noire ainsi que l'équipée du prêtre vers ce lieu où il avait rencontré la fille du Premier ministre.

— La fille de notre Premier ministre ? Mais c'est là une information capitale ! Il te suffira de me dire le nom de cet endroit et l'interrogatoire cessera !

— Ma mémoire me fait défaut... J'ai trop mal !

— Réponds-moi et je te ferai soigner dans les plus brefs délais !

— Approche, alors, je vais te le dire à l'oreille.

Et au moment où l'autre s'était approché sans vergogne de celui qu'il venait de soumettre à la question, Ivoire Immaculé lui avait murmuré : « Je te hais ! »

Devant la fébrilité et l'extrême agitation qui, après sa révélation, s'étaient emparées de son ancien amant, le jeune homme, malgré l'atroce douleur qu'il éprouvait au bout de ses doigts en sang mais conscient de la duplicité de Zhaogao, s'était juré de ne pas lui révéler le nom du lieu où Zhaogongming s'était rendu et, pour couper court, avait prétexté qu'il l'avait oublié. Puis, dans une ultime pirouette destinée à lui prouver qu'il n'obtiendrait rien de plus de sa part, il lui avait dit sa haine.

Après la fin de l'interrogatoire, Zhaogao, ulcéré, s'était empressé de faire parvenir à Lisi, toutes affaires cessantes, un mémorandum dans lequel, sur un ton faussement modeste, « il se permettait de relater à Son Excellence le Premier ministre deux faits capitaux qui étaient plutôt, selon lui, de bonnes nouvelles ! ».

Le premier était la mention fortuite du nom de Rosée Printanière au cours de l'interrogatoire, sur un tout autre sujet, d'une jeune ordonnance appelée Ivoire

Immaculé. Il signalait également qu'il retenait prisonnier ce prêtre taoïste qui était censé avoir rencontré sa fille. Une confrontation s'imposait entre l'ordonnance et le prêtre, dont il souhaitait ardemment qu'elle eût lieu en sa présence. Le second fait, peut-être plus important encore, était la mort de Poisson d'Or qui, après avoir été arrêté à Dongyin en état d'ébriété, avait été retrouvé sans vie dans sa cellule.

Zhaogao concluait en indiquant qu'il avait jugé ces deux informations suffisamment sérieuses pour les lui faire parvenir sans attendre.

Quand il avait apposé son sceau sur le mémorandum, le Général aux Biceps de Bronze, ravi de cette heureuse initiative, se rêvait déjà ministre de la Guerre.

Deux semaines plus tard, le temps que la missive lui parvînt, Lisi s'était précipité à Dongyin. Il souhaitait procéder lui-même à la confrontation entre l'ordonnance et le prêtre taoïste. Dans ce but, il n'avait pas hésité à interrompre sa tournée préparatoire aux inspections impériales pour se ruer vers le petit port de pêche. À peine arrivé là, c'était tout juste s'il avait daigné jeter un regard au cadavre déjà passablement décomposé et mangé par les insectes de Tigre de Bronze que le général Zhaogao lui avait pompeusement présenté à la morgue – en mettant en évidence, d'un air fort satisfait, la marque de Bi encore visible sur la peau bleuie de la fesse du défunt –, tellement il était pressé de connaître le nom de l'endroit où se trouvait sa chère petite Rosée Printanière.

À présent qu'il avait vu de quoi ce Premier ministre était capable, Ivoire Immaculé, devenu par la force des choses un héros malgré lui, se félicitait de cette ultime clairvoyance qui avait été la sienne lorsqu'il avait feint cette perte de mémoire.

Un tel père, assurément, ne méritait pas de retrouver sa fille !

Il ne connaissait ni Poisson d'Or ni Rosée Printanière, qui ne sauraient jamais ce qu'ils devaient à ce jeune homme insouciant au corps si beau qu'il faisait tourner la tête à tant de prétendants, à cet être avide de plaisirs, de bonheur et de longévité, capable de toutes les petites roueries pour arriver à ses fins, à cet homme que la torture et la prison avaient profondément transformé, au point de le rendre si noble d'âme.

81

Entre eux, c'était devenu le rituel qu'ils s'étaient juré de pratiquer ensemble immanquablement pendant les dix mille ans qui les sépareraient de la mort.

Le disque de jade était toujours au milieu d'eux quand ils faisaient l'amour et mêlaient leurs souffles.

Rosée Printanière posait bien à plat sur le sol le Bi noir étoilé et ils s'asseyaient, entièrement nus, de part et d'autre. Puis ils commençaient à se toucher mutuellement le buste de la pointe des doigts d'une main tout en passant et en repassant la paume de l'autre sur l'endroit du disque rituel où les étoiles micacées formaient l'image de la Voie Lactée.

Alors Rosée Printanière, que ce simple contact suffisait à rendre folle de désir, sentait frémir son ventre et les pointes de ses seins se dresser, tandis que toute sa peau prenait la chair de poule. De son côté, Poisson d'Or, dont la turgescence du Bâton de Jade ne laissait aucun doute sur ses dispositions vis-à-vis de sa partenaire, considérait avec de plus en plus d'étonnement ce disque de jade noir qui paraissait favoriser à ce point la fusion de leurs attentes mutuelles.

— Le grand disque de jade est à notre image ! Il est notre miroir : je ne suis que la Tisserande et tu n'es que le Bouvier. La Voie Lactée nous a longtemps sépa-

rés, mais à présent nous sommes unis pour toujours...,
lui avait-elle expliqué, alors qu'elle venait de le sortir
de sa robe pour la première fois devant lui, sur la plage
de sable noir, peu après leurs retrouvailles.

Incrédule, il avait scruté avec attention le firmament
miniature qui s'inscrivait dans la pierre qui avait appar-
tenu à Lubuwei. Il n'avait pas eu de mal à apercevoir
distinctement les images stellaires des deux constellations formées par les minuscules corpuscules micacés.
Les deux amas d'étoiles étaient effectivement séparés
par une trace plus brillante. Il avait constaté, en le prenant à son tour dans ses mains, que le Bi rituel irradiait
une douce chaleur. Il avait même ressenti ses effets le
long de ses bras, comme si les ondes émanant du disque remontaient peu à peu vers son cœur.

— C'est fabuleux ! Je sens sa chaleur dans tout mon
corps ! s'était-il écrié, émerveillé.

— Ce Bi rituel a des vertus extraordinaires, dont
Lubuwei profita en son temps. Je souhaite ardemment
qu'il en soit de même pour toi ! avait-elle répondu sans
hésiter.

Depuis, le disque de jade ne les quittait plus. Quand
ils dormaient blottis l'un contre l'autre, elle le plaçait
toujours entre eux.

— C'est parce qu'il nous a porté chance que nous
devons garder ce contact intime avec lui, affirmait-elle
lorsqu'il s'étonnait parfois de sa présence.

Rosée Printanière parlait désormais du Bi comme
s'il se fût agi d'un être humain ayant pour unique voca-
tion de faire leur bonheur.

— Tu l'évoques comme s'il s'agissait d'un compagnon ! lui disait-il souvent, amusé par tant de prévenances.

— Ce Bi est à l'image de l'*homme parfait* !

— Celui dont parle le grand philosophe Zhuangzi ?

— Celui-là même. Souviens-toi de ce que nous en

disait Accomplissement Naturel : « *Il ne s'écarte jamais de la vérité, l'homme parfait ! Sa règle est l'absence de règles, ce qui constitue la règle suprême !* »

— Je me rappelle parfaitement ces strophes. Comme j'aimerais revoir ce vieux lettré qui nous apprit l'essentiel de ce que l'esprit humain doit connaître !

— Hélas, il a préféré en finir et partir de l'autre côté de la montagne. De chagrin, à la suite du Grand Incendie des Livres, il s'est jeté du haut de la Falaise. Les autorités lui avaient de surcroît infligé l'humiliation d'un changement de nom : d'Accomplissement Naturel, il était devenu Crochet-Faucille !

— Yaomei me l'a raconté. Mais comment a-t-on pu faire une chose aussi ignoble ? s'écria Poisson d'Or avec véhémence.

Le rappel de la triste fin du Très Sage Conservateur lui fit éprouver un véritable haut-le-cœur. Ainsi, les autorités n'avaient pas hésité à obliger le plus vénérable lettré de l'Empire à abandonner son nom pour le troquer contre un sobriquet ridicule et humiliant ! L'État légiste, décidément, ne respectait plus rien...

C'était un terrible engrenage qu'avait fomenté cet Empereur et qui broyait les individus et les consciences. En privant les intellectuels de leurs modèles, Qinshihuangdi, de proche en proche, était en passe de réussir à décérébrer son peuple. En abolissant toute capacité de critique et de raisonnement, nul doute qu'il parviendrait à ses fins !

Mais Poisson d'Or s'était juré qu'il ne le laisserait pas faire. Plus le temps passait et plus il prenait conscience, de façon éclatante, que la vraie bataille à mener, désormais, était bien celle des idées. La vraie menace qui pesait sur le peuple était moins d'ordre physique que spirituel. Il fallait à tout prix permettre aux débats d'exister, à l'intelligence de s'exprimer librement, à la critique de se manifester. Le pire ennemi du légisme ne résidait-il pas dans la capacité des citoyens à l'analyser sur un mode critique ? Et pour cela, il fallait des références, des exemples historiques à méditer et des théories différentes à lui opposer.

Et sans les livres, ces inestimables guides pour la pensée et l'action, rien ne serait possible.

— J'ai hâte d'ouvrir cette cache aux écrits pour libérer le peuple de l'obscurantisme où Zheng souhaite l'enfermer pour finir de l'asservir ! assura-t-il à Rosée Printanière.

Pendant qu'il parlait, les lèvres de la jeune femme lui faisaient subir le plus délicieux des traitements, tout à l'extrémité nacrée de sa Tige de Jade qui rosissait peu à peu comme l'intérieur d'un coquillage.

— Je me contente pour l'instant de libérer tes flux internes ! répondit-elle en riant, une fois que, le traitement prodigué ayant produit son effet, elle put à nouveau parler.

La jeune femme, que le désir éprouvé pour lui, de même que la confiance qu'il lui témoignait, avaient su rendre plus experte que la plus aguerrie des courtisanes, s'était à présent allongée sur la couche et avait placé ses cuisses largement ouvertes sur les épaules de Poisson d'Or. Elles étaient douces comme la soie et fuselées comme un vase rituel Gu. Ému, il pouvait voir palpiter les lèvres humides et toutes ourlées de rose de sa Sublime Porte de Rosée : elles semblaient lui réciter le plus langoureux des poèmes. N'était-ce pas là, aussi, une tendre et exquise invite à venir les embrasser et les taquiner avec sa langue ? Il s'y prêta donc avec autant d'ardeur que d'application, déclenchant chez Rosée Printanière une série de spasmes de plus en plus violents qui finirent par lui arracher, d'abord, une série de soupirs entrecoupés de petits cris de contentement, puis un immense râle de plaisir.

— Maintenant, c'est à moi de prendre l'initiative !
Je vais te rendre au centuple ce que tu viens de me
donner, chuchota, pantelante, la jeune femme.

Alors elle entraîna Poisson d'Or dans ce tourbillon
extatique où le corps de l'homme, à force d'être solli-
cité, acceptait de se perdre et de s'anéantir dans la
jouissance, comme s'il s'agissait d'une « petite mort ».
Elle lui fit subir les délicieux outrages de ses lèvres,
de ses doigts, et même de son Bouton de Rose qu'elle
n'avait pas hésité à lui poser sur le nez, puis sur la
bouche, après s'être assise à califourchon au-dessus du
visage de cet homme à qui elle voulait, parce qu'elle
l'aimait de toutes ses fibres, tout offrir et tout rendre
de ce voluptueux plaisir qu'il savait si bien lui procurer.

— Mais dis-moi, Rosée Printanière, qui t'a appris
à prodiguer de telles caresses ? parvint à soupirer Poisson d'Or entre deux attouchements encore plus irrésis-
tibles qu'elle venait de lui prodiguer.

— Personne d'autre que toi... Nos cœurs sont parfaitement accordés, c'est ainsi que nous nous aimons.
Nous n'y sommes pour rien, notre amour nous dépasse
et nous emporte avec lui. Et je veux être de ce voyage !

— Il est vrai que nos souffles sont à l'unisson...

— Je n'ai qu'à me laisser porter par le fleuve qui
m'entraîne vers toi. Nous sommes faits l'un pour
l'autre, comme le Yin et le Yang se rencontrent pour
former le Grand Équilibre sur le chemin de la Grande
Voie ! lui susurra-t-elle à l'oreille entre deux nouveaux
frissons de volupté.

— Puissions-nous n'être plus jamais séparés !

À ces mots, la jeune femme se redressa et secoua
sa chevelure, comme un cheval sauvage qu'un bruit
inusité serait venu troubler.

— Je propose que nous nous en fassions le serment
éternel au-dessus du disque de jade ! s'exclama-t-elle.

Puis elle ramassa le Bi noir étoilé qui était resté sur le sol et le dressa au-dessus de la tête de son amant.

Poisson d'Or semblait porter l'auréole noire d'un Immortel.

— Ma grand-mère Vallée Profonde m'a expliqué la signification du Chaos originel de Hongmeng, ce magma jaune comme l'embryon du poussin, « grande glèbe » mais également source de vie ! C'est de cette sorte de néant que surgit la Vie ! Ce Bi rituel en est l'exacte représentation... Je propose donc que la fusion de nos souffles soit issue du Chaos de Hongmeng. À deux, mon Poisson d'Or, nous sommes la Vie !

— À mon tour, je te parlerai du Chaos du Poisson Kun, cet alevin qui surnage dans l'obscurité de la Mer du Nord-Est et qui parvient à se transformer en Oiseau Phénix Peng ! dit-il en lui caressant le ventre.

— Tous les Chaos se ressemblent, ce sont des antres aux Mille Trésors, que ce soit celui de Hongmeng ou celui du Poisson Kun ! Ton nom est si proche de celui de ce Chaos !

La langue de Rosée Printanière avait forcé les lèvres de Poisson d'Or et tournoyait à l'intérieur de sa bouche. Puis elle s'écarta un peu, et il put lui répondre :

— Les Chaos sont ronds et clos comme des vases rituels... Te souviens-tu de l'exégèse que nous faisait Accomplissement Naturel du Chaos Primordial selon Zhuangzi, à mon sens le plus grand de nos philosophes ? Le Chaos, pour Zhuangzi, était « *l'outre close de l'Empereur du Centre* »...

— Je m'en souviens parfaitement. Mais il ne parlait pas, en l'occurrence, de l'Empereur Qinshihuangdi ! dit-elle tandis que son ventre commençait à se tendre à nouveau.

Avec une ardeur toute juvénile, il avait entrepris de frotter son Bouton de Rose dont les lèvres s'étaient remises à palpiter avant de s'écarter, comme si elles avaient voulu lui signifier qu'elles n'en avaient jamais assez. Il ne tarda pas à revenir en elle tout en faisant glisser le disque tout le long de son corps. Au contact de la pierre noire, si douce et si tiède, la peau veloutée de Rosée Printanière se hérissait de plaisir.

— Ensemble, nous resterons à jamais unis dans la Grande Paix, murmura Poisson d'Or.

— Je n'en doute pas une seconde. Ensemble, nous fonderons une ère de bonheur et de prospérité pour tous les autres, qui nous suivront et prendront exemple sur nous...

La Grande Paix n'était rien d'autre que cet État à venir que chacun était en droit d'espérer. Alors, entre les hommes, régneraient seulement l'harmonie et le bonheur. La Grande Paix était aussi la réplique de l'Âge d'Or Dong, cette époque immémoriale où les hommes étaient à la fois tous égaux et parfaitement heureux.

Les deux amants savaient déjà que leur bonheur était ce qu'ils avaient de plus précieux ; sans lui, et sans eux, il n'y aurait jamais de Grande Paix pour les peuples de l'Empire du Centre.

Car c'était de leur rencontre que germerait le bien.

Et cette conviction leur donnait furieusement envie d'être heureux.

*

Après l'interrogatoire de Zhaogongming et d'Ivoire Immaculé, qui n'avait rien donné de précis, Zhaogao voyait, à en juger par la mine furieuse et déconfite de Lisi, sa promotion au poste de ministre de la Guerre s'évanouir en fumée.

La déception du général était telle qu'il n'avait même pas eu la présence d'esprit d'ordonner aux gardes qu'on plaçât les deux prisonniers en détention dans

351

deux cellules séparées. Ainsi, un peu stupéfaits, le prêtre et l'ordonnance avaient été jetés dans le même cachot.

Une fois la porte refermée à double tour, ils se serrèrent l'un contre l'autre pour se donner du courage. Le prêtre taoïste, qui était physiquement beaucoup moins abîmé que ne l'était l'ordonnance, s'efforçait de l'aider à trouver une position pour s'allonger. Puis lorsque celle-ci, au prix de mille efforts, réussit à s'étendre, le prêtre passa une main dans ses cheveux durcis par le sang coagulé. Ivoire Immaculé était si épuisé qu'il pouvait à peine parler.

Comme d'habitude lorsque la marée était haute, le sol de leur cachot était humide...

C'était là, dans cette obscurité moite comme un épais brouillard, que, quelques semaines plus tôt, Tigre de Bronze avait rendu son dernier souffle.

— Que va devenir ce pauvre Saut du Tigre ? parvint à balbutier Ivoire Immaculé dont la bouche, collée par des croûtes purulentes, s'ouvrait avec peine.

— Il est parti avec Poisson d'Or et Rosée Printanière pour Xian-yang.

— Mais je croyais qu'il était mort ici même ?

Zhaogongming expliqua à Ivoire Immaculé comment Tigre de Bronze avait réussi à se faire passer pour son fils afin de permettre à ce dernier de s'enfuir tranquillement.

Il constata avec soulagement que cette belle histoire parvenait à rendre le sourire au malheureux visage tuméfié de l'ordonnance.

— Ils se sont rendus dans la capitale dans l'intention de sortir d'une cache les livres les plus précieux de la Tour de la Mémoire, que des esprits prévoyants avaient pu déplacer pour les préserver des flammes du Grand Incendie.

Ivoire Immaculé, les yeux mi-clos, n'eut pas la force de répondre.

— Ce seront autant de semences qui permettront, je n'en doute pas, à la pensée de refleurir ! ajouta le taoïste.

Il fit asseoir son compagnon contre le mur et, s'apercevant qu'il respirait mal, se mit à l'éventer.

— Tu ne sauras jamais à quel point je souhaite qu'ils réussissent. Le peuple de notre pays mérite de sortir de l'enfer où ses dirigeants l'ont plongé..., chuchota, dans un souffle presque imperceptible, Ivoire Immaculé.

Dehors, le vent mugissait et le Grand Océan Rond grondait de colère. Ils pouvaient entendre le bruit des lames qui s'abattaient contre le pied de la tour de la prison où se trouvait leur cellule. Ivoire Immaculé, bercé par le fracas de l'Océan Oriental, savait qu'il ne lui restait que quelques heures à vivre. Il avait déjà perdu plus de la moitié de son sang et sentait à présent un voile noir, qui ne pouvait être que celui de la mort, glisser doucement sous ses paupières.

Le prêtre ne reconnaissait plus, dans ce corps affalé contre le mur, dont la tête ne tenait même plus droit sur les épaules, le jeune éphèbe racoleur, qui n'aimait rien tant que séduire et prendre la pose, dont il était tombé follement amoureux à peine l'avait-il vu surgir, avec Zhaogao, sur le mont Taishan. Les bourreaux de l'Empire l'avaient transformé en un pauvre amas de chairs meurtries. Nimbé dans son nuage de souffrance, Ivoire Immaculé lui paraissait encore plus vrai et plus sensible qu'au premier jour.

Bouleversé, il s'apercevait qu'il l'aimait plus encore.

— Je vais essayer de te soulager en appelant sur toi des souffles positifs..., proposa le taoïste, qui retenait difficilement ses pleurs.

— Mais je crois si peu aux souffles ! Malgré tous les efforts que je fais, je n'ai jamais senti de différence entre un souffle faste et un souffle néfaste, avoua le jeune homme.

Il venait de cracher un flot de sang qui inondait sa poitrine couverte de balafres.

— À quoi es-tu sensible, dans ce cas ? demanda avec infiniment de douceur Zhaogongming qui l'avait pris contre sa poitrine, comme une mère recueille son enfant.

— Je ne sais pas... Peut-être à la calligraphie et à la peinture ? Devant un beau dessin, c'est là que j'éprouverais encore le trouble le plus grand, répondit sérieusement l'ordonnance qui peinait de plus en plus à déglutir.

— Alors nous allons peindre ensemble ! Tu verras, tu iras mieux ensuite. Ton esprit parviendra à se détacher de ton corps meurtri. Tu ne ressentiras pratiquement plus la douleur dont est empreinte ton enveloppe charnelle.

— Mais nous n'avons ni pinceau, ni encre, ni stylet et encore moins de planchette...

Zhaogongming avait pris la main droite de l'ordonnance.

— Nous procéderons par gestes. C'est moi qui guiderai ton bras.

Le bras d'Ivoire Immaculé était à la fois mou et léger comme un foulard.

— Tu vas imaginer que le mur de notre cellule est un panneau de planches de tilleul délicatement assemblées les unes aux autres, que je viens d'enduire de céruse. C'est là que nous allons à présent peindre et calligraphier, dit le taoïste.

— D'accord, parvint à articuler Ivoire Immaculé.

Zhaogongming désignait à présent la paroi de moellons humides entre lesquels poussait une mousse qui donnait cette insupportable odeur de moisi à laquelle on ne pouvait jamais s'habituer.

— Ce mur est le Chaos : l'état d'indifférenciation entre le Plein et le Vide, la Forme et le Sans-Forme, l'Avoir et le Non-Avoir. Le vois-tu ?

— Oui, ça y est, je perçois clairement le Chaos, répondit le filet de voix qui restait encore à la jeune ordonnance.

Il n'avait même plus la possibilité de redresser la tête pour fixer le mur de pierre. D'ailleurs, le voile noir qui recouvrait à présent presque entièrement son regard l'aurait empêché de le voir...

— À présent, tu vas tendre ta main droite vers le Chaos. Elle est ton pinceau et elle va percer le Chaos originel.

Zhaogongming guida le bras d'Ivoire Immaculé pour imiter le geste du percement.

— Ça y est, tu viens de le percer ! s'écria le prêtre.

La tête d'Ivoire Immaculé s'était à présent renversée contre l'épaule de Zhaogongming.

— Que m'arrive-t-il ? gémit l'ordonnance qui se sentait partir.

— Ne vois-tu pas le plus merveilleux des paysages ? Des montagnes ridées comme le cou d'un buffle, des brumes vaporeuses irisées par les rayons solaires, de l'eau transparente et pure coulant en abondance, et, par-dessus le tout, un ciel azuré qui paraît aussi profond que la mer. Il y a aussi un lac de couleur turquoise. Le vois-tu ?

— Oui, je le vois... Comme il est beau ! soupira la voix d'Ivoire Immaculé avant de s'éteindre dans un soupir, comme la flamme d'une chandelle.

— Eh bien, de ce lac émerge l'île Penglai ! Tu vas voir la cime de ses arbres, leurs troncs sont en or massif et ils sont couverts de fruits de jade...

Zhaogongming, tout à la description de sa vision

intérieure de l'Île Immortelle, ne s'était pas aperçu que son compagnon venait de perdre connaissance.

— Je vais à présent te décrire les fruits qui poussent sur les arbres de cette île extraordinaire..., poursuivit le prêtre d'une voix lente et persuasive.

Mais les yeux d'Ivoire Immaculé venaient de se révulser.

— Je vois des oranges de jade et des perles fines, grosses comme des œufs de poule, pendre de leurs branches. Ils sont tous très beaux. Ils sont pour toi ! continuait le taoïste.

Ivoire Immaculé était mort, contre son épaule.

— Ils sont beaux parce que ta peinture est belle ! Tu es devenu un bon peintre des Îles Immortelles. Dis-moi, mon cher petit Ivoire Immaculé, n'est-ce pas la meilleure façon de s'y installer ?

Les paupières de l'ordonnance s'étaient à présent définitivement fermées. Il n'aurait plus besoin d'être guidé par les commentaires poétiques d'un Zhaogong-ming toujours amoureux.

L'esprit de la jeune ordonnance s'était envolé vers le havre de paix et de sérénité des Îles Immortelles, là où chaque fruit cueilli assurait dix mille années de vie de plus à celui qui avait le bonheur de croquer dedans ; là où les eaux bleues dans lesquelles les poissons se faisaient prendre quand ils le souhaitaient, ce qui – au passage – dispensait les pêcheurs d'utiliser le moindre hameçon, surgissaient au milieu de déserts de sable d'or et de pierres d'argent qu'elles contribuaient à peupler d'essences rares et odorantes ; là où il n'y avait ni armées ni généraux sans foi ni loi qui transformaient les petites ordonnances en esclaves sexuels en leur faisant miroiter des promotions qui ne venaient jamais ; là où personne ne mentait à autrui ; là où le peuple n'avait pas peur ; là où il n'y avait ni espions, ni traîtres, ni délateurs ; là où on ne vous jetait pas en prison pour se débarrasser de vous en prétextant que l'on rendait la justice ; là où chacun aimait l'autre, où chacun s'entraidait, où chacun éprouvait du respect et de la compassion pour son prochain ; là où devait se trouver l'Empire du Bien, qui avait tellement plus de valeur que l'Empire du Centre.

Zhaogongming, émerveillé, se sentait partir de plus en plus loin.

Il suffisait de peindre avec son esprit et sa sensibilité les Îles Immortelles et on se retrouvait sur l'une d'elles !

Par la force de l'esprit, on effaçait les murs des prisons...

Après avoir respiré profondément, le taoïste refit le geste de percer le Chaos originel.

Comme c'était merveilleux !

Il volait comme un oiseau... L'île Penglai se trouvait juste au-dessous de lui. Vue d'en haut, elle était plus magnifique encore ! Il surplombait la cime de ses arbres à fruits de jade, ces mêmes fruits qu'Ivoire Immaculé avait vus pour la première fois à la fumerie de la Lune Verte et qu'il était venu chercher sur le mont Taishan.

Il avisa sur un arbre plus haut que les autres de somptueuses oranges de jade bleu. Elles étaient si attirantes qu'il prit un nouvel essor pour se poser sur sa cime. Il en cueillit une. Lorsqu'il la porta à sa bouche, il s'aperçut, en ouvrant les yeux, que c'était la main déjà froide d'Ivoire Immaculé.

Il l'avait tellement embrassée qu'elle était toute mouillée de ses larmes et de sa salive.

*

Lorsqu'ils arrivèrent devant l'entrée de la grotte de Vallée Profonde, la prêtresse médiumnique les attendait, drapée pour la circonstance dans une longue robe jaune, entourée d'une nuée d'oiseaux qui voletaient en piaillant.

— Fais attention de ne pas écraser les escargots qui nous escortent ! souffla Rosée Printanière à l'oreille de Poisson d'Or.

Elle lui montrait les deux longues files de gastéropodes qui glissaient avec lenteur sur chaque côté du tapis de mousse verte menant aux pieds de la prêtresse. Leurs coquilles luisantes et mordorées, telles des têtes de clous qu'on y aurait fichées, dessinaient sur le sol deux lignes continues parfaitement parallèles.

— Je savais bien que vous viendriez voir votre grand-mère ! murmura la voix douce de la vieille femme.

— Le pic de Huashan était sur notre chemin et je souhaitais absolument te présenter Poisson d'Or, lança gaiement Rosée Printanière en guise de bonjour, avant de se jeter au cou de sa grand-mère.

— Mes chers enfants, mon bonheur est à son comble : voici donc le Bouvier et la Tisserande définitivement réunis !

La joie faisait resplendir le visage de Vallée Profonde qui semblait avoir rajeuni de trente années lunaires.

Les efforts immenses qu'elle n'avait cessé d'accomplir pour aboutir enfin au résultat qu'elle avait sous les yeux n'avaient donc pas été vains ! Elle ne comptait même plus le nombre de méditations et d'exercices qu'elle avait pratiqués, souvent à plusieurs reprises dans la même journée, pour protéger sa petite-fille en faisant converger sur son être les souffles positifs, mais aussi pour veiller à maintenir intacte la flamme que Poisson d'Or lui témoignait depuis qu'ils étaient adolescents. Cette dernière mission n'avait pas été la moins difficile à mener à bien. Elle ne savait rien, ou presque, de l'enfant à la marque, puis de l'adolescent qu'il était devenu, et encore moins de l'homme qu'il était à présent.

Elle ne doutait ni de ses qualités ni de son charisme, car elle faisait aveuglément confiance à sa petite-fille, à sa sûreté de jugement et à la pertinence de ses choix. Mais elle avait toujours manqué d'un quelconque support matériel concernant Poisson d'Or, une touffe de ses cheveux ou un morceau de vêtement qu'il aurait porté, pour accomplir ses exercices. Faute de cet adjuvant, il lui avait fallu mobiliser des trésors d'énergie et de force intérieure pour réussir à convoquer dans ses méditations cet être qu'elle ne connaissait pas.

Aussi s'était-elle efforcée de l'imaginer dans ses rêves après l'avoir dessiné mentalement.

Et elle constatait avec satisfaction que l'image qu'elle s'en était faite correspondait à la réalité du personnage qui, maintenant, lui faisait face. Au premier regard échangé, elle avait perçu que le grand amour de sa petite-fille était également un être hors du commun. La finesse de son visage, l'équilibre de ses traits, sa prestance, la douceur et l'intelligence de son regard parlaient d'eux-mêmes.

— Je comprends mieux pourquoi tu n'as jamais cessé d'attendre son retour..., dit-elle en souriant.

Poisson d'Or, gêné, avait fait mine de s'éloigner.

— Tu peux rester. Il ne doit pas y avoir plus de secrets entre toi et moi qu'avec Rosée Printanière ! lui lança la prêtresse d'un ton enjoué.

Il la regarda, quelque peu étonné.

— Je ne suis pas un « *homme parfait* » ! Je ne cherche pas à multiplier mes qualités, j'essaie simplement d'être vrai. Suivre sa nature, c'est suivre le Dao.

— C'est Laozi qui a écrit : « *Le nombreux égare et le peu obtient.* » Tu as raison de t'en tenir à l'Unique Vérité ! répondit Vallée Profonde.

— Cette phrase me rappelle la formule du maître Confucius dans ses *Entretiens* : « *Ma voie est celle de l'Un qui embrasse l'Universel !* » C'est l'unité qui est la source primordiale de toute chose. Je m'efforce d'appliquer ce principe à ma propre conduite, reprit Poisson d'Or.

— Et tu as bien raison ! Il ne faudra jamais y déroger. C'est ce qui t'a permis de devenir ce que tu es. Tout commence par ce qui est le plus simple, que ce soit le trait horizontal du trigramme du *Livre des Mutations Yijing* ou le trait de pinceau par lequel débute le peintre calligraphe, fit la prêtresse d'un ton grave.

Poisson d'Or, en regardant vers le sol, constata avec stupeur que les escargots s'étaient à présent alignés aux pieds de Vallée Profonde pour former un trait rectiligne, comme la barre Yihua, cette base des huit trigrammes qui étaient formés de trois lignes superposées, les unes, Yin, pleines, et les autres, Yang, interrompues au centre. Disposés en octogone, les huit trigrammes Bagua formaient une rose des vents pour donner la représentation synthétique de l'Univers.

Cette adéquation entre la posture des escargots et la cosmogonie acheva de le convaincre des extraordinaires capacités qui devaient être celles de la grand-mère de Rosée Printanière.

— Vos pouvoirs sont immenses ! Vous pourrez nous aider. Nous en aurons bien besoin ! avoua-t-il, proprement médusé par l'étrange alignement des gastéropodes.

— Dites-moi, mes enfants, quels sont à présent vos projets ?

Ce fut Rosée Printanière qui prit la parole, en venant se serrer tout contre Poisson d'Or.

— Nous avons l'intention d'aller retirer de leur cachette ces fameux livres rares dont j'ai eu l'occasion de te parler, et qui y sont à l'abri. Qu'en penses-tu ?

— Et que comptez-vous faire des ouvrages qui ont ainsi été sauvés du Grand Incendie ? questionna la vieille femme, légèrement anxieuse.

Elle les regardait avec émotion. Ils étaient si proches, dans les bras l'un de l'autre, qu'ils semblaient ne plus former qu'un seul corps.

— Les faire recopier et les répandre à nouveau dans l'Empire du Centre, afin de redonner droit de cité à l'esprit et à la pensée ! affirma fièrement Poisson d'Or.

— Tout ce que je sais, ce ne sont pas les livres qui me l'ont appris ! Ne suffit-il pas de dessiner un trait Yi comme celui-ci pour tout englober et tout comprendre de l'Univers ? interrogea Vallée Profonde.

Elle montrait l'impeccable alignement mordoré des coquilles des gastéropodes qui se détachaient, telles des pierres précieuses, sur l'épais tapis de mousse verte.

— Hélas, ceux qui n'ont pas la chance de posséder vos dons innés ou d'être initiés par un professeur expérimenté sont bien forcés de lire et d'apprendre dans les livres la démarche qui fut celle de nos aïeux, afin de comprendre à leur tour le sens des choses et réfléchir à bon escient. Aujourd'hui, l'État légiste ne tient que par l'anéantissement de la pensée critique de ses citoyens. Je ne pense pas que le Fils du Ciel ait reçu un tel mandat de son père..., répliqua-t-il plutôt vivement.

La prêtresse se mit à genoux et effleura du doigt les coquilles des deux escargots en tête de leur alignement. Alors les coquilles mordorées commencèrent à se déplacer lentement pour aller jusqu'à former un cercle parfait autour des deux amants qui se tenaient par la main.

— Mon objection était surtout guidée par la crainte de vous voir vous engager dans une aventure dangereuse pour vos deux vies qui me sont si chères ! Ne faut-il pas d'abord penser à votre bonheur ?

— Comment peut-on être heureux au milieu d'une population opprimée ?

— Il a raison ! s'écria Rosée Printanière. Nous avons décidé de nous battre pour la justice ! Libérer les livres cachés est une opération à notre portée, ajouta-t-elle fermement.

— Votre soif de justice est donc à ce point immense qu'elle passe avant la construction de votre bonheur ? constata, émerveillée par leur courage, la vieille femme.

— Nous serons heureux quand nous aurons l'esprit en paix... Jusque-là, nous devrons être toujours sur nos gardes. La tête de Poisson d'Or est mise à prix dans tout l'Empire. Mais cela ne nous a pas empêchés d'arriver jusqu'ici sans encombre ! reprit sa petite-fille.

Vallée Profonde considérait sa chère Rosée Printanière avec ravissement. Elle se disait que l'amour était en train de rendre invincible cette enfant adorée. Plongeant les yeux dans son regard avec attention, elle y retrouva, tant il était semblable, le même éclat rebelle qui était dans celui d'Inébranlable Étoile de l'Est.

— Dans tous les cas, j'userai mes dernières énergies pour faire converger les souffles positifs sur une entreprise aussi salutaire que la vôtre. N'oubliez pas, toutefois, que votre descendance sera aussi importante, pour l'Empire du Centre, que tous ces livres que vous aurez libérés ! Je vous en supplie, après avoir pensé aux autres, pensez aussi à vous !

— Nos retrouvailles datent d'à peine quelques jours... Nul doute que dans deux ou trois mois, si ce n'est pas plus tôt, mon ventre finira bien par porter le fruit de nos amours ! assura, non sans malice, la jeune femme à sa grand-mère.

Le visage ridé de la prêtresse médium s'illumina d'allégresse. Sa petite-fille, au milieu du cercle parfait que faisaient sur le sol les coquilles mordorées, tenait son amant par la main. Ne composaient-ils pas, à eux deux, le plus beau des couples ?

Vallée Profonde revoyait son propre corps dénudé et vibrant, sur les peaux d'animaux de l'antre où les villageois venaient la vénérer, au moment où, avec Zhong, alors prince héritier du Qin, ils avaient conçu Inébranlable Étoile de l'Est. Elle avait parfaitement senti la Liqueur de Jade de son amant venir inonder la passe qui menait à la cachette de son Champ de Cinabre où sommeillait l'embryon qu'elle avait réveillé. Le jet brûlant jailli du futur roi du Qin avait alors clairement dessiné un trait primordial Yi tout au fond de son ventre. Elle avait immédiatement deviné qu'à cet instant, à partir de ce simple trait, avait commencé la fabrication de cet enfant qu'elle avait été forcée d'abandonner après qu'on lui avait fait comprendre, à la cour de Xianyang, qu'elle n'y avait pas sa place.

Tout au long de cette retraite qu'elle s'était imposée au pied de la cascade du pic de Huashan, elle n'avait pu revoir Inébranlable Étoile de l'Est qu'une seule fois, lorsque, n'y tenant plus, elle était allée lui rendre visite dans la capitale. Puis, consciente que son époux ne lui ferait pas du bien, elle avait essayé par tous les moyens de la protéger. Aussi, lorsque Lisi l'avait vilement assassinée, elle avait failli mourir de chagrin et n'avait tenu que grâce à l'existence de Rosée Printanière. Le reste de sa vie avait été consacré à veiller sur elle. C'était Inébranlable Étoile de l'Est qui lui en avait confié le soin. Et depuis, elle l'avait surveillée comme sa propre fille, attentive à ses joies et à ses peines, prompte à l'aider dans les moments difficiles.

Et voilà qu'après tant d'épreuves, elle pouvait enfin constater que ses efforts n'avaient pas été vains ! Jamais elle n'aurait pensé avoir l'immense joie de toucher d'aussi près au prolongement de tout ce qu'elle avait initié.

Jamais récompense n'avait eu un goût aussi délicieux !

Elle en venait à penser que ce Bi noir étoilé avait fini par lui porter chance à elle aussi.

— Peux-tu me montrer le disque de jade ? demanda-t-elle alors à Rosée Printanière.

La jeune femme le sortit de dessous sa robe avant de le lui tendre.

Avec d'infinies précautions pour ne pas écraser une seule coquille, la prêtresse fit sortir les deux jeunes gens du cercle formé par les escargots, luisants des filets de leur bave, puis posa le Bi rituel au beau milieu de ce disque de mousse verte ourlé de grosses têtes de clous mordorées.

— Vous avez là, mes chers enfants, une image exacte de l'Univers et du cycle des saisons. Les escargots sont au nombre de trois cent quatre-vingt-quatre. Soit soixante-quatre fois six, comme la Grande Roue des hexagrammes. Soyez attentifs à vous accorder à tout cela, n'allez jamais contre les vents, les souffles et les courants. Ne rompez jamais ses équilibres mais respectez scrupuleusement la dynamique de la Nature et, je vous le dis, tout ira bien pour vous !

Ce fut alors qu'elle avisa une coquille très légèrement à l'écart de ce cercle parfait, où son absence créait un vide minuscule qui rompait imperceptiblement l'harmonie générale de la Grande Roue.

Elle se baissa et s'empara du mollusque récalcitrant. Lorsqu'elle le retourna, elle vit des pigments noirs sous son pied. Elle reconnut dans ces traces la poudre noire que Zhaogongming était venu chercher. Une infime pincée avait dû tomber sur le sol à cet endroit... Elle souffla doucement dessus et reposa délicatement le gastéropode à sa juste place, d'où il ne bougea plus.

Le cercle était de nouveau parfait et l'ensemble des

coquilles à la fois totalement concentriques et parfaitement alignées.

— Voilà que tu remets de l'ordre dans l'Univers ! s'amusa Rosée Printanière.

Sa grand-mère avait l'air si heureuse, tellement en paix avec elle-même et si contente d'être là au milieu d'eux, qu'elle n'osa pas continuer à la taquiner plus longtemps.

82

Le terre-plein parfaitement lisse de la terrasse de Langya avait été nettoyé du moindre brin d'herbe et de tout morceau de bois, fût-il le plus minuscule.

— Majesté, cela ne fut pas simple d'aplanir de la sorte le flanc de cette colline rocheuse ! Regardez : n'est-il pas aussi propre que le carreau du Palais de Lumière Mingtang ? s'écria avec emphase Lisi, toujours à la recherche d'un compliment.

— Tu as bien fait ! Cette tâche aurait dû normalement être accomplie par le Grand Architecte Impérial Parfait en Tous Points, mais cet homme ne cesse de courir d'un chantier à l'autre, au risque de se disperser... Je ne sais même pas où il se trouve ! persifla Qinshihuangdi.

Zhaogao, l'air maussade, se tenait juste derrière l'Empereur du Centre. À ses côtés se tenait le très vieux géomancien Embrasse la Simplicité, qui était arrivé sur le site deux jours plus tôt. Après l'avoir arpenté, sondé et mesuré en tous sens avec sa boussole Shipan, il venait de certifier que les travaux de terrassement avaient bien été effectués dans les règles de l'art du Fengshui. La colline avait été entaillée conformément à ses lignes de force telluriques, c'est-à-dire en respectant parfaitement le tracé de l'arête écaillée du dos du puissant dragon qui sommeillait paresseusement dans ses entrailles. Rien, dans le tréfonds de cette immense colline rocheuse qui dominait la mer, n'avait donc été contrarié. Aussi n'aurait-elle jamais aucune raison de se venger des hommes, que ce fût en tremblant, en se fissurant, voire en glissant vers la mer.

L'Empereur se tourna vers le géomancien.

— La terrasse de Langya peut-elle s'accorder aux Huit Vents ?

— Votre Seigneurie, que ce soit le Vent Embrasé du Nord-Est, le Vent Mugissant de l'Est, le Grand Vent du Sud, le Vent Frais du Sud-Ouest, le Vent Dominant du Sud-Est, le Vent Haut de l'Ouest, le Vent Cinglant du Nord-Ouest ou le Vent Glacé du Nord, ils sont tous captables depuis cet endroit. L'orientation de la terrasse, devant laquelle ne se dresse aucun obstacle naturel, permet à celui qui se place au centre de son terre-plein d'embrasser du regard les Cinq Directions et de humer leurs vents d'un simple pivotement du corps !

L'agacement de Zhaogao ne fit qu'augmenter lorsqu'il entendit s'exprimer avec autant de fatuité Embrasse la Simplicité qui n'était pour rien dans la réalisation de l'énorme travail de terrassement pour lequel ses hommes s'étaient donné tant de mal.

— Dans ce cas, je compte bien y venir tous les jours quelques heures ! Ainsi, je pourrai humer les souffles venus du large. Il paraît que c'est très tonique pour l'esprit ! lâcha, l'air satisfait, Qinshihuangdi.

Personne n'osa lui poser la moindre question sur ce qu'il comptait faire en contemplant ainsi la mer pendant des heures ni sur la durée de son séjour au bord de l'Océan Oriental. Chacun, hormis Zhaogao qui considérait désormais qu'on le mettait à l'écart, était heureux et satisfait de voir que l'Empereur n'était pas entré dans une de ses colères froides en constatant qu'un minuscule détail clochait, comme il y prenait toujours un malin plaisir lorsqu'il visitait ses grands travaux. Alors, il trouvait toujours la pierre mal scellée, ou encore il s'ingéniait à pointer du doigt l'arbre récemment planté dont on avait omis d'enlever l'unique feuille rongée par les chenilles.

Ne jamais être satisfait, chercher en permanence ce qui n'allait pas afin, toujours, d'être craint était plus que jamais sa façon de dominer les autres et de régner sur ses sujets.

Lisi, le premier surpris, mesurait à quel point le nouveau comportement du souverain tranchait avec ses habitudes.

Qinshihuangdi avait sûrement en tête d'autres préoccupations...

La proximité des Îles Immortelles, qu'il ne désespérait pas de voir émerger au loin depuis la terrasse de Langya un jour où le ciel serait particulièrement clair et transparent, était ce qui modifiait le comportement de l'Empereur du Centre. Si près du but, taquiner des courtisans pour les terroriser et les soumettre n'était plus de mise. Il ne pensait plus qu'à cet instant divin où il verrait surgir à l'horizon les voiles des navires de l'Expédition des Mille.

Les bateaux avaient pris le large depuis un mois. D'après la carte marine, leur retour n'était plus qu'une affaire de jours... Leurs cales seraient remplies de fruits de jade. Pour rien au monde il n'aurait raté l'arrivée triomphale de leurs coques vermillon au chargement si précieux !

Telle était, d'ailleurs, la raison essentielle de sa venue à Dongyin.

Le but de l'inspection à laquelle il venait de se livrer était de se rendre compte de la solidité de son pouvoir. L'ordre régnait à Xian-yang, mais qu'en était-il aux marches de l'Empire ?

Ce qu'il avait vu l'avait rassuré. Mais pouvait-il se douter qu'on ne lui avait montré que ce qui ne pouvait pas le fâcher ?

À son tour, pensait-il, puisque sa Loi paraissait diffusée aux marches de l'Empire aussi bien qu'en son Centre, il pourrait bientôt embarquer l'esprit tranquille, sans craindre d'être détrôné pendant son absence. Alors, il voguerait en toute quiétude vers l'Archipel de l'Immortalité.

Car la peur de mourir le hantait au point qu'elle ne cessait de tarauder son cœur. Il avait beau se dire qu'il régnait sur la quasi-totalité du monde connu, que des millions de sujets baissaient peureusement la nuque lorsqu'ils entendaient prononcer son nom, que plus de mille palais l'attendaient dans toutes les villes de l'Empire du Centre, que plus d'un million de soldats au bas mot lui prêtaient chaque matin le serment d'allégeance devant l'oriflamme où son nom était inscrit, plus les années passaient et plus il ressentait l'inanité de ce pouvoir temporel qu'il n'avait cessé d'étendre sur ses sujets et sur les territoires qu'il avait conquis.

C'était étrange... Plus Qinshihuangdi commandait aux hommes et plus la nature lui paraissait rebelle à ses propres directives. Il constatait avec dépit qu'il possédait moins de pouvoir que les géomanciens et les magiciens. Eux, grâce à leurs techniques, parvenaient à s'adapter aux souffles, aux dragons et aux flux qui parcouraient la croûte terrestre, structurant les paysages, ordonnant aux fleuves d'aller vers la mer et aux cimes montagneuses de dépasser les nuages, régnant sur les nuées évanescentes qui traversaient le ciel et gouvernaient le cycle des saisons.

On ne dirigeait pas la nature ; on s'y soumettait.

Mais l'Empereur l'ignorait et ne le saurait jamais. C'était là son immense faiblesse.

Malgré la toute-puissance temporelle dont il disposait, il était sur le point de découvrir qu'on ne pouvait pas régenter les esprits. Il ne l'aurait admis devant personne, et surtout pas devant Lisi, mais le Grand Incendie des Livres lui paraissait une immense sottise de plus à laquelle il s'était laissé aller. Toutefois, faire part à quiconque d'une telle évidence était, bien entendu, impensable ! L'Empereur du Centre ne pouvait pas se tromper et, de ce fait, n'avait aucun droit à l'erreur.

Dans cette phase de doute où il était entré, et qui renforçait son obsession d'échapper à la morsure du temps, le refus de Huayang de le rejoindre à Taiyuan lui était apparu comme un insupportable et inutile affront personnel. En d'autres temps, il le lui eût fait payer très cher. Mais au point où il en était, il savait qu'en agissant de la sorte, il se l'aliénerait définitivement et ne pourrait plus jamais compter sur elle pour régénérer son souffle vital ou pour qu'elle lui procure les pilules dont il aurait besoin si l'Expédition des Mille revenait bredouille.

Car il lui arrivait, même s'il ne l'avouerait jamais, de douter du bien-fondé et de la pertinence de l'Expédition des mille jeunes gens et jeunes filles...

Ses vaines tentatives de séduction auprès de Rosée Printanière, puis avec cette princesse sogdienne qu'il avait fait enrôler de force dans l'expédition aux Îles Immortelles avaient achevé d'ébranler ses certitudes. Il avait appris, à ses dépens, qu'on ne commandait pas plus à l'amour qu'à l'esprit.

Dans cet océan plutôt glauque où nageait son cœur, une folle lueur d'espoir était née lorsqu'on lui avait rapporté qu'après s'être enfuie, Baya la Sogdienne était revenue d'elle-même se joindre aux jeunes gens au moment précis où les trois navires à la coque vermillon s'apprêtaient à larguer les amarres.

Sur le coup, il avait eu du mal à cacher sa joie.

Depuis, il caressait le fol espoir que la Sogdienne, à son retour, lui avouerait qu'elle l'avait fait pour lui. Alors ne serait-ce pas, de la part de cette créature à la beauté aussi immémoriale que sa longue chevelure bouclée, la plus belle preuve d'amour ? C'était sans doute la raison la plus inavouable pour laquelle l'Empereur s'était déplacé jusqu'à Dongyin afin d'assister au retour de l'Expédition des Mille.

Le Grand Empereur du Centre, l'être le plus haï et craint de tout l'Empire, éprouvait lui aussi, comme tout un chacun, le furieux besoin d'être aimé.

— Qu'on m'amène ce magicien détenteur de la fameuse poudre noire avec laquelle il a réussi à pulvériser ce rocher qui encombrait la terrasse de Langya, ordonna-t-il soudain.

Lisi transmit à Zhaogao les ordres adéquats.

Le soleil était déjà très haut dans le ciel lorsque les gardes amenèrent devant Qinshihuangdi le prêtre taoïste qu'on avait extrait de sa cellule.

— Ainsi, tu es donc ce Zhaogongming dont chacun ici m'a vanté la poudre explosive de ton invention ?

— Majesté, c'est un simple mélange fortuit de deux poudres de longévité ! Ce n'est que le fait du hasard, répondit l'autre, terrorisé.

Depuis la mort d'Ivoire Immaculé, le cœur du prêtre était rempli de haine mais, devant cet Empereur au regard cruel, son esprit était subitement devenu craintif. Il avait également vu s'éteindre Tigre de Bronze, dans le même cachot humide où il croupissait depuis des semaines. Et toute cette horreur en raison de la mauvaise foi d'un général haut gradé. Pourquoi suffisait-il d'être puissant pour s'arroger ainsi tous les droits ? N'était-ce pas là le comble de l'ignominie d'un système injuste et odieux dont l'inventeur et principal responsable se tenait à présent devant lui ?

Mais après s'être juré qu'il se vengerait, voilà que le pauvre Zhaogongming s'était mis à trembler comme une feuille d'arbre devant le Souverain du Centre au regard si froid.

Le prêtre taoïste découvrait avec lucidité mais déplaisir qu'il n'avait pas, contrairement à Tigre de Bronze et Ivoire Immaculé, l'étoffe d'un héros.

— Serais-tu capable d'en produire à nouveau par grandes quantités ? lui demanda Qinshihuangdi.

L'Empereur du Centre n'avait pas mis longtemps à percevoir les avantages que lui procurerait une bonne réserve de cette poudre explosive, pour les usages militaires qui pourraient en être faits, mais surtout parce qu'il pourrait enfin disposer de la poudre de longévité nécessaire à la confection de ces pilules qui lui faisaient cruellement défaut depuis que Huayang, prétextant qu'elle n'en avait plus, avait cessé de l'approvisionner.

— Pour obtenir un tel mélange explosif, tu dois sûrement posséder la bonne recette de fabrication des pilules de dix mille ans ! s'exclama-t-il à l'adresse de Zhaogongming.

— Je ne suis pas trop benêt en la matière ! bredouilla le taoïste qui tremblait de tous ses membres.

L'Empereur du Centre s'était éloigné pour rejoindre le bord extrême de la terrasse de Langya, d'où l'on dominait l'océan comme depuis un balcon. De là, la vue était imprenable et les vents inondaient les visages comme les eaux des torrents. Il avait laissé Lisi et Zhaogongming face à face, séparés par Zhaogao. Le prêtre taoïste avait l'air totalement désemparé.

— Tu as de la chance, l'Empereur a une envie furieuse de devenir Immortel ! Ce sera peut-être ta chance, faute de quoi, je ne donnerai pas cher de ta peau, murmura le Premier ministre entre ses dents.

Zhaogongming regarda Lisi avec effroi.

— Si tu me dis où se trouve ma fille, je m'arrangerai pour te faire disparaître dans un endroit où personne ne viendra plus te déranger ! ajouta celui-ci avant de faire signe aux gardes d'approcher.

Le prêtre s'abstint de répondre. Son visage luisait de sueur.

— Emmenez-le dans sa cellule et prenez bien soin de lui ! L'Empereur du Centre aura sûrement besoin de ce prisonnier. Malheur à vous s'il lui arrivait quoi que ce soit ! clama le Premier ministre aux gardiens qui ramenèrent Zhaogongming dans son cachot humide et sombre où ils le jetèrent, malgré les ordres, comme un vulgaire chien.

*

— Quand je repense à ce que tu nous as raconté au sujet de ta collaboration avec le prince Anwei, puis de ta venue à Dongyin en compagnie de Zhaogongming, après le mont Taishan, je finis par me dire que l'immense Empire du Centre n'est pas plus grand qu'un grain de moutarde ! constata Maillon Essentiel en soupirant.

— Les routes, parfois, s'entrecroisent ! C'est alors le destin qui l'a voulu, répondit Saut du Tigre.

En compagnie de Feu Brûlant, l'eunuque partageait une tasse de thé vert avec le compagnon du prêtre taoïste retenu prisonnier à Dongyin.

Saut du Tigre, au moment de l'arrestation de Zhaogongming, s'était arrangé pour se faufiler au milieu de l'Armée des Révoltés quand elle avait quitté précipitamment, derrière Poisson d'Or et Rosée Printanière, leur campement à la lisière de Dongyin.

Au premier bivouac, il était allé trouver Maillon Essentiel et s'était présenté à lui. L'ancien chef du Bureau des Rumeurs n'avait pas tardé à reconnaître le visage à peine forci du jeune militaire qui, à l'époque, lorsqu'il s'était agi d'éloigner de la capitale le frère d'Anguo, avait été envoyé avec Anwei sur les marches septentrionales du royaume de Qin. Il se souvenait parfaitement de la cabale fomentée par le général Wang le Chanceux, qui avait abouti à éloigner de Xianyang, de ses intrigues et du terreau fertile qu'elle pouvait constituer, ce prince valeureux dont chacun s'accordait à penser qu'il était de taille à monter sur le trône à la place de son benêt de frère.

Maillon Essentiel et Saut du Tigre ne tardèrent pas à sympathiser. Sur le chemin de Xianyang, ils avaient pris l'habitude de chevaucher côte à côte ou bien, le soir au bivouac, près du feu, ils restaient des heures à évoquer les épisodes d'un passé commun qu'ils croyaient déjà bien connaître mais que leurs récits respectifs leur faisaient découvrir sous un angle et des aspects différents.

— J'ai perdu la trace du prince Anwei lorsqu'il me laissa, brûlant de fièvre, au pied d'un arbre sur les pentes du pic de Huashan. C'est là que me trouvèrent Wudong et Zhaogongming. Du statut de militaire, puis de brigand pourchassé par toutes les polices du Qin, je passai sans transition à celui d'adepte du taoïsme, poursuivit Saut du Tigre.

— Quel fut le plus enrichissant des trois ? hasarda Feu Brûlant qui s'essayait à l'humour.

— Sans conteste celui d'adepte de la Grande Voie. La vérité se trouve davantage dans le Dao que dans la voie des armes, laquelle conduit inévitablement à l'impasse ! répondit sans hésiter Saut du Tigre.

— Et dire que nous avons assisté à la mort de ce prince, reprit Feu Brûlant, soudain soucieux. Toutes ces coïncidences et toutes ces rencontres me semblent de plus en plus étranges...

Le jeune eunuque se remettait difficilement de son

histoire d'amour avortée avec la princesse sogdienne dont il n'avait plus jamais entendu parler. Poisson d'Or avait soigneusement évité de lui raconter que la jeune femme, après qu'il l'avait éconduite, s'était ruée sur la grève au moment de l'embarquement de l'Expédition des Mille, pour partir vers les Îles Immortelles. Tant d'événements bons et moins bons, si intensément vécus depuis à peine quelques mois, tant d'espoirs fous, démentis aussi vite qu'ils étaient nés, avaient laissé Feu Brûlant, d'ordinaire si enthousiaste, dans un profond abattement dont seul Poisson d'Or réussissait parfois à le tirer.

— De quoi est-il mort ? s'enquit Saut du Tigre.

— Il s'est jeté dans un feu pour permettre au père de Poisson d'Or de nous forger ces armes d'acier qui sont invulnérables, lança Maillon Essentiel en brandissant sa longue épée dont la lame étincelait devant le feu de camp.

Feu Brûlant entreprit de raconter à Saut du Tigre comment, alors qu'ils venaient de retrouver Maillon Essentiel, ils étaient tombés sur Anwei dans cette petite auberge où le vieil homme, arrivé au terme de sa vie d'errance, noyait dans l'alcool sa nostalgie et ses frustrations. Puis l'eunuque évoqua l'ultime sacrifice que le prince déchu avait voulu accomplir en se jetant dans les flammes du four de la forge pour permettre au métal d'entrer en fusion, grâce à quoi Tigre de Bronze avait pu forger ces glaives coupants comme des rasoirs qui ne les quittaient plus.

— Ce fut donc, en quelque sorte, sa façon de racheter sa conduite ? interrogea Saut du Tigre.

— Plus que cela. Ce fut sa contribution à cette revanche contre l'injustice et l'arbitraire qu'incarne la démarche de Poisson d'Or. L'Armée des Révoltés a bien l'intention de se battre contre l'arbitraire et de faire triompher la justice ! affirma Maillon Essentiel.

— Je comprends mieux, à présent, pourquoi vous avez réuni tous ces hommes...

Saut du Tigre désignait les huttes de branchages des soldats de la petite troupe qui avait quitté Dongyin quelques jours auparavant. Elles venaient d'être sommairement construites dans une clairière de la forêt de mélèzes qui s'étendait au sud-ouest du pic de Huashan. Poisson d'Or avait préféré faire bivouaquer là ses hommes plutôt que de les obliger à monter avec lui jusqu'à la cascade.

— Mais vous êtes dérisoirement peu nombreux et si faiblement armés ! Avec Anwei, nous avons vécu le même genre d'aventure. Nous espérions peser sur le Qin, néanmoins la maigreur de nos effectifs nous ramena très vite à la raison.

— Rien ne pourra résister à la détermination et à la ruse dont nous saurons faire preuve ! protesta un peu naïvement Feu Brûlant.

Le compagnon de Poisson d'Or s'était levé et brandissait son épée d'acier rutilante qu'il avait fait jaillir, d'un geste ample et arrondi, de son fourreau de cuir tressé.

— Nous n'avons pas besoin d'être si nombreux que ça ! D'après ce qu'il m'a dit, Poisson d'Or souhaite ouvrir une brèche sur un front très peu conventionnel..., précisa Maillon Essentiel.

Saut du Tigre regarda l'ancien chef du Bureau des Rumeurs d'un air étonné. Il ne voyait guère de quel front il pouvait s'agir. Peut-être Poisson d'Or connaissait-il des endroits où l'on pouvait franchir le Grand Mur sans être inquiété par quiconque ? Ou bien c'était par la côte qu'il comptait surprendre les armées impériales, ce qui expliquait la présence de l'Armée des Révoltés à Dongyin.

— J'ai trouvé : il veut s'attaquer à l'Empire du Centre par la mer...

— Tu n'y es pas du tout ! Poisson d'Or n'est pas aussi présomptueux. Il sait fort bien que les armées impériales sont si fournies qu'elles sont inaccessibles à la cinquantaine de soldats de l'Armée des Révoltés. Ce n'est pas par la force qu'il compte remettre en cause les fondements de l'Empire du Centre, c'est plutôt en engageant la bataille de la pensée, de la culture et de la mémoire, déclara sobrement Maillon Essentiel.

— Mais qu'est-ce à dire au juste que cette bataille culturelle ? Quelles en sont les armes ? Pourrais-tu m'en décrire les grandes lignes ? demanda Saut du Tigre.

— L'Empereur règne par la terreur. Il s'est mis dans la tête de juguler la pensée...

— C'est un fait. Mais encore ?

— Poisson d'Or considère que l'élimination des livres, à la suite du Grand Incendie, parce qu'elle prive les citoyens de tout support critique, les empêche d'exercer leur jugement, voire de comparer la situation d'aujourd'hui à celle d'hier, qui était bien plus favorable. Il en va de même pour l'extermination systématiquement programmée des lettrés et des philosophes.

— Certes ! Mais je n'arrive pas à imaginer les armes que vous comptez utiliser pour combattre ce système, fit Saut du Tigre, que les propos de l'eunuque Maillon Essentiel avaient laissé quelque peu perplexe.

— Quelques individus courageux et visionnaires ont réussi, au péril de leur vie, à sauver du Grand Incendie des Livres les textes les plus importants. Poisson d'Or a l'intention de les faire recopier et de les remettre en circulation. Ce seront autant de graines pour une liberté de pensée qui, alors, ne tardera pas à germer de nouveau. Ensuite, le pays refleurira et le peuple pourra enfin récolter ce qui aura été semé par celui qui aura osé s'opposer au système légiste.

— Tu veux dire qu'il y a quelque part dans Xianyang une cache remplie de livres rares et précieux qui n'attendent qu'une chose, c'est d'être délivrés par Poisson d'Or ?

— En quelque sorte... Ces précieux textes sont comme des oiseaux enfermés dans une cage, ils s'envoleront dès qu'on leur ouvrira la porte de la volière ! Il y a là une sélection des textes les plus vénérables de notre patrimoine culturel : les *Livres Classiques*, le *Zhouli*, le *Livre de la Musique*, celui des *Mutations*, et surtout la compilation des *Printemps et Automnes*, voulue par Lubuwei, qui est le résumé exhaustif de ce que nos ancêtres écrivirent d'important !

— C'est à croire que ce Lubuwei se doutait qu'un jour tous les livres anciens seraient brûlés ! Sinon, pourquoi aurait-il fait établir une telle anthologie ? s'étonna Saut du Tigre.

— Lubuwei était un visionnaire doublé d'un homme d'État hors pair. S'il n'avait pas été injustement exilé par Qinshihuangdi, nul doute que l'école légiste du Fajia n'aurait pas submergé ce qui restait de confiance et de respect entre les êtres ! Aujourd'hui, hélas, la suspicion et la terreur ont remplacé les conduites vertueuses d'antan. Sans confiance entre les hommes, rien, pourtant, n'est possible ! C'est une évidence, mais peu de gens de pouvoir le savent, répondit pensivement Maillon Essentiel.

— Si tu le souhaites, j'interrogerai les Huit Vents pour m'assurer qu'ils sont favorables à cette entreprise. Lorsque j'étais l'ordonnance du prince Anwei, c'est moi qui l'ai encouragé à prendre le Pont-Crocodile par sa rive droite au lieu de s'attaquer à l'ouvrage par la rivière Han, comme l'ennemi s'y attendait. Sans cela, les armées du Qin auraient été décimées par celles du Chu !

— Tu connais donc la divination par les souffles ? lui demanda Feu Brûlant.

— Et aussi par les couleurs... C'est ainsi que j'ai pris la décision de m'enfuir de Dongyin : les vents y étaient devenus défavorables pour Zhaogongming un peu avant qu'il ne se lie avec ce jeune militaire. Malgré mes multiples mises en garde, il refusa de m'écouter. La suite me donna, hélas, raison puisqu'il croupit toujours, le malheureux, dans une geôle de la prison.

— Mais c'est abominable ! soupira Feu Brûlant.

— Après son arrestation, tous les vents me disaient de partir. La couleur des nuées aussi. Dans ces conditions, et malgré tout l'attachement que j'éprouve pour ce prêtre qui me recueillit et me soigna jadis au pic de Huashan quand j'étais aux portes de la mort, je me suis dit qu'il me fallait quitter Dongyin au plus vite !

— Il est vrai que tu n'avais plus rien à faire dans ce port de pêche et de commerce, approuva Feu Brûlant.

— Ta science divinatoire te permet d'être clairvoyant ! Puisses-tu avoir vu juste en rejoignant notre compagnie, conclut en souriant Maillon Essentiel.

— Derrière Poisson d'Or, je n'ai pas peur !

N'était-ce pas, dans sa bouche, le plus beau des compliments ?

*

Huayang et Zhaoji avaient commandé un repas à l'un des chefs cuisiniers les plus renommés de la capitale.

Partager, chaque semaine, un moment de tranquillité dans l'un des édicules du Pavillon de la Forêt des Arbousiers était l'une des rares joies qui restaient aux deux reines délaissées. L'endroit était toujours aussi désert, sauf le matin et le soir, quand un vieux serviteur venait y nourrir les deux couples de paons qui continuaient à parcourir les jardins à l'abandon où Poisson d'Or, Zheng, Rosée Printanière et Zhaogao avaient fait leurs premiers pas. Ces lieux parfaitement orientés par rapport aux points cardinaux et aux vents, depuis qu'ils avaient été désertés par la cour impériale, se prêtaient à la nostalgie que ces retrouvailles hebdomadaires faisaient naître dans leurs cœurs et dans leurs esprits. Les ombres du vieux roi Zhong, de Lubuwei, d'Anguo, d'Accomplissement Naturel, mais aussi celles du quatuor des enfants élevés presque ensemble, lorsqu'ils couraient en riant à gorge déployée avant que la vie ne les séparât, persistaient à hanter ces espaces savamment disposés dont le délabrement n'avait pas réussi à altérer le calme, l'équilibre et la sérénité.

C'était là, dans le jardin au sol gravillonné, au milieu de ces grands pots où les arbousiers continuaient à produire leurs fruits que plus personne ne venait cueillir, que les quatre enfants presque jumeaux sur les épaules desquels reposait à présent le destin de l'Empire du Centre avaient appris à marcher : Zheng et Poisson d'Or, les deux enfants rivaux aux destins contrariés, Zhaogao, qui n'arrivait pas à quitter les jupes de sa mère, et la merveilleuse petite Rosée Printanière qui, tel le portrait craché de sa mère morte dans les atroces conditions que l'on savait, ressemblait déjà si peu à son père !

Ce jour-là, Zhaoji avait convaincu sa confidente et mère spirituelle d'abandonner son régime alimentaire taoïste pour goûter aux subtilités de la cuisine méridionale de l'Empire.

Sur une petite table basse, le cuisinier venait d'apporter une profusion de coupelles qui donnaient toutes envie d'être goûtées et savourées. Il y avait là notamment des ignames braisés, de l'onctueux de mouton, des feuilles de lophante frites, du petit intestin de cochon entortillé et farci aux champignons noirs, des scorpions en friture, des œufs de cane fumés, de la compote de fleurs de cannelier ainsi que de la confiture d'azeroles.

Pour tenir compte du régime que Huayang s'imposait de façon impérative sans jamais y déroger, Zhaoji avait fait en sorte qu'il n'y eût pas la moindre trace de céréales dans les mets qu'elle avait fait préparer.

— J'aime beaucoup cette cuisine épicée du Sud. Tu as eu là une bonne idée ! dit Huayang d'un ton à peine forcé, en faisant mine de goûter à tous les plats les uns après les autres.

— Lubuwei adorait la confiture d'azeroles, murmura pensivement Zhaoji.

Tous les jours, elle avait une pensée émue pour son amant et mentor tragiquement disparu. Les années passées n'avaient pas effacé le souvenir de cet homme qui, après l'avoir arrachée à sa condition d'esclave errante puis aux mains concupiscentes de l'État qui l'avait enfermée dans un de ses lupanars, lui avait appris que la vie n'était pas que désespérance. Certes, la méchanceté et la mesquinerie gouvernaient bien des conduites, mais pour autant, l'amour, la confiance, les relations humaines vraies, la compassion et la tolérance existaient aussi. Il suffisait parfois de peu pour que la médiocrité se transformât en bienséance. Lubuwei lui avait transmis rien de moins que l'optimisme. En pariant sur la bonté d'autrui, on le tirait vers le haut ; en l'obligeant à se montrer digne des espoirs qu'on mettait en lui, on poussait l'autre à se montrer généreux.

La déception qu'elle éprouvait devant le comportement et le caractère de leur fils en était d'autant plus vive. Elle ne retrouvait plus rien de son Lubuwei dans ce qu'était devenu l'Empereur Qinshihuangdi. Contrairement au marchand de chevaux célestes, il ne faisait confiance à personne et se méfiait de tout. Alors que le comportement de Lubuwei vis-à-vis des autres les obligeait à se dépasser, la manière dont l'Empereur traitait ses sujets ne pouvait entraîner de leur part que haine et mépris.

Elle reconnaissait beaucoup plus la façon de se comporter qu'avait Lubuwei dans l'attitude de Poisson d'Or, dont la bonté était innée et qui était enclin à faire confiance. Elle finissait par penser que l'enfant à la marque de Bi s'était toujours comporté comme s'ils l'avaient réellement conçu... De temps à autre, elle rêvait qu'elle avait enfanté Poisson d'Or au lieu et place du petit Zheng, comme si la pièce rapportée n'avait pas été celle que l'on croyait.

N'était-ce pas la preuve, aussi, que l'éducation, la proximité affective, la valeur de l'exemple qu'un père ou une mère putatifs pouvaient donner étaient finalement plus fortes et plus déterminantes que les seuls liens du sang ?

Passé la fierté d'assister à l'irrésistible ascension de son fils, elle avait fini par ressentir à son égard, à l'instar de Huayang, beaucoup d'amertume. Elle essaya de chasser cette tristesse qui, immanquablement, la prenait lorsqu'elle se repassait le cours de sa vie antérieure. Elle ne voulait pas gâcher ce moment de plaisir et d'apaisement qu'elle avait souhaité offrir à sa mère d'adoption en lui proposant de venir partager avec elle ces agapes méridionales.

— Ces petits œufs de cane exhalent un fumet délicieux ! constata Huayang qui souhaitait également se montrer gentille avec son amie, pour la remercier de son geste.

Zhaoji, toutefois, avait remarqué chez sa confidente, à la façon qu'elle avait de passer d'un plat à l'autre et de prétendre apprécier les mets sans vraiment les goûter, à divers signes de nervosité qui affectaient son comportement, comme de se moucher sans arrêt ou de se racler la gorge, une certaine fébrilité non dénuée d'inquiétude.

— Tu as l'air de bouillir d'impatience, comme si quelque chose te tracassait dont tu souhaitais me parler, mais que tu n'osais pas demander, dit-elle doucement.

Après un instant de mutisme, Huayang, n'y tenant plus, finit par se lancer.

— Voilà. Je souhaiterais que nous allions nous rendre compte par nous-mêmes de l'état de ces livres de la bibliothèque du Pavillon de la Forêt des Arbousiers que nous avons entreposés dans la cave de l'ancien palais de Lubuwei. Depuis cette fameuse nuit, nous n'y sommes jamais retournées. C'est tout ce qui reste, à présent, de notre mémoire écrite ! Je tremble à l'idée qu'ils aient pu disparaître. Des milliers d'années de pensée, de poésie et d'histoire seraient alors définitivement effacées. Les toucher me rassurerait tant ! s'écria-t-elle, la voix vibrante d'émotion.

— Mais pourquoi cette inquiétude ? interrogea la mère de l'Empereur Qinshihuangdi.

— Je n'en sais rien, à vrai dire. Mais ces livres hantent mes nuits depuis des semaines. Je le répète, c'est tout ce qui nous reste... Et je me sens comme un devoir de vérifier que personne n'y a porté atteinte ! C'est un peu ma façon de me rendre utile alors que chacun nous a oubliées..., ajouta-t-elle avec mélancolie.

Zhaoji s'aperçut que l'angoisse de la vieille reine, qui la regardait d'un air sombre et paraissait désormais ignorer le plateau de mets somptueux, était bien réelle.

— Si tu le souhaites, nous pourrions y aller dès ce soir. À la nuit tombante, il n'y aura personne dans les rues de la ville... Il ne s'agirait pas que, par notre présence, nous attirions un quelconque soupçon de la part des autorités. Alors, sans le vouloir, nous aurions provoqué une catastrophe ! s'écria Zhaoji, soudain des plus sérieuses.

— Tu accepterais de m'y accompagner !

D'un regard un peu las, Huayang implorait sa protégée.

— Si je te le propose ! Je n'ai pas pour habitude de ne pas tenir parole, répondit celle-ci en achevant d'avaler une cuiller de confiture d'azeroles.

— Si tu savais comment cela apaisera mes tourments ! J'ignore pourquoi, mais j'ai le pressentiment qu'un événement nous y attend ! Il faut espérer que personne n'aura eu la même idée que nous et ne nous y aura précédées...

— Je ne reconnais plus ma Huayang ! Tu es en général si calme et si optimiste ! D'habitude, c'est plutôt moi qui m'inquiète et toi qui réussis à m'apaiser ! Mais qu'as-tu donc ?

La vieille reine se jeta dans les bras de celle qu'elle considérait comme sa fille spirituelle et se mit à pleurer comme une enfant. Zhaoji la consola comme elle put en lui caressant les épaules. À l'issue de cette étreinte, Huayang, quelque peu calmée, se pencha au-dessus du balconnet de marbre sculpté et regarda, dans l'eau immobile des douves, le reflet de son visage.

Elle poussa un long soupir.

— Vois un peu ce que je suis devenue, malgré les exercices d'entretien auxquels je m'astreins ! Vieillir commence à m'être insupportable, avoua-t-elle.

Au moment où Zhaoji se penchait à son tour, quelques bulles d'air apparurent à la surface des eaux noires. Puis elles entendirent le battement de queue caractéristique : un poisson venait de jaillir du fond des douves. C'était une carpe mordorée et luisante comme la soie, dont l'énorme bouche ouverte, ronde comme un petit disque rituel, monta presque jusqu'à leur hauteur.

— Et moi qui croyais qu'il n'y avait plus un seul poisson dans l'eau saumâtre de ces douves ! s'écria Huayang.

— Tu vois, nous cherchions ton visage et nous rencontrons un Poisson d'Or ! C'est le signe que ton cœur, lui, ne vieillit pas ! plaisanta Zhaoji pour consoler son amie.

À la nuit tombante, après s'être assurées que personne ne les suivait, elles s'en furent à la hâte, entièrement recouvertes de longues capes, longeant les murs, tressautant comme des folles au moindre bruit, vers la colline aux chevaux où Lubuwei, peu après son arrivée à Xianyang, avait choisi de s'installer.

Le toit de l'écurie principale en forme de coque de navire renversée était toujours là, partiellement caché par les taillis, dans son insolite majesté. Il luisait sous la lune de son étrange éclat habituel.

Sa présence contribua à rassurer les deux femmes dont les ombres errantes glissaient sur le chemin empierré qui montait en boucle.

83

La voix du vieux Forêt des Pinacles était vibrante d'émotion lorsqu'il prit la parole dans l'arrière-salle de l'estaminet remplie à craquer d'eunuques.

Son grand âge l'avait transformé. Il était aussi ridé que du chanvre éparpillé ou que le tronc du genévrier centenaire, mais ses yeux brillaient de joie.

— Chers amis de notre confrérie, je vous annonce une merveilleuse nouvelle : notre estimé et si cher Maillon Essentiel, qui présida si longtemps le Cercle du Phénix, est de retour parmi nous ! C'est assurément un grand jour pour toute la corporation des eunuques, ou tout au moins pour ce qu'il en reste ! s'exclama la vieille créature avant de se rasseoir, épuisée par l'effort.

Lorsque Maillon Essentiel surgit de la pénombre du fond de l'arrière-salle, des applaudissements nourris crépitèrent. Et chacun de se féliciter de retrouver, à peine changé, le crâne tout juste un peu plus dégarni mais les yeux toujours aussi pétillants d'intelligence, celui qui avait su, à l'époque où il était le chef du Bureau des Rumeurs, guider la confrérie avec tant d'habileté et de clairvoyance.

— Je suis ému d'être à nouveau au milieu de vous après toutes ces années d'absence ! Je suis accompagné de Feu Brûlant, dont chacun, j'en suis sûr, pourra se souvenir ! proclama-t-il en demandant au jeune eunuque de le rejoindre.

Les applaudissements enflèrent jusqu'à se transformer en ovation. L'apparition de Feu Brûlant, qui s'était volatilisé sans autre explication en même temps que Poisson d'Or, enchanta l'assistance. Tous ceux qui le connaissaient gardaient en effet de celui qui était à l'époque l'eunuque le moins âgé de la confrérie le meilleur des souvenirs.

— Tu nous as manqué, Maillon Essentiel. Depuis que tu nous as délaissés, le Cercle en est réduit à se battre pied à pied pour sa survie. Le système impérial a fait de nous au mieux de simples majordomes, pour ne pas dire des laquais ! s'écria une voix de fausset dont le visage restait dans la pénombre.

— Vous ne m'étonnez pas. Le légisme se méfie des minorités agissantes, de tout ce qui n'est pas conforme à la Règle, en un mot de tout ce qui pourrait s'associer pour défendre une cause différente de la sienne ! fit Maillon Essentiel.

— L'Empereur projette de qualifier de crime l'opération de castration ! renchérit quelqu'un.

— Il n'a pas tort..., marmonna Feu Brûlant tout bas, avant de se reprendre.

— Avec ton retour, la situation des eunuques va changer. Désormais, mes chers amis, nous avons le guide qui nous manquait ! L'heure de la reconquête pourra enfin sonner ! lança Forêt des Pinacles à l'assistance ravie.

— Le légisme n'a pas que de mauvais côtés. Pourquoi vouloir ainsi jeter aux orties un mode de pensée et de gouvernement dont l'un des avantages est de nous garantir la paix civile ?

C'était la première fois que Maillon Essentiel voyait

s'exprimer ce gros eunuque au teint rougeaud et au visage dégoulinant de sueur.

— Décidément, mon pauvre Citrouille Amère, je vois que rien ne pourra jamais te faire changer d'avis. Certains jours, on se demande ce que tu fais parmi nous ! constata Forêt des Pinacles.

Citrouille Amère, pas démonté le moins du monde, n'était pas du genre à se laisser impressionner par le vieil homme maquillé comme une maquerelle ridée.

— Il en faudra beaucoup pour me convaincre que mes convictions légistes sont néfastes. L'Empire du Centre a besoin d'un pouvoir fort ! Songez à nos rues, si les voleurs apprenaient qu'ils peuvent désormais agir en toute impunité ! Vous ne sauriez même pas rentrer le soir chez vous sans vous faire agresser ! rétorqua-t-il, vipérin.

— Comment peut-on tenir de tels propos lorsqu'on est soi-même cantonné au seul travail consistant à vérifier que les draps des lits de l'Empereur du Centre sont pliés selon les règles et bien rangés dans leurs meubles ! ricana alors une voix venue du fond de la salle.

Des remarques fusèrent, désobligeantes et sarcastiques, sur la façon de penser du Plieur en chef des Draps Impériaux. Les plus virulentes provenaient du chef du Rangement Impérial, Doux Euphémisme, qui passait ses journées à parcourir, les bras encombrés par les lamelles de l'inventaire du mobilier impérial, les corridors et les galeries des innombrables palais de Qinshihuangdi pour vérifier que chaque guéridon, armoire, tabouret, table, lit ou étagère respectait, tant au point de vue de l'emplacement que de l'orientation, les prescriptions exactes des géomanciens telles qu'elles apparaissaient au regard de chaque description figurant sur les inventaires officiels de l'Empire.

Le vieux Forêt des Pinacles, qui parut avoir retrouvé quelques forces, fit signe à Citrouille Amère de se taire puis entreprit de calmer son petit monde en brandissant un poing levé légèrement tremblotant.

— Et si nous fomentions une révolte ? Il suffirait de montrer au régime, par une action appropriée, qu'il maîtrise la situation moins bien qu'il ne le dit ! Je suis sûr que cela aurait des effets dévastateurs, car le peuple comprendrait que le tigre est dépourvu de crocs ! La peur reculerait, les langues se délieraient, l'initiative refleurirait ! s'enflamma alors l'eunuque Feu Brûlant.

— À quel type d'action penses-tu ?

— Je n'y ai pas suffisamment réfléchi mais nous pourrions, par exemple, incendier le palais de Lubuwei et toutes les installations de la colline. L'endroit est désert, dépourvu de surveillance. L'incendie se verrait de partout ! J'imagine la tête du chef de la police lorsque ses hommes viendraient lui apprendre que la colline aux chevaux a été dévastée par le feu ! Avec un peu de chance, des émeutes éclateraient. Et les flammes de la révolte et de la liberté gagneraient tout l'Empire du Centre, poursuivit, de plus en plus exalté, le jeune eunuque.

Un chahut monstre s'ensuivit. La confrérie du Cercle du Phénix, comme si elle renaissait de ses cendres, acclamait les propos subversifs du dernier intervenant. Pour une fois qu'on les exhortait à enfreindre la Règle, tous les eunuques présents, à l'exception de Citrouille Amère, jubilaient d'aise.

— Mes amis, abandonnez cette idée ! s'insurgea vivement Maillon Essentiel en leur faisant signe de se calmer. Il y a dans le palais de Lubuwei un trésor caché dont l'incendie anéantirait toutes nos chances de réussite...

Chacun à présent retenait son souffle. Cette annonce de leur ancien directeur, et le ton sur lequel il l'avait faite, aiguisaient fortement leur curiosité.

— Comme je vous fais confiance, c'est un secret

que je vous livre et que je vous demanderai de garder soigneusement pour vous !

— Tu n'as rien à craindre ! assurèrent les eunuques.

— Voilà. Des personnes sensés et prévoyantes y ont remisé les ouvrages les plus précieux de la Tour de la Mémoire. Ils sont une cinquantaine à avoir échappé ainsi au Grand Incendie des Livres.

Un murmure de stupéfaction parcourut l'assistance.

Un profond silence, à présent, régnait sur l'assemblée de ces hommes mutilés dans leur chair, mais aussi dans leur esprit et dans leur honneur, auxquels les paroles de Maillon Essentiel apportaient, après tant de raisons de désespérer, un profond réconfort et un immense espoir.

L'ancien chef du Bureau des Rumeurs, pour mieux se faire entendre, s'était hissé sur un tabouret. Il fit à ses amis, dont les yeux ne cessaient de s'écarquiller, le récit de sa fuite, de son errance, de son refuge auprès de la famille de Fleur de Sel et de sa rencontre inespérée avec Poisson d'Or. Lorsqu'ils entendirent le nom de l'enfant à la marque, une clameur d'allégresse s'éleva dans l'assistance.

— Poisson d'Or est donc vivant ? cria la salle en chœur.

— Il est même tout prêt d'ici. Je suis revenu avec lui, indiqua Maillon Essentiel.

— Mais comment avez-vous trouvé cette cache aux livres anciens ? demanda une voix.

— C'est Rosée Printanière, la fille de Lisi, qui a révélé son existence à Poisson d'Or...

— Mais cette jeune femme a disparu de Xianyang depuis des semaines... Son père lui-même semble avoir abandonné l'espoir de la retrouver un jour ! reprit la même voix.

— Certes. Mais elle a réussi à rejoindre Poisson d'Or. Ils forment désormais un couple extraordinaire, semblable à des oiseaux Biyiniao. Ils ont su garder intact, malgré le temps et l'éloignement, l'amour qu'ils ont toujours éprouvé l'un pour l'autre...

Puis il leur raconta encore comment ils s'étaient rendus dans la petite ville de Ba, non loin de laquelle des puits de flammes surgissaient des entrailles de la terre. C'était là, dans un village situé à proximité de ces foyers naturels, au-dessus de l'endroit même où sommeillait le Grand Dragon, que Poisson d'Or avait retrouvé son père.

— Nous ne savions pas, au départ, ce que nous ferions de la puissance incroyable de ces feux telluriques malheureusement intransportables. Par sa puissance potentielle, le trésor livresque qui sommeille dans la cave de l'ancien palais de Lubuwei en est la parfaite réplique. C'est un concentré de liberté et de culture qui, tel le Grand Dragon des puits de feu, ne demande qu'à être réveillé.

— Je n'étais donc pas loin du compte en proposant d'incendier la colline aux chevaux ! lança Feu Brûlant, ce qui eut le don de faire éclater de rire l'assistance.

Mais d'un geste, Maillon Essentiel réclama le silence. Il s'adressa à l'assemblée des eunuques d'une voix encore plus forte, comme s'il la haranguait.

— Contrairement aux feux telluriques, les livres voyagent et se répandent facilement. Poisson d'Or servira de mèche. Au Grand Incendie des Livres succédera le Grand Incendie de l'Obscurantisme ! Qinshihuangdi croyait éradiquer la libre pensée et voilà que celle-ci refleurira, comme les dix mille fleurs, dans la prairie lorsque vient l'été ! Les peuples des anciens royaumes qui forment l'Empire du Centre pourront à nouveau vivre libres...

Les eunuques, médusés, buvaient les paroles de Maillon Essentiel.

— Seriez-vous prêts à aider Poisson d'Or à accomplir ce grand dessein ? leur demanda sans barguigner Feu Brûlant.

Des vivats et des cris enthousiastes fusèrent de tous côtés, en guise de réponse.

— Je propose que tous ceux d'entre nous qui ont des talents de copiste et de calligraphe lèvent la main. Ils pourront nous aider en recopiant des exemplaires des livres préservés. Plus il y aura de copies en circulation et moins le Grand Incendie de la Liberté sera facile à éteindre ! s'écria en jubilant le vieux Forêt des Pinacles qui semblait avoir oublié son grand âge.

Aussitôt, une armée de mains se leva.

Seul Citrouille Amère, dont la face rougeaude s'était renfrognée, s'était abstenu d'applaudir. Il n'avait que mépris pour ses congénères dont l'inespéré retour de Maillon Essentiel avait remonté le moral en loques.

Le Plieur en chef des Draps Impériaux ne se sentait aucun point commun avec tous ces eunuques...

Et pour cause, il n'était pas castré !

C'était l'Empereur du Centre en personne qui l'avait imposé à la confrérie du Cercle du Phénix, en prétextant qu'il avait été émasculé avant sa prise comme butin de guerre.

Qinshihuangdi avait chargé Citrouille Amère d'infiltrer le Bureau des Rumeurs, où il l'avait fait engager comme préposé. Là, le faux eunuque pouvait en surveiller les agents, tout en menant toutes les enquêtes possibles sur les états d'âme et les éventuels complots de la caste des eunuques pour laquelle il éprouvait une immense aversion. Il la jugeait aussi peu fiable que risible. Il avait juré sa perte. Cela faisait des années que Citrouille Amère, malgré une fréquentation assidue de la confrérie, n'avait rien pu signaler de sérieux à l'Empereur du Centre sur le fonctionnement de cette société secrète, au point qu'il désespérait de réussir un jour à donner à celui-ci l'occasion de mettre au pas cette dangereuse caste de demi-hommes.

On comprendra aisément pourquoi ce qu'il venait d'apprendre, ce jour-là, de la bouche de ce Maillon Essentiel n'était pas tombé dans l'oreille d'un sourd !

Citrouille Amère, jubilant en secret, flottait sur son petit nuage.

Il regarda avec amusement les eunuques quitter la salle, juchés sur leurs socques ridiculement hautes, caquetant comme de vieilles poules.

Bientôt, grâce à lui, l'Empire du Centre serait débarrassé de cette pitoyable engeance.

Il suffisait de laisser lentement vieillir les fruits sur les branches des arbres ; un jour ou l'autre, ils finissent toujours par tomber.

Il fallait seulement patienter.

*

Quand Poisson d'Or et Rosée Printanière furent repartis, après lui avoir promis de revenir la voir dès qu'ils auraient accompli leur mission de libérer les livres de la cache de l'ancien palais de Lubuwei, Vallée Profonde sentit que le moment n'allait pas tarder où ses forces l'abandonneraient.

Il lui restait une ultime vérification à effectuer avant que son esprit soit totalement apaisé. Elle n'avait pas manqué d'être intriguée par les traces de poudre noire qu'elle avait décelées sous le pied de ce gastéropode rebelle qui, en refusant de se joindre à ses congénères, avait troublé l'ordre parfait du cercle des coquilles, à l'image de celui des soixante-quatre hexagrammes de la cosmogonie de l'Univers.

Elle s'empara à nouveau du mollusque et rentra à l'intérieur de la grotte. Là, elle s'assit sur l'une des pierres du rebord du lac miniature et posa délicatement l'escargot près d'un caillou figurant l'île Penglai qui émergeait au centre de la minuscule pièce d'eau.

Le souffle court, les paupières à demi closes par la fatigue, elle accomplit l'énorme effort de concentrer son esprit sur la coquille de l'animal qui montait lentement à l'assaut du caillou en forme de poire au pied duquel elle l'avait placé. Rapidement parvenu au sommet du rocher arrondi, il pointait ses cornes oculaires vers la droite et la gauche.

Alors, comme elle le subodorait, Vallée Profonde ne tarda pas à voir apparaître, à la place du mollusque, la silhouette d'un homme dont elle ne distinguait pas clairement le visage. Elle était si fourbue que sa force mentale était insuffisante pour parvenir à le reconnaître. Il lui fallait aller plus loin encore dans sa concentration. Lentement, avec méthode, elle commença à procéder à des exercices de respiration destinés à fortifier sa puissance intérieure. Chaque aspiration lui déchirait le dos tandis que chaque expiration transformait sa poitrine en un champ de flammes. Elle sentait, du fait de son effort, des gouttes de sueur perler sur son front.

Petit à petit, malgré la gêne et la douleur qu'elle ressentait jusqu'au tréfonds de son Champ de Cinabre intérieur, elle vit se former sur la silhouette le visage du prêtre taoïste Zhaogongming. La poudre noire du pied du gastéropode était bien issue de ce mélange détonant que le prêtre était venu chercher au fond de la grotte quelques semaines auparavant.

Vallée Profonde était si affaiblie qu'elle n'arrivait pas à établir clairement le lien pourtant indéniable entre cette image de l'assistant de Wudong et la rupture de l'harmonie générale que l'escargot rebelle avait introduite lorsqu'il avait quitté le cercle parfait des coquilles au milieu duquel elle avait placé le Bi noir étoilé. Elle avait beau accentuer le rythme du va-et-vient de ses poumons, rien de plus ne se manifestait dans sa tête qui justifiât la présence du visage du prêtre associée à celle de sa poudre.

Elle sentait la torpeur la gagner. Très rapidement, elle ne pourrait plus continuer à se concentrer aussi intensément tant elle était lasse.

Sa vision, toutefois, parvint à devenir plus claire : il y avait un cachot près de la mer, où Zhaogongming paraissait croupir. Ce devait être à Dongyin, là où il était reparti muni de sa poudre noire. Elle voyait aussi flotter, sur le toit de la prison, la bannière de l'Empereur du Centre. Le prêtre taoïste avait l'air seul et terrorisé. Elle percevait la petite flammèche vacillante de son esprit au milieu d'un immense trou noir. Ce prêtre qui n'avait pas son pareil pour broyer les poudres nécessaires à la confection des pilules d'Immortalité avait manifestement très peur de mourir.

Elle le savait prêt à tout plutôt que de périr sous les coups de l'Empereur du Centre.

Elle s'obligea à une pause pour réfléchir au sens des images que son esprit venait de recevoir de si loin.

Ce fut alors qu'elle décida de faire confiance à son instinct. Si l'image du prêtre était apparue, associée à cet escargot qui avait empêché la formation parfaite de la Grande Roue des Hexagrammes autour des deux jeunes gens, c'était que, d'une façon ou d'une autre, il s'apprêtait à faire obstacle à la réussite de l'entreprise de Rosée Printanière et de Poisson d'Or ou, pis encore, à leur intégrité physique. Sans doute Zhaogongming disposait-il d'informations à leur sujet qu'il s'apprêtait à livrer à qui de droit. Leur révélation risquait d'avoir des conséquences catastrophiques pour la suite, si elle le laissait agir dans ce sens.

Vallée Profonde fit un effort surhumain pour se concentrer une nouvelle fois et tenter d'en apprendre un peu plus. Elle voyait de nombreux vents mauvais et autant de souffles néfastes qui tournoyaient autour de la silhouette du prêtre. Ces souffles, après avoir gagné le sommet de la tête du taoïste, formant alors une auréole nuageuse brune, commencèrent à se transformer, comme s'ils se coagulaient, en une masse ronde et solide en son centre. On aurait dit qu'un disque de vapeur s'était superposé à son visage.

Elle retenait son souffle.

Sa vision était à présent beaucoup plus précise... La masse coagulée qui nimbait le visage du prêtre s'était assombrie encore, et se trouvait parsemée de petites étoiles incandescentes. C'était bien le Bi noir étoilé qui venait de succéder à l'image des souffles négatifs, faisant disparaître, comme s'il l'avait avalée, la face de Zhaogongming. Mais elle constata avec déplaisir la trace d'une fissure qui partait d'un bord et allait jusqu'au trou central.

À la place de la tête de Zhaogongming, le disque de jade était bel et bien sur le point de se rompre !

N'était-ce pas là le signe évident que le prêtre taoïste s'apprêtait à accomplir une action néfaste qui anéantirait les projets de Poisson d'Or et de Rosée Printanière ?

Le cœur de la vieille prêtresse médiumnique, atteint par l'effort qu'elle venait de produire, ne battait plus que par intermittence.

Il lui fallait agir sans tarder...

Son choix était fait.

L'heure n'était plus aux subtilités ni aux atermoiements, elle devait parer au plus pressé : elle protégerait coûte que coûte les deux amants en empêchant Zhaogongming de parler.

Elle n'avait pas d'autre issue que de capter la mémoire du prêtre et d'en extraire tout le contenu, comme un sac que l'on retourne. Alors, il perdrait tout repère et serait incapable de dire quoi que ce fût de sensé, y compris sous la torture la plus terrible. Vallée Profonde devait en quelque sorte désactiver ses fonctions cognitives.

Pour y parvenir, il lui fallait commencer par imaginer le petit lac central entouré par les pics situé dans la tête de Zhaogongming, à mi-chemin entre l'occiput et le milieu des sourcils, puis le vider. C'était au milieu de ce petit lac que, selon le *Calendrier de Jade* du *Livre du Centre de Laozi*, s'élevait le Mingtang, siège du corps humain, de ses impressions, de ses amours et de sa mémoire.

Le cœur étant le siège de la pensée, c'était aussi sur cet organe qu'elle devrait à présent se concentrer. Mais parmi les Cinq Viscères-réceptacles, le cœur était de très loin le plus difficile d'accès, blotti, comme il était écrit dans le *Livre de la Cour Jaune*, « *au centre de la chambre obscure qui s'éclairait en illuminant les portes du Yang* ». C'était lui qui exhalait la « *fleur quintuple* » et réglait la circulation sanguine. Le cœur s'extériorisait dans la bouche par l'intermédiaire de la langue, qui était, en quelque sorte, son appendice. Il suffisait donc à Vallée Profonde d'arrêter le cœur de Zhaogongming pour que celui-ci ne parlât pas.

Pour réussir un tel exploit, qui ne consistait rien moins qu'à le tuer à distance, Vallée Profonde, après avoir franchi les Nuées-poumons du prêtre, devrait forcer la porte de son cœur-Palais Écarlate et le vider de tous ses souffles. Là, elle trouverait l'esprit aérien Shen, ce souffle palpitant qui partait du cœur et représentait le mouvement de la vie. Il suffisait de faire cesser la résonance pure de ce cœur en fermant les deux vantaux de sa porte avec sa Clef de Jade sept fois touffue, et la langue de Zhaogongming serait bloquée, il ne pourrait rien révéler à ses bourreaux de ce qu'il savait parce qu'il serait mort.

Toutefois, c'était Vallée Profonde, gisant sur le

rocher au bord de son lac miniature, que la mort venait de prendre, d'épuisement.

Elle la sentait venir depuis quelques heures, rôdant autour d'elle. Elle avait vu son âme céleste Hun prête à retourner dans ses nuages originels et son âme corporelle Po sur le point de revenir vers les Sources Jaunes dans les entrailles du sol.

Consciente que la vie, tel un ruisseau, s'échappait de son corps, elle avait entamé sans illusions son ultime méditation. D'ailleurs, même si elle avait continué à vivre, la solution n'était pas à sa portée. Elle n'avait jamais été capable d'ôter à quiconque la vie à distance. Elle n'était pas une sorcière maléfique, ni une jeteuse de sorts qui répandait le mal.

Tout au long de son existence, elle n'avait jamais fait que transmettre le bien, les souffles positifs et sa protection.

Elle n'aurait jamais pu tuer Zhaogongming, simplement en pensant à lui...

*

La lune était haute et il tenait Rosée Printanière par la main.

Sur les pentes de la colline aux chevaux, Poisson d'Or parcourait avec une émotion intense ces champs et ces prés sur lesquels il avait vu galoper les chevaux célestes de Lubuwei. Il avait demandé à Saut du Tigre, en raison de ses capacités divinatoires, de se joindre à eux pour leur éviter toute mauvaise surprise.

Depuis le temps, les herbes folles et les ronciers avaient envahi tous ces herbages. Visiblement, l'élevage des chevaux célestes n'était plus la priorité de l'Empire du Centre, qui avait achevé ses conquêtes militaires et n'éprouvait plus le besoin de disposer d'autant de chevaux de guerre qu'hier. Tout le domaine de Lubuwei, par conséquent, était à l'abandon. Depuis que le marchand avait été banni, et ses terres et ses chevaux confisqués par l'État, l'élevage des chevaux se pratiquait désormais dans des fermes immenses situées plus à l'écart des villes. Les écuries de la colline aux chevaux, délabrées, dont les planches brinquebalantes se recouvraient peu à peu de lierre, n'abritaient plus que des nids d'oiseaux et quelques chauves-souris que l'on pouvait voir accrochées, tête en bas, aux poutres vermoulues lorsque l'on s'y aventurait.

C'était au flanc de cette colline, mais du côté opposé à Xianyang pour ne pas attirer l'attention, au milieu de cette inextricable friche piquante où les herbes folles et les taillis permettaient de se cacher facilement et formaient à certains endroits de véritables remparts défensifs, que Poisson d'Or avait décidé de faire bivouaquer son Armée des Révoltés.

L'ancien haras principal, envahi par les arbustes, ne semblait faire qu'un avec ce qui avait été, jadis, la « colline aux chevaux » du marchand Lubuwei. Son curieux toit en forme de coque de navire renversée était partiellement recouvert de lierre. On aurait dit des algues marines. Le bâtiment abandonné à lui-même faisait aussi penser à un gros vase rituel pansu qu'un dragon plus facétieux que les autres aurait rempli d'herbes diverses avant de le renverser sur le sol où il avait été posé jadis.

Quant à la demeure proprement dite du Premier ministre du Qin, elle ne paraissait pas avoir souffert outre mesure de sa désaffection. Ses murs de pierre continuaient à se dresser fièrement, chapeautant la colline. Il est vrai qu'il en aurait fallu, des orages, des cataclysmes, voire des tremblements de terre, pour réussir à fissurer, à disloquer et à abattre ses hautes murailles faites de gros blocs assemblés !

Sitôt installé le bivouac, Poisson d'Or avait décidé qu'avant d'aller dormir, il se rendrait au palais de Lubuwei avec Rosée Printanière et Saut du Tigre pour y vérifier le contenu de la cache aux livres précieux.

— Et dire que pendant que nous sommes ici, Maillon Essentiel harangue ses amis eunuques pour les persuader de venir nous aider ! fit à voix basse Saut du Tigre au moment où ils arrivaient au sommet du monticule sur lequel se dressait la demeure du marchand.

— Il va leur révéler la présence des écrits sauvés du feu ? demanda Poisson d'Or, légèrement inquiet.

— Entre eunuques, on se serre les coudes et on cultive le secret !

— Nous avons de la chance : la porte d'entrée est si vermoulue qu'elle n'a même plus de serrure ! s'écria, joyeuse, Rosée Printanière.

Elle venait de pousser le lourd battant de bois clouté de bronze qui donnait sur la cour intérieure de la demeure.

— L'entrée de la cave est de ce côté, ajouta la jeune femme tout excitée, qui précéda les deux autres.

Dans un coin de la cour, Poisson d'Or reconnut sans peine l'escalier en colimaçon qui descendait au sous-sol de la demeure.

— Je reste ici pour faire le guet, proposa Saut du Tigre.

— Bonne idée ! Au moindre bruit, je compte sur toi pour nous prévenir, chuchota Poisson d'Or.

En trois tortillons, l'escalier de pierre avait mené les deux amants à la vaste salle voûtée qui servait de cave. C'était là que Lubuwei faisait entreposer les vivres et certains meubles qui n'avaient pas trouvé leur place aux étages supérieurs. Un large soupirail par où entraient déjà, à cette heure de la nuit, les rayons de la lune permettait, à condition de laisser ses yeux s'habituer à l'obscurité des lieux, de constater que la cave était encombrée de harnais et de caisses recouvertes de poussière, entassés là dans un désordre inextricable.

Rien ne paraissait avoir bougé depuis la fuite de Lubuwei.

Au fond de la pièce, une énorme armoire laquée cachait presque totalement le mur de pierre. Légèrement sur sa gauche, Poisson d'Or s'aperçut, le cœur serré, que gisaient sur le sol, entassées les unes sur les autres, les pierres phonolithes du grand carillon de son père spirituel. Installé par le marchand de chevaux célestes dans le salon de musique situé au premier étage de son palais, il avait rythmé nombre de danses de Zhaoji dont il avait été, dès son plus jeune âge, le spectateur médusé. Poisson d'Or l'ignorait, mais c'était devant ce carillon de pierre que Zhaoji et Lubuwei avaient découvert avec effarement la marque sur la fesse de cet enfant que l'Homme sans Peur leur avait ramené du Grand Sud.

— La cachette se situe derrière cette armoire ! indiqua Roséc Printanière en montrant à Poisson d'Or le meuble imposant.

L'armoire était aussi recouverte de poussière que les harnais et les caisses dont la cave était encombrée. Derrière ses planches rougeâtres et délavées par le temps devaient sûrement sommeiller les livres précieux heureusement sauvés de l'autodafé.

— Nous touchons à notre but ! Nous pourrons enfin allumer l'incendie de la justice et de la liberté, murmura Poisson d'Or.

Rosée Printanière, incapable de dire un mot, s'était serrée contre lui.

— Sortons vite... J'ai entendu des gravillons crisser sur le chemin !

C'était Saut du Tigre, haletant, qui venait de les rejoindre.

Ils remontèrent précipitamment l'escalier en colimaçon, traversèrent la cour intérieure dans l'autre sens et se retrouvèrent promptement à l'extérieur de la demeure. De l'autre côté du chemin, de hauts taillis dans lesquels ils plongèrent leur permirent de se cacher. Indéniablement, ils pouvaient entendre des petits pas pressés sur l'allée qui menait à la porte d'entrée du palais.

C'est alors qu'ils virent deux silhouettes furtives, entièrement recouvertes de longues capes qui les cachaient du visage jusqu'aux pieds, se glisser à leur tour dans la demeure de Lubuwei. À leur gabarit ainsi qu'à leur façon de marcher, les deux silhouettes ne pouvaient être que des femmes. D'ailleurs, leurs chaussures à lanières dorées que les rayons de la lune faisaient scintiller le confirmaient s'il en était besoin.

— Nous ne sommes pas les seuls à nous intéresser à la cache aux livres ! Que viennent faire ici ces deux femmes ? chuchota Poisson d'Or, passablement inquiet.

— Ce sont des femmes de très haut lignage... à en juger par leurs chaussures précieuses. Qui sait ? Peut-être s'agit-il de Huayang et de Zhaoji ? Elles m'aidèrent à cacher les livres, rappela Rosée Printanière. Il ne m'étonnerait pas qu'elles viennent de temps en temps s'assurer qu'ils sont toujours bien en place !

— Même si ce sont elles, mieux vaut ne pas bouger. Nous pourrions leur faire peur et attirer inutilement l'attention ! déclara Poisson d'Or d'une voix sourde.

— Trop de monde rôde ici, marmonna Saut du Tigre. Il va falloir venir vider la cache dès demain !

— Tu as raison, dit Poisson d'Or. En attendant, je crois préférable que nous rentrions au campement.

Ils se relevèrent du milieu du taillis où ils étaient cachés et, en s'efforçant de faire le moins de bruit possible, entreprirent de reprendre le sentier par lequel ils étaient venus.

En contrebas, au milieu de la pente, à moitié dévorée par la végétation, Poisson d'Or avisa une petite écurie située à l'écart du chemin.

— Saut du Tigre, tu peux rentrer seul. Avec Rosée Printanière, il nous reste une chose à faire ici. Nous te rejoindrons à l'aube au bivouac. Tu leur diras de ne pas s'inquiéter, précisa Poisson d'Or à voix basse, après s'être approché du bâtiment et l'avoir rapidement inspecté.

Rosée Printanière regarda son amant avec étonnement.

— Qu'avons-nous à faire ? demanda-t-elle.

— L'amour ! À l'abri des regards indiscrets... Au bivouac, c'eût été impossible.

Il l'avait prise par la main et fait monter à une échelle qui menait au grenier de la petite écurie. Sur la plate-forme, il y avait assez de paille pour faire un lit confortable.

La fin de la nuit fut ardente. Ils unirent longuement leurs souffles.

— Nos subtiles essences interagissent merveilleusement les unes envers les autres, murmura Rosée Printanière à Poisson d'Or, après qu'il l'eut prise, toujours plus ivre de désir, abandonnée à lui et pantelante.

Les caresses de Rosée Printanière avaient presque réussi à faire oublier à ce dernier l'inquiétude qu'il avait éprouvée en constatant qu'ils n'étaient pas seuls à se rendre à la cache aux livres.

Aucun des deux amants ne savait qu'ils avaient fait

l'amour dans le grenier de l'ancienne écurie des chevaux célestes, à l'endroit même où, quelques années
plus tôt, Lubuwei et Zhaoji avaient été surpris par
Maillon Essentiel, lequel avait choisi de garder pour
lui ce qu'il avait vu sans jamais le révéler à personne.
Cette bienveillance à l'égard des deux amants lui avait
valu d'être dénoncé par Couteau Rapide – avant son
assassinat par Feu Brûlant, lequel s'était ainsi vengé
du chirurgien en chef des eunuques qui lui avait dérobé
ses parties sexuelles après l'opération de castration.

Sans cette vengeance du jeune eunuque, la tête de
Maillon Essentiel n'eût guère fait long feu sur ses
épaules !

La vie des êtres était ainsi faite... La magie des lieux
amenait souvent à reproduire, sans qu'on le sût, les
mêmes gestes accomplis par ceux qui vous y avaient
précédés.

— La nuit prochaine sera la bonne, nous prendrons
avec nous vingt soldats de l'Armée des Révoltés et
nous déménagerons les livres. Il ne nous faudra pas
longtemps. Chacun devra connaître à l'avance la nature
exacte de sa tâche, dit Poisson d'Or à Rosée Printanière au moment où ils arrivèrent au bivouac, se tenant
tendrement par la main.

Le lendemain soir, allant une dernière fois inspecter
les lieux quand le soleil éclairait encore de ses rayons
rasants la colline aux chevaux, Poisson d'Or constata
avec stupeur qu'il était désormais impossible de
s'approcher de l'ancienne demeure de son tuteur.

Des soldats en armes l'avaient complètement inves-
tie. On pouvait voir une forêt de lances se dresser
devant ses hautes murailles, ainsi que de nombreuses
sentinelles disposées à leurs quatre coins et de part et
d'autre de l'entrée du palais.

La cache aux livres précieux n'était plus accessible !

Ils avaient dû être trahis. Tout leur plan s'effondrait. Tout était à refaire.

La rage au cœur, Poisson d'Or vit s'évanouir son rêve de justice.

L'Empire du Centre, décidément, était plus fort et plus roué encore qu'il ne l'avait imaginé !

84

Cela faisait une dizaine de jours que Zhaogongming se morfondait dans son cachot obscur, bercé par le seul lancinant bruit du ressac. Des gardes l'y avaient ramené, depuis la terrasse de Langya où il avait comparu devant l'Empereur du Centre lorsque celui-ci l'y avait convoqué.

Pour accéder à la prison de Dongyin, un petit fortin construit au bout d'un promontoire ceinturé par les flots, on ne pouvait passer que par une étroite langue de terre dont l'accès était sévèrement gardé par des gendarmes jour et nuit. Nul ne pouvait franchir ce passage, dans un sens ou dans un autre, sans être obligé de traverser le poste de garde. La prison de Dongyin était de celles d'où on ne pouvait s'évader sans la complicité des gardiens.

Ce matin-là, le bruit des vagues qui frappaient contre les murs était encore plus assourdissant que d'habitude. Le prêtre taoïste imagina soudain Qinshihuangdi contemplant à son tour, mais cette fois à l'air libre, ces mêmes flots déchaînés.

Profondément déstabilisé par l'entretien qu'il avait eu avec l'Empereur, il continuait à entendre sa voix coupante lui ordonnant de lui fournir la mixture qui permettait de fabriquer les pilules de longévité. Quant au Premier ministre Lisi, il avait été encore plus clair en le sommant de lui révéler l'endroit où se cachait sa fille s'il voulait avoir la vie sauve.

Zhaogongming était sûr qu'il ne mentait pas. Coincé dans la machinerie judiciaire de l'Empire, il n'en sortirait vivant qu'à condition de livrer à Lisi le secret que Tigre de Bronze lui avait révélé avant de mourir : Rosée Printanière et le vrai Poisson d'Or étaient partis pour Xianyang afin d'ouvrir la cache aux livres et de répandre dans tout l'Empire ces vestiges sauvés de l'incendie. Jamais il n'aurait pensé devoir faire un si mauvais usage d'une telle confidence de la part d'un homme qui lui avait offert son amitié avant de passer de l'autre côté de la montagne sacrée...

Il mesurait l'abjection de sa conduite future. Mais la peur de mourir sous la torture était trop forte !

Il n'avait plus le choix. Il parlerait. Il trahirait la confiance que le père de Poisson d'Or avait imprudemment placée en lui.

Et plus le temps passait, plus l'angoisse l'étreignait.

Depuis son entrevue avec l'Empereur du Centre sur cette terrasse qu'il avait si parfaitement déblayée, il n'avait plus aucune nouvelle de celui-ci.

Il s'attendait, vu l'impatience qu'il avait cru deviner dans les propos du souverain, à être convoqué dès le lendemain pour lui fournir la poudre manquante ainsi que les pilules qu'il avait réclamées. Il n'aurait pas manqué, d'ailleurs, d'être embarrassé. Il ne possédait plus la moindre dose de substance alchimique et les dernières pincées de sa poudre noire, il les avait utilisées pour faire exploser la dent rocheuse qui encombrait la terrasse. Il lui faudrait expliquer à l'Empereur qu'il devrait patienter quelque peu, le temps de mettre en place un laboratoire où il aurait pu effectuer ses subtils mélanges. Zhaogongming connaissait parfaitement les moindres recoins où Wudong s'approvisionnait en mercure, en plomb, en argent et en minerai de fer. Alors, une fois qu'il serait allé les chercher, il pourrait procéder à l'élevage de ces « embryons métalliques » sortis de la terre, tels ses enfants, que l'alchimie réussissait à faire passer d'un état à l'autre, par exemple, du stade du cinabre à celui de l'or. La personnification de ces « embryons métalliques » était si grande que les anciens n'hésitaient pas à leur offrir, preuve de la haute estime dans laquelle ils les tenaient, le breuvage anoblissant réservé aux ancêtres et aux chefs qu'était l'alcool de riz.

Le prêtre taoïste avait hâte de présenter au souverain quelques spécimens vigoureux de ces embryons aux vertus si étonnantes !

Les jours s'égrenaient... Quotidiennement, le soleil commençait sa course dans l'arbre Fusang, à l'est, où le corbeau qui le tenait dans son bec le lâchait, pour finir dans l'arbre Ruomu, à l'ouest, où il se couchait, mais nul signe ne venait, hélas, de la part de Qinshihuangdi. Avait-il changé d'avis ? Se méfiait-on soudainement de lui ? Peut-être avait-on trouvé un autre fournisseur de pilules de cinabre ? Ou encore, n'était-ce pas un ultime stratagème de l'infâme Premier ministre destiné à l'inquiéter et à affaiblir un peu plus sa capacité de résistance ?

Il passait ses nuits et ses jours à ruminer de sombres pensées. À quoi servait-il d'être un alchimiste taoïste lorsque l'on croupissait comme lui dans une geôle ? Allongé dans cette obscurité humide que le bruit de l'océan rendait de plus en plus insupportable, il s'efforçait de penser aux bons moments qu'il avait vécus du temps de son maître Wudong. N'était-ce pas de ce grand maître qu'il avait tout appris de la matière, de ses états, de l'alchimie et des souffles, et du corps humain ? Celui-ci était à l'image d'un paysage, avec ses montagnes, ses passes, ses pics et ses lacs, de l'équilibre nécessaire entre le Yin et le Yang, de la Grande Paix et du Grand Vide, du Garder l'Un qui permettait d'obtenir la Longue Vie : « *Si la faim survient, pense à l'Un et tu seras alimenté ; si la soif advient, pense à l'Un et tu boiras du nectar* », avait coutume de répéter Wudong lorsque Zhaogongming, qui se demandait ce qui se cachait derrière cet « Un », l'interrogeait à ce sujet. Était-ce là un Immortel ou un Dieu unique ? Un jour, Wudong, excédé par les questions dont son assistant avait coutume de le bombarder sans ménagement, avait fini par lui réciter cet aphorisme qui l'avait plongé dans un profond état de perplexité :

— Connaître l'Un n'est pas difficile. Il se trouve dans le Grand Ravin de l'Étoile Polaire. Le difficile est de garder l'Un jusqu'à la fin, sans jamais le perdre...

— Mais qu'est-ce que ce Grand Ravin de l'Étoile Polaire ?

— Une zone de notre corps située entre le cœur et l'estomac, s'était contenté de répondre le grand maître de façon énigmatique.

Zhaogongming avait alors vaguement compris que « garder l'Un » signifiait préserver l'unité des composants qui constituaient l'âme et l'énergie humaines, autrement dit son véritable « moi ».

Celui qui perdait son « moi » voyait sa vie, par conséquent, se dessécher et ses énergies lentement s'épuiser.

En tout état de cause, le prêtre savait qu'en dévoilant le subterfuge dont avait usé Tigre de Bronze, il ne garderait plus son « moi ». Car dévoiler les secrets d'un être qui vous avait fait confiance était une véritable trahison contre son propre esprit.

Il existait certains actes où l'individu, par couardise, manque de respect et légèreté, pouvait entièrement se perdre. Entre devenir un Hun, l'une de ces âmes célestes douées pour l'équité et la compassion, et devenir un Po, ces Esprits de la Terre dont le cycle d'action correspondait en tous points à celui de la Lune, ces véritables brutes qui étaient la cause de la plupart des maladies, Zhaogongming savait pertinemment qu'il s'apprêtait à faire, pour sauver sa propre existence, le plus mauvais des choix.

Il se sentait maudit, et comme abandonné par lui-même à cette sorte de déchéance qui finirait par le réduire à l'état de loque. Il n'en éprouvait nulle honte, il ne s'aimait pas assez pour ça. Tout enfant, il craignait déjà tellement la douleur qu'il était incapable d'affronter ses petits camarades à la lutte. L'idée d'avoir à subir, sous le regard goguenard de Lisi, la question d'un bourreau qui le laisserait dans le même état que celui dans lequel il avait trouvé le pauvre Ivoire Immaculé lui était devenue intolérable. Il ne supportait pas la vue du sang sur la peau des autres, alors comment l'accepter sur la sienne !

Et dire qu'aux yeux de la jeune ordonnance dont il était tombé amoureux, il avait failli passer pour un Fangshi, l'un de ces « hommes à techniques » qui possédaient le pouvoir de dominer la matière, qui étaient capables de chasser les démons, de commander aux vents, de maîtriser le Souffle Primordial Yuanqi mais aussi, et surtout, de confectionner de façon impeccable ces pilules d'Immortalité... En fait de Fangshi, Zhaogongming n'était plus qu'une pauvre épave racornie ballottée par les eaux d'un fleuve, incapable de maîtriser quoi que ce soit au sujet de sa propre destinée !

Il valait mieux, au demeurant, qu'Ivoire Immaculé n'ait rien vu de cet abîme de médiocrité dans lequel il avait plongé depuis qu'il se morfondait ainsi dans sa geôle, ressassant ses échecs et passant en revue toutes ses poltronneries... Il s'apercevait, non sans amertume, que, contrairement à son jeune amant, il n'avait pas trouvé son Li, ce principe d'ordre interne qui permettait à l'individu d'agir comme un authentique Saint, c'est-à-dire sans perdre l'objectif de se montrer, quelles que soient les circonstances, bénéfique et positif envers son prochain.

À quoi lui avaient servi toutes ces années passées aux côtés de Wudong ?

*

Personne ne savait, au juste, pourquoi, après avoir mangé et bu, Nuage Empourpré se curait toujours les ongles avec autant de soin.

Le chef du Bureau des Rumeurs était gras comme un buffle. C'était aussi le plus fin des gourmets. Ses agapes commençaient dès le matin aux aurores. Il se faisait servir du poisson frit dans son bureau, tout en donnant à ses chefs de section les directives de la journée. Les plats se succédaient jusqu'au soir, à l'heure de la fermeture du service. Ce régime obligeait Nuage Empourpré, dont l'énorme poids gênait le moindre des mouvements, à ne plus se déplacer que dans un solide palanquin.

Depuis l'abandon de son poste par Maillon Essentiel, le chef des services secrets de l'Empire avait cessé d'être nommé obligatoirement parmi les eunuques. Après avoir jeté son dévolu sur des personnages falots, qui n'avaient pas résisté plus de quelques mois aux difficultés du poste, Qinshihuangdi avait fini par y placer cet ancien général du génie dont la spécialité était la construction des ponts provisoires sur les fleuves et les rivières.

Selon un procédé désormais bien établi, il avait choisi Nuage Empourpré, pour sa loyauté supposée et son goût du secret, sans consulter son Premier ministre,

411

après avoir bombardé le militaire de questions indiscrètes sur ses goûts personnels et sa vie privée. Il avait cru détecter chez lui cette absence d'ambition personnelle et de duplicité qui devait absolument, selon lui, caractériser le profil de l'impétrant. Le Bureau des Rumeurs demeurait en effet une sorte de centre névralgique de l'administration impériale, son observatoire privilégié et, par conséquent, le lieu idéal pour y fomenter d'éventuels complots.

Après s'être promis de ne jamais laisser plus de trois ans en place le titulaire de ce poste, l'Empereur du Centre s'était résolu à y conserver Nuage Empourpré, faute de lui trouver un successeur aussi digne de confiance.

Ce dernier avait toutefois une conception plutôt bureaucratique, pour ne pas dire quelque peu placide, de la tâche qui était la sienne. Cet ancien général obèse était un homme de dossiers, qui sortait rarement sur le terrain, préférant passer ses journées dans un bureau agréable, qui donnait sur un jardin intérieur planté d'azalées, à lire les rapports de ses agents pour en filtrer les informations dignes d'être remontées en haut lieu.

Lorsque Citrouille Amère avait déboulé dans son bureau, Nuage Empourpré avait esquissé une grimace. Il n'aimait pas être dérangé pendant qu'il s'empiffrait. Cependant, si l'agent infiltré chez les eunuques avait jugé utile de se déplacer, c'est qu'il devait détenir des informations intéressantes et urgentes.

Citrouille Amère était tellement fier et pressé de révéler à Nuage Empourpré l'objet de sa visite qu'il en bafouillait :

— Je détiens un renseignement capital, et même un renseignement énorme pour le Bureau des Rumeurs : le fugitif Poisson d'Or est revenu à Xianyang. Cet homme s'apprête à voler, dans une cache de l'ancien palais de Lubuwei, des livres qui y ont été entreposés pour les sauver du Grand Incendie. Puis il compte répandre ces écrits dans tout l'Empire, pour se venger du Grand Empereur du Centre.

— Mais c'est incroyable ! Es-tu sûr de ce que tu avances ?

— Poisson d'Or en veut à l'Empereur du Centre et au légisme... D'après les propos de l'eunuque Maillon Essentiel, de qui je tiens l'information, le ressentiment du fugitif à l'encontre de Qinshihuangdi est immense !

— Tu veux parler de l'ancien chef du Bureau des Rumeurs, celui qui occupait ce siège il y a quelques années ?

— Lui-même. Il fait partie de l'escouade de Poisson d'Or. C'est lui qui a tout raconté à la confrérie du Cercle du Phénix... On ne se méfiera jamais assez des eunuques !

De stupeur, Nuage Empourpré avait failli avaler de travers le morceau de poisson frit qu'il venait de porter à sa bouche. Il s'était emparé du stylet qui traînait sur sa table et avait recommencé à se curer nerveusement les ongles. L'information que Citrouille Amère venait de lui donner le plongeait visiblement dans un abîme de perplexité. Il s'attendait à de l'inédit : voilà qu'il était servi !

— Et j'ai gardé le meilleur pour la fin. Devine avec qui ce Poisson d'Or est arrivé ici ?

— Je n'en ai pas la moindre idée.

— La propre fille de notre Premier ministre, Rosée Printanière en personne ! Une fois partie de Xianyang, elle est allée le rejoindre et il l'a ramenée ici...

— Et dire que personne ne comprenait la disparition de Rosée Printanière ! C'est son père qui sera content de la retrouver. Depuis qu'elle est partie, il affiche une si triste mine.

— Voilà pourquoi je suis venu te voir toutes affai-

res cessantes, heureux homme pour lequel je travaille !
s'esclaffa Citrouille Amère.

— C'est un véritable défi à l'Empereur Qinshihuangdi ! Mais sommes-nous sûrs que ce Maillon
Essentiel ne cherche pas à nous manipuler ? s'écria-t-il
après avoir reposé son stylet et avalé, pour se calmer,
un gobelet d'eau parfumée.

— Dans sa bouche, il y avait de tels accents de
sincérité que cela me paraît rigoureusement impossible ! répondit fièrement Citrouille Amère dont le
contentement faisait rosir le visage poupin.

— Ce traître abandonna sans crier gare le poste que
j'occupe !

Le triple menton de Nuage Empourpré en tremblait
de stupéfaction.

— Cet eunuque a toujours fait partie du lot des
comploteurs en puissance. Devant l'assemblée de ses
congénères qui se réunit secrètement tous les trimes-
tres, sa harangue était éloquente ! On a bien fait de
m'écouter lorsque j'ai voulu vous dissuader d'interdire
ces réunions ! gloussa, toujours guilleret, le gros
Citrouille Amère.

De satisfaction, il paraissait enfler comme une outre,
et pourtant son embonpoint n'arriverait jamais à égaler
celui de Nuage Empourpré.

Celui-ci, sans plus attendre, convoqua devant lui
l'agent Avec Application, le chef de la Section de
Recherche des traîtres et des séditieux.

— Avec Application, tu vas faire surveiller les alen-
tours de l'ancien palais de Lubuwei sur la colline aux
chevaux dès maintenant. Je souhaite être informé en
temps réel de tout ce que nos hommes y remarqueront !

— Ce sera fait, Monsieur le Directeur ! répondit
pompeusement Avec Application, dont on aurait pu
dire, en raison de sa maigreur extrême, qu'il était le

contrepoint de Nuage Empourpré, avant de s'incliner cérémonieusement devant son supérieur hiérarchique.

— Il te faudra aussi fouiller de fond en comble l'ancienne demeure du marchand de chevaux célestes. Il y a là, paraît-il, une cachette où des planchettes de bambou gravées au stylet et assemblées en fagots Pian ont été entassées.

— Tu veux dire des livres ? questionna, l'air anxieux, Avec Application.

Nuage Empourpré regarda son collaborateur d'un air apitoyé. Comment pouvait-on être aussi bête et diriger la Section de Recherche des traîtres et des séditieux !

— Oui, et même les plus précieux des livres ! Mais qu'attends-tu donc pour filer sur la colline aux chevaux, que mon fouet s'abatte sur tes épaules ? laissa tomber le chef du Bureau des Rumeurs.

— Vas-y vite ! Tu y feras main basse sur un trésor qui intéressera au plus haut point l'Empereur du Centre et son Premier ministre, ajouta, gourmand, le gros Citrouille Amère.

Avec Application avait compris qu'il n'avait plus qu'à se précipiter, telle une flèche, vers la mission que son chef venait de lui assigner. Il s'inclina et prit ses jambes à son cou en direction du couloir.

— Ce garçon m'étonnera toujours ! Il me fait penser au lièvre devant le chasseur..., lança Nuage Empourpré à Citrouille Amère au moment où ce dernier, à son tour, prenait congé.

Vers le milieu de l'après-midi, c'était une cuisse de canard confite que mordait à pleines dents Nuage Empourpré lorsque, hagard, Avec Application fit encore irruption dans le bureau de son supérieur.

— Les hommes sont postés aux quatre coins de la

bâtisse et surveillent la colline aux chevaux..., hasarda-t-il, fort gêné, après s'être raclé la gorge.

— Que donne la cache aux livres ? s'enquit sans attendre Nuage Empourpré.

Le visage du chef de la Section de Recherche des traîtres et des séditieux s'était proprement décomposé.

— Clou dans l'œil, Monsieur le Directeur ! Elle était vide de tout livre ! Pas la moindre planchette ! Nous n'avons trouvé que ce Pian..., gémit Avec Application en tendant à Nuage Empourpré un fagot de lamelles de bambou qu'il tenait caché derrière son dos. C'est le demi-chapitre d'un ouvrage célèbre en son temps, les *Printemps et Automnes de Lubuwei !* ajouta-t-il, de plus en plus penaud.

— Mais qu'a-t-il pu se passer ? On m'annonce une cache bourrée de livres et voilà qu'elle est vide ! Qui a pu faire ça ? À quoi servons-nous si nous ratons si vite une affaire aussi importante que celle-ci ! tonna Nuage Empourpré dont les petits yeux noyés dans la graisse luisaient de colère.

— Hélas, Monsieur le Directeur, lorsque nos hommes découvrirent cette cache, située derrière une armoire de la cave du palais de l'ancien Premier ministre, et après avoir fouillé sa demeure de fond en comble, ils ne purent que constater qu'elle avait été vidée !

— Qu'on double les rondes de surveillance ! Je veux qu'on retrouve le plus rapidement possible les voleurs de livres ! hurla Nuage Empourpré à l'agent Avec Application.

Le chef du Bureau des Rumeurs était fou de rage. Quelqu'un, entre-temps, avait vidé ladite cache aux livres ! De deux choses l'une, ou bien Citrouille Amère lui avait menti, mais il ne voyait guère quel eût été l'intérêt du faux eunuque de raconter des balivernes, ou bien, beaucoup plus ennuyeux, l'information avait filtré et on s'était arrangé pour déménager cette cache avant que ses agents ne puissent mettre la main sur les livres précieux qu'elle contenait.

Nuage Empourpré était en nage. L'affaire tombait au plus mal. Il paraissait impossible qu'elle ne s'ébruitât pas ! Elle ne tarderait pas à faire le tour de la Cour, où de bonnes âmes se chargeraient de la révéler au Premier ministre dont le Bureau des Rumeurs dépendait hiérarchiquement même si, en théorie, il relevait de l'autorité directe de l'Empereur du Centre. Après avoir envisagé plusieurs hypothèses, Nuage Empourpré jugea que le mieux était encore d'en parler lui-même à Lisi avant que celui-ci ne l'apprît par la bande.

Il lui fallait partir pour Dongyin et, là, avertir le Premier ministre du retour à Xianyang de Poisson d'Or et de Rosée Printanière ainsi que de cette affaire si préoccupante de livres qui avaient disparu.

La mort dans l'âme, le chef du Bureau des Rumeurs fit préparer la lourde charrette dans laquelle son embonpoint le contraignait de voyager – aucun cheval, fût-il le plus solide, ne pouvant tolérer son poids.

Nuage Empourpré détestait les voyages. Et celui qu'il allait entreprendre ne s'annonçait pas précisément comme une partie de plaisir !

D'ailleurs, dans cette charrette, faute de cuisinier et de cuisine, on mangeait toujours froid et mal.

*

Poisson d'Or était anéanti, et il essayait en vain de le cacher à Rosée Printanière.

— Ne sois pas triste. Si nous ne pouvons pas déclencher le Grand Incendie de la Liberté, nous pourrons mieux nous occuper de nous ! Nous aurons tout tenté pour rétablir un peu de justice dans cette société.

Qu'avons-nous, dès lors, à nous reprocher ? murmura-t-elle, blottie contre son épaule.

Elle réconfortait du mieux qu'elle pouvait un Poisson d'Or accablé par ce qui leur arrivait.

Lorsqu'il avait constaté que des soldats en armes gardaient l'endroit de la cache aux livres, il avait ordonné la mort dans l'âme à sa petite armée de lever le campement et de se replier.

La nuit même, le nouveau bivouac de l'Armée des Révoltés avait été déménagé et installé à la hâte plus à l'écart de Xianyang, au sommet de la Falaise de la Tranquillité, dans un endroit difficilement accessible par des itinéraires escarpés. Pour y accéder, ils avaient suivi un chemin caillouteux montant en lacets vers le plateau qui s'achevait brutalement en un vertigineux précipice.

— Regarde un peu ces deux rochers, il suffirait de les faire rouler pour qu'ils écrasent définitivement tous ceux qui se trouvent sur leur route, dit Rosée Printanière en frissonnant.

Elle indiquait les deux énormes boules de pierre situées de part et d'autre du chemin, à l'endroit précis où celui-ci franchissait un petit col qui menait au plateau de la Falaise. Nul doute que leur chute eût entraîné tout un chaos de pierre sur lequel les deux boules semblaient reposer en équilibre, réduisant en bouillie tout ce qui se serait trouvé sur leur passage.

— En montagne, il ne faut jamais prêter de mauvaises pensées aux rochers qui sont là depuis plus longtemps que vous ! rétorqua-t-il en essayant de plaisanter.

C'était pour lui une façon de détendre l'atmosphère quelque peu lugubre dans laquelle était plongée l'Armée des Révoltés depuis que ses hommes avaient compris que la cache aux livres précieux était devenue inaccessible.

Après avoir encerclé l'ancien palais de Lubuwei, la

soldatesque impériale avait en effet totalement investi la colline aux chevaux, passant au peigne fin ses moindres recoins. Des jardiniers avaient commencé à couper le foin et les taillis de ronciers qui l'avaient transformée, au fil des années, en cette friche touffue où se réfugiaient les renards et les serpents. Bientôt libérée de sa jungle, la colline aux chevaux redeviendrait le mamelon impeccablement entretenu où Lubuwei faisait effectuer les subtils croisements entre les races de ses équidés.

Dans ces conditions, il était dangereux de rester à cet endroit sous peine d'être découverts.

Poisson d'Or s'était souvenu, pour y avoir souvent chassé le lièvre avec l'Homme sans Peur, que le massif montagneux de la Falaise de la Tranquillité constituait, sans nul doute encore, à proximité de la capitale, le meilleur des refuges pour ses hommes et leurs chevaux.

Assis au bord de cette Falaise depuis laquelle s'était jeté dans le vide le vieux lettré Accomplissement Naturel après le Grand Incendie des Livres et l'infâme changement de nom auquel on l'avait contraint, Poisson d'Or contemplait pensivement les cimes du massif montagneux qui se dressait de l'autre côté du ravin au fond duquel scintillait le torrent.

— Cultiver son bonheur privé n'est pas un objectif illégitime... L'important n'est-il pas d'avoir tout tenté ? Ta conscience peut être tranquille ! ajouta Rosée Printanière qui s'évertuait à le distraire de la morosité dans laquelle il semblait être tombé.

— J'aurais peut-être mieux fait de rester à Dongyin !

— Ils t'auraient arrêté, et l'Empereur du Centre est inaccessible... Pense à toi, pense à moi ! N'est-ce pas l'essentiel désormais ?

— Tu as raison. Mais comment être heureux alors que personne ne l'est autour de soi ?

— Nous le sommes déjà tous les deux. Est-ce que ce n'est pas suffisant pour le moment ? demanda-t-elle doucement.

— C'est toi qui as raison, et j'ai tort. Tu seras sûrement plus apte au bonheur que moi ! dit-il, résigné.

— Je suis pleine d'espoir. Le temps viendra où nous tiendrons enfin notre revanche. Et si ce n'est pas nous, elle sera pour notre descendance...

— Tu as l'air fatiguée. Tu devrais aller te coucher.

— Toi, tu n'as pas sommeil ?

— Pas vraiment. Je vais aller marcher un peu.

Poisson d'Or était si décontenancé qu'il n'avait pas envie d'aller dormir. La lune était haute, la nuit s'annonçait belle. Une petite promenade nocturne ne pourrait qu'apaiser son esprit.

— Veux-tu que je vienne avec toi ? proposa-t-elle en le prenant par les épaules.

— C'est inutile, mon amour. Tu es fourbue. Je te rejoindrai un peu plus tard, dès que je me serai calmé.

Ils se séparèrent au bord de la Falaise, elle revenant vers le bivouac, lui s'enfonçant dans la forêt, sombre et majestueuse comme un vaste péristyle à colonnes et qui paraissait l'attendre.

Devant ces lignes de fuite que formait la multitude des troncs rectilignes, Poisson d'Or ressentit la rage d'un animal sauvage soudain enfermé dans une cage. L'impossibilité, si près du but, de mener à bien son projet lui était devenue à proprement parler insupportable. Si Rosée Printanière n'avait pas été là, nul doute que l'accablement dont il ressentait peu à peu les effets sous la forme d'un affreux mal de tête persistant l'aurait anéanti.

Dans son désespoir juvénile, qui était le lot commun des enthousiastes au service d'une cause juste lorsque, hélas pour celle-ci, ils ne parvenaient pas à la faire aboutir, Poisson d'Or, vraiment révolté, n'était pas loin d'accabler de reproches, par la pensée, ce disque de jade dont Rosée Printanière lui avait pourtant tellement vanté les capacités bienfaitrices. N'était-ce pas le Bi noir étoilé qui semblait bel et bien les avoir abandonnés tous les deux à leur sort ? Tout ce périple pour finir par buter sur l'impossibilité d'accéder à la cache aux livres ! Quelle mouche avait donc piqué la soldatesque impériale pour monter ainsi soudainement la garde devant l'ancien palais de Lubuwei ?

Poisson d'Or regrettait maintenant amèrement de ne pas avoir eu la présence d'esprit de vider cette cache aux livres dès le premier soir, en revenant dans la cave un peu plus tard dans la nuit.

Il s'en voulait tellement qu'il n'avait pas remarqué que ses pas l'avaient déjà amené assez loin à l'intérieur de la forêt, au milieu d'une clairière qui s'allongeait vers un petit tertre. Malgré l'obscurité, son attention fut attirée, derrière les rangées d'arbres s'étendant devant lui, par une forme pyramidale sombre et pointue. Il décida, à tout hasard, d'aller voir de quoi il retournait.

La forme ne ressemblait ni à un arbre ni, a priori, à aucun animal. En s'approchant un peu plus près, prenant soin de faire le moins de bruit possible, la main placée sur le pommeau de son glaive d'acier, prête à le dégainer, il lui sembla deviner le toit de branchages d'une hutte assez haute dans laquelle on pouvait tenir debout.

Alors qu'il allait faire un pas de plus vers ce qui ressemblait à l'entrée de la hutte, il sentit le sifflement d'une lame fendant l'air dans sa direction et ne put l'esquiver qu'en roulant sur le sol, où il dégaina à son tour son glaive juste avant de bondir sur l'assaillant. Il faisait trop sombre pour percevoir le visage de l'homme qui, après l'avoir raté, s'apprêtait à nouveau à abattre son épée. Poisson d'Or constata qu'il s'agissait, à en juger par la hauteur et la largeur de la silhouette qui se découpait vaguement sur le ciel bleu marine strié par les troncs comme des rayures noires, d'un individu à la taille gigantesque et d'une force inouïe. La lame de son glaive, qu'il porta devant le deuxième coup d'épée de bronze de l'homme gigantesque, arrêta celui-ci tout net dans un jaillissement d'étincelles. Il se félicita de pouvoir disposer ainsi d'une arme en acier alors que celle de son adversaire était en bronze. Sans cela, nul doute que la force physique de son attaquant, très supérieure à la sienne, l'aurait mis en difficulté.

Il eut une rapide pensée pour le prince Anwei, dont le sacrifice avait permis à Tigre de Bronze de forger cette arme qui lui était si nécessaire. Il n'attendit pas que son adversaire revînt à la charge mais se rua sur lui en abattant comme un fouet son glaive sur l'épée du géant. Sous la rudesse du coup porté par l'acier, celle-ci résonna comme une cloche de carillon et produisit une magnifique gerbe de feu semblable à une queue de comète. Le géant, déstabilisé, avait poussé une sorte de juron.

C'est alors que Poisson d'Or, regardant par terre, vit un morceau de lame de l'épée de son adversaire, cassée net.

Soucieux de conserver son avantage, il se rua sur l'homme immense, essayant de le projeter à terre. Mais l'autre avait les bras si longs et si forts qu'il le saisit brusquement comme le tronc d'un saule et le tint à bout de bras, l'empêchant de se servir de son glaive.

Dans leur lutte, les deux hommes étaient peu à peu revenus sur le petit tertre proche de la clairière. Là, il faisait plus clair car les rayons de la lune éclairaient le sol d'une lueur blafarde.

Lorsque le visage du géant apparut à Poisson d'Or, la surprise du fils spirituel de Lubuwei fut totale.

— L'Homme sans Peur ! L'Homme sans Peur ! Quel moment extraordinaire ! Comme je suis heureux de te revoir ! Comme tu m'as manqué depuis tout ce temps-là...

De son côté, à peine le géant hun avait-il pu distinguer les traits de son adversaire qu'il relâcha aussitôt la pression qu'il exerçait sur lui, le laissant tomber sur le sol comme un sac de blé.

— Poisson d'Or ! Moi aussi, très content ! Attendre ça depuis si longtemps ! Pas mal ? Avoir pas mal ? Excuse-moi ! Pas reconnaître toi ! s'écria-t-il en tombant à genoux.

— C'est une magnifique surprise que tu me fais là ! J'ai tellement bien fait de venir me promener dans cette forêt. Comme Rosée Printanière sera contente lorsqu'elle te verra...

Cette rencontre inespérée mettait tellement de baume sur le cœur contrarié de Poisson d'Or qu'il s'en trouvat revigoré.

Ils se tâtèrent mutuellement le torse, les bras et le visage, pour être sûrs, l'un comme l'autre, qu'ils ne rêvaient pas.

— Mais que fais-tu ici ?

— J'habite la cabane de branchages. Mon refuge de la forêt. Personne ne me trouve ici ! répondit le Xiongnu en indiquant la hutte au toit pointu qui avait attiré l'attention de Poisson d'Or. Lorsque Handan assiégé, Lubuwei mort ! Et moi partir loin... Puis revenir à Xianyang, voir que tu n'étais pas là. Moi très triste et t'attendre dans maison de Lubuwei, puis venir habiter ici, car là-bas maintenant, beaucoup trop dangereux ! Moi toujours penser à toi... Toujours espérer que toi revenir ! fit le Xiongnu d'une voix douce.

— Je savais bien que tu étais le plus fidèle des

compagnons ! s'exclama Poisson d'Or en prenant l'énorme main du géant dans la sienne.

— Moi avoir bien fait. Jamais douté que tu reviendrais ici ! ajouta l'Homme sans Peur.

Il s'exprimait moins bien que lorsqu'il avait quitté Xianyang en compagnie de Lubuwei, mais ces onomatopées quelque peu gutturales, témoignage de la solitude du Xiongnu géant depuis son retour de Handan, eurent le don d'émouvoir un peu plus Poisson d'Or aux yeux duquel des larmes avaient fini par monter.

Avec force gestes à l'appui, l'Homme sans Peur se mit à lui raconter comment, quelques jours plus tôt, rentrant dans la demeure du marchand de chevaux célestes en revenant de poser des pièges à lièvres, il y avait surpris deux silhouettes longilignes recouvertes de longues capes qui avaient dû s'y introduire subrepticement. Les deux silhouettes avaient ôté leurs capes et il avait reconnu les deux reines Huayang et Zhaoji. Elles étaient descendues à la cave, où il les avait suivies. D'habitude, il n'y allait jamais, se contentant d'utiliser une chambre au premier étage. Là, caché derrière un pan de mur, il avait pu observer le manège des deux femmes. Elles avaient poussé avec peine une grande armoire qui cachait l'entrée d'un réduit où étaient entassés des centaines de rouleaux de lamelles de bambou.

— Quel bonheur ! Le trésor des livres précieux est encore là, intact ! avait dit la reine Huayang après avoir jeté un coup d'œil rapide sur le contenu de la réserve aux lamelles.

Avant de repartir, les deux femmes avaient remis l'armoire à sa place. Demeuré seul, le géant hun était à son tour entré dans la cachette aux livres. Médusé, il avait commencé à compter ces paquets de planchettes de bambou qui s'entassaient du sol au plafond. Il s'était rapidement arrêté... Sa science arithmétique ne lui permettait pas d'aller au-delà de cent.

Poisson d'Or écoutait, pétrifié, le récit du géant. Sa surprise paraissait encore plus grande que celle qu'il avait éprouvée lorsque le visage de l'Homme sans Peur lui était apparu, quelques instants auparavant. C'étaient donc les deux reines qui avaient failli les surprendre avec Rosée Printanière, quelques jours plus tôt, devant la même armoire ! Il s'en voulut atrocement d'avoir écouté Saut du Tigre qui les avait poussés à s'enfuir lorsqu'ils avaient entendu les pas furtifs. S'il avait su, non seulement ils auraient pu, à trois, vider la cache aux livres mais également se faire aider par les deux femmes ! Il imaginait la joie qu'ils auraient tous ainsi éprouvée de se retrouver, au bout de tant d'années, dans l'ancien palais du marchand de chevaux célestes...

Au lieu de cela, tout était perdu ! Passer si près du but et ne pas saisir une telle chance était plus que révoltant ! De rage, il serrait le pommeau de son glaive à s'en briser les phalanges.

— Moi, alors, avoir peur et décider de venir ici avec tous les bambous de la cachette..., conclut le Xiongnu.

— Tu veux dire, avec les livres précieux ? Tu as emporté avec toi les livres précieux de la cache jusqu'ici ?

Vibrant d'excitation, Poisson d'Or avait sursauté de joie.

Un peu gêné, l'Homme sans Peur lui expliqua que, dans sa cabane, il avait besoin de combustible et que toutes ces lamelles de bambou parfaitement sèches, liées entre elles, constituaient le meilleur des matériaux de chauffage. Il les avait transportées sur son dos, après en avoir assemblé des centaines au moyen de cordes, en plusieurs voyages la nuit même, au pied de la colline suivante, avant de les apporter, le jour d'après, dans la cabane de la Falaise de la Tranquillité où il comptait passer l'hiver.

— Mais tu as commencé à brûler ces livres si précieux ? interrogea Poisson d'Or, à nouveau effondré.

— Moi pas savoir que c'était livres précieux ! gémit, penaud, le Xiongnu qui avait pris un air désolé.

— Tu n'as pas répondu à ma question !

— Non ! Brûlé aucun livre ! Pas besoin : l'hiver encore pas là ! Tous les Pian rangés avec soin dans la cabane, regarde ! fit l'Homme sans Peur, de plus en plus gêné par sa bévue.

Poisson d'Or, le cœur battant, se rua à l'intérieur de la hutte de branchages. Le trésor des livres était bien là, intact ! Les parois de la hutte, du haut jusqu'en bas, étaient tapissées par les Pian que le Hun avait soigneusement empilés.

Après s'être jeté au cou du géant, il se mit à l'embrasser de toutes ses forces. Il se revoyait, enfant, lorsqu'il venait se blottir contre l'ample poitrine du Xiongnu. Il retrouvait son odeur, il revivait les joies de son enfance.

Il ignorait comment il pourrait remercier assez celui qui, après l'avoir enlevé à sa famille et ramené à Lubuwei, lui avait appris à chasser, à tirer à l'arc et à monter à cheval, qui l'avait tant protégé lorsqu'il était enfant et, à présent, par un extraordinaire concours de circonstances, lui permettait d'achever la tâche qu'il s'était assignée et qu'il avait cru ne jamais plus pouvoir mener à bien...

Décidément, le Bi noir étoilé continuait à porter chance !

85

De la fenêtre du petit bureau, on pouvait apercevoir la ligne d'horizon du Grand Océan Rond.

— Je tiens ces informations d'un de mes agents, à qui elles furent données par l'eunuque Maillon Essentiel ! conclut, essoufflé, le chef du Bureau des Rumeurs qui, s'attendant à recevoir une avoinée de la part de son interlocuteur, avait débité son discours d'un seul trait en évitant soigneusement de croiser son regard.

Quand Nuage Empourpré prononça devant lui le nom de Maillon Essentiel, Lisi sentit un flot de haine intacte lui remonter des viscères jusqu'à la bouche.

Il se souvenait de tous les mots qu'il avait eus avec l'ancien chef du Bureau des Rumeurs, de leur rivalité, soigneusement entretenue par l'Empereur du Centre quand il n'était encore qu'un simple roi. Le souverain les avait contraints à se surveiller mutuellement. Il les avait montés l'un contre l'autre. Et Maillon Essentiel avait fini par se douter que Lisi était l'assassin de son épouse, Inébranlable Étoile de l'Est. Cet eunuque retors qui avait été si proche de percer tous ses secrets était de loin son ennemi le plus dangereux.

La rage que le souvenir de Maillon Essentiel avait réveillée en lui atténuait quelque peu la joie éprouvée par le Premier ministre lorsque Nuage Empourpré lui

427

avait appris, au détour de ses révélations sur le retour du vrai Poisson d'Or à Xianyang et sur l'existence de cette cache aux livres dans l'ancienne maison de Lubuwei, que sa fille Rosée Printanière faisait partie de l'expédition.

Au moins était-elle toujours vivante ! Tout espoir de la récupérer n'était donc pas perdu.

— Tu m'assures que Rosée Printanière est bien avec ce Poisson d'Or ? demanda-t-il anxieusement à Nuage Empourpré, au grand soulagement de ce dernier.

— L'agent Citrouille Amère est fiable. C'est l'Empereur du Centre en personne qui l'a chargé d'infiltrer la caste des eunuques. Il n'a aucun intérêt à inventer quoi que ce soit ! répondit le chef du Bureau des Rumeurs.

— Ma fille est-elle au moins en bonne santé ? s'écria, presque implorant, le père de la jeune femme.

Nuage Empourpré considérait avec stupeur ce Premier ministre qui semblait se préoccuper comme d'une guigne du retour de Poisson d'Or et de l'existence de la cache aux livres. Seule l'annonce du retour de sa fille paraissait l'intéresser. Compte tenu du peu d'intérêt que Lisi manifestait pour son récit, Nuage Empourpré en venait à regretter d'avoir effectué un si long voyage pour l'informer de ce projet de diffusion dans l'Empire du Centre des livres sauvés du Grand Incendie.

— Je n'ai pas connaissance qu'elle soit malade ! D'ailleurs, si c'était le cas, je ne crois pas qu'elle aurait fait le long voyage de Dongyin à Xianyang, bredouilla-t-il.

— Tu as bien dit qu'elle était à Dongyin avec lui ?

— C'est exact, Monsieur le Premier ministre !

Lisi en avait failli se mordre la langue.

Et dire que sa fille était ici même quelques semaines

auparavant ! Comme il aurait aimé être actuellement à Xianyang pour la serrer dans ses bras !

Ce croisement fortuit avec Rosée Printanière le remplissait d'amertume. Tout comme Nuage Empourpré, il regrettait maintenant de s'être rendu à Dongyin. Il maudissait sa dépendance qui le faisait aller là où le voulait l'Empereur du Centre, son maître. Tout Premier ministre qu'il était, le souverain l'obligeait à le suivre là où bon lui semblait. Quoique second personnage de l'État, il était toujours en première ligne pour recevoir ses colères froides et ses reproches, avec la hantise au ventre qu'un malheureux incident vînt gripper la machinerie qu'il avait la charge de faire fonctionner, signant sa disgrâce, voire sa perte.

— Poisson d'Or a l'intention de...

— Je me contrefiche de ce Poisson d'Or ! Ce que je veux, c'est ma fille ! éructa le Premier ministre sans même lui laisser terminer sa phrase.

— Mais ce garçon complote contre l'Empire du Centre ! Si j'ai bien compris son propos, il entendrait rendre indocile le peuple de l'Empire !

— Ce n'est pas demain la veille qu'il réussira à renverser le Grand Qinshihuangdi..., répliqua, horripilé, Lisi.

— Votre Excellence, l'existence de cette cachette aux livres ne va-t-elle pas inquiéter l'Empereur ?

— Veux-tu dire par là qu'il faudrait ne pas la lui révéler ? rétorqua le Premier ministre, la mine sévère.

— Je n'ai pas dit cela. Je me borne à réfléchir à haute voix devant vous, Monsieur le Premier ministre..., hasarda l'autre.

À peine sa phrase achevée, le chef du Bureau des Rumeurs s'en voulait déjà d'avoir prononcé des mots qui pouvaient lui coûter son poste. N'était-il pas chargé, précisément, d'empêcher de telles manœuvres, voire de tels complots ? Car le transport des livres les plus précieux de la bibliothèque de la Tour de la Mémoire vers cette cache supposait des complicités, sûrement un plan d'action longuement mûri, sans compter une phénoménale dose de culot que seuls des comploteurs particulièrement aguerris et prêts à tout pouvaient posséder. Suggérer, de surcroît, qu'il valait mieux que l'Empereur n'en sût rien ne faisait qu'aggraver son cas !

Conscient de sa bévue et transpirant à grosses gouttes, le général obèse n'en menait pas large.

— Tu m'as bien dit que cette cache était vide lorsque tes hommes ont défoncé sa porte ?

— Elle était parfaitement vide, c'est un fait ! gémit Nuage Empourpré en se tordant les mains.

— Dans ce cas, où est la preuve qu'elle était remplie ? s'agaça Lisi.

— Il s'agit des propos de Maillon Essentiel devant les membres de la confrérie du Cercle du Phénix, tels que les a relatés notre agent infiltré Citrouille Amère...

— Si ton agent dit vrai, nos services policiers auront tôt fait de découvrir qui a vidé la cache aux livres et l'endroit où ils ont été déplacés, affirma Lisi, l'air songeur.

Manifestement, le Premier ministre avait la tête ailleurs et semblait n'accorder aucune importance à l'existence de cette cachette aux livres.

— Excellence, si vous acceptiez de donner un mois lunaire de plus au Bureau des Rumeurs, je vous promets de vous rapporter la tête de Poisson d'Or sur un plateau de bronze comme on en voit dans les tombeaux pour disposer dessus la vaisselle des repas rituels ! lança alors, croyant bien faire et tout rouge de confusion, Nuage Empourpré.

La grotesque supplique fit sursauter Lisi. S'il laissait faire cet imbécile, ce serait bientôt la tête de sa propre fille que ce général suant et obèse lui apporterait en même temps que celle de son compagnon...

— Il n'en est pas question ! La traque de Poisson d'Or ne relève que de moi ! hurla-t-il. Et j'entends décider seul des moyens qui seront mis en œuvre.

Nuage Empourpré, qui avait reçu les propos du Premier ministre comme un coup de poignard annonçant sa prochaine disgrâce, courba la tête et se tut, atterré. Il se disait aussi que, bientôt, sa tête risquait de ne plus être attachée à ses épaules. Mais Lisi, l'esprit ailleurs, n'insista pas. Il s'était approché de la fenêtre et contemplait la mer, tournant le dos à l'énorme chef du Bureau des Rumeurs, lequel, affalé sur un tabouret, paraissait attendre son heure comme un condamné à mort...

C'était l'instant de la journée où les vents faisaient moutonner les flots. Lisi ne croyait guère à ces histoires de tours crénelées d'écume où les Dragons de Mer, prétendument, habitaient, pas plus qu'à ces Îles Immortelles dont il ne parviendrait jamais à comprendre cet acharnement que l'Empereur du Centre mettait à les découvrir. Pour lui, la mer n'était qu'une immense masse d'eau où vivaient les poissons et les coquillages. Tout le reste était dans l'esprit des hommes qui s'inventaient toutes sortes de fables pour se rassurer. D'ailleurs, il en allait ainsi comme du reste. Il ne partageait pas cette manie qu'avaient ses contemporains de percevoir des dragons dans la moindre nuée, au creux de tel minuscule plissement de terrain, ou encore dans tel lac dont ils prétendaient sans rire qu'il était la pupille de son œil, tout comme la façon qu'ils avaient de voir, le plus sérieusement du monde, dans la lune, à tel moment, une alliée précieuse et dans telle étoile, en même temps, leur pire ennemie.

Lisi ne croyait pas au merveilleux. Pour lui, d'innombrables éléments épars constituaient l'Univers, et à tout le moins beaucoup plus de cinq. C'était un chaos jamais ordonné, où seule la force comptait. Un magma hostile dans lequel l'être humain, petit et nu, avait été jeté. Seules la Loi et la Règle des hommes, qui avaient appris peu à peu à le domestiquer, pouvaient remédier à cet inextricable fouillis. Le légisme n'était-il pas plus efficace que la Roue des Hexagrammes ? Construire des berges à un fleuve n'était-il pas plus satisfaisant et plus efficace que d'honorer en tremblant son dragon, en le suppliant de ne jamais le faire déborder ?

Lisi était cet architecte implacable et besogneux qui aidait Qinshihuangdi à accomplir ce rêve de grandeur, visant à inscrire son règne dans le prolongement de celui du mythique Empereur Jaune. Il ne l'eût avoué à personne, mais il doutait même que Huangdi, l'Empereur mythique, eût jamais existé. Pour lui, les livres historiques étaient bourrés de ces sornettes inventées par des chroniqueurs tous plus soucieux les uns que les autres de plaire à leurs princes. À force d'embellir les exactions qui leur avaient permis de devenir rois, ils en faisaient des saints bienfaiteurs. De quelle manière, dans ce cas, pouvait-on trier le vrai du faux ? Le Premier ministre ne voyait pas comment, si ce n'était au prix du sang et de la souffrance, les grands souverains pouvaient régner sur des territoires aussi vastes dont les populations indifférentes, tout occupées qu'elles étaient à survivre, ne se prosternaient jamais de leur plein gré, et encore moins de gaieté de cœur. Le rêve de grandeur qu'un dirigeant infligeait à son peuple ne correspondait jamais à la préoccupation première de celui-ci.

De cette vision cynique et plutôt désespérée du monde, seul l'amour qu'il portait à sa petite Rosée Printanière réussissait à l'extraire. Depuis qu'elle l'avait quitté, il s'était aperçu qu'en fait elle avait été son unique et vraie raison de vivre. Et voilà que, après l'avoir crue à jamais perdue, il recevait inopinément de ses nouvelles !

Il en arrivait presque à se dire que la race des dragons protecteurs existait peut-être, ou que certaines étoiles avaient réellement, comme le prétendaient les astronomes, un effet bénéfique, à certains moments particuliers, sur les êtres humains.

En portant à nouveau son regard vers le visage de Nuage Empourpré, il ne vit alors que fourberie et méchanceté. D'un geste las, il lui fit signe qu'il pouvait disposer, et l'autre, incapable, du fait de son embonpoint, d'exécuter une courbette, se contenta de fléchir à moitié le genou et se retira, en s'efforçant, malgré le soulagement qu'il éprouvait de quitter libre ce bureau, de cacher sa déception devant le peu d'intérêt, somme toute, que le Premier ministre avait semblé accorder à ses révélations.

Comment, au demeurant, Nuage Empourpré eût-il pu se douter que Lisi avait décidé de ne rien révéler à l'Empereur du Centre de l'information que Nuage Empourpré venait de lui rapporter ?

Bien plus que la colère de l'Empereur, dont il imaginait assez bien la réaction, ivre de jalousie et de rage, lorsqu'il aurait appris que Rosée Printanière avait rejoint son rival de toujours, il craignait trop que des bavures policières intempestives ne vinssent abîmer son trésor le plus précieux.

Ce serait donc lui – et lui seul – qui la retrouverait.

Poisson d'Or, la cache aux livres, et même Maillon Essentiel, tout cela pourrait bien attendre un peu...

Avant tout, il récupérerait son enfant bien-aimée.

Et il souhaitait tant, ce jour-là, qu'elle fût toujours la même, intacte comme au premier jour, qu'il se surprit à supplier ce dragon protecteur, qui devait probablement veiller sur elle, de continuer à le faire.

— Nous aimerions au moins savoir à quoi nous servons ! lança le soldat au visage poupin, l'air gêné, mais néanmoins d'une voix forte.

Le plus jeune des garçons qui se tenaient face à Poisson d'Or, dans un garde-à-vous impeccable avant de courber la nuque d'un coup sec, sans doute pour se faire pardonner cette insolence, semblait lui-même étonné par sa propre audace.

Depuis leur changement impromptu de bivouac et cet éloignement de la colline aux chevaux, si proche de la capitale, la cinquantaine de soldats de l'Armée des Révoltés ne savait plus trop à quoi s'en tenir. Après en avoir discuté longuement ensemble, ils avaient décidé de former une délégation de quelques membres et de s'en ouvrir directement à Poisson d'Or, qu'ils considéraient comme leur général.

— Mes amis, mes soldats, je comprends fort bien votre impatience... Mais le moment approche où nous accomplirons enfin notre tâche.

— Et de quoi s'agira-t-il ? Qui devrons-nous combattre ?

— Des eunuques vont nous aider à recopier les livres que l'Homme sans Peur a sortis de leur cachette. Il y en a environ une cinquantaine. Ils en recopieront trois exemplaires de chaque. Après quoi chacun d'entre vous en récupérera trois, tous différents, bien entendu.

— Pour en faire quoi ? demanda le même jeune soldat.

— Pour les répandre aux quatre coins de l'Empire. Telle sera la noble tâche qui vous incombera. Chacun d'entre vous partira dans une direction que je vous indiquerai et confiera un exemplaire du livre au premier lettré qu'il trouvera, à condition que ce dernier se montre soucieux des livres et courageux dans son comportement !

— Notre Armée va donc se disperser ?

— C'est une nécessité. Vous deviendrez les messagers de la Mémoire et de l'Intelligence. N'est-ce pas là une mission digne de vous ? s'exclama Poisson d'Or avec enthousiasme.

La délégation de soldats avait été rejointe par d'autres hommes. Peu à peu, il put s'adresser à l'ensemble de l'effectif de l'Armée des Révoltés, et les hommes furent rapidement galvanisés par son discours.

— Voulez-vous être ces messagers du Beau Dragon de l'espoir et de l'esprit critique ? s'écria-t-il à la fin de sa harangue.

— Oui ! Nous voulons être les messagers de ce majestueux et honnête Dragon de l'Intelligence ! hurlèrent en chœur tous les hommes, remplis de joie.

— Serez-vous ceux qui permettront aux générations futures de disposer des clés de la pensée ancienne ?

— Oui ! Nous le serons !

— Alors vous aurez accompli la prouesse de ces poissons du Fleuve Jaune qui réussirent à monter au Ciel pour devenir des Dragons de l'Intelligence ! clama Poisson d'Or en guise de conclusion.

Dans le *Livre des Mutations Yijing*, la montée au Ciel du Dragon était représentée par la « figure nonaire », celle du Yang parfait, la plus haute de toutes. Située à l'orée du Ciel, elle était la plus éloignée de la « figure primaire » de l'hexagramme ouranien. C'est pourquoi l'Empereur lui-même, en tant que Fils du Ciel, avait également pour titre « figure nonaire ». En comparant ses soldats à des dragons, Poisson d'Or leur rendait le plus précieux hommage. Servir le Dragon de l'Intelligence ne constituait-il pas, en effet, le meilleur moyen d'arriver à ses fins ?

Les dragons étaient, pour la plupart, des êtres bénéfiques et protecteurs, si utiles que le chroniqueur du duc Zhao de la Principauté de Lu, à l'époque de Confucius, évoquait déjà les élevages de dragons dans lesquels les empereurs mythiques puisaient pour disposer de ces créatures qu'ils attachaient à leurs chars afin de parcourir les quatre orients du Ciel... De même, les neuf fils du Dragon avaient chacun des propriétés extraordinaires : Bixi, le plus fort d'entre eux, pouvait prendre la forme d'une tortue géante capable de porter d'immenses stèles de pierre ; Chiwen, le plus perspicace, voyait si loin qu'on le postait volontiers, sous forme d'une tuile ornée, sur la faîtière des toits ; Pulao, le hurleur, savait prendre la forme d'une anse sur les cloches de bronze ; Biyan, l'intimidant, s'installait sous les piles des ponts ; Yazi, le tueur, ornait les poignées des épées ; les queues entremêlées de Jin Ni, l'artificier, servaient de pied-support aux brûle-parfums ; Jiaotu, capable de garder les plus terribles secrets, s'enroulait en colimaçon sur les battants de porte ; Huilong, qui faisait peur au tonnerre, hantait les plus hauts arbres aux abords des temples ; quant à Glouton le Taotie, les bronziers s'étaient pris d'affection pour lui puisque son masque ornait, depuis qu'ils savaient fondre les vases rituels, presque toutes leurs panses...

On disait aussi que les poissons du Fleuve Jaune pouvaient se métamorphoser en dragons s'ils franchissaient en les remontant les rapides de la Porte de Yu. Cet exploit inouï, quelques millénaires plus tard, servirait à qualifier les lauréats des concours mandarinaux qui seraient qualifiés de Dragons des Lettres ou de Dragons de l'Administration...

C'est dire si Poisson d'Or avait touché au cœur ses soldats en les comparant à ces valeureux poissons du Fleuve Jaune capables d'accomplir une telle performance !

— Mes amis de l'Armée des Révoltés, je vous propose donc que nous prêtions tous ensemble le serment du Beau Dragon de l'Intelligence. Aussi, je vous demande de répéter après moi : Nous jurons de faire triompher l'intelligence sur la tyrannie pour le bien de tout le peuple de l'Empire du Centre ! reprit Poisson d'Or d'une voix vibrante devant l'armée à présent entièrement rassemblée.

Une clameur immense et fervente, alors, s'éleva au-dessus de la Falaise de la Tranquillité vers les cimes bleutées des montagnes de l'autre côté, que d'épais nuages blancs commençaient à masquer.

— Nous jurons... de faire triompher... l'intelligence sur la tyrannie pour le bien de tout le peuple de l'Empire du Centre !

La clameur résonnait encore lorsque les hommes rejoignirent leurs tentes, profondément impressionnés par la harangue de leur chef. Et dans les jours qui suivirent, leur ardeur ne fut jamais prise en défaut.

Rosée Printanière avait la charge de superviser la confection des lamelles de bambou vierges, destinées à la copie des livres précieux. Elle avait procédé au tri et à l'agencement des Pian de ces derniers, que l'Homme sans Peur avait entassés sans ordre précis contre les murs de sa cahute. La tâche s'était révélée des plus ardues : il lui fallait reconnaître, à partir d'une simple lamelle, de quel livre il s'agissait, et regrouper ensuite tous les Pian qui le formaient. Pour aller plus vite, elle les avait fait placer en étoile, à plat sur le terrain de la clairière dont ils avaient fini par occuper tout l'espace, tels les pétales d'une immense fleur. Une fois qu'ils avaient été étalés, elle avait procédé à son travail de reconnaissance et de regroupement, qui l'avait occupée plusieurs jours de suite, de l'aube au coucher du soleil.

Le premier soir, Poisson d'Or, ébloui par la science de la jeune femme, lui avait demandé :

— Comment fais-tu pour connaître tous ces livres précieux par cœur ? À peine saisis-tu une lamelle que tu reconnais le livre dont il fait partie !

Puis il l'avait prise dans ses bras et gentiment poussée contre un arbre au tronc moussu avant d'essayer de l'embrasser.

— Ce sont les années passées à t'attendre dans la Tour de la Mémoire, en aidant Accomplissement Naturel à classer la Bibliothèque Royale puis Impériale... N'oublie pas, aussi, que je l'ai aidé à rédiger l'anthologie des textes anciens dont Lubuwei avait souhaité la compilation, dit-elle lorsqu'il la laissa un peu respirer.

Il la sentait déjà palpitante, prête à s'ouvrir et à fondre, avide de ses caresses qu'il lui dispensait avec sa douceur habituelle.

— Les *Printemps et Automnes de Lubuwei* ?

À travers son pantalon, elle massait doucement le bout de sa Tige de Jade qui n'avait pas mis longtemps à se raidir.

— Ceux-là mêmes. Te souviens-tu qu'ils lui valurent la première crise de jalousie de Zheng ? murmura-t-elle.

Il venait de mettre sa main entre ses cuisses et sentait sa chaleur moite derrière le léger tulle de soie de son pantalon bouffant.

— Tu es plus savante qu'un lettré vénérable...

Leurs langues, à nouveau, s'étaient réunies et leurs souffles, tout prêts à ne plus faire qu'un, commençaient à se mêler. S'ils n'avaient pas été au milieu de la forêt, éventuellement exposés au regard des soldats de l'Armée des Révoltés, nul doute qu'il l'eût prise et emmenée jusqu'au bout du chemin du plaisir partagé.

— N'oublie pas que c'est moi qui ai choisi, avec le regretté Très Sage Conservateur, les livres à mettre de côté pour qu'ils échappent à la folie incendiaire de l'Empereur, parvint-elle à chuchoter tandis qu'une onde de plaisir parcourait son ventre et la faisait vibrer des pieds à la tête.

*

— Pour aller plus vite, je propose que nous utilisions des planchettes de bambou noircies par le feu. Le stylet sera plus facile à manier car il laissera une trace claire qui se verra, par contraste, parfaitement, affirma Rosée Printanière. Chaque scribe ira ainsi deux fois plus vite pour recopier un Pian de livre...

Devant elle se tenaient Maillon Essentiel et Feu Brûlant, avec, à leurs côtés, une dizaine d'eunuques reconnaissables aux cothurnes rouges, ornés de fleurs et de guirlandes dorées, sur lesquels ils étaient juchés. Ils étaient là parce que, au sein de la caste des eunuques, on les considérait comme les meilleurs calligraphes, capables d'aligner imperturbablement des milliers d'idéogrammes de type Xiao Zhuan, cette graphie nouvelle destinée à remplacer l'ancienne Da Zhuan telle qu'on l'utilisait depuis des lustres, par exemple pour les inscriptions gravées au stylet sur les bronzes rituels. Ce nouveau mode d'écriture, imposé par l'Empire, permettait d'écrire plus vite et d'être mieux compris par autrui. Bientôt, il se traduirait par l'inimitable « style de chancellerie » Li Shu, ce mélange de locutions usuelles et de jargon technocratique d'un abord encore plus facile que celui du Xiao Zhuan.

Tous ces eunuques calligraphes avaient répondu sans l'ombre d'une hésitation à l'appel de Maillon Essentiel. Ce dernier les avait préalablement réunis pour leur expliquer ce qu'on attendait d'eux : recopier le mieux et le plus vite possible les Pian sauvés de l'incendie.

Sous leurs yeux à présent s'ouvrait une grande fosse

dans laquelle les hommes de l'Armée des Révoltés avaient entassé des branchages feuillus. Au-dessus de ce combustible, soigneusement alignées les unes à côté des autres comme pour former un couvercle hermétique, des lamelles de bambou fraîchement coupées à la machette attendaient d'être enfumées, selon le vœu de Rosée Printanière.

Celle-ci alors porta à plusieurs reprises, sans succès, une torchère enflammée au milieu des branchages.

— Ils doivent être trop verts, nous allons avoir du mal à les allumer ! constata Feu Brûlant.

Après avoir réfléchi quelques instants, la jeune femme sortit de son sein la feuille de catalpa soigneusement pliée dans laquelle elle avait gardé le reste de la poudre noire de Zhaogongming. Elle l'avait précieusement conservée sur elle, comme une relique, persuadée qu'un jour ou l'autre cette mixture aux pouvoirs si extraordinaires pourrait lui servir. Elle en jeta une infime pincée sur les branchages avant d'y porter à nouveau sa torchère.

Aussitôt, comme par miracle, des flammes se mirent à crépiter tandis que des flots de fumée opaque s'échappaient entre les interstices des planchettes de bambou.

La fosse n'était plus maintenant qu'un vaste brasier.

— Je savais bien qu'un jour la poudre noire de ce prêtre taoïste me serait utile..., se contenta-t-elle de murmurer à voix basse.

— C'est parfait. Elles noircissent très vite. Nous pourrons rapidement demander aux copistes d'entrer en action ! déclara Feu Brûlant, enfin rassuré.

Le jeune eunuque acheva de vérifier qu'une première lamelle était déjà prête à être gravée d'idéogrammes.

— J'ai rassemblé tous les Pian par livre dans la clairière. Chacun d'entre vous se chargera d'un ouvrage, qu'il recopiera en trois exemplaires, lamelle par lamelle. Puis nous aviserons. S'il y a des doutes sur certaines phrases ou sur certains idéogrammes, vous n'avez qu'à m'appeler et je vous aiderai de mon mieux ! proposa Rosée Printanière à l'ensemble des eunuques copistes rassemblés autour du brasier.

Elle venait de reprendre, sans s'en rendre compte, les expressions de son vieux professeur Accomplissement Naturel lorsqu'il lui prodiguait des conseils de calligraphie.

— Ceux qui n'ont pas leur stylet sur eux devront passer me voir, ajouta Feu Brûlant.

Une cohue fébrile s'ensuivit, quelques eunuques se précipitant sur leur jeune collègue qui brandissait devant leur nez une poignée de petits stylets de bronze.

— Ils sont pointus comme des aiguilles ! gloussa l'un d'eux en faisant mine de se piquer l'index.

— Rosée Printanière a veillé à ce qu'ils soient tous parfaitement affûtés, répondit Feu Brûlant, fort satisfait de son petit effet.

— Il me font penser aux scribes de la Tour de la Mémoire quand Accomplissement Naturel lançait annuellement sa campagne de recopiage des principaux Classiques ! plaisanta Poisson d'Or venu observer, un peu plus tard dans la journée, les eunuques à l'œuvre dans la clairière.

Tels des élèves studieux, ils avaient été soigneusement alignés devant les Pian de livres qu'on les avait chargés de recopier. Penchés sur leurs planchettes noircies, les castrats maniaient leurs stylets avec application et dextérité. Lorsque l'un d'entre eux butait sur un idéogramme à moitié effacé ou sur un autre, si peu usité qu'il ne le connaissait pas, il lui suffisait de lever la main ; alors Rosée Printanière, attentive et toujours disponible, accourait sans tarder. Puis, armée d'une patience toute professorale, elle expliquait au scribe eunuque le sens du mot qu'il allait recopier. Elle en profitait aussi pour livrer l'exégèse de la phrase dans laquelle se situait le caractère rebelle et, quand c'était nécessaire, y ajoutait un bref commentaire sur l'importance du livre dont le Pian faisait partie.

— Cette jeune femme est une véritable bibliothèque sur jambes ! avança un des scribes en déclenchant des fous rires dans cet atelier de copistes qu'était devenue la clairière.

— Ai-je bien dessiné la Roue des soixante-quatre hexagrammes issue des huit trigrammes Bagua ? fit un autre copiste en tendant à Rosée Printanière une planchette carrée sur laquelle il s'échinait depuis quelque temps.

— Le cycle de l'Univers est sans fin. Juste derrière l'apogée d'un élément, d'une sensation, et finalement de toute chose, il y a son déclin et son stade ultime. Mais heureusement, derrière chaque fin il y a une nouvelle naissance..., assura Poisson d'Or en déposant un baiser furtif sur la nuque de la jeune femme.

— Accomplissement Naturel m'avait expliqué que les trigrammes du *Yijing* étaient la codification du système divinatoire des quarante-neuf brins d'achillée. Il y voyait le dictionnaire d'explication de l'Univers. C'est heureux que nous ayons pu le conserver...

Elle regarda le copiste qui, légèrement inquiet, attendait son verdict comme l'étudiant celui de l'examinateur.

— Ta reproduction est parfaite ! J'ai vérifié un à un les soixante-quatre hexagrammes. Tous les traits et tous les vides sont à leur place exacte, reconnut-elle avec satisfaction.

— C'est la première fois qu'il m'est donné de recopier le *Livre des Mutations* avec la totalité de ses illustrations. L'homme qui a écrit tout cela devait être un génie ! dit l'eunuque, ébloui.

À la tombée du jour, Poisson d'Or s'enquit auprès de sa compagne du délai d'achèvement du travail de copie.

— Tout sera achevé dans moins d'une semaine. Alors, chaque livre précieux aura été recopié en trois exemplaires !

— L'Armée des Révoltés pourra, dès lors, entrer en action et les livres seront dispersés comme les graines des plantes lorsqu'elles sont poussées par les vents vers les Cinq Directions ! s'exclama-t-il d'une voix qui trahissait son impatience de livrer enfin cette bataille de l'intelligence qu'il espérait tellement gagner.

Ils étaient à nouveau allongés sur leur couche à l'abri de leur tente, dans les bras l'un de l'autre, le Bi noir étoilé au milieu d'eux selon ce rituel intime auquel ils ne se lassaient pas de sacrifier.

Ce soir-là, ce fut elle qui prit l'initiative de leurs ébats en l'attirant sous elle avant de s'asseoir à califourchon sur son ventre.

Sa Sublime Porte n'avait pas mis longtemps à s'ouvrir, tandis qu'il lui avait suffi de trois ou quatre caresses le long de la Tige de Jade de son amant pour qu'elle s'enfonçât dans le trou central de son Bi intime.

— Toi et moi sommes prêts à lire les astres ! Tu es mon Cong et je suis ton Bi ! Tu es l'axe et je suis le monde ! De l'évidement circulaire du Bi s'échappent tous les êtres..., s'amusa-t-elle, déjà frémissante de plaisir.

— En attendant, c'est ta liqueur intime qui s'en échappe, souffla-t-il en lui montrant son doigt luisant qu'il venait de glisser à l'intérieur.

— Dans le rituel des Zhou, le rapport entre le Bi et le Cong est celui de la Terre et du Ciel. Laisse-moi prendre ton Cong..., dit-elle en mordillant la pointe bleue de son sexe si gonflée qu'elle semblait prête à se rompre.

Malicieusement, elle avait saisi non loin d'elle le Bi rituel pour y introduire la Tige de Jade de Poisson d'Or à l'intérieur du trou central. La Tige en occupait entièrement le diamètre et le Bi formait à la base de son sexe une drôle de collerette.

— Comme il est beau lorsqu'il est paré pour la cérémonie de l'union de nos souffles ! s'écria-t-elle en riant.

Poisson d'Or, emporté par le flot du désir qui montait en lui, était incapable de proférer la moindre parole. Son appendice, qui jaillissait de l'auréole sombre formée par le disque, se dressait comme l'audacieux Dragon Chaofeng depuis les tuiles faîtières des toits des maisons qu'il protégeait contre les mauvais génies et les souffles néfastes.

Rosée Printanière ne résista pas à introduire dans sa Sublime Porte la tête dudit Dragon Chaofeng et, accroupie sur ses talons, elle montait et descendait en s'aidant de ses bras dont les mains étaient posées sur les genoux relevés de Poisson d'Or.

— Regarde comme le Cong coulisse facilement dans le Bi ! osa-t-elle chuchoter tandis que son va-et-vient faisait raidir un peu plus encore le cou dressé et la tête désencapuchonnée du dragon qui était sur le point de lui rendre son définitif hommage.

— C'est là que l'on voit que nous sommes vraiment faits l'un pour l'autre ! L'union de nos souffles est aussi celle de la Terre et du Ciel ! gémit-il dans un souffle, tant la sensation de la montée du désir était intense.

À présent, la jeune femme frottait les lèvres humides de sa Sublime Porte contre le jade noir du Bi sur lequel elles laissaient la trace brillante de sa liqueur intime. Elle était désormais tout accaparée par cette jouissance qui se répandait en elle, telle une onde, depuis le Champ de Cinabre inférieur de son bas-ventre jusqu'à la pointe de ses cheveux. Lorsqu'elle atteignit le paroxysme de la jouissance, le choc fut si violent qu'elle retomba en arrière, obligeant Poisson d'Or à la suivre. Il se retrouva à genoux et elle allongée sur le dos, les cuisses repliées, le Bi noir étoilé entre eux, les séparant tout en les reliant l'un à l'autre, tant leurs corps étaient proches, tant leurs peaux mêlaient leur sueur, tant leurs langues étaient mélangées.

L'union de la Terre et du Ciel se prolongea si longtemps qu'elle ne s'acheva qu'à l'aube, lorsque les premières lueurs de l'astre solaire étalèrent leurs traînées orangées dans le ciel encore délavé par la pleine lune.

Cette nuit-là, Rosée Printanière éprouva une sensation étrange, comme si le Bâton de Jade de l'homme qu'elle aimait avait été une flèche atteignant en plein cœur une cible située au fond de son ventre.

Elle ne pouvait pas savoir que sa mère Inébranlable Étoile de l'Est avait ressenti la même impression lorsque Lisi, une même nuit de pleine lune, l'avait prise, certes avec des gestes moins convaincants que ceux de Poisson d'Or, et qu'il était allé si profondément en elle qu'elle avait eu l'impression d'être pénétrée des pieds à la tête par une épée de flammes et de plaisir.

Quelques semaines plus tard, Inébranlable Étoile de l'Est avait compris, ayant découvert qu'elle était enceinte, que cette fameuse nuit-là, Lisi l'avait fécondée.

De cette union était née Rosée Printanière.

Mais qui aurait pu dire à celle-ci que le cycle était en passe de se répéter ?

86

— Vivement qu'ils jettent aux requins cet unique pensionnaire ! C'est incroyable de mobiliser autant de monde pour un seul petit prêtre taoïste... Alors, la prison sera entièrement vidée et nous pourrions à nouveau voyager, voir du pays. Vivre normalement, quoi !

— Je suis comme toi, je ne supporte pas cette inaction à laquelle on nous condamne ici !

Zhaogongming grimaça. Le « petit prêtre taoïste », comme ils disaient aimablement, avait tout entendu depuis sa cellule des propos des deux gardiens qui, de passage dans le couloir, venaient de lui apporter sa maigre pitance.

Depuis la mort de Tigre de Bronze et d'Ivoire Immaculé, il était donc l'unique détenu de la prison de Dongyin. En d'autres circonstances, il eût été fier de mobiliser à lui tout seul un bâtiment et une garnison de surveillance. Mais en l'espèce, il ressentait plutôt un accablement supplémentaire. Bientôt, il deviendrait un fardeau inutile dont les autorités risquaient, pour cette raison-là, d'être tentées de se débarrasser.

Cela faisait des semaines, en effet, que le prêtre taoïste n'avait vu de la lumière du jour que le mince filet qui filtrait, quand il faisait grand soleil, par le soupirail. Pour le reste, il se morfondait dans ce cachot humide et essayait d'occuper son esprit en comptant et en recomptant les pierres de ses murs...

Soûlé par le bruit incessant de la houle qui s'abattait contre les remparts du petit pénitencier, plongé dans une obscurité permanente qui finissait par abolir toute notion du temps, il attendait toujours que la porte de la cellule s'ouvrît et qu'on lui criât que l'Empereur du Centre souhaitait sa comparution immédiate devant son Auguste Personne. Aussi, au moindre bruit de serrure, de pas dans le corridor ou de grincement de porte, son cœur de taoïste se mettait-il à battre plus fort. Mais à part la visite quotidienne d'un gardien dont le nez ressemblait à un groin et qui lui jetait aux pieds son écuelle à l'écœurante odeur de ranci, plus rien ne semblait, jamais, devoir mettre un terme à sa solitude sépulcrale.

Il en vint à penser qu'on l'avait oublié. Et depuis qu'il avait entendu les propos désobligeants des deux gardiens, il se sentait d'autant plus abandonné qu'il se savait seul, désormais, à subir le sort qui était le sien.

Zhaogongming ignorait qu'il était devenu inutile à Lisi depuis que ce dernier avait appris, de la bouche de Nuage Empourpré, où se trouvait sa fille. Le Premier ministre n'avait plus besoin de ses confidences.

Restait l'Empereur du Centre et son besoin urgent de pilules de longévité.

Le prêtre ne pouvait se douter que Qinshihuangdi, en l'occurrence, était assailli par d'incroyables scrupules.

Prisonnier de sa superstition comme une mouche dans la toile de l'araignée, ce dernier avait peur qu'en réclamant ses pilules à Zhaogongming il ne manifestât ses doutes quant à la réussite de l'Expédition des Mille. L'un des buts de celle-ci n'était-il pas de ramener des Îles Immortelles les fruits de jade qui permettaient de vivre dix mille années de plus ? Il était persuadé que, si on ne croyait pas à ce que l'on entreprenait, il était illusoire d'espérer obtenir un quelconque succès. Il avait tant misé sur ce voyage des Mille, et notamment depuis qu'il avait compris que Huayang avait décidé de lui battre froid en le privant de ses faveurs régénératrices, qu'exiger tout de suite, de la part du prêtre taoïste, des remèdes de longévité ne lui paraissait pas pertinent. Cela risquait même de tout faire échouer.

Le plus prudent, dans ces conditions, n'était-il pas de patienter encore avant d'appeler ce Zhaogongming à la rescousse avec ses pilules de longévité ?

Fou d'espoir, l'Empereur du Centre passait désormais le plus clair de ses journées sous une tente qu'il avait fait dresser exprès sur le terre-plein de la terrasse de Langya, à scruter la courbe de l'horizon océanique. Lorsqu'il lui arrivait de s'assoupir, à force de rester immobile, surgissaient invariablement devant lui les minuscules voiles blanches des navires aux coques vermillon d'entre les tours crénelées d'écume où habitaient les Dragons marins. Elles avaient l'air de flammèches argentées qui dansaient sur la scène azurée de l'eau. Peu à peu, il pouvait distinguer les mâts, puis les panses ventrues. Alors, tout à sa joie, il battait des mains – ses mains qui bientôt tiendraient les fameux fruits ! Il apercevait ensuite les détails des cordages autour des voiles, que l'équipage affalerait bientôt ; il voyait même les jeunes gens et les jeunes filles, tout de blanc vêtus, alignés le long du bastingage comme s'ils s'apprêtaient à lui rendre un hommage inoubliable.

Mais une méchante tempête se réveillait toujours, ballottant la flottille et l'empêchant de s'approcher de la côte. Une lame plus forte que les autres, prête à engloutir les Mille, le faisait sursauter.

Alors, l'Empereur se réveillait et, bien qu'il écarquillât les yeux, l'horizon maritime du Grand Océan Rond restait parfaitement vide.

Le retour de l'Expédition se faisait donc attendre, et c'était l'unique raison pour laquelle Zhaogongming continuait à croupir dans sa cellule...

Lorsque le désespoir et l'angoisse étaient trop forts, il n'avait pas d'autre issue que de dormir. Zhaogongming était heureusement ainsi fait qu'à peine avait-il les yeux fermés, il trouvait dans le sommeil le plus merveilleux des réconforts, avec ce même rêve qui survenait comme par miracle à point nommé pour lui faire oublier sa triste condition de détenu solitaire.

N'était-ce pas délicieux, en effet, de rêver que l'on s'échappait du monde triste où l'on vivait pour devenir une créature évanescente et céleste, tel l'Immortel du mont Gushi, moitié sorcier Vu, moitié Immortel Xian, si joliment décrit par Zhuangzi, qui se nourrissait délicatement de fleurs, de simples, de graines et de rosée ? Dans la peau de cet Immortel, Zhaogongming n'avait plus qu'à se laisser emporter par la magie de son rêve délicieux. Des plumes, alors, quand il le voudrait, lui pousseraient sur le dos et il pourrait voler. Lorsqu'il serait fatigué de battre de ses ailes blanches, il chevaucherait le premier nuage qui aurait obéi à sa convocation, ou encore il enfourcherait une grue cendrée ou bien un poisson argenté qui le guiderait à travers les lacs et les rivières. C'était si facile d'aller d'un bord de l'Univers à l'autre : il suffisait de ramener la taille de ce dernier à celle d'une gourde ; alors, en deux sauts de puce, on pouvait passer du Nord au Sud ou de l'Est à l'Ouest ! Ensuite, lorsqu'on avait atteint l'endroit souhaité, restait à redonner à cette gourde sa taille initiale afin qu'elle reprenne la forme de l'Univers, et le tour était joué !

Hélas, au moment de se poser sur la cime d'un

cyprès gigantesque, la grue qu'il chevauchait rata la branche et la tête de Zhaogongming heurta le sol. Il venait de se réveiller, bouche pâteuse, dans l'humidité lugubre de son cachot.

Pourtant cette fois, il se rendit compte qu'il avait été réveillé par un bruit venant se superposer à celui des vagues, déchaînées cette nuit-là, qui s'abattaient de l'autre côté du mur. C'était un bruit inusité, il l'entendait pour la première fois.

Et pour cause, c'était un grincement de porte !

Il tourna la tête, et s'aperçut que la porte de sa cellule était battante. Il se leva et alla vérifier : la porte était bien ouverte. Il passa la tête dans le couloir, tout était silencieux, hormis le fracas de la houle et le grincement de la porte.

Il n'y avait personne, pas l'ombre d'un geôlier !

Il s'engagea alors, plus qu'inquiet, dans l'étroit couloir de part et d'autre duquel, en temps normal, les cellules étaient pleines de prisonniers qui gémissaient après les séances de torture qu'ils avaient subies. Arrivé près du bureau du directeur, il avisa une pancarte accrochée à la porte, qui portait l'inscription suivante :

« Ordre de la Direction des prisons de l'Empire :

« La forteresse de Dongyin devra être libérée de tous ses soldats avant le troisième jour du nouveau mois lunaire. À compter de cette date, ils seront affectés au troisième bataillon d'infanterie. Signé : Colonel Cloche Ronde. »

La prison avait été désaffectée et on l'avait vraiment oublié !

Il remercia par la pensée ces deux gardiens qui, avant de quitter la prison, avaient eu le bon goût de laisser ouverte la porte de sa cellule. Ils auraient pu tout aussi bien l'y laisser enfermé et il serait mort de faim.

450

Au bout du long couloir, un guichet permettait d'accéder directement à l'entrée du bâtiment. Au fond, les deux battants cloutés de bronze d'une lourde porte de bois claquaient comme des volets mal fermés.

Lorsqu'il mit le visage dehors, l'orage grondait, le vent rugissait pour annoncer la tempête, projetant des vagues sur l'étroite langue de terre qui reliait le bâtiment à la terre ferme. La jetée, dont le dallage luisait à chaque coup de tonnerre, ressemblait à la lame d'une épée d'acier transperçant le néant. Il s'y aventura, happé par la violence des souffles qui projetaient sur lui des paquets d'eau de mer. Il pleuvait à verse, et le ciel était strié d'éclairs. Il faillit glisser sur le sol trempé lorsqu'il se mit à courir éperdument vers la ville, dont il apercevait les toits ruisselants au bout de la jetée à moitié inondée.

Le quai, au bord duquel les mâts des navires exposés à la violence de la tempête gigotaient comme des roseaux, était dépourvu de toute vie. Chacun se calfeutrait, dans les maisonnettes de pêcheurs aux volets hermétiquement fermés comme dans les bâtisses plus imposantes des trois ou quatre armateurs qui se partageaient la propriété des bateaux de pêche et de transport, en attendant que les souffles venus du Grand Océan Rond veuillent bien baisser d'un cran leur colère.

Le prêtre taoïste s'avança vers les ruelles de la vieille ville et emprunta sa principale rue commerçante, là où se trouvait la fumerie de la Lune Verte. Mais sa porte était cadenassée, tout comme celle des échoppes environnantes.

Il ne savait où aller et marchait au hasard, pas mécontent de recevoir la pluie sur son visage après tant de nuits et de jours sans ressentir le moindre contact avec les éléments. Il se sentait revivre ! Les brûlures du soleil et celles du froid, souvent bien plus coupantes, la caresse du vent sur les joues et la divine sensation des gouttes d'eau sur la peau, comme une terre aride et assoiffée qui les aurait bues, étaient les seules à donner au corps humain la conscience de sa plénitude. Comme le poisson pour l'eau, l'homme était fait pour la nature, mais les forces incontrôlables de celle-ci mettaient aussi en évidence qu'il en était la créature la plus fragile.

Zhaogongming s'aperçut qu'il venait de sortir de la ville. Les maisonnettes étaient plus espacées. Devant lui, la route s'était transformée en un simple chemin. Au loin, vers la droite, il apercevait l'autre côté de la terrasse de Langya, reconnaissable à l'entaille minérale qu'elle faisait dans la montagne recouverte de végétation. Strié par les hallebardes de la pluie battante, son terre-plein débordait d'eau boueuse qui s'écoulait en rigoles symétriques comme les pleurs d'un masque de dragon Taotie. Il imagina l'Empereur du Centre, la tête noyée sous ce déluge, scrutant désespérément la mer où cet ouragan ne laissait aucune chance aux navires qui s'y étaient par malheur aventurés.

Il grelottait. La pluie était aussi froide que dure.

Mais il avait conscience qu'une page de sa vie se tournait...

Le seul être qu'il avait vraiment aimé, le bel Ivoire Immaculé, n'était plus là. Pas plus que Wudong, celui qui lui avait tout appris de l'alchimie et du Dao. Saut du Tigre, son compagnon des bons et des mauvais jours, avait quitté Dongyin depuis longtemps. Enfin, lui-même avait failli mourir dans une sombre prison dont il était sorti par un miraculeux concours de circonstances.

À présent, c'était seul qu'il devrait affronter le reste de son existence.

Cette perspective n'était-elle pas à la fois dangereuse et excitante ?

Il frissonna, les vents refroidissaient. L'orage s'était calmé et la nuit dépourvue enfin d'éclairs était noire comme le fond d'un puits.

Demain, comme toujours après les tempêtes, il ferait beau et le soleil brillerait, de même que le Yang culminant succédait toujours au Yin lorsque ce dernier s'éteignait dans le néant. Fermer une porte pour l'ouvrir à nouveau, et passer du Ciel à la Terre, comme on passait dans le *Yijing* du trigramme Qian au trigramme Kun : tel était le cycle des choses. Quoi que puissent penser les êtres humains, la nature et le temps, eux, continuaient inexorablement leur travail. On pouvait fort bien vivre d'autres amours, d'autres aventures semblables à celles dont on gardait un souvenir ému. Le passé pas plus que le futur n'existaient : ils n'étaient que le haut – ou le bas – du cycle. Les regrets n'étaient jamais irréversibles puisque tout pouvait, sous une forme ou sous une autre, se répéter. Il suffisait d'accepter cette idée bizarre que l'homme était arrimé à une roue qui, invariablement, tournait.

Il en vint à se persuader qu'il retrouverait, ailleurs et plus tard, un autre Ivoire Immaculé. Il était sûr, de même, que ses mains habiles pourraient fabriquer une autre sorte de poudre noire qui pulvériserait non seulement tous les rochers mais également tous les palais des puissants, ceux dont la prospérité était toujours faite du malheur des autres.

Plus taoïste que jamais, il se sentait une âme de rebelle. C'était dans la nature, et contre les institutions humaines, que l'esprit reprenait le dessus. Il suffisait d'avoir le courage de se retirer du monde et de se battre contre ce qu'il avait de néfaste. Alors, tout devenait possible.

Aussi, malgré la peine qu'il ressentait après ces souffrances physiques et mentales endurées, sans oublier tous ces morts qui jalonnaient désormais le parcours sinueux de son existence, et surtout cette terrible honte qu'il éprouvait d'avoir été à deux doigts de trahir, Zhaogongming vivait une étrange jubilation intérieure.

Ces épreuves étaient-elles en passe de le faire changer ?

Il avait compris qu'il existait pour lui un moyen de ne plus faire fausse route, de ne plus se renier, de ne plus succomber à la peur : il lui suffisait de jurer de se montrer digne, toujours, d'Ivoire Immaculé et de l'admiration que la jeune ordonnance lui avait témoignée.

Il était sûr d'avoir atteint le bas du cycle. Le pire était donc derrière lui. La suite serait obligatoirement plus faste.

Et surtout, il était libre !

*

Lisi savait que Qinshihuangdi n'allait pas tarder à leur ordonner de lever le camp.

Il se souviendrait toujours du regard à la fois dur et désespéré de l'Empereur du Centre lorsque, affalé dans le fauteuil pliant installé sous sa tente de la terrasse de Langya, il s'était résolu à poser la question fatidique :

— De combien de jours de vivres disposaient les Mille lorsqu'ils embarquèrent sur les navires ?

Le Premier ministre qui, depuis quelques jours, s'attendait à la question avait déjà préparé la réponse.

— Majesté, un mois et demi, pas plus.

— Mais je pensais qu'on leur avait donné au moins deux mois de nourriture ! s'emporta l'Empereur du Centre.

— Hélas, les bateaux sont partis avec toutes leurs cales remplies ! Entasser plus de sacs de riz les aurait fait chavirer..., avança Lisi le plus doucement possible, en prenant soin de courber la tête pour ne pas s'attirer les foudres impériales.

Celles-ci, curieusement, ne vinrent pas.

L'Empereur était en train de procéder mentalement à des calculs simples dont le résultat n'était pas vraiment encourageant. Le délai d'épuisement des vivres était dépassé depuis cinq jours, et les navires de l'Expédition des Mille n'étaient pas revenus. De deux choses l'une, ou bien les Mille étaient restés sur les Îles Immortelles, ou bien l'expédition avait échoué. Dans les deux cas, il ne fallait pas compter sur leur retour. Des deux hypothèses, l'Empereur, forcément, avait décidé de privilégier la première, c'était l'unique façon de ne pas perdre la face et de conforter la pertinence de sa décision d'organiser ce voyage des mille jeunes gens et jeunes filles vierges. Il serait dit plus tard qu'ils avaient préféré rester sur ces Îles paradisiaques plutôt que de revenir à Dongyin, et que l'Empereur du Centre ne s'était pas trompé en les envoyant découvrir ces havres de longévité. D'ailleurs, s'ils avaient préféré y rester, n'était-ce pas la preuve qu'on s'y sentait beaucoup mieux que nulle part ailleurs ?

— Remarque, je comprends qu'ils aient préféré prolonger leur séjour là-bas... même si cela n'arrange pas vraiment nos affaires, s'écria-t-il en regardant Lisi, l'air de sommer celui-ci de le croire.

— Ces jeunes n'ont vraiment aucun respect pour leur souverain ! Lorsqu'ils reviendront, il me faudra au moins châtier les meneurs qui les conduisirent à désobéir aux ordres que nous leur avions donnés ! affirma Lisi, l'air le plus convaincu possible.

Il était persuadé que les navires avaient été engloutis dans les tempêtes mais n'avait pas d'autre choix que d'abonder dans le sens des propos de son souverain et maître.

Ce dernier, satisfait de constater qu'aucune once

d'ironie ne semblait perceptible dans le regard de son Premier ministre, peinait néanmoins à cacher son abattement, comme si une montagne de fol espoir venait tout bonnement de s'écrouler devant lui dans un nuage de poussière. Il avait le regard clair et vide de ceux qui ont tout perdu. À ses pieds gisaient les mille morceaux de la carte marine dessinée par Lisi. De rage, il l'avait cassée avant de l'émietter et de la piétiner. Lorsqu'il s'aperçut que son Premier ministre lorgnait sur les débris du document qu'il avait eu tellement de peine à établir, Qinshihuangdi, maladroitement, essaya de les pousser du pied sous son fauteuil. Lisi, accablé pourtant de voir à quoi avait été réduit un travail si pénible, fit, bien entendu, comme s'il n'avait rien vu.

— La prochaine étape de la tournée d'inspection nous mènera sur les berges du Fleuve Jaune ! laissa tomber, l'air de rien, l'Empereur du Centre.

— Quand souhaitez-vous, Majesté, que nous levions le camp ? demanda obséquieusement le Premier ministre.

— Dès demain !

C'était à peine si l'on pouvait déceler, derrière son ton comminatoire, un soupçon de lassitude.

— Votre Gloire, ce sera fait !

L'Empereur, qui faisait des efforts inouïs pour ne rien laisser paraître du monceau de détresse que lui arrachait cet aveu d'échec déguisé, ne croyait plus du tout au retour de l'Expédition des Mille. Les vivres avaient dû manquer aux jeunes gens, s'ils n'avaient pas servi de festin aux requins qui pullulaient dans les eaux du Grand Océan Rond ! Il chassa de son esprit l'image de la belle princesse sogdienne qui ne reviendrait pas des Îles Immortelles et qu'il ne reverrait jamais. Il n'osait plus se dire que la seule chose qu'il restait à faire à présent était de s'y rendre lui-même car c'était l'unique moyen de les découvrir. Un doute affreux, en effet, venait de naître dans son esprit, à force de regarder pendant des jours entiers cet océan parfaitement vide où aucun navire ne surgissait jamais à l'horizon, à l'exception des barcasses des pêcheurs de Dongyin, vers midi, après leur campagne nocturne.

Et si ces Îles n'avaient existé que dans l'imagination des sorciers et des magiciens, ou de ces taoïstes à la pensée obscurcie par l'abus de cinabre qui sillonnaient les routes à la recherche d'esprits crédules et faibles ? Et si c'était Huayang qui lui avait inculqué tout cela pour continuer à le posséder ainsi qu'elle l'avait fait avec les rois du Qin, depuis le vieux Zhong jusqu'à Yiren ? N'aurait-il pas dû écouter un peu, au lieu de repousser d'un geste leurs arguments, ceux qui lui avaient conseillé de se méfier de la vieille reine, pressé qu'il était d'aller la retrouver pour obtenir un granule de longévité ou, pis encore, pour pratiquer l'union de leurs souffles qui faisait de lui son esclave ? Huayang la manipulatrice ! Huayang la taoïste ! Comme il aurait fallu s'en méfier ! Et comme elle en avait profité !

Il en était déjà à imaginer les châtiments qu'il lui ferait subir lorsqu'il reviendrait à Xianyang. Non seulement il lui ferait payer son refus de se rendre à Taiyuan lorsque, quelques semaines plus tôt, il l'y avait invitée, mais surtout il ferait en sorte de démasquer l'escroquerie des prétendus pouvoirs dont elle avait pu se targuer et dont il se considérait, d'une certaine façon, comme l'innocente victime.

Les termes du procès de Huayang seraient clairs et implacables : usant du mensonge et pratiquant l'esbroufe, sous couvert de pratiques taoïstes et de recherche de recettes d'Immortalité, cette femme habile et mal inspirée aurait tenté de soumettre l'Empereur du Centre à sa néfaste influence !

À l'horizon circulaire de la mer, les vents qui s'étaient mis à souffler faisaient surgir les châteaux des Dragons marins. Il parvenait à parfaitement distinguer leurs pignons et leurs tourelles crénelés de mousse blanche. Les Dragons, c'était sûr, existaient bel et bien puisqu'on pouvait si nettement discerner leurs demeures...

Cette vision suscita une violente émotion dans le cœur de ce souverain implacable qui avait tant besoin, pour survivre, de croire au merveilleux.

Et s'il suppliait les Dragons marins de ramener les trois navires de l'Expédition des Mille, au besoin en allant les chercher au fond des eaux où ils avaient peut-être été ensevelis ? N'était-ce pas là une tâche parfaitement à la portée du premier Dragon bienfaiteur ? L'Empereur du Centre ne pouvait-il pas espérer, de la part de ces créatures, un traitement identique à celui dont bénéficiaient tant d'inconnus qui en obtenaient les bienfaits par pelletées entières ? Ne faisait-il pas suffisamment le bien autour de lui, en garantissant la sécurité des peuples de l'Empire, en ordonnant de construire des digues qui empêchaient les fleuves de déborder et de noyer les habitants vivant sur leurs berges, et en concevant des systèmes d'irrigation qui leur permettaient d'échapper à la famine, pour, à son tour, obtenir d'un Dragon marin cette ultime petite faveur ?

Mais il ne connaissait pas les formules, et encore moins les gestes, nécessaires pour appeler l'attention du Serpent de Mer et tenter d'obtenir ce service de sa part... Et il n'imaginait pas demander à Lisi de lui trouver un magicien ou un médium susceptible de résoudre son problème. C'eût été, là encore, un aveu de faiblesse de sa part qui ne pourrait que donner des idées à ceux qui rêvaient de l'abattre pour prendre sa place.

Aussi n'y avait-il encore que Huayang pour l'aider.

Huayang qu'il venait, pourtant, de maudire !

Huayang dont il n'arrivait pas à se détacher ! Huayang l'indispensable !

Huayang qu'il connaissait suffisamment pour savoir qu'elle n'était pas une femme banale. Lorsqu'il quittait ses bras après avoir vainement tenté de contrôler, comme elle le préconisait, son émission de Liqueur de Jade, il ressentait toujours ce même feu intérieur qui ne mettait pas moins de deux ou trois jours à se dissiper...

Huayang, son unique confidente ! Malgré le récent affront qu'elle lui avait fait subir, elle restait son seul point d'entrée vers ce monde merveilleux de rêves et d'espoirs où l'Immortalité était capable de se nicher dans des fruits de jade.

Huayang à qui, désormais, il était prêt à pardonner !

Il était sûr d'obtenir d'elle, au moins, la formule magique qui permettait de commander aux Dragons de Mer d'un simple petit geste... Aussi convenait-il de chasser de son esprit toute volonté de vengeance ou de punition à son égard.

Il s'en voulait presque de s'être laissé aller à de tels enfantillages. Plus il avançait en âge, et plus il avait besoin d'elle.

À la vérité, elle continuait à lui faire peur. Mais cette crainte enfantine, inextricablement mêlée d'espérance, de la part de celui qui régnait sur l'Empire du Centre, n'était-elle pas complètement inavouable ?

*

Huayang manqua de défaillir lorsqu'elle le sortit du petit paquet. C'était un Pian, un fagot de lamelles de bambou, c'est-à-dire un morceau de livre. Il lui avait été apporté par sa très vieille servante Épingle de Jade, courbée comme un roseau face au vent. Elle ne se doutait pas qu'elle avait ramené à sa maîtresse un objet

qu'il était strictement interdit de posséder ou de manipuler, sous peine de mort, depuis le Grand Incendie
des Livres !

La vieille reine se pencha dessus avec avidité puis,
après avoir délicatement détaché les rubans de soie qui
liaient ensemble les lamelles, elle lut la première
phrase qui s'inscrivait sur la planchette de bambou un
peu plus large que les autres, noircie par les flammes,
qui servait, en quelque sorte, de couverture au livre.

Les idéogrammes, gravés au stylet, ressortaient parfaitement sur le fond charbonneux de la planchette. On
pouvait y lire : « *Copie, exemplaire numéro trois, des
Chroniques des Printemps et des Automnes de Lubuwei.* »

Ses mains ridées tremblaient comme les feuilles du
catalpa sous la grêle lorsqu'elle étala devant elle la
cinquantaine de lamelles qui constituaient le Pian.

— Épingle de Jade, d'où tiens-tu cela ? s'écria-
t-elle tout en disposant soigneusement les lamelles les
unes à côté des autres selon l'ordre de leur lecture.

— Un inconnu voilé m'a remis ce paquet entre les
mains en pleine rue, alors que je rentrais du marché.
Je n'ai même pas eu le temps de l'interroger qu'il me
criait que c'était pour vous, avant de disparaître comme
par enchantement. Il m'a demandé également de vous
remettre ceci de toute urgence.

Elle lui tendit une autre lamelle. Huayang, après
avoir collé son œil dessus, vit qu'elle portait des caractères cursifs qui semblaient avoir été écrits à la hâte et
dont le déchiffrement lui demanda un peu plus de
temps qu'à l'ordinaire.

— Poisson d'Or est revenu ! murmura-t-elle enfin
avant de ranger hâtivement les lamelles dans leur couverture.

— Ce si joli garçon, banni par le Qin et contraint

à s'enfuir loin de la capitale ? questionna d'une voix aiguë sa vieille servante.

— Lui-même. Jamais je n'aurais espéré, après tant de souffrances morales, connaître ainsi, à la fin de mes jours, une aussi grande joie !

L'allégresse de Huayang était telle qu'elle semblait avoir rajeuni de vingt ans...

Plantant là la pauvre Épingle de Jade, complètement dépassée par cet événement, c'est en courant avec la légèreté et l'entrain d'une jeune fille que la reine s'était précipitée chez Zhaoji pour lui faire part de cette nouvelle inespérée. Portant sous son bras la couverture dans laquelle elle avait caché le Pian, elle tenait dans l'autre main, comme une baguette magique, la missive que Poisson d'Or lui avait fait parvenir.

— Zhaoji ! Zhaoji ! J'ai une grande nouvelle ! s'écria-t-elle en se jetant dans les bras de sa confidente et fille spirituelle qui était en train d'enrouler du fil de soie autour d'une bobine.

— Tu fais plaisir à voir ! Que se passe-t-il pour que tu sois si joyeuse ?

— Poisson d'Or est à Xianyang avec Rosée Printanière... Ils ont réussi à mettre la main sur la cache aux livres précieux dans l'ancien palais de Lubuwei. Des exemplaires ont été recopiés et commencent à être distribués dans tout l'Empire du Centre. Regarde !

Elle venait de démailloter le Pian et avait étalé les lamelles sur le sol, avant de lui tendre le message rédigé à leur intention.

Zhaoji rangea sa bobine de soie et se mit à lire la planchette que la vieille reine venait de lui placer d'autorité dans les mains.

— Poisson d'Or a décidé de livrer la bataille de l'intelligence. Comme il a eu raison ! Sur ce terrain-là, aucune force ne pourra jamais le vaincre ! constata

461

Zhaoji après avoir lu attentivement la missive de celui qui avait été l'enfant à la marque.

— Te rends-tu compte : trois exemplaires de chaque ! Et avec mission de les distribuer aux lettrés qui s'engageront eux-mêmes à en faire des copies... Je reconnais là les immenses capacités de Poisson d'Or. Il n'y avait que lui pour inventer un tel stratagème ! Dans moins d'une année lunaire, l'Empire sera à nouveau rempli de livres, et lorsque Qinshihuangdi le découvrira, il sera trop tard. Un gouffre immense s'ouvrira soudainement sous ses augustes pieds. Il en sera malade ! J'espère qu'il prendra conscience de la vanité de sa décision d'éradiquer l'écrit ! ajouta perfidement Huayang.

— Je suis sûre que notre petite Rosée Printanière y est aussi pour beaucoup. Je pense que c'est elle, d'ailleurs, qui a dû signaler à Poisson d'Or l'existence de la cache aux livres.

— Ce jeune couple finira par apporter aux générations futures ce dont on essaya de les priver : les armes de l'histoire et de la pensée. N'est-ce pas l'avènement d'un nouveau cycle, beaucoup plus faste, pour le peuple de l'Empire du Centre ? s'enflamma Huayang.

— Les retrouvailles de Rosée Printanière et de Poisson d'Or scellent, à n'en pas douter, une nouvelle alliance avec le peuple de l'Empire.

— Comme quoi deux tourtereaux auront réussi là où échouèrent des forces dix mille fois plus puissantes !

— La force de l'esprit, la force de l'amour sont les plus fortes !

Les deux reines, abasourdies par la surprise provoquée par l'intrusion de l'enfant à la marque dans la torpeur morbide où leurs existences de souveraines inutiles et délaissées les avaient peu à peu plongées, s'étaient serrées dans les bras l'une de l'autre avec la fougue de deux petites filles.

— Et cette invitation à venir les rejoindre sur la Falaise de la Tranquillité, comptes-tu y répondre favorablement ? hasarda enfin Zhaoji d'une petite voix.

Elle évoquait le dernier paragraphe du message de Poisson d'Or, qui leur faisait part de son espoir de les recevoir au campement de l'Armée des Révoltés, au bord de la Falaise.

— J'attendais ta réaction à ce sujet. Si tu décidais de m'y accompagner, je m'y rendrais volontiers ! répondit Huayang.

— Je ferais tout pour revoir ces deux enfants ! Si j'ai hésité à t'en parler, c'est que je ne voulais surtout pas exercer la moindre pression sur toi. Cette expédition peut tout aussi bien être un voyage sans retour..., murmura Zhaoji au bord des larmes. Je comprends mieux à présent pourquoi des gardes sont postés aux quatre coins de la capitale.

— Es-tu prête à risquer ta vie pour revoir Poisson d'Or ? Si nous sommes arrêtées ou simplement dénoncées, ce n'est pas l'Empereur du Centre qui viendra à notre secours...

En disant ces mots, Huayang regardait Zhaoji dans les yeux.

Sur une table basse, tout près d'elle, s'étalait une somptueuse tapisserie faite de soie brodée. C'était une bannière. Les entrelacs complexes des motifs et des figures dont elle était décorée s'inscrivaient en rouge vif, en ocre et en blanc sur un fond noir brodé au point serré.

— Est-ce là ta dernière broderie ? interrogea Huayang en avisant l'étoffe.

— Cette bannière servira à recouvrir mon cercueil, dit doucement Zhaoji.

— Serais-tu hantée par de noires pensées au point de t'infliger un tel travail ?

Les yeux penchés sur les motifs brodés, elle examinait cette longue bande de tissu dont le haut s'élargissait en un carré terminé aux angles par quatre lourds glands de soie.

La broderie découpait l'espace en quatre étages ; les sections inférieure et supérieure représentaient respectivement les mondes souterrains et les mondes célestes, tandis que les étages intermédiaires figuraient les deux étapes de la vie de Zhaoji dans l'au-delà, telles que les définissaient les Canons taoïstes : celle du Shi, ou du cadavre, et celle du Jiu, ou du corps glorieux.

— Tu as brodé les dix soleils dans le mûrier creux, ainsi que Zhulong dont le corps de serpent enroulé sous forme de spirale est entouré des sept grues ! Je ne vois pas moins de quatre dragons ascensionnels, tous plus séduisants et protecteurs les uns que les autres, et là, c'est un Bi de jade, presque aussi beau que celui de Lubuwei ! Pourquoi m'avoir caché ce travail ?

La vieille reine, pour qui les Canons taoïstes n'avaient aucun secret, était médusée par la précision des motifs multicolores brodés à l'aiguille par sa comparse...

— Je voulais te le montrer une fois terminé. Regarde : il y a aussi le corbeau dans le soleil, le crapaud dans le croissant lunaire ainsi que le lièvre blanc. Et si tu réussis à les distinguer, tu apercevras aussi, entre les figures qui me représentent, de minuscules tortues et de petits lièvres réjouissants..., indiqua Zhaoji dont le visage s'était brusquement animé.

— Tu as dû y passer des heures !

— C'est un fait. Cette broderie m'occupe depuis des mois... Une façon comme une autre de passer le temps !

— Tu es plus jeune que moi et tu prépares déjà tes

funérailles ? s'exclama la vieille reine sur un ton plus enjoué encore, et qui se voulait presque plaisantin.

— N'est-ce pas la preuve, pour répondre à la question que tu m'as posée à ce sujet, que je n'ai jamais craint la mort ?

— Dans ce cas, nous irons toutes les deux retrouver Poisson d'Or et Rosée Printanière !

— Quand partons-nous ?

La voix de Zhaoji était devenue dure et claire comme le son produit par le phonolithe de jade lorsque le maillet en bois de pêcher le frappait.

87

Le gros Citrouille Amère n'en menait pas large.

Il avait préféré attendre la fin de l'après-midi pour annoncer de mauvaises nouvelles à Nuage Empourpré. On lui avait signalé que celui-ci était revenu de Dongyin de fort méchante humeur, la séance s'annonçait donc particulièrement pénible. Il espérait qu'en fin de journée l'énergie amoindrie du chef du Bureau des Rumeurs empêcherait le déchaînement de ses foudres.

La sueur avait transformé en éponge son visage bouffi de graisse ; et l'empilement de son triple menton – qui rappelait ces cordages mouillés des navires lorsque les matelots les enroulaient sur les quais – avait encore augmenté au moment où il avait glissé une tête tremblante par la porte du bureau de Nuage Empourpré, après que celui-ci lui avait hurlé qu'il pouvait entrer.

Malgré l'épaisseur du coussin qu'il avait fait installer sous ses fesses, Nuage Empourpré, visage fermé et moue dédaigneuse, supportait avec peine les douleurs qui affectaient son postérieur suite aux cahots de la route. Il regrettait amèrement d'avoir fait ce si long voyage en s'apercevant sur place que le Premier ministre, obnubilé par la recherche de sa fille, se moquait totalement du retour à Xianyang de Poisson d'Or.

— Tu as souhaité me voir. J'espère qu'il ne s'agit pas de broutilles !

— Hélas non. Une dizaine d'eunuques ont disparu de la capitale sans laisser de trace. J'ai tout lieu de croire qu'il s'agit d'une désertion.

— Les eunuques, que je sache, ne sont pas des soldats ! lâcha, déjà excédé, Nuage Empourpré tout en mordillant un travers de porc caramélisé.

Le chef du Bureau des Rumeurs changea de tête lorsque Citrouille Amère lui tendit la lamelle de bambou qu'il avait cachée sous la manche de sa tunique de laine.

— Il y a encore des livres dans l'Empire du Centre ? hoqueta-t-il en recrachant le morceau de porc qu'il était en train de sucer comme un bonbon.

Il se pencha sur la lamelle. Elle contenait un poème du *Livre des Odes,* reconnaissable entre mille :

« *Je fais sortir mon char, pour me ruer dans la plaine ; c'est l'ordre de l'Empereur que je me rende là ; mes troupes s'y rassemblent et sont armées jusqu'aux dents ; les dangers qui nous assaillent, en effet, sont grands !* »

— Tous les eunuques qui ont disparu étaient des scribes confirmés, ajouta, l'air penaud, Citrouille Amère.

— Précise ta pensée ! hurla Nuage Empourpré qui avait pourtant parfaitement compris où Citrouille Amère voulait en venir.

— Poisson d'Or et Rosée Printanière sont en train de faire recopier les livres précieux de la cache de l'ancien palais de Lubuwei pour en inonder tout l'Empire du Centre, comme le paysan sème des graines de millet dans son champ ! gémit Citrouille Amère.

Il voyait déjà sa tête rouler dans le sable, juste après celle de Nuage Empourpré, quand Qinshihuangdi constaterait qu'ils avaient été incapables d'exploiter en

467

temps utile l'information recueillie par ses soins de la bouche même de Maillon Essentiel au cours de la réunion de la confrérie du Cercle du Phénix à laquelle il avait participé.

Malgré la douleur qui lui prenait tout le bas du corps, en raison de l'ankylose de ses jambes, Nuage Empourpré s'était levé. Son ventre flasque comme une énorme méduse débordait au-dessus de sa ceinture de cuir pour retomber en un tablier de la largeur d'une paume.

— Il me faut absolument l'endroit où se cachent les comploteurs ! Je t'en rends personnellement responsable ! assena-t-il d'un ton sans appel avant de s'affaler à nouveau dans son fauteuil.

Quand il quitta, désemparé, le Bureau des Rumeurs, Citrouille Amère transpirait si fort que tout le haut de sa tunique collait à son torse gonflé comme une outre. Nuage Empourpré lui avait imposé rien de moins qu'une obligation de résultat. Il lui fallait à tout prix savoir où Poisson d'Or et ses complices se cachaient.

Un écrasant soleil tapait si fort sur le pavement de la ruelle où il errait qu'il en ressentait l'insupportable chaleur à travers les semelles de ses chaussures. Sans qu'il s'en soit vraiment rendu compte, ses pas l'avaient guidé vers la vieille ville, non loin de la muraille de pierres qui ceinturait le Palais Royal. Il n'y avait plus que des vieillards à habiter dans ces immeubles vétustes que l'administration faisait démolir un à un, au fur et à mesure que leurs occupants décédaient, avant de les transformer en sièges administratifs beaucoup plus vastes et uniformes, reconnaissables en raison de leur style à la fois pompeux et impersonnel.

Son attention fut appelée par le gros palanquin qui stationnait devant l'ancienne entrée du gynécée du Palais Royal, à l'endroit même où, jadis, les chambellans faisaient discrètement pénétrer dans le palais les futures concubines royales, le plus souvent arrachées à leur famille en vertu de leur apparence et de leur beauté qui devaient correspondre exactement aux canons alors en cours.

Il n'y avait pas moins de six hommes autour de cette sorte de tente disposée sur une plate-forme, sur laquelle elle oscillait. Avec des cris poussés à l'unisson, ils s'apprêtaient à soulever le palanquin, à raison de trois de chaque côté, par les deux longues poutres qui permettaient de le placer sur leurs épaules afin de le transporter.

— C'est bon, l'essai est concluant ! cria l'un des hommes, à présent nous pouvons faire appeler nos passagères !

Ils venaient juste de reposer à terre le palanquin lorsque Citrouille Amère vit surgir, par la porte du gynécée, deux silhouettes enveloppées dans de longs châles. Au moment où elles s'apprêtaient à monter dans le palanquin, il eut le temps d'observer, à l'obséquiosité des porteurs cassés en deux et un genou à terre, tels des archers sur le point de tirer, qu'il devait s'agir là de deux dames de la plus haute importance.

— Dame Huayang et Dame Zhaoji, bienvenue à bord de ce palanquin ! cria alors celui qui devait être le chef des porteurs.

En entendant ces mots, le sang de Citrouille Amère ne fit qu'un tour. Il avait eu le temps, aussi, d'apercevoir sous le bras d'une des deux silhouettes un rouleau emmailloté qui ressemblait à s'y méprendre à un Pian de livre...

Que les deux reines, qui ne mettaient presque jamais le nez dehors, munies de surcroît d'un objet strictement interdit, fissent ainsi appel à un palanquin lui parut un événement suffisamment inusité pour qu'il décidât, malgré la chaleur ambiante et la sournoise lourdeur qu'il sentait dans ses jambes, de les surveiller de loin.

En trottinant tant bien que mal, il suivit donc la haute masse du palanquin qui se déhanchait devant lui sur la route. Les deux femmes étaient sorties de Xianyang et se dirigeaient maintenant vers le nord-ouest de la ville, là où un premier étagement de collines permettait d'accéder aux contreforts d'une chaîne montagneuse dont les sommets dentelés se découpaient sur le ciel.

Quand il parvint, hors d'haleine et suant des pieds à la tête, au pied de la seconde barrière de collines, la nuit était déjà tombée. Le palanquin s'était arrêté et les deux femmes en étaient descendues. Elles avaient dû souhaiter continuer seules. Il ne tarda pas, de fait, à voir revenir vers lui les six porteurs et leur palanquin vide et n'eut que le temps de se jeter dans le fossé pour ne pas être vu. Quant aux deux reines, elles abordaient d'un pas si gaillard le chemin qui serpentait en lacet que leurs silhouettes minuscules ne tarderaient pas à se fondre dans les rochers de la montagne.

La chance était à nouveau avec l'agent Citrouille Amère.

Il ne lui restait plus qu'à revenir à Xianyang, à réveiller Nuage Empourpré qui devait dormir, et à l'avertir de ce qu'il venait de voir.

Si les deux femmes avaient décidé de se rendre, un Pian sous le bras, à bord de ce palanquin, dans la direction du plateau rocheux qui surplombait la Falaise de la Tranquillité, c'était là, à coup sûr, et nulle part ailleurs, que Poisson d'Or et ses comploteurs avaient dû installer leur campement !

*

Cela faisait bien deux semaines que Zhaogongming marchait la nuit et dormait le jour, pour ne pas éveiller l'attention de la gendarmerie qu'il imaginait à ses trousses, même si son abandon par les autorités dans la prison déserte de Dongyin aurait pu le conforter dans l'idée qu'il n'intéressait plus personne.

Il avait quitté la presqu'île du Shandong pour s'enfoncer dans la sinuosité de vallonnements escarpés creusés par les changements de lit du Fleuve Jaune. Celui-ci, particulièrement malicieux, y laissait toujours, après son passage et en guise de souvenir, des cours d'eau qui devenaient ses affluents. Dans cette zone qui devenait de plus en plus montagneuse à mesure qu'on la pénétrait, la progression était extraordinairement difficile si on voulait éviter de passer par les chemins déjà tracés. Après avoir erré deux jours durant dans des pentes qui se transformaient en labyrinthe, car on finissait toujours par buter sur un torrent en contrebas qui vous empêchait de traverser et d'aller droit, il avait pris le parti de rester sur la route. Mais comme il ne voulait croiser personne, il ne pouvait l'emprunter que le soir venu.

La nuit précédente avait été si chaude et si éprouvante qu'il avait décidé, ce matin-là, d'entrer dans les faubourgs de cette petite ville dont les maisons, tels des poussins apeurés, semblaient se blottir les unes contre les autres, accrochées à une pente au pied de laquelle un torrent presque à sec laissait apparaître le chaos rocheux de son lit.

Zhaogongming ignorait tout du nom de ce gros bourg et se mit à la recherche d'un estaminet où il pourrait se restaurer et, surtout, se désaltérer d'un bon thé vert brûlant.

Il arriva sur une placette bordée par des maisons plus imposantes que leurs voisines. La plus majestueuse était dotée d'un fronton orné de colonnettes de pierres. De part et d'autre de la porte s'ouvraient deux grandes fenêtres. En s'approchant, il crut percevoir des éclats de voix et des rires. Cela faisait des jours entiers

471

qu'il n'avait entendu la moindre voix humaine ni le moindre éclat de rire. Aussi éprouva-t-il l'envie de voir les visages de ceux qui semblaient manifester tant de joie et de surprise.

La placette était déserte. Seuls deux chiens errants se disputaient un morceau de vieux chiffon. Nul ne s'offusquerait, donc, s'il s'approchait nonchalamment de la fenêtre d'où sortaient ces cris joyeux.

À présent, il pouvait tranquillement observer ce qui se passait à l'intérieur ; à en juger par ce qu'il voyait, il devait s'agir d'une école.

La conversation tenue entre celui qui ressemblait à un maître calligraphe, dont les stylets et les pinceaux pendaient à la ceinture, et trois jeunes gens qui semblaient être ses élèves était des plus éclairantes.

— Zhongli, Bihuang et Daozhong, aujourd'hui est un très grand jour : nous avons un livre ancien à recopier. Il s'agit d'un recueil de textes et de préceptes qu'un ancien Premier ministre du Qin, Lubuwei, fit rédiger sous le titre de *Chroniques des Printemps et des Automnes de Lubuwei*. Vous allez vous régaler ! C'est un résumé à peu près exhaustif de tout ce qui a été écrit par les scribes depuis l'Antiquité...

Ce que Zhaogongming venait d'entendre lui donnait chaud au cœur.

Les élèves avaient l'air médusé. Depuis des mois, l'enseignement de leur professeur se bornait à leur inculquer des idéogrammes qu'il avait réussi à garder en mémoire. Le seul texte qu'on avait laissé à leur disposition était une sorte de table de conversion qui permettait de passer d'une centaine de noms anciens à leur dénomination nouvelle, telle que l'avait décrétée l'Empereur du Centre.

— Mais par quel miracle ces livres, dont je croyais qu'ils avaient tous été brûlés, font-ils ainsi leur réapparition ? Serait-ce à dire que Qinshihuangdi le Grand aurait changé d'avis ? questionna avec étonnement l'un des trois élèves.

— Je ne veux même pas me poser cette question ! rétorqua le maître d'école. Tout ce que je peux dire, c'est que l'homme qui m'a remis cet exemplaire qui tient en dix-huit Pian avait l'air quelque peu efféminé.

— Mais il y en a une telle quantité ! Comment un seul individu pouvait-il les porter ? s'écria un autre élève.

— Il les avait entassés dans une charrette ! C'est tout ce que je peux raconter à son sujet, si ce n'est qu'il me les confia sous le sceau du secret absolu et moyennant la promesse de vous les faire recopier, à charge pour nous de transmettre à notre tour cette copie à une autre école, sous réserve que celle-ci accepte, de son côté, de la transmettre à une autre et ainsi de suite..., répondit le professeur de calligraphie.

— En somme, nous devenons les maillons d'une immense chaîne ! fit observer le même élève en éclatant de rire.

— De l'immense chaîne du savoir, c'est l'expression exacte. Dans quelques semaines, la chaîne ainsi créée s'établira dans tout le pays et les livres y auront à nouveau droit de cité !

— Mais comment allons-nous recopier tout ça ? demanda celui qui paraissait le plus jeune.

— Nous avons des étagères entières de lamelles de bambou vierges de toute écriture ! dit un autre.

Zhaogongming s'était rapproché de la fenêtre de la salle de classe. Le professeur, un homme jeune et élancé d'allure, portait la natte et le petit calot des lettrés. Il aidait à présent les élèves à racler la pierre d'encre avant d'en jeter la poussière noire dans un gobelet d'eau. L'un d'eux venait de revenir, les bras chargés de fagots. Il régnait déjà dans cette pièce encombrée par les écritoires une atmosphère fébrile et studieuse.

— Il faut que vous calligraphiiez de votre mieux chacun une copie de ce livre. Pensez à ceux qui, après vous, auront à le lire et à le recopier à leur tour ! reprit le professeur.

— Qui donc était ce Lubuwei qui fit établir cette extraordinaire compilation ? lança l'un des apprentis copistes en achevant de détacher les rubans de soie qui reliaient entre elles les lamelles des derniers Pian.

— Il fut Premier ministre du Qin à l'époque où le pays n'était encore qu'un royaume. C'était un marchand de chevaux célestes venu du Zhao, dont la fulgurante ascension politique restera gravée dans toutes les mémoires...

— Cet homme devait être paré de bien des vertus et de nombreux mérites pour connaître une telle destinée ! constata, étonné, le plus jeune des élèves.

— En effet. On a même dit qu'il fut le propre père de l'Empereur Qinshihuangdi..., assura le professeur.

Zhaogongming connaissait parfaitement cette rumeur, qui n'avait cessé de se répandre depuis le moment même où le prince Yiren était monté sur le trône. Il n'avait pas eu la chance de rencontrer Lubuwei, mais l'histoire de ce marchand de chevaux célestes venu du Zhao, le royaume ennemi héréditaire haï, puis devenu le second personnage du Qin après avoir introduit cette race chevaline qui avait permis la reconstitution de son cheptel militaire, l'avait toujours fasciné.

Il s'était toujours demandé si ce Lubuwei n'avait pas été initié secrètement au taoïsme, car il ne voyait pas d'autre explication à un destin aussi extraordinaire. Son parcours supposait une énergie mentale à toute épreuve, comme seuls pouvaient en procurer les exercices quotidiens de régénération des souffles tels que les pratiquaient les taoïstes ayant accédé au grade de la suprême initiation.

Aussi avait-il toujours considéré avec la plus grande sympathie cette illustre figure de l'alliance entre les affaires et la politique, dont le parcours avait été au moins aussi éclatant que celui d'un Immortel ou d'un Maître Céleste !

*

Les deux femmes, après avoir abandonné leur palanquin au bas de la pente, n'avaient pas tardé à atteindre lc plateau rocheux où l'Armée des Révoltés avait installé son bivouac. Poisson d'Or les avait aperçues de si loin qu'elles avaient été les premières surprises de le voir arriver vers elles en courant. Il riait comme un enfant, et les avait accueillies chaleureusement avec de grands gestes de joie. Juste derrière lui se tenait Rosée Printanière.

Lorsqu'elle serra contre son cœur, pour la première fois depuis si longtemps, celui qui portait la marque d'un Bi sur la peau de sa fesse gauche, Huayang ne put s'empêcher d'étouffer un sanglot.

— Tu n'as pas changé, mon petit Poisson d'Or. Tu es toujours le même ! Si tu savais ce que je suis heureuse de te revoir ! lui chuchota-t-elle à l'oreille.

Deux pas derrière, Zhaoji pleurait à chaudes larmes.

— Quant à toi, ma petite Rosée Printanière, l'amour te sied : tu es proprement resplendissante..., ajouta-t-elle à l'intention de la jeune femme.

Il est vrai que le bonheur faisait resplendir le visage de Rosée Printanière, depuis que l'ancienne reine l'avait vue pour la dernière fois à Xianyang avant qu'elle ne prît la fuite, pour aller se réfugier chez sa grand-mère Vallée Profonde.

— Comme je suis heureux de vous voir ici ! J'avais

si peur que vous ne répondiez pas à mon invitation, s'exclama Poisson d'Or, éperdu de reconnaissance.

— Notre disponibilité est grande. Nous n'avons plus grand-chose à faire de nos journées, reconnut Zhaoji, encore passablement émue.

— Et surtout pas beaucoup plus à perdre..., dit Huayang à voix basse, comme si elle avait voulu garder pour elle cette réflexion désabusée.

Poisson d'Or avait conduit les deux femmes vers la clairière, à l'endroit où les scribes eunuques achevaient de transcrire, à la lueur des torches, les copies des ouvrages anciens dont les premiers exemplaires avaient déjà commencé à se répandre dans tout l'Empire du Centre. Éclairées par les flammes rougeoyantes des torchères, les frondaisons des arbres semblaient faire un dais d'honneur à ces deux reines oubliées tandis qu'elles ouvraient, devant ces milliers de lamelles de bambou étalées à même le sol, de grands yeux étonnés.

— Vous avez organisé là un véritable atelier de copistes ! remarqua Zhaoji.

— Plusieurs centaines de Pian, soit l'équivalent d'une trentaine de livres, copiés chacun en trois exemplaires, ont déjà été expédiés aux quatre coins de l'Empire, affirma, satisfait, Poisson d'Or.

Huayang, dont les traits du visage trahissaient une réelle nostalgie, reprit la parole en se tournant vers Rosée Printanière :

— Te souviens-tu de la nuit au cours de laquelle nous mîmes à l'abri les livres les plus essentiels de la bibliothèque de la Tour de la Mémoire ?

— Ce soir-là, vous rendîtes le plus grand des services aux générations futures de ce pays ! observa Poisson d'Or.

Le repas du soir, partagé en commun autour d'un chaudron de bronze Ding où des braises avaient grillé de délicieux quartiers de lapin de garenne, fut l'occasion, après ces retrouvailles, d'échanger des souvenirs. Poisson d'Or expliqua aux deux reines son projet de restaurer dans l'Empire du Centre la place de l'intelligence et de la mémoire, grâce à cette dispersion des textes anciens auprès des lettrés et des scribes qui accepteraient à leur tour de les recopier.

— Vous ne goûtez pas à ces viandes ? demanda, surpris, Poisson d'Or à Huayang après s'être aperçu qu'elle refusait de toucher aux morceaux de lapin grillé.

— Le régime taoïste auquel je m'astreins me l'interdit... Je me prive aussi de céréales, reconnut l'ancienne reine.

— Vous finirez Immortelle ! répliqua-t-il avec humour.

— Ce n'est plus mon souhait... À quoi bon vivre dix mille ans de plus lorsqu'on s'ennuie déjà au bout de la sixième dizaine ?

Les braises du Ding étaient maintenant au bout de leur incandescence. Il était temps pour chacun de se retirer et d'aller prendre un repos mérité.

— Je vous propose non seulement de dormir ici cette nuit mais, si vous le souhaitez, de rester avec nous autant que vous le voudrez. Vous êtes ici chez vous ! dit Poisson d'Or après avoir constaté que les deux reines, épuisées par leur périple, tombaient littéralement de sommeil.

— Nous verrons cela demain. Nous ne sommes plus que deux vieilles créatures délaissées et lasses des honneurs, et nous risquons de retarder vos mouvements, répondit Huayang à Poisson d'Or qui conduisait les deux femmes vers la tente qui leur avait été préparée.

— On a l'âge de son esprit ! À cet égard, vous êtes encore très jeune ! rétorqua gentiment Poisson d'Or.

La vieille reine lui sourit avant d'entrer sous sa tente. Nul doute que, doté d'un tel charme, ce Poisson d'Or était vraiment irrésistible, pensa-t-elle une fois étendue, les yeux fixés sur les branchages qui servaient de toit à sa nouvelle chambre, avant de s'endormir.

Saut du Tigre avait l'air angoissé lorsqu'il s'approcha, le lendemain matin, de Poisson d'Or qui buvait tranquillement un bol de thé vert dans la clairière en compagnie d'un des eunuques copistes venu lui présenter les onze Pian du *Zhouli*, le rituel des Zhou entièrement calligraphié par ses soins.

Bien que réveillé plus tard qu'à l'ordinaire, il venait de pratiquer son exercice quotidien de divination par les souffles et les couleurs. Ce qu'il avait deviné dans les Qi venus soit des entrailles de la terre, lorsqu'il avait ausculté le chemin, soit des collines environnantes, lorsqu'il avait humé les souffles qui les traversaient pour en lire les couleurs, ne permettait pas d'apporter de bonnes nouvelles au fils spirituel de Lubuwei.

— Je te prie de m'excuser de venir t'en avertir si tard, mais ce matin les souffles, contrairement à hier, sont tous néfastes.

— D'où viennent ces souffles néfastes dont tu parles ? questionna Poisson d'Or.

— Je vois quantité de couleurs lugubres dans cette direction.

Saut du Tigre montrait les collines, parsemées de genévriers et de rochers troués par les vents, qu'il fallait traverser pour atteindre Xianyang.

— Qu'est-ce à dire ? Aurions-nous été découverts ? Aurait-on lancé des gendarmes à nos trousses ? demanda, soudain inquiet, Poisson d'Or.

— Je le crains ! répondit Saut du Tigre, la mine sombre.

— Cela viendrait donc de là-bas ! dit Poisson d'Or en pointant le doigt du côté de l'ouest.

Après l'acquiescement de Saut du Tigre, ils se précipitèrent tous les deux dans la direction indiquée. En arrivant au bord du plateau rocheux, ils avisèrent le petit chemin qui serpentait et permettait d'y accéder.

— S'il doit y avoir une attaque, elle ne pourra venir que de là ! s'écria Poisson d'Or.

— En effet, renchérit Rosée Printanière qui les avait suivis dès qu'elle les avait vus partir en courant vers le débouché du sentier.

— Mais comment pourrons-nous les empêcher de monter jusqu'ici ? s'inquiéta Poisson d'Or en cherchant une issue.

— Et si nous leur tendions une embuscade ? proposa Saut du Tigre.

À ses côtés, Rosée Printanière avait les joues en feu à force de se concentrer.

— Impossible, nous ne sommes pas assez nombreux, soupira Poisson d'Or. Et surtout nous n'avons ni catapulte ni huile bouillante pour dissuader le moindre assaut d'envergure !

— Dans ces conditions, que pouvons-nous faire ? gémit Saut du Tigre.

C'est alors que la jeune femme poussa un cri de joie. Elle venait de trouver la solution.

— J'ai une idée : souviens-toi de ces deux énormes boules de pierre, un peu plus bas, à l'endroit où le chemin rejoint le sommet du plateau rocheux sur lequel nous nous trouvons...

— Tu veux parler des deux gros rochers entre lesquels on passe au moment où le sentier rejoint le premier méplat ?

— Si ces deux rochers roulaient dans la pente, ils réduiraient à néant toute une colonne d'assaillants, fût-elle immense !

— Mais il faudrait le coup de queue d'un dragon

479

particulièrement vigoureux pour les faire bouger ! intervint Saut du Tigre.

— Viens avec moi. Je vais te prouver que c'est possible ! lui ordonna-t-elle.

— Je ne vais pas te laisser aller seule plus bas. Il y a peut-être déjà des soldats en train de monter à l'assaut de la Falaise, fit Poisson d'Or.

Ils atteignirent sans peine le premier méplat sur lequel débouchait le sentier. Les deux énormes boules rocheuses, si proches l'une de l'autre qu'on pouvait les toucher en étendant les bras, formaient, à l'endroit précis où le méplat commençait, une sorte de porte étroite au milieu de laquelle le passage était obligatoire.

— Regarde, ces rochers, dit Rosée Printanière, ne ressemblent-ils pas aux yeux d'un dragon qui a envie de protéger l'Armée des Révoltés ?

— Le chemin ressemble d'ailleurs étrangement à la langue d'un dragon...

— Pour que ces boules s'ébranlent en roulant vers la pente, il faut commencer par déblayer les pierres qui les bloquent à leur base..., avança Saut du Tigre tout en commençant à s'affairer au pied des deux grosses roches granitiques dont le diamètre équivalait au moins à deux fois sa taille. Ce sera le signe que le dragon sommeillant juste en dessous aura décidé de faire les gros yeux à d'éventuels assaillants !

Accroupi, il avait déjà entrepris de déplacer une à une quelques pierres de petite taille qui bloquaient le plus massif des deux rochers.

— Dès ce soir, lorsque nous aurons fini de déblayer ces éboulis, il suffira d'une pichenette pour faire glisser ces deux énormes projectiles sur le chemin !

Poisson d'Or, qui scrutait le bas de la colline où serpentait le chemin, sursauta brusquement.

— Je ne vois pas trop comment nous allons réussir, compte tenu du temps dont tu vas disposer. Avec ce que je vois poindre, je crains fort que l'occasion ne nous en soit pas laissée ! prévint-il.

Tous se retournèrent pour regarder dans la même direction que lui.

Une colonne de soldats en armes abordait la pente de la colline. Ils étaient encore loin, mais on pouvait distinguer leurs têtes couronnées de cheveux noirs réglementairement huilés qui se détachaient comme de minuscules pointillés sur la masse blanchâtre des mégalithes à peine colorés par le lichen à partir desquels se formaient les premiers contreforts. Poisson d'Or avait déjà compté une centaine de ces points noirs, hérissés de piques et de carquois, qui progressaient à la queue leu leu.

Il ne faudrait pas jusqu'au soir à la colonne pour rejoindre l'endroit où ils se trouvaient...

— Ils nous envoient un régiment entier ! plaisanta Poisson d'Or pour essayer de détendre l'atmosphère pesante qui venait de s'installer entre eux.

— Qu'allons-nous devenir ? Jamais nous ne pourrons déblayer suffisamment de pierres pour décoincer les yeux du dragon ! s'affola Saut du Tigre.

Il regrettait amèrement de n'avoir pas procédé plus tôt dans la matinée à sa séance de divination. Dûment prévenus, Poisson d'Or et Rosée Printanière auraient eu davantage de temps pour préparer leur piège minéral. À présent, étant donné l'allure avec laquelle progressait la colonne de soldats, il était trop tard pour espérer faire bouger les yeux de ce Grand Dragon, ne serait-ce que d'un pouce.

— L'unique solution est d'essayer cette poudre explosive de Zhaogongming. Il m'en reste quelques pincées... Je ne l'ai pas toute utilisée lorsque je m'en suis servie pour enflammer les branchages destinés à noircir les Pian, dit alors Rosée Printanière qui venait

481

de sortir de son corsage la feuille de catalpa toujours soigneusement pliée.

— Il faut construire très vite deux bras de levier sous chacune des pierres et les faire exploser. Alors, elles auront toutes chances de rouler dans la pente. Assurément, elles emporteront tout sur leur passage, tous les arbres, et tous les hommes qui s'y trouveront, déclara Poisson d'Or qui venait de loger un baiser furtif dans le cou de son amante.

Feu Brûlant, qui s'était alarmé de leur absence, les avait rejoints depuis peu.

— Ton ami est aussi habile qu'un ingénieur ! lui lança Saut du Tigre.

— Poisson d'Or sait tout faire ! Au travail ! s'exclama le jeune eunuque.

Ni Saut du Tigre ni Feu Brûlant ne ménagèrent leurs efforts pour faire glisser des pierres plates sous les deux énormes boules rocheuses.

— Après quoi, il suffira de faire exploser ces leviers de pierre pour que les deux masses rocheuses se mettent à rouler dans le sens de la pente..., fit encore Poisson d'Or, dont la concentration était extrême.

— Et tel un énorme char de combat, les deux rochers pulvériseront les assaillants ! décréta Feu Brûlant avec son enthousiasme habituel.

Le temps aidant, le compagnon de ses bons et de ses mauvais jours, si cher au cœur de Poisson d'Or, était en passe de digérer sa mésaventure sentimentale avec Baya la Sogdienne, et le succès des entreprises du fils spirituel de Lubuwei avait achevé de le consoler.

Déjà, on pouvait entendre, à peine assourdis par la distance, les cris gutturaux des soldats qui scandaient la marche de leur ascension.

— Maintenant, le Grand Dragon va être prêt à rouler ses gros yeux ! assura Rosée Printanière.

Elle venait de vider, en deux parties égales, le reste de poudre noire sous chacun des rochers sphériques.

— Il n'y a plus qu'à attendre qu'ils se rapprochent et il suffira d'allumer la poudre de Zhaogongming, ajouta-t-elle, avant de poursuivre, à voix basse, à la seule adresse de Poisson d'Or : J'espère qu'elle explosera correctement, faute de quoi nous aurons tout perdu !

Il la serra contre lui après l'avoir prise par les épaules.

— Aie confiance, ma chérie. Ma conviction intime est que nous mènerons à bien notre tâche... Ne veux-tu pas que je l'allume ?

— Non. Je l'allumerai moi-même. Je n'ai pas peur. Puisque tu as confiance, je suis sereine !

Alors, d'un geste précis, elle jeta une brindille enflammée sous chacun des rochers avant de sauter dans le fossé où tous s'étaient mis à l'abri.

*

Après que l'énorme explosion s'était fait entendre, provoquant la montée dans les airs d'une colonne de poussière haute comme un sapin géant, et que les deux reines, affolées par tout ce bruit, étaient accourues depuis le campement pour venir aux nouvelles, ce fut un spectacle où l'horreur et l'étrangeté se mêlèrent à la désolation.

Les deux boules rocheuses avaient laissé sur la pente les traces de leur arrachement. Rien n'avait résisté sur leur passage : buissons d'épineux et de rhododendrons, genévriers et mélèzes, pins à crochets et plantes aromatiques, toute la flore avait été réduite en charpie. À mi-pente, les corps déchiquetés et pantelants des soldats de la colonne gisaient au milieu des éclats de rochers. Ils avaient été surpris dans leur montée par le gigantesque éboulement dû à l'implacable trajectoire des deux masses de pierre. Du chemin, il ne restait nulle trace. Le sang, les os brisés et la cervelle avaient éclaboussé jusqu'aux concrétions minérales dont la pente était jonchée.

Les femmes n'avaient pas osé descendre voir ce tableau morbide. Seuls Poisson d'Or, Saut du Tigre et Feu Brûlant s'y étaient rendus, à pas comptés pour ne pas perturber l'équilibre instable du chaos rocheux que les gros yeux du dragon, lorsqu'ils avaient dévalé la pente, avaient laissé derrière eux.

Quelques soldats agonisaient encore, alors que leurs corps étaient à moitié ensevelis sous les décombres. Ils respiraient avec peine, les yeux exorbités. Dans les regards des trépassés, on pouvait lire la terreur qu'ils avaient ressentie lorsque la montagne s'était répandue sur eux dans un fracas assourdissant. Quant aux débris de lances et de glaives, aux bouts de boucliers dont la peau de buffle avait été complètement déchiquetée, aux lambeaux de vêtements réduits en lanières, maculés de sang et de moelle, tout autour des cadavres désarticulés, ils témoignaient de l'efficacité redoutable de la poudre noire du prêtre taoïste.

Alentour, désormais, plus rien ne bougeait, tandis que l'épais nuage de poussière se dissipait peu à peu, laissant apparaître le bas de la montagne.

Poisson d'Or remonta lentement la pente pour rejoindre sa compagne. Lorsqu'il lui prit la main, le regard encore absorbé par cette somme de soldats morts dont les débris épars se fondaient avec ceux de la colline, il ressentit une sensation de douceur et d'apaisement qui contribua à le faire revenir à lui.

Cette sensation, dont l'intensité allait croissant, partait de la main de Rosée Printanière puis, après avoir traversé la sienne, remontait vers son cœur où elle se concentrait.

Curieusement, la main de son amante lui semblait plus chaude encore et plus lisse que d'habitude.

Machinalement, il se tourna vers elle.

Rosée Printanière tenait le disque de jade et c'était ce Bi noir étoilé que la main de Poisson d'Or venait à son tour de saisir.

C'était le disque de jade qui les reliait l'un à l'autre.

L'éclatante pensée que rien de néfaste, de ce jour, ne pourrait plus jamais leur arriver lui traversa alors l'esprit et le fit sourire.

L'étoile de la Tisserande n'avait-elle pas, enfin, rejoint celle du Bouvier ?

Épilogue

Ce brave Dianhao, décidément, sera toujours aussi benêt.

Mais ce que ce brave Dianhao ne saura jamais – et pour cause c'est que l'Empereur du Centre l'a choisi comme cocher précisément pour cette raison-là.

Un cocher impérial, pour peu qu'il soit vicieux et intelligent, peut devenir un homme redoutable. Au courant des moindres faits et gestes de son maître, témoin privilégié de ses rencontres et de ses destinations, il l'a toujours à sa portée.

Il peut servir de glaive à des comploteurs audacieux.

C'est pourquoi Qinshihuangdi n'a jamais voulu auprès de lui d'autre cocher que ce brave Dianhao.

Avec lui, au moins, le Grand Empereur du Centre ne craint rien.

Nul complot ne sera jamais, en effet, fomenté par un homme à l'esprit si borné, dévoué corps et âme à son maître, incapable de surcroît de communiquer avec autrui tant le bégaiement dont il est affecté est fort.

Le cocher Dianhao est un benêt doublé d'un bègue. Comme Hanfeizi, même s'il est vraiment plus bête que le brillant philosophe légiste, ami de Lubuwei.

Dianhao, donc, ne comprend pas pourquoi l'Empereur du Centre lui a fait demander de ramener à Xianyang ce tombereau de poissons morts dont on a rempli la charrette impériale. D'habitude, c'est l'Empereur en personne qui le convoque, la veille, seul, dans un endroit obscur où des chambellans l'introduisent les yeux bandés, après lui avoir fait parcourir de longs couloirs qui tournent. Et là, l'Empereur lui indique l'endroit où ils iront le lendemain.

Cette fois-ci, c'est le Premier ministre Lisi qui lui a transmis les ordres de l'Empereur du Centre.

Malgré son désarroi, Dianhao n'a pas osé demander à Lisi la raison de cette nouvelle procédure. D'ailleurs, le Premier ministre n'aurait pu comprendre la moindre bribe du charabia bégayant du cocher impérial.

Voilà plusieurs heures que Dianhao, du haut de sa banquette, fouette les six mules en nage qui tirent le lourd charroi.

L'odeur de poisson décomposé est à ce point insupportable que les hommes de l'escorte ont peine à chevaucher à côté du convoi.

Juste derrière, juché sur un char, Lisi lui hurle sans cesse d'aller plus vite.

Les six mules de trait toutes maculées d'écume roulent à présent des yeux terrorisés. Il est vrai que les fines lanières du fouet du cocher Dianhao ne les laissent jamais en paix. Dès que faiblit le train des bêtes, Lisi hurle un peu plus fort et le fouet de Dianhao s'abat sur leurs oreilles et leurs crinières.

Partout où passe le charroi, la foule s'écarte devant l'épouvantable puanteur.

Plus les jours passeront et plus celle-ci deviendra irrespirable.

Les inventeurs du stratagème ont réussi leur affaire au-delà de toute espérance.

En faisant renverser sur le cadavre du Grand Empereur du Centre quelques tonneaux de harengs, Lisi et ses sbires comptent sur l'odeur du poisson pour masquer celle du corps en décomposition du souverain qui a été retrouvé mort, une semaine plus tôt, gisant sur la grève au bord de la mer de Chine où il était revenu pour la énième fois, épuisé par le paludisme, avec l'ultime et fol espoir d'assister au retour de l'Expédition des Mille.

Pas un quidam, au bord de cette route qui retentit du fracas des roues et des harnachements de bronze qui brinquebalent de cet improbable convoi lancé à pleine vitesse, ne se doute qu'en se bouchant le nez devant cette infection, il assiste en même temps à l'ultime voyage d'un souverain honni dont chacun continue à craindre l'ombre même, puisqu'on ne le voit jamais.

Le petit peuple de l'Empire, qui s'écarte sur le passage de ce nuage fétide, et ce pauvre Dianhao, lequel n'en finit pas de fouetter ses montures fourbues, ne sauront jamais que, sous la montagne bleutée de ces harengs pourris, se trouve le corps sans vie du Grand Empereur Qinshihuangdi auquel des comploteurs ont décidé de faire procéder secrètement à un dernier voyage, le temps d'organiser à Xianyang le simulacre de sa succession.

Celui dont le cadavre se cache derrière ce nuage de pestilence est mort frustré. De fait, les dernières années de la vie glorieuse de Qinshihuangdi auront été consacrées à attendre un événement qui, malheureusement pour lui, n'est jamais arrivé.

Depuis la désillusion de Dongyin et ses premiers doutes sur l'existence des Îles Immortelles, cinq ans en effet ont passé, au cours desquels la recherche de l'Immortalité a tourné à l'obsession dans le cerveau de l'Empereur du Centre.

C'est ainsi qu'il a fini par délaisser complètement son rôle.

L'Empire paraissait solidement établi. La terreur régnait efficacement. La période des conquêtes militaires était révolue puisque tous les « Royaumes Combattants » avaient fait allégeance. Le Grand Mur s'étendait continûment, désormais, de l'Orient à l'Occident.

Tout avait donc réussi au Fils du Ciel. Du moins le pensait-il !

Il ne s'agissait plus que de faire fonctionner l'immense machinerie bureaucratique et policière par laquelle le Souverain du Centre contrôlait tout.

Ou plutôt, croyait tout contrôler.

Car au fond tout avait fini par échapper à cet homme, que le rêve de devenir Immortel et l'obsession des complots, en l'obligeant à mener une existence solitaire et recluse, avaient peu à peu conduit à quitter les rivages de la réalité pour ceux de la paranoïa.

La réapparition des livres proscrits ne l'avait même pas surpris, puisqu'il n'en avait rien su.

Personne n'avait osé, par crainte de son courroux incontrôlable, la lui révéler.

En somme, cet Empereur était le seul à ignorer qu'il était devenu aveugle et sourd.

Jusqu'à sa mort, Lisi continua à lui affirmer péremptoirement, la peur au ventre d'être un jour démenti, que plus un Pian ne circulait dans l'Empire et que la caste des lettrés confucéens avait été définitivement réduite au silence et à l'obéissance.

Le régime impérial, comme souvent les dictatures finissantes, était corseté par la gangue de la corruption. Tous ceux qui détenaient la moindre parcelle de pouvoir avaient si peur de la perdre qu'ils travaillaient à mettre de côté ce qui leur permettrait d'échapper à l'opprobre et au dénuement le jour où, inéluctablement, l'effondrement du système les en priverait.

Par-devant, chacun se montrait zélé et obséquieux. Derrière, tout le monde médisait et volait. Il n'y avait guère que le souverain suprême pour ne pas le reconnaître. Mais, à force de se rendre invisible, ne risquait-on pas, soi-même, de ne plus rien voir ?

En réalité, à la fin de son existence, le Grand Empereur du Centre Qinshihuangdi ne pouvait l'avouer à quiconque, mais il était las du pouvoir et des honneurs. Seule l'intéressait ce qu'il n'avait pas encore obtenu : l'Immortalité.

Être Immortel, c'était la faculté de voler dans les cieux comme l'oiseau phénix et celle de se mélanger à la pluie lorsqu'elle descendait des nuages pour irriguer la terre et faire naître les fleuves ; c'était également la possibilité de dormir une nuit dans l'arbre Fusang et, de là, de guetter la façon dont le soleil sortait de son tronc pour aller passer sa journée dans le ciel.

La soif d'Immortalité du Grand Empereur du Centre était devenue proprement inextinguible.

Voilà pourquoi tous les prétextes lui avaient été bons, sous couvert de vagues inspections territoriales, pour quitter la capitale et les complots qui s'y tramaient, aiguisés par ce sentiment de vacuité du pouvoir que son désintérêt pour l'action publique faisait germer dans l'âme de ceux qui désiraient en avoir toujours plus et, pour les plus hardis – ou les plus fous –, lui succéder un jour.

Alors, quelques jours avant sa mort, sans prévenir personne, Qinshihuangdi avait convoqué Dianhao le cocher. Dès le lendemain au petit jour, ils partiraient secrètement dans l'une de ces provinces qui bordaient l'Océan Oriental.

Personne ne s'était douté que le petit carrosse de bois sombre, tiré par deux chevaux célestes luisants comme le jade poli, renfermait le souverain invisible, celui dont personne n'osait affronter le regard.

Parvenu au bord de la mer de Chine, l'Empereur du

491

Centre en avait arpenté les plages pendant des heures, scrutant désespérément l'horizon, hanté par cette espérance folle de voir revenir des Îles Immortelles, les bras chargés de fruits de jade, ces mille jeunes gens et jeunes filles qu'il avait eu la témérité d'y expédier à bord des trois navires hauturiers.

C'était là qu'il était mort, terrassé par une crise cardiaque, en plein soleil, seul.

Dianhao, parti à la chasse aux grives, comme à son habitude lorsque l'Empereur passait sa journée à scruter l'océan, n'avait pas retrouvé son maître, dont le cadavre avait été subtilisé par deux agents du Bureau des Rumeurs chargés par Lisi d'épier ses moindres gestes.

Le Premier ministre, dès qu'il avait été averti du décès de l'Empereur du Centre, s'était précipité sur cette plage. Il mesurait avec réalisme la situation de déliquescence dans laquelle l'Empereur décédé avait laissé glisser l'Empire. Et la réapparition de tous ces livres anciens, qui semblaient y avoir poussé comme cent fleurs dans la prairie, constituait un fort mauvais présage mais aussi un sombre avertissement. Elle était la preuve que la situation politique était lourde d'incertitudes. Des forces invisibles, car souterraines, s'activaient sous le calme apparent de la surface des choses. Les comploteurs, c'était sûr, aiguisaient leurs armes et fourbissaient leurs manigances.

Sa lucidité n'empêchait pas, pourtant, une certaine lassitude.

Tout comme l'Empereur du Centre, Lisi restait miné par sa propre obsession, même si elle était d'une nature profondément différente de celle de Qinshihuangdi.

L'obsession de Lisi était certes beaucoup plus banale, elle avait pour nom Rosée Printanière. L'absence de sa fille, qu'il n'avait plus revue depuis qu'elle s'était enfuie avec le disque de jade, lui pesait chaque jour un peu plus.

Certains matins, il se serait bien vu tout abandonner, le pouvoir et les honneurs, pour partir à sa recherche et essayer d'obtenir son pardon. Mais il savait confusément que c'était peine perdue, et qu'elle n'accepterait jamais de revenir.

Rosée Printanière avait choisi son camp : celui de Poisson d'Or.

Et c'était là un poignard enfoncé au plus profond de son cœur.

Par conséquent, il ne lui restait plus que le pouvoir et ce terrible et fatal engrenage dans lequel il vous entraînait. Car si l'on relâchait un tant soit peu la pression, dans un système comme celui de l'Empire du Centre où chacun se surveillait, se craignait et se haïssait, le pouvoir que vous déteniez finissait par vous échapper. Lisi, comme tous les autres, et malgré sa position quasi suprême, était donc condamné à aller toujours plus loin dans la méfiance et la tyrannie, dans cet entrelacs de contraintes où chacun était solitaire, prisonnier de la haine qu'il suscitait et du malheur qu'il infligeait aux autres.

Avec un Empereur tellement absent, tout le pouvoir – quoi de plus normal ? – avait échu à son omnipotent Premier ministre. Mais celui-ci ne tenait sa légitimité que du seul Qinshihuangdi. Qu'adviendrait-il le jour où la disparition de l'Empereur serait connue de tous ?

Tous ses ennemis risquaient alors de se déchaîner contre lui.

L'héritier du trône, le premier enfant mâle de l'Empereur, un certain Huhai, n'avait pas dix ans. La succession n'avait jamais été préparée. L'Empereur du Centre était tellement certain de réussir à atteindre l'Immortalité qu'il n'avait même pas couché ce fils sur son testament.

Aussi cette mort subite du souverain ne pouvait-elle plus mal tomber.

Dorénavant, Lisi en était persuadé, le seul allié possible dans cette période incertaine qui s'ouvrait s'appelait Zhaogao, ce général dont l'ascension professionnelle avait été favorisée par l'Empereur et son Premier ministre après son équipée à Dongyin, et malgré ses mœurs que la convenance réprouvait. Faute, du fait de celles-ci, d'avoir osé nommer ministre de la Guerre son chef d'état-major des armées impériales, l'Empereur en avait fait l'assistant principal de son Premier ministre. Une façon fort habile de montrer à ce dernier qu'il n'avait pas les coudées franches. Ce Général aux Biceps de Bronze, plus apte à manier les lances et les glaives que le stylet et le pinceau, réduit au rôle de greffier en second de l'État : la situation était pour le moins cocasse !

Mais Zhaogao n'avait pas semblé fâché de ce contre-emploi, qui lui avait permis de découvrir les arcanes de la Cour. Quant à Lisi, dans sa diabolique habileté, il avait fait en sorte, pour mieux se l'attacher, de circonvenir entièrement son assistant principal.

C'est ainsi qu'il l'avait fait pénétrer dans son intimité et ne lui avait rien caché de ses ambitions.

Depuis le trépas de Qinshihuangdi, les deux hommes, unis pour le meilleur et pour le pire, se retrouvent donc fort logiquement à la manœuvre.

Ils ont échafaudé un plan.

De retour à Xianyang, Lisi et Zhaogao attendront le moment adéquat pour annoncer au peuple la mort de son souverain. Et c'est la raison pour laquelle le brave Dianhao se demande pourquoi on lui a demandé de ramener dans la capitale ce tombereau de poissons puants !

Sitôt la mort de l'Empereur du Centre dévoilée, le

jeune Huhai sera couronné, pour éviter tout flottement et couper court aux velléités des uns et des autres. Il s'agira simplement de convaincre le géomancien Embrasse la Simplicité de délivrer une date pour la cérémonie de remise de son mandat par le Ciel, sans pour autant avouer à ce vieil homme, quelque peu soupçonneux et surtout trop bavard, la mort de Qinshihuangdi. Ainsi, les annonces des deux événements, la mort du père et l'intronisation du fils, seront faites concomitamment.

Mais ce brave Dianhao, pour revenir à lui, qui recevra un coup d'épée à la gorge lors d'une rixe après une soirée trop arrosée, quelques jours à peine après avoir ramené à Xianyang le cadavre en putréfaction, ne saura jamais que le règne de Huhai ne durera pas et que le chaos succédera très vite à l'organisation de l'État telle que l'Empereur du Centre l'avait voulue.

À l'instar de la plupart des potentats qui s'en remettent, sans oser s'avouer à eux-mêmes qu'elle n'en est pas digne, à leur descendance, Qinshihuangdi aura été incapable de transmettre le pouvoir à un successeur apte à reprendre son flambeau.

Son fils Huhai ne régnera que quelques mois, avant d'être renversé.

Le plan de Lisi et de Zhaogao aura fait long feu.

L'Empire du Centre, toutefois, survivra, en tant que système de pouvoir, à son fondateur, mais sous une forme quelque peu différente, moins terrible, moins implacable, sans doute moins ambitieuse, et surtout à travers des princes Han qui ne seront plus de la lignée de l'Empereur Jaune.

Mais les fondements de l'Empire chinois, et particulièrement son armature administrative, ce subtil et efficace mélange d'asservissement, de méritocratie et de contrôle social, demeureront intacts. Ainsi faudra-t-il des siècles pour remettre en cause le modèle de Qinshihuangdi.

Il faudra attendre 1911, lorsque la République succédera au régime impérial.

Et même après ce basculement dans l'ère moderne, le modèle de pouvoir de l'Empereur du Centre continuera à servir de référence pour nombre de dirigeants chinois, à commencer par le plus célèbre d'entre eux, Mao Zedong, que l'on pourrait qualifier, sans faire fausse route, de dernier empereur de Chine...

Curieux destin, finalement, que celui du Souverain Invisible, quand on le compare à celui de Poisson d'Or qui aura été pour lui une sorte de jumeau astral.

Qui, en effet, pouvait penser que la vie de l'enfant à la marque de Bi sur la peau serait tellement plus féconde, plus aboutie et surtout plus réussie que celle de l'Empereur du Centre, même si le nom de Poisson d'Or n'apparaît nulle part, dans les chroniques historiques pas plus que dans les innombrables traces de la civilisation matérielle de ce temps-là, alors que celui de Qinshihuangdi demeure omniprésent dans la mémoire collective, ne serait-ce qu'à travers toute les réalisations monumentales – à commencer par son fabuleux tumulus, aux milliers de soldats et de chevaux en terre cuite – qu'il aura fait ériger d'un bout à l'autre de l'immense territoire sur lequel il régna sans jamais se laisser voir par son peuple ?

Entre deux destinées contraires, celle d'un tout-puissant qui, après avoir épuisé les charmes du pouvoir, ne réussit jamais à accomplir son ultime rêve de toucher le rivage des Îles Immortelles, et celle d'un être qui, comptant sur sa seule bonne étoile mais ayant eu la chance de rencontrer l'amour vrai, décida de faire avancer les idées de justice et de tolérance, de foi dans la culture et la connaissance, auxquelles il croyait profondément, il y a forcément un abîme.

À n'en pas douter, l'existence de Poisson d'Or aura été, en définitive, bien plus heureuse que celle de l'Empereur.

Rosée Printanière et Poisson d'Or, entourés des deux reines dont ils illuminèrent la vieillesse, eurent la chance insigne d'assister à la chute programmée du régime dictatorial instauré par l'Empereur Jaune, mais aussi à la renaissance de la littérature, de la poésie et de la philosophie, en même temps que tout le territoire de l'Empire se recouvrait de livres, comme les cent fleurs dans la prairie émaillent les sous-bois et les prairies.

Ils formèrent un couple indestructible qui vécut, loin des lieux de pouvoir et de la guerre, retiré du monde, une vie entièrement consacrée l'un à l'autre.

La vie de l'amour partagé. La vie du bonheur vrai.

Quelle fut, après tant d'aventures, la destinée de ce couple ? Eurent-ils de nombreux enfants ? Se trouvèrent-ils d'autres causes à défendre ? Jusqu'où leurs talents extraordinaires les menèrent-ils ?

Qu'il me soit permis de laisser, tout simplement, le lecteur l'imaginer.

Il sait de quoi je veux parler, car chaque individu, quoi qu'il puisse penser, connaît quelque chose du bonheur.

Chacun sait fort bien que les moments les plus intenses vécus par les êtres humains sont ceux des plaisirs simples de la vie, où chaque instant est savouré comme un fruit cueilli sur l'arbre.

Ainsi, notre cher disque de jade ne se sera donc pas trompé en accordant ses faveurs à des hommes et à des femmes qui, quelles que soient les circonstances – y compris les plus terribles –, malgré le doute et les moments de désespoir, crurent toujours en leur propre chance ; à ceux dont la foi et l'espoir demeurèrent iné-branlables ; à ces êtres qui souhaitèrent prendre leur destinée en main, contre vents et marées, et souvent au péril de leur vie, en poursuivant leur route sur ce chemin escarpé où la lumière alterne avec l'ombre et où le précipice insondable n'est jamais loin.

Ce chemin qui, pour les marcheurs tenaces, aboutit toujours au sommet.

Et la vue que l'on a, de là-haut, parce que, précisé-ment, elle est inimaginable, coupe toujours le souffle.

Car c'est du haut de la montagne, immanquable-ment, que la beauté du monde se dévoile, avec ses horizons bleutés où le ciel et la terre se mélangent, ainsi que l'ont exprimé, bien au-delà de notre langage occidental peu familier avec ces concepts, mais proba-blement de la façon à la fois la plus juste et la plus sensible, les grands poètes et les grands peintres chi-nois de l'époque Tang.

Car c'est au sommet de cette montagne sacrée uni-verselle, dont l'ascension, par conséquent, se mérite, que l'Homme entre en communion intime avec la Nature. C'est alors que son corps arrive à se fondre avec les pierres et les arbres, parvient à humer leurs senteurs infinies et à profiter pleinement de cette paix étrange que seuls procurent les éléments naturels parce que, dans le Chaos originel, la Nature et l'Homme for-ment un Tout.

Car c'est au milieu des rochers, des eaux, des plan-tes et des nuages, dont il découvre enfin, avec l'émer-veillement du premier regard, l'essence véritable, que l'Homme, pour la première fois, se sent parfaitement bien.

Car c'est au bout de ce chemin-là qu'il y a la Grande Paix, la Grande Harmonie et le Grand Équilibre du Yin et du Yang.

En Chine, ce chemin extraordinaire a pour nom
« Dao ».

Sur la Grande Voie du Dao, celle qui mène les hommes depuis leur naissance jusqu'à leur mort, le disque
de jade servira toujours d'infaillible boussole.

Cher lecteur, il ne te reste plus qu'à trouver ton propre disque de jade.

Une fois que tu l'auras rencontré, il ne cessera de te protéger.

Pense au Bi noir étoilé que Lubuwei découvrit sur le marché de Handan. Savait-il qu'il allait le trouver ? Non !

Pense à Poisson d'Or et à Rosée Printanière. Doutèrent-ils, parfois, de se revoir ? Oui !

À l'instar des étoiles du Bouvier et de la Tisserande, que sépare la Voie Lactée, n'ont-ils pas fini, grâce au disque de jade, par se retrouver ?

À présent, baisse tes yeux et regarde ce que tu as dans la main...

... tu le tenais, sans le savoir.

Il t'a suffi de le regarder pour qu'il apparaisse.

Sois attentif. Sois confiant. Ne le perds pas, maintenant que tu l'as.

Et il t'aidera à puiser en toi cette force et cette énergie qui te permettront de déplacer des montagnes aussi facilement que le vent lorsqu'il souffle sur un nuage...

Si tu le veux bien, il t'aidera à vivre !

Principaux personnages

Accomplissement Naturel, *le Très Sage Conservateur du Pavillon de la Forêt des Arbousiers, responsable de la Tour de la Mémoire.*

Ainsi Parfois, *ami d'adolescence de Lisi, devenu médecin en chef de la Cour sous Anguo, Grand Chambellan de l'Empereur du Centre.*

Anwei, *fils du vieux roi Zhong et de sa première concubine, Étoile du Sud, envoyé comme otage à la cour du Chu, puis nommé chef de l'expédition contre le Chu, avant d'être démis de ses fonctions et de devenir le Brigand à la Crinière de Cheval...*

Avec Application, *chef de la Section de Recherche des traîtres et des séditieux au Bureau des Rumeurs.*

Baya, *fille du prince Agur régnant sur le royaume de Sogdiane.*

Citrouille Amère, *Plieur en chef des Draps Impériaux, et membre de la confrérie secrète du Cercle du Phénix.*

Doux Euphémisme, *chef du Rangement Impérial, et membre de la confrérie secrète du Cercle du Phénix.*

Embrasse la Simplicité, *le chef du Carré des Géomanciens à la cour impériale.*

Épingle de Jade, *la suivante de Huayang.*

Feu Brûlant, *jeune eunuque, membre de la confrérie secrète du Cercle du Phénix.*

Forêt des Pinacles, *eunuque et Directeur du Haut Concubinage, puis Grand Chambellan et chef des Officiers de*

503

Bouche sous le règne d'Anguo, ancien chef et toujours membre de la confrérie secrète du Cercle du Phénix.

L'Homme sans Peur, *un guerrier hun qui a sauvé autrefois Lubuwei de la mort et qui a trouvé Poisson d'Or.*

Huayang, *l'épouse du feu roi Anguo.*

Inestimable Lance, *officier de renseignements du général Zhaogao.*

Ivoire Immaculé, *l'ordonnance du général Zhaogao.* Lisi, *père de Rosée Printanière, nommé vice-Chancelier sous le règne d'Anguo. puis ministre de l'Ordre Public sous Yiren, enfin ministre de la Loi et des Noms et Premier ministre de l'Empereur du Centre.*

Maillon Essentiel, *chef du Bureau des Rumeurs sous Anguo, ancien chef et toujours membre de la confrérie secrète du Cercle du Phénix.*

Nuage Empourpré, *nouveau chef du Bureau des Rumeurs.*

Parfait en Tous Points, *architecte du royaume de Qin, Grand Architecte du Royaume de Qin sous Zheng, puis Grand Architecte Impérial.*

Poisson d'Or, *l'enfant trouvé par l'Homme sans Peur, fils adoptif de Lubuwei.*

Rosée Printanière, *fille de Lisi et d'Inébranlable Étoile de l'Est.*

Saut du Tigre, *officier d'ordonnance d'Anwei, retiré au mont Taishan avec Zhaogongming.*

Tigre de Bronze, *le père de Poisson d'Or.*

Vallée Profonde, *prêtresse médium du pic de Huashan, mère d'Inébranlable Étoile de l'Est et grand-mère de Rosée Printanière.*

Yaomei, *la gouvernante de Poisson d'Or.*

Zhaogao, *fils du secrétaire de Lubuwei, a grandi aux côtés de Zheng et de Poisson d'Or, devenu chef d'un régiment, puis colonel, et enfin chef d'état-major des armées de l'Empire.*

Zhaogongming, *ancien assistant du grand prêtre Wudong, retiré au mont Taishan.*

Zhaoji, *une jeune danseuse d'un cirque ambulant dont Lubuwei est tombé amoureux, épouse de Yiren, roi du Qin, et mère de Zheng, le futur Empereur du Centre.*

Zheng, *fils secret de Zhaoji et de Lubuwei, officiellement fils de Yiren, devenu le Grand Empereur du Centre Qinshihuangdi.*

Zheng Guo, *l'ingénieur hydrologue, responsable du chantier du Grand Canal du Nord-Est.*

"Au commencement était Anamaya..."

Antoine B. Daniel

INCA

*

Princesse du soleil

POCKET

Roman

(Pocket n°11410)

Quito, 1527. Seule rescapée du massacre de son village, une fillette du nom d'Anamaya est amenée au palais de Huyana Capac, le onzième empereur inca, pour y être sacrifiée. Sur le point de mourir, l'empereur finit par s'attacher à elle et lui confie les secrets de son royaume. Le lendemain, il meurt et l'enfant ne se souvient de rien. Quelques années plus tard, Anamaya, devenue la confidente du nouvel Inca, Atahuallpa, doit faire front avec lui au débarquement soudain des conquistadores venus d'Espagne pour conquérir le territoire inca et confisquer l'or qui s'y trouve en abondance.

Il y a toujours un Pocket à découvrir

"Deux peuples en guerre, un amour impossible"

Antoine B. Daniel

INCA
**
L'or de Cuzco

POCKET

Roman

(Pocket n°11411)

Lors de la terrible nuit qui suivit le Grand Massacre à Cajamarca, l'empereur inca, Atahuallpa, a été fait prisonnier par les conquistadores. Avec beaucoup d'or, il espère leur racheter sa liberté. Mais sa confidente, la jeune princesse Anamaya, se doute bien que, une fois la rançon réunie, les Espagnols auront tôt fait de se débarrasser de l'empereur. Au contraire, Gabriel, le jeune Espagnol dont elle est tombée amoureuse, croit encore à l'honnêteté de ses amis. Dans cet indescriptible chaos, il est impératif que leur amour reste secret.

"L'amour contre la mort"

Antoine B. Daniel

INCA

* * *

La lumière du Machu Picchu

Roman

POCKET

(Pocket n° 11412)

Venus d'Espagne, les conquistadores menés par le Capitan Pizarro ont pris le pouvoir à Quito, et se sont installés sur le territoire inca. Mais, Anamaya, la jeune princesse aux pouvoirs étranges, accompagnée de Gabriel, un conquistador prêt à tout abandonner par amour pour elle, veut libérer son peuple. Après trois ans d'occupation, les Incas armés jusqu'aux dents, se décident enfin à déclencher l'offensive. Avec Anamaya dans un camp et Gabriel dans l'autre, l'affrontement promet d'être apocalyptique.

Il y a toujours un Pocket à découvrir

Impression réalisée sur Presse Offset par

BRODARD & TAUPIN

GROUPE CPI

22378 – La Flèche (Sarthe), le 09-02-2004
Dépôt légal : mars 2004

POCKET – 12, avenue d'Italie - 75627 Paris cedex 13
Tél. : 01.44.16.05.00

Imprimé en France